A MULHER FOGE

DAVID GROSSMAN

A mulher foge

Tradução do hebraico e glossário
George Schlesinger

Companhia Das Letras

Copyright © 2008 by David Grossman

Grafia atualizada segundo o Acordo Ortográfico da Língua Portuguesa de 1990, que entrou em vigor no Brasil em 2009.

Título original
Ishà borachat mibsorà

Capa
warrakloureiro

Imagem de capa
© Alex Majoli/ Magnum Photos/ LatinStock

Preparação
Carlos Alberto Bárbaro

Revisão
Isabel Jorge Cury
Huendel Viana

Dados Internacionais de Catalogação na Publicação (CIP)
(Câmara Brasileira do Livro, SP, Brasil)

> Grossman, David
> A mulher foge / David Grossman; tradução do hebraico e glossário George Schlesinger. — São Paulo : Companhia das Letras, 2009.
>
> Título original : Ishà borachat mibsorà.
> ISBN 978-85-359-1517-4
>
> 1. Ficção israelense I Título.

09-07778   CDD-892.43

Índice para catálogo sistemático:
1. Ficção : Literatura israelense   892.43

[2009]
Todos os direitos desta edição reservados à
EDITORA SCHWARCZ LTDA.
Rua Bandeira Paulista 702 cj. 32
04532-002 — São Paulo — SP
Telefone (11) 3707-3500
Fax (11) 3707-3501
www.companhiadasletras.com.br

Para Michal
Para Yonathan e para Ruti
Para Uri, 1985-2006

Prólogo, 1967

Ei, garota! Silêncio!
Quem é?
Cala a boca!, você acordou todo mundo!
Mas eu estava segurando
Segurando quem?
Na rocha, estávamos sentadas juntas
Que rocha é essa na sua cabeça?, me deixa dormir
De repente ela caiu
Essa gritaria, essa cantoria
Mas eu estava dormindo
E gritando!
Ela soltou a minha mão, caiu
Basta! Dorme aí
Acenda a luz
Você ficou louca? Eles nos matam se acendermos a luz
Esqueci
Espere
O quê?
Eu cantei?

Cantou, gritou, tudo junto, agora fique quieta
O que foi que eu cantei?
O que você cantou?!
Enquanto dormia, o que foi que eu cantei?
Sei lá o que você cantou! Você soltou uns gritos. Foi isso que você cantou.
O que eu cantei... o que eu cantei, ela quer saber...
Mas você disse que eu cantei
É uma música sem... não sei, vamos lá, eu
Você não lembra que música foi?
Diga uma coisa, você é doida? Eu mal me aguento em pé
Mas quem é você?
Quarto número três
Você também está em isolamento?
Preciso voltar
Não vá... você já foi? Espere, ei... ele foi embora... mas o que será que eu cantei?

E na noite seguinte ele a chamou de novo, mais uma vez reclamando que ela tinha cantado em voz alta, acordando o hospital inteiro; e ela implorou que ele fizesse um esforço para se lembrar se era a mesma canção da noite anterior. Ela precisava saber, por causa de um sonho que tinha tido, um sonho que voltava quase toda noite naquela época, um sonho totalmente branco, tudo no sonho era branco, as ruas, as casas, as árvores, os gatos e os cachorros, inclusive a rocha na beira do penhasco. Inclusive Adah, sua amiga ruiva, era toda branca, sem uma única gota de sangue na face e no corpo. Sem uma gota de cor no cabelo. Mas também dessa vez ele não conseguiu se lembrar da canção que ela havia cantado. Ele tremia todo, e ela, deitada na cama, tremia com ele. Parecemos duas castanholas, ele disse, e ela, para sua própria surpresa, caiu numa estrondosa gargalhada, que repercutiu dentro dele. Havia empenhado toda a sua energia na viagem do seu quarto até o quarto dela, trinta e cinco passos, um passo e uma pausa, apoiar-se na parede, nos batentes das portas, nos carrinhos de comida vazios. Agora, na entrada do quarto dela, agachou-se e sentou sobre o piso de linóleo grudento. Os dois arquejaram durante longos minutos. Ele queria fazer de novo algum gracejo para que ela risse, mas não conseguia falar; depois, aparentemente, adormeceu, até ser despertado pela voz dela.

    Diga
    O quê?, quem é?
    Sou eu
    Você
    Diga, estou sozinha no quarto?
    Como é que eu vou saber?
    Estou tremendo, sim
    Com quanto você está?
    Quarenta, no começo da noite
    Eu estava com quarenta ponto três
    Com quanto a gente morre?
    Com quarenta e dois
    Falta pouco mesmo
    De manhã você vai se sentir melhor
    Não vá embora, estou com medo
    Você está ouvindo?
    O quê?
    Que silêncio, de repente
    Ouviu uns estrondos antes?
    Tiros de canhão
    Estou sonolenta o tempo todo, e de repente já é de noite outra vez
    Por causa da escuridão, do toque de recolher
    Acho que eles estão ganhando
    Quem?
    Os árabes
    De onde você tirou isso?
    Conquistaram Tel Aviv
    O que você... quem disse isso?
    Não sei. Acho que ouvi
    Você sonhou
    Não, disseram isso por aqui, alguém, mais cedo, ouvi vozes
    É da febre, alucinações, eu também tenho
    O sonho que eu tive

Eu estava com uma amiga minha
Será que você sabe?
O quê?
De onde eu vim
Não conheço nada aqui
Há quanto tempo você está aqui?
Não sei
Eu estou faz quatro dias, talvez uma semana
Espera aí, cadê a enfermeira?
De noite ela fica na ala A
Ela é árabe
Como você sabe?
Ouço ela falando
Você está tremendo
A boca, a cara inteira
Mas cadê todo mundo?
Nós eles não levam para o abrigo antiaéreo
Por quê?
Para não contagiá-los
O quê?, então somos só nós que
E a enfermeira
Eu pensei
O quê?
Se você pudesse cantar para mim
Lá vem você outra vez...
Só um pouco, baixinho
Eu estou indo
Se fosse o contrário, eu cantaria para você
Preciso voltar
Para onde?
Para onde, para onde, deitar com meu pai, diminuir minha aflição, é isso
O quê? Que foi que você disse? Espere um pouco, será que eu conheço você? Ei, volte aqui

E também na noite seguinte, antes da meia-noite, ele se postou na porta do quarto dela, e outra vez reclamou que ela tinha cantado dormindo e acordado todo mundo, inclusive ele. Ela riu e perguntou se o quarto dele era realmente tão longe, e só então ele percebeu, pela voz dela, que ela não estava no mesmo lugar que nas noites anteriores.

Porque agora estou *sentada*, ela explicou, e ele indagou cautelosamente, por que você resolveu ficar sentada?, e ela disse, porque não conseguia dormir, e eu não estava cantando, eu me sentei e fiquei esperando você.

Os dois tinham a impressão de que estava ficando cada vez mais escuro. Uma nova onda de calor, que talvez não tivesse nada a ver com a doença, tinha atacado a pele dela, começando nas pontas dos pés e subindo para formar manchas vermelhas no pescoço e no rosto. Sorte que está escuro, ela pensou, e envolveu o pescoço com a gola frouxa do pijama. Finalmente, na porta, ele pigarreou e disse, então eu preciso voltar, e ela perguntou, por quê?, e ele disse que precisava urgentemente cobrir-se de piche e penas, e ela não entendeu, e depois entendeu e riu profundamente, venha, bobão, chega de ficar representando, arrumei uma cadeira ao meu lado para você.

Ele entrou tateando o batente da porta, as camas e os armários de metal, até que parou em algum lugar e encostou os braços numa cama vazia, arquejando fortemente. Estou aqui, gemeu, e ela, chegue mais perto de mim, e ele, um momento, deixa eu respirar. O escuro a enchia de coragem, e ela disse em voz alta, a sua voz saudável, voz da praia e das brincadeiras e competições de natação rumo às balsas flutuando no mar calmo, você está com medo de quê?, eu não mordo, e ele murmurou, tudo bem, tudo bem, já ouvi, mal consigo me manter vivo, e o tom queixoso dele, e o pesado arrastar dos pés, lhe tocaram o coração. Nós somos mais ou menos como um casal de velhos, ela pensou.

Aaaaaaiiiiii!

O que houve?

Uma cama de repente resolveu... Cacete! diga, você conhece o Princípio da Sacanagem —

O que foi que você disse?

O Princípio da Sacanagem dos Móveis, você já ouviu falar?

Você vem ou não vem?

Os tremores não haviam passado, e às vezes se transformavam em calafrios prolongados, e enquanto conversavam, as falas eram curtas e fragmentadas, e não poucas vezes precisavam esperar que o tremor cedesse, até os músculos da face e da boca relaxarem um pouco, e então cuspiam rapidamente as palavras em voz alta e tensa, e a gagueira moía as frases nas suas bocas. Quan-tos-a-nos-vo-cê-tem? De-zes-seis, e-vo-cê? E-um-quar-to. Te-nho-ic-te-ri-cia, ela disse, e-vo-cê? Eu?, ele disse, a-cho-que-in-fla-ma-ção-nos-o-vá-rios.

Silêncio. Ele está ofegante: aliás, foi-u-ma-pi-ada. Não achei graça, ela disse. Ele gemeu: tentei fazer uma graça, mas o senso de humor dela é muito — ela se sentiu acuada e perguntou com quem ele estava falando. Ele disse, com o meu redator de piadas, parece que vou ter de despedi-lo. Se você não vier se sentar aqui imediatamente, porra, vou começar a cantar. Ele estremeceu e riu. Tinha uma risada rangida, que parecia um zurro, uma risada do tipo que anuncia a si mesma, e ela, intimamente, aceitou a risada como remédio, como prêmio.

E ele riu tanto da sua piadinha boba que ela mal se conteve em lhe contar que nos últimos tempos já não sabia ser engraçada como costumava ser, fazer as pessoas rolarem de rir — em matéria de humor parece uma porta, haviam cantado sobre ela na festa de Purim deste ano —, e não se trata de uma deficiência sem importância, no caso dela é realmente um defeito, uma imperfeição nova que corre o risco de ainda se desenvolver e se complicar mais, e que ela sente que de alguma maneira está relacionada com outras características suas, que também foram ficando mais sombrias nos últimos anos. A intuição, por exemplo, como é possível uma característica dessas desaparecer, e ainda com tanta rapidez? Ou a capacidade de dizer a coisa certa no momento certo. Ela já teve isso, e agora não tem mais. Ou até mesmo a simples agudeza de espírito, afinal ela já foi uma verdadeira pimentinha, capaz de soltar faíscas (mas talvez simplesmente não tenham achado uma rima melhor para torta, ponderou consigo mesma). Ou sentir amor, pensou de repente, talvez isso também esteja relacionado com a sua decadência — amar alguém, de verdade, arder de tanto amor, como as moças vivem contando, como nos filmes. E imediatamente sentiu um baque por causa do Avner, Avner Feinblatt, seu amigo do colégio interno militar, agora já soldado; nas escadas entre as ruas Pevzner e Yossef ele tinha dito que ela era sua amiga querida, mas mesmo naquele momento não tocou nela, não encostou a mão nela, nem um dedo sequer, uma única vez em dois anos; e talvez isso também estivesse relacionado, o não-tocar-nela, e no fundo do seu coração ela já sentia que de alguma forma tudo estava relacionado, e que as coisas iam ficar cada vez mais claras, iriam se revelar aos poucos, cada vez um pouquinho mais daquilo que a esperava.

Por um instante ela consegue se ver com cinquenta anos, alta, magra e enrugada, uma flor sem cheiro, caminhando a passos largos e rápidos, com a cabeça virada para o chão e um chapéu de palha largo que esconde seu rosto, e o rapaz com riso de jumento continua a abrir caminho em sua direção, chegando perto e se afastando — como que de propósito, pensou espantada, como se estivesse fazendo um jogo — e dando risadinhas, zombando de sua própria falta de jeito, zanzando em círculos pelo quarto, de vez em quando pedindo que ela diga algo para que ele possa se orientar: como um farol, mas um farol de som, ele explica. Metido a sabichão, ela pensou. Até que finalmente ele chegou à cama dela, e tateando achou a cadeira que ela tinha deixado para ele, e se jogou sobre a cadeira arfando como um velho. Ela sentiu o cheiro do seu suor de doente, tirou de cima de si um dos cobertores e deu a ele, e ele se embrulhou no cobertor e ficou calado. Ambos estavam debilitados, e cada um ficou enrolado tremendo com seus próprios gemidos.

Apesar de tudo, ela disse depois, de dentro de suas cobertas, a sua voz me soa conhecida, de onde você é? De Jerusalém, ele disse. Eu sou de Haifa, disse ela com ligeira ênfase, me trouxeram aqui de ambulância, do hospital Rambam, por causa das complicações. Eu também tenho complicações, ele riu, a vida inteira tive complicações. Ambos se calaram, ele coçou com força a barriga e o peito e resmungou, ela resmungou em seguida, é isso que deixa a gente louco, não é? E também se coçou, com as unhas dos dez dedos: às vezes morro de vontade de arrancar minha pele, só para que isso acabe. Toda vez que ela começava a falar, ele ouvia os lábios dela se separando um do outro com um som levemente viscoso, e subitamente sentia as pontas dos dedos pulsando, os dedos das mãos e dos pés.

Orah falou: o motorista da ambulância disse que numa época como esta precisam das ambulâncias para coisas mais importantes. Diga, você percebeu, ele perguntou, que todo mundo por aqui tem raiva da gente, como se a gente estivesse fazendo de propósito? E ela disse, porque ficamos por último. E ele disse, quem conseguiu se restabelecer, mesmo um pouquinho, eles levaram correndo para casa, especialmente os soldados, levaram rapidinho de volta para o exército, para estarem prontos para a guerra. Ela perguntou, então vai ter guerra mesmo? E ele disse, você está maluca? Já faz pelo menos dois dias. E ela se assustou, quando foi que começou? Anteontem, eu acho, eu lhe disse isso ontem ou anteontem, não lembro quando, os dias se misturam na minha cabeça. Certo, você disse mesmo, e ela começou a divagar, assustada... E correntes de sonhos estranhos e assustadores fluem por ela. E ele murmurou, você não ouviu? O tempo todo a gente ouve tiros e canhões, e eu ouvi helicópteros aterrissando, com certeza já há um milhão de feridos e mortos. Mas o que acontece na guerra?, ela perguntou, e ele disse, não sei, e também não há com quem conversar aqui, eles não têm cabeça para nós, e Orah perguntou, e quem cuida de nós? E ele, agora só está aí aquela outra, a arabezinha magra, que fica chorando, você ainda não ouviu? E Orah, espantada, aquilo é uma pessoa chorando? Achei que fosse um bicho uivando, você tem certeza? E ele disse, é uma pessoa, com certeza. E Orah, mas como é que eu não a vi? E ele, ela é assim, fica indo de lá pra cá, faz os exames, dá os remédios, põe a comida na bandeja, agora é só ela que está aí, dia e noite.

Ele sugou as bochechas e observou, é gozado que tenham nos deixado apenas uma árabe, não é? Seguramente não deixam os árabes cuidar dos feridos. Orah não consegue se conformar, mas por que é que ela chora? O que foi que aconteceu com ela? E ele, e como é que eu vou saber? Orah se endireitou e seu corpo ficou rijo, e num silêncio gélido deixou escapar, eles já tomaram Tel Aviv, estou lhe dizendo, Nasser e Hussein já se encontraram para tomar café num bar da rua Dizengoff. Ele se assustou, de onde você tirou isso? E ela, ouvi ontem à noite, ou hoje, tenho quase certeza, talvez tenham falado no rádio, eu ouvi, já tomaram Beersheva, Ashquelon e Tel Aviv. E ele disse, não, não, não pode ser, talvez seja a sua febre, isso vem da sua febre, o quê, assim sem mais nem menos?, você ficou louca, não pode ser que eles tenham vencido. Pode, pode sim, ela disse para si mesma, e pensou, o que você sabe sobre o que pode e o que não pode ser?

Mais tarde acordou de um sono fugidio e procurou o rapaz com o olhar, você ainda está aí? O quê?, sim. Suspira, havia nove moças comigo no quarto e eu fui a única que restou, não é irritante? E o rapaz — ele gosta do fato de que, mesmo depois de três noites juntos, ele ainda não sabe seu nome, e ela não sabe o nome dele; ele adorava pequenos enigmas como esse. Nas radionovelas que escrevia e que gravava em casa nos seus carretéis de fita, e nas quais ele próprio fazia todos os papéis — meninos e velhos e homens e mulheres e demônios e reis e gansos selvagens e chaleiras falantes, e mais, infinitas coisas —, havia frequentemente essas brincadeirinhas espertas, criaturas que surgiam e sumiam, personagens que eram criadas pela imaginação de outras personagens. Nesse meio-tempo ele se contentou em tentar adivinhar: Rina? Yael? Talvez Liora? Liora combina com ela, pensou, o sorriso dela ilumina o escuro, então deve ter *or* — luz — no nome.

No quarto dele, o quarto número três, contou, quase todo mundo já tinha ido embora, inclusive os soldados, eles mal conseguiam andar, e mesmo assim os mandaram de volta para as suas unidades, e agora só tinha sobrado um outro sujeito com ele, que não era soldado, era justamente um cara que havia estudado com ele na mesma classe, e tinha chegado anteontem com quarenta e um ponto dois de febre, e não conseguem fazer baixar a febre dele, ele passa o dia delirando e contando mil e uma histórias... Um momento, Orah interrompeu, me diga, você não esteve uma vez num treinamento no Instituto Wingate? Você por acaso não joga vôlei? Avram deixou escapar um pequeno grito de comoção. Orah conteve o sorriso e fechou a cara: e aí, você não é bom em nenhum esporte? Avram ponderou um segundo: talvez em dar socos no saco de pancadas, ele aventou. E então, você está em algum movimento juvenil?, Orah perguntou, realmente irritada. Eu não participo de movimento juvenil nenhum, ele sorriu. Nenhum?, Orah se espantou, então você é o quê? Não me diga que *você* participa de algum movimento, Avram continuou sorrindo. Por que não?, Orah se sentiu melindrada. Porque isso vai destruir tudo entre nós, ele dá um longo suspiro, pois eu já estava achando que você era a garota perfeita. Ah, ela se opôs, eu justamente faço parte dos "acampamentos de imigrantes", e ele retorceu o pescoço e os lábios, e para espanto dela emitiu um longo e dilacerante uivo canino em direção ao teto: isso que você está me contando é uma coisa terrível, ele disse, eu só espero que a medicina consiga encontrar logo um remédio para o seu sofrimento. O pé dela começou a bater bruscamente, um momento, já sei! Você não esteve uma vez com o seu pessoal no acampamento no Yessod Ha Maalê? Vocês não montaram umas barracas ali no bosque?

Meu querido diário, murmurou Avram com um forte sotaque russo: no meio de uma noite fria e tempestuosa, eu, dilacerado de pesar, finalmente encontrei alguém que tem certeza de que me conhece de algum lugar —

Orah coça o nariz com desdém —, em suma, continuou Avram seu monólogo, examinamos todas as possibilidades, e depois de eliminarmos as ideias tenebrosas dela, cheguei à conclusão de que possivelmente nós nos conhecemos no futuro.

Orah soltou um gemido agudo, como se tivesse sido picada por uma agulha. O que houve?, perguntou Avram delicadamente, de súbito tocado pela dor dela. Nada, ela disse, bobagem. Olhou de soslaio para ele, tentando penetrar nas trevas e finalmente enxergar quem ele era. De alguma maneira, num esforço sobrepassárico voou até o quarto número três, pousando na cama do seu colega de classe, que também dormia e tremia e suspirava e se coçava durante o sono. Tudo está tão quieto aqui, murmurou Avram, percebeu como esta noite está quieta? Houve um silêncio prolongado. Depois o rapaz disse numa voz amarrada e fragmentada: aqui parece uma tumba, talvez nós já estejamos mortos. Avram refletiu um pouco. Escute, disse, quando estávamos vivos tive a impressão de que estudávamos na mesma classe. O rapaz se calou, tentou erguer um pouco a cabeça para observar Avram, mas não conseguiu. Após alguns instantes murmurou, quando eu estava vivo não estudei nada em nenhuma classe, por princípio. Certo, disse Avram com um leve sorriso avaliador, quando eu estava vivo, de fato havia na minha classe um cara que por princípio não estudava nada, um tal de Ilan metido a besta, que não falava com ninguém.

O que há para falar com vocês? São todos uns moleques, completamente tapados, não sabem nada da vida.

Por quê?, perguntou Avram baixinho, compenetrado, o que você sabe que nós não sabemos?

Ilan soltou uma risada breve, amarga, e os dois se calaram, mergulhando num sono agitado. Em algum lugar distante, no quarto número sete, Orah estava deitada na sua cama tentando entender se aquelas coisas tinham realmente acontecido. Lembrou-se de que havia não muito tempo, alguns dias antes, ao voltar do treino na quadra do Technion, desmaiara na rua. Lembrou que o médico no hospital Rambam imediatamente perguntara se ela também tinha ido de manhã com a classe visitar um dos novos acampamentos militares criados na época que se esperava pela guerra, e se por acaso havia comido alguma coisa lá, ou utilizado os banheiros de campanha. Num instante foi arrancada de sua casa, e depois rebocada a uma cidade estranha, e depois aprisionada em absoluto isolamento, imposto a ela pelos médicos. E Orah já não sabia se aquelas coisas estavam realmente acontecendo, se ela estava presa dias e noites no terceiro andar de um pequeno hospital, miserável e abandonado, numa cidade que mal conhecia; se realmente proibiam seus pais e seus amigos de vir visitá-la no quarto; eles talvez tenham vindo mesmo assim, enquanto ela dormia, parados em volta da cama, desorientados, tentando despertá-la para a vida, talvez tenham falado com ela, chamando-a pelo nome, e depois tenham ido embora, talvez ainda tenham dado uma olhada para trás, que pena, uma boa menina, mas o que se vai fazer, a vida continua e é preciso olhar para a frente, e além disso há uma guerra e necessitamos de todas as nossas forças.

Eu vou morrer, murmurou Ilan espantado.

Besteira, agita-se Avram, você vai ficar vivo, mais um ou dois dias e já vai —

Eu sabia que era isso que ia acontecer comigo, disse Ilan num sussurro, estava muito claro desde o começo.

Não, não, assustou-se Avram, o que é que você está dizendo, não pense desse jeito.

E eu nem cheguei a beijar direito uma garota.

Você ainda vai beijar, disse Avram, não tenha medo, basta, tudo vai ficar em ordem.

Quando eu estava vivo, disse Ilan mais tarde, talvez uma hora inteira mais tarde, tinha um cara na minha classe que me deixava de saco cheio.

Era eu, Avram riu.

Não parava de tagarelar.

Era eu.

Fazia o maior alvoroço.

Era eu, era eu.

Eu olhava para ele e pensava, esse aí, quando era pequeno, o pai dele devia enchê-lo de porrada.

Quem foi que disse?, Avram levou um susto.

Eu observo as pessoas, disse Ilan e adormeceu.

Abalado, Avram abriu as asas e voejou ao longo do corredor curvo, chocando-se contra as paredes, até finalmente pousar em seu lugar, na cadeira ao lado da cama de Orah, e fechou os olhos e mergulhou num sono doido. Orah sonhava com Adah. No seu sonho ela estava com Adah numa planície branca e infinita, as duas passeando quase a noite inteira, as duas caladas de mãos dadas. Nos sonhos que teve na primeira fase, elas falavam sem parar. Ambas já viam de longe a rocha se estendendo sobre o abismo. Quando Orah ousava olhar furtivamente para ela, via que Adah já não tinha corpo. Só restava a sua voz, rápida, aguda, animada, como era sempre, e sentiu que também restava a sensação de mãos dadas, o aperto firme dos dedos. Dentro da cabeça de Orah o sangue corria vigorosamente, não solte, não solte, não se separe da Adah, nem mesmo por um instante —

Não, sussurrou Orah acordando de repente tomada de um calafrio, como sou idiota —

E olhou para o lugar onde Avram estava empoleirado no escuro. O catarro na garganta começou a se revolver.

O que você disse?, ele se remexe, tentando se endireitar na cadeira. Repetidamente ficava escorregando da cadeira para o chão — a força da gravidade fazia com que se deitasse, aliviasse a cabeça pesada de sua carga.

Eu tinha uma amiga que falava mais ou menos como você, ela murmurou. Você ainda está aí? Estou aqui, acho que adormeci. Éramos colegas no primeiro ano. E já não são mais? Orah tentou assumir controle sobre as mãos, que de repente começaram a tremer violentamente. Já fazia mais de dois anos que não falava de Adah com ninguém. E não dizia seu nome em voz alta. Avram se curvou um pouco para a frente, o que aconteceu com você?, perguntou, por que você está assim?

Diga —

O quê?

Ela limpou o pigarro e disse depressa: no primeiro ano, no primeiro dia, quando entrei na classe, ela foi a primeira menina que eu vi.

Por quê?

Bem, Orah deu uma risada, ela também era ruiva.

Ah. O quê, e você também é?

Ela riu alto, uma risada novamente límpida e saudável: estava tão surpresa de que ele estivesse conversando com ela há tanto tempo, três noites, sem saber que era ruiva: mas eu não tenho sardas, e depressa explicou, mas Adah tinha, por todo o rosto, e também nos braços e nas pernas. Você está interessado?

Nas pernas também?

Em todo lugar.

Por que você parou?

Não sei. Não há muita coisa para contar.

Conte o que há.

É pouca coisa... ela hesitou um instante, não conseguindo decidir se já podia revelar a ele os segredos da irmandade. Sabia que a criança ruiva sempre verifica se há outro ruivo por perto?

Para ficarem amigos? Ah, não, ao contrário. Certo?

Ela sorriu refletindo na escuridão. Ele era mais esperto do que ela tinha imaginado. Exatamente, disse, para mantê-lo longe.

Avram falou: é como eu — eu logo procuro os baixinhos.

Por quê?

É assim.

Você... você é o quê?, baixinho?

Eu poderia apostar que não alcanço os seus calcanhares.

Ah!

Sério mesmo, você não sabe as propostas que recebo dos circos.

Diga.

O quê?

Mas diga a verdade.

E então?

Por que você me procurou ontem e hoje?

Não sei. Simplesmente vim.

Mesmo assim.

Ele pigarreou, e depois disse: Quis acordar você antes de você começar a cantar no meio do sono, mentiu Avram.

O que foi que você disse?

Quis acordar você antes de você começar outra vez a cantar no meio do sono, mentiu Avram, o mestre das imposturas.

Ah, você —

Sim.

Você também me diz o que...

Exatamente.

Silêncio. Sorriso desconfiado. Ondas se movem rapidamente, aqui e também aqui.

E o seu nome é Avram?

O que se vai fazer, foi o nome mais barato que os meus pais puderam se permitir.

E é como eu dizer, por exemplo: Ele fala comigo como se fosse um ator de teatro, pensou Orah?

Você captou a ideia, Avram elogiou Orah, e também disse a si mesmo, escute eu mesmo, parece que achamos —

Então agora cale a boca um momento, disse Orah, a sábia, e mergulhou em pensamentos profundos como o mar.

Interessante o que ela deve estar pensando nos pensamentos profundos como o mar, refletiu Avram consigo mesmo, nervosamente.

Ela está pensando que já está na hora de vê-lo, mesmo que só por um instante.

Mas Orah, esperta como uma raposa, lhe revelou que, além da cadeira, hoje também lhe preparou *isto*.

Uma coçada e mais outra, o ruído de algo se acendendo, e um pingo de luz brilha pelo quarto. Um braço longo, claro, fino, se estende para diante, segurando um palito de fósforo. A luz trêmula sobre as paredes como um líquido dentro de um jarro. É um quarto grande, uma porção de camas vazias, sem roupa de cama, e sombras bruxuleantes, e uma parede com um batente de porta, e no coração do círculo de luz, Avram, um pouco curvado, ofuscado pela luz do fósforo.

Ela acende outro, e inconscientemente o segura mais baixo, como se estivesse tomando o cuidado de não ofendê-lo. A chama revela pernas de um rapaz, grossas e embrulhadas num pijama azul, sobre as quais estão pousadas duas mãos assombrosamente pequenas, esfregando-se nervosamente uma contra a outra, e mais para cima, um corpo curto, compacto, e, desenrolando-se da escuridão um rosto grande e redondo, que apesar da doença parece cheio de uma forma de vida quase embaraçosa, um rosto curioso e determinado, com um nariz bulboso e narinas inchadas, e acima delas mechas de cabelo preto, emaranhado e despenteado.

E o que mais a surpreende é como ele apresenta seu rosto para sua apreciação e julgamento, pela contração dos seus olhos enormes, pelo encolhimento forçado de todos os seus traços. Momentaneamente ele parece alguém que jogou para o ar um objeto muito frágil, e espera temeroso que ele se quebre.

Orah solta um suspiro de dor e lambe seus dedos que se queimaram. Depois de um instante de hesitação, ela acende mais um fósforo e o segura com um ar grave de honestidade diante da testa, fecha os olhos e o move rapidamente, para cima e para baixo diante da face. Suas pálpebras estão trêmulas, e os lábios se estendem um pouco para a frente. Sombras se fragmentam sobre seus maxilares pronunciados, e em torno do contorno inchado e arredondado da boca e do queixo. Algo melancólico, sonolento paira sobre sua face clara e bonita, algo desnorteado e imaturo, talvez seja apenas a doença que a deixe assim. Mas seu cabelo curto arde, cobre polido, e o seu brilho flameja aos olhos de Avram mesmo depois que o fósforo se apaga e a escuridão volta a envolvê-la.

Ei —
O quê, o quê?
Avram?
O quê?
Você dormiu?
Eu? Achei que você tinha dormido.
Você acha mesmo que vamos sarar?
Com certeza.
Mas havia pelo menos cem pessoas de quarentena quando eu cheguei. E se nós estivermos com alguma coisa que eles não saibam tratar?
Você quer dizer — nós dois?
Quem sobrou aqui.
Somos só nós dois, e aquele cara da minha classe.
Mas por que justamente nós?
É que nós tivemos as complicações da hepatite.
É isso aí. E por que justamente nós?
Não sei.
Tá me dando sono de novo —
Eu fico aqui.
Por que fico dormindo o tempo todo?
O corpo está fraco.
Você não durma, tome conta de mim.
Então fale comigo. Diga algo.

Sobre o quê?
Sobre você.

Elas eram como duas irmãs, as "siamesas" como eram chamadas, apesar de não serem nem um pouco parecidas. Durante oito anos, desde os seis até os catorze, desde a primeira série até o fim do fundamental, na oitava, sentaram-se lado a lado na mesma mesa, e depois das aulas também não se separavam, viviam juntas, na casa de uma ou da outra, e nos acampamentos, e nas excursões, e nos campos de trabalho — você está escutando?
O quê?... sim, estou. Não entendi uma coisa, por que vocês deixaram de ser amigas?
Por quê?
É.
Ela está —
Está o quê?
Morta.
Adah?
Ela ouviu ele se curvando, como se tivesse levado um golpe. Imediatamente puxou as pernas dobrando-as perto do corpo e passou os braços em torno dos joelhos e começou a se balançar para a frente e para trás. A Adah morreu, já faz dois anos que a Adah morreu, disse para si mesma rapidamente, tudo bem, tudo bem, todo mundo sabe que ela morreu. Já nos acostumamos, ela está morta. A vida continua. Mas a emoção parece ter revelado agora a Avram uma coisa muito íntima e secreta, uma coisa que somente ela e Adah sabiam.
E então, por algum motivo, ela sossegou. Parou de se balançar. Esperou alguma coisa sem saber o quê. Um silêncio escuro e denso a envolveu. Aos poucos voltou a respirar, cautelosamente, sentindo como se espinhos estivessem cutucando os seus pulmões, e teve mais um pensamento estranho, que ele poderia lhe tirar fora esses espinhos, com cuidado, um por um.
Mas ela morreu de quê?
Um acidente de carro —
Um acidente?
Vocês têm o mesmo senso de humor.
Vocês quem?

Você e ela, igualzinho.
Então por isso —
O quê?
Por isso é que você não ri das minhas piadas?
Avram —
Sim.
Me dê a mão.
O quê?
Me dê a mão, rápido.
Mas é permitido?
Não seja bobo, dê logo.
Não, você não entendeu, por causa da quarentena.
De todo modo, já pegamos a doença.
Mas talvez —
Me dá logo a sua mão!

Veja como nós dois estamos suando, Orah.
Que sorte.
Como que sorte?
Imagine se só um dos dois suasse.
Ou se só um dos dois tremesse.
Ou se coçasse.
Ou se só um tivesse —
O quê?
Você sabe.
É nojento.
Mas é a verdade, não é?
Então diga.
Muito bem: merda —
Da cor de cal —
E com sangue, muito sangue.
Ela sussurrou: eu não sabia que tinha tanto sangue no corpo.
O que é amarelo por fora, treme demais, e caga sangue? Olha aí, você está rindo... eu já estava preocupado...

Escute uma coisa, antes de ficar doente eu achava que não tinha nenhum —
O quê?
Sangue no corpo.
Como é isso?
Não importa.
Era isso que você achava?
Segure a minha mão, não solte.

Sem contar a cor dos cabelos, as duas eram muito diferentes, uma quase o contrário da outra: uma era alta e esguia, a outra pequena e gorducha; uma tinha um semblante aberto e iluminado, uma expressão de ingenuidade alegre e serena, a outra, a face contraída e preocupada, cheia de sardas, nariz saliente e queixo pontudo, e um grande par de óculos — como um erudito do *shtetl*, dissera certa vez o pai de Orah, assim, com o dedo... — e o cabelo também era totalmente diferente, o da Adah espesso, cacheado e rebelde, mal se conseguia enfiar o pente nele. Eu fazia uma trança nela, contou Orah, uma trança grossa assim, e amarrava em volta da cabeça, parecia um verdadeiro pão trançado de Shabat, ela gostava desse jeito. E não deixava mais ninguém fazer, fora eu.

A cabeça de Adah era vermelha mesmo, muito mais do que a de Orah, e sempre sobressaía. E agora Orah se encolheu e se enrolou em torno de si mesma na cama, e viu: Adah, como uma cabeça de fósforo, como uma mancha de fogo. Orah espiou, espiou e fechou os olhos, não conseguiu aguentar ficar diante de Adah. Fazia muito tempo que não a via assim, pensou, em cores.

A Adah sempre andava deste lado meu, Orah contou a Avram enquanto ele tinha sua mão entre as dela, pois quase não escutava com o ouvido direito, desde que nasceu, e ficávamos falando o tempo todo, sobre tudo, falávamos de tudo. E de súbito se calou, e soltou a mão dele das suas. Não posso, ela pensou, a troco de quê estou contando a ele coisas dela, e ele nem pergunta nada, de repente ficou quieto, como que esperando eu falar sozinha.

Ela respirou fundo, procurando um jeito de contar a ele, mas as palavras não vinham, grudaram-se no coração e não conseguiam sair. O que ela vai lhe dizer? Como é que ele vai conseguir entender alguma coisa? Querer, eu quero, ela pensou. Os dedos de sua mão se moveram e se enfiaram dentro da outra mão, era assim, assim que se lembrava das duas juntas, lembrou-se como eram unidas, e sorriu: eu me lembrei, sem mais nem menos, que uma semana antes de ela — antes do que aconteceu com ela, nós analisamos do ponto de vista literário *Pedro, o coelho*.

Avram acordou de um leve cochilo e deu um débil sorriso, o quê?, conte. E Orah riu, escrevemos, quer dizer, basicamente Adah escreveu, ela era a mais talentosa de nós duas, um artigo inteiro sobre como é terrível que a praga dos espirros também tenha atingido o mundo animal, até mesmo as criaturas mais inocentes.

Avram sussurrou para si mesmo, até mesmo as criaturas mais inocentes, e ela sentiu como ele saboreava as palavras na boca, passando mesmo a língua sobre elas.

E de repente as memórias surgem com surpreendente clareza: Adah e ela. Tudo está voltando, ela pensa entusiasmada, como é isso, e tão de repente, pela primeira vez em muito tempo, discussões intermináveis sobre garotos que têm ou não têm "aparência confiável", e conversas íntimas e sinceras sobre os pais — quase desde o começo confiavam uma à outra mais do que segredos sobre suas famílias. E ela reflete agora que se não fosse por Adah ela nem sequer saberia que aquilo era possível, que uma proximidade assim era permitida a duas pessoas. E havia o esperanto, que começaram a estudar juntas — e jamais terminaram... E na excursão anual para o lago Kineret — o mar da Galileia —, ela disse a ele, Adah teve uma dor de barriga no ônibus, e informou a Orah que iria morrer, e Orah sentou-se ao lado dela e caiu no choro. Mas quer saber?, quando ela morreu de verdade eu não chorei, não consegui, absorvi tudo, não sei, não chorei nem uma vez desde que ela morreu.

Uma estradinha e uma ruela estreita separavam as duas casas no bairro de Nevé Shaanan. Iam juntas para a escola, e juntas voltavam, percorrendo a estrada sempre de mãos dadas, assim estavam acostumadas desde os seis anos, e assim se mantiveram até os catorze, e Orah se lembrou da única vez em que — tinham então nove anos, haviam brigado por algum motivo, e ela não pegou na mão de Adah ao atravessarem o cruzamento, e uma caminhonete da prefeitura investiu e atingiu Adah, e ela voou alto —

E viu de novo: o casaco vermelho se abriu como um paraquedas. Orah estava apenas dois passos atrás dela, e virou-se imediatamente para trás, fugiu e se escondeu atrás de uma cerca de arbustos, encolheu-se toda e tapou os ouvidos com as duas mãos, fechou os olhos com força e cantarolou forte dentro da cabeça, para não ver e não ouvir.

E eu não sabia que era apenas um ensaio geral, ela disse.

Eu não sirvo para salvar ninguém, acrescentou em seguida, talvez para si mesma, talvez para o alertar.

E então veio o feriado de Hanuká, ela disse, e sua voz se contraiu. Eu e os meus pais e o meu irmão passamos umas férias em Naharyia, íamos para lá todo ano, ficávamos numa pousada durante o feriado prolongado inteiro. Na manhã logo depois do feriado fui andando em direção ao colégio e esperei por ela ao lado do quiosque onde costumávamos nos encontrar todo dia de manhã, e ela não vinha, e já estava ficando tarde, então fui sozinha, e vi que ela não estava na classe, e procurei por ela no pátio e na nossa árvore, em todos os nossos lugares, e ela não estava, e o sinal tocou e ela não veio, e eu pensei, talvez ela esteja doente, e pensei, talvez ela esteja atrasada e daqui a pouco entre na sala. Então veio o nosso coordenador pedagógico e vimos que ele estava confuso, e ele se pôs assim com o corpo de lado e disse, a nossa Adah... e caiu no choro, e nós não entendemos o que estava acontecendo, e alguns garotos chegaram a dar risada, ele chorava de um jeito... o choro saía pelo nariz...

Ela falava num sussurro rápido, Avram apertando a mão dela com força entre suas mãos, chegava a doer, e ela não tirou a mão.

E então ele disse que ela tinha morrido num acidente, ontem à noite em Ramat Gan. Ela tinha uma prima lá, atravessou a rua e veio um ônibus, e lá se foi.

Sua respiração estava rápida e quente nas costas da mão dele.

E o que você fez?

Nada.

Nada?

Fiquei sentada. Não me lembro.

Avram respirou pesadamente.

E eu estava com dois livros dela na minha mochila da escola, volumes do *Thesouro da juventude*, que eu tinha trazido para devolver a ela depois do feriado, e fiquei o tempo todo pensando, o que vou fazer agora?

E foi assim que você ficou sabendo? Na classe?

Foi.

Não pode ser.

Mas foi.

E depois disso, o que aconteceu?

Não me lembro.

E os pais dela?

O quê?

O que houve com eles?

Não sei o que houve.

Eu só penso que se uma coisa dessas tivesse acontecido comigo, um desastre desses, a minha mãe com toda a certeza teria enlouquecido, teria morrido por causa disso.

Orah se endireitou, puxou a mão e se apoiou contra a parede.

Não sei... eles não disseram nada.

Mas como?

Eu não...

Não estou ouvindo, chegue um pouco mais perto.

Eu não falei com eles.

Nada?

Desde então.

O quê, espere aí, eles também morreram?

Eles? Qual é...? Eles moram na mesma casa, até hoje.

Mas você disse... disse que você e ela, eram como irmãs —

Eu não fui mais lá...

O corpo dela começou a enrijecer, não, não, ela soltou um jorro de riso frio. Minha mãe também disse que é melhor não ir, não os deixar ainda mais tristes. O olhar dela foi ficando vidrado: tudo bem, pode acreditar, é melhor assim, não temos que falar sobre cada coisa.

Avram silenciou. E fungou.

Mas escrevemos uma redação sobre ela na classe, cada um escreveu alguma coisa, e eu também escrevi, e a professora de redação reuniu tudo e preparou uma pasta e disse que mandaria para os pais dela. De repente ela pressionou com força o punho contra a boca: afinal, por que é que eu estou contando isso para você?

Diga, ele falou, pelo menos ela tinha irmãos ou irmãs?

Não.

Era só ela?

Era.

Só ela e você —

Você não entende, não está certo o que você... eles tinham razão sim!

Quem? De quem você está falando?

Dos meus pais. Não o meu pai, a minha mãe, ela conhece essas coisas melhor do que ninguém. Ela viveu o Holocausto. E os pais da Adah certamente também não queriam que eu fosse, a verdade é que eles nunca pediram que eu fosse lá. Eles podiam me pedir que fosse, não é?

Mas agora você pode ir à casa deles.

Não, não. E eu nunca falei sobre ela com ninguém, e ela — A cabeça dela, o corpo inteiro tremia: e ninguém da classe falava mais nela, nunca, dois anos... de repente começou a jogar a cabeça para trás, contra a parede, uma batida, um ruído, uma batida, um ruído: co-mo-se-e-la-não-ti-ves-se-e-xis-ti-do.

Basta, disse Avram, e ela imediatamente parou. Observou a escuridão adiante. Agora ambos ouviram: em algum lugar, em um dos quartos distantes, a enfermeira chorava, fez-se um silêncio prolongado.

Diga, ele perguntou após algum tempo, e o que fizeram com a carteira dela na sala de aula?

A carteira dela?

Sim.

O que isso quer dizer? Ela ficou.

Vazia?

Sim. Lógico que ficou vazia. Quem iria sentar nela?

E se calou, cautelosa. Antes já tinha começado a desconfiar que havia se enganado com ele e com a sua aparência de ursinho fofo, um tanto ridícula. Afinal, já tinha acontecido de ele ter feito uma pergunta repentina, aparentemente ingênua, e só depois ela perceber o corte que ele tinha feito nela.

E você continuou sentada ao lado da carteira dela?

Sim... não... Eles me mudaram de lugar, não lembro, três carteiras atrás do lugar dela, mas na fila do lado.

Onde?

Como onde?

Mostre para mim, ele exigiu fervorosamente, impaciente, onde exatamente?

Uma debilidade nova, desconhecida, começou a se instalar nela, um abatimento de absoluta rendição. Digamos que a nossa mesa estivesse aqui, ela murmurou, desenhando arrebatadamente com o dedo sobre a palma da mão dele, então seria mais ou menos aqui.

Então na verdade você via a carteira dela o tempo todo na sua frente.

É.

Mas por que não puseram você em outro lugar, mais para a frente, para você não ter que ficar o tempo todo —

Basta, pare com isso, cale a boca! Você não consegue calar a boca uma vez?!

Orah?

O que é agora? O que você quer?

Eu pensei, quem sabe alguma vez, não sei...

O quê?

Eu só pensei, quem sabe a gente vai um dia falar com os pais dela?

Eu e você? Mas como é possível?

Se algum dia eu estiver em Haifa, sei lá, posso ir com você, se você quiser.

Um passarinho começou a bater as asas com força, bem fundo na garganta de Orah.

Mas os pais dela têm... Eles têm uma mercearia na nossa rua, e nós paramos...

O quê?, diga —

De comprar lá.

O que quer dizer "pararam"?

Meus pais, a minha mãe, ela disse que é melhor não.

E você concordou?

E aí nós desviamos, damos a volta...

Mas e você —

Avram, me segure!

Foi repelido por ela, arrastado por seu pavor, apalpando com as mãos e dando de encontro com os joelhos, com um cotovelo fino e pontudo, com uma pele febril e seca, com uma umidade de boca. Quando ele segurou o ombro dela, ela se deixou cair e se apoiou nele com o corpo inteiro, trêmula, e ele a puxou para si e foi rapidamente preenchido até a saciedade com o seu pesar.

Assim ficaram sentados, confusos. Orah chorou de boca escancarada, encatarrada, um choro de menina pequena, perdida. Avram sentia o hálito dela, cheiro de doença. Basta, basta, ele disse, acariciando mais e mais a cabeça úmida de suor, o cabelo, a face molhada dela. Os dois estavam sentados na cama dela, espremidos um contra o outro, Avram afagando a cabeça dela com cuidado, e pensou que da parte dele até que estava tudo bem não se lembrarem deles, de terem sido esquecidos por todo mundo. E também não se incomodava que isso continuasse por mais alguns dias. Às vezes a mão dele furtivamente tocava a nuca quente dela, ou deslizava por engano para os braços dela, magros e longos, com seus bíceps de rapaz. Ele lutava com todas as forças para continuar a ser apenas gentil e bondoso, mas nisso, contra a sua vontade, também se empenhava em juntar provisões para suas complicadas empreitadas masturbatórias. A cabeça de Orah despencou um pouco para trás e mais ou menos afagou a sua mão. Um momento desses, calculou Avram nebulosamente, para ele é suficiente para várias boas semanas. Mas não, largue dela, ponderou consigo mesmo, ela não.

Depois, muito tempo depois, ela enxugou seu nariz na manga do pijama: você é muito bom, sabe? Você não é como os garotos comuns.

Começamos com as ofensas?

É bom assim. Não pare.

E assim?

Também.

E na noite seguinte — já perdida a noção de noites e dias — Avram veio ao quarto dela conduzindo uma cadeira de rodas. Ela acordou banhada de suor frio. Tivera novamente o mesmo pesadelo estranho, como se uma voz metálica rastejasse em volta contando-lhe atrocidades, e por alguns momentos percebeu claramente que ela irrompia de um aparelho transistor que estava em algum lugar da seção, no corredor ou em um dos quartos vazios vizinhos, e embora notasse que se tratava de uma transmissão em hebraico da "Voz da Unidade Árabe do Cairo", com o rebuscado locutor egípcio — a turma da classe já sabia imitá-lo, com seus ridículos erros de hebraico —, em outros momentos tinha certeza de que a voz vinha de dentro de si mesma, contando somente a ela que a realidade sionista já havia sido quase totalmente ocupada pelos gloriosos exércitos árabes, que investiam sobre ela em todas as frentes. Ondas e mais ondas de corajosos combatentes árabes estão neste momento inundando Beersheva, Ashquelon e Tel Aviv, anunciava a voz, e Orah permanecia deitada com o coração batendo forte, ensopada de suor. E pensar que Adah nem sequer sabe disso, de tudo que está acontecendo agora com Orah, e que isso já não está mais ocorrendo na época de Adah. O que significa isso, não mais na época dela?

E então Orah ouviu o ruído de rodas e uma respiração rápida e provocadora. Avram?, ela murmurou, que bom que você veio, escute o que houve comigo... E então notou que havia duas pessoas respirando, e sentou-se na cama, embrulhada nos lençóis grudentos, com o olhar fixado na escuridão.

O dia todo esperou que ele voltasse para ficar com ela, para falar com ela, para a escutar como se cada palavra sua fosse importante para ele, e sentiu falta dos carinhos dos seus dedos hipnotizantes na cabeça e na nuca. Macios como dedos de moça, ela pensou, ou de um bebê. E justamente então, em pleno fluxo de bons sentimentos que se formara nela em relação a ele, e depois de passar o dia todo deitada esperando que ele viesse, que os dois se abraçassem um pouco juntos, falando as coisas que cada um tinha a dizer, ele de repente vem e comete um erro tão grosseiro, erro de moleque, como fazer cócegas debaixo do braço no momento de um beijo durante o filme, trazendo aquele outro junto —

Que dormia na cadeira de rodas e roncava levemente, e pelo jeito não tinha a menor ideia de onde estava. Avram havia manobrado a cadeira para dentro do quarto, tropeçando no armário e na cama, derramando-se em desculpas e explicações: não é legal deixá-lo sozinho no quarto a noite inteira, ele tem pesadelos, está com quarenta de febre, talvez até mais, ele delira o tempo todo, está com medo de morrer, e quando saio e venho para o seu quarto, ele ouve vozes o tempo todo dizendo que os árabes estão vencendo, coisas terríveis.

E ao dizer isso, virou a cadeira de rodas com Ilan para a parede e tateou o caminho em direção a ela. E já de longe sentiu a espetada dos espinhos dela em sua direção, e com uma percepção aguçada, que a deixou surpresa, não subiu na cama, mas sentou-se com cuidado e submissão na cadeira ao lado, e esperou.

E ela puxou as pernas para junto da barriga, cruzou os braços sobre o peito e ficou em silêncio, emburrada, e jurou para si mesma ficar calada até o fim dos tempos, e logo em seguida explodiu: quero ir para casa, estou cheia daqui!

Mas não é possível, você ainda está doente.

Não me interessa!

Sabe, disse Avram docemente, ele nasceu em Tel Aviv.

Quem?

Esse aí, o Ilan.

Sorte dele.

Faz só um ano que se mudou para Jerusalém.

Eeeeh beleza...

O pai dele devia ser um oficial numa base militar por aqui. Segundo--tenente, algo assim. E quer escutar uma coisa engraçada —

Não.

Avram lançou um olhar cauteloso para o canto do quarto, curvou-se para a frente e cochichou: ele fala sem saber.

O que quer dizer isso?

Fala dormindo, por causa da febre, tagarela livremente sobre a tumba.

Ela também se curvou para a frente e cochichou: mas isso não é... é meio chato, não?

Quer escutar mais uma coisa?

Diga logo —

Nós estamos brigados.

Por quê?

Não só eu, a classe inteira, ninguém fala com ele.

Vocês deram um gelo nele?

Não, ao contrário, foi *ele* que deu uma gelada na gente.

O quê? Um garoto só gelando todo mundo?

Já faz um ano.

E?

Eu já disse, por causa da febre, ele não para de falar... o quê?

Não sei. Isso não é meio...

Eu fico entediado, então começo, fico cutucando, e ele responde.

Dormindo?

Bom, ele meio que entende, mas não realmente.

Mas isso —

O quê?

Não sei, é como ler as cartas de outra pessoa, não é?

O que é que eu posso fazer, tapar os ouvidos? Digamos que ele me conte alguma coisa sobre os pais dele, certo? Sobre o pai dele e o exército e essas coisas todas, certo?

Certo.

Então eu conto sobre o meu pai e a minha mãe, e como ele nos deixou, e o que eu lembro dele, coisas assim —

Ahá.

Conto para ele a pura verdade, tudo. Para ficarmos quites.

Orah se ajeitou na cama e se cobriu com o cobertor. Nos últimos momentos a voz dele traiu suas intenções, e ela sentiu uma leve tensão na barriga das pernas.

Por exemplo, ontem, disse Avram, depois que eu voltei daqui, perto do amanhecer, ele também falou assim por causa da febre, contou umas histórias sobre uma moça que viu na rua, e ficou com vergonha de chegar perto dela, ficou com medo que ela não correspondesse... Avram deu um risinho: então eu também —

Você também o quê?

Não diga nada, ele não entende nada mesmo.

Espere aí, o que você contou para ele?

O que você e eu, sei lá, e o que você me disse, sobre a Adah —

O *quê?*

Mas ele estava dormindo...

Mas isso eu contei *para você*! São coisas particulares, segredos meus!

Eu sei, mas ele não —

Você ficou louco? Diga! Você não é capaz de guardar alguma coisa só para si? Nem dois minutos?

Não.

Não?!

Ela pulou da cama, esqueceu como estava fraca, ficou tropeçando pelo quarto, afastou-se com repugnância dele, e do outro também, que dormia com a cabeça caída sobre o peito espalhando à sua volta pulsações vigorosas, insuportáveis.

Orah, não... um momento, me ouça, quando eu voltei daqui, estava tão...

Tão o quê?, ela gritou, sentindo que suas têmporas iam explodir.

Eu, eu não tinha... lugar no corpo, de tanto que eu —

Mas é segredo! Segredo! É uma coisa simples, não?

Orah se aproximou dele enfurecida, com o dedo em riste, e ele se encolheu um pouco: é exatamente o que pensei de você o tempo todo, tudo está relacionado!

O quê? O que está relacionado?

Que você não está em nenhum movimento juvenil e não pratica nenhum esporte, e todas essas suas filosofias baratas, e que você não tem amigos, não é verdade que não tem amigos?

Mas qual é a relação?

Eu sabia! E que você, você é desse jeito, desse jeito *típico de Jerusalém*.

Ela voltou e se ajeitou na cama e se cobriu com os lençóis até a altura dos olhos, e ficou ali, fervendo de raiva. Ela não mais lhe diria nenhuma palavra sobre si mesma. Achou que podia confiar nele, foi o que pensou. Como pôde se abrir para um depravado como ele, meu Deus, que ele vá embora, vá, vá, você ouviu? Se mande daqui, eu quero dormir.

O quê, assim e se acabou?

E não volte! Nunca mais!

Muito bem, ele murmurou, então... boa noite.

Que boa noite que nada! Você vai deixar ele aqui?

O quê? Ah, desculpe, eu esqueci.

Ele se levantou e tateou o caminho, lento e cabisbaixo.

Ela o ouviu voltar com passos pesados, chocando-se contra a beirada da cama, tateando e apalpando com as mãos até encontrar a cadeira e se jogar nela. Ouviu Ilan arquejando e gemendo no sono. Tentou adivinhar qual seria a voz dele a partir dos gemidos, e a aparência dele. Pensou: afinal o que é que ele sabe sobre mim?

Ao longe começou a soar uma sirene de ambulância. Ecos de explosões indistintas. Orah inspirou com os lábios apertados. Em sua cabeça eclodiu uma agitação. Intimamente reconheceu que a raiva que sentira dele já tinha se dispersado, e que talvez tivesse até encenado a demonstração de raiva, e tentou se proteger da traiçoeira simpatia que começava a surgir dentro dela. Ela se assustou ao perceber o quanto se distanciara de todas as suas pessoas queridas e amadas. Nem sequer pensara em Avner Feinblatt durante todos esses dias no hospital. Ela havia dado uma gelada não apenas nele, mas em seus pais e em seus amigos da escola, como se todo o seu mundo agora fosse a doença e a febre e a barriga e as coceiras. E também Avram, que não conhecia até três ou quatro dias atrás. Como foi que isso aconteceu? Como foi que esquecera todo mundo? Onde estivera esse tempo todo e com que sonhara?

Dentro de seus pensamentos, no zumbido lento que tomou conta dela, insinuou-se uma voz nebulosa, amarrada, e no começo não reconheceu que era a voz de Avram, e pensou que talvez aquele outro, o colega maluco dele, tivesse começado a falar sozinho, e se contraiu toda. No momento em que vi você com o fósforo na mão pensei que podia dizer a você tudo que me passava pela cabeça, mas você vai ficar brava comigo, tenho certeza, você é ruiva de fogo, se inflama rápido, pavio curto, já pude ver isso. Sabe de uma coisa, se você ficar brava, para mim é natural. Ela não está me chutando, talvez hoje ela esteja fazendo jejum de chutes, talvez tenha entrado para alguma seita em que é proibido bater nos anões sem salvação. Veja só, agora ela está sorrindo, posso ver a sua boca até mesmo no escuro. Ela tem uma boca de deixar a gente louco.

Ele esperou, Orah engoliu. Um estremecimento novo explodiu subitamente de seu corpo. Ela cobriu ainda mais o rosto com o lençol, e somente seus olhos brilhavam na escuridão. Agora não está dando chutes, notou Avram, então talvez ela concorde que eu diga, por exemplo, por exemplo — ele hesitou, de repente estava perto demais; vamos ver você, seu covarde, eunuco —, por exemplo, posso dizer a ela que ela é muito bonita, a garota mais bonita que já vi na vida, mesmo estando aqui, no hospital, febril e doente. E desde o instante em que eu a vi, mesmo no escuro, senti o tempo todo como se ela fosse uma luz, uma coisa muito clara, pura... e quando ela se mostrou para mim com o fósforo, e quando ela fechou então os olhos... Enquanto falava, Avram se encheu de emoção. Inflamou-se e ficou excitado com sua ousadia. Orah — seu coração batia tão forte que achou que talvez fosse desmaiar, se alguém da turma dela, rapaz ou garota, não faz diferença, a visse assim desse jeito, escutando calada todas essas coisas, não acreditaria: essa aí é a Orah cínica? É essa aí a Orah sem igual?

E ela que não pense que sou tão corajoso, acrescentou Avram com seriedade, eu nunca falei assim com nenhuma garota, só em fantasia, só talvez no meu caderno, mesmo que tenha desejado a vida toda. Ele esfregou seus punhos contra as bochechas e se endireitou todo em direção à brasa que irradiava calor à sua volta. E nunca tive a oportunidade de ficar assim tão perto de uma garota tão bonita, estou só assinalando isso como protocolo, pois ela certamente está pensando — olha aí mais uma daquelas aspirações, que todas as garotas caiam arrasadas aos seus pés. Orah lançou o queixo para a frente e juntou os lábios, mas uma covinha de riso adornou suas bochechas. Que sujeito estranho, nunca dá para saber se ele está falando sério ou brincando, ou se é muito inteligente ou um idiota total. Ele fica o tempo todo mudando. Ela enxugou o suor da testa com o lençol e pensou que aquilo que realmente a deixava mais irritada nele, ou que era realmente insuportável e a tirava do sério, era que o tempo todo ele parecia estar dentro de você e não dava um segundo de descanso, pois desde o instante em que chegou e se sentou na frente dela anteontem, ou sei lá quando foi, ela sabia exatamente quando ele estava emocionado e quando se sentia bem e quando se sentia mal, e principalmente sabia quando ele a desejava, o impertinente, o gatuno, esse traidor — e dentro de si subitamente se contorceu uma enguia pequena e rápida, como uma língua minúscula, flexível e rubra, uma língua que não pertencia a ela, de onde teria surgido, e Orah saltou assustada da cama: venha cá! fique aqui parado um instante!

O que... o que aconteceu?

Fique em pé!

Mas o que foi que lhe fiz?

Cale a boca. Vire-se!

Os dois tatearam na escuridão até ficarem de costas um para o outro, tremendo de febre e outros calores, e seus corpos curvaram-se um para o outro. Ilan gemeu, e Avram pensou, que merda, só falta ele acordar agora. Ele sentiu as coxas musculosas dela tocando as dele, seu traseiro elástico esfregando-se no dele. Daí por diante as coisas ficaram embaralhadas: seus ombros estavam em algum ponto das costas dela. Sua cabeça se apoiava na reentrância da nuca dela. Você é uma cabeça mais alta que eu, ele comentou com leveza, surpreso consigo mesmo diante da concretização tão cruel de seus temores. Mas nós ainda estamos nessa idade, ela disse com toda a delicadeza, e se virou de frente para ele, e apesar da escuridão viu o rosto e os seus olhos enormes, exagerados, que lhe enviavam faixas de olhares ávidos e tristes, e rapidamente procurou Adah dentro de si, para que ela lhe desse uma ponta de fio de escárnio para segurar, para por meio dele desfazer toda a figura dele, e ele por inteiro, e de modo geral, todo esse lugar, e aquele outro que lhe fundia a cabeça no canto do quarto, mas seu coração já se contraía como se recebesse uma notícia ruim.

Diga, ela sussurrou debilmente, você consegue me ver? E ele murmurou, sim. Como é possível que agora a gente consiga se ver?, ela se espantou, com medo de estar novamente delirando de febre.

De repente ele riu. Ela o observou desconfiada, qual é a graça? Que você não me deixa dizer coisas ruins de mim mesmo. E ao rir sua expressão se modificou completamente. Ele tinha dentes bonitos, limpos e alinhados, e os lábios — toda a parte da boca, Orah pensou debilmente, é como se ele fosse outra pessoa. Se uma menina algum dia der um beijo nele, certamente vai fechar os olhos, ela pensou, e então terá para si apenas a boca. É possível se contentar só com a boca? Que ideia tola. Os joelhos dela fraquejaram um pouco. Mais um instante e ela vai cair. Essa doença está acabando com ela. Está fazendo dela um trapo. E ela agarrou a manga do pijama dele, quase desmaiando em seu colo. Seus rostos ficaram muito próximos, e se ele tentasse beijá-la ela não teria forças para afastar a cabeça.

E eu quero lhe contar sobre a sua voz, disse Avram em seguida, porque a voz é a coisa mais importante para mim, sempre, até mesmo mais importante que a aparência da garota. E você tem uma voz que ninguém mais que eu conheço tem, uma voz alaranjada, juro, não ria, com um pouco de verde-limão em volta, nas bordas, e um pouco assim saltitante, saltante. E se ela quiser, posso lhe descrever aqui mesmo uma coisa que eu estava morrendo de vontade de algum dia lhe escrever, interessante que ela não me diz não —

Sim, sussurrou Orah.

Avram engoliu a saliva e estremeceu. Eu acho que haverá uma criatura feita de vozes, só de vozes, ele deixou escapar, já faz alguns dias eu penso nisso, desde que começamos a conversar, e isso terá início com catorze sons, entende, sons isolados, um depois do outro, vozes de pessoas. Eu adoro vozes de pessoas. Não há som mais bonito no mundo, certo?

Sim? O quê, você lida com... música?

Não, não exatamente música, é mais uma combinação de... não importa. Sons, é isso que me interessa agora, nesses últimos anos.

Ah, disse Orah.

Mas por que justo catorze vozes?, ele perguntou num cochicho, deliberando consigo mesmo, como se Orah não estivesse absolutamente com ele no quarto. De fato, por que catorze?, murmurou para si mesmo. Não sei. Eu sinto isso. E vai ser triste. Ele aspirou ar por entre os dentes cerrados, e ela sentiu: ele inteiro, num piscar de olhos, está imerso nessa tristeza, e o mundo todo é agora essa tristeza, e de repente também ela mesma, involuntariamente, sentiu como se instalava nela uma melancolia amarga, de partir o coração.

Catorze vozes. A mãe dela teria corrigido imediatamente, antes mesmo de ele terminar a frase, e também o rejeitaria por toda a eternidade, poria na testa dele um carimbo que não sairia jamais: ignorante. Apesar disso, e a despeito de tudo isso, ela também estava com uma sensação estranha, uma leve coceirinha interna, belicosa e vingativa — de que ele conseguiria confundir até mesmo a mãe dela. Que se alguma vez, obviamente por acaso, os dois se encontrassem, ele saberia enfeitiçá-la, imediatamente. Ele a humilharia totalmente, apesar dos catorze sons.

Em voz alta ela disse: talvez seja por causa da Adah?

O que por causa da Adah?

Porque ela tinha, eu disse para você, catorze anos quando —

O quê?

Os sons que você disse, catorze sons.

Ah, espere aí — um para cada ano dela?

Pode ser.

Você quer dizer... Para se despedir de cada ano dela?

Algo assim.

É bonito. É mesmo... não havia pensado nisso. Um para cada ano.

Mas foi você que sugeriu isso, ela riu, é engraçado que você se admire.

Mas foi você, sorriu Avram, foi você que me revelou o que eu sugeri.

Você tem muita influência sobre mim, Adah às vezes lhe dizia com a sua seriedade infantil, compenetrada. E Orah ria: eu? Como eu posso influenciá-la? Eu sou um urso com cérebro muito pequeno! E Adah — tinha treze anos na época, Orah se recorda, e faltava apenas um ano para sua morte, e é terrível pensar que isso nem lhe passava pela cabeça, que ela estava viva no mundo, fazendo tudo como de costume, sem adivinhar nada, e apesar disso, bem lá no fundo foi como se nesse ano ela tivesse amadurecido e se tornado mais profunda e mais densa — na ocasião segurou a mão de Orah e a sacudiu com entusiasmo e amorosidade. Você, é isso mesmo, você, é como se você ficasse aí tranquilamente, e de repente jogasse uma única palavra, ou fizesse uma perguntinha, como se não fosse nada, e bingo! Tudo se arruma na minha cabeça, e de repente eu sei exatamente o que queria dizer, ai, Orah, o que eu faria sem você, como poderia viver sem você?

Ela se recorda: as duas olharam uma nos olhos da outra profundamente, o mais profundamente que puderam. Um ano, meu Deus.

Vívida e aguçada e quase insuportável ficou de repente a lembrança: Adah lendo para ela, de seu caderno, contos e poemas que escrevia, apresentando as diversas personagens com suas vozes e gestos, e às vezes com seus trajes, com chapéus e xales — e ela chorava e ria com eles. Seu rosto sardento corava como se chamas dançassem dentro de sua cabeça olhando através de seus olhos. E Orah à sua frente, sentada de pernas cruzadas e olhos entrecerrados.

E o tempo todo eu me pergunto se ela tem namorado, Avram disse a si mesmo em algum lugar, naquela voz contida e sonhadora: é verdade que ela disse que não tem, mas como é possível?, uma garota dessas ficar sozinha um único minuto, o pessoal de Haifa não é bobo. Ele se demorou e esperou a resposta. Ela ficou calada. Ela não quer me contar do namorado dela, ou será que não tem mesmo? Ela não tem, disse Orah baixinho. Como é possível que ela não tenha?, murmurou Avram. Ela não sabe, disse Orah após um longo silêncio — Seduzida contra sua vontade pelo estilo dele, e descobrindo que justamente era agradável falar consigo mesma desse jeito — durante muito tempo ela nem quis ter namorado, disse ela cantando de modo inconsciente conforme o ritmo lento e tenso das pulsações que vinham do fundo do quarto, e depois simplesmente não havia alguém que servisse, quero dizer, que de verdade servisse para ela.

Ela nunca se apaixonou por ninguém?, perguntou Avram, e Orah não respondeu, e no escuro lhe pareceu que ela estava se fechando em si mesma, que o seu longo pescoço se quebrara num ângulo estranho em relação ao ombro, em direção ao distante fundo do quarto, como se também ela estivesse dominada pela força opressora que cingia o corpo dele. Então ela amou alguém de verdade, disse Avram. Orah balançou a cabeça, não, não, ela só achou que amava alguém, mas agora sabe que não amou, que não foi nada, murmurou agoniada, apenas uma perda de tempo.

Espere um instante, ele sussurrou de repente da porta do quarto. Volto já. O quê? Cadê você?, ela exigiu: aonde você vai agora? Só um instante, ele disse, volto já!

Com as forças que lhe restavam, ele se recompôs e saiu, apoiando-se nas paredes do corredor e se arrastando para a frente, afastando-se dela, e a cada tantos passos parava e movia a cabeça e dizia a si mesmo, volte, volte imediatamente, e mesmo assim continuou a se arrancar, até chegar ao seu quarto e sentar na sua cama.

Ela ainda o chamou aos gritos algumas vezes, e depois baixinho, e ele não voltou. A enfermeira entrou, ficou parada no vão da porta e perguntou em tom de reprimenda por que ela estava gritando assim. Uma tortuosidade amarga serpenteava em sua voz. E quando ela já não estava mais no quarto Orah permaneceu deitada, amedrontada, e tentou adormecer imediatamente, mergulhar sob a lógica e os pensamentos, a doença pregando peças em sua mente.

Fiapos de sonhos loucos ascendiam e tomavam posse dela. O ar se encheu novamente de sons metálicos e de música militar. Estou sonhando, murmurou Orah, é só um sonho. Ela tapou os ouvidos com as mãos, e a voz dentro de sua cabeça, que falava hebraico com um profundo sotaque árabe, informava que os tanques do terrível exército sírio pisoteavam a Galileia sionista e os criminosos kibutzim sionistas, e já estavam a caminho de libertar Haifa e vingar a vergonha de 48, e Orah sabia que seria obrigada a fugir, salvar a si mesma, e não teve forças. De súbito estava totalmente desperta e se sentou ereta na cama segurando a caixa de fósforos como um escudo diante do rosto, pois tinha a impressão de que alguém no fundo do quarto estava se mexendo e chamando baixinho, Orah, Orah, falando com ela de seu sono uma voz desconhecida de rapaz.

Mais tarde, quem sabe quanto tempo depois, Avram voltou trazendo suas cobertas e as de Ilan. Entrou no quarto, não disse uma palavra, embrulhou bem Ilan de todos os lados e dobrou as pontas do cobertor debaixo dele. Sentou-se e também se cobriu, e esperou Orah falar.

Ela falou: eu não quero falar com você nunca mais na vida. Você não bate bem. Suma da minha vida.

Ele permaneceu calado. Ela se irritou. Você é um pirado, porra!
O que foi que eu fiz?

"O que foi que eu fiz?" Onde você se meteu?

Só dei um pulo no meu quarto.

"Dei um pulo no meu quarto!" Speedy Gonzalez! Me deixa aqui sozinha e some durante horas.

Que horas, que nada! Só na sua cabeça! Talvez meia hora no máximo, e você também não está sozinha aqui.

Cale a boca, é melhor você calar a boca.

Ele se cala. Ela toca seus próprios lábios. Tem a impressão de que estão pegando fogo.

Só me diga uma coisa —

O quê? —

Como você disse que ele se chama?

Ilan. Por quê? Aconteceu... veio alguém aqui enquanto eu não estava?

O que é que pode acontecer? Você foi-voltou, qual é —

Fui e voltei? De repente é só "fui-voltei"?

Basta, me deixa em paz.

Espere aí, ele falou? Ele disse alguma coisa dormindo?

Diga, qual é a sua, você é do Serviço de Segurança?

Você acendeu a luz?

Não é da sua conta.

Eu sabia, eu já sabia!

Então sabia, espertinho. Então, se você sabia, por que foi embora justo na hora em que eu —

E você o viu.

Muito bem, eu vi, vi sim! E daí?

E daí nada.

Avram?

O quê?

Ele está mesmo muito doente?

Está.

Eu acho que ele está mais doente que nós dois.

É sim.

Você acha que ele — sei lá, está em perigo?

E eu sei?

Ai, Orah suspirou do fundo do coração, se eu pudesse adormecer agora por um mês, por um ano, ufa!

Orah?

O quê —

Nada.

Vai, diga logo, você é irritante —

Mas ele é bonito, não é?

Não sei, não olhei.

Fique sabendo que ele é bonito.

Não é bem o meu tipo...

Ele é bonito como um anjo.

Sei, tá bom, já escutei.

As garotas ficam loucas por ele.

Muito interessante...

E você falou com ele?

Ele está dormindo, estou lhe dizendo! Ele não ouve nada.

Eu quis dizer — *você* falou *com ele*? Contou alguma coisa para ele?

Me deixa, me deixa em paz!

Orah?

Hein?

Ele abriu os olhos? Ele também viu você?

Eu não estou nem ouvindo você. Não ouço nada. Ta-ta-ta-ta-ta-ta.

Mas ele disse alguma coisa? Falou com você?

"...um bezerro tenro, preso na corda, amarrado na carroça..."

Só me diga se ele falou.

"...e no alto, no céu, um pássaro, voa..."

Um momento, não é essa a canção?

Que canção?

É essa canção, sério —

Você tem certeza?

Só que naquela vez você estava gritando tanto que não dava para entender o que —

É essa a canção...

Um bezerro tenro, isso mesmo, é a música "Donah, donah".

Era isso que eu estava cantando...

Mas aos berros, como se você estivesse brigando com alguém, discutindo —

Orah sentiu que estava se desligando de si mesma e olhando de algum lugar que não exatamente um lugar, e ali Adah e ela caminham e cantam juntas a canção adorada de Adah, e também da mãe de Adah, que às vezes, ao lavar pratos, costumava cantar a música em íidiche. A canção sobre o bezerro que é conduzido ao matadouro, e sobre o pássaro que voa no céu e faz troça dele, e depois voa para longe com alegria e coração leve.

Avram, Orah de repente ficou transtornada, vá embora, vá, vá!

Mas o que foi que eu fiz agora?

Vá e leve ele com você! Eu preciso dormir agora, rápido! Eu quero —

O quê?

Eu tenho que sonhá-la...

Mais tarde, já ao amanhecer, subitamente ela surgiu na porta do quarto número três, chamando Avram num sussurro, e ele despertou num salto de seu sono: o que você está fazendo aqui? Ela disse com tristeza, eu nunca conheci ninguém como você, e se corrigiu: um rapaz como você. Ele ficou sentado encurvado, apagado, e murmurou, e então, você sonhou com ela? E ela respondeu, não, não, não consegui dormir. Eu queria tanto que não consegui. Ele perguntou, mas por que você queria tanto, o que era tão... e ela disse, eu preciso falar uma coisa importante para ela.

Diga, falou Avram com cansaço e sem disposição, você quer vê-lo mais uma vez? E ela, diga você, você é doido ou algo assim? Estou falando de você, e você o tempo todo só me fala *dele*, fica o tempo todo enfiando ele entre nós, por que você parece que — e ele, a verdade, sei lá, é sempre assim, eu sou desse jeito. E ela explodiu, eu já não entendo nada, não estou entendendo nada.

Sentaram-se, abatidos e desanimados, de repente muito enfermos. De um momento a outro influ nele a angústia da má notícia: que erro tinha cometido, que complicação e que estrago terrível havia sido deixá-la antes sozinha com Ilan!

Há mais alguma coisa que eu queria lhe contar, ele disse sem esperança, mas você com certeza não quer ouvir, não é mesmo? E ela perguntou com cuidado, alguma coisa como o quê? Mas ainda antes de ele começar a falar ela sabia o que ele ia dizer, e o corpo dela se postou na frente dele. Ninguém sabe que eu escrevo, que eu escrevo o tempo todo.

Mas o quê? O que você escreve? A voz dela irrompe aos berros em seus próprios ouvidos de forma estranhamente grosseira, redações, poemas, ficção? O quê?

Escrevo todo tipo de coisas, soltou Avram com ligeira altivez. Certa época, quando eu era pequeno, eu inventava histórias, o tempo todo, e agora escrevo coisas completamente diferentes. Não entendo, ela deixou escapar entre os lábios cerrados, você simplesmente se senta e escreve coisas para si mesmo? Uma repulsa desolada o envolveu. Quis que ela fosse embora. Que voltasse. Que voltasse a ser aquela de antes. O que havia se delineado entre ambos nas noites anteriores, o milagre, o segredo terno deles, encolheu e sumiu de repente, e talvez jamais tenha existido, talvez apenas na cabeça dele, como sempre.

Apenas me explique, ela pressionou, exultando de repente ao seu lado, o que quer dizer "escrevo coisas completamente diferentes"? Mas Avram se fechou ainda mais em si mesmo, perplexo com a queimadura da traição. Orah fez um muxoxo, turrona: E deixa eu te dizer, poemas são divertidos, são o sumo da diversão! E ela lembrou que antes ele havia dito que nos anos recentes ele se interessara por vozes. Nestes anos. E daí ela deve ter concluído que certamente nos anos anteriores a esses anos ele teve outros interesses, esse metido a besta, como se já agora soubesse que nos "próximos anos" — ahá — terá interesses diferentes, esse pernóstico, mas ela, ela, onde estava ela nestes anos? A que foi que ela se dedicou? Somente tapeava a todos e dormia de olhos abertos. Esse é o grande feito dela. Uma espécie de embuste, campeã do mundo de sono acordado. Dormindo enquanto corria e fazia salto em altura e jogava vôlei, e especialmente quando nadava, na água era muito menos doloroso do que no seco. E dormia quando ia nos fins de semana com a turma para o estádio em Ein Eiron, e às vezes iam mais longe, viajavam até a quadra do Macabi Tel Aviv, e na boleia do caminhão ela bramia com todo mundo, saudando os transeuntes.

E dormia cantando durante as excursões, e na viagem noturna para a praia de Atlit, e nas viradas noturnas nas *Machanot Olim*, e quando saltava de uma torre para dentro da lona, e quando fazia o ômega e ajudava a construir uma ponte de cordas e a montar painéis de fogo. Nessas horas ela não pensava em nada. As mãos se moviam, os pés se mexiam, a boca falava sem parar, ela era toda barulho e disposição, mas o cérebro estava vazio e desolado, o corpo era um deserto de aridez.

E dormia nos acampamentos de trabalho, nos turnos da cozinha e nas fogueiras. E quando todos estavam sentados depois de um dia de colheita e estouravam as bolhas juntos. E no "grupo de ideias", quando discutiam ardorosamente sobre "punições aos mais jovens", um mal inevitável?, e nas tardes de ordem unida, quando entalhavam juntos o nome do grupo nas cascas de melancia, e passavam filmes do Mickey sobre um lençol rasgado e faziam torneios de gamão. E nos mergulhos no mar das balsas, e nos passeios de bicicleta para Usafia com os garotos com os shorts dobrados até em cima e os bolsos puxados para baixo sobre as coxas como se fossem línguas enormes.

E com Míri e Ornah e Shífi, suas novas amigas depois de Adah, ela novamente extravasa canções divertidas, e operetas, e poemas suculentos, festas e passeios, tudo era de fato como antes, e a vida de fato continuou, e foi quase incompreensível como continuou. Seu corpo continuou a fazer os movimentos comuns — ela comia e bebia e andava, ficava de pé e sentava e dormia e cagava e até mesmo ria, e somente no primeiro ano ela não sentia os dedos dos pés, às vezes durante horas seguidas, e às vezes também não sentia a pele das costas da mão esquerda. Também nas coxas e nas costas havia lugares que quando os tocava, e mesmo quando os coçava levemente com as unhas, não sentia nada. E uma vez aproximou um fósforo aceso do ponto insensível na coxa, e viu a pele clara se chamuscar, e sentiu o cheiro, e não sentiu dor. Não contou isso para ninguém. Com quem poderia conversar sobre essas coisas?

Há um buraco, ela pensa, e começa a sentir frio e estremecimentos. E já está aqui faz muito tempo, como foi que eu não vi. Desde a Adah há um buraco com o formato de Orah no lugar onde um dia eu estive.

Ela se sente sufocada, sacode-se. Aparentemente adormeceu outra vez, no meio da briga com Avram. Por que estavam brigando? Por que brigam o tempo todo? O que há nele que a deixa tão brava? Será que já fizeram as pazes? No escuro ela adivinha Avram esparramado no outro canto da cama, apoiado contra a parede, roncando pesadamente. É o quarto dele ou dela? E onde está Ilan?

Ele disse a ela que vai morrer. Ele sabe que assim será, que assim deve ser. Desde zero ano de idade sabia que não ia viver muito, pois não tem dentro de si suficiente energia vital. Foi isso que disse, e ela tentou tranquilizá-lo, desconsiderar suas estranhas palavras, mas ele não a ouvia, talvez nem mesmo soubesse que ela estava a seu lado. Sem nenhuma vergonha chorou sua vida destruída desde que os pais se separaram e o pai o levou junto consigo, para sua base militar, para morar com todas aquelas bestas que lá moravam. Desde então, tudo se degringolou, ele se lamuria, e a doença era apenas a continuação natural de toda aquela merda. Ele ardia, e metade do que disse ela não entendeu, fragmentos de murmúrios e sussurros, de modo que apenas ficou a seu lado, bem perto, circundada pela sua febre, e cuidadosamente afagou sem parar o seu ombro, e aqui e ali suas espáduas e suas costas, e às vezes, com o coração batendo forte, deslizava a mão pelo espesso cabelo, e ao fazer isso pensava que ela nem mesmo sabia a aparência dele, embora imaginasse nebulosamente que ele era muito parecido com Avram, pelo simples fato de ambos terem entrado na sua vida juntos, e de o tempo todo ele também lhe dizer as coisas que Avram dizia a ela quando ela estava com medo ou sofria. Graças a Avram, aquele idiota, ela sabia o que dizer. E de repente Ilan segurou a mão dela, realmente a acariciou, e deslizou sua mão pelo braço dela, de uma extremidade a outra, e ela se assustou. Mas não tirou o braço, e ele se apertou contra ela com suas bochechas, na sua testa, colocou a mão dela sobre seu peito, e de repente também a beijou, despejou uns beijinhos secos e quentes no seu braço, nos dedos, na palma da mão, e sua cabeça efetivamente se entrincheirou no corpo dela, e Orah permaneceu parada, muda, observando no escuro por sobre a cabeça dele, e pensou espantada: ele está me beijando, eu nem sei a aparência dele, ele nem mesmo sabe que está me beijando. De súbito, Ilan riu para si mesmo, riu e estremeceu, e disse que às vezes, à noite, ele escrevia furtivamente com giz nas paredes dos barracões da base, "o filho do comandante da base é veado", e o pai ficava maluco com essas coisas que ele escrevia, ia até o lugar com um balde de cal e apagava, preparava emboscadas para agarrar quem escrevia aquilo, mas isso, cacete, se você contar a alguém, sorriu e diminuiu a voz, isso estou dizendo só para você, amigão, e contou, a voz ressecada, acerca da soldado gorda que o pai estava comendo no escritório, e que toda a base escutava os dois transando, mas mesmo assim é melhor do que era quando os dois estavam juntos, ele disse, os meus pais, pelo menos esse pesadelo acabou, eu não vou me casar nunca, ele rosnou, e sua testa fervia no peito dela a ponto de doer, e ela o estreitou contra o peito e ele riu, e ocultou a face na reentrância do braço de Orah e aspirou o cheiro; um cheiro doce, explicou com seriedade, cheiro de cola usada para colar as chaves que tapam os furos do saxofone, e contou que tinha conseguido, um ano antes, achar ali um Selmer-Paris usado, mas em bom estado. Em Tel Aviv eu tinha uma banda, ele disse. Nós nos reuníamos às sextas-feiras para escutar discos novos a noite inteira, aprendemos quem eram Coltrane, Charlie Parker, fazíamos jazz em Tel Aviv.

O calor do corpo dele foi penetrando nela. Apoderou-se dela uma espécie de paralisia de veneração em relação ao jovem febril agarrado a seu braço. Ela não se importaria se isso continuasse assim, mesmo até o amanhecer, até mesmo um dia inteiro, eu quero ajudá-lo, pensou ela, quero, quero sim. O corpo dela ardia e picava de tanta vontade, até mesmo seus pés ardiam, havia tanto tempo não sentia correntes como essas, e Ilan tateou e encontrou a outra mão dela, e colocou as duas mãos sobre seus próprios olhos fechados, e disse que sabia como ficar sempre feliz.

Feliz?, Orah engasgou e momentaneamente retirou as mãos, como se tivesse se queimado: como?

Tenho um método, ele disse, eu simplesmente me divido numa porção de regiões, e se num lugar da minha alma estiver ruim, eu logo salto para outro lugar. A respiração dele devorava de calor as juntas das mãos dela, e ela sentiu cócegas nas palmas das mãos ao contato dos cílios dele.

Dessa maneira eu simplesmente disperso os riscos, disse Ilan, e balançou a cabeça, deixando escapar um riso seco, atormentado: É impossível me atingir, eu pulo de um lugar a outro, eu —

Sua cabeça tombou no meio da fala, e ele foi engolido, debilitado, por um sono profundo. Seus dedos se abriram, afrouxaram e escorregaram ao longo do braço dela, até ficarem pendurados, e sua cabeça tombou para a frente.

Orah se levantou, acendeu um fósforo e iluminou pela primeira vez o rosto de Ilan, e ele, de olhos fechados, inclinou a cabeça na direção da luz, e dentro da esfera de luz sua face era um núcleo de beleza. Acendeu outro fósforo e ele continuou a resmungar, a brigar com alguém em seu sonho, e virou a cabeça à força, e por sua face passaram expressões iradas e retrocedendo, talvez por causa da luz ofuscante, talvez por causa do que estivesse vendo com os olhos do espírito, e suas sobrancelhas escuras e densas se contraíram uma contra a outra com gravidade, e Orah ficou parada em sua própria escuridão e iluminou ainda mais sua testa límpida, o recorte de seus olhos, os seus lábios enlouquecedores, quentes e um tanto ásperos, que ainda ardiam nos lábios dela.

E ela jurou se calar. De qualquer maneira, tudo que disser será errado, dará a ele mais uma prova de como ela é superficial e simplória. Se ela ao menos tivesse força para se erguer da cama dele e voltar ao quarto dela e esquecê-lo para sempre, e também *o outro*.
Deixei você irritado.
Não importa.
Mas você, *você*... Por que você fugiu? Por que fugiu de mim bem quando —
Não sei, já lhe disse, não sei. De repente eu —

Avram?
O quê?
Vamos voltar para o meu quarto? Lá é melhor para nós.
Vamos deixá-lo aqui?
Vamos sim, venha, vamos...
Tome cuidado, senão caímos juntos.
Vá devagar, minha cabeça está girando.
Apoie-se em mim.
Você está ouvindo ela?
Ela é capaz de ficar horas assim.
Eu sonhei com ela antes. Algo assustador, até fiquei com medo dela.
Que choro —
Escute: é como se estivesse cantando para si mesma.
Lamentando.

E diga, ela disse depois, quando estávamos na sua cama —
O quê?
Quando você escreve os —

Os meus poemas? As invencionices?

As suas investidas. As suas *histórias*. Você acha que vai escrever sobre este hospital aqui?

Talvez, não sei. Eu até tive uma ideia, mas já —

Sobre o quê?

Avram fez um esforço para se endireitar na cama, apoiou-se na parede. Já desistira de tentar compreendê-la, suas mudanças de humor, e apesar de tudo, como um gatinho diante de um novelo de lã rolando pelo chão, não conseguia resistir a um "conte aí".

É sobre um menino que está deitado num hospital, no meio de uma doença, e sobe no telhado e ele tem fósforos —

Como eu —

Sim, não exatamente. Porque ele, com os fósforos, no meio da escuridão, começa a fazer sinais para os aviões do inimigo.

Qual é a dele, ele é maluco?

Não. Ele quer que eles venham e o explodam, particularmente.

Mas por quê?

Isso eu ainda não sei. Só pensei até aqui.

Ele está tão mal assim?

Sim.

Orah achou que Avram tinha tirado a ideia das conversas com Ilan. Não ousou perguntar. Em vez disso, disse: é meio assustador.

É mesmo? Diga mais.

Ela mergulhou em seus pensamentos e sentiu que rodas enferrujadas começavam a se mover em seu cérebro. Avram de certa forma também sentiu. Esperou por ela em silêncio.

Ela disse: estou pensando nele. Ele está no telhado. Acende um fósforo depois do outro, certo?

Certo, ele disse, e demonstrou uma emoção nova.

E ele olha para o céu, para todos os lados, esperando que eles venham, os aviões. Ele não sabe de onde virão. É isso?

É isso, sim.

Talvez sejam os seus últimos momentos de vida. Ele está com muito medo, mas precisa continuar a esperar por eles. Ele é assim, teimoso e ao mesmo tempo corajoso, certo?

É?

É. E ele me parece a pessoa mais solitária do mundo neste momento.

Eu não pensei nisso, sorriu Avram, perplexo. Na solidão dele nem cheguei a pensar.

Se ele tivesse um único amigo, não faria isso, não é?

É, ele não —

Quem sabe você não cria alguém para ele?

Por quê?

Para que ele tenha, sei lá, um amigo, alguém para ficar com ele.

Os dois se calaram. Ela consegue ouvi-lo pensando. O sussurro de um borbulhar rápido. Ela gostou do som.

E diga, Avram —

O quê?

E sobre mim, você acha que vai escrever algum dia?

Não sei.

Tenho medo de falar, para você não escrever um monte de besteiras minhas.

Como por exemplo?

Basta lembrar, se eu falei besteira aqui foi por causa da febre, certo?

Mas eu não escrevo exatamente o que aconteceu.

Certo, você também inventa, o gostoso é isso, não é mesmo? E o que você vai inventar a meu respeito?

Espere aí, você também escreve?

Eu? De onde você tirou isso? Eu não. E diga a verdade —

O quê?

É verdade que você planejou me chamar de Adah na história?

Como você sabe?

Eu sei, ela disse, e abraçou a si mesma. E eu concordo. Me chame de Adah.

Não.

Não, o quê?

Vou chamar você de Orah.

Verdade?

Orah, Avram provou a palavra, e uma doçura banhou sua boca e todo seu corpo, O-rah.

* * *

Alguma coisa jorrava dentro dela, uma consciência antiga, discreta: Ele é um artista, a coisa é essa, ele simplesmente é um artista, e ela sabe como são as coisas com artistas. Ela tem experiência com eles. Embora havia muito não fizesse uso dela, dessa experiência, ela agora estava retornando e a preenchendo toda. E ela vai sarar, vai superar a doença, de repente sabe disso com segurança, tem uma sensação dessas, uma intuição feminina.

Fechou os olhos, e uma leve tontura de prazer tomou conta de si enquanto se perguntava como, no impulso do momento, ousara se curvar diante de um rapaz estranho e beijá-lo demoradamente na boca. Beijou e beijou e beijou. E agora, quando enfim ousava recordar-se sem bloqueios, sentia o beijo em si, seu primeiro beijo, penetrar dentro de si, despertando para a vida, manifestando-se em cada célula de seu corpo, misturando sangue vivo. E o que será agora, pensou, e com qual dos dois eu — mas seu coração justamente estava leve e jubiloso, havia anos não se alargava e se elevava tanto dentro dela.

A verdade é que eu também escrevo um pouco, ela informou, para sua própria e absoluta surpresa.

Você?

Só umas coisinhas, não como você, deixa pra lá, eu disse por dizer, ela tentou calar a boca e não conseguiu, e mais uma vez está estragando a si mesma, não pensando sequer um quarto de passo com antecedência: não são canções de verdade, chega, juro, só falei por falar, são canções para as excursões, acampamentos, bobagens, sei lá, da família dos poemas.

Ah, é isso. Ele sorriu com um estranho nervosismo, tornando-se de súbito gentil de um modo que a envolveu. Por que você não canta?

Ela moveu a cabeça agressivamente, como assim, você ficou doido? Jamais!

Pois mesmo conhecendo-o tão pouco, já era capaz de saber exatamente como se sentiria quando suas rimas, pelas quais era conhecida como a Naomi Shemer da turma, ressoassem na cabeça dele junto com todos os seus pensamentos tortuosos e esnobes. E justamente essa ideia estimulou nela a vontade de cantar. Por que estava com vergonha dele? Por que o tempo todo tinha medo do que ele pudesse pensar?

Você quer descer até as profundezas do significado oculto da letra?, ela lhe cintilou um sorriso determinado. Isso é uma coisa que eu compus faz muito tempo mesmo, ela disse, nós escrevemos juntas, eu e a Adah, para a festa de encerramento no acampamento de trabalho em Machanaym. Organizaram conosco uma caça ao tesouro, nós nos perdemos, nem pergunte.

Eu não pergunto, e sorriu.

Então pergunte.

O que você contou para o Ilan?

Você nunca vai saber, ela disse.

E você o beijou?

O quê?, ela se alarmou. O que você disse?

Aquilo que você ouviu.

Será que não foi ele que *me* beijou?, ela ergueu as sobrancelhas com ar travesso, ondulando-as, bancando a Ursula Andress até o fim, sem sentir nenhuma vergonha: agora fique quieto e preste atenção. Ao som de *Tadarissa Bum*, você conhece?

Claro que conheço, disse Avram, desconfiado e encantado e confuso com o inesperado prazer.

Orah cantou marcando o ritmo nas coxas:

Quando saímos para o jogo, Tadarissa Bum,
Nos deram um monitor bacana, Tadarissa Bum,
Que tinha o dever de ajudar, Tadarissa Bum,
Para não errarmos e sabermos voltar —

Tadarissa Bum, rebumbou Avram baixinho, e Orah deu uma olhada, e outro sorriso, silencioso e fino como um broto, acendeu-se dentro dela, e seu rosto reluziu no escuro, ele pensou que ela era simplesmente uma pessoa pura e ingênua, e que não era capaz de fingir como ele. "As mais ingênuas dentre suas criaturas", lembrou-se, e derreteu-se para ela, estou feliz, ele se assustou, eu a quero, que ela seja minha, para sempre, para a eternidade, e seu pensamento já vagueou, como sempre, até o fim das possibilidades, fantasiador, doente de amor, que ela seja a minha mulher, o amor da minha vida —

Segunda estrofe, ela anunciou:

Quando deciframos a charada —

Tadarissa Bum, cantarolou Avram com voz grossa, também tamborilando nas suas coxas, e às vezes, inconscientemente, nas coxas dela.

Acabou não dando em nada —
Tadarissa Bum.
'que os desgraçados sorridentes
Tadarissa Bum!
Nos bateram cegamente!

Um momento. Avram pousou a mão no braço dela. Silêncio, vem vindo alguém.
Não estou ouvindo.
É ele.
Vindo para cá? Ele está vindo para cá do outro quarto?
Não entendo. Ele mal consegue se manter vivo.
O que vamos fazer, Avram?
Ele está rastejando. Escute, está puxando a si mesmo com as mãos —
Leve ele embora daqui, leve-o de volta!
O que é que há? Orah, deixa ele ficar um pouco aqui com a gente.
Não, eu não quero, não agora.
Espere um pouco. Ei, Ilan? Ilan, venha, é aqui, mais um pouco.
Juro que eu vou embora.
Ilan, é o Avram, da sua classe, estou aqui com a Orah. Vai, fale com ele —
Dizer o quê?
Diga qualquer coisa —
Ilan?... Sou eu, a Orah.
Orah?
É.
O quê? Você existe de verdade?
Claro que sim, Ilan, sou eu, venha, fique aqui com a gente, vamos ficar um pouco juntos.

O comboio se retorce numa hesitante corrente de carros civis, jipes, ambulâncias militares, tanques e uma escavadeira gigantesca transportada sobre carretas. O motorista do táxi em que ela viaja está quieto e taciturno. Suas mãos repousam sobre a alavanca de câmbio da Mercedes, seu pescoço gordo não se mexe, e já faz um bom tempo que ele não olha nem para ela nem para Ofer.

Assim que entrou no carro, Ofer bufou irritado, dizendo com os olhos que não era uma ideia das mais sábias chamar esse motorista justamente para uma viagem como aquela. Só então ela percebeu o que tinha feito. Às sete da manhã telefonara a Sammy pedindo que viesse e que se aprontasse para uma viagem longa, para a região do monte Guilboa. E agora lembrava-se de que, por alguma razão, não havia dado mais detalhes, e, contrariando seu costume, tampouco lhe explicara o objetivo da viagem. Sammy havia perguntado a que horas ela queria que ele viesse, e ela, depois de hesitar um pouco, dissera, venha às três, ao que ele lhe disse, Orah, talvez seja melhor sair um pouco mais cedo, vai haver muito trânsito nas estradas. E esse havia sido sua única menção ao frenesi daquele dia, mas mesmo naquele momento ela não se deu conta, e somente disse que era absolutamente impossível sair antes das três. Queria desfrutar essas horas na companhia de Ofer, e embora Ofer tivesse concordado, ela notou o esforço que havia lhe custado. Sete, oito horas, foi só isso que sobrou do passeio de uma semana que ela havia preparado para ambos, ele e ela, e agora percebe que nem mesmo dissera a Sammy pelo telefone que Ofer iria junto, e se tivesse dito, talvez ele tivesse pedido que hoje, excepcionalmente, ela o liberasse; ou então teria mandado um dos motoristas judeus que trabalhavam para ele, "o meu ramo judaico", era como ele os chamava. Mas ao telefonar para ele naquela manhã, ela já estava totalmente frenética, e simplesmente não lhe ocorreu — de um momento a outro sente crescer uma angústia dentro do peito — que para essa viagem seria preferível não ter um motorista árabe.

Mesmo que ele seja um árabe daqui, um árabe dos nossos, Ilan fica cutucando dentro da cabeça quando ela tenta se justificar para si mesma. Mesmo que seja o Sammy, que é quase como da família e costuma transportar todo mundo — as pessoas que trabalham no escritório de Ilan, seu ex-marido, e a família inteira — já faz mais de vinte anos. Eles são a sua principal fonte de sustento, sua receita mensal fixa, e ele, em troca, obriga-se a ficar à disposição deles sempre que necessitem, vinte e quatro horas por dia. Eles até já tinham estado na casa dele em Abu Gosh para alguma comemoração, e conheceram Inaám, sua esposa, e também o ajudaram bastante, em contatos e também em dinheiro, quando seus dois filhos maiores quiseram ir morar na Argentina. Ele e ela têm centenas de horas de viagem juntos, e ela não se lembra de nenhuma outra ocasião em que ele tivesse mantido um silêncio daqueles. Cada viagem com ele é uma pequena exibição de habilidade de sobrevivência. Perspicaz e astuto, habilidoso e político, ele atira para todos os lados, preparando armadilhas e manuseando lâminas verbais de fio duplo, e, além do mais, ela nem cogita pedir outro motorista; e quanto a guiar ela mesma não há o que discutir durante o próximo ano — ela sofreu três acidentes e levou seis multas de trânsito nos últimos doze meses, uma safra exagerada até mesmo para os parâmetros dela — e o juiz abjeto que a puniu deu a entender que estava lhe fazendo um grande favor e que ela lhe devia a sua vida; bem, tudo poderia ser tão mais simples se ela agora estivesse com Ofer, ao menos teria mais uma hora e meia a sós com ele, quem sabe até poderia lhe fazer uma surpresa parando no meio do caminho, há alguns bons restaurantes em Wadih Arah. Afinal, uma hora a menos ou a mais, o que é que está incomodando você, por que está com tanta pressa de chegar, me diga, o que está esperando por você lá?

Não haverá num futuro próximo uma viagem sozinha com ele, nem com ela mesma, e precisa ir se acostumando a essa restrição, ceder, parar de se lamentar a cada dia pela independência que lhe está sendo subtraída. Precisa se dar por satisfeita de ter ao menos a Sammy, que continua a levá-la de um lado a outro mesmo depois de ela ter se separado de Ilan — foi Ilan quem insistiu, até fez questão, na época ela era incapaz de pensar em detalhes como esse. Sammy é uma cláusula à parte no acordo de separação deles, ele próprio diz que foi dividido entre os dois da mesma maneira que os móveis, os tapetes e os utensílios domésticos. Nós, árabes, ele sorri mostrando seus dentes enormes, desde a época da partilha nos acostumamos ao fato de vocês nos dividirem, e a lembrança dessa piada faz com que ela novamente se contraia, envergonhada do que acontecera naquele dia, de ter, no meio do tumulto geral, apagado totalmente essa parte dele, quer dizer, sua identidade árabe.

Logo de manhã cedo, desde a hora em que tinha visto Ofer com o telefone na mão e o ar culpado na face, alguém viera, com determinação e delicadeza, tirar da sua mão o controle dos seus assuntos. Ela fora destituída, rebaixada ao grau de simples observadora, testemunha abobalhada. Seus pensamentos não eram mais que lampejos de sensações. Ficou andando entre os cômodos da casa com movimentos angulares e truncados. Mais tarde foram juntos até o shopping para lhe comprar roupas, discos e doces — havia uma nova coletânea do Johnny Cash —, e durante toda a manhã ela caminhou ao seu lado zonza, rindo como uma mocinha de cada coisa que ele dizia. E o devorava com olhares escancarados, abastecendo-se, sem nenhum pudor, para os anos de fome infinita que viriam, claro que viriam. A partir do momento em que ele lhe disse que partiria, ela não teve mais dúvida. Três vezes durante a manhã pediu licença e correu para se aliviar nos banheiros públicos. Ofer ria, o que há com você? O que foi que você comeu?, e ela olhava para ele, sorria debilmente, e gravava a risada dele, a sua ligeira inclinação de cabeça para trás ao rir.

A jovem balconista na loja de roupas corou ao examiná-lo enquanto ele experimentava a camisa — Orah ficou orgulhosa e pensou, *como um gamo é meu amado.** A vendedora da loja de discos tinha estudado na mesma escola que ele, um ano abaixo, e quando ouviu para onde ele iria dali a três horas, chegou perto e lhe deu um abraço, apertou seu corpo esbelto e exuberante contra

---

* Cântico dos Cânticos, 2, 9. *Ofer*, em hebraico, significa "gamo", ou "antílope". (N. E.)

o dele, e chegou mesmo a insistir que ele entrasse em contato com ela assim que voltasse de lá. Ao ver seu filho cego para essas demonstrações de afeto, Orah pensou que seu coração ainda estava totalmente preso a Taliah. Já fazia um ano desde que ela o deixara, e até agora ele não era capaz de ver mais ninguém. Pensou com tristeza que ele era uma pessoa fiel, como ela mesma, e bem mais monogâmico que ela; quem sabe quantos anos se passarão até ele se esquecer da Taliah, se é que ele ainda tem anos pela frente para viver, ela pensou e apagou furiosamente o pensamento, arrancando-o da cabeça com as duas mãos; e mesmo assim uma imagem conseguiu escapulir: Taliah chegando para visitá-la, confortá-la, talvez também para receber de Orah algum perdão retroativo, e sentiu sua face se enrijecer de raiva — como ela podia feri-lo desse jeito, pensou, e deve ter murmurado algo em voz alta, pois Ofer se inclinou para ela e perguntou delicadamente, o que é, mãe?, e ela por um instante não viu seu rosto, ele não tinha rosto, os olhos dela fitavam um vazio, puro terror — não foi nada, e deu uma risadinha, pensei em Taliah, você tem falado com ela ultimamente? E Ofer fez um gesto com a mão, deixa pra lá, basta, acabou.

 Ficava o tempo todo verificando as horas. No relógio dela, no relógio dele, nos relógios grandes do shopping, nos letreiros digitais dos televisores nas vitrines. E também se comportava o tempo todo de maneira estranha, às vezes voava para longe, às vezes se arrastava ou congelava completamente. Tinha a impressão de que, sem muito esforço, seria possível girar o tempo para trás, não muito, uns trinta minutos, ou uma hora por vez, para ela tudo bem. Esses senhores importantes — o tempo, o destino, Deus — às vezes é possível torná-los mais frágeis justamente por meio de pequenos, minúsculos ajustes. Eles foram de carro até o centro para comer algo num restaurante no mercado e acabaram pedindo comida demais; e embora nenhum dos dois estivesse com apetite, ele tentou animá-la contando experiências da barreira montada ao lado de Tapuach, onde tinha servido por sete meses, e era a primeira vez que ele contava que costumava examinar os milhares de palestinos que por ali passavam com o auxílio de um simples detector de metais, como aquele utilizado na entrada dos shoppings. Era só isso que você usava?, ela sussurrou, e ele riu, mas o que você pensou que eu usasse?, e ela disse, não pensei nada, e ele perguntou, e você nunca imaginou como isso é feito? E surgiu uma ponta de decepção na voz dele, e ela disse, mas você nunca me contou. E ele se virou para ela de perfil como que dizendo, você sabe muito bem por quê, mas antes de ela dizer qualquer coisa, ele estendeu sua mão — larga, bronzeada, áspera — e cobriu a mão dela; esse toque simples e generoso quase a deixou atordoada e ela se calou. Ofer parecia querer, no último minuto, completar o que ficara faltando, e contou rapidamente sobre a *pillbox* onde tinha morado durante quatro meses na frente do bairro norte de Jenin, e como costumava ir todo dia, às cinco da manhã, abrir o portão da cerca em torno da *pillbox*, para verificar se os palestinos não haviam armado alguma cilada no portão durante a noite. E ela perguntou, e você ia lá, assim, sozinho? E ele disse, geralmente alguém da *pillbox* me protegia, quer dizer, se houvesse alguém acordado. E ela quis perguntar mais, mas ficou com a garganta seca, e Ofer deu de ombros e disse com uma voz de velho palestino, *kulo min Allah* — é a vontade de Alá. Ela sussurrou, eu não sabia, e ele riu sem amargura, como se já tivesse se conformado com o fato de não poder esperar que ela soubesse, e lhe contou sobre a casbá de Nablus, a mais interessante de todas as casbás, ele disse, a mais antiga, ali há casas da época dos romanos, e casas construídas como pontes sobre as ruelas, e sob a cidade inteira, de leste a oeste, passa um aqueduto, com drenos e canais que correm em todas as direções, e os fugitivos vivem ali, pois sabem que jamais ousaremos descer lá embaixo. Ele foi se entusiasmando ao falar, como se contasse sobre um novo *game* de computador, e ela lutou o tempo todo contra a compulsão de pegar a cabeça dele entre as mãos e olhar dentro dos olhos dele para ver sua alma, que havia anos já vinha se apagando de sua mente — com afeto, com um sorriso e uma piscadela, como se estivessem envolvidos num leve e divertido jogo de pega-pega —, mas não se atreveu a fazê-lo, e também não conseguiu simplesmente lhe dizer, sem que sua voz imediatamente adquirisse um tom de queixa ou culpa, diga, Ofer, por que nós não somos mais amigos como antigamente?, e daí que eu sou sua mãe?

Às três Sammy viria para levar Ofer e ela até o local de encontro. Três horas da tarde era o limite de alcance do pensamento dela. Não lhe restava energia para imaginar o que aconteceria depois, e aí estava mais uma prova daquilo que ela sempre diz, que não possui um pingo de imaginação. Mas não é bem verdade. Isso também mudou, e nos últimos tempos tinha até excesso de fantasias, uma imaginação intoxicante. Sammy lhe tornaria a viagem mais fácil, especialmente a volta, que sem dúvida será bem mais dura. Eles já tinham uma rotina doméstica, ela e Sammy, quase uma rotina de casal, durante suas viagens juntos. Ela adorava escutá-lo contar sobre sua família, sobre as relações complexas entre os diversos clãs em Abu Gosh, sobre as intrigas no conselho municipal, e também sobre a mulher que ele amava desde que tinha quinze anos, e talvez não tenha deixado de amar nem depois que o obrigaram a desposar Inaám, sua prima. Pelo menos uma vez por semana, totalmente por acaso, segundo ele, ele a via na aldeia. Ela era professora, e havia anos lecionara para suas filhas, e depois fora nomeada inspetora do setor. Segundo os relatos dele, aparentemente era uma mulher resoluta e forte, e ele sempre conduzia a conversa de modo tal que Orah perguntasse sobre ela, e então contava, com certa reverência, acerca das novidades a seu respeito: mais um filho, seu primeiro neto, o prêmio que recebera do Ministério da Educação, a morte do marido num acidente de trabalho. Em detalhes comoventes descrevia para Orah as conversas casuais que tinham no mercadinho, na padaria, ou nas raras vezes em que ele a transportava em seu táxi; Orah deduzia que ela era a única pessoa com quem ele se permitia falar daquela maneira sobre aquela mulher, talvez porque tivesse confiança absoluta nela, sabendo que ela jamais lhe faria alguma pergunta cuja resposta era óbvia.

 Sammy era um homem sagaz, tinha presença de espírito, e sua sabedoria de vida era ampliada pela perspicácia de bom negociante, o que lhe rendeu, entre outras coisas, uma pequena frota própria de táxis. Quando tinha doze anos, comprou uma cabra. Todo ano ela lhe paria dois cabritos. Um cabrito de um ano, em bom estado de saúde, explicou certa vez a Orah, podia ser vendido por mil shekels. Quando o cabrito chegava a valer mil shekels, eu vendia e guardava o dinheiro. Fui guardando, guardando, até que juntei oito mil, e aos dezessete anos tirei minha carteira de motorista e comprei um Fiat 127, modelo antigo, mas funcionando, comprei de um professor meu, e era o único garoto da aldeia que ia para a escola de carro. À tarde fazia viagens particulares, levava uma pessoa, trazia outra de volta, vá lá, me traga isso, e assim por diante, devagarinho, devagarinho...

 No último ano, dentre as enormes reviravoltas na vida dela, um amigo a indicara para um trabalho temporário, período parcial e facultativo, para um novo museu que estava prestes a ser construído em Nevada, e que, por algum motivo, se interessava por Israel, especialmente pela sua cultura material. Orah adorou a atividade não rotineira que lhe caiu nas mãos e que a distraía um pouco de si mesma, preferindo não se aprofundar nos motivos ocultos do museu e o que teria trazido seus idealizadores a investir fortunas na reconstituição de aspectos de Israel justamente no deserto de Nevada. Ela estava na equipe encarregada dos anos 50, e sabia que havia mais algumas dezenas de "coletores" como ela, trabalhando nas diversas equipes. Nunca tinha encontrado com nenhum deles. Durante duas ou três semanas saía com Sammy em viagem para comprar raridades por todos os cantos do país, e uma vaga intuição a instruía a não falar sobre o museu e seus projetos com ele; Sammy nunca perguntava nada, e ela ponderava o que ele estaria imaginando, e como descrevia essas viagens para Inaám. Percorriam o país durante dias inteiros, compravam uma coleção de bacias de ferro "multiuso" num kibutz no vale do Jordão, e uma máquina de ordenhar antiga em outro kibutz no norte, ou um recipiente de gelo, limpo e reluzente como novo, em algum bairro de Jerusalém e, obviamente, aqueles itens minúsculos, esquecidos, cuja existência lhe proporcionava um prazer quase corporal: um oitavo de uma barra de sabão Tasbin, um tubo de creme de mão Velveta, um pacote de absorventes higiênicos femininos, dedais de borracha ásperos que os motoristas da Egged costumavam usar, uma coleção de flores silvestres secas entre as folhas de um caderno, e quantidades enormes de livros didáticos e de leitura daquela década — entre outras coisas, uma de suas tarefas era tentar reconstituir uma biblioteca doméstica típica de um kibutz daqueles anos. Seguidamente via como o charme caloroso, terreno, de Sammy Jubrahn envolvia a todos que encontrava: os velhos moradores do kibutz estavam convencidos de que ele era um ex-kibutznik — o que é verdade, ele dizia rindo nos ouvidos dela: a metade das terras de Kiryiat Anavim são da minha família — e em Jerusalém, num clube de gamão comunitário, alguns senhores o cercaram, seguros de que havia crescido com eles em Nachlaot, e até se recordavam dele, conforme diziam, trepando nos ciprestes para assistir de graça aos jogos do Hapoel no velho estádio de Katamon. E uma vibrante viúva de Tel Aviv, de pele bronzeada e exuberante em suas pulseiras e enfeites, determinou que ele sem dúvida era do Kerem, talvez um pouco gordo demais para um iemenita, mas logo percebeu que ele tinha "origem" — disse ao telefonar para Orah no dia seguinte, como quem não quer nada —, muito charmoso, enfatizou ela, um sujeito como ele com certeza fizera parte do Etzel. Aliás, hoje você está livre? Orah via como as mulheres se dispunham, por Sammy, a se separar de objetos que lhes eram caros; certamente sentiam que esses objetos, que seus filhos desdenhavam e dos quais sem dúvida tinham a intenção de se livrar logo depois que os velhos fossem para o outro mundo, se fossem dados a ele, permaneceriam num certo sentido dentro da família. Em toda viagem, mesmo numa corrida de dez minutos, sempre entravam em assuntos de política e discutiam calorosamente os últimos acontecimentos. Embora Orah, já havia muitos anos, desde a tragédia de Avram, tivesse se desligado completamente da "situação" — eu já paguei o meu preço, declarava com um sorriso estreito e forçado —, esse tipo de conversa com Sammy acabava pegando fogo. Não eram exatamente seus argumentos e alegações que a atraíam — ela já os tinha ouvido muitas e muitas vezes, dele e de outras pessoas, e não acreditava que alguém ainda tivesse algum argumento novo nessa eterna discussão — e suspirava quando a tentavam convencer de alguma coisa: quem aqui é capaz de apresentar alguma ideia nova, inquestionável, que ainda não tenha sido ouvida? Mas quando Sammy e ela conversavam sobre a situação, quando discutiam com mordacidade e sorrisos cuidadosos — aliás, com ele frequentemente assumia uma postura de extrema direita, muito além de suas reais opiniões e ideias, ao passo que para Ilan e os filhos ela sempre havia sido, segundo eles, simplesmente uma delirante esquerdista — e ela não sabia por si só definir exatamente o que era e onde se encontrava, ela diria com um gracioso dar de ombros, de qualquer forma, só quando tudo isso terminar, toda essa história, saberemos realmente quem tinha razão e quem não tinha, não é mesmo? Ainda assim, quando Sammy se exaltava criticando em seu hebraico arábico a postura irascível, ofensiva e indigna tanto dos judeus como dos árabes, quando ele colocava os líderes dos dois lados num mesmo saco citando um provérbio árabe que costuma despertar nas profundezas da memória dela o provérbio equivalente no iídiche falado por seu pai, às vezes ela experimentava uma leve sensação física, como se no meio da conversa ficasse claro para ela que o fim, o grande final de toda a história, precisava necessariamente ser bom, e seria bom, ainda que só por causa desse homem desajeitado e bulboso ao seu lado, por ele conseguir preservar dentro de suas carnes gordurosas uma chama de delicada ironia, especialmente por conseguir continuar sendo ele mesmo dentro de tudo *isto*. E às vezes lhe ocorria um outro pensamento, que talvez estivesse aprendendo agora com ele o que seria necessário saber um dia, se — ou quando — a situação, Deus me livre, se invertesse neste país e ela estivesse no lugar dele, e ele no lugar dela. Afinal, isso era possível, isso estava sempre espreitando por trás da porta, e quem sabe ele também não pensasse nisso? Às vezes ela ponderava, será que ela também não estaria ensinando a ele alguma coisa, sendo ela mesma dentro de tudo *isso*?

E por todas essas razões era muito importante para ela observá-lo com toda a seriedade e aprender como ele fora capaz de se conservar livre de amargura e de ressentimento após tantos anos. E, pelo que ela podia perceber, parecia que ele também não agasalhava no coração nenhum ódio silencioso, ao contrário do que Ilan alegava todo o tempo. E, principalmente, constatava admirada, e oxalá pudesse aprender isso dele, que ele conseguia não atribuir as pequenas e grandes humilhações do dia a dia a qualquer defeito pessoal de si próprio, como ela sem dúvida faria fervorosamente caso estivesse, Deus a livre, na situação dele — e que, para dizer a verdade, é de fato o que ela tem feito com praticamente tudo, e não poucas vezes, neste último ano de merda da sua vida. De alguma maneira, em meio a toda essa bagunça, Sammy se mantivera um ser livre, algo que ela só conseguia atingir de tempos em tempos, muito raramente.

Naquele momento, a idiotice ia crescendo dentro dela até arrebentar. Seu fracasso na questão complexa e fundamental de ser uma pessoa sensível justamente aqui, neste lugar, nesta época. Não ser só sutil, refinada — há palavras que ela ainda ouve somente na voz de sua mãe —, só porque por sua natureza você não é capaz de ser outra coisa, e sim ser sensível de forma intencional, desafiadora, forte, por princípio, ser sensível metendo a cabeça dentro de uma cuba de ácido. E Sammy é um homem sensível de verdade, ainda que seja difícil perceber isso à primeira vista, com o tamanho, o peso e os densos traços faciais. Até mesmo Ilan fora obrigado a reconhecer isso, ainda que com reserva, e sempre com uma pitada de desconfiança: sensível, sensível até aparecer a primeira oportunidade, ele advertia; então você vai ver o lado árabe da sensibilidade dele.

Porém, ao longo de todos esses anos que já se conheciam, por mais que o observasse de maneira disfarçada — e ela o observava constantemente —, jamais conseguira se livrar da curiosidade infantil em relação a um defeito congênito que percebia nele, na essência de sua existência ali, uma existência dividida, dupla — era capaz de dizer a si mesma com absoluta segurança que ele nunca tinha falhado, nem uma única vez. Não fracassara nunca em mostrar-se sensível.

Certa vez ele levara ela e as crianças ao aeroporto, para recepcionar Ilan, que voltava de uma de suas viagens. Guardas parados na barreira de entrada o levaram por meia hora. Orah e os filhos ficaram esperando dentro do táxi. Na época os meninos eram pequenos, Adam tinha mais ou menos seis anos e Ofer três, e foi a primeira vez que tomaram consciência de que o Sammy deles era árabe. Quando voltou, pálido e banhado de suor, recusou-se a contar o que havia acontecido, e simplesmente disse, eles ficaram o tempo todo dizendo que eu sou um árabe de merda, e eu dizia, vocês podem estar jogando merda em mim, mas isso não faz de mim um árabe de merda.

E ela jamais se esqueceu dessa frase, e nos últimos tempos a repetia para si mesma com a máxima firmeza, como uma espécie de remédio para fortalecer o coração diante de toda a merda que foi sendo jogada em cima dela, por todo mundo, como por exemplo aquela parelha de diretores subservientes — grudentos, era como Avram costumava chamar pessoas como eles — na clínica onde trabalhara até recentemente, e alguns casais de amigos, que de certa forma lhe viraram as costas após a separação e ficaram do lado de Ilan — mas até eu, ela reconhece intimamente, se pudesse, escolheria Ilan e não a mim —, e pode-se acrescentar à lista também o juiz filho da puta que me privou da minha liberdade de ir e vir, e na verdade também ela pode incluir seus filhos entre aqueles que jogam merda nela, especialmente Adam, Ofer não, quase não, não sei, já não sei, e o Ilan também, é claro, o merdão-mor, ele mesmo, ela suspirou, que uma vez, trinta anos atrás, jurou que sua missão na vida seria cuidar para que as extremidades da boca dela ficassem viradas sempre para cima, ah, e ela toca sem notar no canto do lábio superior, ligeiramente deslocado para baixo, vazio, afinal até mesmo sua boca aderiu à merda jogada em cima dela; e em todas as viagens com Sammy, diante dos desafios pequenos e inesperados, diante dos olhares desconfiados que às vezes eram lançados aos dois, diante dos comentários azedos, assustadores de tanta grosseria, vindos das pessoas mais cativantes e cordiais que encontravam, diante de todos os escrutínios e perguntas semelhantes que o dia a dia lhes apresentava, aos dois juntos, uma segurança mútua e tranquila foi florescendo entre ambos, como aquela que se sente em relação ao par numa dança difícil, ou num exercício de acrobacia perigoso, e você sabe que ele não vai falhar, que a mão dele não vai tremer no momento decisivo, e ele também, por seu lado, sabe que você jamais pedirá algo que é absolutamente proibido pedir.

E hoje ela falhou, fazendo assim com que ele também falhasse, e ela apenas compreendeu isso quando já era tarde demais, quando ele correu para lhe abrir a porta do carro como sempre fazia, e de repente viu Ofer descendo as escadas de casa, de farda e com sua arma — Ofer, que ele conhecia desde bebê, afinal fora ele que a trouxera da maternidade com Ilan quando foram com Ofer para casa. Ilan estava com medo de guiar naquele dia, disse que estava com as mãos trêmulas, e na volta da maternidade Sammy lhes disse que sua vida só havia realmente começado quando nascera Yusrah, sua filha mais velha — naquela época ele só tinha uma filha, depois teve mais dois meninos e duas meninas; eu tenho cinco problemas demográficos, ele costumava debochar quando alguém lhe perguntava —, e Orah percebeu então, naquela mesma viagem, que ele procurava dirigir com delicadeza, desviando o carro das valetas, para não perturbar Ofer, que dormia no cestinho. E nos anos seguintes, quando os meninos estudavam no centro da cidade, Sammy era o motorista da "cooperativa de transporte" que ela havia organizado para as cinco crianças de Tsur Hadassah e Ein Karem; e toda vez que Ilan estava no exterior ele a ajudava nas pequenas e grandes viagens, e houve anos em que ele foi parte inseparável do dia a dia da família; mais tarde, quando Adam cresceu mas ainda não havia tirado carteira de habilitação, Sammy o trazia de volta das baladas de sexta-feira; nos últimos anos Ofer se juntara a Adam, ambos lhe telefonavam de algum bar no centro, e Sammy vinha de Abu Gosh, qualquer que fosse a hora, caindo de sono, até mesmo às três da madrugada, e aguardava Adam, Ofer e os amigos do lado de fora do bar até eles finalmente se lembrarem de sair, e ficava ouvindo as conversas deles, as histórias das experiências no exército — sabe-se lá o que ouviu naquelas vezes, ela de repente se alarmava, o que eles teriam dito enquanto soltavam gargalhadas alcoólicas, e ao gracejarem sobre as experiências nas barreiras — e aí os distribuía pelas suas respectivas casas nos mais diversos bairros. E agora estava a caminho de o deixar para sua operação militar em Jenin ou Nablus, ela pensou, e esse pequeno detalhe ela havia esquecido de mencionar ao ligar para ele, mas Sammy foi rápido. O coração dela desmoronou ao ver o semblante dele se anuviar e escurecer, numa combinação de raiva e impotência. Ele captou tudo num piscar de olhos — viu Ofer descendo as escadas de farda e arma na mão, e compreendeu que Orah estava lhe pedindo agora que aumentasse a sua modesta contribuição para o esforço de guerra israelense.

Uma camada de cinza pareceu se espalhar na pele escura de seu rosto, como fuligem de um incêndio que o tivesse atingido e se apagado dentro dele numa fração de segundo. Ficou parado, sem se mexer, como se tivesse levado um tapa na cara. Como se ela mesma tivesse se postado na frente dele, sorrindo resplandecente de alegria e afetividade — e lhe dado com toda a força um tapa na cara. Por um momento ficaram paralisados, os três, prisioneiros da situação: Ofer no alto da escada, a arma balançando e o pente de munição preso com um elástico; ela, com a ridícula bolsa de camurça roxa, adornada demais, até mesmo grotesca, para uma viagem dessas; e Sammy, que sem se mover do lugar foi encolhendo, como se lentamente estivesse se esvaziando.

Ela percebeu como ele havia envelhecido nesses anos. Quando o conheceu parecia pouco mais que um rapaz. Vinte e um anos haviam se passado, e ele, embora fosse três ou quatro anos mais moço, já parecia mais velho que ela. Aqui se envelhece rápido, eles também — pela sua cabeça passou essa ideia estranha. Até mesmo eles.

A perplexidade tornou as coisas ainda piores, de modo que ela entrou e se sentou no banco de trás, não do lado do passageiro, onde ele ficara segurando a porta aberta para ela — ela sempre se sentava ao lado dele, por que agora haveria de ser diferente? Ofer também veio e se sentou atrás, e Sammy ficou parado fora do carro de mãos abanando, a cabeça levemente caída para o lado, parado junto à porta aberta, parecendo por um momento tentar se lembrar de algo; ou talvez murmurando a si mesmo alguma frase esquecida que havia brotado de algum lugar distante, talvez um versículo de oração, ou algum provérbio antigo, ou uma despedida de algo que não há como recuperar. Ou simplesmente como alguém que mergulha dentro de si mesmo, num instante de absoluta privacidade, aspirando o ar de um glorioso dia de primavera, explodindo ensolarado em brotos amarelos dos pés de acácias e giestas felpudas. E só depois dessa breve pausa, entrou no carro e se sentou, ereto e duro em seu assento, aguardando instruções.

Hoje vai ser uma viagem meio longa, Sammy, disse Orah — será que eu lhe disse pelo telefone? Ele não mexeu a cabeça, nem para afirmar nem para negar, nem sequer olhou para ela pelo retrovisor interno, simplesmente curvou um pouco, com paciência, sua grossa nuca. E ela disse, temos de levar o Ofer para lá, para aquela base, você com certeza já ouviu no rádio, o ponto de encontro, ali perto do monte Guilboa, vamos andando e lhe explicamos no caminho. Ela falava depressa e sem nenhuma entonação. "Aquele ponto de encontro", ela tinha dito, como se falasse de um ponto de encontro num shopping center, e a verdade é que quase lhe escapou "aquele ponto de encontro idiota", ou até mesmo "a base do seu governo", mas conseguiu se controlar, talvez porque soubesse que deixaria Ofer com raiva; e com toda a razão, afinal como podia forjar alianças subversivas num dia como aquele? Além disso, como Ofer havia tentado convencê-la durante o almoço inteiro no restaurante, talvez fôssemos de fato obrigados a desferir um golpe fatal, ainda que fosse óbvio que isso não os aniquilaria definitivamente nem seria o suficiente para dissuadi-los de continuar nos atacando; ao contrário, salientou, mas isso talvez ao menos nos devolva um pouco do nosso poder de reação. Nesse momento Orah tapou a boca com as mãos, puxou o joelho esquerdo com força contra a barriga, e o agarrou com os braços; ficou sentada desse jeito, atormentada pela sua grosseria com Sammy. Para calar a ansiedade dentro de si, tentou repetidas vezes estabelecer uma conversa superficial com Ofer, ou com Sammy, apenas para se deparar continuamente com o silêncio de ambos; resolveu não desistir, e assim, para sua absoluta surpresa, viu-se contando a Sammy uma velha história, que lhe ocorreu de repente, sobre seu pai, que ficara quase cego quando ainda era muito jovem, aos quarenta e oito anos, imagine só, e no começo perdeu a visão do olho direito por causa de um glaucoma, parece que também vou ter um glaucoma um dia, ela deu uma risadinha, e no olho esquerdo foi se desenvolvendo ao longo dos anos uma catarata, e tudo isso junto deixou seu campo de visão do tamanho de uma cabeça de alfinete, e se a hereditariedade funcionar direito é isso que vai me restar também. Ela deu uma risada franca e continuou a contar a história para o espaço vazio do táxi numa voz histérica, que o seu pai, durante longos anos, receava fazer a cirurgia de catarata num dos olhos, o olho que quase via, e Sammy permaneceu calado, e Ofer olhava pela janela e dilatava as bochechas e balançava a cabeça como que se recusando a acreditar até que ponto ela era capaz de descer para bajular Sammy, e como estava disposta a lhe dar como oferenda uma história tão íntima para se redimir do seu erro grosseiro. E ela viu tudo isso, embora não conseguisse parar no meio, pois a história em si tinha seu próprio poder. E afinal tinha sido Ofer, somente ele, que de forma insistente e paciente, com infinitas conversas com o avô, conseguira persuadi-lo a finalmente se submeter à cirurgia; e graças a Ofer seu pai ainda teve alguns bons anos antes de sua morte. No meio da conversa ela também pensou que era Ofer quem guardava de memória os fatos interessantes e as lembranças da própria infância dela, suas histórias de colégio e das amigas, dos pais e dos vizinhos no seu bairro de infância em Haifa. E Ofer vivia essas pequenas histórias com um prazer que é difícil esperar num jovem dessa idade, e também sabia sempre como tirá-las do bolso no momento certo; secretamente ela sentia que dessa forma ele preservava para ela sua infância e juventude, e aparentemente foi por esse motivo que as foi depositando nele durante todos esses anos, aos poucos desistindo, quase sem perceber, de Ilan e Adam como ouvintes dessas migalhas de memória. Ela suspirou, e logo sentiu que era um suspiro diferente, novo, escavado de outro lugar de dentro dela, com um ferrão congelado na ponta. Assustou-se, e por um frágil segundo era novamente uma menina, de novo lutando com Adah, que insistia em soltar a mão e pular da beira do penhasco, fazia anos que havia estado lá com ela, como foi que de repente Adah voltou a segurar sua mão para logo depois soltá-la? E continuou despejando frivolidades sob o silêncio de Sammy e Ofer, ficando ainda mais deprimida com o fato de os dois, esses dois homens, apesar de tudo que os separa neste momento, ainda assim conseguirem se unir contra ela. Há ali uma aliança, Orah finalmente compreendeu, uma aliança às custas dela, e está claro que é muito mais profunda e eficaz do que tudo que separa e atrapalha.

Uma assoada de nariz interrompeu suas palavras com tamanha violência que ela se calou. Ofer estava resfriado. Ou era alergia. Nos últimos anos, todo mês de abril ele começou a ter uma alergia que se prolongava praticamente até o fim de maio. Ele enxugou o nariz com um lenço de papel tirado de uma caixinha de madeira adornada que Sammy havia instalado na parte de trás para seus passageiros. Ofer ia puxando um lenço depois do outro, assoava com toda a força, ruidosamente, depois amassava o papel e enfiava no cinzeiro ao lado de seu assento, que foi se enchendo até a borda. Seu rifle Glilon estava colocado entre ele e a mãe, com o cano apontando contra o peito dela já havia vários minutos; agora ela já não aguentava mais e pediu-lhe que afastasse o rifle. Mas ao passar a arma para o meio das pernas com um gesto brusco e nervoso, o cano raspou no forro interno do teto do carro, rasgando uma faixa de revestimento. Ofer imediatamente disse, sinto muito, Sammy, rasguei seu teto aqui, e Sammy deu uma olhada rápida e disse com voz rouca, não faz mal, e Orah disse, não-não, não se discute, nós pagamos o conserto, e Sammy respirou fundo e disse, deixa pra lá, não faz mal, e Orah cochichou a Ofer que ao menos dobrasse a coronha da arma, e Ofer se opôs retrucando num semissussurro que isso não se faz, que ele só tem permissão de dobrar a coronha dentro do tanque, e Orah se debruçou para a frente e perguntou a Sammy se ele tinha no carro uma tesoura para cortar a faixa rasgada, e ele não tinha, e ela segurou a faixa pendurada que dançava em frente ao seu rosto e por um momento teve a impressão de vísceras destripadas, e disse que talvez fosse possível costurar aquilo com agulha e linha, você por acaso tem aí?, posso costurar agora mesmo, e Sammy disse que sua mulher costuraria, e depois acrescentou, sem nenhuma entonação na voz, mas tomem cuidado com a arma — por alguma razão dirigiu-se aos dois — para não rasgar o forro dos assentos, faz só uma semana que eu pus forro novo. E Orah disse com um sorriso apertado, basta, Sammy, os prejuízos acabaram, e o viu fechar as pálpebras e esconder um olhar que ela não conhecia.

Na semana anterior, numa viagem de rotina, Orah deparara pela primeira vez com o revestimento novo, feito de pelo sintético com listras de tigre. Sammy acompanhou atentamente as expressões de seu rosto e imediatamente explicou: você não gosta disso, Orah, não acha bonito, não é mesmo? Ela disse que, de forma geral, não apreciava muito revestimentos de pelo animal, nem mesmo de imitações de pelo, e ele riu: não gosta, para você certamente isto é gosto de árabe, não é? Orah se sentiu oprimida, havia um rancor desconhecido em sua voz, e ela disse com todo o cuidado que ele também, pelo que ela se lembrava, nunca antes tinha escolhido coisas daquele tipo. Ele respondeu que achava bem bonito, e que uma pessoa não pode mudar seu gosto. Orah não reagiu. Disse a si mesma que talvez ele tivesse tido um dia difícil, talvez algum passageiro o tivesse ofendido, talvez tivessem jogado merda nele outra vez em alguma barreira. Os dois conseguiram se livrar do ambiente pesado que se criara momentaneamente no carro, porém ela passou o dia todo sentindo um desconforto, e só à noite, diante da televisão, ocorreu-lhe que talvez o novo gosto dele em relação ao revestimento tivesse algo a ver com o grupo de colonizadores que tinha planejado explodir um carro-bomba ao lado de uma escola em Jerusalém oriental. Eles foram pegos alguns dias antes, e um deles descreveu na televisão como tinham "ajeitado" o carro, por fora e por dentro, para ficar de acordo com "o gosto árabe".

Então o silêncio no carro ficou ainda mais denso, e Orah se sentiu outra vez pressionada a discorrer sobre seu pai e as saudades que sentia dele, e sobre a mãe, que já não era capaz de distinguir entre a direita e a esquerda, e sobre Ilan e Adam, que naquele momento estavam se divertindo na América do Sul. Sammy permaneceu inexpressivo, apenas seus olhos se remexiam, examinando o comboio que já se arrastava havia mais de uma hora. Uma vez, numa das primeiras viagens dos dois juntos, ele comentou que desde menino tinha o hábito de contar todo caminhão que via nas estradas do país, civil ou militar. Como ela não entendeu o motivo, ele explicou que era de caminhão que eles viriam levá-lo, junto com sua família e todos os árabes de 48 para o outro lado da fronteira, não é isso que estão prometendo os "transferistas" de vocês?, disse rindo. Promessas devem ser cumpridas, não é mesmo? Ouça o que digo, ele acrescentou — e os nossos imbecis ainda vão fazer fila para pegar trabalho de motoristas nesse projeto, se conseguirem alguma grana.

Ofer assoava o nariz sem parar, com estrondos que ela jamais tinha ouvido, irritantes e barulhentos, estranhos à sua natureza delicada. Ele arrancava os lenços de papel e os enfiava no cinzeiro, e imediatamente puxava outro lenço, e os lenços usados iam caindo no chão e ele não os levantava, e ela já tinha desistido de se abaixar e enfiá-los na bolsa. Um jipe os ultrapassou buzinando sem parar, praticamente forçando a entrada na frente do táxi. Atrás, resfolegava um Hummer de carroceria larga, quase grudado neles, e Sammy não parava de alisar sua calva redonda e grande, apertando as costas enormes contra o assento ortopédico e arremetendo para a frente toda vez que sentia as longas pernas de Ofer pressionando as costas do seu assento. Seu cheiro, um cheiro masculino ligeiramente mascado, que ele sempre diluía com uma colônia cara que ela apreciava, se transformara nos últimos minutos num cheiro de suor azedo, que foi ficando cada vez pior, até explodir de repente e preencher todo o interior do carro, tornando-se mais forte que o ar-condicionado. Orah se sentiu sufocada, mas não ousou abrir a janela, e sentou-se reclinada para trás respirando pela boca.

Grandes gotas de suor se juntaram sobre a calva de Sammy, escorrendo sobre a testa e as maçãs do rosto inchadas. Ela quis sugerir que ele pegasse um lenço, mas temeu sua reação, e pensou nos pequenos e cuidadosos movimentos com os quais ele molhava seus dedos com a água de rosas que trazem ao fim de cada refeição no seu restaurante predileto em Majd el-Krum.

Seu olhar oscilava desvairado entre o jipe à sua frente e o caminhão grudado em sua traseira. Ele estendeu a mão e com dois dedos afastou do pescoço a gola da camisa. Ele é o único árabe neste comboio, ela pensa, e também começa a sentir uma comichão de suor: ele simplesmente está com medo, está morrendo de medo, como é que fui fazer uma coisa dessas com ele? Uma grande gota pende na ponta de seu queixo e se recusa a cair. Uma gota grossa, lacrimosa. Como é que ela não se desprende, por que é que ele não a enxuga de uma vez, será que está deixando assim de propósito? A face de Orah ferve e fica vermelha, sua respiração está pesada, e Ofer abre a janela e resmunga, calor, e Sammy diz, o ar-condicionado é fraco.

Ela se recosta, tira os óculos. À sua frente se movem ondas de flores amarelas. Parecem brotos de mostarda, que seus olhos deficientes fragmentam e trituram em pontos e manchas coloridas. Ela fecha os olhos, e instantaneamente sente o forte ruído do comboio irromper e aumentar como se fosse um rugido tenso e penetrante dentro de seu próprio corpo. Abre os olhos: o sombrio ruído cessa de súbito e os pontos de luz retornam. Mais uma vez ela cobre os olhos, e o rugido brame com uma batida pesada, um som insistente, lúgubre, caótico, uma mistura de sons de motores e pistões, e debaixo deles, corações e artérias pulsando, estrangulados de medo. Ela se vira para trás e observa a serpente de veículos, e a visão quase festiva, excitante, uma procissão gigantesca, multicolorida, cheia de vida própria: pais e irmãos e namoradas, e até mesmo avôs e avós, trazendo seus queridos para a base; o evento da temporada, ela pensa, em cada carro há um jovem rapaz, os primeiros frutos, um carnaval de primavera terminando com sacrifício humano, e você?, ela pergunta a si mesma, olhe para si mesma, como você está trazendo seu filho lindo e arrumado, seu filho-quase-único, seu bem-amado, e Ismael como seu motorista particular.

Ao chegarem ao ponto do encontro, Sammy parou na primeira área de estacionamento que encontrou, puxou o freio de mão com força, cruzou os braços sobre o peito e avisou que iria esperar ali, e também pediu — o que jamais tinha feito antes — que ela se apressasse. Ofer saiu do carro e Sammy não se moveu. Murmurou alguma coisa e ela teve dificuldade de entender o quê. Talvez tenha se despedido de Ofer, ela espera que seja isso, quem sabe o que ele estava murmurando ali. Ela caminha atrás de Ofer e pisca os olhos diante dos objetos ofuscantes: canos dos fuzis, óculos escuros, espelhos de carros, tudo isso a martiriza. Não sabe para onde ele a estava conduzindo, e teve medo de que ele sumisse no meio das centenas de rapazes e ela não o visse mais. Quer dizer — imediatamente se corrigiu e usou as palavras exatas, para o sombrio protocolo que mantivera para si mesma durante todo o dia, desde o amanhecer —, que ela não o visse mais até ele voltar para casa. O sol arde e a multidão se transformou para ela num conglomerado de pontos coloridos movendo-se com rapidez. Ela fixa o olhar nas costas de Ofer, na mancha cáqui alongada. O seu andar é duro e um pouco apressado. Ela vê como ele distende os ombros e separa as pernas e lembra-se de como, quando tinha doze anos e estava trocando de voz, ele atendia o telefone soltando um "alô" em que havia um esforço para soar grosso, para logo em seguida se esquecer e voltar a seu tom fino. O ar em volta está repleto de gritos, apitos, berros de megafone e risadas. "Benzinho, me atende, sou eu, benzinho, me atende, sou eu", é o toque de um telefone celular ao lado dela, e parece que tudo ao seu redor a segue por onde quer que ela ande. No meio do tumulto Orah capta com surpreendente nitidez o balbuciar longínquo de um bebê, ali, ao longe, em algum canto da área de entrada, e a voz de sua mãe respondendo docemente, e ela se detém um instante procurando com os olhos, sem encontrar, imagina a mãe trocando-lhe a fralda, talvez sobre o capô do motor de algum carro, curvando-se sobre o bebê e fazendo-lhe cócegas com as pontas dos dedos na barriguinha despida, e fica assim estática, um pouco inclinada para a frente, abraçando ao corpo sua bolsa de camurça, e sorvendo duplamente o suave fluxo sonoro até se dissolver.

Havia um erro enorme em tudo, um erro irreparável. Ela tinha a impressão de que à medida que ia se aproximando o momento da separação, os acompanhantes e os reservistas iam se enchendo de uma seca euforia, como se todos tomassem juntos alguma droga que embotasse sua compreensão. Pelo ar zunia um ruído de partida para uma excursão anual, ou de uma imensa excursão de famílias. Homens da idade dela, que já haviam sido liberados dos reservistas, encontravam seus companheiros de exército, pais dos jovens soldados, trocando gritos, exclamações e abraços. Nós fizemos a nossa parte, diziam dois senhores corpulentos um ao outro, agora é a vez deles. Equipes de tevê rodeavam as famílias se despedindo dos seus entes queridos. Orah estava com sede, ressequida. Arrastava-se numa meia corrida grudada atrás de Ofer. Toda vez que seu olhar se fixava num soldado, no rosto de um soldado, ela recuava inconscientemente, com medo do que a faria lembrar-se dele: Ofer lhe contara que quando tiravam fotos, às vezes, antes de saírem para uma operação, procuravam afastar as cabeças uma da outra, de modo a haver espaço para o círculo vermelho que mais tarde os identificaria no jornal. Alto-falantes irritantes orientavam os soldados para os pontos de encontro das unidades — eles chamam isso de *encontramentos*, pensou imediatamente em voz alta, com raiva, são bárbaros, estupradores do idioma — e de repente Ofer parou, ela quase tropeçou nele, e ele se virou para ela e deu-lhe uma bronca. O que fazer com você?, ele solta num sussurro quase colado nela, e se de repente descobrirem aqui um árabe e pensarem que é um terrorista suicida? E você não pensou no que ele sentiria sendo obrigado a me trazer até aqui? Você não consegue absolutamente entender o que isto significa para ele?

Ela não teve força para discutir ou explicar. Ele tem razão, mas ela realmente não tinha cabeça para pensar em nada, uma neblina branca tomou conta da sua mente desde o momento em que ele a informara que, em vez de sair com ela para uma excursão pela Galileia, ele iria para alguma casbá ou *mukatah*. Eram seis da manhã, ela acordou com a voz dele cochichando ao telefone no quarto ao lado e foi correndo para lá. Percebendo o olhar de culpa dele, aprumou-se e perguntou, eles ligaram?, e ele disse, estão dizendo que devo ir, e ela, mas quando?, e ele disse, imediatamente. Ela ainda tentou perguntar se não era possível esperar um pouco, para que a gente possa pelo menos sair por uns dois ou três dias, pois compreendeu de imediato que podia esquecer de uma semana inteira, e acrescentou com um sorriso magoado, não dissemos que vamos curtir um pouco juntos, um pouco de vida em família? E ele deu uma risada, mãe, não é uma brincadeira, é uma guerra; e — por causa dessa arrogância dele, e do pai dele, e do irmão dele, a contínua desconsideração dos três em relação à área mais sensível dela — ela revidou imediatamente, dizendo ainda não estar convencida de que no cérebro masculino existisse alguma distinção clara entre guerra e jogo, e por um momento permitiu a si mesma uma ligeira satisfação pela sua presença de espírito ainda antes do primeiro café do dia, e Ofer deu de ombros em silêncio e foi para o seu quarto empacotar as coisas, e justamente por ele não ter devolvido uma resposta aguçada, como era seu feitio, uma suspeita surgiu dentro dela, e ela foi atrás dele e perguntou, mas eles telefonaram para avisar você? Pois lembrou-se de não ter ouvido o telefone tocar, e Ofer tirou do armário a camisa da farda e um par de meias cinza, enfiou na mochila e resmungou atrás da porta, o que importa quem telefonou? Há uma operação e uma convocação de emergência, e meio país está recrutado, e ela não desistiu — eu, desistir, pensou depois, de levar uma picada tão espinhosa? — e se apoiou de leve no batente da porta cruzando os braços sobre o peito e exigiu que ele lhe dissesse exatamente como haviam transcorrido as coisas até o tal telefonema, e não arredou pé até ele lhe dizer que fora ele quem ligara *para eles*, pela manhã, ainda antes das seis correu para ligar para a unidade, combinando para que viessem pegá-lo, mesmo que hoje, às nove-zero-zero, ele devesse estar na repartição, para ser liberado do exército, e de lá prosseguir com a mãe para a Galileia. E pelo que ele disse num murmúrio, de olhos baixos, ficou claro para ela, para sua decepção, que eles, o exército, da parte deles, nem chegaram a lhe pedir que prorrogasse o serviço, aos olhos deles ele já era um civil, mergulhado na liberdade do serviço militar encerrado. E era ele, sim — rebateu Ofer com veemência, inflamando-se subitamente diante dela, a testa ficando vermelha —, era ele que não estava disposto a desistir, e que durante três anos tinha comido poeira para chegar a essa situação, três anos ralando em barreiras e patrulhas, levando pedradas de garotos nas aldeias palestinas e nos assentamentos, isso para não falar no fato de que já fazia meio ano que não via a cor de um tanque, e finalmente agora, com a sua merda de sorte, uma operação dessas, de desmantelamento, três unidades de tanques juntas — ele tinha lágrimas nos olhos, por um instante podia-se pensar que ele estava barganhando com ela para que o deixasse chegar mais tarde da festa de Purim na escola —, como é que ele podia ficar sentado em casa ou passear pela Galileia enquanto todos os seus companheiros estariam lá; resumindo, ficou claro que ele, por sua própria iniciativa, os persuadira a alistá-lo, como voluntário, por mais vinte e oito dias.

Ahá, ela disse quando ele terminou seu discurso, ela disparou um ahá oco e sufocado, e arrastei minha estupidez para a cozinha, pensou consigo mesma. Era uma expressão usada por Ilan, sua cara-metade, o homem com quem dividira sua vida. O Ilan de antigamente costumava dizer, cheio de boas intenções em relação a ela, com comoção contida e seca, que Orah manifestava nele uma onda de amor — ela sempre teve a impressão de que no fundo de seu coração ele se espantava de ter merecido isso, a plenitude da vida — e ela se recorda, as crianças eram pequenas, na época eles moravam em Tsur Hadassah, na casa que haviam comprado de Avram, e adoravam pendurar juntos as roupas lavadas no varal à noite, o último afazer doméstico ao final de dias longos e cansativos. Juntos, levavam a grande bacia para o jardim, diante dos campos escuros e do vale, diante da aldeia árabe Hussan. A grande figueira e a grevílea farfalhavam com ruídos leves e suaves, tinham uma vida rica com seus próprios mistérios, e os varais iam se enchendo com dezenas de vestimentas estranhas, como hieróglifos em miniatura, meias minúsculas e camisetas e chinelos de pano e calças com botões e macacões coloridos. E se alguém de Hussan descesse, vendo luz no vale, e os observasse agora?, apontaria uma arma para eles?, Orah pensava de vez em quando, e sentia um arrepio no meio da espinha, e se houver uma imunidade geral, humana, para quem pendura roupa, especialmente uma roupa dessas?

E seu pensamento voa, e ela se recorda de como Ofer apresentou a Ilan e a ela o novo macacão de artilharia que recebera; eles já tinham vendido a casa em Tsur Hadassah e mudado para Ein Karem, e Ofer saiu de seu quarto vestindo o enorme macacão à prova de fogo, vindo na direção deles com pulinhos saltados, movendo-se de um lado a outro, abrindo os braços para os lados e rindo com doçura: "Pai! Mãe! Teletubbies!" — e Ilan, vinte anos antes, no jardim, à noite, de repente, enquanto penduravam as roupas das crianças no varal, veio no meio dos fios cheios de roupa e a abraçou, e os dois ficaram se movendo juntos, girando no meio daquelas roupas estendidas, rindo forte, plenos de amor, e Ilan cochichou no seu ouvido, certo, Orinka? Certo que é a plenitude da vida? E ela o abraça com toda a força, numa felicidade salgada na garganta, sentindo que por um breve instante ela capta isso com a fugacidade do seu jeito, o segredo dos anos férteis, e a comunhão de seu fluxo, e sua bênção em seu corpo e no corpo dele e dos dois meninos e da casa que fizeram para eles, e no amor que, finalmente, após anos e anos de enganos e hesitação, e após o golpe da tragédia de Avram, aparentemente se ergueu e se firmou sobre suas pernas.

Ofer terminou de empacotar as coisas em seu quarto, e enquanto ela permanecia imóvel na cozinha estendeu-se um longo momento, e ela pensou que de repente também aqui Ilan a vencera sem nenhum esforço: não iria sair para nenhuma viagem com Ofer, não teria nem sequer uma semana com ele. E Ofer com certeza sentiu o que se passava com ela, ele sempre conseguia senti-la, mesmo que às vezes se negasse a isso, e vem e fica parado atrás dela e diz, basta, mãe, vamos lá..., diz, com tal delicadeza, num tom que só ele sabe exatamente como. E ela endureceu o coração e não se virou para ele; durante um mês inteiro prepararam juntos a viagem pela Galileia, um presente pela liberação do exército que ela quis lhe dar, e obviamente, também a si mesma, um presente dela pela liberação dele, e, sobretudo, um presente de conciliação, para ambos, depois de tudo por que ela passara com ele no exército. E foram juntos comprar duas pequenas barracas, totalmente dobráveis, e mochilas apropriadas e sacos de dormir e sapatos de caminhada — só para ela, Ofer não queria abrir mão de seus sapatos batidos — e ela, nas suas horas de folga, foi e comprou camisetas térmicas e bonés e pomadas e *band-aids* para bolhas e cantis e fósforos à prova d'água e um fogão portátil e frutas secas e pacotes de bolachas e latas de conservas. De vez em quando Ofer erguia as duas mochilas que iam se enchendo no quarto dela, avaliava o peso, bem cheinhas, hein!, sem má intenção, e brincava dizendo que ela precisaria encontrar algum *sherpa* que vivesse na Galileia, para carregar tudo o que ela ia pondo nas mochilas. E ela ria do fundo do coração, cheia de prazer com o bom humor e a delícia da situação, com o brilho na face do filho. Nas últimas semanas — à medida que a data da liberação ia se aproximando — ela sentia como os sabores e odores iam aos poucos retornando do exílio. Até mesmo os sons ficaram mais nítidos, como depois de uma limpeza de ouvidos. Pequenas surpresas a esperavam, misturas duvidosas de sensações, abria um envelope com uma conta de água ou imposto predial e sentia como se tivesse aberto um pacotinho de salsa fresquinha e cheirosa. Às vezes dizia a si mesma em voz alta, para poder acreditar: uma semana inteira só nos dois, eu e ele, na Galileia. E principalmente repetia para o ar e para o vazio, Ofer vai ser liberado do exército. Ofer vai sair de lá, vai sair de lá inteiro.

E na última semana repetia em voz alta essas palavras, vezes e vezes seguidas, para as paredes da casa, ousando cada vez mais: acabou o pesadelo, ela dizia, acabaram as noites de calmantes, sussurrava contraditoriamente, sabendo que estava cutucando o destino, mas Ofer então já estava de folga havia duas semanas, antes da liberação definitiva, e não ocorreria nenhuma desgraça imediata, e o grande conflito geral, quase perpétuo, do qual ela havia se desligado havia anos, continuava a girar em algum lugar nos círculos obscuros, aqui um atentado terrorista, ali desarmar uma mina, obstáculos dos quais a alma escapa de cara lavada, sem jamais olhar para trás; e talvez se atrevesse a pensar que o próprio Ofer estava começando a acreditar que acabara, que já era. E já alguns dias antes, quando conseguira dormir dezoito horas direto, ela percebeu nele a mudança, a leve postura civil que foi se imiscuindo no seu jeito militar de falar, e na rigidez de sua face que ia se suavizando dia após dia, e até mesmo no jeito de se mover pela casa, permitindo-se perceber que aparentemente estava saindo daquilo tudo em paz, dos seus três ferrados anos de serviço militar. Meu garoto está voltando, declarava ela cautelosamente para a geladeira e para a lavadora de louça, para o *mouse* do computador e para o arranjo de flores no vaso, embora soubesse muito bem, também pela sua experiência anterior com Adam, que havia terminado o exército três anos antes, que na verdade eles não retornam de fato após o exército, não do jeito que eram, e que o garoto que um dia ele fora perdera-se para sempre a partir do instante em que fora nacionalizado, perdera-se também de si mesmo. Mas quem garante que aquilo que aconteceu com Adam acontecerá também com Ofer, disse a si mesma, eles são tão diferentes um do outro, e agora o mais importante é que Ofer está saindo dos tanques, está deixando os tanques sob todos os sentidos, ela se rejubila, gotas tão doces ela verteu para dentro de si mesma ainda ontem, ao tirar da mão adormecida dele o controle da tevê, ao cobri-lo com um fino cobertor, e ao observá-lo dormindo. Seus lábios grossos, carnudos, um pouco abertos formando algo como um sorriso irônico, como se ele soubesse que ela o estava observando. A testa franzida sobre os olhos acentuava, mesmo durante o sono, a expressão amarga e um tanto voluntariosa, e seu rosto grande, aberto, e sua cabeça bronzeada, com um corte curto, lhe pareciam, mais que antigamente, fortes e prontos para a vida. Um homem, ela pensou espantada, um homem de verdade. Tudo nele parece possível e aberto e puxado para a frente, o futuro realmente lançou sua luz sobre essa face, por dentro e por fora. E agora brota de repente essa operação, totalmente dispensável a meu ver, lamenta-se Orah na manhã seguinte em pé na cozinha preparando café para si mesma, um café especialmente amargo, e se por acaso pudesse, daria meia-volta e voltaria para a cama e dormiria até que tudo tivesse acabado, pois, afinal, quantos dias pode durar uma operação como essa? Uma semana? Duas? A vida toda? Mas não tinha força nem mesmo para voltar para a cama, não conseguia dar um passo sequer, de uma hora para outra tudo virou, inacreditável, já sabia, sua barriga, suas entranhas que iam se derretendo.

Às sete e meia da noite ela está parada na cozinha cozinhando, de jeans e camiseta, e em honra à eloquência, também usando um legítimo avental florido de dona de casa, suada e eufórica: uma cozinheira. Panelas e frigideiras dançam, soltando fumaça sobre o fogão, vapores enroscando-se junto ao teto, engrossando nuvens estáticas, e Orah de repente sabe que tudo vai acabar dando certo.

Enfrentando o adversário que se acha à sua frente, ela lança no esquema o seu instrumento vencedor: tiras de frango e legumes à moda chinesa, como faz Ariela, e arroz persa com passas e *pinole* à moda da sogra de Ariela, e berinjela adocicada em lascas de alho e polpa de tomate à moda da sua mãe, com aprimoramentos seus, e torta de champignon e torta de cebola, e se ela tivesse um forno normal nesta casa, conseguiria fazer pelo menos mais uma torta, mas mesmo assim Ofer vai lamber os beiços. E ela se move entre o forno e as bocas do fogão com surpreendente euforia, e esta é a primeira vez desde que Ilan foi embora, desde que fecharam a casa em Ein Karem e se dispersaram em casas alugadas separadas, que ela sente novamente prazer em cozinhar, em que pertence à cozinha de alguma forma, à ideia de cozinha de forma geral, e especialmente nesta cozinha, antiquada e não muito limpa, que meio que a possui com hesitação e fragilidade e se esfrega nela com um focinho úmido de conchas e colherões. Sobre a mesa às suas costas já estão dispostas vasilhas cobertas de plástico fino, contendo salada de berinjela e salada de couve, e uma simples salada de verduras, grande e colorida — e também pedaços de maçã e manga foram colocados, vamos ver se ele percebe — e mais uma vasilha com sua receita particular de tabule, pela qual Ofer é capaz de morrer, quer dizer, ele a adora muito, muito, ela se corrige, seguindo o protocolo.

E chega o momento em que tudo vai para seu devido lugar, cozinhando, assando no forno, borbulhando na frigideira, e agora os cozidos não precisam mais dela, mas ela ainda sente necessidade de cozinhar, afinal Ofer virá de folga e vai querer comida fresca, e os dedos dela se movem no ar diante do seu rosto, inquietos. Onde era mesmo que eu estava? E ela agarra uma faca e alguns legumes que sobreviveram à ofensiva de saladas, e começa a talhá-los e cantarolar com rapidez, *os tanques saíram com rangido de correntes, e todos os seus corpos pintados cor de terra*, e cala sua boca, de onde raios veio lhe ocorrer justamente essa canção, quem sabe você não prepara também o bife que ele gosta, ao vinho tinto, contando com a possibilidade de já o liberarem esta noite? E os que vêm informar, ela se pergunta, será que agora estão reunidos em alguma repartição, na central urbana, repassando instruções ou normas de comportamento para uma situação como aquela? Mas o que havia para repassar? Afinal, quando é que vão conseguir esquecer as tarefas? Quando é que tivemos aqui algum dia sem nenhuma notícia para alguma família? Estranho pensar que convocam os jovens ao mesmo tempo que convocam os soldados que saem em missão, tudo é orquestrado, ela dá uma risadinha em trinado alto, e, de repente, eis aí Adah olhando para ela de novo, os olhos muito grandes, como se a examinasse incessantemente para verificar como ela se comporta, e Orah percebe que já há alguns instantes está olhando para a parte inferior, meio transparente, da porta de entrada, ali há algum problema exigindo solução, mas o problema em si não a incomoda, e ela volta correndo para as panelas no fogo, põe os temperos, generosamente, ele gosta bem condimentado, e passa sua face avermelhada no denso vapor das panelas, mas não prova o sabor, esta noite ela está sem apetite, se botar alguma migalha na boca, vomitará. Por um momento ela observa sua mão que se move furiosamente sobre a panela despejando uma chuva de páprica. Há movimentos que, conforme ela os faz, o telefone imediatamente toca. Já faz tempo ela percebeu essa estranha lei: quando tempera a comida, por exemplo, ou quando enxuga uma panela ou frigideira depois de lavar, quase sempre o telefone toca. Alguma coisa nos movimentos circulares aparentemente o desperta, e também — interessante — quando ela molha as flores com a jarra de vidro fina. Justamente ela! E ela se ri com prazer dos caprichos secretos do seu telefone, e despeja a panela de arroz com passas e *pinole* na vasilha, e lava meticulosamente a panela e a enxuga longamente, demorando-se nos movimentos, e nada. O telefone está morto (quer dizer, calado). Ofer certamente está ocupado demais. Vão se passar horas antes que alguma coisa de fato comece, e talvez ele só saia amanhã ou depois de amanhã. *E quando o tanque dele dá de encontro com duas minas*, ela cantarola, *ele fica dentro do fogo ardente...*, e imediatamente interrompe. Aliás, é bom que ela ache alguma ocupação para amanhã. O problema é que justamente amanhã ela não tem tanta coisa para fazer. Amanhã ela deveria estar saltando entre os rochedos da Galileia com seu filho mais jovem, porém uma ligeira confusão se intrometeu em seus planos. Talvez telefone para a nova clínica em Rehavia sugerindo que comece a trabalhar imediatamente, mesmo que como voluntária, mesmo fazendo trabalho de secretaria, se for preciso. Que chamem isso período de experiência. Mesmo que já lhe tenham esclarecido, duas vezes, que antes da metade de maio não vão precisar dela: a fisioterapeuta fixa não deve dar à luz antes disso. Uma nova pessoa virá ao mundo, pensa Orah e engole um pigarro amargo. Fora uma tolice não ter feito planos até maio. Ela estivera muito envolvida nos preparativos para a excursão com Ofer, e exclusivamente nesses preparativos, que besteira, mas tinha a sensação de que ali na Galileia seria o ponto de virada. O início da verdadeira e plena recuperação sua e de Ofer. Ela e as suas sensações...

Ela joga na vasilha as berinjelas com polpa de tomate, esfrega a frigideira, enxuga com aplicação, dá uma olhada ressentida no telefone traidor. E agora? Onde é que eu estava? A porta. A parte inferior dela. Quatro telas curtas e vidro trêmulo grosso, semitransparente. Da impressora do computador ela tira três folhas de papel A4 e gruda no vidro. Assim ela também não poderá ver os sapatos militares deles. E agora, o quê? A geladeira está quase vazia. Na despensa ela encontra algumas batatas e cebolas. Quem sabe uma sopinha rápida? Amanhã de manhã ela sairá às compras, enchendo de novo a casa. Eles podem chegar em meio a um monte de coisas, ela pensa, por exemplo, na hora em que ela estiver esvaziando as sacolas e colocando as coisas na geladeira. Ou quando estiver sentada assistindo televisão, ou dormindo, ou quando estiver no banheiro, ou cortando legumes para a sopa.

Por um momento sua respiração se retém, e imediatamente ela corre e liga o rádio, como se estivesse abrindo uma janela. Encontra a estação musical, escuta por um ou dois segundos, música da Idade Média. Não, ela precisa de palavra falada, de voz humana. Na emissora de rádio local, um jovem repórter conversa ao telefone com uma senhora de meia-idade que tem um profundo sotaque oriental de Jerusalém, e Orah para de fatiar os legumes, apoia-se no mármore rachado, enxuga o suor da testa com as costas da mão e escuta a mulher contando sobre seu filho mais velho que esta semana havia participado de um combate em Gaza. Lá morreram sete soldados, ela diz, todos amigos dele, do mesmo batalhão, e ontem o liberaram para ficar algumas horas em casa, e esta manhã ele já voltou ao exército.

E quando ele estava em casa, mamou?, pergunta o repórter, e Orah se espanta. Se mamou?, a mulher também está surpresa, e o repórter ri: não, eu perguntei se você o mimou. É claro, a mulher solta uma risada aguda, pensei que você tivesse perguntado... é claro que eu o mimei. Conte-nos como você o mimou, redime-se o repórter. E a mãe, com uma generosidade que envolve Orah de calor, relata: mimou como tem de ser, com as minhas comidas, com um banho de banheira gostoso e com a toalha mais felpuda da casa, com o xampu que ele adora, que comprei especialmente para ele. Mas escute, por favor, ela fica séria, eu tenho mais dois filhos, um par de gêmeos, que também seguiram o caminho que o mais velho mostrou, e também estão com ele no regimento "Sabra", tenho três garotos no mesmo regimento, e eu quero pedir por meio das ondas do nosso espaço ao nosso exército, posso? Claro que pode, o repórter se apressa em responder, e Orah ouve sua risadinha, o que você quer dizer exatamente ao nosso exército? O que é que posso dizer, suspira a mãe, e o espírito de Orah se identifica com ela, os filhos, os dois, que estavam em treinamento básico, haviam assinado um requerimento para poderem servir juntos, e isso era bom e bonito enquanto estavam no treinamento básico, mas agora vão descer para a linha de frente, e cada um deles sabe que a linha de frente da minha área é Gaza, e Gaza, não preciso dizer o que é isso, e eu peço muito que o exército pense nisso mais um pouco, e pense um pouco em mim, desculpe se eu —

E se eles vierem enquanto eu estiver descascando as batatas? Orah pensa e olha para a grande batata que descansa semidescascada na palma da sua mão. Ou as cebolas? De um momento a outro as coisas vão ficando claras para ela: cada movimento que faz pode ser o último antes das batidas na porta. Ela se obriga novamente a lembrar que Ofer sem dúvida ainda está ao lado do monte Guilboa, e não há motivo para entrar em pânico já agora, mas os pensamentos se esgueiram e se enrolam a si mesmos nos movimentos de suas mãos que vão descascando, e por um instante a batida na porta se torna tão irremediável, uma provocação insuportável de extrair a desgraça latente em cada situação humana, até que troquem o motivo e girem, e os movimentos embotados e lentos de suas mãos em torno da batata lhe parecem como um prelúdio obrigatório à batida na porta, e até mesmo como uma ordem para a sua concretização.

E nesse instante interminável, ela própria, e Ofer, que está ali em algum lugar, e também tudo que está se passando no espaço enorme entre ela e ele, tudo se decodifica num lampejo de consciência como uma espécie de teia condensada, de modo que a essência de sua posição junto à mesa da cozinha, e o fato de que ela continua tolamente a descascar a batata — como empalidecem de súbito seus dedos que seguram a faca — e todos os seus mínimos movimentos domésticos corriqueiros, e também todas as inocentes lascas de realidade, aparentemente acidentais, que acontecem neste momento à sua volta, não são mais que passos vitais na dança misteriosa e ramificada, a dança lenta e densa da qual participam sem o saber também Ofer, e seus companheiros que se preparam para a batalha, e os oficiais superiores que estudam o mapa das futuras batalhas, e as fileiras de tanques que ela viu nas laterais da área de entrada, e as dezenas de veículos menores que se movem entre os tanques, e as pessoas nas vilas e colinas ali, aquelas, que irão assistir por entre os vãos das persianas cerradas à passagem dos soldados e dos tanques entre suas ruas e alamedas, e o rapaz ágil como um raio que é capaz de atingir Ofer amanhã ou depois, ou talvez ainda esta noite, com uma pedra ou tiro de fuzil ou projétil — e é estranho que apenas o movimento desse rapaz produza e instigue a lentidão e o peso de toda a dança — e também os mensageiros, que talvez estejam neste instante agilizando-se nas repartições oficiais em Jerusalém com referência à transmissão da notícia; e, de certa forma, também Sammy, que a esta hora certamente está em casa, na aldeia dele, contando a sua esposa Inaám as ocorrências do dia. Todos, todos são parte do mesmo processo imenso, abrangente, e também os mortos do último atentado participam sem saber, os mortos por causa dos quais os soldados rumam agora para uma nova ação, para vingar a morte deles, e até mesmo a batata que está segurando na mão, de repente tão pesada como se fosse feita de ferro e ela já não consegue continuar cortando, os dedos não obedecem, ela também pode ser algum elo da corrente, minúsculo porém imprescindível e insubstituível, no tenebroso processo, calculado e festivo, do grande esquema, que abrange milhares de homens, soldados e civis, veículos de transporte e armamentos e cozinhas itinerantes e refeições de campanha e depósitos de munição e caixas de equipamentos e mapas e binóculos e lanternas e documentos e sacos de dormir e materiais para curativos e óculos com visão noturna e sinalizadores luminosos e macas e helicópteros e cantis e computadores e antenas e telefones e grandes sacos plásticos pretos e barreiras. E tudo isso, e os fios visíveis e invisíveis que ligam tudo entre si, parecem se mexer agora à sua volta, acima dela, como uma rede de pesca enorme e com a malha estreita, pendendo acima num movimento amplo, espalhando-se lentamente para preencher o firmamento noturno, e Orah joga com força a batata, que rola e cai no chão, entre a geladeira e a parede, e ali cintila com um brilho pálido, enquanto ela se apoia com as duas mãos sobre a mesa, observando a batata.

* * *

Às nove da noite ela já está subindo pelas paredes, e tem a impressão, para sua própria perplexidade, de que está vendo na tevê a si mesma e Ofer dando um abraço de despedida no ponto de encontro da unidade dele, e lembra-se de que havia gente gravando imagens no local, e se alarma: isso ocorreu apenas um instante depois que ele a repreendeu por ter trazido Sammy, censurou mas parou imediatamente, percebeu na face amarelada dela, e no meio da explosão de raiva ele a envolveu com os braços e a puxou para si, para seu peito largo, e disse com piedade, mãe, mãe, você é tão lunática... e ela se sobressalta e vira uma cadeira e quase gruda o rosto na tela, nele, em Ofer —

Que a abraça ali com um orgulho ligeiramente arrogante e a orienta em direção à máquina fotográfica — como ela ficou surpresa com o movimento dele, quase tropeçara, agarrou-se a ele com boas risadas, tudo foi captado, a estúpida bolsa roxa — para apresentar ao fotógrafo sua preocupada mãe. E agora, pensando em retrospecto, havia sido uma verdadeira traição o modo como ele a virou de repente despindo-a para a câmera: a mão dela saltando para verificar se o cabelo não estava despenteado demais, sua boca se entortando imediatamente num sorriso hipócrita de conciliação, com uma expressão de "quem? eu?"; mas traição era algo que já estava ardendo entre eles desde a véspera, quando ele resolveu se apresentar como voluntário para aquela operação e manteve o fato em segredo. Quando ele desistiu sem muito titubear, é assim que ela sente, da excursão que fariam juntos. E uma traição ainda maior, e peculiaridade insuportável, reside nessa capacidade dele de ser um soldado-pronto-para-a-guerra, que sabe exercer tão bem a sua função, ser altivo e exultante e que-venha-a-mim-a-guerra, dessa maneira também impondo a função dela, de se manter enrugada e cinzenta, e apesar disso irradiar orgulho, um brasão-armadura, *mãe de soldado*; e ser também uma completa idiota, e esvoaçar com graça ignorante a realidade de homens marchando para a morte. E aí ele sorri para a câmera, e a boca de Orah — na televisão e também em casa — imita inconscientemente seu sorriso luminoso, e aí estão as três ruguinhas em volta dos olhos dele, e ela rechaça o pensamento, quando será que vão mostrar de novo essa foto dele, e ela vê a ação, efetivamente na tela, a auréola do círculo vermelho em volta da sua cabeça, e aí um bastão negro se finca entre ele e ela, o que um filho tem a dizer para sua mãe num momento como este?, pergunta o repórter, e está todo cintilando de bom humor. Que ela guarde a minha cerveja gelada até eu voltar, ri o filho, e em volta todos exultam de entusiasmo: Um momento! Ofer interrompe a diversão e ergue um dedo, e direciona para si sem nenhum esforço o repórter e a câmera e todos os que estão observando — foi um gesto tão típico de Ilan, um gesto de quem sabe que sempre há de impor silêncio ao erguer um dedo dessa maneira —, tenho mais uma coisa a dizer para ela, diz o filho na televisão, e sorri insinuante, e coloca os lábios no ouvido dela, e um dos olhos se dirige para a câmera piscando, cheio de vida e malícia, e ela se lembra do seu toque e do seu hálito quente nas bochechas e vê como a câmera se apressa tentando penetrar lá, entre a boca e o ouvido, e vê também se formando a expressão de testemunha-muito-atenta que ela própria vestiu, e como sua humilhação e sua infelicidade são evidentes quando exibe abertamente o afeto e a intimidade entre ela e seu filho, que todos vejam, que Ilan veja — será que conseguem pegar o canal 2 em Galápagos? — que intimidade suave e natural flui entre ela e Ofer; e aqui finalmente o editor fez um corte, e o repórter já está gracejando com outro soldado e sua namorada, que o abraça, e com a mãe, que também está junto, e as duas estão de barriga de fora, e Orah se retrai duas vezes. Ela se assenta pesadamente sobre o braço da poltrona, a mão agarrando a pele do pescoço, agitada, sorte que não mostraram como seu rosto engrossou e sua expressão ao ouvir o que o filho sussurrou no seu ouvido, e a lembrança empurra violentamente sua nuca para trás, por que ele tinha de me dizer isso, afinal quando foi que ele ensaiou essa frase, de onde tirou essa ideia?

Ela se levanta imediatamente. Ficar sentada, de jeito nenhum. Não ser um alvo imóvel para o raio que já a toca por trás, para a gigantesca rede de pesca que vai descendo aos poucos. Ela encosta o ouvido na porta. Nada. Da janela, vê uma faixa de rua e a borda da calçada. Ela vasculha, e ainda não há um único carro estranho e desconhecido, tampouco um veículo com placa do exército, nem latidos nervosos dos cães da vizinhança, e não há uma delegação de anjos maus, e de qualquer maneira ainda é cedo demais. Não para eles, ela retruca depressa. Eles vêm inclusive às cinco da manhã, especialmente nessas horas, para pegar você sonolenta, frouxa, incapaz de reagir, fraca demais para jogá-los escada abaixo antes de declamarem a frase esmagadora. Mas neste momento ainda é cedo demais, e para dizer a verdade, ela também não tem a sensação de que algo teve tempo de acontecer ali nas poucas horas que se passaram desde que se despediu dele, e ela massageia a nuca, relaxa, acalme-se, ele ainda está com seus companheiros ao lado do Guilboa, há procedimentos, papelada, instruções, uma porção de processos complicados; e antes de tudo é preciso misturar muito bem todos os odores, cristalizar a energia do olhar e os batimentos que ressoam na nuca. Ela consegue de fato sentir Ofer se integrando a eles, aos seus companheiros, na medida exata da agressividade deles, no fervor deles para com a batalha, na proximidade da seiva que os combatentes possuem, no seu zelo bem agarrado; recebe e envia a essência das coisas dentro de um abraço furtado, apertando metade do peito contra metade do peito, duas batidinhas nas costas, batidas de reconhecimento, bilhetes perfurados. Inconscientemente ela se arrasta para a porta do quarto dele, confiante que tudo nele se congelará a partir do dia de hoje, e descobre que o quarto é mais rápido que ela, e já recobriu a expressão estupefata de lugar abandonado, e os objetos parecem desamparados, as sandálias dele estão com as tiras espichadas, e a cadeira junto à mesa do computador, e os livros de história da época do colégio que guardou ao lado da cama, pois adorava história, adora, e adora demais, e claro que continuará adorando, e todos os livros de Paul Auster na prateleira, e os livros de D. & D., que adorava na infância, e as fotos de jogadores de futebol do Macabi Haifa que adorava aos doze anos e se recusava a arrancar da parede ainda aos vinte e um, vinte e um, quando tinha vinte e um.

 E talvez seja melhor que ela não fique vagando pelo quarto, para não romper os fios dos movimentos de Ofer que ainda se estendem ali, e não soltar algum fio solto de alguma trama da sua infância, que ainda se eleva às vezes do travesseiro, de uma bola de tênis amarela e gasta, de algum boneco de soldado equipado com infinitos apetrechos de batalha minúsculos, que ela e Ilan costumavam trazer para ele e Adam de suas viagens para o exterior, carrinhos de brinquedo que deixaram de ter importância quando os meninos cresceram, e que agora esperava deixar para os netos. Pequenos e modestos eram seus sonhos, e em tão pouco tempo ficaram tão complexos e quase impossíveis. Ilan se foi, foi respirar o ar dos solteiros. Adam se foi junto com ele. Ofer neste momento está lá. Ela sai do quarto caminhando para trás, tendo o cuidado de não virar as costas para as coisas dele, e fica parada observando o quarto do lado de fora, uma saudade de exílio: a camisa do Manchester United ali amassada, e uma meia do exército jogada, a ponta de uma carta saindo do envelope, um jornal velho, uma revista de futebol, uma foto dele com Talia ao lado de alguma cachoeira no norte, os pequenos halteres de aço, de três e cinco quilos, arrumados sobre o tapete, um livro virado para baixo. Qual teria sido a última frase lida, qual a última coisa que ele verá, uma ruela estreita, um bloco de pedra arremessado e a face amarga de um homem jovem, olhos chispando de raiva e ódio, e dali — como de repente o pensamento dela está rápido — num salto para o escritório suburbano, uma soldado se aproxima do arquivo com pastas pessoais, e na verdade, era assim na época dela, na pré-história, agora tudo é no computador, batidas no teclado, movimentos no monitor, nome do soldado, detalhes a serem informados em caso de desgraça, será que ele já os informou que os pais têm endereços separados?

O telefone toca, rasgando o silêncio. É ele. Exultante. Você viu a gente na televisão? Amigos entraram em contato para dizer que viram. Diga, ela sussurra, vocês ainda não saíram, não é mesmo? Que saímos que nada, quem disse que saímos, nem vamos sair antes de amanhã à noite. Ela quase não ouve as palavras. Atenta apenas ao tom estranho na sua voz, eco da nova traição dele, a traição do único homem dela que sempre lhe foi honesto; e desde ontem, talvez desde o momento em que provou o sabor de trair, de *traí-la*, ela tem a impressão de que ele quer sentir esse gosto na boca mais e mais vezes. Como um filhote de bicho que prova carne pela primeira vez. Espere um pouco, mãe, só um segundo — e ele ri para alguém parado ao seu lado, por que é que vocês estão criando problema, ele entra, faz zumbir um pouco com as armas, vamos sair — diga, mãe, ela volta a si rápida e agilmente, ele a cerca de surpresa e parece que tem algum prazerzinho nisso, ei, você pode gravar para mim Os *Sopranos* amanhã? Tem uma fita vazia em cima da televisão, você sabe operar o vídeo, não é? — Ainda no meio da conversa ela corre a revirar a gaveta de material de gravação, onde está o papel com as instruções que ela anotou uma vez — você aperta o botão bem à esquerda, e depois o botão com o desenho de uma pilha...

Mas o que você está fazendo aí enquanto isso?, ela pergunta, lamentando essas horas preciosas, ali desperdiçadas, horas que poderiam ser aproveitadas em casa, com ela. Por outro lado, o que é que ela poderia sugerir a ele com a cara de enterro dela, e pensou que em breve ele também iria querer alugar um quarto em algum lugar, ou, como Adam, ir morar com Ilan, por que não? Com o Ilan é uma delícia, uma festa constante, os três como adolescentes sem os pais para atrapalhar. Entrementes, Ofer está lhe contando algo, e ela não consegue separar as palavras. Fecha os olhos, há de achar algum pretexto e telefonar ainda esta noite para Talia, e ela tem de falar com ele antes de ele sair para lá — e ele tenta superar a confusão com gritos, pessoal, calem a boca, é a minha mãe! E imediatamente se ouvem bramidos de euforia e reconhecimento, e calorosos uivos de chacal estão mandando lembranças calorosas para a sua bela mãe, e Ofer se afasta deles e vai para um canto mais silencioso, um caos, ele explica, todos reclamam. Ela ouve a respiração dele ao andar, em casa ele também fala ao telefone andando de um lado para outro, e Adam também faz isso, isso também pegaram do Ilan — meus genes são de margarina, ela pensa —, às vezes os meninos e Ilan tinham três diferentes conversas telefônicas simultâneas, cada um no seu telefone celular, e ficavam andando na larga sala, um acompanhando o andar do outro em linhas paralelas rápidas, sem nunca darem de encontro.

E de repente tudo fica quieto, talvez ele tenha achado um esconderijo atrás de um tanque, e essa quietude desperta nela, por algum motivo, uma inquietação, e aparentemente também nele, talvez ele tenha sentido que de repente está diante dela sozinho e não tem todo o Exército de Defesa de Israel para cuidar dele, e rapidamente ele conta que cento e dez por cento das forças convocadas se apresentaram, todos intoxicados para sair, estão ardendo de vontade de cair em cima deles, ele prossegue, o capitão diz que não se lembra de uma mobilização como essa — então podem abrir mão de você, ela pensa, mas consegue ficar calada —, e o problema é que não há coletes de cerâmica suficientes para todo mundo e parte dos homens ainda não tem veículos para se juntar a eles, porque metade dos veículos está presa num congestionamento em Afula. Quem meteu na boca dele esses termos rudes é provavelmente a mesma pessoa que faz com que ela se pergunte se ele tem alguma ideia de quando a coisa vai acabar. Ofer ignora a pergunta por um momento, até que fique explícita sua falta de sentido e idiotice. Esse também era um pequeno ritual de Ilan contra ela, ela pensa, os meninos captam essas coisas e as usam depois sem entender que arma multigeracional estão utilizando. Ofer, ao menos, retorna rapidamente de lá, retorna para ela, mas ela já se pergunta quando isso também vai acabar, quando chegará o momento em que também ele a perfurará com uma das longas agulhas de Ilan sem voltar para recolhê-la, ferida.

Então, na verdade, mãe, a voz dele está cálida e apertada como seu abraço, não vamos parar enquanto não eliminarmos os focos de terror — ele está começando a sorrir, imitando com a voz a entonação arrogante do primeiro--ministro — e até cortarmos as asas dos assassinos e deceparmos a cabeça da serpente e erradicarmos o mal —

Ela se apressa em aproveitar a brecha na risada dele. Meu pequeno Ofer, ela diz, escute, eu acho, pode ser que apesar de tudo eu vá viajar por alguns dias para o norte. Espere um instante, a recepção aqui está uma merda, um minuto só, o que você disse? Estou pensando em viajar para o norte, e ele, o quê?, para a Galileia? E ela, sim, e ele, sozinha? Sim, sozinha. Mas por que sozinha, você não tem ninguém que... e aparentemente ele sente de imediato que a formulação não tem êxito: por que não viaja com alguma amiga ou, sei lá, e ela revela o erro da tática tão correta dele, não tenho ninguém que..., ela diz, e não, atualmente não tenho paciência para viajar com amigas ou sei lá, e também não tenho vontade de ficar em casa. A voz dele se encolhe, espere aí, mamãe, não entendi: você vai mesmo viajar sozinha? De repente a tampa da garganta dela se solta, com quem você acha que eu posso viajar? O meu companheiro deu para trás na última hora, resolveu se apresentar como voluntário no seu regimento hebraico. E ele interrompe com impaciência, o quê?, e você vai viajar para os nossos lugares, para os lugares que planejamos? E ela, num esforço, consegue superar o "nossos" que vazou, não sei, só decidi agora pensar nisso, neste momento, na hora em que estou falando com você.

Ele dá uma risadinha, incomodado: pelo menos você já tem uma mochila feita, completa, e ela corrige, duas, e ele, mas na verdade não estou entendendo direito, e ela, o que é que há para entender?, eu simplesmente não consigo ficar aqui agora. Sinto-me sufocada.

Um grande motor começa a funcionar em algum lugar ao fundo. Alguém grita pedindo pressa. Ela ouve os pensamentos dele. Ele precisa dela em casa agora, o caso é esse, e tem razão, e ela quase desiste da ideia, e no mesmo instante se recompõe e sabe que desta vez não tem alternativa.

Silêncio viscoso. Orah luta consigo mesma para conseguir lhe virar as costas, e um mapa da memória, com incontáveis pequenas cargas de culpa, se dissemina nela num piscar de olhos: ele tinha três anos, precisou fazer uma cirurgia dentária complicada. Quando o anestesista colocou a máscara sobre o nariz e a boca ela foi solicitada a sair da sala de cirurgia. Os olhos dele, desolados, lhe suplicavam, e ela lhe virou as costas e saiu. Ele tinha quatro anos, e ela o deixou berrando por ela, pendurado pelos dez dedos na cerca do jardim, e os gritos dele a acompanharam até o fim do dia; houve não poucos episódios como esses, pequenos abandonos, fugas, fechar de olhos, esconder o rosto, e hoje, sem dúvida, é o mais difícil de todos, mas cada momento que ela permanece em casa é perigoso para ela, ela sabe disso, e é perigoso também para ele, e ele não consegue entender isso, e não há sentido em esperar que entenda. Ele é jovem demais. Os desejos dele são simples e crus: ele precisa que ela o esteja esperando durante todos esses dias — como recuava dela transtornado de raiva, ela se recorda, quando tinha cinco anos e ela havia alisado os cabelos! Se vier de folga, ele irá abraçá-la e a derreterá de seu gelo e poderá fazer uso dela, impressioná-la com os fragmentos dos terrores que espalhará com fabricada indiferença, segredos que lhe é interdito revelar. Orah ouve a respiração dele. Ela respira junto. Ambos sentem a tensão insuportável das terminações nervosas, os nervos da nuca.

 Então por quanto tempo você acha que vai viajar?, ele pergunta numa voz em que se entrelaçam raiva, fragilidade e um pouco de derrota, e ela, súplice, Ofer, não fale desse jeito, você sabe o quanto eu queria esse passeio com você, você sabe quanto esperei por isso. E ele, mãe, não tenho culpa se há uma convocação de emergência, e ela, corajosamente, não o lembra mais uma vez que foi ele que se apresentou como voluntário, não estou culpando você, e veja bem, vamos fazer essa nossa excursão quando você terminar aí, eu prometo, não abro mão disso, mas agora eu preciso sair daqui, não consigo ficar aqui sozinha. E ele, é claro, não, é claro, não estou dizendo, mas — e hesita, você não vai dormir ao ar livre, quer dizer, sozinha, vai? E ela ri, não, você ficou louco, sozinha não vou dormir "ao ar livre". E o telefone, você vai levar? Não sei. Não pensei nisso. E me diga, mãe, o que é que eu ia perguntar, o papai sabe que você — e ela de repente se liga, o papai o quê? O que ele tem a ver com isso? O quê?, por acaso ele me conta onde anda agora? E Ofer retrocede, tudo bem, tudo bem, mãe, o que foi que eu disse de mais?

 Um leve suspiro escapa involuntariamente de sua boca, o suspiro de um garotinho cujos pais enlouqueceram de repente e decidiram se separar, e Orah ouve e percebe que alguma coisa em seu espírito de luta está se debilitando, e se assusta, o que estou fazendo, como é que eu o mando para a batalha tão confuso e abatido? E imediatamente o respingo que espirra se instala na sua garganta, de onde vieram e se grudaram aquelas palavras, "mando para a batalha", o que você tem a ver com isso, e ela também não é dessas mães que mandam para a batalha, e nem daquelas dinastias, nem de Um Juni nem de Beit Alfa e nem de Negba, nem de Beit Hashitah ou de Kfar Guiladi, e mesmo assim, ela descobre agora, para seu próprio espanto, que ela é exatamente isso: ela o levou até o ponto de encontro do regimento, e ficou ali e o abraçou com calculada contenção, para não constrangê-lo diante dos companheiros, e acedeu com a cabeça e encolheu os ombros como se exige, com falta de vigor sorridente e orgulhoso, para os outros pais, que fizeram exatamente os mesmos gestos, onde foi que todos nós aprendemos essa coreografia?, e como é possível que eu concorde assim com tudo isso, com eles, com aqueles que o estão mandando para lá. E além do mais, já se espalhou dentro dela o veneno das palavras que Ofer cochichou ao ouvido um minuto antes, quando foram gravados para a televisão seu último pedido, e a boca de Orah se escancarou numa dor terrível, não só por causa das coisas que ele lhe disse, mas também por ele ter dito com uma espécie de essência pré-arranjada e pré-formulada, absolutamente transparente, como se tivesse preparado e ensaiado de antemão cada palavra, e imediatamente depois de dizer voltou a abraçá-la, mas agora para esconde-la da câmera, pois mais de uma vez ela já o fizera passar vergonha, na cerimônia de encerramento do curso de oficiais, estava sentada no pátio do regimento em Latrum e caiu no choro quando o desfile passou diante do enorme muro com os milhares de nomes dos combatentes caídos, chorando alto, e os olhares dos pais e dos oficiais e dos soldados voltaram-se todos para ela, e o oficial encarregado se inclinou e sussurrou algo ao comandante da divisão, mas desta vez, fiel, Ofer se lançou sobre ela imediatamente, como se estivesse jogando um cobertor sobre o fogo, quase a sufocando com seus braços, e logicamente lançou por sobre a cabeça dela olhares desconcertados para os lados, basta, mãe, não faça cena, vamos lá.

Bem, agora ele suspirou, qual é o problema, mamãe?

Ele já está totalmente arrasado, e isso é óbvio e visível, e ela, problema nenhum, não tem problema nenhum, e ele, na verdade, acho estranho que você esteja assim, e ela, por que estranho, *o que é estranho*? Viajar a passeio pela Galileia é estranho, e entrar na casbá de Nablus lhe parece normal? E ele, mas quando eu chegar em casa você já vai estar de volta? E ela, ainda não sei, e ele, como assim ainda não sei? E dá um risinho: você não está pretendendo meio que sumir ou algo assim, e agora é a voz conhecida dele, preocupada, quase paternal, dirigida exatamente para a sua avidez mais profunda, e ela, não se preocupe, Oferzinho, não vou fazer nenhuma besteira, simplesmente não quero estar aqui por alguns dias, não consigo ficar sentada sozinha esperando, e ele, esperando o quê? E ela obviamente não pode dizer, e ele por fim entende, e se faz um longo silêncio, e dentro de si, Orah decide com naturalidade que não tem apelação: vinte e oito dias, exatamente, até o fim da convocação de emergência dele.

E o que acontece se tudo aqui terminar dentro de dois dias e eu voltar para casa, ele pergunta com renovada irritação, e se eu, digamos, me ferir ou algo assim, onde vão encontrar você? Ela fica em silêncio. Não vão encontrar, ela pensa, é justamente o que quero, e dentro dela mais uma coisa: se não a encontrarem, se não for possível encontrá-la, ele não será atingido. Ela não entende a si mesma. Ela tenta. Isso não é lógico, ela sabe, mas o que é lógico aqui? E se houver um funeral?, Ofer indaga cordato, mudando de tática e inconscientemente imitando Ilan, para quem a morte e suas garras são, às vezes, como vírgulas e pontos nas frases; ela nunca era imune a tais comentários, muito menos agora, e tem a impressão de que a piada dele, se é que se pode chamar de piada, deixa os dois estarrecidos, pois ela o escuta engolindo em seco.

O desconforto da tarde volta a corroer: como é que eu concordo em ser cúmplice de tudo isso?, em vez de ser sincera com —

Verdade, não é brincadeira, a voz dele se ergue outra vez, quem sabe apesar de tudo você leve o telefone, para haver algum contato com você. Não-não, ela se arrepende — de um momento a outro ela tem a impressão de estar entendendo mais os seus planos —, isso mesmo que não. O quê, ele se espanta, nem o telefone? Não. Por que não? Você o deixa desligado apenas para receber mensagens, só para SMS, e ela — ela até que se entende bem com o funcionamento das mensagens, uma habilidade que adquiriu nos últimos tempos graças ao seu novo amigo, talvez-amante, o Personagem, que é o único jeito de se comunicar com ele — avalia por um instante e balança a cabeça, não, nem mesmo isso. E é arrastada pelo pensamento errante, diga, você tem ideia do que significa a sigla SMS? E Ofer a observa através do telefone: o quê? o que você perguntou? E ela, será que quer dizer *Save My Soul*? E Ofer suspira, juro que não faço ideia, mãe, e ela se apressa em retornar de sua ação surpreendente, não vou levar o celular, não quero que me encontrem. Nem mesmo eu?, ele pergunta com voz subitamente débil e exposta, e Orah diz pesarosa, nem mesmo você, ninguém, e dentro dela vai se tornando claro o pressentimento lúgubre que a tomou há pouco: durante todo o tempo em que ele estiver lá, é proibido encontrá-la, o caso é esse, a regra é essa, tudo ou nada, como nos juramentos infantis, como na aposta maluca da própria vida, e talvez daqui a um instante ela compreenda sua intenção, e nesse ínterim tudo estará um pouco embotado, turvando o caminho. Mas e se realmente acontecer alguma coisa comigo?, ele grita, a mente dele na incompreensível perturbação da ordem, perturbadora. Não-não, ela retruca com veemência, fechada a ele em sua precipitação, não vai acontecer nada com você, estou lhe dizendo, eu sei, mas eu simplesmente me sinto forçada a sumir um pouco, entenda, sabe o quê?, eu também não espero que você entenda, pense que eu viajei para o exterior, que estou fazendo uma viagem pelo exterior, *como seu pai, por exemplo* — mas isso, pelo menos, ela conseguiu se refrear; agora? Agora você viaja para o exterior? Numa hora dessas? No meio da guerra?, ele está quase implorando, e ela geme, e seu corpo e sua respiração estão concentrados como um olhar hipnotizado num único ponto, na boca que apalpa seu mamilo.

E então ela afasta com força seu olhar dessa boca. Para o bem dele ela agora vai deixá-lo. Ele não vai entender. Tenho que sair daqui, ela repete e repete as palavras nos ouvidos dele, jura a si mesma, a face contraída, ela o rejeita, ela está fazendo isso por ele, ele não vai entender, nem mesmo ela entende totalmente, mas é de repente algo forte dentro dela, como um instinto —

E como é que eu confio neles, naqueles que o mandam para a guerra — ela extrai finalmente algo do nevoeiro que toma conta do seu cérebro há horas —, mais do que confio no meu instinto materno?

Escute, Ofer, ouça até o fim, não berre comigo, escute!, ela interrompe, e algo na sua voz aparentemente o assusta, ergue uma proteção desconhecida de amargor: não brigue comigo agora. Eu preciso sair daqui por algum tempo. Vou lhe explicar, mas não agora. Estou fazendo isso por você. Por mim?, ele se recompõe, como por mim? Por você, sim, e ela quase vomita, quando você crescer vai entender, mas de certo modo é o contrário, ela sabe, quando você diminuir entenderá, quando for outra vez um menino pequeno, juramentando as sombras da noite e os pesadelos com promessas ridículas e ocupações oníricas, talvez então você entenda.

E agora está decidido. Que ela precisa acatar essa coisa que a instrui a se levantar e sair de casa, imediatamente, sem esperar mais um minuto sequer, é proibido permanecer aqui, e de forma estranha e confusa essa coisa pelo jeito é o seu instinto maternal, que ela julgava já obscurecido, de tantas dúvidas que se agarraram a ele ultimamente.

Prometa que vai tomar conta de si, ela diz suavemente, tentando ocultar dele o local duro e definitivo que se inflama nela por trás das ondas de seus olhos, e não faça bobagem, está ouvindo? Tenha cuidado, Ofer, não fira ninguém e não seja ferido, e saiba que eu estou fazendo isso por você. Está fazendo o que por mim?, as maluquices dela o estão fragilizando, que loucura é essa, e de repente ele tem um pequeno lampejo, o que é isso, uma espécie de promessa? E Orah fica feliz por ele ter entendido, ele chegou bem perto, e quem será capaz de entendê-la senão ele? Sim, pode-se dizer que é uma promessa, sim, e lembre-se de que vamos nos encontrar quando terminar esse negócio seu, essa convocação de emergência. E ele suspira, o que você disser, e ela sente como ele se apressa e recua um pequeno passo do lugar onde acabaram de se encontrar — ainda há instantes, aqui e ali, tão raros, em que o íntimo dele é transparente e claro para ela, e quem sabe, ela pensa, talvez por causa deles ele prefira as casbás e as *mukatahs* em vez de uma semana com ela na Galileia, e adivinha que não é sua promessa que o assusta, e sim que ela — *ela* — comece de repente a se alienar com toda espécie de magia negra; e Ofer já engrossa sua voz e se afasta dela mais um pequeno passo, o.k., mãe, ele encerra, e agora é o adulto que dá de ombros diante dos caprichos da jovem moça tola que ela é: se é isso que é melhor para você agora, então que seja, vá mesmo, estou com você, vá nessa, tenho que ir. Tchau, Oferzinho, eu te amo, então não faça nenhuma bobagem, prometa, você sabe que eu não — não, prometa, ele sorri, o calor volta à voz dele, e a preenche de imediato, eu prometo, não se preocupe, vou ficar bem, eu também, me prometa, eu prometo, eu te amo, lindinho, tome conta de si lá, você também, e não se preocupe, tudo vai ficar bem, tchau.

Tchau, Ofer, meu querido —

Fica parada com o fone na mão, prensada e suada, e com absoluta nitidez pensa, talvez seja a última vez que eu ouço a voz dele, e fica com medo de esquecê-la, e também pensa, quem sabe quantas vezes mais reconstruirá em sua memória essa conversa insípida com frases vazias, e eu disse a ele cuide de si, e ele disse não se preocupe, tudo vai ficar bem. E talvez em mais dois ou três dias a operação termine, e essa conversa também vá se juntar às centenas de conversas similares, e será absorvida e esquecida, mas nunca antes ela teve uma sensação tão clara como essa, desde o amanhecer fragmentos congelados cravados no espaço do baixo-ventre, doendo a cada movimento. E por mais um instante ela absorve o resto de sua voz pelo telefone, e se recorda de como, quando era menino, eles aperfeiçoavam juntos os beijos de despedida num ritual prolongado e complexo — mas, um momento, era com ele ou com Adam? —, um ritual que começava com abraços e beijos intensos e barulhentos, que iam ficando insinuados e refinados, até que terminavam num tremular borboleteante na bochecha dele, na bochecha dela, na testa dele, na testa dela, nos lábios dele e dela, na ponta do nariz dele e dela, até que restasse apenas o eco de um toque ultrassutil, um sopro de carne adejando, quase sem tocar.

O telefone toca outra vez. Uma voz masculina rouca e hesitante verifica se é Orah, e ela se senta sem ar e escuta a sua respiração ofegante. E ele diz, sou eu, e ela diz, eu sei que é você. Assobios agudos acompanham a respiração e ela tem a impressão de estar ouvindo as batidas do seu coração. Ela pensa, ele com certeza viu Ofer na televisão, e alguma coisa a sobressalta: agora ele sabe como é a aparência do Ofer.

Diga, ele diz, acabou, não é? Ela fica confusa, o que acabou? E se alarma com a sombra da palavra, e ele sussurra, o serviço militar dele. Quando conversamos antes de ele se alistar, você disse que hoje ele terminaria, não é?

E eis que, no meio da bagunça geral, ela nem pensou nisso, nele. Tinha conseguido apagar inclusive a parte dele na confusão, ele, precisando hoje de proteção, ainda mais que ela.

Escute, ela começa, e de novo deixa escapar um "escute" cerrado e professoral, e da mesma forma que uma corrente elétrica passa por ela a urgência imediata dele, e ela é obrigada a se concentrar muito para articular claramente as palavras, não pode se enganar. Ofer realmente devia estar liberado hoje — ela fala devagar e com cautela, e ouve seus pavores evocados dos confins de sua alma, e quase consegue vê-lo protegendo a cabeça com as mãos, gesto de um menino apanhando — mas você com certeza sabe que está havendo uma operação de emergência, deve ter ouvido no noticiário, de modo que há esse comando, e também levaram o Ofer, acabaram de mostrá-lo na televisão. E enquanto fala lembra-se de que ele não tem tevê em casa, e finalmente capta a enormidade do golpe que ele absorve de sua mão, a diferença entre o que esperava ouvir e o que lhe é contado.

Avram, ela diz, vou explicar tudo e você vai ver que não é nada sério, não é o fim do mundo. E ela repete que levaram Ofer para a operação, e ele escuta, ou não escuta, e quando ela termina, ele diz sombriamente, mas isso não é bom, e ela suspira, você tem razão, não é nada bom.

Não, estou falando sério, isso não é bom, não é num bom momento, o telefone está úmido na mão dela e todo o seu braço dói com o esforço e a tensão, como se toda a dor humana estivesse vertida nele. Mas o que há com você, ela sussurra, faz muito tempo que não nos falamos. E ele, mas você disse que hoje iam liberá-lo, você disse! Tem razão, hoje de fato é a data da liberação dele. Mas por que não o liberam, ele grita, você disse que a data era hoje! Foi o que você disse!

Uma espécie de rajada de lança-chamas irrompe do fone. Ela afasta o telefone do rosto. Ela quer berrar junto com ele, hoje era o dia de ela se liberar!

Ambos se calam. Por um instante ela tem a impressão de que ele sossegou um pouco, e ela sussurra, mas como vai você, diga? Sumido há três anos. Ele não a ouve, só repete para si mesmo, isso não é bom, e é pior quando acontece no último momento. Orah, que fez uso de todas as suas promessas e amuletos internos durante exatamente três anos, exatamente, sente agora a força deles se debilitando — percebe que por trás das palavras dele há uma consciência ainda mais aguda que a dela.

Quanto tempo ele vai ficar lá?, pergunta Avram, e ela explica que não se pode saber. Ele já estava de folga pré-liberação, e de repente ligaram do exército — ela engole em seco — pedindo que voltasse. Mas por quanto tempo?, ele pergunta. É uma operação 8, diz ela, pode ser por algumas semanas. *Semanas?*, ele explode outra vez, e Orah diz precipitadamente, é algo mais ou menos como vinte e oito dias, mas há grande chance de terminar muito antes.

Ambos estão fragilizados. Ela sai da poltrona e aterrissa no tapete, suas longas pernas dobradas atrás e a cabeça inclinada e o cabelo caindo um pouco sobre a face, o corpo restaura inconscientemente a forma de sentar da jovem dentro dela. A forma de sentar da moça que costumava falar com ele por telefone aos dezessete anos, aos dezenove e aos vinte e dois, longas horas de conversas pessoais. Naquela época ele ainda era uma pessoa, despertando Ilan de longe.

Um ruído de silêncio passa pela linha, ascensões do tempo e da memória. O dedo dela acompanha as sinuosidades das linhas no tapete. É preciso descobrir, ela pensa com a garganta amarga, por que esse movimento do caminhar do dedo na textura do tapete desperta imediatamente lembranças e anseios. O anel, no dedo vizinho, ela ainda não consegue tirar, talvez nunca consiga: o metal está preso na carne e se recusa a sair. E se saísse com facilidade, você tiraria? Seus lábios caem. Onde estará ele agora, no Equador? No Peru? Talvez esteja passeando com Adam entre os espinhos de Galápagos, e será que ele não percebe que praticamente estamos em guerra aqui? Que hoje ela precisou levar Ofer sozinha?

Orah, ele repete com esforço, como se estivesse se erguendo de um poço, eu não posso ficar sozinho agora. Num movimento rápido ela se ergue do tapete. Você quer que eu... um momento, o que é que você quer?

Não sei.

A cabeça dela gira e ela se apoia contra a parede: há alguém que possa ir ficar com você?

Longos segundos se passam: Não. Agora, não.

Nenhum amigo, alguém do trabalho?

Ou alguma mulher, ela pensa. A garota que ficou com ele uma vez, jovenzinha, o que será que houve com ela?

Já faz dois meses que não trabalho.

O que aconteceu?

Estão reformando o restaurante. Deram férias para todo mundo.

Restaurante? Você está trabalhando num restaurante? O que houve com o bar?

Que bar?

Em que você trabalhava...

Ah, aquele bar. Já faz dois anos que não estou mais lá. Fui demitido.

Eu também não disse nada a ele, ela pensa, sobre as minhas demissões, do trabalho e da família.

Não tenho força, estou lhe dizendo, a força só durou exatamente até hoje.

Escute, ela fala num tom baixo contido e calculado, eu tinha a intenção de viajar para o norte amanhã, de modo que posso passar por aí, passar umas horas...

A respiração dele está de novo ofegante, sibilante. Estranho como ele não a rechaça de imediato. Ela fica parada junto à janela, a testa na vidraça. A rua lhe parece normal. Nenhum veículo desconhecido. Os cães dos vizinhos não estão latindo.

Orah, não entendi o que você disse.

Não importa, foi uma ideia boba. Ela se afasta da janela, ri da ilusão infantil despertada nela.

Você quer vir?

Sim? Ela fica confusa.

Foi isso que você disse, não foi?

Na verdade, sim.

Mas quando?

Quando você disser. Amanhã. Agora. De preferência agora. A verdade é que estou com um pouco de medo de ficar aqui sozinha.

E pensou em vir?

Só por um tempinho. De qualquer modo estou a caminho do —

Mas não espere nada. Isto aqui é um buraco.

Ela engole em seco, o coração começa a galopar: não me mete medo.

Eu moro num buraco.

Não me importa.

Ou quem sabe a gente possa sair e dar uma volta na rua. O que você acha?

O que você quiser.

Vou esperar você lá embaixo e vamos andar um pouco na rua, tudo bem?

Na rua?

Tem um bar aí do lado.

Eu vou e aí a gente resolve.

Você sabe o meu endereço?

Sei. Mas não posso te levar nada. Não tenho nada aqui em casa.

Eu não preciso de nada. Já faz quase um mês que estou sozinho.

É?

Acho que a mercearia também está fechada.

Não preciso de nada para comer. Enquanto fala ela zanza pelo apartamento, como chutada de uma parede a outra. Preciso me organizar, acabar de fazer a mala, deixar alguns bilhetes. Ela vai sair. Vai fugir. E vai levá-lo junto.

Nós podemos... tem uma lojinha aqui do lado...

Avram, não posso entrar em detalhes. Só quero ver você.

Me ver?

É.

E depois voltar para casa?

Sim. Não. Talvez eu siga para a Galileia.

Para a Galileia?

Não importa agora.

Quanto tempo você vai levar?

Para ir até aí ou ir embora?

Ele silencia. Talvez não tenha entendido a piadinha dela.

Vou levar mais ou menos uma hora para fechar tudo aqui e chegar a Tel Aviv. Um táxi, ela se lembra e mais uma vez seu coração se aperta, outra vez precisando de táxi. E de que maneira pensei em viajar para a Galileia? Ela fecha os olhos com força. Pontadas de uma distante dor de cabeça, sondando. Ilan tem razão. Para ela "programas de cinco anos" duram no máximo cinco segundos.

Isto aqui é um buraco, estou lhe dizendo.

Estou indo.

E bateu o telefone, antes que ele se arrependesse. E se pôs a mexer-se toda fervida, escreveu uma carta para Ofer, começou a escrever sentada e descobriu-se de pé, curvada, e lhe explicou de novo o que ela própria tinha dificuldade de entender, e pediu que ele a desculpasse, e prometeu que iria viajar com ele quando ele terminasse, e pediu que não a procurasse, que voltaria em um mês, palavra de mãe. Colocou a carta num envelope fechado sobre a mesa e deixou uma folha de instruções para Bronia, a empregada. Escreveu num hebraico básico com letras grandes dizendo que tinha saído subitamente de férias, e pediu que pegasse a correspondência e cuidasse de Ofer se ele viesse de folga, lavasse e passasse a roupa dele e cozinhasse, e lhe deixou um cheque com um pagamento maior que o habitual para o mês seguinte. Em seguida, mandou alguns e-mails concisos e deu alguns telefonemas, especialmente para as amigas, dando explicações, sem mentir de fato e sem contar toda a verdade — e sobretudo, sem contar que Ofer voltara naquele dia, por vontade própria, para o exército — e quase com grosseria rechaçou perguntas e exclamações e advertências: todas sabiam, obviamente, da viagem programada com Ofer e o aguardavam emocionadas, como ela. Compreenderam que algo tinha dado errado, e que outra ideia, assustadora e não menos audaciosa, instigante a ponto de ser difícil resistir, brotara no último momento. Ela lhes soava estranha, como que estonteada, como se escondesse algo. Desculpou-se repetidamente pelo mistério, ainda é segredo, dizia com um sorriso deixando atrás de si um rastro de amigas preocupadas, que imediatamente ligaram uma para a outra examinando o assunto sob todos os pontos de vista e tentando decifrar o que teria acontecido com Orah, que de repente também lhes inflamava alguns enigmas e suposições sobre curtições tempestuosas, aparentemente no exterior, e talvez também laivos de inveja aqui e ali sobre o pássaro da liberdade dela nesse momento, a sua nova situação.

E depois ligou para o esquisitão, ligou para a casa dele, apesar da hora familiar e da proibição explícita, não perguntou se ele podia falar, ignorou seus grunhidos de irritação e susto, informou que estaria ausente um mês inteiro, e que depois de voltar vamos ver como fica, desligou e desfrutou seu sussurro sufocado. Depois, gravou uma mensagem nova na secretária eletrônica, olá, aqui é a Orah, estou viajando até o final de abril, pelo jeito, não deixe mensagem pois não vou poder recebê-las, tchau e até a vista. Sua voz lhe pareceu tensa e séria demais, não a voz de alguém que sai em férias impetuosas e misteriosas, de modo que gravou outra mensagem, desta vez com uma voz animada de esquiador ou praticante de *bungee jumping*. Teve esperança de que Ilan escutasse essa mensagem, que finalmente ouvisse algo acerca da situação em Israel e quisesse saber ao menos o que se passava com Ofer, e que se enchesse de inveja e espanto de como ela estava aproveitando a vida, mas então pensou que Ofer também podia telefonar para casa, e uma voz dessas corria o risco de aborrecê-lo, então gravou uma terceira vez, na linguagem mais formal e neutra que conseguiu, sendo um pouco traída pela transparência da sua voz, sempre com um tom meio de espanto, e tocou a gravação para si mesma e ouviu a vibração do esforço, sabendo que Ilan, e Ofer também, e aparentemente toda pessoa que ligasse, perceberia a sua tensão, e ficou com raiva de si mesma e do que a estava preocupando nesse momento, e com absoluta falta de consciência ligou para Sammy.

Depois de se despedir de Ofer no ponto de encontro, ela entrou no carro, sentou-se ao lado de Sammy e pediu imediatamente desculpas pela vergonhosa bobagem que tinha feito ao chamá-lo para levá-los. Com absoluta naturalidade explicou a situação em que se encontrava pela manhã, ao ligar para ele, e na verdade durante todo o dia. Sammy guiava, e ela falava e falava, até despejar tudo que a oprimia. Ele permaneceu em silêncio, sem se virar para ela. Ela ficou um pouco surpresa com o seu silêncio e disse, eu tenho agora vontade de berrar pela forma como me comportei com você. E ele, sem nenhuma expressão, pressionou o botão de controle e abriu a janela do lado dela, dizendo, pronto, pode berrar. Por um instante ela ficou atônita, e então botou a cabeça para fora e berrou até ficar tonta, e apoiou a cabeça para trás no encosto do assento e começou a rir aliviada. Depois olhou para ele e seus olhos se encheram de água por causa do vento e seu pescoço ficou róseo. E você não tem vontade de gritar?, ela perguntou, e ele disse, creia-me, é melhor que não.

E durante todo o caminho depois disso ficou curvado para a frente, concentrado na direção e calado, e ela resolveu não incomodar mais, e estava tão cansada que involuntariamente adormeceu e dormiu como um bebê até chegarem em casa, e desde então já tinha relembrado várias e várias vezes a conversa que haviam tido antes de ela adormecer, se é que se podia chamar aquilo de conversa, afinal ele quase não tinha falado, simplesmente ficara sentado em silêncio, e disse a si mesma que apesar de tudo fizera muito bem, pois mesmo tendo ficado quieto ela havia falado também por ele, revelando com fidelidade também o lado dele no pequeno incidente além do que, ele não fizera nenhuma premissa para si mesma, e quando Sammy finalmente parou diante da casa, ela disse, sem olhar para ele, que depois daquele dia ela lhe devia um favor imensurável, e no seu coração de passarinho comovido imaginou — um favor dos justos da terra. Ele escutou com seriedade, boca entreaberta e lábios trêmulos, como que realçando as palavras dela, e quando se despediram, e ela subia lentamente os degraus, teve a sensação de que apesar do que havia acontecido, e apesar do seu estranho silêncio durante a viagem de volta, a amizade deles hoje havia na verdade ficado mais profunda, como se tivesse sido purificada num fogo mais verdadeiro, o fogo de uma prova de realidade.

Mas ao telefonar para ele agora, e antes mesmo de explicar que se tratava de uma viagem muito urgente para Tel Aviv, Sammy lhe respondeu, com uma frieza que a assustou, que não estava se sentindo bem, que tivera um ataque de dor nas costas logo depois de voltar da viagem e precisava ficar algumas horas deitado. Orah percebeu a mentira na sua voz e sentiu um frio no estômago; aquilo que a estivera incomodando desde que se despedira dele, e a ficara atormentando com constantes mordidas de escárnio e dúvida, materializava-se agora diante dela, expondo abertamente sua ingenuidade, sua estupidez. Quis dizer que entendia e que telefonaria a outro motorista, mas percebeu-se tentando convencê-lo a vir apesar de tudo. Ele disse, senhora Orah, eu agora preciso descansar, tive um dia difícil, e não posso fazer duas viagens longas no mesmo dia. Ela ficou ressentida até as raízes de sua alma com o tratamento "senhora Orah" — um "senhora" bem formal, para ser exato — e quase bateu o telefone na cara dele, mas não o fez, pois sentiu que, até que pusesse em pratos limpos o que se passara entre eles durante o dia, não teria sossego.

E com máxima paciência, sem perder a compostura, disse que também ela, como ele muito bem sabia, tivera um dia difícil, mas — e Sammy a interrompeu, sugerindo mandar-lhe um de seus motoristas. Aqui finalmente ela reconsiderou, lembrou-se de que também tinha amor-próprio, embora não muito, mas de qualquer modo alguma coisa restava, e disse com orgulho, não é preciso, obrigada, vou dar um jeito, e ele aparentemente se assustou com a frieza na voz dela e rogou para que ela não tomasse aquilo de forma pessoal, e por um momento calou-se, hesitante, e ela, justamente diante da submissão na voz ele, derreteu e disse, mas o que fazer, Sammy, eu sempre tomo você de forma pessoal. Ele suspirou. Ela se calou e esperou. Ouviu alguém, um homem, falando na casa de Sammy em voz alta e agressiva. Sammy dirigiu-se a ele e o fez calar-se com fadiga. E aí, por causa da fadiga na sua voz, e talvez por causa da sombra de desânimo que acompanhava a fadiga, de repente se tornou importantíssimo para ela vê-lo de novo e imediatamente; teve a sensação de que se apenas conseguisse ficar com ele mais um pouco, alguns instantes apenas, ela conseguiria reparar tudo que fora perturbado e estragado. Pelo jeito também a reparação não era uma reparação de verdade, pensou, e agora vou falar com ele sobre coisas totalmente diferentes, coisas das quais nunca falamos, sobre as raízes do meu erro de hoje, sobre os temores e o aborrecimento que ambos engolimos junto com o leite materno. Talvez não tenhamos absolutamente nem começado a falar, passou pela cabeça dela um pensamento esquisito, talvez durante todas as horas em que viajamos e tanto falamos, que discutimos e deblateramos e demos risada, não tenhamos começado a falar de verdade.

Os gritos na casa de Sammy aumentaram. Ali estava ocorrendo uma discussão intensa entre três ou quatro pessoas, uma mulher também gritava, talvez Inaám, a esposa de Sammy, mas Orah não reconheceu a voz, e também começou a se perguntar se haveria alguma relação com ela e com o que acontecera com ele durante o dia, e se seria possível — uma ideia louca, mas num dia como hoje, num país como este, tudo é possível — que alguém entre eles estivesse censurando Sammy por ter levado um soldado para lá.

Dá licença um instante, disse Sammy, e dirigiu-se num árabe rápido e afiado a um homem jovem. Gritou com ele violentamente dizendo que Orah nunca o havia humilhado, e o homem não se impressionou e respondeu em tom acusatório cheio de desprezo, numa espécie de provocação de palavras que lhe soou como um borrifo de destruição. E ouviu o choro de uma criança pequena, muito menor que o mais novo dos filhos de Sammy, e depois ouviu uma pancada, talvez alguém tivesse dado um pontapé na mesa, ou mesmo jogado uma cadeira. De instante em instante descia sobre ela a sensação de que o incidente estava ligado à viagem dele com ela, e quis encerrar a conversa, sumir da vida dele, não piorar ainda mais os danos que havia provocado. Ele largou o fone sobre a mesa, e ela ouviu seus passos se afastando, e novamente quase desligou, mas mesmo assim continuou escutando como que hipnotizada — um fragmento da privacidade deles se escancarou para ela, uma imensa brecha de espiar, e toda ela atraída para lá, veja só, assim são eles quando estão sozinhos, ela pensou, sem nós, se é que de fato estão sem nós, se é que existe realmente essa possibilidade: sem nós.

E aí ouviu um grito amargo e feroz, e não sabia se provinha de Sammy ou do outro homem, e em seguida o som de uma pancada forte, duplicada, como aplausos ou tapas, e depois instalou-se um silêncio que despertou nela um leve e contínuo choro de criança.

Orah apoiou-se debilmente sobre a mesa da cozinha. Por que é que eu tinha que ligar de novo para ele, pensou, que idiotice, o que me passou pela cabeça, que depois de me levar ida e volta até o Guilboa ele ainda poderia me levar a Tel Aviv? Uma besteira atrás da outra, pensou, onde eu mexo sai bobagem.

A voz dele retornou aos seus ouvidos aflita e entrecortada. Agora falava com precipitação, quase num sussurro. Quis saber exatamente aonde ela precisava chegar em Tel Aviv. Perguntou se ela se importava de passar num certo lugar no caminho, no sul de Tel Aviv, e deixar alguma coisa nesse lugar. Ela ficou confusa: estava a ponto de dizer que desistia de tudo, basta, Sammy, este dia está completamente torto para nós, é melhor que fiquemos longe um do outro por algum tempo. Porém, sentiu que ele estava precisando muito dela, e na sua necessidade havia, apesar de tudo, uma abertura para a reparação, e jurou a si mesma que viajaria com ele somente até Tel Aviv, e dali pegaria outro táxi, para a Galileia, custasse quanto custasse. E ele perguntou apreensivo, tudo bem, Orah? Posso ir? Você já está pronta para ir? E ela ouviu recomeçar a discussão ao fundo — na verdade, já não era uma discussão: o outro homem gritava, mas quem sabe apenas consigo mesmo, e uma mulher cantarolava numa espécie de oração desesperada. Orah achou que apesar de tudo devia ser Inaám — num lamento prolongado, pisoteado —, e por um instante voltou a se entrelaçar no lamento a voz lamuriosa distante que Orah certa vez ouviu, por dezenas de anos não viera à tona, e foi tomada pelo pranto da enfermeira árabe que estivera com eles no isolamento, com ela, Avram e Ilan, no pequeno hospital em Jerusalém.

Orah perguntou a Sammy se iriam demorar muito no sul de Tel Aviv. Sammy disse, cinco minutos, e ao sentir a hesitação dela, pressionou-a explicitamente, o que não era seu costume, eu preciso desse grande favor seu. Ela pensou na promessa que lhe fizera mais ou menos quatro horas antes e sentiu um surto de regozijo: a Mais Justa das Nações, porra nenhuma. Tudo bem, ela disse.

Depois, levou para a calçada diante da casa a mochila de viagem, e num impulso momentâneo voltou para dentro e pôs nas costas a mochila de Ofer, que também estava pronta para a viagem, até ser cancelada, o tempo todo tapando os ouvidos para os incessantes toques do telefone, adivinhando que era Avram assustado com sua ousadia, ligando para pedir, pelo amor de Deus, que ela não viesse, mas também havia a possibilidade de ser Sammy, arrependido. E rapidamente, como que fugindo, desce as escadas, as mesmas escadas pelas quais, daqui a um dia ou uma semana, ou talvez nunca, mas ela sabia que sim, não tinha dúvida disso, subirão os mensageiros, geralmente três, é o que dizem, subirão em silêncio essas escadas, como é possível acreditar que isso vai acontecer?, e apesar de tudo subirão estas escadas, este degrau, e este, e este aqui meio rachado, ensaiando silenciosamente durante a subida as palavras que estão lhe trazendo, quantas noites esperou por eles, desde que Adam se alistou, e durante todo o tempo de serviço nos territórios, e mais tarde, nos três anos de serviço de Ofer, quantas vezes se levantou para atender a campainha dizendo a si mesma, pronto, acabou, mas esta porta ficará fechada a eles por mais um ou dois dias, uma ou duas semanas, e essa notícia não será dada, pois para dar uma notícia sempre são necessárias duas pessoas, pensou Orah, alguém para dar e alguém para receber, e não haverá ninguém para receber essa notícia, portanto não poderá ser dada, e foi isso que lhe ocorreu de repente com uma luz brilhando mais e mais, em agudas cintilações de furiosa euforia, tendo já deixado atrás a casa fechada e trancada, e o telefone tocando sem descanso e ela própria andando de um lado para outro na calçada, à espera de Sammy.

E quanto mais ela pensa nisso, mais fica atormentada com a ideia estranha que a envolve de forma absolutamente surpreendente, mas com um lampejo de intuição tão ardente — e que também combina tão pouco comigo, ela dá uma risada de espanto, é muito mais uma ideia do Avram, ou até mesmo do

Ilan, mas absolutamente não é minha — que a leva a não ter mais nenhuma dúvida de que o ato que está prestes a realizar está correto, que é a objeção certa, e lhe dá prazer rolar essa palavra na língua e absorvê-la por um segundo: objeção, a minha objeção, e lhe agrada a forma como retém na boca a impureza pequena e nova e sinuosa, a objeção dela, e é boa a tensão muscular nova que se estende pelo seu corpo cansado. Uma objeção desgraçada e patética, ela bem sabe, e em mais uma ou duas horas já estará se desvanecendo, deixando um gosto de tolice, mas o que mais ela pode fazer? Não vou ficar aqui, ela repete, tentando injetar coragem em si mesma, não vou receber isso deles, e solta uma risada seca e surpresa, pronto, está decidido, ela vai se recusar, será a primeira "recusadora de notificação". Ela estica os braços sobre a cabeça, seus pulmões se enchem do ar afiado e energético do final de tarde. O valor dela, ela terá seu valor reconhecido, para si mesma e especialmente para Ofer. Mais que isso ela não pode esperar agora, o pequeno reconhecimento do valor de sua objeção. Sua mente se inunda de ondas quentes e ela caminha com rapidez, indo e voltando em torno das mochilas. E sem dúvida há algum defeito básico no seu programa, algum erro de lógica que clama aos céus, que daqui a pouco será descoberto e romperá todo o assunto e zombará dela e a mandará para casa com suas duas mochilas, mas até então, durante um piscar de olhos ela está livre de si mesma, dos temores que grudaram nela no último ano, e mais uma vez ela reafirma a si mesma a meia-voz aquilo que está prestes a fazer, e chega novamente à estranha conclusão de que aparentemente está certa, ou pelo menos não errada demais, e que se fugir de casa, então a transação — é assim que pensa nisso agora — será um pouco adiada, ao menos por algum tempo. Quer dizer, a transação que o exército e a guerra e o país podem tentar impor a ela num futuro muito próximo, talvez ainda esta noite, a transação forçada, unilateral, que determina que ela, Orah, concorde em receber deles a notícia da morte de seu filho, e dessa forma ela os obriga a levar o complexo e angustiante processo de sua morte ao seu fim ordenado e concordado, e por algum motivo também lhes dá a permissão final e profunda dessa morte e se torna um pouco, de certa maneira, cúmplice do crime.

E com essas palavras sua força de repente se esvai, e ela desaba e se senta na calçada, entre as duas mochilas, que parecem apinhar-se sobre ela por si sós, protegendo-a como um casal de pais. Duas mochilas nanicas e inchadas, e ela as envolve com ambos os braços, as puxa para perto de si, e lhes explica silenciosamente que talvez esteja um pouco louca neste momento, mas na disputa entre os mensageiros e ela, é obrigada a ir até o fim, cabeça a cabeça, em nome de Ofer, para que não sinta depois que desistiu sem se debater, ainda que só um pouco, e portanto, quando vierem informar a ela, ela não estará aqui, não estará, a encomenda retornará ao remetente, a roda vai parar por um momento, talvez também gire para trás em torno de seu eixo, um ou dois centímetros, não mais que isso. E está claro que imediatamente depois a notícia será enviada novamente, ela não tem ilusões, eles não vão desistir, essa batalha não podem perder, zunia algum fio metálico em sua mente, pois uma capitulação deles, mesmo para uma única mulher, significaria a flexão de todo o método, pois onde iremos parar se outras famílias também tiverem a mesma ideia e se recusarem a receber do exército a notícia da morte de seus filhos queridos? De modo que não tem a menor chance contra eles, ela sabe disso, nenhuma chance, mas ao menos durante alguns dias ela vai lutar, não muitos, vinte e oito dias, menos que um mês, é possível, está dentro de suas forças, é no fundo sua única possibilidade, só isso está em seu poder.

E mais uma vez ali estava, sentada no táxi de Sammy, tarde, e um menino estava sentado ao seu lado, um menino de seis ou sete anos, Sammy também não sabia a idade exata dele. Um menino árabe magro, ardendo de febre. É filho de um dos nossos, diz obscuramente Sammy, filho de alguém, detalhou quando ela insistiu. Pediram a Sammy que o levasse a Tel Aviv, num determinado local no sul da cidade, para a sua família. Para a família de Sammy ou do garoto? Isso também não ficou claro, e ela resolveu não insistir entrementes nas perguntas. Sammy parecia abatido e assustado, e uma das maçãs do seu rosto estava inchada, como se estivesse com dor de dente. Ele nem sequer lhe perguntou para que precisava, numa hora tão tardia, de duas mochilas. Sem o lampejo de curiosidade nos olhos, ele parecia sem vida, quase outra pessoa, e ela compreendeu imediatamente que não havia sentido em levantar de novo a questão da viagem ao Guilboa. No escuro dentro do carro ela descobriu que o menino vestia roupas que lhe eram familiares: calça jeans que um dia tinha sido do seu Adam, com aplicações do Pernalonga nos joelhos, e uma velha malha de moletom do Ofer, com o slogan da campanha eleitoral de Shimon Peres. As roupas estavam grandes demais para o menino, e Orah teve a sensação de que era a primeira vez que as estava usando. Ela curvou-se para a frente e perguntou o que ele tinha. Sammy disse que o menino estava doente. Ela perguntou, como ele se chama, e Sammy respondeu impaciente, Rámi. Pode chamá-lo de Rámi. Ela perguntou, Raámi ou Rámi? Rámi, Rámi, ele deixou claro.

Se ele não estivesse precisando de mim para esta viagem, ela pensou, não teria vindo. Ele está despejando em cima de mim o que teve de engolir com aquelas pessoas que o perturbaram na sua casa. Por um momento consolou-se com a ideia de que na primeira oportunidade contaria a Ilan sobre a relação de Sammy com ela, vamos ver se ele é tão corajoso com o Ilan, e sabia que Ilan o repreenderia, por ela, talvez até o despedisse, para provar-lhe o quanto ainda se sentia responsável por ela, na obrigação de protegê-la, e Orah se aprumou sutilmente e tensionou os ombros, a troco de que de repente convocava Ilan em sua ajuda? Isso era decididamente algo entre ela e Sammy, e essa defesa por parte de Ilan, sua galante proteção formal, eu não preciso dela, muito obrigada.

Seu corpo reclinou-se de novo e sua face estremeceu momentaneamente, de forma incontrolável, pois lhe injuriava seu abandono, não a solidão nem a humilhação, e sim o rompimento em si, a dor do fantasma do espaço vazio, sem Ilan ao seu lado, e na escuridão viu o seu próprio reflexo na janela que se movia, e com uma agudeza desconhecida sentiu a dor de sua pele que já havia muito tempo não era verdadeiramente amada, e sua face, que nenhum homem tinha olhado com intenções de amor, de tal forma que estratificou com as camadas dos anos. O tal tipo esquisitão, Aran, que lhe havia dado o trabalho no serviço do Museu de perpetuação de Israel em Nevada, dezessete anos mais novo que ela, um gênio de computadores meteórico e cheio de iniciativas — *maher-shalal-hash-baz*, como teria dito o Avram de outros tempos —, e ela nem mesmo sabe como defini-lo para si mesma, amigo?, amante?, uma transa?, e o que ela é para ele?, porque "amante" é generoso demais para o que existe entre os dois, ela ri para si própria, mas pelo menos ele é a prova de que mesmo depois de Ilan o corpo dela aparentemente continua a produzir os átomos que atraem outra pessoa, outro homem. E assim foi afundando cada vez mais nos seus pensamentos, enquanto o carro se movimentava numa fila enorme e congestionada que se movia num silêncio não muito natural no desfiladeiro de Shaar Hagai, e que aumentou ainda mais na região do aeroporto. Hoje há barreiras em toda parte, Sammy de repente soltou no ar. Algo na sua voz pareceu indicar algo, ocultando alguma intenção sombria. Ela esperou que ele dissesse mais alguma coisa. Ele ficou em silêncio.

O menino tinha adormecido, sua testa brilhava de suor e sua cabeça se enrolava com estranha facilidade sobre a linha do pescoço. Ela notou que Sammy enfiara debaixo do garoto um cobertor fino e velho, aparentemente para que ele não sujasse de suor o estofamento novo. A sua mão direita, fina e de aparência frágil, de repente se agitou numa convulsão diante do seu rosto, sobre a cabeça, e Orah, imediatamente, esticou o braço e o puxou para si. Ele se imobilizou, abriu os olhos, que a ela pareceram turvos e quase cegos, e a fitou sem entender. Orah não se mexeu, esperando que ele não a empurrasse. Ele respirava com extrema rapidez, seu peito delgado subindo e descendo, e em seguida, como se sua força de entender ou se opor se extinguisse, seus olhos se fecharam e ele se grudou ao corpo dela, e o calor dele passava para ela pelas roupas. Após alguns instantes ela se atreveu a deixar o abraço mais confortável, sentindo as espáduas de franguinho dele se contraírem ao seu toque, e novamente esperou um pouco, e depois fez a cabeça dele se apoiar delicadamente em seu ombro, e só depois disso voltou a respirar.

Sammy se endireitou e os observou pelo espelho retrovisor, os olhos inexpressivos, e ela teve uma sensação esquisita, que ele estava observando o que via e comparando com algum quadro na sua imaginação. Ela começou a ficar inquieta com esse olhar, e quase se afastou do menino, mas não queria despertá-lo, e no fundo estava gostando da proximidade dele, apesar da febre intensa que exalava, do suor que se acumulava da face dele para o ombro dela e do fio de saliva que escorria sobre seu braço, e talvez justamente por causa de tudo isso, por causa da febre e do ardor, que eram como um símbolo de uma infância esquecida, que retornava de repente e se afogava nela. Ela lançou um olhar para o garoto: seu cabelo tinha sido cortado de forma grosseira, e entre as cerdas havia uma marca comprida, em forma de círculo, que não assentava bem. Sua face pequena, grudada nela, era amarga e teimosa. Dava a impressão de um velho desconfiado e ranzinza, e ela ficou contente ao ver que os dedos dele eram longos e finos, e muito bonitos. Inconscientemente ele os recolheu para a palma da mão, e após alguns instantes virou a mão no sono, revelando uma palma macia, de querubim.

Ofer, encolheu-se Orah. Já fazia quase uma hora que não pensava nele.

Ela não terá as mãos de Ofer hoje, não as mãos largas e enormes, com as veias saltando que serpenteiam pelo dorso, com as unhas roídas, sob as quais há sempre uma linha preta de graxa das armas, que até três meses depois da liberação — ela sabe pela sua experiência com Adam — não desaparece totalmente, como também os calos duros que se retorcem em cada articulação de seus dedos, e marcas dos cortes que cicatrizaram, e cicatrizes, e camadas de pele que coça, queimada, arranhada, que é cortada, rasgada, costurada, que cresceu e foi descascada e untada e enfaixada, até que por fim envolve a aparência anterior marrom, um tanto de cera. Essa mão militar, que apesar de tudo é expressiva em seus gestos, de uma generosidade no toque, no abraço dos dedos um no outro, no movimento infantil inconsciente em que às vezes o polegar escorrega sobre a ponta de seus irmãos, como se voltasse a contá-los um após o outro; na roedura casual da pele em torno da unha do mindinho, você não tem razão, mamãe, ele lhe diz nesse meio-tempo, ela já não se lembra sobre o que haviam falado na ocasião, simplesmente lhe veio à cabeça a imagem frágil dele quando rói sem perceber em torno da unha do mindinho, enrugando a testa, assim, você realmente não tem razão nisso, mãe.

Agora, no carro de Sammy, com o menino espalhado em cima dela com surpreendente confiança, despertando nela pequenas ondas de orgulho humilde e duvidoso, é como se ela tivesse aqui o direito a algo de cuja existência ela própria já começara a duvidar — você é uma mãe não natural, explicou Adam não faz muito tempo, antes de ir embora de casa. Assim, com simplicidade e quase sem nuança na voz, ele a tiranizou e também a oprimiu numa definição pretensamente científica, objetiva — e um laço de memória distante irrompe de algum lugar e prende-se delicadamente na sua garganta, e ela vê diante de si o punho pequenino e gordinho de Ofer logo depois de nascer. Colocaram-no sobre seu peito, alguém se ocupava dela por baixo, cutucava, costurava, falava com ela, gracejava, mais um pouquinho e terminamos, dizia, o tempo passa depressa quando está gostoso, não é? Ela estava cansada até mesmo para pedir que tivesse pena dele e calasse a boca, e tentou absorver energia dos grandes olhos azuis que olhavam dentro dos seus com uma serenidade rara. Desde o instante em que nasceu ele buscava os olhos, desde o instante em que nasceu ela absorveu dele energia, e agora via diante de si o seu pequeno punho — um punhozinho, diria Avram se estivesse ali com ela naquele quarto naqueles momentos; até mesmo agora lhe era difícil conformar-se com o fato de que ele não estava lá com ela e com Ofer. Como é possível que ele não estivesse lá —, com o sulco profundo em torno da base da mão e a vermelhidão rude da própria mão minúscula que até poucos minutos antes ainda era um órgão interno, e ainda parecia assim, e lentamente foi ficando bonita e revelou aos olhos de Orah pela primeira vez seu interior de concha, enigmático — o que você me trouxe de lá, meu menino, do universo profundo, sombrio —, com o emaranhado de rabiscos desenhados nela, com a camada fibrosa, branquela e gorducha, recoberta por cima, com as sementes de romã transparentes das unhas, e com os dedos que novamente se fecharam e afagaram com força em torno do dedo, afinal você me é santificada com o discernimento de milhares de anos e eras ancestrais.

    O menino ardia em febre e passava a língua nos lábios. Orah perguntou a Sammy se ele tinha água. No porta-luvas tinha ficado a garrafa de água dela, que ali estava desde a viagem anterior. Ela a aproximou dos lábios do garoto, ele bebeu um pouco e engasgou. Talvez não tenha gostado do que provou. Ela espalhou um pouco na palma da mão e passou levemente sobre a testa, as bochechas e os lábios secos dele. Sammy observou novamente com o mesmo olhar perscrutador e tenso. Olhar de um diretor de teatro, lhe ocorreu de repente, que verifica uma cena que acabou de montar. O menino estremeceu e seu corpo afundou ainda mais no dela. De repente abriu os olhos e a encarou sem ver, e somente sua boca se abria para ela numa espécie de sorriso estranho, sonhador, e de repente havia nele graça e também infância, e ela se debruçou para diante e perguntou novamente a Sammy, num sussurro firme, qual era o nome do garoto. Sammy respirou fundo, para que você quer saber, Orah? Me diga o nome dele, ela repetiu, e seus lábios ficaram brancos de indignação. Ele se chama Yazdi, disse Sammy, Yazdi é o nome dele. O menino ouviu seu nome e estremeceu em meio ao sono, soltando fragmentos de palavras em árabe. Suas pernas se agitam com força, como se sonhasse estar correndo, talvez fugindo. Orah disse que ele precisava de um médico, urgente. Sammy disse, eles lá, perto de Tel Aviv, a família, eles têm o melhor especialista na doença dele. Orah perguntou que doença era, Sammy disse, a barriga, alguma coisa, ele nasceu com a barriga não muito boa, vomita tudo. Ele pode comer só umas três ou quatro coisas, todo o resto ele põe para fora. Em seguida, parecendo fazer questão de informar, disse, ele também não está muito bem ali. Onde?, perguntou Orah, e o lado do seu corpo grudado no menino se contraiu. Na cabeça, disse Sammy, é retardado. Há uns três anos, mais ou menos, de repente, ficou retardado. Como ficou de repente?, perguntou Orah, isso não é coisa que acontece de uma hora para outra. No caso dele foi, respondeu Sammy, e cerrou os lábios.

Ela virou a cabeça em direção à janela. Viu seu reflexo com o menino agarrado a ela. A viagem ficou ainda mais lenta. Um poste de sinalização alertava para uma barreira a trezentos metros. Sammy movia os lábios rapidamente, como que discutindo com alguém em pensamento. Por um instante ergueu a voz, por que será que eu preciso disso?, todo mundo em cima de mim, cacete, acham que eu sou — sua voz sumiu num murmúrio obscuro. Orah se inclinou: qual é a história?, perguntou em voz baixa. Não tem história nenhuma, ele respondeu. Qual é a história desse menino?, ela exigiu saber. Não tem história nenhuma, ele respondeu de repente, em voz mais alta, agarrando o volante com força, e o menino se aconchegou nela e parou de respirar. Não é obrigatório ter sempre uma história em cada coisa, Orah! Ela sentiu a ferroada e o desdém com que envolveu seu nome. Teve a impressão de que, inclusive enquanto falava, quase de palavra em palavra, ele descartava de si o sotaque israelense, *sabra*, e um outro som, estranho e áspero, se insinuava. Vocês, despejou ele pelo espelho retrovisor, vocês estão sempre procurando uma história em cada coisa! Seja para um programa de *telefison* ou um filme nos *bestivais* de vocês, não é mesmo? Hein? Não é mesmo?

Orah se encolheu como se tivesse levado um tapa. "Vocês", foi dessa forma que ele a tratou, "bestivais", ele disse, descarregando contra ela um sotaque de palestino dos territórios, que ele sempre ridicularizava. Opunha-se a ela num arabismo adquirido. E esse aí, o garoto, prosseguiu, não passa de um menino doente, só isso, doente, re-tar-da-do, não dá pra fazer um filme dele! Não existe interpretação sobre ele! Nós vamos pegá-lo, botá-lo aí numa casa qualquer, com um médico qualquer, prosseguir até onde você precisa ir, descarregamos você lá, e vai ficar tudo maravilhoso! Orah contraiu os lábios, e suas bochechas enrubesceram imediatamente: foi o modo como ele a havia enfiado naquele "vocês" que a enraiveceu com intensidade inesperada, como se de fato não estivesse sozinha diante dele, quer dizer, diante deles: eu quero saber de quem é esse menino, disse ela vagarosamente, como se pronunciasse letra por letra. Agora, ela exigiu, quero saber antes de chegar à barreira. Ele permaneceu quieto. Ela tinha a impressão de que sua voz, sua arrogância, o conduziam de volta a suas próprias ideias, também lembrando-lhe uma ou duas coisas, que ela jamais quis ou teve necessidade de assinalar explicitamente aos ouvidos dele. Fez-se um demorado silêncio. Ela sentiu como sua vontade e a vontade dele se arqueavam e petrificavam mutuamente. Em seguida, Sammy inspirou longamente e disse: é de um sujeito que eu conheço, um sujeito boa gente, não tem nada de errado, em termos de segurança, você sabe. Não há com que se preocupar.

Seus ombros se soltaram e desmancharam. Ele passou a mão na cabeça, deslizou sobre a testa e moveu a cabeça, aturdido. Orah, suspirou, não sei o que há comigo, estou cansado, morto. Hoje todos vocês me deixaram louco. Basta. Preciso de silêncio. Silêncio, *yia rab*.

Ela inclinou a cabeça para trás. Pensou: todo mundo está ficando doido. Ele também tem o direito. Sob as pálpebras semicerradas ela viu que ele lançava olhares nervosos aos passageiros dos carros de ambos os lados. Três pistas deram lugar a duas, e depois a uma pista só. Pouco adiante já era possível enxergar o brilho azul acima de alguns veículos. Um jipe da polícia estava estacionado na diagonal junto à estrada. Sem mover os lábios, Orah disse, se me perguntarem, o que eu digo?

Se perguntarem, disse Sammy de imediato, diga que o menino é seu, mas não vão perguntar. Ele olhou fixamente para a frente e fez um esforço para não encontrar o olhar dela no espelho. Orah assentiu em silêncio. Então esse é o meu papel, pensou, eis a razão dessas roupas, a calça jeans e a camiseta de Shimon Peres. Ela puxou o menino para si, a cabeça dele pousando sobre seu peito. Ela disse baixinho o nome dele nos seus ouvidos e ele abriu os olhos e a fitou. Ela sorriu e as pálpebras do menino voltaram a se fechar, mas no instante seguinte, inconscientemente, ele sorriu para ela, como se estivesse num sonho. Ligue o aquecimento, ela disse a Sammy, ele está tremendo.

Sammy aumentou o aquecimento. Ela estava cozinhando, mas o menino passou a tremer um pouco menos. Ela enxugou o suor dele nas têmporas e correu a mão pelos seus cabelos. A febre falou para o íntimo de Orah. Um ano atrás, mais ou menos, um velho excêntrico de Kfar Durah fora esquecido dentro de uma câmara frigorífica em Hebron. Ele ficou lá quase quarenta e oito horas. Não morreu, e talvez tenha se recuperado desde então e voltado a si. Mas desde aquele dia a vida dela se descortinara. As luzes azuis já reluziam de quase todo lado. Havia seis ou sete viaturas aqui. Guardas e oficiais de polícia e também oficiais do exército zanzavam entre as pistas, e Orah estava molhada de suor. Seus dedos puxaram da blusa uma fina correntinha de prata com um medalhão esmaltado pendurado no qual estavam gravadas as palavras "Coloco sempre o Senhor à minha frente", e discretamente, quase às escondidas, aproximou o medalhão da testa do menino e o manteve ali por um instante. Sua amiga Ariela lhe dera o medalhão anos atrás, todo mundo precisa de uma igrejinha pessoal, ela dissera quando Orah rira e rejeitara o presente, e, no fim, apesar de tudo acabou usando o medalhão toda vez que Ilan voava para o exterior, e quando seu pai ficava doente e era hospitalizado, e ainda naquelas ocasiões em que "mal não faz" — uma crença supersticiosa em Deus, explicava a quem se espantasse —, e assim continuou também durante o serviço militar de Adam, e depois durante o de Ofer, e agora, para ficar bem com todo mundo e para não judaizar aqui o pequeno muçulmano sem o conhecimento dele, sussurrou intimamente, *coloco sempre Alá à minha frente*.

As viaturas de polícia fechavam a pista, e arames entrançados estavam espalhados em zigue-zague sobre o asfalto. Os policiais estavam nervosos. Iluminavam com um holofote potente o interior dos veículos à sua frente, examinando longamente os passageiros e gritando sem cessar entre si. Alguns oficiais estavam parados ao lado da pista, todos eles falando ao seu próprio telefone celular. Está pior do que de costume, pensou Orah, em geral eles não pressionam tanto. Havia apenas um único carro na frente deles, e Orah inclinou-se para diante e perguntou em tom de urgência: Sammy, eu quero saber já, de quem é o menino?

Sammy olhou para a frente e suspirou. É simplesmente, ele disse, de verdade, é só o filho de um rebocador que trabalha comigo, dos territórios, juro, *shabahnik, iaani*. Um trabalhador ilegal. E desde ontem à noite está assim. Doente a noite toda e de manhã também, vomitando o tempo todo, inclusive com sangue no... banheiro, *iaani*. E vocês não trataram dele?, Orah perguntou. Claro que tratamos, chamamos uma enfermeira, uma enfermeira nossa, *iaani*, da aldeia, e ela disse que para a doença dele é preciso um hospital urgente, mas como levar ao hospital se ele é ilegal? A voz dele se reduziu, voltando a reclamar e resmungar consigo mesmo, talvez retomando alguma conversa ou discussão interior, agarrando o volante com força. Acalme-se, disse Orah asperamente, e endireitou-se e passou a mão ligeira para arrumar o rosto atribulado, agora se acalme, tudo vai se resolver. E sorria!

Um policial jovem, quase um garoto, aproximou-se deles e sumiu da vista dela quando a luz da lanterna a iluminou. Ela piscou de dor, uma luz dessas martiriza as retinas já atormentadas. Ela deu um sorriso largo e genérico para a luz. O policial moveu a outra mão em círculos ligeiros, e Sammy abriu a janela. Tudo bem?, soltou o policial num sotaque russo e meteu a cabeça para dentro varrendo a face deles. Sammy, em voz simpática, alegre e à vontade, disse, boa noite, tudo ótimo, graças a Deus. O guarda perguntou, de onde vocês estão vindo agora?, de Beit Zait, sorriu Orah. Onde fica Beit Zait?, perguntou o guarda, e Orah disse, ao lado de Jerusalém, e mesmo sem olhar para Sammy sentiu uma fagulha de espanto em relação à ignorância do guarda passar entre ela e ele.

Ao lado de Jerusalém, o guarda repetiu suas palavras, talvez para ganhar mais um tempinho de verificação e exame. E para onde estão indo?, perguntou. Para Tel Aviv, respondeu Orah com um sorriso agradável, visitar a família, acrescentou sem ser indagada. A bagagem, disse o guarda, e se retirou da janela do carro. Aproximou-se do porta-malas e eles o ouviram revirar os objetos e fuçar as duas mochilas. Orah viu os ombros de Sammy tensionarem, e lhe passou um pensamento, sabe-se lá o que mais ele transporta lá atrás. Uma gama de possibilidades explodiu na sua cabeça, projetando loucamente um filme sem controle. Seus olhos investigaram rapidamente o corpo de Sammy, medindo-o, pesando, ponderando, negando. Um mecanismo absolutamente inumano foi acionado dentro dela, um perfeito sistema de reflexos condicionados. Quase não teve tempo de entender que era isso que ela estava fazendo. Fragmentos de segundo, não mais que isso. Ela deu a volta pelo mundo todo e voltou ao seu lugar, e sua face permaneceu estática.

Sammy talvez tenha percebido, ou talvez não, aquilo que se passou com ela. Não deixou transparecer nada na sua expressão. Também ele, ela pensou, é muito fiel. Sentado duro e compacto, apenas um dedo tamborilava rapidamente sobre a alavanca do câmbio. A face do policial, aguçada, de raposa, com as orelhas puxadas para trás, face de um garoto que a vida lapidara cedo demais, surgiu de volta, desta vez do lado da janela dela. De quem são as duas mochilas, senhora? Minhas, ela disse, eu parto amanhã para a Galileia, para uma excursão. Deu novamente um sorriso pleno. O guarda a observou longamente, junto com o menino, e virou meio corpo para trás, parecendo querer aconselhar-se com alguém. Um de seus dedos estava apoiado displicentemente sobre a janela aberta, junto a ela. Orah olhou para o dedo e pensou, como um dedo fino pode parar, impedir, cortar o destino? Que dedos finos às vezes a crueldade tem. O guarda chamou um dos oficiais, mas este estava ocupado demais ao telefone. No fundo do coração ela sabia que era exatamente ela quem despertava suspeitas. Algo nela indicava ao policial que aqui existia culpa. Ele voltou o olhar novamente para ela. Ela achou que se ele continuasse a fitá-la dessa maneira por mais um instante, ela desmaiaria.

O menino acordou e piscou confuso diante da luz da lanterna. Orah alargou seu sorriso e agarrou seus ombros com força. O menino mexeu suas pequenas mãos lentamente diante do foco de luz, e por um momento pareceu um feto nadando na água da placenta. Só então percebeu o rosto e a farda atrás do círculo de luz e seus olhos se arregalaram, e Orah sentiu um movimento selvagem forte passando pelo corpo dele, e o apertou contra si ainda mais. O guarda se abaixou e examinou o menino com o olhar. Uma expressão amarga e de abandono se formou no rosto do policial diante do menino. O foco de luz desceu para o corpo do garoto, iluminando as palavras "Shimon Peres, minha esperança de paz". O policial puxou um pouco o ângulo de seus lábios num sorriso irônico. Um cansaço pesado desceu subitamente sobre Orah, como se desiludida da possibilidade de compreender o que estava se passando. Somente as batidas ferozes do coração de Yazdi contra seu braço a mantiveram ereta. Pensou, como ele sabe que agora precisa ficar calado? Como está impressionantemente calado! Como um filhote de perdiz se enrijece e se prepara para o significado de um sinal de advertência de sua mãe.

E como eu sei ser mãe-perdiz?, ela pensou, mãe-perdiz totalmente natural.

Um carro buzinou atrás, e depois outro. O guarda coçou o nariz. Alguma coisa o importunava. Algo não lhe parecia em ordem. Tinha a intenção de fazer mais uma pergunta, mas Sammy, com acrobática agilidade, se antecipou e riu calorosamente, fez um sinal de cabeça para Orah e disse ao guarda, não se preocupe, meu caro, ela é dos nossos.

Mais um espasmo de lábios levemente repulsivo, um ligeiro movimento da lanterna, e tiveram permissão para seguir, trinta ou quarenta segundos durou a pequena investigação. Orah sentiu que seu corpo estava ensopado de suor, o corpo dela e o do menino.

Shabhanik?, ela perguntou depois, ao recuperar sua voz, e Sammy começou a acelerar passando o bloqueio, você contrata funcionários dos territórios?

Todo mundo tem funcionários que moram nos territórios, disse ele dando de ombros, são os mais baratos, os *dapawiim*. Você acha que eu tenho dinheiro para pagar o rebocador de Abu Gosh?

Eles respiraram fundo, o menino também. Orah enxugou o suor dele e dela. O tempo todo o olhar dela fugiu em outra direção: tinha a impressão de que o dedo do policial ainda estava na janela, apontando para ela. Pensou que não seria capaz de passar outra vez pela vivência traumática de uma barreira dessas.

E o que foi aquilo que você disse a ele, que eu sou "dos nossos"?, perguntou em seguida.

Sammy sorriu e lambeu o lábio inferior. Orah conhecia esse gesto: ele estava curtindo o prazer da luminosidade antes de vir às claras. Ela sorriu intimamente, e esfregou a garganta e distensionou os dedos dos pés. Por um instante houve uma sensação de ordem, de casa arrumada após a bagunça. "Dos nossos", disse Sammy, "significa mesmo que você tenha cara de esquerdista."

O menino se aquietou um pouco, e seu sono voltou a ficar mais tranquilo. Orah pôs a cabeça dele sobre suas pernas, recostou-se no encosto e respirou um pouco. Talvez seu primeiro momento de sossego naquele dia.

E pelo fato de Sammy ser também uma espécie de representação a distância de Ilan, e nos últimos tempos também algum tipo de fio de ligação com ele, ela sentiu despertar saudades de casa; não da casa que alugara em Beit Zait depois da separação, nem da casa em Tzur Hadassah que Ilan e ela haviam comprado de Avram. Sentiu saudades dolorosas da sua última casa com Ilan em Ein Karem, um velho e amplo sobrado, com paredes grossas e frias, cercado de ciprestes espessos. Com grandes janelas em arco, bases largas e terraços desenhados oscilando aqui e ali. Orah a viu pela primeira vez quando ainda era estudante, vazia e lavrada, e apaixonou-se por ela à primeira vista, e por sugestão de Aram sentou-se e lhe escreveu uma carta de amor, "querida casa, minha triste e solitária", e contou-lhe sobre si mesma, explicando-lhe o quanto de fato combinavam uma com a outra, e prometeu que a faria feliz. Anexou também uma foto sua, num agasalho cor de laranja e cabelos de cobre longos e encaracolados, andando de bicicleta, rindo generosamente, e enviou a carta ao seu endereço, acrescentando um bilhete aos donos, se algum dia resolvessem vendê-la — e assim foi.

Embora ela e Ilan tivessem progredido de forma constante, e até mesmo enriquecido um pouco ao longo dos anos — o escritório de Ilan havia prosperado: sua aposta, vinte anos antes, de largar o escritório no qual trabalhava e se estabelecer na área um tanto esotérica da propriedade intelectual acabou dando certo. Desde meados da década de 80 começaram a prosperar ideias e invenções e criações que exigiam agilidade e conhecimento da legislação e brechas nas leis nos diversos países do mundo; novas aplicações de computador, criações nas áreas de comunicação e criptografia, medicina e engenharia genética, as alianças e tratados da Organização Mundial de Comércio; Ilan ali estava uma fração de segundo antes de todos os outros — e embora pudesse aprimorar e embelezar e construir e modelar a casa em qualquer estilo que quisesse, Ilan a encarregou de reformar e montar a casa conforme ela desejasse, quer dizer, deixar que a casa fosse ela mesma, no seu próprio ritmo, e juntar ao seu bel-prazer os mais diversos e estranhos estilos. Durante alguns anos, na cozinha ficava uma geladeira enorme, translúcida, de aparência horrível mas muito eficaz, que ela havia comprado numa liquidação num atacadista de artigos de refrigeração para supermercados; as cadeiras da copa ela comprou a preço baixíssimo do café *Tmol Sheloshim*, por Adam uma vez ter mencionado, numa conversa casual, o quanto eram confortáveis; a sombria sala de visitas foi um antro de grossos tapetes e imensas poltronas e móveis de bambu leves, estantes de livros atulhadas em três paredes; e a gigantesca mesa de jantar, o orgulho da anfitriã, em torno da qual podiam se sentar quinze pessoas e comer sem se encostar, foi um serviço de carpintaria e montagem feito por Ofer de surpresa para o seu quadragésimo oitavo aniversário, uma mesa redonda — Ofer decidiu que assim deveria ser, assim não há situação em que alguém tenha de se sentar no canto, ele explicou. E a própria casa captou com sutil sensibilidade as intenções do espírito de Orah e se rendeu a ela, despiu-se de forma cuidadosa e hesitante de sua arraigada melancolia, distendeu e soltou suas articulações enrijecidas, e ao perceber que Orah lhe permitia também reservar aqui e ali cantos de abandono e encanto de melancolia, e até mesmo de certo desleixo de aparência, começou a descer sobre ela uma quietude, até que às vezes, em certas horas de luz, parecia quase feliz. Orah sentia que Ilan também se sentia bem nessa casa, e na bagunça estudantil que ela lhe permitia, e que seu sabor — isto é, um aglomerado do seu gosto — agradava a ele; e também quando as coisas passaram subitamente a se turvar entre ela e Ilan, e a união dos dois começou a se esvaziar com rapidez assustadora, ainda assim ela acreditava que a ligação dele com a casa que ela havia criado para os dois era sinal de algum sentimento sadio que ainda palpitava nele, e que por trás de tudo que passou a envolvê-lo nos últimos tempos, sua impaciência e irritabilidade e a crítica constante em relação a tudo que ela fazia e dizia, e, na verdade, a tudo que ela era, e que por trás da trajetória dele, e por trás da polida preocupação e da humilhante casca de proteção por ela, e por trás das pequenas e grandes alienações com que a fragilizava e no amor e na amizade deles, e apesar do "terminamos por aqui" que lhe havia jogado na cara no dia da separação — mesmo assim ela acreditava que ele ainda se lembrava e sabia que não tinha mulher e amiga e amante e companheira melhor que ela, e também agora, com ambos chegando perto dos cinquenta, e tendo ele se afastado de fato até o outro lado do mundo, ela acreditava que ele sabia no fundo do coração que somente juntos ambos poderiam carregar o que havia lhes acontecido quando eram jovens, quase crianças.

E ela ainda se lembra como o rosto de Ilan se iluminou — foi no exército, no Sinai, estavam ambos com dezenove anos e meio, Ilan ainda sonhava em fazer cinema e música, Avram ainda era Avram — quando ele lhe contou que sempre ficava emocionado ao ler no Livro dos Reis o que a grande mulher de Sunam dissera quando sugeriu ao marido que preparasse um lugar de repouso para o profeta Eliseu na casa deles: *Façamos para ele, no terraço, um quarto de tijolos,* Ilan leu da pequena Bíblia do exército, *com cama, mesa, cadeira e lâmpada; quando vier à nossa casa, ele se acomodará lá.**

Na época estavam deitados numa cama estreita no quarto dele na base. Avram aparentemente estava de folga, em casa. A cama vazia dele estava na frente dos dois, e sobre ela, na parede, estava escrito a mão, na caligrafia dele, com letras de carvão: *Não é boa a existência do homem.* A cabeça dela repousava sobre o espaço dos ombros de Ilan. Ele continuou a ler para ela até o final do capítulo, e passava lentamente os seus longos dedos de músico no cabelo dela.

---

* Segundo livro de Reis, 3, 4 (N. E.)

Acabou ficando claro que eles não estavam se dirigindo para o sul de Tel Aviv, e sim para Jaffa, e não para um hospital e sim a alguma escola de ensino fundamental que Sammy acabou conseguindo encontrar somente depois de ficar errando uma hora inteira. Yazdi, que havia se recuperado um pouco durante a viagem pela estrada intermunicipal, estava sentado com a cara na janela, curtindo as ruas e a paisagem. De vez em quando virava-se para Orah como se achasse difícil acreditar que na realidade existiam coisas como aquelas. Por trás das costas de Sammy estabeleceu-se entre eles um jogo: ele olha para ela, ela sorri, ele volta a olhar pela janela e, passado um instante, dá outra espiada nela, por cima do ombro. Ao guiar ao longo da costa, Sammy lhe disse, *shuf elbahr*, e o menino colocou toda a cabeça e os ombros para fora, mas o mar, por trás das lâmpadas da rua, estava escuro, e viam-se apenas algumas saliências espumosas. Ele murmurou, *bahr, bahr*, e seus dedos se retesaram esticados. Orah perguntou, você nunca viu o mar? O menino não respondeu. Certamente não tinha entendido, e Sammy riu, onde poderia ter visto o mar? Nas calçadas de Deheisha? A brisa lhes trouxe o cheiro do mar, e as narinas de Yazdi se abriram, farejando, sentindo o sabor. Seu rosto tinha uma expressão estranha, quase de sofrimento, como se os seus traços não conseguissem suportar tamanha felicidade.

Depois, o mal-estar voltou com toda a força. Ele se deitou, espasmos nas mãos e na cabeça, parecendo uma pessoa que tentava se desviar de objetos lançados contra si. Seguidamente Orah enxugava seu suor com lenços de papel, e quando estes acabaram, usou um pano que havia encontrado debaixo do assento à sua frente. Também achou ali um saquinho plástico, e dentro dele algumas roupas do menino, cuecas, um par de meias, uma camiseta de tartaruga ninja, que tinha sido de Ofer e passado para os filhos de Sammy, e também uma chave de fenda com um jogo de pontas para trocar, uma bola transparente e dura, com um pequeno dinossauro dentro. Yazdi estava com sede, sua língua se mexendo incessantemente dentro da boca. A água da garrafa terminou, mas Sammy estava com medo de parar para comprar água em algum quiosque. Um dia como hoje, um árabe num quiosque, não é boa ideia, explicou secamente. Depois, talvez por causa do seu jeito nervoso de dirigir e das voltas erradas perdido no meio das ruelas de Jaffa, Yazdi começou a vomitar.

No começo Orah sentiu as contrações no corpo dele, as costelas subindo e descendo espasmodicamente. Ela pediu a Sammy que parasse, mas Sammy retrucou que não era um lugar bom de se parar. Uma viatura de polícia estava parada na calçada em frente. Mas ao ouvir mais gorgolejos ameaçadores no banco de trás, Sammy começou a acelerar como se sua mente tivesse entrado em parafuso, avançando faróis vermelhos, aparentemente buscando uma esquina escura, um pátio deserto; gritou em árabe para que Yazdi aguentasse, que se controlasse, ameaçou o menino, e xingou a ele e ao pai e ao pai do pai. Uma rajada de vômito explodiu da boca do garoto, e Sammy ainda gritou para ela direcionar a cabeça dele para o chão, para desviar do estofamento, mas a cabeça do menino virou para todos os lados como um balão com ar escapando, e Orah ficou toda espirrada, as pernas, as calças, os sapatos, o cabelo.

A mão direita de Sammy avançou como um raio para trás, tateou, tocou alguma coisa e se retraiu de nojo. Me dê a mão dele!, ele gritou numa voz fina, feminina, ponha a mão dele aqui! E ela obedeceu mecanicamente à urgência na sua voz — uma esperança tênue de que ele talvez conhecesse algum recurso de cura instantânea, algum truque xamânico-palestino — e segurou a mão mole de Yazdi colocando-a sobre o console de plástico com aparência de madeira entre os dois bancos dianteiros. E Sammy, sem nem mesmo olhar, deu-lhe um forte tapa, o braço pesado descendo sem piedade. Orah se retraiu como se ela própria tivesse levado o tapa, e se apressou em puxar a mão de Yazdi de volta, e Sammy, sem perceber, deu mais um tapa, acertando o braço dela.

Alguns minutos depois chegaram à escola. Pararam diante do portão trancado e um jovem barbado que estava à espera nas sombras do lado de dentro surgiu espiando para todos os lados e fazendo um sinal a Sammy para que o acompanhasse ao longo da cerca. Assim caminharam, com a cerca entre ambos. Num canto escuro o jovem ergueu um pedaço quebrado da cerca e saiu em direção a Sammy; ambos conversaram em rápidos sussurros, lançando olhares em todas as direções. Orah saiu do carro e respirou o ar úmido da noite. Seu braço esquerdo estava fervendo, e ela sabia que a dor iria aumentar. À luz da lâmpada da rua enxergou as manchas de vômito e sacudiu com cuidado os membros e as roupas. O rapaz barbado segurou o braço de Sammy e o acompanhou até o carro. Ambos observaram Yazdi ali deitado, e Sammy examinou o estofamento com olhar aborrecido. Ambos ignoraram Orah. O jovem fez algum tipo de sinal no telefone celular e três rapazes saíram correndo da escola às escuras. Não se disse uma única palavra. Os três puxaram Yazdi para fora do carro e o carregaram rapidamente para dentro, através de um portão lateral. Um segurava os ombros e os outros dois as pernas. Orah observou e pensou, esta não é a primeira vez que eles carregam alguém desse jeito. A cabeça e os braços estavam pendentes, as pálpebras fechadas, e por algum motivo ficou claro para ela que também para Yazdi não era a primeira vez que isso acontecia.

Quando começou a andar na direção deles, o homem envelhecido imediatamente se virou para ela e em seguida olhou para Sammy. Este disse a ela: talvez seja melhor você ficar aqui.

Orah lhe dirigiu um olhar fulminante. Ele cedeu, voltou-se para o rapaz de barba e lhe sussurrou algo. Orah presumiu que ele havia lhe dito que tudo bem, talvez tenha até dito, ela é dos nossos.

Dentro da escola reinavam escuridão e silêncio absolutos, e só a lua e as lâmpadas da rua iluminavam o exterior. Sammy e o barbado desapareceram, tragados para dentro de uma das salas. Orah parou e esperou. Quando seus olhos se acostumaram um pouco, viu que estava num hall de entrada não muito grande, que dava para diversos corredores. Esquadrias de janelas vazias estavam jogadas aqui e ali e, pendurados nas paredes, cartazes que pediam silêncio, ordem e limpeza. Ela sentiu o cheiro de suor de crianças e o odor distante de vestiários, e, acima de tudo, o fedor do vômito em suas roupas. Perguntou-se como haveria agora de achar Sammy e Yazdi, com medo de os chamar em voz alta. Caminhou no escuro com cuidado, com passos pequenos, os braços estendidos para a frente, até chegar a uma das colunas de sustentação finas e redondas no centro do salão. Aí parou. Seu olhar percorreu as paredes. Notou retratos de rostos que não conseguiu identificar, talvez de Herzl e Ben Gurion, talvez do primeiro-ministro e do chefe do Estado-Maior. Um pequeno memorial de pedras repousava no canto à sua frente, com um grande retrato, parecia ser de Rabin, e letras pretas de metal afixadas na parede acima dele. Orah circundou a coluna lentamente, com uma mão grudada nela. Esse movimento despertou nela a doce tontura que costumava provocar em si mesma quando menina, com uma leve sensação de ardência na ponta dos dedos.

Como se imagens tivessem se juntado durante o movimento de circundar a coluna, começaram a espreitar e se erguer à sua frente sombras, figuras de homens, mulheres e crianças, esfarrapados, silenciosos, submissos, empoeirados pela cinza dos refugiados. Parados a certa distância, ao longo das paredes, olhando para ela. Orah se curvou, paralisada de terror. Eles estão voltando, ela pensou. Por uma fração de segundo teve a sensação de que, com seu movimento, tornara real o pesadelo sempre temido, sempre oculto na distância. Uma mulher jovem se separou do grupo, aproximou-se e sussurrou num hebraico truncado que Sammy tinha dito que ela podia lavar as roupas no banheiro.

Orah a seguiu. Nas sombras dos corredores ressoavam sons de passos rápidos. Silhuetas fugazes passavam à sua frente. Quase não se ouviam palavras. A mulher lhe mostrou em silêncio o banheiro feminino. Orah entrou. Entendeu que era proibido acender a luz. Que o lugar todo devia permanecer no escuro. Numa das cabinas sem porta sentou-se e urinou no pequeno vaso. Em seguida, lavou o rosto e o cabelo na pia, esfregando o máximo que pôde os restos de vômito de sua roupa, e derramou água fria sobre seu braço esquerdo dolorido. Ao terminar, ficou de pé e se apoiou com os dois braços estendidos sobre o tampo de granito, fechou os olhos e sucumbiu ao enorme cansaço. Mas com a fraqueza veio também uma aguda pontada de pânico, outra vez, como se tivesse baixado a guarda.

O que foi que eu fiz.

Levei o Ofer para a guerra.

Eu mesma o levei para a guerra.

E se acontecer alguma coisa com ele.

E se tiver sido a última vez que toquei nele.

Como no final, quando o beijei, toquei sua bochecha, um lugar macio, onde não há resíduos de barba.

Eu o levei para lá.

Não o impedi. Nem sequer tentei.

Pedi um táxi e lá fomos nós.

Viajamos duas horas e meia, e eu nem tentei.

Eu o deixei lá.

Eu o deixei para eles.

Com as minhas próprias mãos, eu.

De repente, parou de respirar. Tinha medo de se mexer. Estava como que paralisada. Tinha uma sensação, uma consciência aguda.

Tenha cuidado, disse a ele em pensamento, sem mover os lábios, e também olhe para trás.

Então seu corpo começou a se mexer sozinho, um movimento muito delicado, quase imperceptível. Ombros, quadris, uma leve ondulação da cintura. Estava sem controle sobre seus membros. Sentia apenas que seu corpo sinalizava a Ofer como ele devia se mover agora para evitar ali algum perigo ou cilada. O estranho movimento inconsciente se estendeu por um longo momento, e depois seu corpo parou e voltou ao seu domínio; Orah respirou e soube que estava tudo bem por enquanto. Ai, suspirou com a pequena barriga refletida no espelho.

Às vezes tenho a impressão de que posso me lembrar de quase cada momento com ele, desde o instante em que nasceu, disse em pensamento para sua barriga no reflexo, e às vezes vejo que períodos inteiros dele ficaram perdidos para mim. A minha amiga, Ariela, teve um parto prematuro, no sexto mês, Orah disse para a mulher velha, corpulenta, que entrou no banheiro e ficou em silêncio ao lado, envolta num véu florido, olhando para Orah com olhar complacente e aparentemente esperando que ela se acalmasse de suas aflições.

E lhe deram uma injeção, Orah contou num cochicho, uma injeção destinada a matar o feto no ventre. Ele não estava bem, era mongoloide, e ela e o marido concluíram que não estavam aptos a criar um filho assim. Mas a criança nasceu com vida, entende? Você está me entendendo? A mulher fez que sim, e Orah prosseguiu: pelo jeito houve um engano na quantidade de substância que injetaram, e a minha amiga pediu que a deixassem segurar a criança durante todo o tempo que ela permanecesse viva. E ficou sentada na cama, o marido saiu, não foi capaz de — Orah encarou a mulher, teve a impressão de ter visto um lampejo de compreensão e solidariedade — e durante quinze minutos o bebê ainda ficou vivo nos braços dela, e o tempo todo ela ficou falando com ele, abraçando-o e beijando-o todo, era seu filho, e ela beijou cada dedo e unha da criança, e ela sempre conta que ele parecia um menino totalmente saudável, só menorzinho e frágil, e ele se movia um pouco e tinha expressões faciais, realmente expressões de um bebê, e também mexia as mãos e a boca, mas não soltava nenhum som, Orah contou para a mulher que a escutava, com os braços cruzados sob o peito. E aos poucos ele simplesmente acabou, ela disse, simplesmente se apagou como uma vela, em absoluto silêncio e sem criar problema, retorceu-se um pouco e se dobrou, e pronto. E a minha amiga se lembra desses momentos ainda mais do que dos três outros partos que teve, antes e depois dele, e sempre diz que durante o curto tempo que teve com ele, conseguiu lhe dar toda a vida possível, e todo o seu amor, apesar de no fundo ter sido ela quem o matou, ou tenha sido cúmplice da decisão de o matar, Orah murmurou, esfregando as mãos com força no alto da cabeça e nas têmporas e esfregando as bochechas com a palma das mãos, e por um instante sua boca formou o círculo de um grito silencioso.

A mulher inclinou um pouco a cabeça e permaneceu calada. Agora Orah compreendeu que ela era muito velha, e que sua face estava marcada com profundas rugas e coberta de tatuagens.

E eu, o que tenho para me queixar, Orah continuou em seguida com a voz rachada, segurei meu filho por vinte e um anos, *v'ahad va'asrin sana*, disse para a mulher num árabe hesitante que lembrava o do colégio, mas passaram tão depressa, e eu sinto que quase não tive tempo nenhum com ele, e só agora, depois de ele terminar o exército, podíamos realmente começar, e aqui sua voz vacilou mas ela imediatamente se recompôs, venha, senhora, vamos sair daqui, por favor, me leve até o Sammy.

Não foi fácil encontrá-lo. A velha não conhecia Sammy, e dava a impressão de que não tinha entendido nada do que Orah queria. Apesar de tudo a conduziu de boa vontade de sala em sala, apontava para dentro, e Orah espiava as salas de aula às escuras, em algumas delas havia pessoas, não muita gente, três aqui, cinco ali, crianças e adultos, sentados conversando aos sussurros em torno das carteiras, ou então sentados no chão esquentando uma refeição num fogãozinho a gás, ou dormindo vestidos sobre mesas e cadeiras postas lado a lado. Numa das salas ela viu alguém deitado num longo banco, com pessoas alvoroçadas em volta, movendo-se de forma rápida e silenciosa. Continuou a percorrer as salas de aula. Numa delas viu um homem ajoelhado enfaixando o pé de outro sentado numa cadeira à sua frente. Uma mulher jovem limpava o ferimento de outro com peito nu e expressão aflita. De outras salas ela ouviu gemidos de dor e murmúrios de conforto. Um cheiro penetrante de iodo pairava no ar.

E de manhã, o que será?, perguntou Orah quando saíram para o corredor.

De manhã, a velha respondeu às suas costas em hebraico, dando um largo sorriso árabe: de manhã *kulhum maafish*! Vão todos embora!

E fez com os dedos um gesto de uma bolha estourando.

Numa das salas se encontravam Sammy e Yazdi. Ali também ninguém tinha acendido a luz e reinava um silêncio absoluto. Ela ficou parada na porta olhando as pequenas cadeiras viradas sobre as mesas. Um enorme pedaço de papelão cortado em forma de tartaruga estava pendurado na parede, e lá estava escrito "Colarocasco". O casco da tartaruga era todo quadriculado, com quadradinhos que deviam ser "colados": asquenazes e sefardis, esquerdistas e direitistas, religiosos e laicos. Sammy e o rapaz barbado estavam parados a alguns passos dali, ao lado do quadro-negro, conversando baixinho com um homem mais velho, de pouca estatura, de cabelos grisalhos. Sammy fez um leve meneio de cabeça, com expressão enigmática, quase misteriosa. Ela o observou: algo na sua postura, nos movimentos das suas mãos cortando o ar, era novo para ela e muito estranho. Três crianças pequenas com cerca de dois ou três anos descobriram sua presença e começaram a brincar à sua volta, agitadas, puxando incessantemente suas calças e suas mãos, insistindo para que fosse junto com elas. As crianças quase não faziam nenhum som, Orah se admirou, elas também já são filhotes bem treinados. Orah as acompanhou até o canto da classe, junto à janela. Um pequeno círculo, formado só de mulheres, comprimia-se em volta de alguém que estava no centro. Orah espiou por entre as cabeças das mulheres. Uma mulher grande e robusta estava sentada no chão, os pés descalços estendidos para a frente, apoiando as costas contra a parede, amamentando Yazdi. A boca dele estava agarrada ao mamilo e as pernas esticadas além dos joelhos dela. Agora vestia outras roupas: uma camisa listrada marrom e branca e calças de tecido preto. Pela primeira vez desde que o tinha visto, tinha a expressão tranquila. A mulher que o amamentava olhava para ele com profunda concentração. Tinha um rosto forte, selvagem, com maçãs acentuadas, um tanto masculinas, e um seio branco e farto. As mulheres pareciam hipnotizadas, todas atadas por um mesmo fio. Orah ficou na ponta dos pés, puxada para diante, afinal ela também tinha participação em Yazdi, ou talvez apenas quisesse pegar na mão dele mais uma vez, despedir-se dele. Mas quando tentou se meter no meio delas, elas se juntaram e a impediram, como um bloco único, e ela recuou e ficou parada atrás, intimidada.

Uma mão tocou seu ombro. Sammy, pálido e exausto. Venha. Acabamos por aqui.

E ele?, disse indicando Yazdi com os olhos.

Vai ficar bem. O tio dele chega daqui a pouco para levá-lo embora.

E quem é aquela?, perguntou, referindo-se à mulher que amamentava.

Uma mulher. O médico disse para ela dar leite a ele. O corpo dele não rejeita leite.

Há um médico por aqui?

Sammy arqueou as sobrancelhas na direção do homem baixinho, grisalho.

O que faz um médico aqui? Que lugar é este?

Sammy hesitou. Essas pessoas aí, disse à meia-voz, vem gente de toda a cidade para cá à noite.

Por quê?

À noite é o hospital dos necessitados.

Hospital?

Para aqueles que se machucam no trabalho, ou aqueles que levaram alguma surra, ele disse, e Orah pensou: como se houvesse uma cota fixa de surras.

Yalah, ele disse, vamos embora.

E por que aqui?, ela perguntou.

Mas ele já tinha saído da sala deixando-a com o ponto de interrogação na boca. Ela o seguiu pelo corredor insistindo em se despedir não apenas de Yazdi, mas também do próprio local, do seu murmúrio secreto, benéfico.

Mas também de Yazdi, por que negar, ou daquilo que ele despertou nela ao se aninhar em seu colo, quando ela limpou seu vômito, quando brincou com ele a brincadeira dos olhares, quando o confortou em seus braços depois de Sammy ter lhe acertado um tapa. Sentia que aqueles pequenos movimentos despertavam nela alguma qualidade adormecida que lhe era muito cara. E da qual aparentemente ninguém mais precisava, e que ela própria tinha quase esquecido.

E por um momento quase deu meia-volta para olhar disfarçadamente mais uma vez a mulher grande dando de mamar a Yazdi, para ver mais uma vez o ar de absoluta concentração em seu rosto, e o ligeiro tremor na sua testa. Com que delicadeza ela indicava para ele não morder, pensou Orah, com que instinto maternal natural, e ele nem mesmo é filho dela.

No hall de entrada mulheres e crianças dedicavam-se agora a lavar o piso, e ela se lembrou de que muitos anos antes Sammy lhe dissera que nunca tinha conseguido entender a lógica dos judeus: durante o dia vocês ficam o tempo todo nos examinando e revistando e revirando nossas cuecas, e à noite, de repente, nos dão as chaves dos restaurantes e dos postos de gasolina e das lojas e dos supermercados?

Espere aí, ela correu atrás dele, e os vizinhos não percebem?

Ele deu de ombros. Depois de uma semana ou duas certamente percebem.

E aí?

E aí? Vai-se para outro lugar. É sempre assim.

Ficaram parados do lado de fora, e Orah olhou para trás perguntando-se se seria possível pedir asilo político junto aos refugiados, pois ela, do seu lado, estaria disposta a se esconder ali durante o próximo mês. Ser a necessitada dos necessitados. Ao menos traria consolo a alguém.

Ofer, Ofer, pensou, onde está você? O que estará acontecendo com você agora?

Vai saber se ele agora não está encontrando o irmão mais novo daquela mulher, ou filho desse homem aí.

Ao chegarem ao carro, dele saíram três menininhas animadas com panos e pequenos baldes nas mãos. Ficaram paradas de lado, dando risinhos e examinando Orah sorrateiramente. Sammy verificou mais uma vez o banco traseiro e deu um profundo suspiro. Orah sentou-se ao seu lado.

Sammy não se moveu, brincando com o pesado molho de chaves. Orah esperou. Ele virou-se para ela, as mãos sobre a barriga. Mesmo que você me perdoe daquilo que aconteceu antes, disse, o tapa, eu mesmo não me perdoo. Eu cortaria a minha mão por causa do que lhe fiz.

Ligue o carro, vamos, ela disse cansada, estão me esperando.

Um momento, disse Sammy, eu peço muito.

O que você quer?

Olhos enfrentavam outros olhos, como cães presos numa rede dos dois lados de uma cerca. Faces simpáticas, mesmo queridas, de repente pareciam decididamente estranhas. Dessas que você não quer de jeito nenhum decifrar, ela pensou, nem possuir.

Sammy sustentou o olhar e engoliu em seco: só quero que o senhor Ilan não fique sabendo de nada disso.

Um leve odor de vômito ainda pairava no ar dentro do carro, e Orah achou que tudo se encaixava. Também o "senhor" com que ele de repente se referia a Ilan. Senhor Ilan e senhora Orah. Ela se espantou. No fundo, no fundo, adivinhara que um pedido desses viria, e já tinha decidido consigo mesma qual o preço que cobraria em troca. Ilan ficaria orgulhoso de mim, pensou amargamente. Vá, ela disse.

Mas o que... o que você diz...

Vá, ponha o carro para andar, ela ordenou, surpresa com um tipo de sentimento que jamais imaginara em relação a ele: a doçura do poder. Uma leve comichão de poder: primeiro vá indo, depois veremos.

Quando a luz do dia brota estão deitados à beira do campo. Tons claros de verde se estendem até onde a vista alcança e eles despertam do cochilo ainda envoltos numa teia de sonhos, somente ela e ele no mundo, não há mais ninguém, e um odor primordial se ergue da terra, o ar zune com os ruídos de minúsculas criaturas, o manto da aurora ainda bem estendido sobre suas cabeças, translúcido e suspenso, e seus olhos se acendem com um pequeno sorriso, um sorriso de quase-medo e de quase-eles-mesmos.

Então os olhos de Avram entram em foco. Ele vê Orah sentada à sua frente, recostada numa enorme mochila, e atrás dela um campo, um pomar e uma montanha. Com surpreendente agilidade ele se põe de pé, que lugar é este?, ele exige saber, e Orah encolhe os ombros, algum lugar na Galileia, ela responde com displicência, não me pergunte. Na Galileia?!, seu rosto se dilui numa perplexidade infinita. Onde é que eu estou?, ele sussurra, e Orah diz, no lugar onde ele nos descarregou na noite passada.

Avram passa a mão pela face, apalpa, esfrega, coça e balança sua grande cabeça de um lado a outro: quem descarregou, o motorista do táxi? O árabe?

É, o árabe. Ela estende a mão para que ele a ajude a levantar-se, mas ele parece não entender o gesto.

Vocês estavam gritando, ele se recorda. Eu estava dormindo, você também gritou comigo, certo?

Deixa pra lá, agora não importa. Ela faz força para se erguer, e geme ao perceber suas juntas doloridas e membros dormentes. E com razão, pensa ela, percorrendo a lista de seus pecados um por um: carregar todo o peso de Avram nas suas pobres costas, quatro andares inteiros, além do equipamento de viagem, e a caminhada dos dois a esmo pelo campo, ela havia levado alguns tombos no caminho até que, finalmente, desabaram sobre a relva para dormir um sono bem maldormido.

Já estou velha demais para isso, pensou.

Aquele comprimido me derruba, murmura Avram, o Prodomol. Não estou acostumado com ele. Não conseguia fazer nada.

Você fez o suficiente, Orah suspira para si mesma, que dia tive com ele!, ela diz, nem pergunte.

Mas a troco de quê ele nos trouxe justamente para cá?, Avram se inquieta novamente, como se só agora estivesse entendendo o que havia lhe acontecido, e agora? O que vamos fazer, Orah? De um momento a outro os temores vão tomando conta dele, até não haver mais espaço no seu corpo.

Orah dá umas palmadas nas próprias costas para limpar a terra e algumas folhas secas. Um pouco de café ajudaria, ela pensa, e murmura intimamente, café, café, para calar as perguntas que começam a dardejar dentro dela, o que é que eu faço com ele agora, e mesmo eu o que eu estava pensando quando arrastei nós dois para cá?

Agora vamos sair daqui, ela declara sem se atrever a olhar para ele.

Embora? Para onde? Orah? Vamos para onde?

Eu sugiro, ela diz, sem acreditar nas palavras que lhe saem da boca, que peguemos as mochilas e demos uma volta por aí. Simplesmente andar. Vamos ver onde estamos.

Avram olha fixamente para ela. Tenho que ir para casa, diz com vagar, como se estivesse explicando um fato simples e rotineiro da vida a uma pessoa mentalmente incapacitada.

Orah coloca a mochila nas costas, curva-se sob o peso, e fica esperando. Avram não se move. As mangas de sua camisa estão tremendo. Essa aí é sua, ela diz apontando a outra mochila, a azul. Minha, como?, ele se assusta e se inclina para trás, como se a mochila fosse um bicho feroz com intenção de atacá-lo. Não é minha, ele murmura, não estou reconhecendo.

É sua, ela repete, e vamos andando, a gente conversa no caminho. Não, Avram teima, e a sua barba emaranhada treme um pouco, eu não saio daqui, primeiro você me explica o que...

No caminho, ela interrompe, começando a marchar, os ombros caídos e se movendo como uma marionete com os fios puxados de forma desajeitada, eu lhe conto tudo no caminho, nós não podemos mais ficar aqui. Por que não?, Avram insiste. Eu não posso, estou proibida, ela diz simplesmente, e ao dizer isso sabe que está certa, e que esta é a regra que deve impor a ele: não permanecer tempo demais no mesmo lugar, não ser um alvo fixo — nem para os seres humanos nem para os pensamentos.

Aterrorizado, ele a vê afastar-se rumo a uma trilha. Ela vai voltar, vai voltar já, já, ele pensa, ela já está voltando. Ela não vai embora assim sem mais nem menos. Não vai se atrever. Orah não para nem olha para trás. Os lábios dele tremem de raiva e humilhação. De repente bate os pés e solta um grito breve e amargo, talvez o nome dela, talvez filha da puta e a-puta-da-sua-mãe e quem-você-acha-que-é e sua-maluca e mamãe-espere-por-mim, tudo num só fôlego. Orah se encolhe e continua andando. Avram, totalmente sem força, ergue a mochila, põe com vagar no ombro esquerdo, e começa a segui-la arrastando os pés no chão.

A trilha passa pelo meio de campos e pomares, ladeada por choupos esbranquiçados e mostardeiras-dos-campos em touceiras amarelas e perfumadas. É bonito aqui, ela pensa. E segue andando. Não tem a menor ideia de onde está e para onde vai. Ouve os passos dele atrás de si, seu andar vacilante. Espia por sobre o ombro: perdido e assustado, ele vai tateando o espaço aberto, e ela pensa que ele se move na luz da mesma forma que ela no escuro, e lembra-se de como o viu na noite anterior, uma sombra encolhida e vagarosa nas profundezas de um apartamento às escuras.

E parece que ele nunca acendia a luz, ela percebeu assim que ele abriu a porta, depois que ela ficou batendo e chutando por alguns minutos. A campainha fora arrancada da caixa. Não havia uma única lâmpada na escada. Ela subiu quatro andares tateando pelas paredes descascadas e um corrimão de pedra engordurado, aspirando os diversos odores que havia pelo ar. Quando enfim ele abriu — ela tirou rapidamente os óculos, novos para ele —, viu um vulto. No escuro parecia exageradamente largo, a ponto de ela não ter certeza se era mesmo ele, e pronunciou o nome dele em tom de dúvida. Ele permaneceu calado, e ela disse: cheguei, e procurou outras palavras para preencher o vazio que começou a se formar em seu ventre. Ficou assustada com a escuridão no apartamento às costas dele e com a sensação de que ele estava vindo em sua direção como um urso de sua caverna. Ela ousou estender a mão na direção do apartamento, apalpou a parede e achou o interruptor. Ambos foram inundados por uma luz amarela, e seus olhares imediatamente trocaram informações impiedosas.

Ela, no final das contas, havia se conservado melhor. Seu cabelo curtinho e cacheado estava quase inteiramente grisalho, mas sua expressão ainda era aberta e inocente e chamava por ele — ele podia senti-la mesmo em seu estado de semiescuridão —, e seus grandes olhos castanhos ainda o penetravam com um ar de interrogação grave e perene. E, todavia, algo nela havia secado e embotado um pouco, ele podia ver, e em torno de seus lábios haviam se criado algumas linhas sutis, pegadas de um pássaro na areia, e a sua postura ficara de certa forma menor, perdera aquela retidão decidida, equina, que sempre tivera. Também a boca generosa, a grande boca de Orah, parecia-lhe agora frouxa e hesitante.

Ele perdera muito cabelo nos três últimos anos, e seu rosto tinha inchado ao mesmo tempo que se fechara. Uma barba de dias se espalhava rala pela face. Os olhos azuis, que antes faziam a garganta dela secar, haviam escurecido e pareciam ter afundado dentro do rosto. Ainda sem se mover, seu corpo quase bloqueava a porta, os grossos braços de pinguim apoiados rigidamente nos dois lados do batente. Ficou ali parado com uma camiseta surrada justa, grunhindo de si para si e chupando os lábios com tamanha irritação que ela acabou perguntando, você não vai me deixar entrar? Ele se virou, entrando no apartamento, arrastando seus pés descalços, grunhindo e resmungando sozinho. Ela fechou a porta e entrou num cheiro que era uma entidade em si, como se estivesse penetrando nas dobras de um grosso cobertor. Era o cheiro do interior de malas e gavetas fechadas e panos não arejados e meias debaixo da cama e tufos de poeira.

E ali estavam — o pesado móvel com a laqueação descascando, o tapete puído, e as horrorosas poltronas vermelhas com estofamento gasto e rasgado já havia trinta e cinco anos. Era a mobília de sua mãe, seus únicos bens, que ele ainda carregava ao mudar de um apartamento para outro. Onde você esteve, ele resmungou, você disse que viria em uma hora.

E imediatamente ela o surpreendeu com a sua proposta, numa voz alta e ansiosa, num tom de desafio e acanhamento de alguém que sabe exatamente que suas palavras não têm nexo, mas que precisa, de alguma maneira, despejar suas fantasias e ver o que acontece; e ele pareceu nem sequer tê-la ouvido. Tampouco olhou para ela. A cabeça dele, enfiada no peito, se movia para a esquerda e para a direita em pequenos espasmos. Espere, ela disse, não diga não ainda. Pense um momento. Ele ergueu a cabeça na direção dela, todos os gestos muito lentos. Sob a luz da única lâmpada ela viu de novo o que os últimos anos haviam feito com ele.

Com grande pesar, ele disse num tom grave, agora eu não posso. Talvez numa próxima vez.

Se não fosse tudo tão triste, ela teria explodido numa gargalhada. Com grande pesar, ele diz, como um mendigo chafurdando no lixo, levantando o dedo mindinho enquanto bebe de uma lata que serve de caneca.

Avram, eu —

Orah, não.

Até mesmo uma conversinha rápida como essa parecia além de suas forças. Ou talvez fosse o sabor do nome dela em sua boca. Seus olhos de repente ficaram vermelhos e deram a impressão de afundar ainda mais em sua carne. Ouça-me, ela retrucou com uma agressividade que havia internalizado desde o confronto com Sammy, não posso obrigar você a nada, mas ouça até o fim e então decida: eu simplesmente fugi. Está entendendo? Eu não consigo ficar lá esperando que eles venham.

Eles quem?

Eles, ela disse, e olhou fundo nos seus olhos e viu que ele tinha entendido.

Mas você não pode dormir aqui, ele murmurou zangado, não tenho outra cama.

Mas eu não quero dormir aqui, eu vou seguir viagem. Passei aqui para pegar você.

Ele fez um longo meneio, chegou mesmo a sorrir, com os bons modos de um turista numa terra cujos costumes não são compreensíveis. Ela viu: suas palavras não o haviam absolutamente atingido.

Onde está o Ilan?, perguntou.

Vou viajar para o norte por alguns dias. Venha comigo.

Eu não a reconheço, o que é que há com ela. Afinal, o que ela —

Para seu espanto, ele disse em voz alta o que estava pensando. Numa época, muitos anos atrás, esse era um dos seus truques que funcionavam: Orah já não me quer mais, reflete Avram desesperado, desejo morrer, ele lhe diz, ao mesmo tempo que negava com um sorriso ter dito aquilo, chegando mesmo a acusá-la de invadir seus pensamentos mais íntimos. Mas aqui se tratava de algo diferente, preocupante, uma espécie de conversa interna, privada, que escapava dele de forma incontrolável. Ele procurou a poltrona com os olhos, foi até lá e despencou nela, inclinando a cabeça para trás até revelar seu pescoço grosso e vermelho, coberto de chumaços de barba. Cadê o Ilan, voltou a perguntar, quase em tom de súplica. Há um carro esperando por mim lá embaixo, disse Orah, quero que você venha comigo. Para onde? Não sei, vamos viajar para o norte, o importante é não ficar aqui. Um de seus dedos se moveu debilmente, como que regendo algum som que tocava em seu interior: e o que você vai fazer lá? Não sei. Não me pergunte. Tenho uma barraca, uma mochila, e comida para os primeiros dias. E tenho tudo para você também, já está tudo empacotado, até um *sleeping bag*. Venha comigo.

Para mim? A cabeça dele voltou para o lugar e sua face reapareceu, uma cara de lua vermelha. Ela está maluca, murmurou para si mesmo, perdeu totalmente o rumo. Orah ficou horrorizada por essa exposição total de seus pensamentos mais profundos, e endureceu: não vou voltar para casa antes de todo aquele negócio acabar, ela disse, venha comigo. Ele suspirou, o que é que ela pensa, que eu posso assim de repente — ele fez um gesto vazio apontando o apartamento, depois ele mesmo, apresentando as provas e as circunstâncias agravantes.

Me ajude, Orah disse baixinho.

Ele ficou calado. Não disse, por exemplo, que não procurariam por ele, eles não tinham nenhum motivo para procurá-lo, não tinha nada a ver com eles. E tampouco disse que era problema dela, e só dela. E esse silêncio, os traços de decência que ela imaginou ver nele, forneceram um lampejo de esperança.

Mas talvez eles nem venham, ele experimentou dizer num tom incerto.

Avram, ela disse, quase como advertência.

Ele respirou fundo: talvez não aconteça nada com ele.

Ela se inclinou com força na direção dele, olhou fundo nos seus olhos, e a lasca mais sombria das trevas dardejou entre eles, a aliança da amarga sabedoria de ambos, o pior dos mundos possíveis.

Dê-me dois dias, ela disse. Quer saber? Dê-me um dia só, não mais que um dia, vinte e quatro horas, eu prometo, e amanhã à noite eu trago você de volta para cá. Ela acreditava no que dizia, pensando que bastava passar pelo primeiro dia e depois, quem sabe, talvez tudo acabasse, e ela e Avram poderiam voltar, cada um para sua vida, ou talvez depois de uma noite e um dia como esse ela própria acabaria despertando do delírio, iria se recompor e voltar para casa e faria o que fazem todos, sentaria e esperaria por eles.

E então, o que você me diz?

Ele não respondeu, e ela gemeu, me ajude, Avram, passe comigo as primeiras horas. Ele balançou intensamente a cabeça, franziu o cenho e sua expressão ficou rígida e concentrada. Estava pensando em tudo que ela já fizera por ele, e o que tinha sido para ele. Que merda eu sou!, pensou, não posso dar nem mesmo um único dia para ela. Ela ouviu. Preciso ganhar tempo, ele pensou com esforço, mais alguns minutos e já não serei capaz de... Orah ajoelhou-se diante dele e pôs uma mão em cada braço da poltrona, circundando seu corpo. Isso se tornou insuportável para ele. Virou a cabeça para o lado. Ela está histérica, pensou irritado, e alguma coisa não está em ordem em sua boca. Orah fez que sim e seus olhos se encheram de lágrimas. Ela bem que podia ir embora agora, pensou Avram em voz alta, remexendo-se inquieto na poltrona, ela que vá embora, que me deixe em paz. O que ela veio fazer aqui afinal?

Algo cutucou as bordas de seu cérebro: ela exigiu saber a que ele se referia quando disse que mais alguns minutos e já não seria capaz de... Ele deu um sorriso torto, suas pálpebras inchadas e pesadas mal se abriram, expondo globos avermelhados: já tomei um comprimido. Daqui a um minuto vou desabar de sono. Até de manhã não — mas você sabia que eu vinha! Se você tivesse vindo antes... a voz dele foi ficando mais grossa: por que você não veio antes? Por que não estava aqui? Ela correu para o pequeno banheiro. A lâmpada acima do espelho também estava queimada. Moveu os dedos sobre a pia como se tentasse puxar fios de luz da sala de estar. Havia ferrugem nas torneiras e no ralo da pia, e também em volta dos parafusos que prendiam as prateleiras aos azulejos rosados. Para sua surpresa quase não havia remédios nas prateleiras. Ficou confusa: lembrava-se da profusão de remédios que ele tomava antigamente, sobre os quais gostava de falar com detalhes nos seus raros encontros antes de Ofer se alistar: Numbon, Zodorm, Bondormin, Hipnodorm, ele despejava: são nomes que soam como notas de um xilofone de brinquedo. Agora havia apenas umas poucas embalagens de anti-histamínicos, aparentemente contra sua rinite, e alguns comprimidos de Assival e Stilnox espalhados, e principalmente cápsulas naturais para dormir. Que bom, ela pensou, pelo jeito ele conseguiu limpar o organismo dos remédios, finalmente uma coisa boa. Ela enfiou as cápsulas num saquinho plástico que encontrou na gaveta de roupa suja, saiu e voltou: numa prateleira à parte, lateral, havia um enorme brinco redondo de prata, que parecia uma espora de cavaleiro, um desodorante com perfume de baunilha e uma escova de cabelo coberta de cabelos curtos, roxos.

Em seguida deu uma espiada na despensa e viu diversas caixas de papelão cheias de garrafas de cerveja vazias. Presumiu que parte da sua renda provinha de devolver garrafas vazias. Ao voltar, descobriu que ele estava mergulhado num profundo sono, braços e pernas estendidos para os lados, a boca escancarada. Pôs as mãos nos quadris. E agora? Somente então notou os grandes desenhos feitos a carvão nas paredes em volta: criaturas com jeito de deuses, ou profetas, uma mulher amamentando uma garça cujos enormes olhos humanos tinham longos cílios, e bebês que pareciam cordeiros flutuantes com finos cabelos como halos em torno da cabeça. Um dos profetas tinha o rosto de Avram. A mulher que amamentava era na verdade uma moça de expressão doce, traços delicados e uma crista de cabelo. Ao longo de toda uma parede havia uma mesa de trabalho improvisada — uma porta de madeira apoiada sobre cavaletes — e sobre ela uma pilha de sucata de todos os tamanhos, ferramentas, tubos de cola, pregos, parafusos, latas enferrujadas, torneiras velhas, relógios em diferentes estágios de desmonte, molhos de chaves velhas e pilhas de livros rotos. Ela abriu um antigo álbum de fotografias, rasgado e amassado nas bordas, e um cheiro de lixo em forma de onda se elevou dele. Estava vazio. Continha apenas os cantos das fotos colados e as legendas escritas numa caligrafia estranha: *Papai e eu, Odessa, Verão de 36*; *Vovó e mamãe e Abigail (na barriga) 1949*; *Adivinhem quem é a rainha Esther este ano*.

Avram rosnou, abriu os olhos e viu Orah parada à sua frente. Você está aqui, murmurou, e sentiu as unhas dela penetrando nos antebraços, tentando entender qual seria a conexão entre as coisas. Balançou a cabeça, amanhã, volte amanhã, tudo vai ficar bem. O rosto dela voltou a se aproximar muito. Ele começou a suar. Ela gritou dentro do seu ouvido, não vá fugir agora! A voz se espalhou dentro dele transformando-se em sílabas e sons vazios. Ela viu a língua dele se mexendo dentro da boca, e mais uma vez curvou-se sobre ele.

Venha dormindo, ela disse, venha inconsciente, mas venha, não me deixe sozinha com isso. Ele gorgolejou de boca aberta, mas e o Ilan?, pensou, por que o Ilan não veio com ela —

Mais tarde, ele não sabia se um minuto ou uma hora depois, abriu de novo os olhos com esforço, mas ela não estava mais ali. Por um instante pensou que ela tivesse ido embora, que desistira, lamentou não ter lhe pedido que o ajudasse a chegar até a cama. Amanhã as costas vão doer. Mas então, de forma terrível, ouviu-a zanzando pelo seu quarto. Tentou se levantar e expulsá-la dali, mas seus braços e pernas pareciam aquosos. Ele a ouviu apalpando as paredes em busca de um interruptor de luz, mas não havia lâmpada no quarto, esqueci de trocar, murmurou, amanhã eu troco. Depois, novamente passos. Ela está saindo do quarto, ele pensou aliviado. Então os passos cessaram e se fez um longo silêncio, ele congelou na poltrona, sabia o que ela estava olhando naquele momento. Saia daí, arfou silenciosamente. Ela pigarreou uma ou duas vezes, a garganta seca, foi acender a luz do corredor e voltou para o quarto, aparentemente para observar melhor. Se pudesse, ele se levantaria e sairia do apartamento.

Avram, Avram, Avram, de novo a voz dela e seu hálito quente na sua face, você não pode ficar aqui sozinho, ela sussurrou, e já havia algo novo na sua voz, até mesmo ele podia sentir isso. Não o pânico de antes, e sim alguma consciência que o preocupava ainda mais, nós temos de fugir juntos, não há alternativa, que idiota eu sou, você não tem escolha. E ele sabe que ela tem razão, porém fios quentes já estão se atando lentamente em torno dos seus tornozelos, podia senti-los subindo e se enrolando em volta dos joelhos e das coxas numa espécie de devoção maternal, envolvendo-o firmemente num casulo macio dentro do qual poderia se personificar ao longo da noite. Já fazia alguns anos que não tomava o Prodomol, Netah havia proibido, e o efeito foi impressionante: suas pernas já estavam começando a se desmanchar. Daí a pouco, um instante apenas, teria fim mais uma exaustiva jornada desperta, e ele se libertaria de si mesmo por cinco ou seis horas. Agora você está de meias e sapatos, Orah disse endireitando-se, venha, me dê a mão e tente se levantar. Ele respirava devagar, pesadamente, os olhos fechados e a face tensionada. Se apenas conseguisse se concentrar, se ele calasse a boca por só um instante. Ele já estava quase lá, questão de segundos, e parece que ela também sabe disso, pois não desiste, persegue-o sem cessar, quem foi que a deixou entrar aqui?, fica chamando seu nome, repetindo, repetindo, e o sacode, empurra seus ombros, que força que ela tem, ela sempre foi forte, ganhava dele na queda de braço, não posso pensar, não posso lembrar, e por trás dos gritos dela ele finalmente já está sentindo o suave torpor que o envolve, onde o espera o silêncio pastoso, e um vazio no formato exato de seu corpo, delicado como a palma de uma mão, e uma nuvem que cobriria tudo.

Orah se postou diante do homem que dormia na poltrona. Não o via fazia três anos, ela pensou, e agora quando nos encontramos nem mesmo lhe dei um abraço. Assim estendido, com o queixo espremido contra o peito, os tufos de barba rala ressaltados em volta da boca fazendo com que parecesse um duende bêbado, sendo difícil concluir se era bondoso ou amargamente malévolo. Veja só que coisa estranha, ele havia declarado uma vez a ela, nu à sua frente, quando tinham vinte e um anos: de repente percebo que tenho um olho bom e um olho ruim. Basta, ela disse agora ao monte de carne caída à sua frente, você precisa vir. Não é só por mim, Avram, é também por você mesmo, não é? Você consegue entender isso, não é? Ele roncou levemente, e sua expressão ficou mais tranquila. Ao ir até o quarto momentos antes, tinha visto uma série de rabiscos estranhos, feitos com lápis preto, em toda a parede acima de sua cama. De início pensou que estava vendo um desenho infantil de trilhos de trem ou de uma cerca comprida, infinita, que se estendia por toda a parede, descendo em zigue-zague desde o teto até a altura da cama. Os paus da cerca se uniam entre si no ponto médio por meio de feixes curtos e tortos. Ela inclinou a cabeça para o lado e observou: as linhas também pareciam longos dentes de um pente ou de um garfo, ou de alguma fera antiga. Então descobriu pequenos números espalhados aqui e ali, e percebeu que eles significavam datas. A última, bem ao lado do travesseiro, era a data deste dia de hoje, que recém-terminara, e tinha um pequeno ponto de exclamação ao lado. Orah ficou ali parada e passou novamente os olhos pelas linhas sem conseguir parar até verificar que cada uma das inúmeras linhas verticais cruzava uma linha horizontal.

Um choque de água fria atingiu a face dele, e ele abriu os olhos embasbacados. Levante-se, ela disse, pousando o copo. Suas têmporas começaram a latejar. Lambeu a água dos lábios. Fez um esforço para erguer a mão e proteger o rosto do olhar dela. Assustava-o ser assim encarado. O olhar dela o transformava num objeto, num bloco cujo tamanho, peso e centro de gravidade ela avaliava, planejando como transportá-lo da poltrona para outro lugar, um lugar que ele nem se atrevia a imaginar. Ela colocou a ponta de seus sapatos contra os dele, puxou suas mãos moles colocando-as sobre os ombros dela, dobrou os joelhos e o puxou-o para si. Deu um gemido de dor e espanto ao senti-lo caindo em cima dela com todo o seu peso. Lá se vão minhas costas, informou a si mesma. Recuou uma das pernas, achando que podia tombar com ele a qualquer momento. Venha, ela chiou, vamos embora. Ele roncou levemente na sua nuca. Um de seus braços estava pendurado ao lado das costas curvadas dela. Não adormeça, ela advertiu com voz abafada, fique acordado! Ela foi andando sem enxergar para onde ia, balançando com ele para a frente e para trás como numa dança de bêbados. Então o enfiou pela porta como se fosse uma rolha gigantesca, puxou para fora e bateu a porta. Na escada às escuras procurou o primeiro degrau com o salto do sapato. Uma vez mais ele resmungou para que ela o deixasse em paz, e intimamente tirou algumas conclusões sobre a sanidade mental dela. Depois calou-se, e voltou a roncar, babando um fio de saliva sobre o braço dela. Ela segurava com a boca o saquinho plástico com suas pílulas de dormir e escova de dentes, que tinha pegado de um pequeno móvel, já se arrependendo por não ter levado também algumas roupas dele. Por entre o saco plástico, com os dentes apertados, falava e grunhia com ele sem parar — lutando para mantê-lo acordado, puxá-lo de volta da enorme boca escura que o sugava —, e arfava e ofegava como um cachorro, e suas pernas tremiam; para manter a força e a concentração, recitava para si mesma silenciosamente os movimentos que deveria fazer, como numa complicada sessão de fisioterapia ou ginástica: os quadríceps se estendem, os glúteos se contraem, os encaixes e tendões de Aquiles se estendem, você consegue, você está controlando a situação — mas nada dava certo, ele já estava pesado demais, a estava esmagando, o corpo dela perdera de todo o controle. No final, ela desistiu e tentou sustentá-lo o máximo que podia, de modo que ambos não despencassem juntos. A partir daí — também sem nenhum controle da situação — começou a despejar fragmentos de histórias que havia anos não passavam pelos seus lábios, lembrando-o de coisas havia muito esquecidas, sobre ele, ela e Ilan, e lhe contou uma vida toda ao longo dos sessenta e quatro degraus, até a entrada do prédio. E de lá arrastou-o pela trilha de pedras quebradas e lixo espalhado e cacos de garrafas, até o táxi em que Sammy a esperava sentado, observando impassível pelo para-brisa dianteiro, sem sair para ajudar.

Agora ela para e espera por ele, e ele vem e se põe um ou dois passos atrás dela. Ela faz um gesto com o braço mostrando a larga planície, reluzente de verde claro, cintilando toda com as contas da aurora, e aponta as montanhas distantes, quase cor de violeta. Ela tem a impressão de que o ar está repleto de zumbidos, não só de insetos, que o ar zumbe de uma vitalidade exuberante, que ele próprio não consegue abarcar.

O monte Hermon, ela diz apontando para o brilho branquíssimo no norte, e veja aqui, viu o córrego que passa aqui? E ele ironiza: Faça-me o favor!, passando por ela e caminhando com a cabeça voltada para o chão. Mas é um córrego, ela diz para si mesma, estamos caminhando ao lado de um córrego. E ri baixinho nas suas costas: você e eu do lado de um córrego, quem poderia imaginar?

Pois durante anos ela havia tentado arrancá-lo de casa, levá-lo a lugares capazes de iluminar sua alma e imergi-lo em beleza, e conseguira no máximo arrastá-lo, mais ou menos a cada meio ano, a encontros insípidos em algum café que ele mesmo escolhia, era imprescindível que a escolha fosse dele, e ela nem discutia, ainda que toda vez escolhesse lugares lotados de gente, barulhentos, de produção em massa — era a expressão que ele usava, o velho Avram —, como se tivesse prazer em constatar a aversão dela a esse tipo de lugar, e como se por meio deles pudesse confrontá-la, pela enésima vez, com a distância em relação a ela e ao Avram que ele um dia tinha sido; e agora, com absoluta surpresa, aí estavam os dois ao lado de um riacho, sob árvores e à luz do dia.

Nas costas dele, a mochila parecia encolhida, menor do que a dela, como uma criança encarapitada nas costas do pai. Fica mais um instante parada, observando-o, com a mochila de Ofer nas costas. Seus olhos se arregalam e se iluminam. Ela sente os primeiros raios de sol pousando sobre suas asas feridas.

Da terra perfumada que vai se aquecendo, e dos grandes e pastosos montes de excrementos de vaca que aqui passaram antes deles, se eleva uma névoa. Poças alongadas se espalham sobre a trilha, restos da última chuva, respondendo ao céu matutino com modestos sinais, e as rãs saltam uma depois da outra para dentro do riacho à medida que os dois vão passando, e não há um único ser humano à vista.

Um instante depois eles deparam com uma cerca de arame farpado que bloqueia o caminho; Avram para, espera por ela e diz: pronto, acho que termina aqui, não é? Orah percebe o alívio na voz dele pelo fato de o passeio ter acabado relativamente depressa e sem grandes percalços. Por um momento, ela se sente desanimada, como é que de repente aparece uma cerca no meio da trilha? Quem foi que colocou uma cerca num lugar como este? As Moiras dela já se agrupam para lamentar seu destino, rodeá-la numa dança de zombaria e censura, trata-se do seu *desajeitamento*, da *dislexia dos seus equipamentos*, e também de seu *analfabetismo em manuais de instruções e de funcionamento*, mas ao começar a chafurdar nesses sumos nota finos cilindros de metal no chão, tira os óculos do estojo e os põe no rosto, alheia ao olhar espantado de Avram; então vê que parte da cerca é na verdade um estreito portão, e procura o fecho que une o portão à cerca. Descobre um arame enferrujado e retorcido e não consegue abri-lo. Porém sabe que desta vez, para variar, será capaz de solucionar o problema.

Avram permanece parado ao lado dela sem mover um dedo, talvez na esperança de que ela não consiga abrir, ou talvez porque esteja de novo fraco demais para entender o que se passa; mas quando ela pede sua ajuda, imediatamente se põe à disposição, e depois que ela lhe explica o que acha que é preciso fazer — quer dizer, pegar duas pedras grandes e golpear o arame com força dos dois lados, até que lentamente ele ceda e talvez acabe se quebrando — e após estudar em minúncia o fecho e compreendê-lo, ele ergue num movimento rápido o arame acima do pau da cerca, o fecho cede, a cerca vai ao chão e eles passam.

Temos de fechar depois de passar, ela diz, e ele faz que sim com a cabeça. Então você fecha?, ela continua, e ele volta para fechar o portão, e ela observa para si mesma que é preciso ficar ativando-o constantemente, colocando seu motor em movimento, como se ele tivesse abandonado sua vontade própria, deixando todo o processo nas mãos dela. E então?, ela pensa com a voz de sua mãe, o cego conduzindo o coxo, Moishe e Zalman saem a passeio; depois de percorrerem mais um pouco do caminho, ocorre-lhe mais uma coisa, e pergunta a ele se sabe por que raios havia uma cerca nesse lugar; ele faz que não e ela explica a respeito das vacas e de suas áreas de pastagem e, por saber pouco, fala muito, sem conseguir imaginar como suas palavras estariam sendo absorvidas por ele, e por que ele está escutando com tamanha concentração, e se estaria ouvindo o que ela diz ou simplesmente acompanhando o som de sua voz.

Porém alguns instantes depois de fechada a cerca atrás deles, ela percebe que ele está novamente irritado, lançando de vez em quando olhares nervosos para trás, e pulando de susto toda vez que um corvo grasna. E logo após desviar a atenção por um instante, ela volta a olhar para ele e descobre que parou de andar, encalhado em algum ponto lá atrás olhando o chão. Ela volta até ele e vê aos seus pés o corpo em decomposição de um pequeno pássaro canoro, que ela não consegue identificar, penas pretas, barriga branca e olhos vítreos castanhos. Formigas, larvas brancas e moscas já atacam o pequeno cadáver. Ela chama seu nome duas vezes antes que ele desperte e saia do lugar, voltando a segui-la. Durante quanto tempo vou conseguir arrastá-lo, ela pensa, antes que ele desmorone ou se desmanche? O que estou fazendo com ele? O que foi que eu fiz com o Sammy? O que está acontecendo comigo? Eu só trago problemas.

De repente a trilha faz uma curva acentuada e mergulha no riacho. Orah se aproxima da beirada e nota a trilha saindo da água na margem em frente, num zigue-zague agradável e de aparência inocente. Ao se preparar para a excursão com Ofer, lera algo sobre como durante os meses de primavera "você precisará de vez em quando molhar os pés nos riachos", mas este riacho aqui está volumoso, com uma correnteza forte, e não se vê nenhum outro caminho, e ela não pode voltar pela mesma trilha — trata-se de uma regra nova, um recurso contra seus perseguidores, *é proibido voltar pelo mesmo caminho*. Avram se aproxima, posta-se ao lado dela e, ambos os braços pendendo ao lado do corpo, olha a água verde e cintilante, observando-a como se fosse um grande enigma repleto de pistas. De súbito, a impotência dele a deixa irritada, e também fica com raiva de si mesma, por não ter procurado descobrir o que fazer numa situação como aquela. Mas acontece que antes ela contava com Ofer. Ofer deveria navegar e conduzir, e construir pontes sobre a água, e agora ela estava aqui sozinha com Avram. Sozinha.

Ela se aproxima ainda mais da beira do riacho, tomando cuidado para não cair. Uma grande árvore sem folhas se ergue de dentro da água. Ela se debruça o máximo que pode e tenta quebrar um galho. Avram não se mexe. Hipnotizado, observa a correnteza, e se assusta quando o galho seco estala e Orah quase despenca com ele para dentro d'água. Ela enfia nervosamente o galho no rio até sentir o fundo, para depois puxá-lo e medi-lo contra seu corpo. A linha d'água lhe chega até a cintura. Sente-se, ela diz a Avram, e tire os sapatos e as meias.

E ela própria se senta em cima da trilha, tira os sapatos, enfia as meias numa bolsinha lateral da mochila, amarra os cordões dos sapatos um ao outro após enfiá-los por uma alça na parte superior da mochila, arregaça as calças até a altura dos joelhos. Aí ergue os olhos por um momento para deparar com Avram parado quase em cima dela olhando suas pernas com o mesmo olhar que lançava à correnteza do rio.

Ei, ela diz delicadamente, um tanto surpresa, acenando com seus dedos rosados para ele, iu-hú!

Ele desvia imediatamente o olhar e senta-se para tirar os sapatos e as meias; dobra as calças até os joelhos, exibindo pernas grossas e brancas, um pouco tortas e surpreendentemente fortes. Ela se lembra bem, pernas de cavaleiro, e também um pouco, como ele mesmo dissera uma vez, pernas de um anão que esticou —

Ei, ele solta um leve grunhido, iu-hú.

Orah desvia o olhar e ri, emocionada com o lampejo do velho Avram sobressaindo da mesmice, talvez também de seu corpo subitamente exposto.

Eles se sentam e observam a água. Uma libélula violeta e translúcida esvoaça diante deles como uma ilusão de óptica. Houve um tempo, pensa Orah, em que eu me sentia à vontade com o corpo dele. Depois, houve anos em que me sentia dona do corpo dele: lavava, limpava, enxugava, enfaixava, barbeava, alimentava e drenava e tudo o mais.

Ela lhe mostra como atar os sapatos à mochila, ao lado dos de Ofer, e sugere que esvazie os bolsos para não molhar seu dinheiro, documentos, carteira ou qualquer outra coisa, e ele dá de ombros, que documentos, que dinheiro? Nem a carteira de identidade?, ela pergunta, e Avram resmunga, pra quê?

Ela entra na água à sua frente, segurando o galho de árvore, e solta um grito por causa do frio e da força da correnteza. Por um momento pergunta-se o que faria se de repente Avram fosse arrastado para longe, ou talvez ele esteja proibido de entrar numa correnteza dessas no seu estado, e imediatamente decide, dando ouvidos a si mesma e com unanimidade, que tudo bem, que não há alternativa, simplesmente não há. Ela passa um pé na frente do outro, lutando contra uma corrente que já lhe atinge o umbigo e é tão potente que chega a ter medo de tirar um pé do chão. Mas tudo bem com Avram, ela determina, assustada, ele vai entrar nesta água e nada vai lhe acontecer. Tem certeza? Sim. Por quê? Porque sim. Pois nesta última hora, aliás, neste último dia inteiro, ela esteve possuída de uma determinação contínua, desesperada porém resoluta, e que, graças a ela, tinha conseguido repetidas vezes levar as pessoas e os fatos ao seu redor a se comportarem exatamente como deveriam, sem deixar espaço para barganhas ou desistências. Ela tem exigido obediência cega às novas leis que se estabelem sem parar dentro dela, aos regulamentos para essa situação de emergência que tomou conta dela; e uma das leis, talvez a mais importante, determina que ela precisa se mover sem parar, estar o tempo todo em movimento. De qualquer modo, ela tem de continuar se movendo, pois a água já está congelando toda a sua metade peixe.

Seus pés mal se arrastam entre as pedras e a terra do fundo do rio, e plantas pegajosas flutuam em volta de seus tornozelos. Vez ou outra seus dedos dos pés agarram alguma pedrinha, um seixo, tateiam, verificam, estabelecem hipóteses, tiram conclusões, e uma sensação pisciana primeva lhe passa pela espinha. Um galho fino e comprido passa flutuando ao seu lado, próximo da superfície da água, e de repente se retorce com um giro súbito e é arrastado para longe. Gotas de água espirram sem parar molhando as lentes de seus óculos, e ela desiste de enxugá-los. Vez ou outra ela se agacha um pouco e enfia seu braço esquerdo inchado na água, desfrutando do alívio da dor. Avram a segue para dentro d'água, e ela ouve sua interjeição de dolorida surpresa quando a água o envolve numa maré gelada. Ela avançou e agora já se encontra na metade da travessia. A água jorra em abundância de encontro ao seu peito, pressionando sua cintura e seus quadris. O sol aquece sua face, e uma amplidão de raios azuis e verdes dança diante de seus olhos e nas gotas nos óculos, e é gostoso ficar assim parada por um momento nessa gota transparente.

Ela sobe a margem do outro lado com os pés na lama profunda, fértil, que envolve seus pés sugando-os com o tremor de seus lábios, e nuvens de insetos se erguem dos buracos deixados pelos seus pés. Mais um ou dois passos e ela está em terreno seco, onde ela desaba com sua mochila sobre uma rocha; uma nova leveza toma conta dela, pois antes, na água, na correnteza que passava através dela, sentiu-se como uma pedra rolada da boca de um poço que ela julgava seco, e só então se lembra: Avram. Encalhado no meio do rio, de olhos semicerrados e expressão distorcida de medo.

Ela imediatamente desce de volta pela lama escura, rica, pisando nas poças de suas próprias pegadas, e lhe estende o galho de árvore. Ele enterra a cabeça nos ombros redondos e se recusa a mover-se. Mais alto que o som da correnteza, ela berra para que ele não fique ali parado, sabe-se lá o que há no fundo, e ele imediatamente obedece a seu tom de comando, dá um passo com dificuldade e agarra o galho, avançando lentamente enquanto ela dá passinhos pequenos para trás até conseguir se sentar sobre uma rocha e apoiar os pés numa rocha vizinha, puxando-o com toda a força para fora da correnteza. Venha, ela diz rindo, venha se sentar e se secar. Mas ele fica parado de pé, petrificado na lama, perdido, talvez simplesmente gelado de frio, seu corpo reencenando à sua frente os dias no hospital Tel Hashomer, com o olhar catatônico e a rigidez fossilizada. Só espero que ele não caia de volta, ela se assusta e corre até ele; pois o tempo todo ela tem medo de que suas ações possam desestabilizá-lo novamente. Porém fica evidente que agora as coisas estão mais fáceis para ele, é fato, já faz quase meia hora que ele a segue sem desmoronar, e talvez durante esses anos ele tenha conseguido adquirir certa força, até mesmo uma gota de solidez existencial — uma expressão que ele usava, ela tem essa impressão, uma expressão do Avram que um dia existiu — e ela já não precisa dobrar e mover cada articulação dele, tornozelo, joelho, quadril, naquela época ela era como que uma escultora de um corpo — ia com ele para as sessões de fisioterapia, para as salas de ginástica e para a piscina, ficava sentada de lado observando e registrando, anotando e desenhando para si mesma num caderno tudo que via, e o forçava a trabalhar também com ela, em segredo, entre uma e outra sessão de tratamento, nas noites de insônia — nove meses se passaram até que seu corpo aprendeu a imitar a posição que ela esculpia para ele. Esta é a minha coreógrafa, foi como ele a apresentou certa vez a um dos médicos do departamento, e dessa maneira revelou-se que ele ainda continuava um pouco Avram dentro de sua concha; e agora ele solta o ar longamente e começa a fazer movimentos, esticando os braços para trás, ombro, cotovelo, pulso — tudo está funcionando, Orah acompanha disfarçadamente com os olhos, movimentos amplos, diagonais, usando os grandes grupos musculares — e olha para o rio, sem acreditar que realmente o atravessou, e sorri para Orah, desajeitado, uma fração do velho encanto reluz; ui, ela se lamenta, meu velho e suspenso amor. E retribui um sorriso calculado, cuidadoso, de modo a não o inundar. Esta é mais uma coisa que ela aprendeu na sua longa vida de proximidade com as tribos masculinas: a sabedoria de não os inundar.

 Ela lhe mostra onde se sentar e como pôr os pés sobre a rocha, para que sequem mais depressa, e tira de um recipiente lateral de sua mochila alguns biscoitos, queijo curado e duas maçãs. Ela oferece a comida e ele mastiga pesada e metodicamente, olhando em volta com o seu mesmo olhar desconfiado, observador. Ele se fixa de novo nos pés dela, longos e finos, que ficaram ainda mais rosados com o frio, e imediatamente desvia o olhar.

Em seguida, estica o pescoço tirando a cabeça do meio dos ombros, e faz tudo com movimentos extremamente cautelosos, como um gigantesco filhote de dinossauro saindo do ovo; contempla por um longo período a outra margem, e Orah tem a impressão de que agora, após atravessar o rio, ele começa a compreender que de fato deixou para trás o que costumava ser, e que de agora em diante é uma coisa absolutamente nova e diferente.

E antes que ele comece a ficar com medo, ela se põe a falar para distrair sua atenção. Mostra-lhe como tirar as grandes placas de lama grudadas nas pernas, que já começaram a secar, e bate levemente nas suas próprias pernas para fazer retornar o fluxo sanguíneo. Depois, senta-se e calça as meias e os sapatos, amarrando-os com laços que Ofer lhe havia ensinado — e gosta de ter a sensação de que mesmo de longe ele a agarra e aperta com seu abraço — e pondera se deve tentar contar a Avram que Ofer, ao lhe ensinar a dar o laço duplo, disse estar seguro de que nenhum aparelho futuro seria capaz de substituir o homem na simples questão de amarrar os cadarços dos sapatos. Não importa o que vão descobrir, ele dissera, esse assunto estará sempre aí, e assim a cada manhã nos lembraremos de que somos humanos. Então seu coração havia se inflado e enchido de orgulho, talvez porque ele tivesse dito "humanos" com naturalidade, com tamanha humanidade, e na ocasião ela citara a Ofer as palavras de Nahum Gutman, que escreveu, em seu *Caminho das cascas de laranjas*, que toda manhã, ao calçar os sapatos, ele assobia emocionado, "pois me alegro com o novo dia que começa", e os dois juntos também recordaram, é claro, o avô Moshe, pai dela, que usou durante dezessete anos o mesmo par de sapatos, que não estragavam, explicando que simplesmente andava com leveza; e Orah não se conteve e contou a Ofer — tinha a impressão de que ele já havia escutado essa história da boca dela, e mesmo assim contou — que quando ele tinha mais ou menos um ano e meio, e ela pôs nele os primeiros sapatos, trocou por engano o pé direito e o esquerdo; só de pensar, ela disse, que durante meio dia você andou desse jeito, com os sapatos trocados, só porque eu resolvi que estava certo... É terrível como os pais podem determinar... Espere aí, seus lábios se abriram, eu já lhe contei esta história? Vamos ver, Ofer disse rindo, acionando a calculadora no seu telefone. Eles tinham infinitas conversas desse tipo, cheias de gracejos e cutucadas amigáveis. Um calor esquisito fluía entre ambos, olhares que vasculhavam a alma. Mas tudo isso tinha diminuído nos últimos anos, como tudo o mais entre eles havia diminuído. Era esta a impressão que ela tinha: como se desde o momento em que começaram a ficar adultos, ele e Adam, tivessem passado mais para o raio de ação de Ilan, para o domínio de Ilan, e às vezes ela tinha a impressão de que haviam sido transferidos para um campo magnético diferente, com suas próprias leis e sensibilidades, e especialmente suas impenetrabilidades, um campo em que ela não conseguia achar seus próprios braços e pernas, enroscada num emaranhado de fios que a faziam tropeçar e cair ridiculamente a cada passo. Mas isto ainda existe, ela repetidas vezes procurava se convencer. O que existia entre mim e ele deve continuar existindo em algum lugar, só que agora é mais subterrâneo, com ele no exército, especialmente quando ele está servindo *ali*, e isso há de voltar quando ele for liberado e, talvez, ficar ainda mais pleno e feliz. Ela suspira em voz alta, constatando que nos últimos anos havia feito pouco mais que procurar sinais de vida nas pessoas.

Avram acompanha com seriedade os movimentos de Orah ao amarrar os sapatos, tenta imitá-la e se atrapalha. Ela observa, senta-se ao seu lado e lhe mostra com seus próprios sapatos, uma vez a torá e a outra, a interpretação. Ela percebe que o rio lavou seu forte cheiro de urina da véspera, e já é possível ficar ao seu lado sem sentir náusea. De repente, ele mesmo diz, ontem mijei nas calças, não foi? E ela diz, nem pergunte. E ele, onde foi que isso aconteceu? E ela, deixa pra lá. E ele, eu não lembro de nada. E ela, é melhor assim. E ele examina o rosto dela e resolve desistir, e ela se pergunta se alguma vez irá lhe contar sobre aquela noite com Sammy.

Pois na véspera, só quando chegou com Avram nas costas até a porta do carro ele se dignou a se levantar e sair, resmungando irritado, e os dois juntos conseguiram enfiar o adormecido Avram porta adentro no banco traseiro, e só então ocorreu a ela que Sammy até o momento não tinha a menor ideia de que se tratava de um homem. Já havia alguns meses ele tentava descobrir, do seu jeito polido e educado, se ela já tinha alguém novo. Não é exatamente alguém novo, ela pensou, na verdade é alguém antigo demais. Esse é o Avram de segunda mão, talvez de terceira. Ela ficou parada ofegante, a blusa manchada empapada de suor, e as pernas ainda trêmulas.

Pode ir, disse ao se sentar ao lado dele.

Para onde?

Ela pensou por um instante. Sem olhar para ele: até onde o país termina.

E ele disse, entre dentes, para mim já terminou há muito.

E então partiram, e de vez em quando ela sentia seu olhar dardejando ao lado, intrigado, hostil e também um pouco assustado. Ela não virava o rosto para ele, não sabia o que ele estava vendo nela, sentindo que já havia nela algo novo. Eles viajaram passando por Ramat Hasharon e Herzlyia, Netania e Hadera, viraram na direção de Wadih Arah, passaram por Gan Shmuel e Ein Shemer, e pelas aldeias de Kfar Kara, Ar'ara e Um al-Fahm, pelos entroncamentos de Meguido e Hasarguel, entraram errado e se perderam durante uma hora em Afula, que presunçosamente havia instalado um sistema de trânsito de cidade grande; eles iam de uma rotatória a outra, até que acabaram se sentindo como uma bola no focinho de uma foca, e finalmente conseguiram se safar de Afula e passar por Kfar Tabor e Shibli, seguindo até a rodovia 65 ao norte, até o trevo de Golani, e ainda mais ao norte, passando por Bu'eine e Eilabun, até o trevo de Kadarim, também chamado de trevo do rio Amud. E Orah pensou consigo mesma, faz anos que não venho passear pelo Amud, se estivesse com o Ofer eu o convenceria a ficarmos por aqui, mas o que vou fazer neste lugar com o Avram? No trevo subiram até a rodovia 85 chegando ao entroncamento de Amiad, e Orah, cuja raiva em relação a Sammy fora imperceptivelmente sumindo, era sempre assim — esquentava a cabeça depressa e esfriava depressa também —, chegava a esquecer que estava com raiva, comentou que havia por ali um restaurantezinho bom, "um bom lugar pra tomar um café", num dia claro dá pra ver o lago Kineret, e em qualquer dia se pode ver a linda proprietária do lugar — Orah deu um sorrisinho maroto, mas Sammy não reagiu, recusando também a maçã e o tablete de chocolate que ela lhe ofereceu. Ela se esticou um pouco e esfregou as partes do corpo que doíam, lembrando-se de que nem sequer tinha acabado a história que estava lhe contando — no começo da tarde? Foi no começo da tarde de hoje? —, sobre o glaucoma de seu pai e sobre a operação que acabou fazendo para salvar seu único olho que ainda enxergava. E de repente a incomodou o fato de a história ter ficado truncada, apesar de saber muito bem que do ponto em que agora se encontravam aparentemente já não havia jeito de voltar ao tom leve para contar o fim da história, mas foi bom recordar, pensou, e se reclinou confortavelmente e fechou os olhos, pois por meio da história conseguia sentir a presença de Ofer, uma vez que foi só graças a ele que o pai havia concordado com a cirurgia; Ofer, que insistira em ficar no hospital com o avô na noite após a operação, e também o levara de volta para casa com Orah, guiando com uma delicadeza que a enchera de felicidade. Orah lembrava de como ele conduzira o velho com cuidado do carro até a casa, servindo-lhe de apoio enquanto caminhavam pela trilha no meio do jardim do prédio, e o pai começara a apontar assombrado para a grama e para as plantas do jardim. Depois de quinze anos de cegueira quase completa, as cores se confundiam na sua cabeça, as sombras pareciam objetos reais, e Ofer logo entendeu o que estava acontecendo, traduzindo as diversas visões e cores para o avô, fazendo, delicadamente, com que fosse se lembrando, azul, amarelo, verde, roxo, e o pai de Orah ia apontando uma coisa ou outra com seu dedo magro, recitando as cores com Ofer, e Orah ia atrás escutando o filho e pensando dentro de si, que pai incrível ele vai ser! E dessa maneira Ofer conduziu o avô pelas escadas até a casa, abraçando seus ombros e afastando da frente qualquer empecilho do caminho, até entrar em casa, e lá dentro, a mãe dela, como que por coincidência, havia sumido na despensa, e Ofer sentiu e compreendeu o que se passava, continuando a conduzi-lo, segurando sua mão, levando-o a ver, pela primeira vez, as fotos dos netos sobre o aparador, e depois pelos recintos da casa, mostrando-lhe um por um os móveis que haviam comprado durante os anos de sua cegueira, e ainda nada de avó chegar perto para mostrar seu rosto ao marido, e então Ofer teve uma ideia, e levou o avô até a cozinha, e ficaram parados juntos diante da geladeira aberta, o avô espantado — como eram coloridos os legumes e as frutas! No tempo dele não eram assim! E cada coisa nova que percebia comentava com Ofer, maravilhado, como se quisesse presenteá-lo com a dádiva de sua primeira visão, enquanto a avó ia se escondendo pelos outros quartos, e o avô não perguntou por ela, e Ofer também não disse nada, até que finalmente, na janelinha comum entre a despensa e o banheiro, ela veio e revelou sua face ao olhar dele, e Ofer estava ao seu lado, afagando suas costas com suavidade e delicadeza, e, sem que ele visse, lhe fez um sinal para que ela sorrisse.

 Sammy ligou o rádio. Galei Tzahal — a emissora do exército —, em edição extra, transmitia um discurso do primeiro-ministro. O governo de Israel está determinado a eliminar a ameaça mortal de seus inimigos, dizia ele, e nestes momentos somos obrigados a lembrar que na luta diante de um inimigo que não tem escrúpulos ou critérios morais, nós também temos o direito, para proteger nossos filhos —

Sammy virou rapidamente o botão da sintonia, mudando para uma emissora árabe cujo locutor lia um apaixonado manifesto sobre um fundo de música militar. Orah engoliu em seco, não ia dizer nada. Era direito dele escutar a emissora que bem lhe aprouvesse. Ao menos isso ela tinha de lhe permitir neste dia. Avram dormia como uma pedra no banco de trás, roncando alto com a boca escancarada. Orah fechou os olhos e impôs a si mesma moderação e paciência, literalmente esforçando-se para inundar seus olhos de círculos de cor suave, que em breve se transformaram em fileiras de homens armados, marchando em direção a ela com fagulhas explodindo de seus olhos, entoando uma melodia sanguinária que penetrou em todos os vãos de seu corpo. Como é que ele não percebe o que está se passando comigo, ela pensou, como é que ele não é capaz de entender o que estou vivendo agora que o Ofer está lá? Ficou sentada imóvel e se endireitou ao som da melodia provocadora, fazendo um balanço do dia, e de repente não conseguiu captar por que desde o meio da tarde estivera circulando de um lado a outro com aquele homem inconveniente e irritante, pendurado como um peso ao seu pescoço, que atrevidamente a obrigara a participar de sua viagem particular com Yazdi, envolvendo-a nos problemas dele. Percebeu que desde então ela fora tomada por um incessante sentimento de desconforto e culpa, enquanto tudo que ela queria era pôr em prática seus decididamente modestos planos, e utilizar para isso os serviços dele da forma mais decente e correta. E no final das contas ele acabara assumindo o controle do seu dia, atrapalhando tudo!

Por favor, desligue o rádio, ela disse com raiva contida.

Ele não reagiu. Ela não acreditou que isso pudesse estar acontecendo. Que ele ignorasse dessa maneira um pedido explícito seu. Os homens trovejavam com berros rítmicos, exclamações guturais, e, no pescoço dela, uma veia começou a latejar dolorosamente.

Pedi que você desligasse.

Ele continuou guiando, expressão impassível, suas grossas mãos abertas agarrando todo o volante, e apenas um pequeno músculo no canto da boca dele tremia. Ela se conteve com grande esforço. Procurou se acalmar, preparar-se para o próximo passo —

E ela sabia, em algum ponto na periferia de sua mente, que se apenas falasse com ele de forma ingênua e sincera, e apenas o fizesse lembrar, com uma palavrinha, com um sorriso, deles mesmos, da singela convivência que haviam construído juntos ao longo dos anos, em meio a rugidos e tambores —

Desligue isso aí, porra! Berrou com toda a força batendo ambas as mãos no colo.

Ele reagiu assustado, engoliu, e não desligou. Seus dedos tremiam, e ela viu; por um instante, ficou chocada com a fraqueza dele e quase desistiu. Aquilo a comovera, lhe incutira um pouco de culpa. E teve também uma sensação, uma intuição, de que sua delicadeza natural, oriental, não aguentaria essa tensão e acabaria se derretendo diante da determinação dela, ocidental, até mesmo diante da sua irredutibilidade, também ocidental, subitamente despertada nela. E também havia, é claro, sempre, o medo de Ilan, e a dependência em relação a Ilan. Ela passou a língua nos lábios quentes. Sua garganta latejava e queimava de tão seca, e a ideia de que acabaria por vencê-lo, de que o faria dobrar-se à sua vontade, não lhe era menos difícil do que a vontade de o subjugar, e oxalá pudesse parar aqui, neste exato momento, e também apagar tudo, tudo que acontecera hoje, você simplesmente saiu de si, ela pensou, e, afinal, o que foi que ele fez para que você o atormente desse jeito, o que foi que ele fez, diga, além de existir?

Tudo isso é verdade, retorquiu Orah a si mesma, mas uma coisa que a tirava do sério era ver que ele não era capaz de ceder nem um fio de cabelo, nem mesmo por cortesia humana básica! Simplesmente não faz parte da cultura deles, prosseguiu argumentando, eles e o maldito sentimento de honra deles, e as intermináveis ofensas, e o sentimento de vingança, e a importância que dão a cada mínimo detalhe do que a pessoa lhes disse desde os primeiros dias da Criação, e o mundo inteiro sempre está em dívida com eles, e todos são sempre culpados em relação a eles —

A música no rádio foi ficando mais alta, ondas borbulhavam e quebravam e subiam até sua garganta, e os homens com sua voz trovejante pareciam marchar dentro dela, e alguma coisa em Orah se rompeu, destilando numerosas formas de tristeza e angústia, e talvez também a afronta da amizade que a decepcionara, frustrara, explodira na cara de ambos. Orah subitamente ficou vermelha, em torno de seu pescoço formou-se uma argola de fogo, e ela sentiu que era capaz de matá-lo. Sua mão se ergueu sozinha, bateu no botão do rádio e o desligou.

Olharam-se de lado um ao outro, trêmulos, irascíveis.

Sammy, Orah gemeu, veja o que aconteceu conosco.

Continuaram viajando em silêncio, assustados consigo mesmos. À esquerda estava Rosh Pina imersa no sono, em seguida Hatzor Haglilit e Ayelet Hashahar e a reserva de Hula e Yesod Hamaaleh e Kiriat Shmonah, piscando de luzes alaranjadas, e então viraram para a rodovia 99, passando por Hagoshrim e Dafna e Shaar Yeshuv. De tempos em tempos, quando chegavam a um trevo, ele reduzia a velocidade e olhava de soslaio para ela, numa pergunta silenciosa: até onde você quer chegar? Em resposta, ela indicava com o queixo, para a frente, mais ainda, até o fim do país.

Em algum lugar depois do kibutz Dan ouviu-se um gemido no banco traseiro. Avram acordou e arfava. Orah virou-se para ele. Deitado no banco, abriu seus olhos súplices, olhou para ela com um sorriso bondoso e sonhador. Preciso mijar, ele disse em voz lenta, profunda. Ah, ela respondeu, vamos parar já, já. Preciso mijar agora, ele insistiu. Pare, ela disse assustada para Sammy, pare assim que puder. Ele diminuiu a velocidade e desceu para o acostamento. Ela ficou sentada olhando para a frente. Sammy olhou para ela. Ela não se moveu. Orah?, perguntou Avram, implorando, e ela ficou apavorada com a ideia de que daí a um instante ele estaria fora do carro, apoiado nela e, a julgar pelo seu olhar, era óbvio que caberia a ela abrir seu zíper e segurar para ele.

Ela lançou a Sammy um olhar de súplica, quase insinuante, e quando seus olhares se cruzaram ela ficou presa por um longo e amargo instante, que rapidamente se ramificou num labirinto infinito, desde Yoseph Trumpeldor e as escaramuças de 1929 e 1936, até chegar ao pau de Avram. Ela saiu do carro e aproximou-se da porta traseira. Avram permanecia sentado com grande esforço, angustiado. É essa pílula, ele se justificou.

Me dê a mão, ela disse, e fincou os calcanhares no chão, preparando as costas para o puxão.

Ele não pegou a mão dela. Moveu a cabeça de olhos fechados, crispou um pouco o rosto e sorriu aliviado, e ela viu uma grande mancha escura aumentando lentamente em suas calças, espalhando-se pelo estofamento novo imitando pelo de tigre.

Alguns instantes depois estavam os dois do lado de fora, as mochilas jogadas por perto, Sammy manobrando com fúria o carro, e ele berrava amargamente para a neblina noturna enquanto passava feito louca de um lado a outro da linha branca, xingando igualmente judeus e árabes, especialmente a si mesmo e seu destino, batendo a mão na cabeça, no peito e no volante do Mercedes.

Eles comeram ameixas secas e Orah enterrou as sementes na lama do riacho, na esperança de que talvez um dia brotassem ali, digamos, duas árvores com os troncos entrelaçados. Depois despediram-se do agradável lugar, puseram as mochilas nas costas, a mochila dele, azul, e a dela, cor de laranja, e tudo que Avram fazia demorava uma eternidade, e Orah tinha a impressão de que cada movimento dele passava por todas as articulações do seu corpo. Porém, quando ele finalmente se pôs de pé e lançou um olhar para o riacho, um leve brilho percorreu sua testa, um brilho primaveril, como se uma moeda reluzente tivesse enviado de longe um raio de luz dourada, e ela foi tomada por um pensamento fugaz — e se o Ofer estivesse aqui conosco? Um pensamento absolutamente descabido, pois ela se permitia insinuar para ele apenas alguns poucos e tênues fragmentos de informação sobre Ofer; até mesmo falar sobre Ofer com ele tinha sido algo proibido ao longo de todos esses anos, não podia nem ao menos mencionar o nome dele, mas agora, por um breve momento viu os dois juntos ali, Ofer e Avram, ajudando um ao outro a atravessar a água, e seus olhos brilharam para ele.

Venha, vamos.

Depois de cem passos, não mais que isso, atrás de uma pequena colina, a trilha voltou a conduzi-los para dentro do riacho.

Avram estacou desanimado: essa alternativa estava acima de suas forças. E das minhas também, pensou Orah, sentando-se no chão, irritada. Tirou os sapatos e as meias, amarrou-os e as guardou, arregaçou as calças, entrou com toda a firmeza na água gelada, água de neve derretida, e não conseguiu evitar um gritinho de frio. Avram permanecia encalhado na margem atrás dela, confuso com as coisas que ao mesmo tempo o empurravam e puxavam, pois, apesar do desespero, sabia que a margem para a qual Orah rumava agora era, contudo, aquela onde haviam iniciado a caminhada, e lá, aparentemente, havia alguma estabilidade, talvez porque fosse o lado de casa. E ele se sentou e repetiu os movimentos dela, tirou sapatos e meias, amarrou os sapatos na mochila quase sem olhar para os sapatos de Ofer também ali pendurados, e entrou na água gelada, a boca arreganhada quase até o nariz, e dessa vez percorreu o caminho dentro da água com movimentos zangados e resolutos, criando uma grande agitação à sua volta, até que finalmente veio sentar-se ao lado de Orah já na outra margem, bateu os pés para secá-los, calçou novamente meias e sapatos, e Orah teve a impressão de que ele estava mais à vontade, não só por estar agora na margem mais familiar, mas porque viu que era possível atravessar e voltar, e foi exatamente isso que fizeram repetidamente, três ou quatro vezes, eles perderam a conta, durante aquela primeira manhã de viagem, que então ali ainda estavam chamando de passeio, se é que chamavam de alguma coisa, se é que naquele dia trocaram entre si mais do que algumas poucas palavras, venha, me dê a mão, tome cuidado aqui, malditas vacas. E a trilha e o rio se convergiam e se entrelaçavam, e na terceira vez Orah e Avram já nem tiraram os sapatos, simplesmente passaram pela água e pela lama, e seguiram andando chafurdando nos sapatos ensopados até que toda a água fosse expulsa, até que finalmente a trilha se separou do rio, tornando-se mais fácil e terrosa, uma trilha comum pelos campos, pontilhada de grandes poças de barro, cíclames pálidos pendendo dos dois lados, e Avram já não virava a cabeça para trás a todo momento, nem perguntava se Orah saberia achar o caminho de volta, e parecia ter entendido que ela não tinha intenção de voltar a nenhum lugar, que ele era um refém nas mãos dela, e foi entrando dentro de si mesmo, como se estivesse reduzindo sua vitalidade à de uma planta, de um líquen ou esporo. Pelo jeito, assim a dor é menor, imaginou Orah. Por que o estou torturando dessa maneira?, ficou se perguntado repetidamente enquanto o via caminhar, frágil e débil, cumprindo uma punição que ele nem sequer compreendia. Ele já não é parte de mim nem da minha vida, ela pensou, na verdade já faz anos que não. Ela não sentiu nenhuma dor por isso, na verdade apenas espanto, pois como é possível que alguém que eu julgava ser carne da minha carne, raiz da minha alma, não faça que meu coração se parta ao se mostrar tão distante de mim? E o que estou fazendo com ele agora, e que fixação tomou conta de mim justamente na hora em que preciso de toda a minha energia para salvar uma criança — por que me sobrecarregar com outra?

Ofer, ela murmurou, estou esquecendo de pensar nele.

Avram se virou de repente e veio pela trilha na direção dela, dirigindo-se para ela com seu andar vacilante: me explique o que você quer, não tenho força para esses jogos.

Eu disse a você.

Eu não entendo.

Estou fugindo.

De quê?

Ela olhou dentro dos olhos dele e não disse palavra.

Ele engoliu em seco: e cadê o Ilan?

Ilan e eu nos separamos faz um ano. Um pouco menos. Nove meses.

Ele cambaleou um pouco, como se ela tivesse batido nele.

É isso aí, ela disse.

O que quer dizer isso, se separaram? Se separaram de quem?

Como de quem? De nós mesmos. Um do outro. É isso aí.

Por quê?

As pessoas se separam. Acontece, venha, vamos continuar.

Ele ficou parado e ergueu pesadamente uma das mãos, como um aluno limitado. Sob o emaranhado dos fiapos de barba ela viu sua expressão torturada. Havia uma época em que Ilan e ela costumavam brincar entre si, dizendo que se um dia se separassem precisariam manter a impressão de que ainda eram um casal, pelo menos para Avram.

Por que vocês haveriam de se separar?, ele grunhiu, explique o que deu em vocês de repente. Firmes durante tantos anos, e de repente simplesmente se encheram?

Ele está me censurando, ela percebeu, surpresa. E ainda vem reclamar.

Quem quis?, Avram endireitou a cabeça, subitamente cheio de vigor. Foi ele, não foi? Ele arranjou alguém?

Orah quase engasgou: acalme-se. Fomos nós dois que decidimos. Talvez seja melhor assim, ela disse mais suavemente. Mas de súbito se exaltou: o que você tem a ver com a nossa vida?, o que você sabe sobre nós?, onde você esteve durante três anos?, onde você esteve por trinta anos?

Desculpe — ele está assustado —, eu... Onde eu estive? Ele franziu o cenho, como se realmente não soubesse.

Em todo caso, a situação é essa, Orah amaciou imediatamente o tom, para compensar a explosão.

E você?

Eu o quê?

Você está sozinha?

Eu... estou sem ele, sim, mas não estou sozinha. Ela se obrigou a olhar nos olhos dele: juro que não me sinto só. O sorriso que tentou não deu certo. Avram remexeu as mãos nervosamente. Ela pode sentir o corpo dele se debatendo para absorver a notícia. Orah e Ilan se separaram. Ilan está sozinho. Orah está sozinha. Orah está sem Ilan.

Mas por quê? Por quê?, ele insistiu, gritando na cara dela. Só faltava ele também bater os pés.

Você está gritando. Não grite comigo.

Mas como... vocês sempre foram... Ele deixou cair a mochila e ergueu para ela um olhar magoado, de cachorro abandonado: não, explique tudo desde o começo. O que foi que aconteceu?

O que aconteceu? Ela também deixou cair a mochila. Muita coisa aconteceu desde que o Ofer foi para o exército, desde que você decidiu que precisava, sei lá eu, sumir da minha vida.

As mãos dele se apertaram uma contra a outra. Os olhos se remexiam inquietos.

A nossa vida mudou, disse Orah com delicadeza, e eu mudei. E o Ilan também. E a família. Eu não sei por onde começar a lhe contar.

E onde ele está agora?

Saiu para uma viagem pela América do Sul. Tirou férias do escritório e de tudo. Não sei por quanto tempo. Não temos tido muito contato ultimamente. Ela hesitou. Não contou que Adam tinha viajado junto. Que também estava separada do seu filho maior. Que talvez dele, de Adam, esteja até mesmo divorciada. Me dê um tempo, Avram, atualmente a minha vida está a maior confusão, não é fácil para mim falar disso.

Tudo bem, tudo bem, não precisamos falar.

E ali ficou, assustado e atordoado, como um formigueiro pisado por um pé cruel. Antigamente, ela pensou, reviravoltas no roteiro, alternativas novas e frenéticas, costumavam excitá-lo, estimulá-lo de corpo e alma, "fermentalizá-lo" — expressão dele, ui, ela suspirou baixinho para ele, todas as infinitas possibilidades, lembra? Lembra? Foi você que criou isso, foi você que impôs as regras para nós, brincar de cabra-cega em Manhattan e abrir os olhos no Harlem, e o jeito que você dizia para deixar o leão se deitar com o cordeiro, e vamos ver o que acontece, talvez uma vez na história do universo haja uma surpresa. Talvez esse leão específico e esse cordeiro específico consigam ficar juntos, só essa vez, talvez consigam chegar a — ela já não se lembrava da palavra que ele tinha usado naquela época, elevação?, salvação? Palavras dele, todo um léxico, um dicionário, um glossário, um livro de citações, aos dezesseis anos e aos dezenove e aos vinte e dois, e daí em diante, silêncio, apagar das luzes.

Eles voltaram a caminhar, lentamente, lado a lado, curvados sob suas cargas. Ela quase podia sentir como as notícias iam penetrando dentro dele, tal qual uma substância sendo diluída e mudando sua essência. Como ia captando a compreensão de que pela primeira vez em trinta e cinco anos ele estava realmente sozinho com ela, de verdade, sem Ilan, sem mesmo a sombra de Ilan.

Se é que isso é verdade, ela se inquietou, era difícil decidir. Já fazia meses que não conseguia decidir: num instante achava uma coisa, logo em seguida outra.

E os meninos?, indagou Avram, e Orah reduziu o passo — nem mesmo o nome deles ele consegue pronunciar — *os meninos*, ela declarou, já estão crescidos, independentes. Eles vão decidir sozinhos com quem querem ficar, e onde. Ele lançou um rápido olhar de soslaio, e por um momento um véu se ergueu daqueles olhos de pássaro e o olhar dele mergulhou nela, e ela pôde compreender a profundidade de sua mágoa. Depois, o véu baixou novamente. Em meio a sua dor e seu pesar, Orah se emocionou: ainda há alguém lá dentro.

Assim prosseguiram até o anoitecer, andando um pouco, sentando-se para descansar, evitando estradas e pessoas, comendo de vez em quando o que Orah trouxera na sua mochila, colhendo uma laranja ou tangerina esquecida em alguma árvore, ou pegando do chão alguma noz ou pecã, enchendo com água do rio ou de alguma fonte as garrafas que se esvaziavam sem cessar — Avram bebia ininterruptamente, Orah quase não bebia. Andavam a esmo, nesta ou naquela direção, e ela se perguntava se ele compreendia que estavam se desorientando intencionalmente, de modo que não pudessem encontrar o caminho de volta.

E quase não falavam. Algumas vezes ela tentou dizer algo, sobre a separação, sobre Ilan, sobre si mesma, mas ele erguia a mão num gesto de quem pede, quase suplica, ele não tem energia para isso, quem sabe mais tarde. À noite, ou amanhã. De preferência, amanhã.

Ele estava ficando mais fraco, e ela também não estava habituada a tamanho esforço. Ele ficou com bolhas no calcanhar e a coceira recomeçou. Ela sugeriu *band-aids* e talco; ele recusou. No começo da tarde cochilaram uma hora à sombra de uma árvore frondosa, depois andaram mais um pouco, daqui pra lá, de lá pra cá, descansaram de novo, cochilaram. Os pensamentos dela foram ficando indistintos. Talvez seja por causa dele, presumiu: exatamente da mesma maneira que costumava despertá-la, virá-la do avesso, da mesma forma ele agora a vai secando e extinguindo. Ao cair da tarde, ao se espalharem num leito de folhas secas e cascas de nozes à margem de uma plantação de nogueiras pecã, ela olhou para o céu, vazio — com exceção de dois helicópteros, que durante horas estavam parados a grande altitude, estacionários, ruidosos, aparentemente observando o outro lado da fronteira —, e pensou que na verdade não lhe importava ficar vagando assim pelo resto de seus dias, até mesmo um mês inteiro, simplesmente para ficar de bobeira, mas e quanto a Avram?

E talvez ele também não se importe. Talvez também convenha a ele ficar vagando assim, sei lá o que ele pensa e como é a vida dele, e quem é ele, afinal. E para mim, na verdade isto aqui não é ruim, agora dói menos, constatou para sua própria surpresa: até mesmo Ofer havia se aquietado dentro dela nas últimas horas, e talvez Avram tenha razão e não seja preciso falar sobre tudo, talvez sobre nada. Aliás, o que há para se dizer? No máximo, se houver algum momento adequado, ela contará um pouco sobre Ofer, com cuidado, talvez aqui ela não se oponha tanto a isso, somente algumas coisinhas, talvez as coisas mais fáceis, engraçadas, do Ofer. Para que ele ao menos saiba quem é Ofer, mesmo que em linhas gerais, apenas os títulos dos capítulos. Para que ele ao menos agora conheça essa pessoa que trouxera ao mundo.

Eles montaram as barracas num pequeno bosque, entre carvalhos e ciprestes. Em casa, Ofer havia treinado com ela a montagem da barraca e, para sua surpresa, conseguiu fazê-lo agora quase sem nenhuma dificuldade. Primeiro montou a sua própria, depois ajudou Avram, e as barracas não a pegaram despreparada, nem se enrolaram desajeitadamente em torno dela, nem a puxaram para dentro como plantas carnívoras, conforme Ofer havia predito que aconteceria. O resultado final foram duas pequenas barracas redondas, a dela cor de laranja, a dele azul, distantes três ou quatro metros uma da outra, duas bolhas que pareciam pequenas espaçonaves, impermeáveis à água e entre si, ambas com minúsculas janelas com uma longa cobertura de náilon.

E Avram continuava evitando abrir a mochila de Ofer, inclusive as bolsinhas laterais. Não preciso de roupas para trocar, ele disse, e de qualquer jeito as roupas estão sendo lavadas no próprio corpo o tempo todo, na água do rio. E ele pode muito bem dormir do jeito que está, no chão duro, não precisa nem mesmo de colchonete, e de qualquer maneira não vai ficar muito tempo deitado, pois Orah não trouxe as pílulas de dormir às quais está acostumado, aquelas que estavam na gaveta do criado-mudo ao lado da cama. Essas que ela trouxe, as fitoterápicas, que encontrou no banheiro, não são dele. Então são de quem?, perguntou Orah sem mover os lábios, ah, o quê?, desconversou Avram, elas não fazem efeito pra mim, e Orah pensou na mulher que usava o desodorante com cheiro de baunilha, de cabelos violeta, que já fazia um mês, aparentemente, foi o que ele lhe dissera ao telefone, não morava mais com ele.

Às sete da noite, quando já não conseguiam mais suportar o silêncio entre eles, cada um foi para sua tenda, e ficaram deitados despertos longas horas, às vezes dormitando. Avram também estava exausto pelo esforço do dia e quase conseguiu adormecer com auxílio das pílulas ridículas que Orah havia encontrado em sua casa no armário de remédios. Mas no final ele resistiu.

Eles ficaram se virando, suspirando, tossindo. Havia realidade demais em ebulição dentro deles: o fato de estarem ao ar livre, o fato de estarem deitados no chão — sem conforto, pois o solo estava forrado de pedras e gravetos, e tudo era assustadoramente novo — e o tremor invisível e tenso de um animal grande, e o nervosismo provocado pelo cintilar das estrelas, e as correntes de ar, mornas e frias e úmidas, movendo-se o tempo todo de um lado para outro, como suaves respiros de uma boca invisível.

E os sons das aves noturnas e o farfalhar por toda parte e o zumbido dos mosquitos, e a todo momento parecia que algo trepava pelas bochechas ou se movia pelo corpo, e o ruído de passinhos que vinha de algum arbusto próximo, e os uivos dos chacais, e uma vez também o grito de um animalzinho sendo devorado. E Orah, apesar de tudo, aparentemente conseguiu adormecer, pois ao amanhecer foi despertada por três homens com fardas do exército parados na pequena clareira diante da sua porta. Eles se espremeram um contra o outro para que o oficial mais velho se adiantasse para bater na porta, e o médico apalpou sua maleta em busca de uma injeção tranquilizante e a oficial mais jovem estendeu os braços preparando-se para segurá-la caso ela desmaiasse.

Orah viu os três se aprumando e se incentivando mutuamente. O mais velho ergueu a mão e hesitou por um instante, e ela, hipnotizada, olhou para sua mão fechada, ocorrendo-lhe que esse momento se prolongaria pela vida inteira. Então ele bate na porta, dá três batidas fortes, e fica olhando para a ponta de suas botas, e enquanto esperava a porta se abrir fica ensaiando silenciosamente o texto da notícia, a saber: *em tal-e-tal hora, em tal-e-tal lugar, o seu filho Ofer, que estava em missão numa operação* —

Do outro lado da estrada, da rua, as janelas foram se fechando uma a uma, as cortinas sendo puxadas, restando apenas algumas frestas para se poder espiar; mas sua porta permanecerá fechada. Finalmente Orah conseguiu mover os pés procurando se colocar sentada dentro do *sleeping bag*. Estava banhada em suor frio, os olhos fechados, as mãos rígidas, e tinha a impressão de que não conseguiria mais movê-las. O oficial mais velho deu outras três batidas e, talvez por não desejar fazê-lo, acabou batendo forte demais; momentaneamente parece querer derrubar a porta e entrar à força com a notícia, mas a porta está fechada e ninguém abre para receber a notícia que ele tem para dar, e ele olha desapontado para o documento que tem em mãos, que diz explicitamente que em tal-e-tal hora, em tal-e-tal lugar, o seu filho Ofer, que estava em missão numa operação. A oficial dá alguns passos para trás na calçada para verificar o número da casa, a casa é esta mesmo, e o médico tenta espiar pela janela para ver se há alguma luz acesa na casa, mas não há luz nenhuma. E mais duas batidas mais fortes, a porta permanece fechada, e o oficial mais velho se encosta nela com todo o seu peso como se estivesse considerando seriamente derrubá-la e apresentar a notícia à força, custe o que custar. Ele olha para seus colegas desorientado, pois estava claro que algo ali estava em desacordo com as normas do ritual, e que sua vontade e interesse profissional, sua vontade essencialmente lógica de dar a notícia e de livrar-se dela, vomitá-la de dentro e, acima de tudo, transferi-la o mais rapidamente possível a quem de direito segundo a lei e o destino, isto é, em tal-e-tal hora em tal-e-tal lugar o seu filho Ofer, que estava em missão numa operação — essa vontade deles aqui se depara com uma outra força totalmente inesperada, de igual intensidade, que era a absoluta não vontade de Orah de receber das mãos deles a notícia, ou de a acomodar de qualquer maneira, ou ao menos de reconhecer que a notícia era para ela.

E agora também os outros dois membros da equipe aderem ao esforço de derrubar a porta, e com grunhidos ritmados, estimulando-se mutuamente, golpeiam a porta repetidamente, pressionando-a com o corpo, e Orah fica suspensa em algum ponto na periferia de seu sonho. Sua cabeça se vira de um lado para outro, ela quer gritar e a voz não sai, e sabe que eles não ousariam fazer algo tão incomum a menos que sentissem alguma resistência projetada sobre a porta pelo lado de dentro, e é isso que os enfurece agora, e a pobre porta se sacode e geme entre a vontade e a não vontade e entre a madura lógica militar deles e a teimosia infantil dela, e Orah se alvoroça e se atrapalha nas dobras do *sleeping* até que de repente congela, abre os olhos e observa a pequena janela da barraca e vê pelas bordas o céu clareando, e passa a mão no cabelo, como estão molhados, como se os tivesse lavado no suor, e permanece deitada dizendo a si mesma que daí a pouco o coração vai deixar de bater tão forte e ela precisará sair dali.

Porém, por mais que queira, não consegue se levantar, e o *sleeping* está enrolado em torno dela, envolvendo-a como uma enorme bandagem, úmida e apertada; seu corpo está tão débil que não tem nem mesmo força para resistir a esse invólucro tão cheio de vida que tensiona à sua volta. Quem sabe se ficar mais um pouquinho deitada, se se acalmar e reunir forças, fechar os olhos e tentar pensar em alguma outra coisa mais alegre, mas ela vê imediatamente que a equipe de notificadores começa a emitir um chiado ruidoso, pois está claro para eles que são obrigados a dar essa notícia, se não agora então daqui a uma ou duas horas, ou mais um dia ou dois. E terão que percorrer novamente todo o caminho até ali, e mais uma vez preparar-se para esse difícil momento, afinal ninguém pensa nos notificadores e no fardo emocional que eles carregam, sempre todo mundo tem pena somente das pessoas que recebem a notícia. Mas talvez seja o notificador a pessoa a ficar mais desgastada, pois com todo o pesar e solidariedade que tem de transmitir, não há dúvida de que é acometido de uma certa tensão, para não dizer comoção, em vista do momento solene da notificação; e mesmo que cumpra sua missão dezenas de vezes não há nem pode haver nela nenhuma rotina, como também não pode haver rotina numa execução.

 Com um grito abafado Orah irrompe do maldito *sleeping* e sai da barraca em corrida desabalada, parando do lado de fora zonza e com expressão aterrorizada. Só depois de alguns instantes percebe Avram sentado no chão não muito longe dela, encostado numa árvore, olhando para ela.

 Fizeram café e tomaram em silêncio, ele envolto no seu saco de dormir e ela num casaco fino. Ele disse, você gritou, e ela disse, tive um pesadelo. Ele não perguntou mais nada. Ela indagou, você ouviu o que eu gritei? Ele se levantou e de repente começou a falar sobre as estrelas. Explicou onde estava Vênus, onde estavam a Ursa Maior e a Ursa Menor, e como a Ursa Maior apontava para a Estrela do Norte. Ela escutou atenta, ligeiramente admirada, um tanto surpresa com esse novo entusiasmo, com a voz um pouco liberada de suas amarras. Está vendo?, ele apontou, ali é Saturno, às vezes no verão posso vê-lo da minha cama, com os anéis, e aquela é Sirius, a mais brilhante —

 Ele falava e falava, e Orah lembrou-se de uma frase que ela e Adah adoravam, tirada do "Comboio da meia-noite", de Yzhar: *Não se pode apontar uma estrela para uma pessoa sem se pôr a outra mão no ombro dela*; mas, como acabou se revelando, pode-se sim.

 Eles desmontaram o pequeno acampamento e partiram. Ela ficou feliz em se afastar do lugar em que fora assediada pelo pesadelo, e a aurora que se desenhava no céu — a luz ascendia como que jorrando de um par de mãos que se abriam lentamente — fez com que recuperasse um pouco de vitalidade. Já faz um dia inteiro que estamos viajando, pensou, e ainda estamos juntos. Porém, após algum tempo sentiu as pernas muito pesadas, e uma dor impertinente começou a circular pelo seu corpo.

 Pensou que era cansaço, afinal mal tinha dormido nos dois últimos dias, ou talvez uma leve insolação — ontem não tinha usado chapéu, e também não bebera o bastante — e sinceramente esperou que não fosse uma gripe de primavera que tivesse resolvido atacá-la justo agora. Mas não tinha a sensação de gripe nem de insolação, e sim de outro tipo de dor, desconhecida, persistente, que insistia em consumi-la, e em alguns momentos chegou a pensar que se tratava de uma bactéria carnívora.

Sentaram-se para descansar junto a uma ruína; parte da estrutura ainda se mantinha de pé e a outra parte havia se transformado numa pilha de pedras talhadas. Orah fechou os olhos e tentou se acalmar respirando profundamente, massageando as têmporas, o peito e a barriga. Em vão. A dor e o mal-estar aumentaram, o coração parecia bater pelo corpo inteiro, e então lhe ocorreu que era Ofer que estava lhe doendo.

Ela podia senti-lo na barriga, sob seu coração, uma mancha de emoção escura e inquieta, que a ia inundando da presença opressiva de Ofer. Ia se mexendo e se movendo e se revirando dentro dela, e ela gemeu de surpresa, assustada com sua violência e desespero, e lembrou-se do ataque de claustrofobia que ele havia tido mais ou menos aos sete anos, num elevador, a caminho do escritório de Ilan: o elevador encrencou entre dois andares, os dois estavam lá dentro sozinhos, e quando Ofer percebeu que estavam presos começou a gritar com toda a força para que alguém abrisse a porta, que precisava sair, que não queria morrer. Ela procurou tranquilizá-lo, pegá-lo no colo, mas ele se esquivou dela e ficou se jogando contra a porta e as paredes, batendo com força e berrando até sua voz sumir, e no final chegou a investir contra ela, atacando-a com socos e chutes. E durante todos os anos que se seguiram Orah lembrava-se muito bem de como suas feições haviam mudado naqueles instantes, e também se lembrava da sua nódoa de frustração ao perceber, não pela primeira vez, como era fina e frágil a superfície alegre e vivaz dele, o mais transparente e luminoso de seus dois filhos — era dessa forma que sempre pensava nele, o mais transparente e luminoso de seus dois filhos —, e lembrou-se de que Ilan disse na ocasião, em tom semijocoso, que ao menos estava claro que Ofer não iria para a divisão de blindados, que não aguentaria dentro de um tanque. E essa profecia tampouco se realizou, como muitas outras, e ele foi para os blindados, ficou dentro de um tanque e não houve nenhum problema em relação a isso, pelo menos não para ele. Foi ela que se sentiu sufocada quase até a morte quando, a pedido dele, entrou num tanque após a exibição de armas que o batalhão dele tinha preparado para os pais em Nabi Mussa. E agora ela podia senti-lo, podia sentir Ofer, exatamente da mesma maneira que o sentira naquela ocasião, no elevador, apavorado, tremendo de medo, sentindo alguma coisa se fechando sobre ele, agarrando-o, deixando-o sem saída e sem ar para respirar.

E Orah se pôs de pé num salto e se postou diante de Avram, venha, ela disse, vamos embora, e Avram não entendeu, acabamos de nos sentar, mas não perguntou nada, foi bom não ter perguntado, o que ela poderia lhe dizer?

Andando depressa, não sentia o peso da mochila, e repetidamente se esquecia de Avram, que era obrigado a ficar gritando que andasse mais devagar, que o esperasse; porém, para ela era difícil, quase insuportável, andar no ritmo dele, e durante toda a manhã não parou uma única vez. Quando ele se rebelava deitando-se no meio da trilha, ou debaixo de alguma árvore, ela continuava andando em círculos, dando voltas em torno dele, com o objetivo de se dessensibilizar mais e mais por meio do caminhar contínuo e da exposição prolongada ao sol, além de se obrigar a sentir cada vez mais sede. Mas Ofer não cedia, revirava-se dentro dela intensamente, com espasmos ritmados e dolorosos, e por volta do meio-dia ela também começou a ouvi-lo, não palavras, apenas a melodia de sua voz por trás de todos os ruídos do vale, por trás de todos os zumbidos e chiados e cantar dos grilos e também de sua própria respiração ofegante e dos grunhidos de Avram atrás dela, e do som de enormes duchas de irrigação nos campos e motores de tratores distantes e aviões de caça que às vezes cruzavam o céu. Sua voz soava com uma estranha clareza, como se ele realmente estivesse ali, caminhando ao seu lado e conversando com ela sem palavras. Ele não tinha palavras, era só a voz, a música de sua voz, e vez ou outra ela também captava o seu leve e tão querido gaguejar, que às vezes aparecia quando dizia os "sh", especialmente quando estava ansioso: sh... sh... e ela não sabia o que fazer com ele, se valia a pena lhe responder, começar a falar com ele, ou se devia ignorá-lo o máximo que pudesse, pois a partir do instante em que fechara a porta de sua casa em Beit Zait, fora atormentada por um medo inverso, muito familiar, o medo do que pudesse lhe passar pela cabeça e do que sua imaginação poderia lhe mostrar ao pensar nele, e do que poderia se insinuar para fora de sua mente e envolver as mãos e os olhos de Ofer exatamente na hora em que ela mais precisava de toda a sua vigília e clareza.

Sentiu imediatamente que ele mudara de método, pois começou simplesmente a dizer "mamãe", uma vez depois da outra, cem vezes, mamãe, mamãe, em diferentes tons de voz, diferentes idades, cutucando-a, sorrindo para ela, contando-lhe segredos, puxando seu vestido, mamãe, mamãe, brigando com ela, adulando, chorando, rindo com ela, agarrando-a, dando soquinhos, abraçando, abrindo os olhos para ela na manhã eterna da infância: *mamãe?*

Ou deitado num abraço, o bebê que ele era, alerta e pequenino, sua cintura fina sobrando na fralda, observando-a com aquele olhar que já tinha desde então, impressionantemente sereno e maduro, em que transparecia sempre um laivo de ironia, quase desde que nascera, talvez por causa do formato dos olhos, que se inclinavam — se inclinam — um em direção ao outro num ângulo agudo, sinal de dúvida.

Ela cambaleava e se forçava para diante com os braços estendidos à sua frente, e parecia estar abrindo caminho em meio a um enxame invisível de vespas. Havia algo de nefasto na vitalidade com que subitamente ele surgira dentro dela, na maneira desenfreada como se agitava nela; e ela se perguntou, febril, por que ele faz isso?, por que está me sugando e mamando desse jeito? E todo o seu interior pulsava e arfava seu nome num urro, e não eram saudades, não havia nenhuma doçura nisso tudo. Ele a estava rasgando por dentro, retorcendo e socando as paredes de seu corpo. Ele a exigia para si sem nenhum limite, requeria que ela se esvaziasse de tudo o mais e se dedicasse a ele para sempre, que pensasse nele o tempo todo e falasse nele sem cessar e contasse sobre ele a tudo que encontrasse, até mesmo às árvores e às pedras e aos espinhos, e dissesse seu nome em voz alta e silenciosamente, mais uma vez, mais uma vez e mais uma vez, que não se esquecesse dele nem por um momento, nem sequer por um segundo, e que não o abandonasse, pois neste momento tinha necessidade dela simplesmente para *existir*, de repente ela entendeu, era isso que significavam suas mordidas, como era possível que não tivesse compreendido de imediato?, ele precisa dela agora para não morrer. Ela parou com a mão na cintura dolorida, e soltou uma exclamação de estarrecimento: o quê? assim? Exatamente da mesma maneira que um dia precisou dela para nascer.

O que há com você?, ofegou Avram quando finalmente conseguiu alcançá-la, o que está perturbando você? Ela baixou a cabeça e respondeu baixinho, Avram, não posso mais continuar assim, e ele, assim como? E ela, que você não seja capaz nem mesmo de... que eu não possa nem mesmo lhe dizer o nome. E de repente um nó se desfez nela, escute, ela disse, esse silêncio está me matando e está matando ele também, então se decida.

Decidir o quê?, ele perguntou.

Se você está realmente aqui comigo.

Avram imediatamente desviou o olhar. Orah ficou em silêncio, esperando. Desde que Ofer nascera, ela quase não falara com Avram sobre ele. Ele,

Avram, fazia sempre um gesto rápido de rejeição, como que espantando uma mosca da cara, toda vez que, nos seus raros encontros, Orah não se continha e tentava falar sobre Ofer, ou mesmo quando apenas mencionava seu nome. E sempre tinha de protegê-lo de Ofer, era essa sua condição, só assim concordava com aqueles encontros humilhantes, como se Ofer não existisse no mundo e jamais tivesse existido. E Orah trincava os dentes e mordia a língua, e internamente concluía que mais ou menos já tinha superado a humilhação e a raiva, e concordado com a recusa e a rejeição dele; e também dizia a si mesma que com o correr dos anos talvez até tivesse se acostumado um pouquinho com a total e arbitrária demarcação que ele lhe impunha — afinal havia um certo alívio em ter limites claros, uma separação oficial e absoluta, do lado de cá Avram e ela, do lado de lá, todo o resto. E nos últimos anos descobriu, com leve culpa e vergonha, que a ideia de alguma outra possibilidade a deixava mais nervosa do que a continuidade da situação existente. E apesar de tudo, com toda a repulsa grosseira da parte dele, cada vez ela se sentia novamente ofendida até as profundezas da alma, e sempre precisava voltar a lembrar a si mesma que o frágil equilíbrio de Avram aparentemente se baseava numa autodefesa total, hermética, contra Ofer, contra o fato de Ofer existir, contra o que, aos seus olhos, era sem dúvida o erro de sua vida; e isso também despertava nela toda vez uma onda de pura raiva, a ideia de que Ofer fosse o erro-da-vida de alguém, e, pior ainda, que Ofer fosse o erro-da-vida de Avram; de outro lado — e era isso que a confundia, que a estava devorando nos dois últimos dias — havia as linhas escuras na parede acima da cama dele, um gráfico do desespero durante os anos em que Ofer serviu no exército, três anos, mais de mil traços, um traço por dia, um traço por dia, e parecia que toda noite ele marcava com uma linha horizontal o dia que acabara de passar, e como era possível conciliar isso com aquilo?, ela pensou, o erro-da-vida com o gráfico do desespero, e em qual dos dois acreditar?

Escute, pensei —

Orah, agora não.

Então quando? Quando?

Ele se virou para o outro lado abruptamente e começou a andar depressa, e ela o odiou e o desprezou e teve pena dele, e achou que de fato tinha ficado maluca por acreditar que ele poderia ajudá-la, estar com ela num tempo difícil. Afinal, toda aquela ideia era fundamentalmente doentia, pensou, até mesmo sádica — despejar um fardo desses em cima dele, esperar que de repente, depois de vinte e um anos de separação e anulação, ele haveria de querer começar a escutar sobre Ofer — e jurou que na manhã seguinte o colocaria no primeiro ônibus para Tel Aviv, e até então não diria uma única palavra sobre Ofer.

Ao anoitecer a dor ficou tão forte que ela se fechou na barraca e começou a chorar baixinho, disfarçadamente, procurando ocultar de Avram o seu pranto. As contrações — era isso que sentia, como contrações de parto — se intensificaram e a atacavam praticamente a cada instante, acabando por se transformar numa dor cega e constante; ela achou que se isso fosse continuar, precisava dar um jeito de chegar a um pronto-socorro, mas como se explicaria ali? E ainda seriam capazes de persuadi-la a voltar imediatamente para casa, e esperar *por eles*.

Avram, na sua própria tenda, podia ouvi-la, e resolveu não tomar naquela noite nenhuma pílula para dormir, nem mesmo as de Netah, sua namorada, que apenas serviam para apagá-lo por um tempo curto, pois Orah talvez precisasse dele durante a noite. Mas como ele poderia auxiliá-la? Ficou deitado desperto, imóvel, os braços cruzados com força sobre o peito, as mãos presas nas axilas. Era capaz de ficar deitado assim durante horas, praticamente sem se mover. Ele a ouviu soluçando baixinho, um lamento contínuo, monocórdio. No Egito, na prisão de Abassyia, havia um reservista magro e baixinho de Bat Yam, de origem indiana, que chorava assim toda noite, mesmo que não houvesse sido torturado naquele dia. E a turma quase enlouquecia por causa dele, até os carcereiros egípcios ficavam doidos, e o baixinho não parava. Uma vez, quando Avram e ele estavam parados lado a lado no corredor esperando para ser levados a interrogatório, Avram conseguiu se comunicar com ele através dos sacos colocados sobre suas cabeças, e o indiano disse que chorava de ciúme da sua namorada, pois sentia que ela não era sincera, que sempre tinha amado mais seu irmão mais velho, e as fantasias do que ela poderia estar fazendo agora o devoravam vivo. Avram sentiu então um estranho respeito por esse rapaz angustiado, pois dentro do inferno da prisão era capaz de tamanha dedicação à sua dor particular, que nada tinha a ver com os egípcios e suas torturas.

Ele se levantou, saiu silenciosamente da barraca e se afastou até quase não poder ouvi-la; sentou-se sob um cipreste e procurou se concentrar. Durante o dia, quando Orah estava a seu lado, era incapaz de conseguir pensar. Agora apresentava a si próprio a acusação por uma conduta tão humilhante e covarde. Enterrou os dez dedos no rosto, na testa e nas bochechas, e gemeu à meia-voz, vá ajudá-la, merda, traidor; mas sabia que não adiantaria nada, e sua boca se contraiu de nojo.

E da mesma maneira que da última vez, quando pensou sobre si mesmo honestamente, teve absoluta dificuldade de entender por que ainda estava vivo, quer dizer, o que a vida tinha a ganhar apegando-se a ele e preservando-o dessa maneira?, e o que ele possuía, ainda, que justificasse tal esforço contínuo por parte da vida, tamanha teimosia, ou seria simplesmente vingança?

Ele fechou os olhos e tentou evocar em sua imaginação a figura de um rapaz. Qualquer rapaz. Ultimamente, à medida que ia se aproximando a data da liberação de Ofer, de vez em quando, no restaurante onde trabalhava, ou andando pela rua, escolhia um jovem da idade certa e o ficava observando disfarçadamente, às vezes até o seguia por uma ou duas ruas, tentando imaginar seu caminho. Cada vez mais se permitia essas fantasias, adivinhar Ofer, nebulosamente.

O silêncio noturno veio envolvê-lo. Uma brisa suave soprava silenciosamente acima dele, como uma pele macia preenchendo o espaço. Vez ou outra ouvia-se o som de um pássaro grande, que parecia muito próximo. Também Orah, em sua barraca, sentiu alguma coisa. Em silêncio, ela prestou atenção, como se algo tivesse roçado a sua pele. Milhares de grous cruzavam o céu noturno em seu voo rumo ao norte, e os dois não viram. Durante uma hora inteira houve um enorme ruído invisível, como o bater das ondas numa praia cheia de conchas. Avram encostou-se na barraca de Orah de olhos fechados e viu a sombra das costas de Ofer mesclar-se com a imagem do jovem Ilan — e foi justamente Ilan que surgiu diante de seus olhos, andando meio passo a sua frente e conduzindo-o pelas trilhas da odiada base militar onde era obrigado a morar com seu pai, apontando com o olhar os rabiscos de giz semiapagados sobre as paredes das cabanas de pedra. Depois, Avram tentou imaginar a versão masculina de Orah na juventude, mas conseguiu apenas vê-la ela mesma, alta e clara, com os cabelos vermelhos encaracolados cortados na altura da nuca, e de repente se perguntou se Ofer era ruivo como ela, como ela era antigamente, agora não restava nem sequer uma gota vermelha nos seus cabelos, e admirou-se por não ter lhe ocorrido, até este exato momento, a possibilidade tão simples e lógica de Ofer ser ruivo, e admirou-se ainda mais de se atrever a mergulhar nessas fantasias, mais do que jamais fizera, e então, num lampejo, viu na sua cabeça Ofer parecido com ele próprio, Avram, aos vinte e um anos, aos dezessete, aos catorze, num piscar de olhos vagou por entre suas diferentes idades — por ela, pensou febrilmente, numa espécie de devoção religiosa, só por ela — e viu o rapaz de face redonda e bochechas vermelhas, sempre alertas e ávidas, e sentiu uma pequenez espinhosa e ágil que havia anos não sentia, como se um calor de brilho constante irradiasse daquela cabeça de cabelos emaranhados, e o piscar malicioso de um raio dali irradiasse, e fosse imediatamente repelido, expulso da imagem, de sua própria identidade, como que lançado para fora numa ríspida rebatida. Ficou ali sentado, ofegante, molhado de suor, e seu coração bateu feroz por alguns momentos, e ele atormentado como um rapaz, um rapaz vagando em fantasias proibidas.

Ele escutou: silêncio absoluto. Talvez ela enfim tivesse adormecido, aliviada um pouco de suas angústias. Procurou entender o que exatamente havia ocorrido entre ela e Ilan. Ela não dissera explicitamente que Ilan a tinha deixado, até mesmo negara. Quem sabe não teria sido ela a se apaixonar por alguém? Será que ela tem outro homem? Se tem, por que está aqui sozinha, e por que levara junto consigo justo ele, Avram?

E ela disse também que os meninos, os filhos, já estavam crescidos, e que decidiriam sozinhos com quem iriam querer ficar, mas ele notou o tremor na sua fisionomia, e soube que ela mentira e não entendeu em quê. Famílias são para mim uma matemática superior — ele diz de vez em quando a Netah, sua namorada —, incógnitas demais, excesso de parênteses e elevar a potências, toda essa complicação — ele resmunga quando ela levanta o assunto — e a necessidade constante de criar *relações* com cada um dos membros restantes da família, a todo momento, de dia e de noite, até mesmo em sonhos. Ele tenta apelar ao sentimento dela: é como ser exposto a um constante choque elétrico, como viver numa eterna tempestade de raios. É isso que você quer?

E já faz treze anos, e ele não se cansa de dizer a ela, a Netah, que ela está desperdiçando com ele sua juventude, seu futuro e sua beleza, e que ele servia apenas para atrapalhá-la e atrasá-la, que escondia dela a vida. Havia entre os dois uma diferença de dezessete anos. Minha jovem, ele a chamava, às vezes com afeto, às vezes com pesar. Quando você tinha dez anos, ele a lembrava com um suspiro esquisito, eu já estava morto fazia cinco. E ela diz, vamos reviver os mortos, rebelar-nos contra o tempo.

Quero uma vida plena com você, ela insiste, e ele a evita constantemente sob a desculpa da diferença de idade: você é muito mais madura que eu. Ela também quer filhos, e ele ri apavorado: não basta uma criança? Você quer crianças em quantidade? E os olhos dela, estreitos e diabólicos, brilham: Então um filho só, tudo bem, como Ibsen e Ionesco e Jean Cocteau eram o mesmo *menino*.

Nos últimos tempos, aparentemente, tinha conseguido convencê-la. Já havia algumas semanas ela não aparecia, nem mesmo telefonava. Onde ela está?, perguntou a si mesmo a meia-voz e se pôs de pé.

Às vezes, quando ela ganha algum dinheiro nos seus esquisitos trabalhos, simplesmente se levanta e vai viajar. Avram pressente antes dela quando isso se aproxima: uma fome obscura começa a rodear as íris de seus olhos, uma sombria e rouca negociação ali tem lugar, e ela aparentemente acaba perdendo, e por isso é obrigada a ir viajar. E sempre escolhe países cujo simples nome já o enche de pavor, Geórgia, Mongólia, Tajiquistão; liga para ele de Samarcanda ou Calcutá, já noite para ele, ainda dia claro para ela — então agora, ele faz questão de assinalar, além de tudo você ainda é três horas mais jovem —, e narra com uma facilidade estranha, sonhadora, experiências que o deixam de cabelo em pé.

Ele começa a andar em volta da árvore. Tenta pensar, finalmente verificar com exatidão quando fora a última vez que ouvira algo dela, e se dá conta de que se passaram pelo menos três semanas. Mais, quem sabe? Talvez já tenha se passado um mês desde que ela sumiu. E se ela fez alguma coisa de ruim consigo mesma? Ele pensa e se imobiliza no lugar, e se lembra dela dançando com a escada em cima da grade que cerca o telhado do apartamento dela em Jaffa, e sabe que já há alguns dias essa possibilidade tem lhe ocorrido, e que tal preocupação penetrou no seu mundo ao lado de uma profunda confiança nela; e agora, por fim, reconhece o quanto a enervante expectativa da liberação de Ofer deve ter embaralhado todo o resto de sua cabeça, fazendo com que até se esquecesse dela.

Ele acelera seus círculos em torno da árvore e volta a calcular: já faz um mês que o restaurante está fechado para reforma. É mais ou menos o tempo em que ela não aparece. Desde então eu não a vejo nem ouço nada sobre ela e nem fui procurá-la. O que foi que eu fiz todo esse tempo? Ele se recorda de longas caminhadas na praia. Bancos de rua. Mendigos. Pescadores. Ondas de saudade dela reprimidas à força, batendo a cabeça na parede. Álcool em quantidades às quais não está acostumado. *Bad trips*, terríveis. Soníferos em dobro, a partir das oito da noite. Fortes dores de cabeça pela manhã. Dias inteiros ouvindo o mesmo disco, Miles Davis, Mantovani, Django Reinhardt. Horas cavoucando pilhas de ferro-velho em Jaffa, à procura de seu entulho, ferramentas, motores enferrujados, chaves velhas. Houve também alguns dias ocasionais de trabalho durante esse mês, que renderam um dinheiro razoável; duas vezes por semana ele arruma os livros nas prateleiras na biblioteca de uma faculdade em Rishon Letzion; vez ou outra ele serve como cobaia de indústrias que fabricam remédios e produtos cosméticos: na presença de cientistas e técnicos simpáticos e educados, que o medem e pesam e anotam cada detalhe, e fazem com que assine numerosos formulários, e no final lhe dão um vale para um café e um *croissant*, ele engole pílulas de cores vivas e se lambuza de cremes que talvez um dia entrem no mercado, talvez não. Em seus relatórios, ele inventa efeitos colaterais físicos e psicológicos que os fabricantes jamais puderam imaginar.

Na última semana, com a proximidade da data de liberação de Ofer, quase não saiu de casa. Parou de falar com as pessoas. De atender ao telefone. De comer. Tinha a sensação de que precisava reduzir ao máximo o lugar que ocupava no mundo. Praticamente não saiu da sua poltrona. Ficou sentado, esperando e se diminuindo. E quando se levantava e andava pela casa, tinha o cuidado de não fazer movimentos bruscos. Para não rasgar, não perturbar o fio da teia em que Ofer estava suspenso nesse momento. E durante o último dia, achando que Ofer já estava liberado, ficou sentado imóvel junto ao telefone, esperando a ligação de Orah dizendo que já estava tudo acabado. Mas ela não ligou, e ele ficou ainda mais imobilizado, sabendo que algo de ruim tinha acontecido. E as horas foram se passando, e já era noite, e ele achou que se ela não telefonasse agora, imediatamente, não conseguiria nunca mais se mover. E com a força de vontade que lhe restava discou para ela, escutou o que estava acontecendo, e sentiu como foi se transformando em pedra.

Mas onde foi que estive o mês inteiro?, murmurou, e se assustou com o som de sua própria voz.

Virou-se e caminhou na direção de Orah, quase correndo, no exato momento em que ela o chamou.

Estava sentada encolhida, enfiada no casaco.

Quando você se levantou?

Não sei, faz bastante tempo.

E aonde você foi?

Nenhum lugar, andei um pouco por aí.

Incomodei você quando chorei?

Não, tudo bem, chore, pode chorar.

A aurora aos poucos abre os olhos. Eles ficam calados. Observam como o negrume da noite vai se derretendo e escoando. Ouça, ela diz, e me deixe dizer isso até o fim. Eu não posso mais continuar desse jeito. De que jeito? Com você aí calado. Mas eu até que estou falando muito, ele deu um riso forçado. Cuidado para não ficar rouco, ela diz com frieza, mas eu simplesmente não aguento que nem me deixe falar dele.

Avram faz um gesto de outra-vez-aquele-assunto. Ela inspira lentamente e depois diz, escute, sei que para você é difícil estar aqui comigo, mas eu também estou ficando maluca com isso. É muito pior do que quando eu estava sozinha. Sozinha, pelo menos podia falar comigo mesma em voz alta, falar sobre ele, e agora não faço nem mesmo isso, por sua causa. Eu pensei, o que é que eu pensei? — ela para, olha as pontas de seus dedos, é isso mesmo, ela não tem alternativa —, que daqui a pouco, quando chegarmos à estrada, vamos tentar pegar uma carona até Kiryat Shemona, enfiamos você num ônibus para Tel Aviv, e eu fico aqui e continuo mais um pouco. O que você acha? Você consegue viajar sozinho para casa?

Eu consigo fazer tudo. Não me trate como inválido.

Eu não disse isso.

Não sou inválido.

Eu sei.

Não há nada que eu não possa fazer, ele diz, zangado, simplesmente existem coisas que eu não quero fazer.

Me ajudar com o Ofer, ela pensa.

E como é que você vai se virar aqui?

Não se preocupe, vou me arranjar. Simplesmente vou ficar andando. Nem preciso andar muito. Basta andar por um desses campos, ida e volta, como ontem e anteontem, você viu. O que me importa não é onde estou, mas onde não estou, entende?

Ele dá um sorriso irônico. Será que entendo?

Vai ser melhor para nós dois, ela diz em tom dúbio, pesaroso. Ele não responde, então ela continua. Você talvez ache que eu posso fazê-lo, quer dizer, não falar dele, mas não posso. Não estou disposta agora a ficar me contendo, eu me sinto obrigada a dar forças a ele, ele precisa de mim, eu sinto isso, e não tenho nenhuma queixa de você.

Avram baixou a cabeça abruptamente. Não se mexa, pensou, deixe-a falar até o fim, não a incomode agora.

E não é só por causa da sua memória, diz ela, e ele lhe dá um olhar intrigado; é isso aí, você se lembra de tudo e meu cérebro tem falhado ultimamente, mas não foi por isso que eu quis que você viesse comigo.

A cabeça dele já está aninhada no peito, o corpo todo curvado para a frente.

Eu quis que você viesse comigo para falar com você sobre ele, diz ela, simplesmente contar sobre ele, e se acontecer alguma coisa —

Avram cruzou os braços e enfiou as mãos sob as axilas. Não fuja. Deixe ela falar.

E acredite que não pensei nisso tudo antes, ela se justificou com o nariz entupido, você me conhece, não planejei nada, antes de você me ligar eu nem estava pensando em você, a verdade é que você saiu totalmente da minha cabeça nesse dia, anteontem, com toda a bagunça que houve, mas quando você telefonou, quando ouvi você, não sei, de repente achei que precisava estar com você neste momento, entende? Com você, com mais ninguém.

Quanto mais falava, mais ereta ia ficando, os olhos cada vez mais focados, como se finalmente estivesse começando a decifrar alguma mensagem em código que lhe fora enviada: e senti que precisamos, nós dois, juntos, como posso dizer isso?, Avram —

Esforçou-se ao máximo para manter a voz firme e clara, sem tremer. Sem nenhum vacilo. Obrigou-se o tempo todo a lembrar da alergia que seus excessos emocionais provocavam em Ilan e nos filhos.

Na verdade, nós somos o pai e a mãe dele, ela disse baixinho, e se nós dois, juntos, quero dizer, se não fizermos o que pais —

E parou. Nos últimos segundos ele já tinha esticado os braços com toda a força para cima e para os lados, e seu corpo tremia como se estivesse sendo devorado por formigas. Ela o examinou e balançou a cabeça pesadamente diversas vezes. Bem, ela suspirou e começou a se levantar, o que mais eu posso... eu sou mesmo uma boba, como é que pude pensar que você —

Não, ele disse impulsivamente; pôs a mão sobre o braço dela e a puxou de volta: eu justamente pensei, o que você acha?, quem sabe eu fico mais um dia, um dia só, sem problema, depois a gente vê.

A gente vê o quê?

Sei lá. Também não é, como é que digo, sei lá, não é um sofrimento tão grande. Não é como você diz — ele se esforça para engolir — é só quando você força as coisas comigo, em relação a ele.

Em relação a Ofer, pelo menos diga isso.

Avram ficou calado.

Nem mesmo isso?

Os braços caíram ao longo do corpo.

Mergulhada em seus pensamentos, Orah tirou distraidamente os óculos, dobrou-os e os colocou na bolsa da mochila. Em seguida, correu as duas mãos pelas têmporas e assim permaneceu alguns segundos, como se escutasse uma voz longínqua. E de repente caiu no chão e começou a cavar com as mãos, arrastando torrões de terra e pedras, arrancando raízes de plantas. Avram, com surpreendente agilidade, saltou do lugar e se aproximou dela. Ela não parecia notá-lo. Ergueu-se e começou a chutar a terra com força, com o salto do sapato. Pedaços de terra voaram, e alguns o atingiram. Ele não se moveu. Sua boca permaneceu selada e seu olhar concentrado e severo. Ela se ajoelhou, pegou uma pedra afiada e bateu na terra com ela. Batia rapidamente, o lábio inferior preso entre os dentes. Sua face de pele fina ficou vermelha num instante. Avram se abaixou, pôs um dos joelhos no chão e não tirou os olhos dela. Pousou a mão no chão com os dedos abertos, como se estivesse se preparando para um salto.

O buraco foi ficando mais largo e mais fundo. O braço branco segurando a pedra subia e descia sem cessar. Avram virou a cabeça para o lado, perplexo, e tinha um ar ligeiramente canino. Orah parou. Apoiou-se nos braços. Olhou a terra, aberta, rompida, como se não entendesse o que via, e voltou a golpeá-la com a pedra. Gemia pelo esforço, pela fúria, a nuca vermelha e suada, a blusa fina grudada na carne.

Orah, sussurrou Avram com cautela, o que você está fazendo?

Ela parou de cavar e procurou outra pedra maior. Tirou com a mão um tufo de cabelo curto da testa e enxugou o suor. O buraco que cavara era pequeno e tinha o formato de um ovo. Ela ficou de joelhos, agarrou a pedra com as duas mãos e bateu de cima para baixo. Sua cabeça era jogada para a frente a cada golpe, e cada vez ela soltava um grunhido. A pele das mãos começou a se rasgar. Avram olhava apavorado, incapaz de desviar os olhos dos seus dedos arranhados. Ela não parecia se cansar. Ao contrário: aumentou o ritmo, batendo e grunhindo, e após um tempo jogou a pedra fora e voltou a cavar com as mãos. Com os dedos, arrancava pedras pequenas e grandes e as arremessava longe, e porções de terra úmida voavam por entre suas pernas e por sobre sua cabeça. A face dele se dilatou e se alongou, seus olhos pareciam saltar das órbitas. Ela não notou nada. Parecia ter esquecido que ele estava lá. Poeira grudava na testa, nas maçãs do rosto. Suas belas e claras sobrancelhas estavam cobertas de arcos de terra, e linhas grudentas rodeavam sua boca. Com a mão esticada mediu a pequena cavidade à sua frente. Limpou o buraco um pouco, com um gesto delicado, suave, aplainou o fundo, como se estivesse espalhando farinha numa forma. Orah, não, sussurrou Avram na palma de sua mão, e mesmo sabendo subitamente o que ela estava prestes a fazer, retraiu-se de susto: com três movimentos rápidos Orah se deitou e enterrou a face na terra aberta.

E falou. Ele não entendeu as palavras. As palmas das mãos dela estavam apoiadas ao lado da cabeça, como patas de um gafanhoto. Seu cabelo curto, manchado de terra e poeira, tremia sobre o pescoço. Ele ouvia sua voz como um lamento fino e esmagado, como uma pessoa apresentando suas súplicas diante de um juiz, porém um juiz cruel e sem coração, ele pensou, um juiz covarde, como eu. Vez ou outra levantava a cabeça para tomar fôlego com a boca escancarada, mas sem olhar para ele, sem ver coisa alguma, e imediatamente voltava a enfiar a cara na terra. As moscas matutinas começaram a ficar atraídas pelo seu suor. Suas pernas, nas calças imundas de caminhada, se reviravam e remexiam de vez em quando, e todo o seu corpo estava tenso e contraído, e Avram, na superfície da terra, começou a andar de um lado para o outro.

O vale de Hula foi ficando dourado aos pés deles, inundado de sol. As piscinas de criação de peixes reluziam e os pomares de pêssegos exibiam suas flores rosadas. Orah permanecia deitada com a face para baixo contando uma história para o ventre da terra, provando o sabor dos torrões e sabendo que não ficariam mais doces, seriam eternamente insossos e arenosos. A terra penetrou entre seus dentes, fez sua língua grudar-se ao céu da boca e se transformou em lama. Catarro corria-lhe do nariz, os olhos lacrimejavam, ela engasgou e engoliu terra, e seguia batendo repetidamente as mãos no solo dos dois lados de sua cabeça e, como um prego, um pensamento lhe penetrou no cérebro, de que ela precisava, precisava saber como era aquilo, pois quando ele era bebê ela provava antes tudo que preparava para ele, verificando se não estava quente ou salgado demais. E Avram, por cima dela, arfava e se retorcia e inconscientemente mordia as juntas de seus dedos apertados, desejando agarrar Orah e tirá-la dali, mas não se atrevia a tocá-la, e provou o gosto da terra nos olhos e a sensação de asfixia no nariz e o espetar dos grãos de terra lançados para cima. Um deles, o de barba preta, tinha uma pá, e o outro usava as mãos para tirar terra do morrinho formado com a terra do buraco. O próprio Avram havia cavado, as mãos se encheram de bolhas. Pediu que o deixassem calçar as meias nas mãos. Eles riram e não permitiram. Cavou mais de uma hora, e apesar de tudo não acreditava no que tinham em mente. Três vezes já o haviam mandado cavar sua própria sepultura, e no último instante riram e o mandaram de volta para a cela. Desta vez, mesmo quando ataram suas mãos atrás das costas e prenderam seus pés um ao outro e o empurraram para dentro e lhe disseram para ficar deitado sem se mexer, recusou-se a acreditar, talvez porque ambos fossem apenas soldados rasos, *falahim*, e desta vez nem mesmo o *d'habet*, o oficial, estava junto, e Avram ainda tinha esperança de que não ousariam fazer algo assim por sua própria conta. E também não acreditou quando começaram a jogar para dentro punhados e punhados de terra amontoada, primeiro cobrindo suas pernas, bem devagar e com estranho cuidado, e depois subindo e jogando terra sobre as coxas, sobre a barriga e sobre o peito. Avram curvou o corpo para trás e procurou com os olhos o *d'habet*, que lhes ordenasse parar, e só quando o primeiro punhado de terra atingiu seu rosto, na testa e nas pálpebras — até agora ele se lembra: o choque do golpe de um torrão atingindo diretamente sua face, a agulhada nos olhos, grãos se espalhando rapidamente e caindo atrás das orelhas —, só então compreendeu que desta vez poderia não ser uma encenação, mas um estágio de tortura, e que eles estivessem simplesmente fazendo aquilo, enterrando-o vivo, e um círculo de terror gelado se apertou em torno de seu coração, injetando um veneno paralisante. Desta vez acabou, você acabou, mais um instante e você não existirá mais, não haverá mais você. E sangue jorra dos olhos, do nariz, e o corpo se revolve sob camadas de terra, terra pesada, muito pesada, quem imaginaria que é tão pesada, um fardo tão grande sobre o peito, e a boca se fecha diante da terra, e a boca se entreabre para respirar terra, e a garganta é terra, e os pulmões são terra, e os dedos dos pés se esticam para inspirar, e os olhos saltam das órbitas, e de repente, dentro disso tudo, como que um lento e translúcido verme vem se arrastando, um pequeno e triste verme de pensamento, acerca do fato de que homens estranhos, numa terra estranha, estão lhe jogando terra na cara, na sua cara, enterrando-o vivo, jogando terra dentro de seus olhos e da sua boca, matando-o, e isso não está certo, ele quer gritar, é um engano, vocês nem me conhecem, e ele geme e luta para abrir os olhos e devorar mais uma última imagem, luz, céu, parede de concreto, até mesmo faces cruéis e sarcásticas, mas faces humanas — e eis que de repente, ao lado, acima da sua cabeça, alguém está tirando fotos, um homem parado com uma máquina fotográfica, o *d'habet*, o oficial egípcio baixinho e magro segurando uma enorme máquina fotográfica preta, em pé fotografando meticulosamente a morte de Avram, talvez até mesmo preparando uma foto como lembrança, para mostrar depois em casa, para as crianças, para a esposa, e é então que Avram abandona sua vida, nesse momento de fato abandona. Não havia abandonado quando o deixaram trancado na solitária, três dias e três noites, nem quando o soldado egípcio o arrancou do esconderijo, nem quando os soldados o botaram num caminhão e o encheram de porradas, socos, chutes e espetadas de rifle, nem quando *falahim* egípcios atacaram o caminhão e quiseram reduzi-lo a pedacinhos, nem durante todos os dias e noites de tortura e interrogatórios, quando o deixaram passar fome e sede, e impediram que dormisse e o deixaram horas seguidas ao sol e o meteram durante dias numa cela em que só podia ficar de pé, e arrancaram uma a uma as unhas das mãos e dos pés, e o penduraram no teto pelas mãos e bateram nas plantas dos pés com cassetetes de borracha, e deram choques elétricos nos testículos, nos mamilos e na língua, e o estupraram — durante tudo isso sempre houve algo a que se agarrar, uma meia batata que um guarda piedoso certa vez colocou disfarçadamente na sua sopa, ou o chilreio de um pássaro que ouvia ou imaginava todo dia, geralmente ao nascer do sol, ou as vozes alegres de duas criancinhas, talvez filhos do oficial carcereiro, que uma vez vieram visitar o pai, e ficaram a manhã inteira tagarelando e brincando num dos pátios da prisão; e acima de tudo havia o roteiro que escrevera durante a época em que servira no Sinai, até chegar a guerra, o roteiro com seus inúmeros personagens e tramas complexas, e ficava retornando principalmente a uma trama secundária, a qual ele nunca tinha aprofundado até cair prisioneiro, e exatamente aqui, no cárcere, essa trama o resgatara vezes e vezes seguidas, a história de duas crianças rejeitadas que acharam um bebê abandonado, e para sua surpresa Avram percebeu que os personagens imaginários não foram sumindo enquanto ele estava preso, da mesma forma que sumiram as pessoas reais e até mesmo Orah e Ilan, talvez porque pensar nas pessoas vivas era insuportável, e simplesmente esmagava o resto da sua vontade de viver, ao passo que pensar naquela história que inventara quase sempre fazia correr mais um pouco de sangue em suas veias. Porém, ali, naquele pátio horroroso, ao lado do muro de concreto da prisão, com arame farpado enrolado nas bordas, e agora, com o magro oficial que se aproximava mais meio passo e literalmente se curvava acima de Avram para fotografar o último momento antes que ele fosse coberto de terra e engolido, Avram não quis mais seguir vivendo num mundo em que uma coisa dessas era possível, um homem ficar parado tirando fotos de outro homem sendo enterrado vivo, e aí se desligou de sua vida e morreu.

Ele caminhava desvairadamente de um lado para outro em volta do corpo de Orah, grunhindo e gritando e puxando com as duas mãos a barba e a pele do seu rosto, e ao mesmo tempo uma voz sussurrava dentro dele, olhe para ela, veja, até dentro da terra ela é capaz de entrar, ela não tem medo.

E Orah na verdade havia se acalmado um pouco, como se já tivesse aprendido a respirar no ventre da terra. Sua cabeça não mais se agitava e suas mãos pararam de bater. Deitada quieta, ela contava baixinho para a terra as coisas que lhe passavam pela cabeça, bobagens, fatos insignificantes, como se conta para uma amiga ou uma boa vizinha — ainda quando ele era pequeno, com cerca de um ano ou talvez menos, eu fazia questão de que tudo que lhe desse para comer, cada prato que preparava, fosse bonito, estético, pois queria que lhe desse prazer. E sempre tentava pensar não só nos sabores do que eu cozinhava, mas também nas cores, a combinação de cores, que fossem uma alegria para os olhos dele. Ela silenciou. O que estou fazendo?, pensou, estou contando a ela sobre ele, por que estou contando sobre ele? E se horroriza: talvez eu a esteja preparando para ele, para que ela saiba como tratá-lo. Uma fraqueza enorme tomou conta dela, estava à beira de um desmaio, e suspirou para o ventre da terra, e por um instante virou um cachorrinho, pequenino e infeliz, tentando se insinuar num colo enorme e quentinho. Ela teve a impressão de que a terra ia amolecendo um pouco ao seu redor, pois seu cheiro ficou subitamente mais adocicado, como se devolvesse a Orah a capacidade de respirar. E Orah absorveu e lhe contou como ele gostava de formar figuras com o purê e com o bife, criava pessoas e bichos, e então, obviamente, recusava-se a comê-los, pois como é possível, ele perguntava com um sorriso doce, comer um cachorrinho ou um cabrito?, ou uma pessoa?

De repente duas mãos a agarraram, envolveram sua cintura, a sacudiram e a arrancaram dali. Avram, ela está nos braços dele, que bom que ele veio, ela sabia, um minuto a mais e ela seria totalmente engolida pela terra, alguma coisa sem nome a puxava para lá, e ela estava disposta a desfazer-se em pó, que bom que ele veio, e como ele é forte, com um único puxão a arrancou do ventre da terra, colocou-a sobre os ombros e se afastou do buraco.

Aos poucos ele se acalmou. Ficou parado, confuso, e a deixou deslizar ao longo de seu corpo, até ficar em pé à sua frente, face a face, até ela desabar totalmente sem forças. Ela se sentou de pernas cruzadas, rosto coberto de terra. Ele lhe trouxe uma garrafa de água e sentou diante dela; ela encheu a boca e cuspiu pequenas bolotas de terra e poeira, tossindo, os olhos lacrimosos. Novamente encheu a boca e cuspiu. Não sei o que aconteceu comigo, murmurou, de repente tomou conta de mim.

Só então permitiu-se olhar para ele: Avram? Avram? Assustei você?

Despejou água na palma da mão em concha e passou na testa dele. Ele não se retraiu. Depois, passou a mão molhada na sua própria testa e sentiu os cortes.

Tudo bem, tudo bem, ela o tranquilizou, estamos bem, tudo vai ficar bem.

De vez em quando ela examinava os olhos dele, como se adivinhasse ali uma sombra escorregando para um emaranhado de trevas, e não compreendia nem podia compreender. Ele jamais lhe contara nada de lá. Durante mais alguns longos minutos esfregou a testa dele, acalmando-o, oferecendo suavidade e reassegurando-o do bem. Ele ficou sentado imóvel, recebendo e absorvendo, e somente seus polegares se remexiam de um lado para outro, esfregando a ponta dos outros dedos. Basta, chega, ela disse, não se torture. E repetiu: daqui a pouco chegamos em alguma estrada, colocamos você num ônibus e você voltará para casa, eu nem devia ter trazido você para cá.

E foi justamente a delicadeza com que disse isso — Avram sentiu e o sangue fluiu ao seu coração —, justamente a delicadeza e a compaixão lhe disseram que acabava de acontecer aquilo que havia tantos anos tanto temia: Orah estava desistindo dele. Orah estava abrindo mão dele. Orah finalmente reconhecia o fracasso que ele era. Ele soltou uma risada amarga, venenosa.

O que houve, Avram?

Ele afastou o rosto do dela e falou numa voz apagada, gutural, como se sua boca também estivesse cheia de terra: Orah, você se lembra do que eu disse a você quando voltei?

Ela rapidamente moveu a cabeça. Não diga isso. Nem sequer pense nisso.

Agarrou a mão dele e a apertou entre suas mãos ensanguentadas. Espantava-a o fato de que nos últimos momentos o tocara repetidas vezes, com tanta facilidade, e que ele não se opusesse, e que ele a tivesse segurado pela cintura e levantado da terra e carregado pelo campo. Espantava-a que seus corpos estivessem se comportando como unha e carne. Não diga nada, ela falou, agora não tenho força para nada.

Quando ele voltou do cativeiro, ela conseguira arranjar uma ambulância para levá-lo do aeroporto até o hospital. Ele ficou deitado na maca, sangrando, os ferimentos abertos infeccionados. De repente, seus olhos se abriram e, ao vê-la, se firmaram. Ele a reconheceu. Fez um sinal com olhos para que ela se debruçasse sobre ele. Com as forças que lhe restavam, sussurrou, pena que não me mataram.

Vindo dos arredores da curva da trilha ouviu-se um canto. Um homem cantava a plenos pulmões, e outras vozes o acompanhavam sem nenhuma graça ou sintonia. Talvez seja melhor nos metermos no meio das árvores até eles passarem, pensou Avram — tinham acordado havia pouco de um sono de puro esgotamento que se abatera sobre ambos, bem do lado da trilha e em plena luz do dia —, mas os passantes já haviam se revelado. Avram quis se levantar, mas ela pôs a mão sobre seu joelho, não fuja, eles simplesmente passarão, não vamos olhar para eles e não vão olhar para nós. Ele ficou sentado de costas para a trilha, com a face voltada para o chão.

À frente da pequena comitiva caminhava um homem jovem, alto, magérrimo e barbado, com cachos de cabelo negro sobre a face e uma enorme quipá colorida cobrindo a cabeça. Ele dançava e sacudia os membros com extremo entusiasmo enquanto cantava e soltava brados; atrás dele, de mãos dadas, vagavam cerca de dez homens e mulheres, absortos em devaneios, murmurando o cântico dele ou qualquer outra débil melodia. De vez em quando um deles tropeçava e caía, atropelando os demais. De olhos arregalados observaram o casal sentado à beira da estrada, e o guia puxou sua comitiva de modo a formar uma roda em torno dos dois, sem parar de cantar e de saltar. Quando lançava as mãos para o alto, os outros braços eram arrastados para cima em agitada surpresa, e a roda inteira se desmanchava e desabava, e depois voltava a se formar e firmar; o homem sorria um sorriso pleno, e enquanto cantava e dançava inclinou-se sobre Orah e lhe perguntou numa voz calma e totalmente comedida se estava tudo bem, e Orah fez que não com a cabeça, não, não estava tudo bem, e ele examinou sua face suja e machucada, depois dirigiu o olhar a Avram e a ruga entre seus olhos se acentuou. Depois, ficou olhando de um para o outro, como que buscando algo — como se soubesse muito bem o que procurava, sentiu Orah —, e descobriu o buraco no chão, e Orah, inconscientemente, apertou as pernas uma contra a outra.

Imediatamente ele voltou ao seu entusiástico movimento, um grande problema atingiu vocês, meus irmãos, ele cantou, e Orah respondeu a meia-voz, decididamente pode-se dizer que sim. O homem indagou, um problema do homem ou um problema do céu?, e acrescentou baixinho, ou da terra? E Orah disse: bem, eu não acredito exatamente no céu, e o homem sorriu, e no homem você acredita? Orah se rendeu um pouquinho ao sorriso dele e disse, cada dia menos, e o homem se endireitou e conduziu a trôpega roda em torno deles, e Orah cobriu os olhos contra o sol para transformar em pessoas as silhuetas que se remexiam a sua frente, e notou que um deles tinha uma perna mais curta que a outra, e outro tinha a cabeça inclinada num ângulo estranho em relação ao céu, talvez fosse cego, e uma das mulheres era corcunda e tinha o corpo dobrado quase até o chão. A boca de uma outra estava escancarada e ela babava e segurava a mão de um rapaz esquálido, albino, que sorria com olhar vazio. A roda girava pesadamente em torno de seu eixo e o jovem cheio de energia voltou a se curvar diante dos dois e disse com um sorriso, meus caros, por que não andam comigo por uma hora?, e ela olhou para Avram, sentado de cabeça baixa, como se não estivesse vendo nem ouvindo nada, e ela disse ao homem: não, obrigada, e ele disse, o que lhes importa?, por que não?, é só uma horinha, vocês não têm nada a perder, e Orah disse, Avram? E ele deu de ombros como se dissesse, é você que resolve, e Orah virou-se para o homem em tom determinado e disse, mas não fale comigo sobre as notícias, entendeu? Não quero ouvir uma única palavra! O homem ficou um tanto surpreso, pela primeira vez pareceu perder o equilíbrio, e já estava prestes a dar alguma resposta espirituosa, mas olhou novamente nos olhos dela e se calou.

E nada de proselitismo também, acrescentou Orah, e o homem riu, vou tentar, mas não me venha depois com queixas e reclamações se você voltar com um sorriso; e Orah disse, se for um sorriso, não vou me queixar.

Ele estendeu a mão para Avram. Avram não tocou na mão dele, levantou-se com suas próprias forças. O outro, ainda dançando ao redor dela, ajudou Orah a colocar a mochila nas costas e informou chamar-se Akiva, não o rabi, e dispôs Avram no meio da pequena fila e Orah no final, e voltou a conduzir o seu confuso rebanho.

Avram segurou a mão da velha corcunda e deu a outra ao jovem albino; Orah deu a mão a uma mulher careca com grossas varizes azuis serpenteando pelas pernas. Ela não parava de perguntar a Orah o que haviam comido no almoço, exigindo que ela lhe devolvesse a panela do cozido. Assim caminharam, subindo um pequeno morro, e Avram virava incessantemente a cabeça para trás procurando Orah com os olhos, e ela lhe dava um olhar do tipo sei-lá, pode me matar mas não faço ideia, e Akiva virava a cabeça e incentivava os dois com o olhar, entoando com toda a força um cântico cerimonial. E assim prosseguiram andando, subindo e descendo, e tanto Orah quanto Avram mergulharam cada um em si mesmos, alheios à exuberante beleza que os circundava, leitos amarelos de euforbiáceas, e orquídeas roxas e terebintos florindo em vermelho; também não sentiram o inebriante néctar que o calor começara a extrair das flores espinhosas, mas Orah sabia que lhe fazia bem e lhe era revigorante ser assim conduzida, mão na mão, sem se preocupar onde pôr o pé no próximo passo, e Avram ia andando e pensando que não lhe importava continuar a ser levado desse jeito o dia inteiro, contanto que não precisasse ver Orah sofrendo tanto por causa dele, e talvez depois, quando estivessem sozinhos, ele lhe dissesse que estava pronto, que ela lhe contasse um pouco sobre Ofer se ela estivesse precisando, mas lhe pedirá que não comece a falar diretamente sobre ele, quer dizer, sobre Ofer em si, e que fale sobre ele com cuidado, bem devagar, para que ele possa aos poucos acostumar-se a essa tortura.

Orah ergueu a cabeça, e uma estranha alegria começou a borbulhar dentro dela, talvez devido ao fato de ter falado para dentro da terra, cujo sabor ainda podia sentir na língua, e talvez porque sempre — mesmo em casa, após essas suas explosões, quando estava cheia de tudo, quando seu pessoal já tinha realmente exagerado de verdade — uma doçura física se espalhava pelo seu corpo. Ilan e os filhos ainda olhavam para ela estarrecidos, assustados, cheios de estranho respeito e ansiosos por agradá-la; e ela, durante longos minutos ainda flutuava numa nuvem de satisfação e profundo prazer. E talvez estivesse tão feliz por causa das pessoas na comitiva, que a imbuíam de sonâmbula tranquilidade, a despeito de sua estranheza, de suas deformidades e de seus corpos alquebrados. *Do pó viemos*, foi o que ela sentiu de repente até as raízes de sua carne: assim, do puro barro. E pôde sentir de fato o som do chapiscar nela própria ao ser apanhada por um par de mãos, no início dos tempos, tirada de um punhado de terra e esculpida — pena que tenham feito um serviço tão ruim nos peitos, economizaram, e as coxas grossas demais, totalmente desproporcionais, na opinião dela, isso para não falar da bunda, que neste último ano, com toda a sua gula depressiva, havia de fato se manifestado. E quando terminou de desmerecer seu corpo, que, aliás, era extremamente atraente e estimulante, também aos olhos de Akiva, a julgar pelos olhares radiantes que não passaram despercebidos a ela, Orah sorriu ao pensar como Ilan fora esculpido: fino, forte e sempre tenso como um tendão. E desejou tê-lo, aqui e agora, sem pensar, sem recordar ou ressentir, somente a carne dele imersa na dela, de repente sentiu um desejo ali, no ferrão. Ela se recompôs rapidamente e pensou em como Adam fora esculpido, que trabalho delicado e meticuloso fizeram no seu rosto, nos olhos pesados, na boca com todas as suas expressões, e as mãos dela percorreram saudosas seu corpo magro, com as costas ligeiramente curvadas que pareciam arrogantes, as sombras nebulosas das maçãs cavadas de seu rosto, o pomo de adão saliente que lhe dava um ar erudito. E pensou também na sua Adah, sempre lhe arranjando um lugar, e imaginou qual seria a aparência dela hoje, se estivesse viva. Às vezes via na rua mulheres que se pareciam com ela, e também teve uma paciente parecida com Adah, uma mulher que tinha uma hérnia de disco e de quem ela cuidou durante um ano inteiro, fazendo milagres. E só então ousou pensar em Ofer: robusto, sólido e alto, ele emergiu do monte de barro, não de imediato, não nos primeiros anos; quando era pequeno e frágil não passava de um par de olhos enormes, costelas salientes e membros esqueléticos; mas depois, quando cresceu, como ficou bonito surgindo do barro, com seu pescoço grosso e ombros largos, seus quadris surpreendentemente femininos, um acabamento tão delicioso para membros imensos e poderosos; e ela sorriu para si mesma e deu uma olhada rápida para Avram, percorreu seu corpo com os olhos, examinou, comparou — parecido, não parecido — e foi tomada de imenso prazer nas suas entranhas. Aliás, pensou, Avram combina bastante bem com este grupo aqui, e ela teve a impressão de que neste momento ele também estava sentindo um inesperado alívio, pois um sorriso novo, o primeiro sorriso, estava estampado no seu rosto, um sorriso quase exultante, Orah pensou, admirada. Mas então um choque súbito percorreu a cambaleante procissão, as mãos foram puxadas para trás com força e se desligaram umas das outras, e Orah ficou apavorada, pois a boca de Avram se escancarou, seu sorriso se alargou, rasgando-se, seus olhos brilharam e suas mãos se agitaram desvairadamente, e ele saltava, escoiceava e zurrava como um cavalo —

Após um instante, parou sozinho, voltou a enterrar a cabeça nos ombros, e seguiu andando, arrastando as pernas e balançando de um lado para outro. Akiva lançou um olhar interrogativo a Orah, e ela lhe fez um sinal para prosseguir, obrigando também a si mesma a prosseguir, chocada com o que acabara de ver em Avram, o fragmento de segredo que lhe fora exposto, como se num piscar de olhos ele houvesse se permitido experimentar uma alternativa, uma alternativa redentora. Como estava deformado, ela pensou, como um menino brincando com pedaços de si mesmo.

Depois de um bom tempo chegaram a um pequeno *moshav* escondido atrás de um morro e de alguns pomares. Duas fileiras de casas, a maioria delas dotada de construções adicionais — um andar a mais, um terraço ou um depósito extra —, além de galinheiros e silos, separadas por pátios atulhados de caixotes, canos de ferro, geladeiras velhas e todo tipo de sucata. Os olhos de Avram se iluminaram ao verificar as possibilidades. Abrigos antibombas feitos de concreto saltavam da terra feito trombas, cobertos de rabiscos feitos a giz ou tinta. Aqui e ali um trator enferrujado ou uma caminhonete sem rodas apoiados sobre blocos. E entre as casas remendadas, de vez em quando sobressaía uma casa nova e reluzente, minicastelos de pedra com torreões e cumeeiras e uma placa anunciando aqui, nesta área, confortáveis acomodações na encantadora e agradável atmosfera bucólica da Galileia, incluindo jacuzzis e shiatsu. Das casas começaram a sair pessoas e crianças para recebê-los, gritando Akiva chegou! Akiva chegou! A expressão de Akiva se iluminou e ele parou ao lado de várias casas, enviando um membro do grupo para as mãos de uma mulher ou de uma criança, e em toda casa pediam que ele entrasse, mesmo que apenas por um minuto, somente para beber ou provar alguma coisa, e já, já o almoço vai estar pronto, e ele recusava, o dia é curto e o trabalho é dobrado. Dessa maneira percorreram a rua principal e única do *moshav*, até terem espalhado todo o seu rebanho e ficado apenas com Avram e Orah, os quais ninguém veio solicitar; porém crianças e jovens se juntaram e andaram ao lado deles, perguntando quem eram e de onde vinham, se eram turistas ou judeus. Concordaram entre si que eram judeus, porém asquenazes, e se admiraram com as mochilas e com os sacos de dormir, e com a face suja e arranhada de Orah. Cães manchados e mal-humorados corriam latindo atrás deles, e ambos já ansiavam por voltar ao seu próprio caminho e solidão. Orah quase não conseguia conter dentro de si o desejo de falar sobre Ofer, porém Akiva, por algum motivo, ainda não estava disposto a deixá-los ir. Enquanto falava e saltava, ele parecia o tempo todo procurar o lugar onde poderia ajudá-los, e entre acenar para um velho e abençoar rapidamente um bebê, revelou-lhes que para ele aquilo se tratava de uma boa ação e também de um ganha-pão. Contou que o conselho local lhe arranjara uma função especial, o Alegrador dos Excluídos, era exatamente isso que estava registrado em sua ficha de salário, e era isso que fazia todo dia, seis dias por semana, e mesmo que este ano lhe tenham reduzido o salário pela metade ele não reduzira seu trabalho, ao contrário, acrescentara mais duas horas diárias, pois atos santos se ampliam, não se reduzem; e ele se lembrava muito bem de Avram no seu bar na rua Hayarkon, mas na época nenhum dos dois usava barba, e Akiva era conhecido como Aviv, e às vezes Avram cantava a toda voz atrás do balcão, *Otchi Tchorniya* e músicas de Paul Robeson, e se não está enganado tinha uma teoria bem interessante sobre a memória de objetos velhos, de que se juntarmos toda espécie de entulho é possível fazer com que ponham para fora suas memórias, não é isso? É isso mesmo, murmurou Avram dando uma olhada evasiva para Orah. Orah aguçou os ouvidos, e Akiva andou depressa, contando que já fazia cinco anos que ele havia se arrependido e retornado à religião, e que antes estudava filosofia em Jerusalém, fazia doutorado, para ele Schopenhauer era quase Deus, o amor da sua vida, quer dizer, o ódio da sua vida; ele deixou rolar um riso de olhos verdes, vocês conhecem Schopenhauer? Quanta obscuridade! Quanto rancor! E vocês, o que há com vocês, pessoal? Por que toda essa melancolia?

Deixa pra lá, riu Orah, você não vai conseguir nos alegrar com danças ou bênçãos, nosso caso é bem complicado. E Akiva parou no meio da rua e virou-se inteiramente para ela com seus olhos vivazes, com sua expressão forte e elevada, e ela pensou, que desperdício! Não se faça de coitadinha, ele disse, aqui tudo também é bastante complicado, o que é que você acha, acontecem coisas que podem romper a fé mais forte. Aqui você vai ouvir histórias que apenas o escritor mais amargo poderia escrever, talvez Bukowski num dia especialmente ruim. Talvez Burroughs em crise de abstinência. E se você é uma pessoa de fé, ele prosseguiu sem nenhum ar de brincadeira, onde é que você fica nisso? Diga! Ela permaneceu calada. Os lábios dele tremeram por um breve instante, de raiva, ou de coração partido, e ela se espantou. Antigamente, ele disse em voz baixa, quando eu era como você, talvez até bem mais cínico que você, um doido por Schopenhauer, né? Antigamente eu dizia dessas coisas: Deus está se arrebentando de rir.

Orah cerrou os lábios e não retrucou. Pensou consigo mesma, fique quieta e ouça, o que lhe custa se fortalecer um pouco, mesmo que com a ajuda dele? E então, você tem tantas reservas de energia que pode se dar ao luxo de rejeitar até mesmo uma gotinha de reforço? Por um instante hesitou ante a possibilidade de tirar para fora da blusa o seu talismã, para mostrar que também tinha uma alma judaica elevada — Ah!, sua miserável, recriminou a si mesma, sua pedinte; ou talvez esse tal de Akiva a estivesse simplesmente excitando, apesar dos *tzitzit* e dos pulinhos e das suas bobagens fervorosas.

E Akiva apagou a raiva de sua face, apagou com as duas mãos, e sorriu para ela e disse, agora, meus senhores, vamos para a casa de Yaish e Yakut para alegrá-los, e quem sabe nós também nos alegremos.

E mesmo antes de chegarem veio ao encontro deles uma mulher pequena, gorducha e risonha, enxugando as mãos num avental e dizendo: Meu Deus, como esperamos por vocês, já não aguentávamos mais, *shalom*, Akiva! *shalom*, senhor e senhora, é uma honra, é uma honra!, o que lhe aconteceu, senhora, a senhora caiu? Deus não permita! E beijou a mão de Akiva, e ele colocou a palma sobre sua cabeça e a abençoou de olhos fechados. A casa estava às escuras, apesar de ser perto do meio-dia, e dois jovens arrastaram uma mesa com uma cadeira em cima para trocar uma lâmpada queimada e a alegria tomou conta do recinto, Akiva trouxe a luz! Akiva trouxe a luz! E quando os membros da casa viram Orah e Avram, calaram-se e olharam para Akiva, para que os orientasse como deviam se comportar, e ele balançou as duas mãos e cantou, *Hineh ma tov u ma naim shevet achim gam iachad!* —, como é bom e quão grande é o prazer quando irmãos se sentam juntos! —, e de imediato Avram foi sentado, com grande algazarra e respeito, numa poltrona; e Orah foi levada por uma mulher de compleição larga para o banheiro, e ali lavou longamente seu rosto e seu cabelo, enxaguando torrões de lama, enquanto a mulher permaneceu ao seu lado observando-a com olhar benevolente; em seguida, estendeu-lhe uma toalha e algodão, e delicadamente lhe aplicou iodo amarelo sobre os cortes e arranhões, dizendo que era bom que ardesse, que todos os micróbios estavam sendo queimados, e finalmente a conduziu de volta para a sala de visitas, lavada e apaziguada.

Nesse ínterim foi trazida da cozinha uma travessa prateada, decorada com peixinhos de prata nas bordas, contendo sementes de girassol, amêndoas, amendoins, pistache e tâmaras, e numa outra travessa, redonda e de cobre, havia xícaras de chá com delicados porta-xícaras de prata, e a dona da casa insistiu que Orah e Avram se servissem, e daí a pouco estaria pronto o almoço, e Orah notou na sala um rapaz jovem e musculoso, com as duas pernas amputadas até o alto, movendo-se sobre os braços com espantosa rapidez; Akiva explicou que nesta casa os três filhos haviam nascido surdos-mudos, por Deus, as moças nasceram perfeitas, graças a Deus, só os rapazes saíram assim, é algo hereditário, e este que você está vendo aí, Rachamim, o caçula, desde pequeno resolveu que a deficiência não o atrapalharia, cursou o colegial no Kiryat Shemoneh, formou-se, tirou nota boa nos exames finais e arranjou uma profissão, era contador numa metalúrgica, até que um dia ficou cheio disso e resolveu conhecer o grande mundo. E virou-se para Rachamim acentuando os movimentos labiais: E então, Rachamim, você se deu bem, não é? Mônaco? E Rachamim sorriu e apontou com uma das mãos as suas não pernas e fez um fervoroso, porém terrível, gesto de cortar. Akiva contou que dois anos antes, em Buenos Aires, Rachamim estava trabalhando numa pedreira e uma pesada máquina despencara e o esmagara, mas nem isso fora capaz de impedi-lo, disse curvando-se para abraçar o rapaz pelos ombros; mesmo desse jeito ele voltou a trabalhar aqui faz uma semana, no depósito de ovos do *moshav*, como vigia noturno, e se Deus quiser, Akiva disse lançando a Orah um olhar que negava seu sorriso largo, no ano que vem o casaremos com uma filha de Israel *kasher*.

E também aqui insistiram para que almoçassem. Desta vez, Akiva não rejeitou a sugestão de imediato. Hesitou, fechou os olhos e consultou a si mesmo com amplos gestos. *Encontraste mel para tua refeição? Come apenas o que te basta para não vomitares.* E todos se reuniram ao seu redor gritando, coma aqui!, coma aqui! Seu cenho se franziu e sua boca se entortou vorazmente, *Que teus pés pouco estejam na casa de teu vizinho, para que ele não se sature de ti e te odeie.* E todos gritaram, não!, não!, não ficarão saturados nem te odiarão! Até que seus olhos se abriram devagar e ele ergueu a mão direita, chamando a dona da casa melodiosamente, *Prepara três medidas de farinha fina, sova-as e faz bolos...* O grupo de mulheres se dispersou e correu para a cozinha, Orah encarou Akiva indagativamente, adivinhando pelo seu olhar que desta vez ele aceitaria o convite, pois esta casa era um pouco menos pobre do que as outras, e podia arcar com o fardo.

O próprio Akiva dirigiu-se para a cozinha, para se assegurar de que não haveria exageros. Orah e Avram ficaram na sala com alguns dos membros da família, especialmente moças e crianças, e um silêncio se fez, até que um rapaz ousou perguntar de onde eram, e Orah contou que era de Jerusalém e Avram de Tel Aviv, mas que originalmente ele também era de Jerusalém, e quando era pequeno morava num bairro perto do mercado, ela fez questão de ressaltar. Porém não ficaram impressionados com a imagem folclórica de Jerusalém que ela lhes pintou; uma moça bem magra, muito pálida e toda envolta em panos, perguntou, assustada, O quê? Vocês não são casados? E os outros riram e fizeram a indiscreta se calar. Mas Orah disse em voz baixa, nós somos amigos há mais de trinta anos. E outro jovem, que lhe pareceu surpreendentemente semelhante ao rapaz do desenho na parede do apartamento de Avram, com finos *peot* — cachos laterais — puxados atrás das orelhas, olhos negros e amendoados como os de um cabrito, saltou adiante e protestou, então por que não se casaram? E Orah disse, não deu certo, e conteve-se para não dizer, pelo jeito não era para ficarmos juntos. E outra moça deu um risinho e perguntou, tapando a boca com a mão, então você se casou com outro homem? E Orah fez um meneio e um sussurro atribulado ressoou pela sala. Todos os olhos se voltaram para a cozinha pedindo auxílio a Akiva, que certamente saberia como se portar numa situação dessas. Orah disse, mas eu já não vivo com ele, e a moça perguntou, o quê?, ele se divorciou de você? E Orah ignorou a pontada de dor, sentindo como se tivesse levado um soco na barriga, e disse, sim, e sem que ninguém lhe perguntasse acrescentou, agora estou sozinha e o Avram, esse aí, é meu amigo, estamos viajando juntos pelo país; e alguma coisa piegas, que antes lhe fizera dizer "Jerusalém" e "um bairro perto do mercado", obrigou-a agora a acrescentar, pelo nosso lindo país.

A moça magra e pálida persistiu, adicionando de forma severa, e esse homem aí, tem mulher? Orah olhou para Avram, esperando ela também uma resposta. Avram estava sentado inclinado para a frente, olhando para seus dedos, e Orah pensou no brinco em forma de espora, e nos cabelos roxos na escova que estava no armário do seu banheiro; perguntou a si mesma o que teria acontecido com a moça que ele às vezes mencionava, anos atrás, uma moça bem mais jovem que ele, se não estava enganada, será que ainda estava por aí?, e talvez o estado de abandono de seu apartamento se devesse ao fato de fazer já um mês que ela não ia lá, a moça. E como o silêncio de Avram se prolongou, ela sentiu-se obrigada a responder por ele, não, ele está sozinho agora, e Avram anuiu imperceptivelmente com a cabeça, e uma sombra de dúvida desceu sobre sua face.

Outros homens e mulheres entraram na casa, puseram a mesa, trouxeram cadeiras. O rapaz magro com olhos de cabrito perguntou, mas o que é que ele tem? Por que ele está assim? Ele está doente? E Orah respondeu, não, ele está triste. E todos olharam para Avram e demonstraram compreensão, como se de repente tudo tivesse sido decifrado e se tornado simples e compreensível. Talvez quando ele comer alguma coisa, fique contente, sugeriu um garotinho que até esse momento ficara calado brincando no colo da irmã. Orah sorriu, talvez dê certo, daqui a pouco veremos. E uma menina pequena, um fiozinho de aparência estranha, deu um passo à frente e correu a mão pelos arranhões no rosto de Orah, dizendo com uma espécie de espanto ligeiramente dissimulado, você é bonita como na televisão. E a jovem desconfiada, a mesma que perguntou se Avram tinha mulher, insistiu em saber por que ele estava triste, E Orah se atreveu a dizer, o filho dele está no exército, nessa operação que está acontecendo agora. E uma onda de compreensão e solidariedade percorreu a sala, e bênçãos foram proferidas para esse soldado em particular e para o nosso exército de defesa em geral, e declarações, e malditos sejam os árabes, tudo que demos a eles e nunca é o bastante, eles só pensam em nos matar, Esaú odeia Jacó. E Orah, com um sorriso muito largo, sugeriu que hoje não falassem de política, e a moça rígida franziu o cenho, espantada:

isso é política? Isso é a verdade! Está na torá! E Orah disse, tudo bem, *mas nós não queremos falar das notícias hoje!* E um silêncio desagradável se instalou na sala, e nesse momento, para cúmulo da sorte, Akiva retornou da cozinha e anunciou que em breve viria a comida. E disse, venham, vamos nos alegrar um pouco, pois aquele que come sem a alegria do bendito Senhor, é como se comesse sacrifícios de mortos.

Seus braços e pernas já voavam para os lados, e começou a cantar e dançar por toda a sala, batendo duas mãos enormes sobre a cabeça, arrastando consigo um jovem depois do outro. E arrancou do colo de uma das moças um bebê de oito ou nove meses, nu, marrom e gorducho, um pedacinho de gente, e o sacudiu no ar; a corajosa criança não teve medo algum e ficou rindo, e seu riso contagiou a todos, até mesmo Avram sorriu — e o olho de Akiva percebeu, e num gracioso movimento ondulatório dançou até Avram e pôs o bebê no seu colo.

Dentro daquele júbilo emotivo, Orah sentiu uma fina linha gelada se esticando rapidamente em torno de Avram. O corpo dele enrijeceu e se petrificou. Suas mãos circundaram o corpo do bebê sem tocar nele. Do lugar onde estava, Orah podia sentir como os membros de Avram se retraíam para dentro da concha de sua pele, afastando seu corpo do bebê, que estava totalmente imerso na algazarra a sua volta, e na dança feroz de Akiva a sua frente, sem perceber a aflição daquele em cujo colo tinha sido largado. Seu corpinho redondo e marrom balançava cheio de vida ao ritmo da música e das palmas, suas mãos se movendo sozinhas como se estivessem regendo a bagunça, e sua boca carnuda, um perfeito coraçãozinho vermelho, abria-se num largo sorriso, e dele transbordava uma doçura imensurável. Orah permaneceu imóvel. Avram olhava para a frente e parecia não ver nada. Sua pesada cabeça, com a barba desgrenhada, de repente ficou escura e estranha por trás da face iluminada do bebê. Havia algo de quase insuportável naquela cena. Orah imaginou que devia ser a primeira vez desde o cativeiro que Avram segurava um bebê, e então lhe ocorreu que talvez fosse a primeira vez em toda a sua vida. E se tivesse levado a ele o pequeno Ofer uma única vez, pensou, se simplesmente tivesse aparecido de surpresa carregando-o nos braços, assim, com naturalidade, com absoluta confiança nele, exatamente como fez Akiva. Mas agora, justamente agora, quando o quadro se desenhava a sua frente em toda a sua realidade, Orah não conseguia imaginar aquela cena — Avram segurando nos braços o bebê Ofer — e pensou como teria ele, Avram, conseguido fazer com que ela erguesse dentro de si própria uma total barreira entre ele e Ofer.

O bebê aparentemente tinha um ótimo gênio, e enquanto se sacudia na frente de Akiva jogou a mãozinha para o lado e, num movimento brusco, agarrou a mão de Avram, pousada sem vida sobre sua coxa, e tentou puxá-la para cima de seu rosto. Quando descobriu que era pesada demais, torceu a face muito bravo, estendeu a outra mão e com grande esforço conseguiu erguer a mão de Avram e movê-la de um lado para outro, como se fosse a batuta de um maestro diante de Akiva. Orah achou que o bebê parecia não entender que estava segurando uma mão humana, e mais que isso, que não sentia estar sentado em cima de algo vivo. A sua aflitiva falta de clareza cresceu ainda mais quando o bebê percebeu os dedos de uma mão e começou a examiná-los, para em seguida surpreender-se com eles. Como era possível que ainda não tivesse virado a cabeça para trás e tentado ver de quem era a mão e no colo de quem estava sentado com tanta intimidade? Simplesmente dobrou os estranhos dedos nas juntas, agarrou-os nas mãos como se fossem um brinquedo macio em forma de mão, ou uma luva, e de vez em quando sorria para Akiva dançando a sua frente, e para as mulheres e moças que saíam e voltavam da cozinha. Depois de examinar muito bem os dedos finos e admirar-se com as unhas e com algum arranhão recente — Orah lembrou-se de como Avram costumava se torturar com infindáveis socos, lutando para fortalecer um pouco as mãos —, o bebê virou a mão de Avram e começou a examinar com os dedos a maciez da sua palma.

Todos estavam agora ocupados preparando a mesa e distribuindo as travessas de comida, e ninguém além dela estava olhando. O bebê pôs os lábios na palma da mão de Avram e emitiu um balido, truncado mas delicado e gostoso, *bá-bá-bá*, e se deliciou com o som e com a sensação de cócegas nos seus lábios. Orah também sentiu um zumbido que veio da garganta se instalar no espaço entre sua boca e seus lábios. Também ela murmurou, sem emitir som, *bá-bá*.

Com as duas mãos o bebê agarrou a mão e brincou com ela na sua boquinha avermelhada, envolvendo nela suas bochechas e seu queixo, rendendo-se a um toque que aparentemente lhe causava imenso prazer — Orah lembrou-se, ela se lembrava, da pele surpreendentemente fina de Avram, sua pele agradável, no corpo todo —, seus olhos escuros fixos em algum ponto da sala, absorto de admiração pelo som da sua voz ecoando dentro da concha que havia criado. E dentro de toda aquela balbúrdia escutava apenas a sua voz vindo simultaneamente de fora e de dentro, como se ouvisse a primeira história que contava a si mesmo. Orah não conseguia desgrudar os olhos, e viu como ele afundava no macio ninho que havia construído para si, como se tivesse a nítida sensação de que com Avram era bom contar histórias. Avram não se movia, mal respirava, de modo a não perturbar o bebê, e somente depois de algum tempo ele se mexeu e se ajeitou um pouco na cadeira, como que soltando o corpo, e Orah viu que seus ombros relaxaram e se abriram, e seu lábio inferior tremia ligeiramente, num movimento que só ela era capaz de perceber, pois sabia prevê-lo — como costumava amar esses reflexos daquelas suas tormentas subcutâneas, pois cada emoção deixava uma marca nele, e o jeito como ele enrubescia, feito uma moça. Pensou que talvez precisasse se levantar e sair em seu auxílio, tirando dele o bebê, mas não estava disposta a isso. E com o canto dos olhos viu que também Akiva observava o que estava se passando, e que enquanto dançava indo e voltando da cozinha não deixava de acompanhar a cena. Como ele não lhe parecesse preocupado nem temeroso pelo bebê, o coração dela lhe disse para confiar em sua tranquilidade.

 Ela se reclinou na cadeira e permitiu-se mergulhar em Avram, que finalmente virou o rosto para ela dando-lhe um olhar longo e pleno, olhar de quem está vivo, e Orah sentiu então, efetivamente na palma da mão, o sopro da boca do bebê, e como, sem que ele nem sequer a tocasse, fazia com que também sentisse o selo quente e úmido de sua vivacidade. Sua mão se fechou por sobre o segredo ardente, o beijo do interior de outro ser humano, um ser pequenino de fralda. Avram pareceu ter sentido o que se passava com ela, e meneou levemente a cabeça em sinal de reconhecimento, de percepção, e ela retribuiu com um meneio semelhante, e pela primeira vez desde que saíram em viagem, e em absoluta contradição com o desespero que tomara conta dela apenas duas ou três horas antes, ao enterrar a cara na terra, ocorreu-lhe a ideia de que talvez tudo terminasse bem, e que ela e Avram juntos talvez pudessem, apesar de tudo, fazer a coisa certa. E justamente então o bebê começou a chorar, seu estado de humor mudando num piscar de olhos, talvez porque Avram houvesse pressionado um pouquinho seu corpo ao fixar o olhar em Orah, lendo e confirmando seu pensamento; o bebê abriu os braços gorduchos e gritou com toda a força de seus pulmões, sua carinha brilhando vermelha de insulto. Orah se aproximou de Avram, que lhe estendeu o bebê. Ela o pegou das mãos dele, e, ao fazê-lo, Avram soltou uma frase rápida, e ela não ouviu direito, por causa do choro da criança, ou talvez por causa do leve choque que a atingiu quando tocou o local em que o corpo do bebê se separava de Avram — teve a impressão de que ele disse: mas comece de longe.

Ela lhe deu um sorriso desajeitado, sem entender a que ele se referia. Começar o quê? E por que de longe? A mãe do bebê veio correndo da cozinha, o rosto vermelho de ficar junto ao fogão, e se desculpou por ter esquecido o bebê com Avram. Fizemos você de guarda-volumes, daqui a pouco ele era capaz de chamar você de papai, e riu pela forma como ele, o pequenino, trocava de mãos, deixando todo mundo ocupado. Ele não deu um instante de sossego, ela se queixou afetuosamente, está com fome, paizinho?, perguntou. E Orah notou que Avram mexia a cabeça distraidamente, mas depressa se recompôs e desviou o olhar da mãe, que se sentou não longe dele e com agilidade puxou o bebê sob sua blusa, onde a cabecinha dele desapareceu.

Orah pensou em Ofer, e não sentiu dor alguma. A terrível dor de ontem se fora. Akiva passou pela sala carregando uma enorme tigela, cantando, e olhou para Orah com o rabo dos olhos como se soubesse agora por que os havia arrastado até ali. O olhar dela foi atraído para o bebê que mamava, seu minúsculo punho se abrindo e se fechando enquanto sugava avidamente, e ela soube que Ofer, onde quer que estivesse, neste momento estava a salvo e protegido. Pela sua cabeça passava repetidamente o que Avram havia dito, e de repente compreendeu.

Começar de longe?

Ele fez que sim, e imediatamente desviou o olhar.

Ela se sentou, apertando os dedos, subitamente inquieta e um pouco amedrontada. Ele ficou sentado à sua frente. A sala ao redor deles era pura agitação, e somente suas cabeças estavam abaixadas, e seus corpos pesados e fracos. Durante um longo instante ambos olharam para o vazio, num tempo onde não havia tempo.

Vamos ficar e comer aqui?, Orah perguntou a Avram logo em seguida, sem emitir som, apenas com os lábios.

Como você quiser, ele sussurrou, acompanhando a chegada dos pratos.

Não sei, chegamos aqui sem mais nem menos —

É óbvio que vocês vão comer aqui, riu a dona da casa, tristemente perita em leitura labial. O que vocês acharam, que íamos deixar vocês irem embora? É uma honra vocês comerem conosco. Todos os amigos de Akiva são nossos convidados.

Mas comece de longe, ele pediu, advertindo-a, e ela não sabe a que distância ele se refere, ou se longe no tempo ou no espaço — e mais, afinal o que significa longe para ele agora, no lugar onde se encontra? Ela anda atrás dele e vê os saltos gastos dos seus velhos tênis All Star, tão pouco adequados para uma caminhada na natureza, e resiste a lhe perguntar até quando ele vai se recusar a trocá-los pelos grossos sapatos de caminhada de Ofer, que balançam pendurados na mochila em suas costas. Mas talvez sejam grandes demais para ele, ela pensa, talvez ele esteja com receio disso. Ele tinha — e ainda tem — mãos e pés pequenos — *minipés*, era como os chamava, *meus minipés e minhas minimãos* —, que sempre o deixavam encabulado, e exatamente por causa disso, obviamente, apelidou a si próprio de Calígula — pequeno sapato. Ela se lembrou de como ele costumava se espantar com o fato de seus seios caberem direitinho nas suas mãos, hoje possivelmente não cabem mais, depois de dar de mamar a dois filhos, e também depois de passar pela boca de muitos homens adultos, aliás, nem tantos assim, vamos ver, ver o quê?, afinal, você sabe muito bem, já fez as contas mais de mil vezes. Mas alguém dentro dela — uma criaturinha maldosa — já começou a contar nos dedos enquanto ela caminha, Ilan é um, Avram dois, e somando aquele Eran de agora, três, peraí, quatro, contando com aquele Móti que ela trouxera por uma noite para casa em Tzur

Hadassah, anos atrás, e que ficou cantando alto no chuveiro — são quatro homens. Uma média de menos de um por década. Não é uma conquista gigantesca, há garotas que já com dezesseis anos — mas deixe disso agora!

O ar está farfalhando e zumbindo. Moscas e abelhas e mosquitos e grilos e borboletas e besouros esvoaçam e se arrastam e saltam e pousam na folhagem. Em cada pedacinho do mundo existe tanta vida!, Orah pensa, e essa exuberância de repente lhe parece ameaçadora, pois o que importará ao mundo, abundante em excesso, se a vida de uma mosca, ou de uma folha, ou de um ser humano, acabar exatamente neste instante? E a tristeza dessa ideia faz com que comece a falar.

Em voz baixa, aplainada, ela conta que há não muito tempo Ofer teve uma namorada, sua primeira namorada, e que ela o deixou, e que ele ainda não havia superado a perda. Eu gostava muito dela, ela diz, pode-se dizer que eu meio que a adotei, ela também me adotou, nós duas ficamos muito próximas. Talvez tenha sido um erro da minha parte, ela se explica, pois não é bom ficar muito íntima das namoradas dos filhos — bom, essa é realmente uma informação importantíssima para ele, ela pensa —, todo mundo me avisou, mas a Taliah, o nome dela era Taliah, eu simplesmente me apaixonei por ela à primeira vista. Aliás, ela não era tão bonita, embora eu achasse que sim, ela tinha — ela tem, preciso parar de pensar nela no passado, afinal ela ainda existe, ainda está viva, certo? Então por que eu...

Durante alguns segundos ouviu-se apenas o som dos passos, a trilha cedendo sob os pés e o intenso zumbido. Estou falando dele, espanta-se Orah, estou dizendo coisas assim, nem mesmo sei se isso se chama começar de longe, mas é o mais longe de Ofer que consigo agora, e Avram não está fugindo de mim.

E ela tinha um rosto, a Taliah, como é que posso descrever para você? — descrições, ela pensa, sempre foram a especialidade dele — um rosto cheio de energia, e caráter. Um nariz assim, forte, cheio de personalidade, e lábios grandes como eu gosto, e um busto grande, feminino, e tinha principalmente dedos lindos. Orah dá um risinho e coloca diante dos olhos seus próprios dedos, que também tinham sido bonitos até recentemente, e de repente as juntas engrossaram e entortaram, e eles perderam um pouco a beleza.

Na carteira, secretamente, atrás do pequeno retrato de Ofer e Adam abraçados — ela tirou a foto na manhã em que Adam foi para o exército, os dois de cabelo comprido, o de Adam preto e liso, o de Ofer ainda totalmente dourado, cacheado nas pontas —, ela guardava uma foto de Taliah. Não conseguia expulsá-la dali, e vivia com medo de que Ofer a descobrisse por acaso e se zangasse. Às vezes a tira do esconderijo e fica contemplando-a, tentando imaginar como seriam os filhos nascidos da mistura dela e de Ofer. E também acontece de ela ocasionalmente colocar a foto na divisão de plástico transparente vazia, que até meio ano atrás continha o retrato de Ilan, passando o olhar dos filhos para Taliah e de Taliah para os filhos, imaginando-a como sua filha, e se surpreende: parece tão possível e natural.

Uma garota totalmente lúcida, ela prossegue, tem até mesmo um pouco da amargura dos velhos, você teria adorado ela — ela sorri às costas dele —, e não pense que era tão — como dizer —, ela não era das pessoas mais fáceis. Bem, o que você acha, ia lá o Ofer escolher uma pessoa fácil?

Ela tem a impressão de que seu pescoço fica ainda mais grosso entre os ombros.

Eles descem até a margem de um riacho, uma ladeira rochosa e acentuada — *radical*, como diriam os garotos. Quando começaram a descida, ao ver Avram escorregar e se agarrar às bordas de uma rocha, ela manifestou a esperança de que fosse apenas um pequeno desvio no caminho, e imediatamente estremeceu com os ecos de suas palavras na cabeça dele, e se perguntou se alguém dentro dela ainda diria, naquela voz anasalada de zombaria, e com o maldoso sorriso de duende: *Avram por sinal gosta muito de pequenos desvios.* Mas não percebeu nele nenhuma voz ou sinal de sorriso, e seus olhos não mostraram nenhum brilho especial, talvez realmente não haja nada ali, ela pensou, ninguém, entenda de uma vez por todas, aceite o fato.

Agora já estão numa escarpa de rochas lisas e escorregadias, que os puxa para baixo, para o fundo de uma garganta, e essa também é uma palavra que antigamente poderia provocá-lo, levando-o a logo dizer algo como *gargantal, gargantela, garganteio*, deliciando-se com a forma como a língua tocava o céu da boca. Pare com isso, ela se interrompe, largue do pé dele, ele realmente não está mais dentro de si; por outro lado, o fato é que ele, apesar de tudo, a tem escutado por vários minutos enquanto ela fala de Ofer, não a está varrendo para longe como de hábito, de modo que talvez esteja abrindo de verdade um espaço, uma pequena fenda; e para ela, nos últimos tempos, essas fendas têm se tornado uma área de abrigo bastante familiar, ela virou uma criatura das fendas, especialmente com dois filhos adolescentes muito bem encouraçados, e hoje em dia com Eran, que lhe reserva no máximo uma hora e meia por semana, é isso aí, para ela é fácil.

 Ela se tornou rapidamente parte da nossa família, Orah continua enquanto vai descendo, e contém um leve suspiro, pois algo mudou em casa quando Taliah chegou, quando começou a participar das refeições e dormir em casa e até mesmo sair com eles em viagem para o exterior (de repente eu tinha companhia para ir ao banheiro, ela se lembra). Mas como lhe contar isso, como descrever para um homem como ele — aquele apartamento onde ele mora, a escuridão, a solidão — a ligeira alteração que ocorreu no equilíbrio entre os homens e as mulheres da casa, e a sensação dela de que a própria essência feminina tinha adquirido, talvez pela primeira vez, o seu lugar de direito na família. Como se relata uma coisa dessas, e o que é que ele, na sua situação, pode entender, o que é que ele tem a ver com isso? — Para dizer a verdade, ainda não sente estar preparada para admitir a ele, um quase estranho, o quanto ficou surpresa, até mesmo um pouco magoada, de ver como a jovem Taliah conquistara, sem nenhum esforço, algo que ela própria jamais nem sequer tentara exigir do seu triângulo masculino, algo de que desistira praticamente desde o início, o pleno reconhecimento do fato de ela ser mulher, pela simples definição de si mesma como ente separado numa casa de três homens e, consequentemente, que ser mulher não era simplesmente mais um de seus constantes e irritantes caprichos, tampouco um desafio patético da coisa verdadeira, como muitas e muitas vezes a fizeram sentir, os três. Orah acelera os passos, os lábios se movem sem som e uma leve dor de cabeça começa a zumbir, como nos dias de colégio diante de uma folha cheia de equações. Não, era incrível o que Taliah havia conseguido ali, Deus sabe como, por meio de movimentos muito leves do seu ser — e Orah sorri para si mesma, irritada, pois inclusive Nicotina, a cachorra, Deus a tenha, até mesmo ela sentia uma ligeira diferença quando Taliah estava presente.

 Fiquei muito magoada quando ela foi embora, Orah continua, e cheguei a sentir algo antes de acontecer, senti antes de todo mundo, pois ela parou de vir em casa a cada momento livre que tinha. E se afastou de mim, e de repente deixou de ter tempo de ficar sentada comigo de manhã tomando café, ou simplesmente batendo papo no terraço. E então veio com a ideia de que talvez não fosse servir no exército, e em vez disso passaria um ano em Londres, vendendo óculos de sol para ganhar algum dinheiro, estudando arte e vivendo experiências novas. E quando disse "experiências novas", eu imediatamente disse a Ilan que alguma coisa estava acontecendo dentro dela, e Ilan disse, nada disso, ela só está fantasiando um pouco, ela ama o Ofer, é uma moça com a cabeça no lugar, onde é que vai achar um rapaz como ele, diga. Mas eu não fiquei em paz, tinha uma sensação de que de repente os planos dela não incluíam o Ofer, ou que tinha se cansado um pouco dele, ou sei lá o quê — e disse para mim mesma, acabou, está tudo acabado com o Ofer — e ele ficou absolutamente surpreso quando aconteceu, ficou de fato chocado, e eu não tenho certeza se ele já superou isso.

Orah morde os lábios. Você viu tudo, com seus olhos de águia — ela cutuca a ferida, aperta —, só não viu os sinais de Ilan. E com um estranho suspiro, acrescenta: ele acabou com você.

Como ela já foi alegre um dia, pensa Avram lançando um olhar a ela, ao rosto dela, era tão brincalhona. Ele se lembra de quando ele ia visitá-la no período de treinamento básico no exército, em *Bahad 12*. Ele andava pela lateral do pátio de ordem-unida e tinha dificuldade de se manter altivo aos olhos daquelas centenas de moças — a lendária cidade de mulheres que, nas suas fantasias, tinha uma constante trilha sonora de suspiros, gemidos úmidos e olhares de anseio, só que esta aqui fervilhava de risadas e zombarias e olhares maliciosos de Cleópatra — e de repente, de longe, uma soldado alta e amarrotada, embrulhada numa farda que parecia um saco, com cachos vermelhos soltos sob um boné torto na cabeça, e lábios de cereja, corria na direção dele de braços abertos, pernas ligeiramente separadas, rindo de felicidade e gritando de um lado para outro do acampamento: "Meu muito-muito Avram!".

Pois eu fiquei tão magoada com ela, Orah continua uma frase cujo começo Avram perdeu — como corria feliz para ele, na base, ele se lembra, como não se envergonhava dele na frente de todas as garotas —, ela nem telefonou para mim para explicar, para se despedir, nada. Sumiu da nossa vista de um dia para o outro. A verdade é que, além da mágoa, ainda tive que aguentar meus próprios pensamentos sobre os motivos da separação, os motivos de ela o ter deixado. Pois na época em que ela esteve conosco, aprendi tanto a confiar no julgamento e na percepção dela, e tento entender se é alguma coisa no Ofer que fez com que ela partisse, alguma coisa que eu mesma não vejo.

Talvez seja o fato de ele ser tão fechado, ela murmura, referindo-se ao ligeiro ar de irritação que emana de Ofer nos últimos tempos, que repele e até mesmo humilha, especialmente em relação a qualquer coisa e qualquer pessoa que não esteja ligada ao exército; mas antes do exército ele já era bem fechado, até mesmo *muito* fechado, ela ressalta a Avram, e foi com Taliah que ele se abriu, inclusive para nós, ele realmente desabrochou com ela.

Eu estou falando, ela volta a se admirar, e ele não me interrompe, como é possível?

Há essa pessoa, esse sujeito, que é Ofer, Avram pensa com esforço, como que se debatendo para grudar com as duas mãos um rótulo com o nome "Ofer" no vago e fugaz retrato que se imprime em seu interior à medida que Orah fala; e agora Orah está me contando uma história sobre ele. E eu ouço a história de Orah sobre Ofer. E eu só preciso escutar. Nada mais. Ela vai contar a história, e aí a história acaba. Uma história não pode prosseguir por toda a eternidade. Nesse meio-tempo, posso pensar num monte de coisas. Ela vai falar. É só uma história. Palavra após palavra.

Orah está inquieta, e tenta escolher dentro de si o que contar agora a Avram sobre Ofer, e o que a fez sem mais nem menos descarregar nele a história de Taliah. Por que começar com isso? E por que apresentar Ofer justamente pelo seu ponto fraco? Ela precisa conduzi-lo logo a lugares mais animados, talvez contar-lhe sobre o nascimento dele, não há quem não goste de ouvir histórias de nascimento, os nascimentos são um consenso. Por outro lado — ela dá um olhar disfarçado —, o que é que ele tem a ver com nascimentos? Um nascimento é capaz de assustá-lo, afastá-lo ainda mais e, para dizer a verdade, para ela também ainda é muito cedo para se deitar nua e aberta diante dele. E certamente não irá lhe contar sobre o que precedeu o nascimento, aquele nascer do dia, que ela apagou do livro da sua vida, toda vez que pensa nisso não consegue acreditar como ela e Ilan foram tomados de algum tipo de loucura, e durante anos essa lembrança se misturava com preocupação e também uma culpa amarga — como é que ela foi sucumbir? Como foi que não protegeu Ofer, que estava na sua barriga? Como foi que não teve o instinto que existe, que deve existir, em qualquer mãe normal, natural? E vai saber se aquilo não causou algum dano a Ofer, talvez sua leve asma na infância tenha começado ali? Ou talvez o ataque de claustrofobia no elevador tenha sido por causa disso? Sua mente se retrai dessa memória, mas as imagens insistem em voltar, o estranho fogo nos olhos de Ilan, as garras que prenderam um ao outro, os grunhidos que explodiram dos dois, e o seu ventre, o ventre da terra que tremia e pulsava enquanto dois animais cobertos de pele se debatiam e se acasalavam.

Vamos sentar, ela diz, estou meio tonta, e apoia a cabeça numa parede de rocha tomando rápidos goles de água; em seguida passa o cantil para ele, o que haveria de lhe contar? O que jogar agora, uma isca, algo sedutor, algo leve e divertido, só que tem de ser rápido, algo que o faça achar graça e o encha de afeto e calor em relação a Ofer. Pronto, aí está, ela só precisa recuperar um pouco as forças. Ofer, aos três anos, costumava insistir em ir para a escola com sua roupa de caubói, que consistia em vinte e um apetrechos entre roupa e armas, ela uma vez fez a conta, e durante um ano inteiro não puderam esquecer um único acessório; os olhos dela se iluminam, a comoção em sua cabeça se aquieta um pouco; aí está, é exatamente o tipo de coisa que ela deve lhe contar, episódios leves e doces, triviais de Ofer, e nada mais pesado ou complicado que isso: simplesmente descrever com leveza as manhãs daquele ano, por exemplo, ela e Ilan girando em torno dele com o cinturão do revólver e as cartucheiras. E Ilan debaixo da cama procurando a estrela de xerife, ou o lenço vermelho. A elaboração meticulosa, a cada manhã, da imagem do bravo combatente da justiça, construída sobre a frágil estrutura do pequeno Ofer.

Mas isso na verdade não vai interessar a ele, ela imediatamente retruca a si mesma, todos esses detalhes, os milhares de instantes e atos a partir dos quais você cria um filho, transformando-o numa pessoa. Ele não vai ter paciência para isso, e no fim das contas, esses detalhes são bastante monótonos e enfadonhos, especialmente para os homens, ela sabe disso, mas no fundo para todo mundo que não conhece a criança de quem está se falando, ainda que haja de fato algumas histórias, como dizer, notórias e especiais, que talvez atraiam Avram para Ofer —

Mas por que, porra, sou obrigada a atrair Avram a Ofer?, ela se questiona, e a dor de cabeça que havia cedido um pouco lentamente volta a atormentá-la, cravando suas garras naquele ponto conhecido, atrás da orelha esquerda. O que se passa? Será que sou obrigada a vender o Ofer para ele? Deixá-lo seduzido pelo Ofer?

E como é possível, Orah reclama de si mesma, levantando-se de repente para andar de um lado para outro, aflita, quase correndo, como se pode narrar uma vida inteira? Afinal, uma vida inteira não basta, e por onde começar? Especialmente ela, que é incapaz de contar uma história pequena do começo ao fim sem divagar por todos os ventos e estragar o encantamento, como há de saber contar como se deve? E se acabar descobrindo que não tem tanta coisa para contar?

Quer dizer — há uma infinidade de coisas a contar sobre ele, e, apesar disso, de repente ela se assusta em pensar que se falar seguidamente duas ou três horas, ou cinco, ou até mesmo dez, é possível que já cubra a maioria das coisas importantes que teria a dizer sobre ele, sobre toda a vida dele. Poderia resumi-lo, esgotá-lo. Mas como é possível que isso seja tudo a contar sobre ele, quando um minuto atrás você achou que uma vida inteira não bastava? Talvez seja essa a preocupação que esteja lhe pressionando a cabeça. E rapidamente, com a mesma crueldade que adotou em relação a si mesma recentemente, responde que talvez seja essa a resposta ao desconforto que já a está devorando há algum tempo: que ela na verdade não o conhece, não conhece o seu filho, não conhece Ofer.

Sua nuca lateja a ponto de doer. Quão depressa sucumbiu a minúscula alegria que estava sentindo! Na verdade, o que contar a ele? Sobre Ofer na escola? Sobre o jardim de infância? Sobre o exército? Sobre Hebron? E o que irão lhe acrescentar essas pequenas e tolas histórias? E como é realmente possível descrever e reviver uma pessoa inteira, carne e osso, só com palavras, meu Deus, *só com palavras*?

Irritada, ela mergulha dentro de si, cavoucando, procurando, receando que se ficar mais um instante calada, somente mais um instante, Avram poderá pensar que realmente ela não tem nada a contar. Mas tudo que ela consegue desencavar na sua busca febril lhe parece banal e circunstancial, simples episódios agradáveis — como Ofer, praticamente sozinho, recuperou um pequeno poço desativado ao lado de Har Adar, desentupiu os encanamentos e renovou a vazão da água e plantou ali um pequeno arvoredo; ou talvez possa lhe contar sobre a incrível cama que construiu para Ilan com as próprias mãos? E então, há coisas para contar, e daí, um poço, uma cama, histórias que afinal servem para milhares de jovens como ele, espertos, doces e encantadores, tanto quanto ele. E lhe ocorre um pensamento, que ele, Ofer, sem dúvida tem uma porção de coisas boas e especiais, mas talvez não tenha algo realmente fora do comum, único, extraordinário, acima dos outros. E Orah, com toda a força, resiste a essa ideia detestável que insiste em se apegar a ela, ideia tão estranha para ela. Aliás, no fundo, o que importa? E como chegou a essa ideia? Mas, por exemplo, pronto, espera aí, o filme que ele produziu para a aula de cinema, no segundo ano do colegial, ali de fato havia algo especial, com toda a certeza Avram adoraria a ideia, e ela dá uma olhada e vê a cabeça enfiada fundo no meio dos ombros curvados, e pensa: talvez não.

Havia algo de preocupante naquele filme, e até hoje, cinco anos depois, ele a incomoda. Onze minutos, filmados com a câmera doméstica deles. Registro de um dia comum na vida de um jovem comum, família, escola, amigos, namorada, basquete, festas, e não se vê uma única personagem de carne e osso, apenas as silhuetas das personagens, silhuetas andando, sozinhas ou em pares, ou mesmo em grupos: silhuetas sentadas na sala de aula, silhuetas almoçando, se beijando, se divertindo, batucando, tomando cerveja. E como das outras vezes, ao perguntar a Ofer qual era a ideia por trás de tudo isso, ou qual era sua intenção ao fazer o filme (da mesma forma que lhe indagara a intenção por trás dos moldes de gesso vazios que criara com sua imagem, na estranha e opressiva exposição que exibira como trabalho de fim de ano, ou a série de fotos ameaçadoras de seu próprio rosto, com um bico monstruoso adicionado a cada foto com carvão), ele dava de ombros e dizia: não sei, simplesmente achei que seria bacana fazer isso. Ou então: só quis fotografar alguém, e como só eu estava no quarto... Se ela insistia — você mais uma vez passou das medidas com ele, dizia Ilan depois, explicitamente —, ele a repelia com impaciência: é obrigatório haver uma explicação? Não é possível que uma coisa simplesmente aconteça? É preciso analisar cada coisinha minúscula até a raiz?

Orah acompanhou as filmagens durante três semanas, serviu de motorista, maquiadora, responsável pela alimentação e *office-girl*, e mais de uma vez como furioso cão-de-guarda, correndo atrás dos atores indisciplinados, seus colegas de classe, que com frequência faltavam aos ensaios e tomadas, e quando finalmente se dignavam a aparecer, discutiam com Ofer de forma arrogante e grosseira, tirando-a do sério; ela ia embora do lugar assim que estourava uma discussão. Na época, ele ainda era pequeno, baixinho, menor que a maioria de seus colegas, um tanto excluído, inseguro, e Orah não suportava ver sua cabeça curvada e seu olhar baixo diante dos colegas. E seu lábio inferior começando a tremer. Apesar de tudo, ela via, ele se mantinha firme: dava instruções e se fazia ouvir, os ombros tensos puxados para cima, quase até as orelhas, a expressão uma mistura incontrolável de dor e insulto, mas não cedia um milímetro.

Ela também atuou no filme, representando uma professora irritante e cheia de si. Foi esse o papel que ele reservou a ela. Ilan também fez uma ponta em segundo plano, passando de motocicleta, fazendo um aceno e só — no final, um crédito simpático: "Obrigado a papai e mamãe por terem contribuído com sua sombra". E agora ela se perguntava se Avram acharia que aquele filme tinha uma uniquicidade, uma centelhicidade, uma extrapecialidade — todas palavras inventadas por ele, e ela conseguiu ouvir o tom com que ele costumava dizê-las, por exemplo, quando ela, ele e Ilan saíam de um filme ou de uma peça que o havia emocionado, e como ela acariciava com a língua a palavra que o entusiasmava mais que todas, "grandiosidade", numa espécie de sussurro rouco, intenso, cheio de reverência, "grandiosidaaaaaade!", acompanhado de um gesto amplo, majestoso. Na época ele tinha uns vinte anos. Ou vinte e um? Da idade de Ofer hoje, difícil acreditar, e ainda mais difícil acreditar como ele era altivo e pretensioso, como ela conseguia aguentá-lo, com o cavanhaque ralo que cultivava.

E já estava presa numa destrutiva discussão consigo mesma, pois percebeu que ali, em algum lugar, na periferia do seu ser, aparentemente estava preocupada demais com o que Avram pensaria de Ofer, e se ele se decepcionaria com o que ouvisse. Mas que direito ele tem de se decepcionar?, ela retruca, irada, o que foi que ele investiu nesses vinte e um anos? E caminha a passos rápidos, alcança-o, passa à sua frente massageando o crânio, com a impressão de que a cabeça vai inchando perceptivelmente, ficando cada vez mais pesada, como se a estivesse puxando toda para trás. E dessa forma segue andando, zangada, pois enfim reconheceu o quanto é importante para ela que Avram ame Ofer, sim, ame, que se apaixone por ele imediatamente e sem nenhuma crítica ou restrição, que se apaixone apesar de si mesmo, como um dia se apaixonou por *ela*, que não tinha nem sequer uma gota de grandiosidade, e quando ele se apaixonou, ela não passava de um caco, doente, um trapo de gente, drogada de tanto remédio, sangrando dia e noite, e Avram também, como se recorda, estava nesse estado, o estado ideal para se apaixonar por mim, ela pensa, e reduz o passo, enfraquecida, e talvez de fato, como ele próprio brincava anos depois, *só assim o* id da yideneh *pode se encontrar com o* id do yid.* E de súbito, suas for-

---

* Trocadilho intraduzível: *yid* e *yideneh* significam respectivamente "judeu" e "judia" em iídiche. (N. T.)

ças parecem sumir e ela para, ofegando de dor e pressionando fortemente os dedos entre os olhos. Todos esses pensamentos, de onde vêm todos esses pensamentos, e quem precisa deles agora?

Avram a vê cambaleando e depressa como um raio corre para ela e a agarra um instante antes de cair. Como ele é forte, ela pensa de novo, espantada, e seus joelhos se dobram sob seu corpo. Ele, com um movimento incrivelmente delicado, a deita no chão, tira com agilidade sua mochila das costas e a coloca sob sua cabeça. Remove uma pedra pontiaguda de sob suas costas, tira seus óculos, despeja um pouco de água da garrafa sobre a palma da mão e esfrega suavemente no seu rosto. Ela fica deitada de olhos fechados, o peito subindo e descendo pesadamente, a pele coberta de suor frio. Veja como a mente funciona, ela murmura. Não fale agora, ele diz, e ela obedece. É bom perceber a preocupação dele, sentir a mão dele no rosto, o sereno comando na sua voz.

Lembrei — ela diz mais tarde, a mão pendendo, segurando o pulso dele — que uma vez você me contou sobre uma radionovela, ou uma história, sobre uma mulher cujo amado a deixou, e se podia ouvi-la falando com ele ao telefone, e não se ouvia nada. Cocteau, responde Avram de imediato, e sorri, *A voz humana*, era o nome do texto. Sim, Cocteau, ela sussurra, como você lembra... Ela sente a água secando lentamente no seu rosto. Vê a encosta de uma montanha coberta de arbustos, e uma faixa de céu muito azul. Um cheiro forte de artemísia penetra pelas suas narinas. A mão dele continua macia como antigamente, ela pensa, como é possível que a maciez e a delicadeza tenham se mantido? E fecha os olhos pensando se seria possível reconstruí-lo a partir de tão pouco. Você estava na sua fase francesa, ela diz sorrindo, na sua fase de escrever radionovelas, lembra? Você tinha toda uma teoria sobre a voz humana. Estava seguro de que o rádio venceria a televisão. Você montou um pequeno estúdio de rádio em casa. Avram sorri. Não foi em casa. Foi na cabana, no quintal de casa, era um estúdio de verdade. Eu passava noites e dias inteiros gravando, cortando, editando, mixando.

Sussurrando, Orah falou: depois que o Ilan me deixou, da primeira vez, após o nascimento do Adam, eu tinha a impressão de soar patética como ela, como a mulher da história do seu Cocteau quando falava com ele ao telefone, sempre perdoando e entendendo as dificuldades dele, as dificuldades dele *comigo*, o filho da puta... A mão de Avram se afasta da testa dela. Ela abre os olhos e vê o rosto dele surpreso, a expressão fechada.

Ele me deixou logo depois que o Adam nasceu, ela diz, você não sabia? Você não contou.

Você realmente não sabe de nada, ela suspira. Você é um simplório ignorante quando se trata da minha vida.

Avram se levanta, fica de pé olhando ao longe. Um falcão voa em círculos, alto no céu, em torno da sua cabeça.

É incrível, você é como um estranho para mim, ela murmura. Aliás, o que estou fazendo aqui com você?, ela solta uma risada amarga. Se eu não tivesse tanto medo de voltar para casa, levantaria neste exato momento e voltaria.

Talvez por ele estar de pé, mais alto que ela, ela se lembra: Ofer tinha um ano de idade. Ela estava deitada na cama em seu quarto erguendo-o no ar, equilibrando-o nas mãos e nos pés, brincando de avião. Ele ria e abria todo o corpo, e seu chumacinho de cabelo fino esvoaçava suavemente enquanto ele subia e descia. A luz do sol que entrava pela janela iluminava suas orelhas por trás, e elas eram de um laranja translúcido. Elas sobressaíam muito da cabeça, exatamente como hoje. Ela o moveu um pouco em direção à luz e viu uma delicada trama de veias, com suaves curvas e entroncamentos, e ficou calada e concentrada, como se estivesse prestes a descobrir um segredo impossível de ser revelado por meio de palavras. Sua fisionomia deve ter mudado, pois Ofer parou de rir e passou a olhá-la seriamente; seus lábios se alongaram e ficaram salientes, numa expressão de velho sábio, até mesmo meio irônico. Ela se maravilhou com a precisão em cada um de seus membros e se encheu de doçura. Virou-o lentamente sobre seus pés, movendo-o daqui para lá, captando todo o círculo do sol em uma de suas orelhas.

O ferimento era profundo como um punho, soltando um fio interminável de pus grosso. Era muito próximo da coluna, e durante longos meses os médicos não conseguiram tratá-lo. Havia algo de aterrador e hipnotizante naquele fluxo incessante, como se as próprias defesas do corpo estivessem ironizando a abundância que sempre fluíra de Avram. Durante longos meses, quase um ano, o ferimento foi o foco de atenção e preocupação de Orah e de Ilan, e de numerosos e diversificados médicos. A palavra "ferimento" foi tão falada que às vezes parecia que o próprio Avram se desmanchava e que o ferimento era a essência da sua individualidade, como se seu corpo se tornasse meramente a base a partir da qual o ferimento produzia os fluidos necessários para sua existência.

E pela centésima vez no mesmo dia Ilan enfiou a bandagem de gaze no pus, girando-a com cuidado dentro da cratera de carne, absorvendo bem o líquido. Depois jogou a bandagem na lata de lixo. Orah se esparramou na cadeira ao lado da cama de Avram, observou a mão de Ilan e pensou em quão precisos eram seus movimentos e como ele sabia escavar o ferimento sem machucar. Em seguida, quando Avram adormeceu, ela sugeriu a Ilan que saíssem para dar uma volta, respirar um ar fresco. Eles passearam pelas trilhas entre os pequenos prédios e conversaram, como de costume, sobre a situação de Avram, e sobre a próxima cirurgia que o esperava, e sobre as sérias questões financeiras que ele tinha com o Ministério da Defesa. Ficaram sentados num banco perto do centro de raios X, um pouco afastados um do outro, e Orah falou sobre o problema de equilíbrio de Avram, cuja causa os médicos ainda não tinham detectado. Ilan murmurou, é preciso examinar também o que acontece com a unha do pé encravada, que cresce para dentro, é uma coisa que pode deixá-lo louco, e na minha opinião a novalgina está lhe provocando diarreia — e ela pensou, basta, agora basta, e virou-se para ele e deu um salto no espaço vazio entre os dois e o beijou na boca. Fazia tanto tempo que não se tocavam... Ilan ficou paralisado, depois hesitantemente a puxou para si. Por um instante moveram-se com cautela um contra o outro, como se o corpo dela e corpo dele estivessem cobertos de cacos de vidro, e ambos se surpreenderam com a força com que seus corpos se acenderam, como se estivessem apenas esperando que alguém viesse e lhes pedisse consolo. Na mesma noite, viajaram juntos para Tzur Hadassah, para a casa vazia de Avram, onde também estavam morando desde que ele voltara do cativeiro, e que haviam transformado numa espécie de central de operações particular para todas as questões referentes ao tratamento dele. Ali, no seu quarto de adolescente — na porta havia um aviso que ele escrevera quando tinha quinze anos: *Entrada permitida somente para loucos* —, sobre um colchão no chão, conceberam Adam.

Ela não sabe o que Avram se lembra da época em que esteve hospitalizado, submetido a diversas operações e tratamentos, e também investigado periodicamente pelos agentes do Serviço Secreto e da Segurança Militar e da Central de Inteligência, que não desgrudavam dele, cheios de suspeitas acerca das informações que ele teria ou não teria passado como prisioneiro de guerra. Ele esboçava qualquer reação, parecia desprovido de vontade própria; apesar de tudo, das profundezas de sua ausência ele consumia a ela e a Ilan como um bebê, não só devido às múltiplas complicações, médicas e burocráticas, resultantes do seu estado e com as quais somente eles dois podiam lidar em seu nome; era a essência de sua existência — vazia, oca — que ele lhes sugava incessantemente a vida. Praticamente sem se mexer do lugar transformava-os em conchas, iguais a ele.

E o nascimento de Adam, diz ela — estão sentados lado a lado numa gruta de rocha acima do vale, rodeados por um mar amarelo de acácias cujos brotos deixam as abelhas frenéticas. As rochas, cobertas de musgo, brilham ao sol em vermelho e violeta, e está claro para ela que pode falar com mais facilidade sobre Adam, pode contar até mesmo sobre o seu nascimento e ostensivamente *começar de longe* —, tive um parto bem difícil, difícil e demorado. Fiquei três dias no Hadassah, no monte Scopus. Mulheres vinham, pariam e iam embora, e eu ali deitada feito uma pedra. Ilan e eu já estávamos fazendo piada, dizendo que mulheres absolutamente estéreis vinham dar à luz, e eu ali deitada esperando, e todo obstetra vinha e me examinava e ficava me olhando e medindo, e havia reuniões regulares da equipe médica para discutir o meu caso, e o tempo todo discussões por sobre a minha cabeça, se deviam ou não induzir o parto, e como ela vai reagir a isto ou aquilo —

Sugeriram que eu andasse, passeasse, dizendo que o movimento ajudaria o parto, e nós andávamos juntos, eu e Ilan, duas, três vezes por dia, eu com o avental do Hadassah e barriga de baleia, íamos de braços dados, quase sem falar. Era gostoso. Havia uma coisa gostosa entre nós, era o que eu achava.

Começar de longe, ela sorri para si mesma lembrando-se de como na primeira vez que se conheceram, ela e Avram, quando ainda eram jovens, ele se movera em grandes círculos pelo quarto onde ela estava deitada, no escuro, na seção de isolamento do hospital, aproximando-se e afastando-se dela como se treinando disfarçadamente estratégias complexas de assalto e retirada.

Depois do parto, Ilan veio nos pegar na maternidade e nos levou para casa na nossa Mini Minor, você se lembra? Meus pais a compraram para mim quando entrei na universidade. Quando você já estava convalescendo, às vezes eu levava você para passear em Tel Aviv.

E dá uma olhada para ele, de soslaio, e fica esperando; mas mesmo que se lembre não dá sinal disso, como se jamais tivessem existido aquelas infinitas e alucinadas viagens. Ele precisava delas "para acreditar", explicou laconicamente. Horas e horas dirigindo, dando voltas e voltas por ruas, alamedas, praças, pessoas, pessoas. Suspeita e dúvida viviam constantemente nos olhos dele, no seu cenho franzido. E a cidade parecia sair de seu caminho para convencer Avram da sua existência, da sua realidade.

Pusemos Adam numa cestinha forrada de todos os lados, e Ilan guiou como se rodasse sobre ovos. E ficou calado durante todo o caminho de volta para casa. Eu não parava de falar, estava nas nuvens, lembro-me de como me sentia feliz, e orgulhosa, e segura de que de agora em diante tudo começaria a se acertar para nós, e ele calado. Eu, no começo, pensei que era por estar tão concentrado no caminho. Entenda, eu achava que o mundo inteiro tinha mudado a partir do momento em que Adam nasceu. Talvez parecesse tudo igual, mas eu sabia que não, que havia uma dimensão nova, não ria, em cada coisa e em cada pessoa no mundo.

Eu não ri, pensa Avram, jogando a cabeça para trás. E faz um extremo esforço para vê-los no pequeno carro. Ele tenta se lembrar também de onde estava naqueles dias, quando Adam nasceu. Não ria, ela tinha dito. Nesse momento nada podia estar mais longe do que uma risada.

E eu me lembro de ter olhado a rua e pensado, gente boba, gente cega, vocês nem sabem como as coisas vão ser diferentes daqui por diante. Mas não consegui dizer isso a Ilan, pois já estava começando a sentir o silêncio dele, e acabei me calando também. De repente, não consegui mais emitir uma palavra. Mesmo quando queria falar, não conseguia. Senti-me completamente sufocada, como se alguém estivesse apertando a minha garganta. E era você.

Ele dá uma olhada para ela, meia testa virada para cima.

Você estava conosco no carro, sentíamos você como se estivesse sentado ali no banco detrás, ao lado do cestinho do Adam, ela diz trazendo o joelho para perto da barriga, e era impossível suportar essa sensação. Estava insuportável dentro do carro, e toda a minha felicidade estourou como um balão e se espalhou por todo lado. Eu me lembro de Ilan suspirando alto, e eu perguntei, o que foi?, e ele não disse nada, nem ia dizer. No final, disse que não havia imaginado que seria tão difícil.

E eu pensei que não era exatamente a viagem que eu tinha sonhado, voltar da maternidade para casa ao rufar dos tambores e ao som das trombetas com o meu primeiro filho.

Veja só, ela diz após um momento de surpresa, não penso nisso há anos.

Avram permanece quieto.

Devo continuar?

Vamos tomar isso como um "sim", ela diz a si mesma, esse movimento de cabeça.

À medida que iam chegando perto de casa, em Tzur Hadassah, Ilan foi ficando mais tenso e nervoso. De repente ela percebeu que, de um determinado ângulo, o queixo dele parecia fraco, evasivo. Viu que seus dedos deixavam marcas úmidas no volante, ele, que quase nunca suava. Estacionou o carro diante do portão de entrada enferrujado, tirou Adam e o deu a ela, sem olhá-la nos olhos. Orah perguntou se não queria ele próprio levar o bebê para dentro de casa, na primeira vez, mas ele disse, leve você, você, e praticamente o empurrou para os braços dela.

Ela recorda a curta caminhada pela trilhazinha de pedras no meio do jardim, a pequena casa torta, com paredes de textura saliente com manchas de cimento, uma "casa da Agência Judaica", que a mãe de Avram recebera como herança de um tio sem filhos e onde morou com Avram desde que ele tinha dez anos. Ela se recorda da aparência do jardim abandonado, tomado de ervas daninhas e altos espinhos durante a fase em que ela e Ilan cuidaram apenas de Avram. Ela até se recorda de pensar que tão logo se recuperasse do parto sairia de novo ao jardim e apresentaria Adam à sua figueira e sua grevílea tão queridas. Recorda-se também da sensação dos seus passos inseguros, como vacilava ao andar com os pontos doendo. Ela está falando baixinho. Ele escuta. Ela vê que ele está escutando, mas por algum motivo sente que está narrando basicamente para si mesma.

Ilan, à sua frente, subiu bem depressa os três degraus tortos e abriu a porta; pôs-se de lado, permitindo que ela entrasse com Adam. Havia algo de arrepiante e doloroso na cortesia dele. Ela se concentrou em entrar na casa com o pé direito, e disse em voz alta, "Bem-vindo, Adam" — e sentiu, como sempre sentiria toda vez que pensasse ou pronunciasse seu nome desde que nasceu, um afago secreto de Adah dentro de si —, e o levou para o quarto que haviam preparado para ele, onde já estava arrumado o seu berço. Embora estivesse dormindo, ela o virou pelo quarto para todos os lados, mostrando para suas pálpebras translúcidas o armário de roupas, a cômoda com suas gavetas, o caixote com brinquedos e as prateleiras de livros.

Então descobriu uma folha de papel grudada na porta: *Olá, bebezão*, estava escrito, *seja bem-vindo. Eis algumas orientações da gerência do hotel.*

Ela pôs o bebê no berço. Ele parecia tão miúdo e perdido. Ela o cobriu com um cobertor fino e ficou olhando para ele. Algo tocou suas costas provocando inquietação. A folha de papel grudada na porta parecia cheia de palavras, havia palavras demais. Ela se curvou e acariciou a cabecinha quente de Adam, suspirou, e voltou à porta para ler:

A gerência do hotel espera que você respeite o silêncio e o descanso dos outros hóspedes.

Lembre-se: a proprietária pertence unicamente ao dono do hotel, e o seu uso dela restringe-se apenas à parte superior!

A gerência do hotel espera que os hóspedes deixem o estabelecimento ao completarem dezoito anos!

E assim por diante, e assim por diante.

Ela cruzou os braços sobre o peito. De repente não tinha mais forças para ele, para Ilan e suas brincadeirinhas. Esticou o braço, arrancou o papel e o amassou com força.

Você ficou brava?, Ilan surgiu de repente, aborrecido. Só achei que... não faz mal. Não deu certo. Quer beber alguma coisa?

Quero dormir.

E ele?

Adam? O que há com ele?

Vamos deixá-lo aqui sozinho?

Não sei... vamos levá-lo para o nosso quarto?

Não sei. É que se a gente dormir e ele acordar aqui, sozinho...

Um olhou para o outro, ambos desorientados.

Ela procurou dar ouvidos à sua vontade, e não ouviu nada. Não tinha vontade, nem conhecimento nem opinião. Ficou confusa: em algum lugar dentro do seu coração tinha esperado que com o nascimento da criança ela saberia imediatamente tudo que é preciso saber. Que o bebê finalmente infundiria nela todo o conhecimento primordial e natural e irrefutável. Agora percebia o quanto havia esperado por isso durante toda a gravidez, quase da mesma forma que havia esperado o próprio bebê — o aguçado senso de saber a coisa certa a fazer, que perdera totalmente nos últimos anos, desde a tragédia de Avram.

Venha, ela disse a Ilan, vamos deixá-lo aqui.

E sentiu novamente a dor angustiante, como toda vez que precisava se separar de Adam na maternidade. Sim, disse de novo, ele não precisa dormir conosco. E se ele chorar?, perguntou Ilan, hesitante. Se ele chorar, ela disse, nós vamos ouvir, não se preocupe, eu vou ouvir.

Foram para o quarto deles e dormiram duas horas seguidas. Orah acordou um ou dois segundos antes de Adam emitir um som, e imediatamente sentiu o volume dos seios. Despertou Ilan e pediu-lhe que fosse buscar o bebê e o trouxesse para ela. Arrumou os travesseiros na cama e se reclinou espaçosamente sobre eles. Ilan veio do outro quarto com Adam nos braços, com expressão iluminada.

Ela deu de mamar, e mais uma vez ficou admirada de quão pequena era a cabeça dele em comparação ao seu seio. Ele mamou com força, com firmeza, quase sem olhar para ela, e ela sentiu chamas de prazer e dor desconhecidas revirando torrões do corpo e da alma. E Ilan ficou o tempo todo parado olhando os dois como que hipnotizado, e sua fisionomia se despiu de toda corporalidade. Vez ou outra perguntou se estava confortável para ela, se estava com sede, se sentia o leite passando pelo seio. Ela afastou o menino do mamilo e o passou para o outro seio, enxugando o mamilo com um pano. Ilan olhou seu seio, que estava enorme, ela tinha essa impressão, redondo como uma lua e com uma rede de veias azuis, e seu olhar continha uma expressão nova de reverência. De repente, ele parecia de novo um rapaz, e ela perguntou, você não quer tirar fotos dele? Ele piscou, como se despertasse de um sono, não, não estou com vontade de tirar fotos agora. A luz não é boa.

Em que você estava pensando?, perguntou ela.

Não, nada, ninguém.

Ela viu como que uma aranha escura se instalando na face dele.

Quem sabe você tira fotos mais tarde, ela disse num sussurro.

Sim, é claro, mais tarde.

Nem mais tarde ele tirou as fotos. Às vezes trazia a máquina, tirava a capa da lente, enquadrava e focava e, por alguma razão, a luz nunca estava boa, o ângulo não era apropriado, quem sabe depois, quando ele estiver mais acordado?

Avram pigarreia levemente, como se quisesse fazê-la lembrar de sua presença, esquecida quando ela mergulhou nas suas reflexões. Ela sorri para ele, admirada: Fui levada para longe, de repente me lembrei de um monte... você quer continuar andando? Não, tudo bem, ele diz, apoiando-se nos cotovelos, ainda que todo o seu corpo esteja se remexendo, pedindo para sair dali. Estão sentados olhando para o exuberante vale aos seus pés. Por trás de Avram, na sombra de seu corpo, nota-se uma agitação silenciosa. Ao longo do caule seco de funcho há uma azáfama de formigas, desmanchando o talo e os restos de mel congelado que as abelhas produziram no ano passado. E um minúsculo cetro de orquídeas se sustém, roxo e leve como uma borboleta, com dois cachos de raízes buscando a terra — um se esvazia enquanto o outro vai se enchendo. Um pouco mais adiante, na sombra do lado direito de Avram, uma pequena urtiga branca, enrolada no seu emaranhado de questões, envia sinais olfativos aos insetos que esvoaçam incessantemente entre ela e as outras, e também faz brotar sépalas férteis, para que ela fecunde a si mesma, caso os insetos falhem.

Uma noite, relata Orah, quando Adam estava mais ou menos com um mês, acordou com fome, e Ilan levantou e o trouxe para mim, mas não ficou no quarto enquanto eu amamentava. Foi estranho. Eu chamei, ele estava na sala de estar e disse que viria logo. Não entendi o que ele estava fazendo lá, no escuro. Não ouvi nenhum barulho nem movimento. Tive a sensação de que ele estava parado ao lado da janela olhando para fora, e fiquei inquieta.

Coisas e imagens que ela não via fazia longos anos se erguem diante de seus olhos. São vivas e nítidas, claras, exatamente como ela se lembrava. De súbito compreende que talvez esteja com medo de contar tanto quanto ele está com medo de ouvir.

Quando terminei de amamentar, levei o Adam de volta para o berço, e então vi Ilan parado no meio da sala. Simplesmente parado, como se tivesse esquecido para onde queria ir. Eu o vi pelas costas, e logo soube que alguma coisa não estava em ordem. Estava com uma expressão horrorosa. Encarou-me como se estivesse com medo de mim, ou como se quisesse me bater. Ou as duas coisas. Disse que não podia mais, que não aguentava mais isso. Que você — Ela engole a saliva: diga, você tem certeza de que quer ouvir?

Avram resmunga alguma coisa, ajeita-se para sentar direito e coloca a cabeça sobre os braços. Ela espera. As costas dele ondulam. Ele não se levanta nem vai embora.

Ilan disse que pensar em você estava acabando com ele. Que se sentia como um assassino — *matei e me apoderei*, ele dizia —, que não era capaz de olhar para Adam sem ver você e sem pensar em você na fortaleza, na prisão, ou no hospital.

Ela vê a nuca de Avram se contrair.

Ela perguntou a Ilan, o que você quer que façamos? Ilan não respondeu. A casa estava aquecida, mas apesar disso ela sentia frio. Estava ali descalça, de camisola, tremendo e pingando leite. Perguntou de novo o que ele sugeria que fizessem, e ele disse que não sabia, mas não era mais capaz de continuar desse jeito. Que estava começando a ficar com medo de si mesmo.

Antes, quando eu levei o bebê até você — disse, e parou.

Nós não temos culpa, ela murmurou o mantra daqueles anos, nós não queríamos que isso acontecesse. Simplesmente aconteceu, Ilan, foi simplesmente uma coisa horrível que aconteceu conosco.

Eu sei.

E se ele não estivesse ali na fortaleza, teria sido você.

Ele sorriu: essa é a questão, não é?

Era você ou ele, não havia alternativa, ela disse, e quis abraçá-lo.

Basta, Orah, ele ergue a mão para impedi-la, para que não se aproxime dele. Ouvimos, falamos, dissemos, eu não tenho culpa e você não tem culpa, e Avram com toda a certeza não tem culpa, e nós não queríamos que isso acontecesse, e apesar de tudo aconteceu, e se eu não fosse um zero à esquerda, neste momento eu me mataria. Ela ficou calada. Cada palavra que ele disse havia sido pensada por ela incontáveis vezes, na voz dele e na dela. Não conseguiu juntar energia e dizer a ele, não diga bobagens.

Agora está contando a Avram, e sente frio em meio ao calor do dia, e sua voz está um pouco trêmula de tensão. Ela não vê o rosto dele, que está oculto entre os braços, e os braços estão abraçando os joelhos. Ela tem a sensação de que ele está escutando das profundezas de sua carne, como um bicho em sua toca.

E o fato de nós morarmos aqui, disse Ilan.

É só até ele voltar, ela murmurou, estamos só tomando conta da casa para ele.

Eu lhe digo isso o tempo todo quando estou com ele, sussurrou Ilan, e eu não sei se ele chega a entender que nós estamos realmente morando aqui.

Mas no momento em que ele voltar, nós vamos embora.

Ilan deu de ombros com um sorriso irônico: e agora nosso filho vai crescer aqui.

Orah pensou que se Ilan chegasse perto e a abraçasse naquele momento, o corpo dela desabaria e se quebraria em pedaços.

E eu não vejo caminho para sair disso, Ilan falou, e nenhuma possibilidade de que alguma coisa algum dia dê certo para nós — agora ergueu a voz, realmente gritava —, e pense, nós vamos ficar aqui e vamos ter mais um filho e talvez mais um, uma vez falamos em ter quatro, inclusive um adotado, não é mesmo? Retribuir um pouco à humanidade, certo? Não foi isso que dissemos? E toda vez que nos olharmos nos olhos, veremos *ele*, e todo esse tempo, toda a nossa vida e a dele, vinte, trinta, cinquenta anos, ele vai ficar ali sentado no meio das trevas dele, percebe? Ilan segurou a cabeça com as duas mãos e fez um ruído de bater, e Orah de repente teve medo dele: aqui estará um garoto que vai crescer e haverá um mundo inteiro, ele berrou, e ali um morto-vivo, e o menino poderia ser dele, e você também poderia ser dele, só bastava —

E então talvez você fosse o morto-vivo em algum lugar, ela disse.

Sabe de uma coisa?

Ela sabia.

Está difícil pra você?, Orah pergunta a Avram com voz abafada.

Estou ouvindo, ele deixa escapar. Seus maxilares quebram as palavras em sílabas curtas.

Porque se estiver difícil demais —

Orah, ele ergue a cabeça para ela e sua face parece esmagada por uma mão firme: isso é finalmente ouvir de fora uma coisa que durante anos eu ouvi só na minha cabeça.

Ela quer pegar a sua mão, absorver um pouco daquilo que o está inundando. Mas não ousa. Sabe, ela diz, é estranho, mas comigo também é assim.

Ela já não tinha força. Deixou-se cair no sofá. Ilan veio e ficou à sua frente, e disse que precisava ir.

Para onde?

Não sei, não posso mais ficar aqui.

Agora?

De repente, ele parecia muito alto, ela conta a Avram. Parecia estar esticando mais e mais, e parecia todo rijo e os olhos brilhavam. Ela disse, o quê?, você vai embora e vai me deixar sozinha com ele? E Ilan respondeu, eu não sei ficar aqui, estou envenenando o lugar, eu odeio a mim mesmo aqui. Odeio até mesmo você. Quando vejo você desse jeito, exuberante, simplesmente não consigo suportá-la.

E não posso amar o Adam, acrescentou depois, não consigo amá-lo. Há uma parede de vidro entre mim e ele. Eu não o sinto, não sinto o cheiro dele. Deixa eu ir embora.

Ela ficou em silêncio.

Talvez, se eu pensar um pouco com calma, alguns dias, talvez consiga voltar. Agora tenho de ficar sozinho, Orah, me dê uma semana sozinho.

E como você acha que vou me arranjar aqui?

Eu ajudo você, você não vai precisar se preocupar com nada, vou falar com você todo dia por telefone, vou conseguir alguém para ajudá-la, uma babá, uma *baby-sitter*, você vai poder ficar completamente livre, voltar a estudar, procurar trabalho, fazer tudo que quiser, só me deixe ir agora, não é bom eu ficar aqui nem mais dez minutos.

Mas quando você pensou nisso tudo?, Orah murmurou ingenuamente, afinal ficamos o tempo todo juntos.

Ilan havia falado depressa, organizando num piscar de olhos o brilhante futuro dela. Pude efetivamente ver, ela conta a Avram, como numa fração de segundo aquele mecanismo dele começou a funcionar, sabe? As engrenagens-nos-olhos? Ela olhou para Ilan e pensou que por mais esperto que fosse não entendia nada, e que ela havia cometido um erro terrível com ele, e tentou imaginar o que diriam seus pais e como o mundo deles iria ruir.

E eu pensei, ela diz a Avram, como eles sempre me advertiam a respeito de você, e como valorizavam a *ele*, especialmente a minha mãe, que, na minha opinião, não entendia o que um rapaz como ele havia visto em mim.

Avram sorri, a face oculta nos braços. *Hochstapler*, era o apelido que a mãe dela tinha dado a ele, e Orah havia traduzido: um sujeito com bolso furado, mas com pose de Rothschild.

E eu fiquei estirada no sofá, tentando pensar em como me arranjaria agora sozinha com Adam. E imagine só, eu mal era capaz de me mover, de sair de casa, de manter os olhos abertos. Eu pensei que não era possível que aquilo estivesse acontecendo, é só um pesadelo e daqui a pouco vou acordar. E sentia o tempo todo que no fundo eu o entendia, que bom se eu também pudesse fazer isso, fugir de mim mesma, e do Adam e de você e de tudo, de toda a complicação. E pensei, coitadinho do Adam, dormindo tão tranquilo, sem saber que a vida está ferrando com ele.

Fiquei ali deitada, diz Orah, com a camisola aberta, do jeito que estava, não me importando com nada. Ouvi Ilan se movendo depressa pelo quarto. Você sabe como ele se movimenta quando está determinado — os dois riem um para o outro, rápido como um raio, um piscar de olhos —, ouvi os armários se abrindo, portas, gavetas. Ele arrumou a mala e eu fiquei ali deitada pensando em como pagaríamos pelo resto da vida por um único momento, um acaso idiota, por nada.

Ambos, Avram e ela, desviam imediatamente o olhar.

Pegue um chapéu, disseram-lhe Ilan e Avram pelo telefone militar da base no Sinai, e ponha dois pedacinhos de papel, mas iguaizinhos. Não, não, os dois riram, você não precisa saber o que você está sorteando. Aquela risada ainda soa nos ouvidos dela, eles nunca mais riram daquele jeito, tinham vinte e dois anos, no último ano de serviço militar regular, e ela já estava em Jerusalém, estudante do primeiro ano da faculdade, ainda estudava serviço social, um mundo se abrindo para ela e ela pensava na sorte que tinha por ter achado sua missão com tão pouca idade — não, não, Ilan repetiu a instrução por telefone, é melhor que você não saiba o que está sorteando, assim você será mais objetiva. Quando ela insistiu, os dois cederam um pouco: o.k., você pode adivinhar, mas por si própria; depressa, Orah, estão nos esperando, tem um carro blindado lá fora. (Então ela compreendeu: um carro blindado? Um dos dois vem para casa? Quem? E rapidamente correu e pegou um chapéu, um boné militar antigo, achou uma folha de papel, dividiu em duas partes, duas metades exatamente iguais, e se concentrou no conteúdo: qual dos dois ela queria que viesse?) Dois pedaços de papel idênticos, repetiu Ilan impaciente, um com o meu nome e o outro com o nome do barrigudo. Ah!, Avram se meteu por sobre o ombro de Ilan, escreva "Ilan" num dos dois e "Jeová" no outro; espere aí, pensando bem, escreva simplesmente "exércitos". Tudo bem, interrompeu Ilan, chega de conversa, agora tire um dos papéis. Tirou? O que saiu? Tem certeza?

Orah sopesa uma pequena pedra pontiaguda na mão, limpa-a de forma lenta e cuidadosa. Avram está sentado à sua frente, encolhido, as mãos se alisando uma à outra, as articulações dos dedos esbranquiçadas.

É pra continuar?

O quê? Tudo bem, continue.

Um pouco depois ele ficou parado na minha frente. Eu não conseguia nem me levantar. Sentia a maior fraqueza. Sentia-me em ruínas. Não tinha força nem para me cobrir. Ele não olhou para mim. Eu sentia que ele estava com repugnância de mim. Eu também repugnava a mim mesma. Ela está falando numa voz apertada, contraída, como que forçada a relatar tudo até o último detalhe: e ele disse que essa noite iria girar um pouco por aí, iria a um café aberto a noite toda, na época havia um café desses na rua Rainha Helena, e amanhã de manhã telefonaria. Perguntei se não pretendia se despedir de Adam. Ele disse que era melhor não. Pensei que eu precisava ficar de pé e lutar, se não por mim pelo menos pelo Adam, pois se não fizesse alguma coisa agora, não seria capaz de modificar mais nada, pois com o Ilan essas decisões se espalham com a rapidez de um raio, você o conhece, sabe muito bem disso, ela dá um sorriso pálido, em poucos segundos já se estabelece uma nova realidade, um esplêndido assentamento com telhados vermelhos e calçadas de pedra, impossível de derrubar.

E veja como me enganei, ela murmura com espanto, e por um momento, em sua mente, Ilan e Adam estão remando com movimentos sincronizados um barco de madeira, subindo um rio verde, em meio à selva: veja como no final tudo saiu diferente do que pensei. Totalmente ao contrário.

De manhã ele telefonou, tinha pegado um quarto num hotel, e disse que pretendia alugar um apartamentinho. Não longe de vocês — ele me disse. Você entende? "De vocês"! Em poucas horas ele já não era um dos nossos. Nem mesmo um dos meus.

Acabou alugando uma quitinete em Talpiot, o mais longe possível, do outro lado da cidade. Telefonava duas vezes por dia, de manhã e de noitinha, decente, responsável, você o conhece, me matando aos poucos, delicadamente. E eu chorava para ele ao telefone pedindo que voltasse. Como eu era idiota! Eu de fato me humilhei, e provavelmente fiz que ele me odiasse ainda mais com toda aquela choradeira, mas eu não tinha um pingo de força para ficar bancando a heroína. Eu estava um trapo, física e mentalmente. Não sei como conseguia produzir leite para amamentar e como conseguia cuidar do Adam.

A minha mãe veio depressa para ficar comigo, toda cheia de boas intenções, porém depois de uns dois dias eu percebi o que estava acontecendo e o que ela estava fazendo comigo, e como rapidamente começou a fazer comparações entre o Adam e os outros bebês, é claro que sempre para pior, e pedi ao meu pai que viesse e a levasse embora para casa, nem disse o porquê, e o pior é que ele entendeu imediatamente.

E havia as amigas, que logo vieram, convocação de emergência; ajudavam, cozinhavam, faziam limpeza, e tudo naturalmente com a máxima delicadeza e tato. Mas de repente eu estava de novo cercada por um grupo de moças, como quando tinha catorze anos, com todo mundo sabendo o que era melhor para mim, e do que eu realmente precisava, e me lembrando o tempo todo como eu sempre, sempre, com exceção de Adah, conseguia me dar muito melhor com os garotos.

Eu não podia aguentar especialmente o veneno delas em relação ao Ilan, pois eu lhe digo que, apesar de tudo, eu pude entendê-lo, e também sabia que só eu era capaz de entender direitinho o que estava acontecendo. Que no mundo inteiro só eu e ele podíamos entender, e talvez você também, se é que na época você tinha compreensão de alguma coisa.

Avram anui para si mesmo.

Ufa!, ela se estica e esfrega o pescoço tenso, não é fácil, tudo isso.

Sim, ele diz, e massageia distraidamente o próprio pescoço.

Ela verifica se pode abandonar Ofer por tanto tempo. Um raio interior é enviado e faz a verificação com leves toques: útero, coração, mamilos e o ponto sensível acima do umbigo, a curvatura do pescoço, lábio superior, olho esquerdo. O olho direito oscila rapidamente, indicando a imagem de Ofer que ela forma dentro dela, como num jogo infantil de unir-os-pontos-do-desenho — e ela tem a impressão de que tudo está em ordem, e que de alguma maneira sutil Ofer está até se fortalecendo um pouco enquanto ela fala, e Avram a escuta.

Adam ficava comigo a maior parte do dia, ela conta quando eles se levantam para continuar a caminhada, na estreita trilha sobre a rocha; desde o instante em que Ilan se foi, ele simplesmente se recusou a ficar sozinho, ficou grudado em mim como um macaquinho, dia e noite, e eu não tinha energia para resistir a ele, punha-o para dormir na nossa cama, quer dizer, na minha cama. Quer dizer, na nossa — minha e do Adam.

Dormi com ele por quase dois anos, contrariando as recomendações, eu sei, mas eu lhe digo, eu não tinha força para lutar quando ele começava a berrar, nem sempre tinha força, depois da mamada, para levá-lo de volta ao berço; a verdade é que para mim era bem gostoso ele adormecer comigo depois de mamar, nós dois desmanchando juntos, de ter outro corpo vivo e quente na cama.

Ela sorri: era como se após um período curto de separação nós dois tivéssemos voltado ao nosso estado certo e natural, um corpo só, um organismo que mais ou menos satisfaz suas necessidades sozinho, sem precisar do favor de ninguém.

Eu e minha mãe éramos um pouco assim, pensa Avram. No começo, nos primeiros anos, depois que ele nos abandonou.

Você e a sua mãe talvez tenham sido assim, ela lhe diz com os olhos, eu sempre me lembrava daquilo que você me contou. Pensei muito em vocês naquela época.

Ilan continuou telefonando todo dia, feito um relógio, e eu falava com ele, quer dizer, basicamente ficava ouvindo. Às vezes — eu lhe disse, como aquela sua mulher do Cocteau, só que em hebraico — chegava a dar conselhos a ele numa porção de coisas, como tirar manchas de tinta, ou se ele podia passar aquela camisa a ferro ou não. Lembrava-o de passar na dentista, escutava as lamúrias dele dizendo como estava difícil sem mim. Se alguém nos escutasse de fora, pensaria que se tratava de uma conversa normal entre a esposinha e o marido longe numa curta viagem de negócios.

Às vezes eu ficava simplesmente observando com os ouvidos enquanto ele me contava o que estava fazendo, e como estava se saindo nos estudos, e que o professor de direito criminal já estava de olho nele, e a monitora de direito civil lhe tinha dito que com aquelas notas ele podia fazer estágio na Suprema Corte. E eu ficava ouvindo, pensando em como estava enterrada no cocô do Adam, com problemas de fraldas, e os meus mamilos rachados, e ele flutuando num céu de diamantes —

Mas ele desistiu de fazer cinema, Avram disse delicadamente.

Logo depois da guerra, ela diz.

É mesmo?

Você sabe disso, depois que você voltou de lá.

Mas ele queria tanto...

Justamente por isso.

Eu sempre tive certeza de que ele seria —

Não, diz Orah, ele cortou a ideia pela raiz, e Ilan sabe cortar como ninguém. Ela faz o gesto com a mão, e se sente caindo do outro lado da faca.

Por minha causa?, Avram pergunta, por causa do que aconteceu comigo?

Bem, não só por causa disso, ela diz, houve outras coisas. Ela para de andar e olha para ele com ar de desespero: diga, Avram, como damos conta de tudo?

A montanha acima deles se transforma numa grande floresta, e Avram vê os olhos castanhos de Orah coloridos de verde, e vê como esses olhos ainda brilham, até hoje, até agora.

E não se esqueça, ela prossegue, que nos primeiros meses depois do nascimento do Adam ele também cuidou de você sozinho. Viajava diariamente para ver você em Tal Hashomer, e para todas as casas de convalescença para onde mandavam você, e me dava relatórios detalhados todos os dias, e toda noite tínhamos longos simpósios telefônicos em relação aos seus tratamentos, remédios, efeitos colaterais, e também sobre aquelas investigações, não se esqueça.

Ahá, Avram deixa escapar olhando para longe.

E você não perguntou a ele sobre mim nem uma única vez. Como eu estava. Por que havia sumido de repente.

Ele respira fundo, endireita-se, alarga os passos. Ela tem que fazer um esforço para acompanhá-lo.

Você nem sabia que eu tinha dado à luz o Adam. Pelo menos foi isso que eu achei.

Orah... —

O quê?

Ele se interessava pelo Adam?

Pelo Adam?, ela solta uma risadinha fina.

Eu só perguntei.

Bem, ela se estica novamente, preparando-se para tocar numa antiga mágoa. No começo ele certamente perguntava pelo Adam. Quer dizer, "obrigava-se a perguntar". Depois foi perguntando cada vez menos, e eu vi que ele tinha dificuldade até em dizer o nome. Aí, um dia, ele começou a falar no "garoto". Como o garoto dormiu essa noite, e como está a digestão dele, coisas assim; e aí eu estourei, até uma babaca como eu tem o seu limite.

Acho que foi então, quando ele começou a chamar o Adam de "garoto", que eu comecei a voltar a mim mesma. Disse-lhe que parasse de me telefonar.

Que saísse da minha vida. Finalmente consegui dizer a ele o que precisava dizer havia meses. Idiota que fui, e aí?, o que posso dizer? Acho que arrastei esse arranjo distorcido por uns três meses, imagine só. Quando penso nisso hoje em dia —

Eles param na sombra, num terreno plano de onde se avista o vale de Hulah. Agora, todos os músculos de ambos estão doloridos, não só da caminhada. Ele não tem força sequer para baixar a mochila das costas. Orah tem a impressão de que toda vez que ele para de andar e de se mover imediatamente é tomado por um enrijecimento pesado, rochoso. Disfarçadamente, com seus olhos de menina, ela o acompanha: percebe que ele evita olhar em volta, olhar o vale aberto que se estende aos pés da montanha, para a própria montanha em que estão, para a amplidão do céu. Ela se recorda de que uma vez Ilan lhe dissera sobre ele: ele simplesmente se apagou e está sentado dentro de si no escuro. Também aqui, na trilha, sob o sol e o céu azul, sua pele se mantém clara e fica vermelha com facilidade, mas o seu corpo parece impermeável à luz.

Ou à beleza, ela pensa. Ou a Ofer.

Com movimentos rápidos ela limpa as lentes dos óculos, bafejando e esfregando-as repetidamente. E vai se acalmando.

Mas logo depois que bati o telefone na cara dele, ele voltou a ligar, dizendo que certamente entendia que eu o estivesse expulsando da minha vida. Ele bem que merecia. Mas eu não podia expulsá-lo da responsabilidade comum que tínhamos com o nosso outro filho.

O que? Oh!

É sim.

Era desse jeito que eles pensavam em mim, reflete Avram, sentindo que muito breve, daqui a um ou dois instantes, pedirá a ela que pare de contar. Ele já não tem lugar para tudo isso dentro de si.

E aí tivemos outra conversa, ela diz, uma das mais estranhas que já tivemos. E tentamos resolver como continuaríamos a cuidar de você, e como esconder de você o que nos acontecera, pois estava claro que a última coisa que você precisava agora era de uma ruptura dessas entre nós, entre os pais, sabe, ela dá uma débil risada, e algo faz com que Avram se lembre de quando tinha mais ou menos treze anos, anos depois de seu pai se levantar e sumir e ele passar a acreditar que seu verdadeiro pai, o pai secreto, era o poeta Alexander Penn, e noite após noite — durante algumas semanas — lia sussurrando, antes de dormir, o poema de Penn, "Filho abandonado".

E conversamos como dois completos estranhos, Ilan e eu, ela diz. Não: como dois advogados de completos estranhos. Com uma indiferença de que eu não acreditava ser capaz, com ele ou com qualquer pessoa. E combinamos detalhadamente, com as agendas abertas, até quando Ilan continuaria a cuidar de você sozinho, e quando eu voltaria ao meu turno, e combinamos também que continuaríamos a fingir para você que estava tudo bem entre nós, pelo menos até você se recuperar um pouco. E sabíamos que não seria um esforço grande demais, pois de qualquer maneira você não mostrava interesse por nada, mal sabia o que estava se passando ao seu redor — ou queria que todo mundo pensasse assim, para deixarem você em paz? Hein? Que desistissem de você?

Seus olhos se movem para os lados sob as pálpebras semicerradas.

No final você conseguiu o que queria, ela diz secamente.

E então, enquanto respira, ela subitamente para, congela, de repente não consegue se lembrar do rosto de Ofer. Levanta-se num átimo, firma os pés e começa a andar. Avram resmunga, levanta-se e vai atrás dela. Ela olha em frente sem ver nada, os olhos queimando como chaminés negras em plena luz do dia, mas Ofer não se faz visível. Ela caminha e o rosto dele se desmancha dentro da sua cabeça num turbilhão de expressões e traços fragmentados. Às vezes incham terrivelmente e estouram à sua frente, como se alguém houvesse inserido um gigantesco punho por trás de sua pele, esticando-a do lado de dentro. Ela logo toma consciência de que está sendo castigada por algo, mas não sabe o quê. Talvez pelo fato de continuar a viagem e não voltar já para casa, e receber ali a má notícia. Ou pelo fato de não estar disposta a nenhuma concessão (ferimento leve?, grave?, a perna?, do joelho para baixo?, do tornozelo?, uma mão?, um olho?, os dois olhos?, o pênis?); em quase todas as horas do dia, e por trás de todas as coisas, palavras e atos, ela ouve zumbir sugestões desse tipo, enviadas de algum lugar: pode-se viver muito bem com um rim só, até com um só pulmão; pense nisso, não negue tão depressa, não é todo dia que se recebem sugestões como essas, você ainda vai lamentar não as ter considerado, outras famílias concordaram em recebê-las e agora vivem relativamente felizes. Pense outra vez, pense bem: no caso de uma queimadura por fósforo, por exemplo, é possível fazer um implante de pele. Até mesmo danos cerebrais é possível tratar hoje em dia. E mesmo que ele vire um vegetal, ainda assim estará vivo, e você própria poderá cuidar dele, poderá usar com ele toda a larga experiência que você adquiriu desde que Avram foi ferido, então faça o favor, pese isso muito bem: ele terá uma vida, sensações, sentimentos. Não é o pior negócio na sua situação. E durante todos os dias e todas as noites ela tem evitado essas informações em forma de zumbido, e agora também ergue a cabeça e caminha em meio a elas, e apenas se concentra em esconder sua face de Avram, de modo a protegê-lo de uma expressão de fatalidade que sente revelar neste momento. Ela não vai fazer nenhuma barganha, e não vai receber nenhuma notícia ruim, de nenhum tipo, *de nenhum tipo que seja*. Ande, siga em frente. Fale, conte a ele sobre seu filho.

E uma outra vida começou para mim, ela diz, e eu não tinha força nenhuma para ela, mas tinha um bebê que simplesmente me obrigava a viver, e entrou na vida com a determinação de, sei lá, de um bebê, seguro de que tudo foi criado para ele, especialmente eu. E ficávamos juntos o tempo todo, eu e ele, quase vinte e quatro horas por dia. E no primeiro ano eu ainda não tinha uma babá, nem muita ajuda, só algumas amigas vinham e se revezavam, duas vezes por semana, quando dei um jeito de voltar a viajar para ver você em Tel Aviv, fazer companhia para você. Mas o resto do tempo, de dia e de noite, eu e ele ficávamos sós.

Os olhos dela pairam em algum lugar ao longe. Existem algumas coisas que não adianta tentar explicar a ele: as conversas de murmúrios entre ela e Adam durante as mamadas, antes de dormir, semiadormecidos no meio da noite, quando o mundo inteiro dorme e só eles, olhos nos olhos, aprendem a se conhecer mutuamente. E os acessos de riso juntos quando ele tem ataques de soluços. E os olhares, um absorvendo o outro, quando a noite cai e as sombras vão preenchendo o quarto. E sua expressão de perplexidade silenciosa quando vê lágrimas nos olhos dela, e seus lábios formam um círculo e tremem em torno de perguntas que ele sabe fazer.

Avram caminha ao lado dela, fazendo movimentos de cabeça para si mesmo, encurvado para dentro como um ponto de interrogação.

E foi também uma época esplêndida, ela diz, nossa era de maravilhas, minha e do Adam.

E pensa consigo mesma, os anos mais felizes que tivemos.

E lentamente aprendi a conhecê-lo — ela sorri, lembrando-se justamente da irritação dele quando ousava desgrudá-lo de um dos mamilos, até a boca se agarrar no outro. Ele dava gritos insuportáveis, uma fúria atroz nos olhos, a cabeça ficava totalmente vermelha de raiva.

E o humor de enlouquecer, ela diz, nos seus olhares e brincadeiras e farras comigo. Eu não sabia que os bebês tinham humor, ninguém havia me dito.

Avram ainda remexe a cabeça sem parar, como que falando consigo mesmo. Como que decorando a matéria de uma aula importante. Agora estamos simplesmente praticando juntos, Avram e eu, praticando com Adam, antes de chegar a Ofer. Estamos exercitando o vocabulário, os limites, a resistência.

Mas dentro de mim, ela prossegue, imperava o caos. Como se os sistemas tivessem ficado desordenados, física e mentalmente. Na época também fiquei muito doente, cheia de infecções e sangramentos, o tempo todo muito fraca, mas também com uma sensação louca de energia, muita energia, não pergunte de onde ela vinha. Tinha ataques de choro e felicidade e desespero e euforia, tudo em apenas três minutos. Eu me perguntava, como é que vou conseguir passar mais uma hora com ele, com quarenta graus de febre, berrando no meu ouvido, e são duas da madrugada, e o médico não atende o telefone; e de outro lado — eu posso tudo! Carregá-lo nos dentes até os confins da terra. *És terrível como esquadrão com bandeiras desfraldadas!**

De repente Avram se ilumina por um instante e sorri para si mesmo, e parece que ele até está provando com os lábios, sem falar: terrível e temível. Os ombros dela subitamente relaxam, se abrem para ele como um pão trançado recém-fatiado: às vezes ele costumava chamá-la assim, mas também a chamava de "álcool maltado", ou até mesmo de "pano nodoso". Essas expressões não tinham nenhum significado real além do prazer que ele tinha de envolvê-la nessas palavras, nos sons que lhe davam prazer, exóticos, como se cobrisse os ombros dela com um fino xale, que apenas ele e ela eram capazes de ver, exatamente da mesma forma como antigamente adorava temperar suas frases, fosse necessário ou não, com as madeiras da ira e as pedras de jaspe, cercadilhos

---

* Cântico dos Cânticos, 6, 4. (N. E.)

e panículos, pedúnculos e astrolábios. "É do Avram", comentavam Orah e Ilan entre si nos anos pós-Avram, quando aparecia em alguma conversa, ou no rádio, ou num livro, uma palavra que simplesmente parecia ter nascido para ele — uma expressão verbal que levava a marca dele.

E um dia ele telefona, diz Orah, informando a mudança de endereço e telefone, como se eu fosse o oficial do exército encarregado dele. O apartamento em Talpiot é frio demais, ele diz, então está alugando outro apartamento, na Sderot Herzl em Beit Hakerem. Faça bom uso, eu digo para ele, e apago o número anterior que está na geladeira.

Dois meses depois disso, no meio de uma conversa habitual sobre você, sobre o seu estado, ele me dá outro número novo. O que houve? Você mudou de telefone? Não, é que faz um mês estão trabalhando na rua na frente de casa, abrindo e fechando dia e noite, e há um barulho terrível, sabe aquele barulho que tira a gente do sério? Então onde mora o seu número novo? Em Even Sapir, "ao lado do hospital Hadassah". Achei um apartamentinho simpático nos fundos de uma casa. E aí é quieto?, eu pergunto. Parece um túmulo, ele garante, e eu ponho o número novo na geladeira.

E depois de mais algumas semanas, outro telefonema. O filho do proprietário comprou uma bateria. Ele coloca o fone na janela, para eu também curtir o som. Uma bateria realmente imensa. Ninguém pode viver assim, eu concordo com ele, e vou com a caneta até a geladeira. Já acertei um lugarzinho em Bar Guiora, ele diz com voz anasalada. Em Bar Guiora? É bem pertinho, eu penso, é do outro lado do vale, e sinto um aperto na barriga, não está claro se é de emoção ou de susto com sua repentina proximidade. Mas uma semana se passa, e mais uma, e vejo que não há nenhuma mudança nas nossas relações. Ele está lá, e nós aqui, e cada vez mais somos "nós".

E depois de algum tempo, outro telefonema: escute, eu me desentendi um pouco com o proprietário, ele tem dois cachorros, dois rottweilers assassinos. Vou mudar outra vez, e achei que você gostaria de saber: é meio perto de vocês. Ele dá uma risadinha, é mais ou menos no bairro, em Tzur Hadassah, quer dizer, se não for incomodar vocês.

Ei, Ilan, você está brincando comigo de quente ou frio?

Ilan riu. Orah conhece Ilan e seu sistema de risadas: nessa risada havia algo frágil e triste, e ela sentiu de novo o quanto ela era forte. Juro, ela diz a Avram, até então eu não sabia que leoa eu era, com as quatro patas fincadas no chão. Mas também sou um trapo, como você se lembra, e também burra como uma porta, e vivia com saudades dele quase o tempo todo, e qualquer coisinha fazia eu me lembrar dele — quando Adam mamava no meu peito às vezes eu ficava com tesão pelo Ilan, o cheiro dele que eu sentia no Adam me despertava à noite — e o tempo todo sentia que ele estava a menos de dois metros de mim.

E ao dizer isso, de repente ouve na sua cabeça a melodia da voz de Ilan falando com ela ao telefone durante todos os anos em que estiveram juntos, um tom enérgico, afiado: Orah! E às vezes, quando a chamava desse jeito, despertava dentro dela um vago sentimento de culpa — como um soldado que adormeceu na guarda, e o oficial o repreende —, mas quase sempre quando ele se dirigia a ela havia algo de ousado, provocante, provocando e convidando: Orah! Ela sorri para si mesma: Orah! Como que estabelecendo um fato concreto, decisivo, de que ela própria não raras vezes duvidava.

Então eu me faço de forte e pergunto delicadamente: o que há, Ilan? Você está jogando uma espécie de Banco Imobiliário, compra-aluga-vende casas em tudo que é rua da cidade? Ou será que o meu caro amigo está com um pouco de saudades de casa? E ele, sem piscar, responde que sim, que não tem vida própria desde que saiu de casa, e que está com saudades. E aí eu ouço a mim mesma dizendo, então volte, e logo em seguida penso — Não! Eu não preciso dele e não quero ele aqui, não quero homem nenhum andando por aqui no meio das minhas pernas.

Aí está você, ela diz com um sorriso largo quando Avram ergue momentaneamente as pálpebras pesadas e um brilho antigo cintila em seu olhar.

Às vezes de noite, Ilan então lhe diz, vou até a sua casa. É uma espécie de atração... de repente me puxa e me arranca da cama, me acorda do sono, a uma da manhã, às duas, eu me levanto feito um zumbi e subo na moto e vou até aí, sabendo que um minuto mais e posso estar com você, na sua cama, implorando para você me perdoar, esquecer, apagar a minha loucura. E então, quando chego a uns vinte metros da sua casa, a força contrária começa a agir, sempre no mesmo ponto do caminho, como se ali os polos magnéticos se invertessem. Sinto isso de forma física mesmo, alguma coisa me empurra e me diz, vá embora, afaste-se, não é bom você estar aqui —

É isso mesmo que acontece?

Eu fico louco, Orah, tenho um filho e não sou capaz de vê-lo? Será que regulo bem? E tenho você, e sei com cem por cento de certeza que você é a única pessoa com quem eu posso e quero viver, que consegue me aguentar. E aí? O que é que faço? Achei que precisava simplesmente fugir daqui, de Israel, talvez viajar para a Inglaterra, estudar lá, mudar de ares, mas isso eu também não consigo! Por causa do Avram eu não posso sair daqui! Não sei o que fazer, me diga o que fazer.

E então, Orah diz a Avram, quando ele me disse isso, pela primeira vez me ocorreu que você tinha sido de fato o motivo de ele fugir de nós, mas talvez também a desculpa.

Desculpa para quê?

Para quê? — Ela solta um sorrisinho, fino, não muito agradável — Por exemplo, para o medo dele de viver conosco, comigo e com o Adam. Ou simplesmente de viver.

Eu não entendo.

Aaach, ela solta, mexendo a cabeça com firmeza algumas vezes: vocês, vocês dois.

Ele alugou uma casa ao lado do parquinho infantil, sabe, aquele que os pais das crianças do bairro construíram, a cem metros da nossa casa em linha reta, e não telefonou durante umas três semanas, mais ou menos. Eu fiquei de novo uma pilha de nervos, e isso obviamente passou também para o Adam. Eu saía para passear com ele no carrinho, ficava passeando horas pelo bairro, dando voltas, só assim ele sossegava um pouco, e por mais que eu não tivesse intenção, acabava chegando à casa do Ilan.

Avram caminha ao lado dela, a cabeça baixa, sem olhar para ela, sem olhar a paisagem. Ele vê a jovem mulher, solitária e inquieta, passando com o carrinho de bebê. Ele a conduz pelos caminhos do bairro onde passou sua juventude, na rua circular e na rua lateral que se bifurca, passando por casas e quintais que ele conhece.

Uma vez demos de cara um com o outro. Ele acabava de sair da sua casa e nos encontramos por acaso ao lado do portão. Dissemos um "oi" cauteloso, e ambos ficamos sem saber o que fazer. Ele me olhou como se fosse me deitar na calçada, eu conhecia muito bem aquele ar faminto dele. Mas eu também queria que ele olhasse para o Adam, que justamente naquele dia estava resfriado e muito ranheta, sonolento e cheio de remela nos olhos. Mas Ilan deu uma olhada tão rápida nele que achei muito difícil ele ter percebido alguma coisa.

Mas, como de costume, eu me enganara. Ele disse, "olha ele aí", e subiu na moto acelerando e saindo a toda e acordando o Adam. Só depois que ele sumiu me ocorreu que ele estava se referindo a algo totalmente diferente. Tirei todas as cobertas do menino, olhei direito no rosto dele e pela primeira vez vi que ele era parecido com *você*.

Avram vira a cabeça, olha para ela, surpreso.

Algo nos olhos, ela diz, agitando os dedos no ar, algo na expressão geral. Não me pergunte como isso é possível, ela ri. Talvez eu estivesse pensando um pouco em você quando nós o fizemos, sei lá, aliás, até hoje às vezes consigo ver nele alguma linha de semelhança com você.

Mas como?, Avram dá uma risada sem graça e quase tropeça no próprio pé.

Existem coisas assim na natureza — indução, não é?

Existe na eletricidade, ele diz depressa, há um fenômeno assim, um magneto cria uma corrente elétrica.

Ei, Avram, ela diz delicadamente.

O que é?

Nada... Você não está com fome?

Não, ainda não.

Quer café?

Quem sabe seguimos mais um pouco? O caminho está bonito.

Sim, ela diz, com certeza é um caminho bom.

E segue na frente dele, os braços abertos e respirando o ar puro.

Uma semana depois o Ilan ligou, ela conta, às onze e meia da noite, eu já estava dormindo, e sem nenhuma introdução perguntou se eu não me importava que ele viesse dormir no barracão que ficava no quintal.

No barracão?, engasga Avram.

Ali no depósito, você sabe, onde ficavam todas aquelas tralhas, onde era o seu "estúdio".

Sei, mas o que —

Eu não pensei nem um minuto sequer, disse que viesse. E me lembro de ter desligado o telefone e me sentado na cama, pensando em como esse joguinho era a nossa cara, esse joguinho que já durava dois anos, aquela força de repulsão-atração que agia nele, e a força gravitacional do Adam.

E a sua, diz Avram, sem olhar para ela.

É mesmo? Não sei não...

Agora só se ouviam os passos na terra. Orah sente o sabor da frase: a minha força gravitacional. Dá uma risadinha. É bom lembrar. Nunca a sentira com tanta intensidade como naqueles dias em que ela fizera Ilan se mover freneticamente por toda a cidade.

Bem, ela suspira (agora ele se distancia até a Bolívia e o Chile, leve e solto, um viajante sem bagagem, solteiro).

No dia seguinte, pela manhã, fui até o barracão e comecei a esvaziá-lo; joguei fora pilhas de tranqueiras e velharias, pois aquele lugar era o depósito de entulho de todo mundo que alguma vez já tinha morado naquela sua casa, mais ou menos desde o começo do século. Também achei caixotes cheios de roteiros de radionovelas, os seus textos e fitas. Isso eu guardei, guardei todas as suas coisas, elas estão comigo, se um dia você quiser —

Pode jogar tudo fora.

Não, não, não vou jogar. Se quiser, jogue você mesmo.

Mas o que há ali?

Milhares e milhares de folhas com a sua letra. Umas dez caixas, eu acho. É inacreditável, ela ri, é como se toda a sua vida, desde o momento em que você nasceu, você tivesse ficado o tempo todo sentado escrevendo.

Mais tarde, após um silêncio que durou um morro inteiro e meio vale, Avram diz: então você esvaziou o depósito —

Trabalhei nisso umas boas horas, com Adam se remexendo ao meu lado, pelado na grama, e feliz da vida. Talvez sentisse algo acontecendo, e eu não expliquei nada, pois não sabia explicar direito nem mesmo para mim. E quando já havia uma pilha imensa na trilha em frente ao barracão, fiquei olhando para ela com a maior satisfação, e de repente senti uma pontada no coração — como se chamava aquela mulher na história do Cocteau?

Acho que ela não tinha nome, diz Avram.

Ela merece.

Avram dá uma profunda risada, e sente uma coceirinha dentro de si.

E comecei a colocar tudo de volta para dentro. E o Adam certamente pensou que eu tinha ficado biruta. Apertei tudo lá dentro e mal consegui empurrar a porta com o ombro; tranquei, e senti que havia me salvado de uma magnífica humilhação.

Passados alguns dias, na festa de Sucot, quando estava com Adam na casa dos meus pais em Haifa, o Ilan veio e esvaziou ele mesmo o barracão, colocou as coisas dele lá dentro, e trouxe alguém que construiu uma pequena cozinha e um banheiro para ele, e fez uma ligação com a minha eletricidade e os meus encanamentos. Quando voltei, era de noite, Adam dormia em cima de mim, e de longe já pude ver as pilhas de entulho e as tralhas em volta da lata de lixo. Entrei em casa pela trilha que passa no meio do jardim, vi que havia luz no barracão e não olhei nem para a esquerda nem para a direita. O que é que eu posso lhe dizer, Avram?

E aí começaram aqueles dias. Nem sei como contar a você sobre aqueles dias. Uma tortura. Eu aqui e ele ali. Talvez uns vinte metros entre nós. Uma luz se acendia lá e eu imediatamente assumia meu posto, na janela, atrás da cortina, quem sabe eu consiga vê-lo de relance. O telefone tocava lá e eu, juro — essa expressão —, era toda ouvidos.

E às vezes, de manhã, eu o via sair logo depois do nascer do sol, de mansinho, para não correr o risco de dar de cara comigo e com Adam. E geralmente também voltava bem tarde da noite, apressado, quase correndo pela trilhazinha com uma pasta de estudante debaixo do braço. Eu não sabia o que ele fazia o dia todo, se tinha uma namorada, por onde ele andava depois das aulas para não estar aqui quando o Adam e eu estávamos acordados. Sabia apenas que umas três ou quatro vezes por semana ele estava com você. Era a única coisa certa: que ele cuidava de você nos dias em que eu não podia.

Você com certeza não se lembra, mas na época eu tentava por todos os meios fazer você falar dele, arrancar de você alguma informação sobre ele. Você se lembra disso?

Avram faz que sim.

Se lembra mesmo?

Continue. Depois eu...

Eu disse ao Adam que havia um homem que vinha morar no barracão. Ele perguntou se era amigo nosso, e eu respondi que ainda não dava para saber. Ele perguntou se era um homem bom. Eu disse que, de forma geral, era sim, apesar de ter suas próprias maneiras de expressar isso. O Adam obviamente quis que fôssemos logo visitá-lo, mas eu expliquei que era um homem muito ocupado e que não era possível visitá-lo, pois ele nunca estava em casa. O Adam ficou fascinado com a novidade, e talvez também com a ideia de haver um homem que nunca estava em casa. E toda vez que saíamos, ou voltávamos, ele me puxava até o barracão. Fazia desenhos e queria levá-los de presente para o homem do barracão. O tempo todo chutava a bola na direção do barracão. Ficava parado alisando com as duas mãos a moto do Ilan e a corrente que a prendia ao portão.

Às vezes eu brincava com ele no jardim, ao lado do barracão. Ou lhe dava banho numa banheira de plástico enorme, ou fazíamos um piquenique no gramado, e ele, mais ou menos um minuto depois, perguntava: "O homem pode nos ver?", "A gente podia convidar ele?", "Como o homem se chama?".

Quando enfim me enchi e lhe disse explicitamente o nome, ele começou a chamá-lo. "Ilan, Ilan"... Ela demonstra colocando as mãos em concha junto à boca e chamando: "Ilan, Ilan". Avram a observa.

Entenda, até então ele tivera a intuição de nem sequer aprender a palavra *papai*. E de repente começou a dizer "Ilan" com verdadeira devoção. Abria os olhos de manhã e perguntava se o Ilan ainda estava lá. Voltava da creche e ia verificar comigo se o Ilan tinha voltado do trabalho. De tarde, ficava no terraço que dava para o jardim, segurava no corrimão, balançava com toda a força e gritava "Ilan". Cem vezes, mil vezes, nunca desistia, até eu trazê-lo de volta, às vezes tinha de realmente trazê-lo à força para dentro de casa.

Sabe, quando conto isso percebo o que fiz com ele.

Na época eu não pensava em nada, entende?

Ilan e eu éramos —

Você tem que entender.

Havia uma espécie de círculo de loucura em torno de nós.

E todos os meus instintos naturais, era como se —

Escute, não sei onde eu estava na época.

Era como se eu não estivesse em lugar nenhum.

E ele não sentia essa mesma atração pelos demais homens — ela retoma o relato depois de uma longa pausa, durante a qual enxuga os olhos e o nariz, e depois de engolir o pensamento venenoso de que talvez seja por isso que agora ele, Adam, a esteja punindo —, ela era diferente da atração despertada por qualquer homem que por acaso desse uma passada em casa, qualquer carteiro que deixasse um pacote, com os quais era capaz de fazer amizade e pedir que ficassem e lhes grudar na perna. Havia algo no Ilan — bem, você conhece a presença ausente dele, e deve entender que ele fosse capaz de ignorar Adam a esse ponto quando todo mundo fazia questão de comentar a doçura do menino —, algo que simplesmente o deixava maluco. E até hoje é assim. Ela suspira e consegue ver Adam à sua frente, se apresentando no palco, seus olhos se revirando de puro êxtase, num misto de angústia e súplica.

Assim como?

Como se estivesse sempre querendo que Ilan o visse.

E não pense você que eu não decidia pelo menos duas vezes por dia que não dava mais. Basta, o Ilan precisa ir embora, deixar o nosso quintal, só para eu poder parar de responder ao Adam desse jeito. Por outro lado, eu lhe digo que não era capaz de abrir mão de um milésimo de chance de que ele, apesar de tudo, voltasse. E o tempo todo também tentava entender o que se passava com o Ilan quando ouvia aqueles uivos do Adam no terraço, como é que aquilo não o deixaria doido lá no barracão, que tipo de homem ele era, me diga, capaz de aguentar uma coisa dessas.

Sim, diz Avram e se enrijece.

Eu também pensava que talvez fosse exatamente isso que ele procurava.

Isso o quê?, grunhe Avram.

Exatamente essa tortura.

Que era o quê? Não entendi.

Aquela coisa-bem-em-frente, ela diz num ritmo pesado. Aquele "nos verás de longe mas não chegarás a nós". E acredite que uma tortura dessas eu não —

A fisionomia dele fica imediatamente tensa, os olhos dardejam. Toda a sua expressão se transforma. Ela para. Põe a mão no ombro dele.

Sinto muito, Avram, eu não... não volte para lá agora, fique comigo.

Estou com você, ele diz no momento seguinte. Sua voz está grossa e rígida. Ele limpa o suor acumulado no lábio superior: estou aqui.

Eu preciso de você.

Estou aqui, Orah.

Eles caminham em silêncio. Em algum lugar, não longe deles, o tráfego da estrada flui e já se ouvem os veículos. Avram percebe a si e a ela como uma pessoa sonhando que começa a ouvir os sons da casa um pouco antes de acordar.

E eu debochava dele, Orah prossegue, às vezes tinha pena dele, como se tem pena de uma pessoa totalmente inválida. E eu o odiava, sentia saudades, e sabia que precisava fazer alguma coisa para arrancá-lo daquilo, da praga que ele havia jogado nele mesmo e em nós. E não tinha força para fazer nada.

E durante todo esse tempo, entenda, Ilan e eu nos falávamos por telefone ao menos duas vezes por semana, pois também tínhamos você, e mais ou menos uma vez por mês havia alguma pequena operação, os últimos remendos, detalhes cosméticos, e todas os infindáveis arranjos com o Ministério da Defesa, e a busca por um apartamento em Tel Aviv para você morar. Duas vezes por semana eu viajava para ver você, ficar com você, e o Ilan — em todos os outros dias. E você não sabia de nada a nosso respeito, ou pelo menos era o que nós achávamos; nem que tínhamos um filho, nem que tínhamos nos separado, e nem de todas as andanças do Ilan por toda a Jerusalém. Diga —

O quê?

Você se lembra de alguma coisa daquela época?

Se eu me lembro? Lembro sim.

Verdade?, ela se espanta. Interrompe a caminhada.

Quase tudo.

Mas exatamente o quê?, ela corre atrás dele. Os tratamentos, as operações, as investigações deles?

Orah, eu me lembro daquele período quase todo dia.

Eu ficava sentada com você, ela continua depressa — a nova informação é demais para aguentar, chega a ser assustadora. Nesse momento, ela não consegue se relacionar com ele; depois, depois —, ficava sentada contando histórias de mim e do Ilan, como se nada tivesse mudado entre nós. Como se tivéssemos continuado jovens de vinte e dois anos, como no dia em que você foi embora, e como se tivéssemos ficado exatamente no mesmo lugar, esperando você voltar. Em posição de sentido.

Eles dão passadas rápidas, estão praticamente correndo, por alguma razão.

Não que você mostrasse muito interesse, ela volta a lembrá-lo. Você ficava sentado no quarto, ou ali no jardim, quase sem falar. Sem estabelecer nenhum contato com os outros pacientes, nem com as enfermeiras. Sem perguntar nada. Eu nunca sabia o que você captava do meu palavrório. Contava sobre os estudos na universidade, em serviço social, que interrompi logo depois que você voltou, quem tinha cabeça pra isso? Detalhava para você a incrível vida no campus, descrevendo o meu projeto com crianças carentes, que eu tinha largado, é claro, logo depois que você voltou, mas ficava lhe narrando, começando toda vez de novo, como o projeto estava sendo elaborado, quem me ajudava e quem não, relatava as negociações com os kibutzim como se estivessem efetivamente ocorrendo, Maagan Michael concordou em hospedar as crianças mas não querem que elas entrem na piscina do kibutz, e em Beit Hashitah foram alojadas em construções com buracos nas paredes, e nem pergunte o que aconteceu ontem, todos os kibutzim juntos exigem que eu retire imediatamente todo o meu pessoal porque acharam piolhos. Ficava sentada com você simplesmente continuando a narrar a minha vida a partir do ponto em que ela parou. Para mim também serviu um pouco como terapia, e daí?

Ela recorda: um dia, enquanto tagarelava nos seus ouvidos, ele de repente virou a cabeça para ela e murmurou: Como vai o filho de vocês?

E quando ela começou a gaguejar, ele prosseguiu, com que idade está o seu filho?, como se chama o seu filho?

Ficou momentaneamente paralisada, depois tirou a carteira da bolsa e pegou a foto.

A face dele tremia. Os lábios se retorceram incontrolavelmente. Quando ela quis pôr a foto de volta na carteira, ele esticou o braço e agarrou o pulso dela, torceu com força, tremendo enquanto olhava.

É parecido com vocês dois, disse finalmente, os olhos quase fugindo das órbitas.

Avram, eu lamento tanto, esforçando-se para não chorar. Eu não sabia que você sabia.

Ao olhar para ele a gente percebe como vocês dois se parecem.

Eu e ele? É mesmo? Orah de repente se sentiu feliz; ela própria mal via qualquer semelhança entre ela e Adam.

Você e o Ilan.

Aaaaah. Ela soltou o braço. Há quanto tempo você já sabe?

Ele encolheu os ombros e ficou quieto. Orah fez um cálculo rápido: desde o momento em que a barriga começou a crescer ela deixara de o visitar, e Ilan cuidou dele sozinho. De repente ficou furiosa: faça o favor de me dizer, quando foi que ele lhe contou?

O Ilan? Ele não me disse nada.

Então como?

Avram lançou um olhar inexpressivo: eu soube. Soube desde o início.

Um pensamento insano lhe ocorreu: ele soube assim que eu descobri.

E o Ilan não... não sabe que você sabe?

Um sutil lampejo de cumplicidade passou pela sua face. Sua antiga característica, seu gosto por reviravoltas no enredo.

Já faz um bom tempo que estão andando numa estradinha secundária, mas com surpreendente tráfego. Ambos estão inquietos: faz pelo menos dois dias que não andavam assim, numa estrada, e têm a impressão de que os automóveis passam voando perto demais deles. E podem ver seu próprio reflexo nos olhares dos motoristas: dois refugiados desgastados. Durante algumas horas se esqueceram de que isso é o que de fato são, fugitivos, perseguidos. Avram está novamente arrastando os pés e gemendo sem parar, e Orah está tomada de uma suspeita vaga, tola, porém insistente, de que aquela remota estradinha esteja conectada, em última instância, por meio de incontáveis outras estradas e interseções, a suas irmãs na longínqua Beit Zayt, e que alguma má notícia corre o risco de se insinuar de lá através do sistema nervoso e arterial da rede de asfalto; e ambos se acalmam subitamente quando vislumbram outra vez o sinal azul-branco-alaranjado no qual aprenderam a confiar nos últimos dias, e que lhes indica para virar à esquerda após a pequena ponte de concreto e afastar-se da estrada rumo a uma convidativa área campestre. E lhes faz muito bem, inclusive a Avram, sentir de novo a terra viva sob os pés, e sementes e brotos flexíveis e maleáveis, que respondem aos seus passos e, de certa forma, conduzem o andar quase saltitante, que levanta pequenas pedras como fagulhas durante a caminhada.

Suas costas se endireitam novamente, seus sentidos se aguçam. Ela pode sentir seu corpo despertando, como um animal selvagem. Até mesmo a nova e aguda descida — uma trilha estreita de cabras que parece estar num enorme maciço rochoso — agora não lhes mete mais tanto medo. Gigantescos carvalhos irrompem das rochas e os galhos se espalham ladeira abaixo. Orah e Avram caminham em silêncio, concentrando-se na descida íngreme, apoiando-se mutuamente, tomando o cuidado de não escorregar sobre as rochas molhadas de filetes de água de fontes da montanha.

Mais tarde, quem sabe quanto tempo depois — nenhum deles tem relógio, já faz alguns dias que as horas e os minutos deixaram de existir e o tempo é medido apenas pela refração da luz no prisma de cada dia —, Avram apoia as costas e a mochila no tronco de uma árvore, e senta-se lentamente, as pernas espalhadas para a frente. A cabeça, um pouco caída, por um instante parece a de um homem adormecido. Orah apoia a cabeça numa rocha fria e escuta o delicado riacho correndo em algum lugar das proximidades. Sem abrir os olhos, Avram diz, andamos um bocado esses dias. E ela, eu mal consigo mexer as pernas, e ele, acho que faz uns trinta anos que não ando desse jeito. Sua voz, ela pensa, ele está falando comigo. E quando abre de novo os olhos, ele a está observando. Olhando direta e claramente dentro dela.

O que foi?
Nada.
O que você está olhando?
Você.
E o que está vendo?
Ele não responde. Os olhos se desviam para os lados. Ela tem certeza de que seu rosto já não é tão bonito para ele. Pensa que seu rosto, aos olhos dele, é mais uma promessa quebrada.

Diga, ele fala.
O quê?
Eu pensei, hoje, enquanto estávamos andando, pensei — como é... a aparência dele.
Como é a aparência dele?
É.
Como é a aparência do Ofer?
Avram retorce os lábios num muxoxo: não é uma boa pergunta?
É uma pergunta ótima, excelente.
Ela vira o rosto de um lado para o outro, secando os olhos que de repente —
Tenho um retratinho dele na carteira, ao lado do Adam, se você —
Não, não, ele se assusta. Conte para mim.
Só com palavras? Ela sorri.
Sim.

Um som limpo, vívido e penetrante subitamente preenche a clareira. Um pássaro invisível canta dentro da mata, e Orah e Avram baixam a cabeça, absorvendo a alegria de uma minúscula alma repleta de vida e histórias. Todo um enredo se desenrola, talvez os fatos deste dia que passou, a busca por comida, o relato de uma salvação maravilhosa das garras de uma ave de rapina e, entrementes, um refrão que se repete composto inteiramente de queixas e respostas, um amargo acerto de contas com um adversário mesquinho.

Quando vejo você andando — diz Orah, assim que o canto diminui um pouco, transformando-se num gorjeio profano —, inclusive hoje, alguns momentos atrás, penso comigo mesma como o jeito de ele andar, do Ofer, mudou com o correr dos anos.

Avram se curva para diante, escutando.

Pois até os quatro anos, mais ou menos, ele andava como você, igualzinho, com... você sabe, balançando os braços para os lados, como um pinguim, do mesmo jeito que você anda.

O quê?, ele se ofende, eu ando desse jeito?

Você não sabe?

Até hoje eu ando assim?

Olha, por que você não experimenta calçar estes sapatos? Veja se servem, o que importa —

Não-não, estes aqui são confortáveis.

Então você vai carregando estes aqui o tempo todo?

Você estava dizendo que ele anda como eu?

Quando era pequeno. Quatro, cinco anos. Depois teve uma porção de fases. Você sabe que as crianças imitam aquilo que veem.

É mesmo? Ele pensa no caminhar flexível, pronto-para-a-batalha, de Ilan.

E na adolescência — você quer mesmo saber?

Estou ouvindo, Avram murmura.

Até essa época, ele sempre fora muito magro, e pequeno. Se você o visse agora, não acreditaria que é a mesma pessoa. Ele simplesmente deu um salto enorme nessa época, mais ou menos com dezesseis e meio, na altura, na largura. Mas até então ele era — ela desenha no ar uma forma qualquer com os dedos —, tinha pernas que pareciam dois palitos, eu ficava de coração partido de ver. E ele andava o tempo todo — veja só, acabei de lembrar — com enormes botas de montanha, pesadas, parecidas com estas aqui, presas na sua mochila. Não tirava as botas de manhã até de noite.

Mas por quê?

Por quê? Você realmente não sabe o porquê?

É claro que ele sabe, ela pensa na hora. Você não entende? Ele só precisa ouvir isso da sua boca, palavra por palavra.

Porque as botas o deixavam mais alto, ela diz, e certamente também lhe davam a sensação de ser mais forte, mais sólido, masculino.

Sim, murmura Avram.

Estou lhe dizendo, ele era pequeno mesmo.

Quanto? Avram ri, incrédulo, quão pequeno?

Ela lhe faz um sinal com os olhos: muito pequeno. Minúsculo. Avram anui lentamente, digerindo com os olhos, pela primeira vez, o Ofer refletido no olhar dela. Um menino pequenino, ela murmura. O Pequeno Polegar. E pergunta a si mesma que menino ele teria visto em sua imaginação todos aqueles anos.

Você não achava que ele —

Não achava nada, ele interrompe, fechando a cara.

E nunca tentou imaginar como —

Não! (Ele está quase latindo.)

Ambos se calam. O pássaro que cantava na floresta também silencia. Um garoto muito pequeno, pondera Avram, e algo dentro dele se comove, se abala. Um garoto fraco, uma sombra que passa. Eu não aguentaria isso, a tristeza de um menino desses, a inveja dele dos outros meninos. Volta a olhar dentro dos olhos de Orah, e ela responde como que o direcionando com sinais da alma para o corpo magro, de ombros estreitos, o pescoço fino como o de um passarinho e os pés delicados, que só graças a dois pares de meias grossas conseguiam se manter dentro das botas pesadas.

Como um potrinho, ela se recorda, um potrinho que ainda não aprendeu a ficar de pé, e alguém vem e lhe crava enormes ferraduras.

E como é possível proteger um garoto desses, pensa Avram, como ele consegue se virar na escola, na rua? E como o deixam sair de casa sozinho? Atravessar a rua sozinho? Eu jamais aguentaria isso.

Ame-o, Orah pede silenciosamente.

Eu realmente não imaginava, ele murmura, simplesmente não imaginava nada.

Como é possível?, ela pergunta com os olhos.

Não me pergunte, ele retruca com o olhar e baixa os olhos. Os polegares se movem ansiosamente sobre as pontas dos outros dedos. O músculo tenso de seu maxilar diz, não me faça perguntas desse tipo.

Mas, ela volta a confortá-lo, depois ele deu um salto enorme, de repente, de uma vez, na altura e na largura. Hoje ele é mesmo —

Mas naquela época, pensa Avram, recusando-se por algum motivo a se separar daquela dor estranha, nova, como uma cruel pontada no coração que acaba numa suave carícia.

E o próprio Avram, ela se lembra, sempre foi baixinho, mas largo e sólido. Agora tenho a aparência de um duende, ele explicou uma vez, com absoluta naturalidade, aos rapazes e moças da sua classe, e é assim com todos os homens da nossa família, prosseguiu com sua descarada mentira, mas aos dezenove anos nós começamos de repente a crescer e crescer e crescer, não há nada para nos impedir, ele brincava, e então pagamos a conta! E uma vez, no recreio, no vestiário da sala de ginástica, pegou Meir'ke Blutreich, e anunciou, diante de todo mundo, que dali por diante o seu cargo de gorducho da turma estava cancelado, e ele, Avram, passaria a ostentar oficialmente aquele título, e não tinha a menor intenção de dividi-lo com gordos amadores, cuja carne dos braços e barriga não era flácida e mole na medida exigida.

E diga, sussurra Avram, eu pensei, não sei se ele...

O quê?, diz Orah, pode perguntar.

Ele também é, ahnnn, ruivo?

Ele até que nasceu com o cabelo bem vermelho, ela ri, aliviada, e eu fiquei muito contente com isso, e o Ilan também. Mas ficou amarelo bem depressa, quase dourado ao sol. E agora ele é mais ou menos assim. Mais ou menos como a sua barba.

A minha?, emociona-se Avram, afagando suas pontas desgrenhadas.

Ele tem um cabelo lindo, espesso, cheio, abundante, com cachos nas pontas. É uma pena que agora está raspando tudo, ele diz que é mais confortável no exército, mas talvez depois de ser liberado ele volte a deixar o cabelo crescer —

Ela se cala.

Adam ficava surpreso com a excitação de sua mãe quando ela pegava a câmera e o flash, mas participava com desconfiado entusiasmo. Ela o fotografava enquanto ele brincava, desenhava, assistia televisão. Deitado na cama, debaixo das cobertas, Orah receava que ele acabasse ficando com intoxicação de celuloide. No dia seguinte, em meio a mais uma sessão de fotos, ele ergueu os olhos com um ar supostamente ingênuo, e perguntou: Isso tudo é para o homem do barracão, não é? Orah balbucia, não, de onde você tirou isso? É para o meu amigo que está doente, internado num hospital em Tel Aviv. Ah, Adam se desaponta, aquele que você vai sempre visitar? Sim, aquele que eu vou visitar. Ele quer muito saber como você é.

Mas Adam nunca pergunta nada sobre esse amigo.

Avram se recupera de outra operação. Orah traz um pequeno álbum. As fotos foram selecionadas de modo a tirar qualquer coisa que possa lhe causar dor, qualquer indício da casa da sua infância, de seus cômodos e do jardim. Ele folheia rapidamente, sem se deter quase em nenhuma foto. Ele não sorri. Seu rosto se mantém inexpressivo. Após algumas páginas, ele fecha o álbum.

Quer que eu deixe isto aqui?

Não.

Vou deixar, qual é o problema?

Um belo garoto, ele diz, e sente a língua pesada na boca.

Ele é maravilhoso, você vai conhecê-lo.

Não, não.

Não agora. Um dia. Quando tiver vontade.

Não, ele começa a sacudir a cabeça furiosamente, não, não e não, todo o seu corpo se sacode, a cadeira de rodas começa a balançar, Orah o agarra com as duas mãos e berra, calma!, calma! Uma enfermeira chega correndo, e mais uma, e o afastam dali, ela vê como ele está se debatendo, de repente todas as suas forças retornaram, como se finalmente houvesse compreendido o que de fato se passara com ele. Ela vê que estão lhe aplicando uma injeção, e o súbito relaxamento, e o embotamento dos sentidos, que volta a tomar conta de sua face.

Ela telefona a Ilan e relata o que aconteceu. Ele fica irritado por ela ter levado as fotos. Por não ter adivinhado o que isso provocaria em Avram. É como castigar um morto, ele grita. É como ir ao cemitério, parar na frente do túmulo e mostrar como você está viva.

Mas quando Ilan vai visitá-lo, no dia seguinte, Avram lhe pede que traga o álbum. Na véspera Orah coloca o álbum na porta do barracão, dá umas batidas e se afasta lentamente em direção à casa. Passados alguns instantes ela vê pela janela Ilan sair, olhar para os lados, pegar o álbum e o levar para dentro. Do seu lugar junto à janela ela folheia o álbum com Ilan. Através da cortina na janela do barracão, mais tarde, ela o vê andando de um lado para outro, de um lado para outro.

Avram termina o processo de recuperação e se recusa a voltar para a casa em Tzur Hadassah. Ilan aluga um apartamento aconchegante em Tel Aviv. Orah e Ilan se revezam na limpeza e nos preparativos para recebê-lo. Num dia de chuva forte, no começo do inverno, Ilan traz Avram para o apartamento e ele dá início à sua nova vida. Nas primeiras semanas ele tem direito a um enfermeiro em casa, por conta do Ministério da Defesa, mas diz que não quer e pede que o deixem. O departamento de reabilitação tenta fazer com que se interesse por diferentes trabalhos, mas eles o cansam demais e ele não consegue manter nenhum deles. Orah conversa incansavelmente com as funcionárias do departamento, discute, faz barganhas, tenta achar um trabalho adequado para ele, para sua personalidade e suas habilidades. As funcionárias argumentam que ele simplesmente não quer trabalhar, que não se interessa por nada. Orah começa a perceber um tom de impaciência em relação a ele. As funcionárias dão indícios de que as expectativas dela em relação a Avram carecem de fundamento na realidade.

Avram começa a sair sozinho de casa. Às vezes ela telefona durante horas e ele não está, e então fica preocupada e telefona a Ilan, que diz, deixe-o respirar.

E se ele fizer alguma coisa consigo mesmo?

Você pode culpá-lo por isso?

Ele passeia pela orla do mar. Vai ao cinema. Senta-se nos parques públicos, e até mesmo faz amizade com estranhos. Adota determinadas condutas e uma espécie de receptividade imediata, simpática e vazia. Ilan fica impressionado com o ritmo da sua recuperação. Orah sente que em grande parte é uma encenação. Quando vai visitá-lo, duas vezes por semana, ele parece vívido, está limpo e barbeado: "Bem mantido", ela relata a Ilan. De vez em quando dá um sorriso, mesmo que não haja motivo, e conversa bastante. Seu vocabulário volta a ficar rico, e toda vez que ele diz algo "do Avram" Orah exulta de felicidade. Mas bem depressa ela descobre que os assuntos de conversa com ele são muito bem definidos e delimitados: é proibido falar do passado distante, e também sobre o passado recente, e especialmente sobre o futuro. Só o presente existe. Só aquele exato momento.

Na mesma época Ilan e Orah se encontram para uma conversa com o psicólogo do Ministério da Defesa, que estava acompanhando Avram desde que voltara da prisão. Ficam sabendo, para sua surpresa, que Avram não é absolutamente definido como "traumatizado de combate". Mas os médicos não conseguem determinar precisamente seu tipo de dano, e quais as perspectivas de recuperação, pois todos concordam que ele não apresenta os sintomas típicos de um trauma de combate. E se não é trauma de combate, então o que é?, Ilan pergunta, estarrecido, a testa repuxada para a frente, em posição de mira. Difícil dizer, suspirou o psicólogo, são características limítrofes: decididamente pode ser que ele saia disso em algumas semanas, ou meses, e pode ser que leve mais tempo. Nossa estimativa — nosso palpite, para ser mais exato — é que ele de alguma forma está no controle disso, quer dizer, no seu ritmo de recuperação, não de forma consciente, é claro —

Não entendo, explode Ilan, está me dizendo que ele está nos manipulando? Que é uma encenação?

Deus me livre, o psicólogo abre os braços, eu — quer dizer, nós, o sistema — só acho que ele aparentemente prefere voltar à vida a passos pequenos. Muito, muito pequenos. E eu também sugiro confiar no fato de que ele provavelmente sabe melhor que todo mundo o que é melhor para ele.

Diga, Orah pousa a mão no braço de Ilan, poderia ser que por termos tido um filho, Ilan e eu, haja alguma conexão com... como posso dizer isso —

Para a sua ausência de vontade de viver, sibila Ilan.

Essa é uma pergunta que só ele próprio pode responder, diz o psicólogo sem olhar para os dois.

Ilan continua a morar no barracão do quintal, e a sua presença, assim como sua ausência, gradualmente vai sumindo. Orah deixa de acreditar que ele será um dia capaz de cruzar o oceano que separa a casa do barracão. Ele próprio um dia lhe diz, numa conversa telefônica noturna, ele no barracão, que aquela é aparentemente a distância dela e do Adam que ele é capaz de tolerar. Ela já nem pergunta a que ele se refere. Tem a impressão de que no seu íntimo ela já desistiu dele. Ele pergunta mais uma vez, como costuma fazer ocasionalmente, se ela quer que ele vá embora. Basta uma palavra dela — e pronto, amanhã ele se vai. Orah diz para ele ir, ou ficar, não faz diferença.

Durante um curto período ela tem um namorado novo, um tal de Móti, um acordeonista divorciado que organiza noites de cantorias públicas, apresentado pela sua amiga Ariela. Em geral encontra-se com ele fora de casa — mais por causa de Adam do que por causa de Ilan. Quando seus pais levam Adam para passar três dias em Haifa, ela convida Móti para dormir na sua casa. Sabe que Ilan, no seu barracão, vê tudo, ou pelo menos, ouve tudo. Ela não procura disfarçar. Móti transa com ela sem nenhuma graça. Abre caminho para dentro dela e fica perguntando sem parar se "já está ali". Orah não quer ser o "ali" dele. Lembra-se da época em que estava inteiramente "*aqui*". Depois, Móti canta no chuveiro, em voz de tenor, "Onde estás, amada?", e Orah vê a silhueta de Ilan no barracão, chispando de um lado para outro. Não convida Móti novamente.

Uma noite, no apartamento de Avram em Tel Aviv, ela e ele preparam uma salada, e ela espia com o rabo dos olhos e verifica se ele consegue usar a faca sem jogar meio pepino fora junto com a casca; ele conta sobre uma enfermeira de Tel Hashomer que já o convidara duas vezes para sair, e ele tinha recusado. Por que você recusou? Porque sim. Como assim porque sim? Você sabe. Eu não sei, o que é que eu tenho de saber (ela já sentia um súbito frio)? Porque depois do filme ela vai me convidar para ir à casa dela. E daí? Você não entende? Não, não entendo, ela quase grita.

Ele se cala, continua a trabalhar com a faca. Ela é bacana? Orah pergunta casualmente amassando um tomate. Ela é bem legal. E é bonita?, Orah se interessa tremendo por dentro. Bem bonita, um corpo legal, não tem nem dezenove anos. Ahá, ela deixa escapar, e qual é o problema de você ir para a casa dela? Eu não posso, ele diz acentuando o "posso", e Orah passa imediatamente para a cebola, para ter uma justificativa para as lágrimas que virão em breve.

Desde que voltei estou assim, não consigo. E dá um risinho: um bambu quebrado.

Ela sente um frio e um vazio embaixo, na barriga. Como se só agora, com um atraso de anos, chegasse a última e terrível onda de choque da desgraça dele. Você chegou a tentar?, ela sussurra, e pensa, como é que eu não sabia disso, como foi que não me ocorreu falar com ele sobre esse assunto? Cuidei de todo o corpo dele e fui esquecer disso? Esqueci *disso*, com *ele*?

Tentei quatro vezes, ele diz, quatro vezes é uma amostragem significativa, não?

Com quem?, ela se espanta. Com quem você tentou?

Ele não parece constrangido: uma vez com a prima de um ferido que estava deitada ao meu lado, uma vez com uma voluntária que estava trabalhando lá. Uma vez com uma soldado da recuperação, uma vez com uma mulher que conhecera havia pouco tempo, na praia. Ele vê a expressão no rosto dela: por que essa cara, nem fui eu que tomei a iniciativa! São elas que...

Veja, ele dá uma risadinha sem graça, parece que elas tinham a fantasia do prisioneiro, não tenho outra explicação.

Será que não é possível que elas simplesmente tenham gostado de você?, ela estoura, aborrecida com o toque de ciúme que toma conta dela. Quem sabe o seu encanto não sofreu nenhum dano? Quem sabe nem mesmo os egípcios tenham conseguido atingir...

Não fica duro, Orah, no momento em que entro com elas na cama, com cada uma delas.

Eu me viro direitinho me masturbando, ele acrescenta, mas quanto tempo dá pra ficar só comigo mesmo? Além disso, e ele dá voluntariamente uma informação que ela não faz questão de ouvir, ultimamente, até para me masturbar tenho tido problemas. Quando estou tomando Largactil não consigo gozar.

E você estava mesmo a fim delas?, ela pergunta, e algo na sua voz se fragmenta em diferentes direções. Talvez você não quisesse mesmo?

Queria sim, queria sim, ele resmunga irritado, queria trepar, qual é o problema, não estou falando de amor eterno, queria uma trepada, Orah, será que é tão —

Mas talvez elas não fossem o seu tipo?, ela diz baixinho, pensando que a mulher que estivesse com Avram teria de ser exatamente o tipo dele, o tipo para as sutilezas dele.

Elas eram sim, eram bem bacanas, não fique procurando desculpas, serviam exatamente para aquilo que...

E comigo, ela pergunta com olhar vitrificado, você conseguiria dormir comigo?

Faz-se um silêncio.

Com você?

Ela engole a saliva, sim, comigo.

Não sei, ele murmura. O quê? Está falando sério?

Não é coisa pra se brincar, a voz dela treme.

Mas como —

Era bom estar com ele.

Não sei, tenho a impressão de que com você eu nunca na vida —

Por que não? Ela imediatamente mergulha na sua própria ferida, por causa do sorteio? Por que tirei você naquele sorteio?

Não, não.

Então por causa do Ilan?

Não.

Ela pega outro tomate, corta em fatias finas.

Então, por que não?

Não. Com você eu não.

Você tem tanta certeza?

Estão parados diante da bancada da pia, imóveis, olhando para a parede. As têmporas de ambos latejam juntas.

E o Adam?, Avram pergunta.

O que há com ele?

Avram hesita. Para dizer a verdade, não tem certeza do que pretendia perguntar.

O Adam? Você quer saber do Adam agora?

Quero, algum problema?

Não tem problema nenhum, ela ri. Pergunte tudo que quiser. É para isso que estamos aqui.

Não, só quero saber se ele também era um garoto como... Quer saber? Conte o que você quiser.

Aí vamos nós, ela pensa e se estica toda.

Eles passam por um matagal de urtigas e sálvia. Aqui os carvalhos também são mais baixos, parecem arbustos. Seus passos assustam lagartos que disparam em zigue-zague sob seus pés. Caminham lado a lado, procurando sinais da trilha, engolida pela abundância da mata. Orah olha de relance suas sombras flexíveis, pairando diante deles sobre a superfície das plantas. Quando Avram balança os braços enquanto caminha, momentaneamente dá a impressão de que está pondo a mão no ombro dela, e quando ela brinca um pouco com o corpo diante do sol, consegue fazer com que a sombra do braço dele abrace sua cintura.

Adam, ela diz, ele também foi um menino magro, exatamente como Ofer, mas continuou magro, uma tábua.

Aaaah, o olhar de Avram está disperso, parecendo indiferente; mas Orah, é óbvio, conhece muito bem todas as cartas do seu baralho.

Quando menino, ela continua, sempre foi mais alto que Ofer — bem, não se esqueça de que também é três anos mais velho —, mas quando Ofer ficou mais velho e começou a crescer, isso de repente mudou entre eles, inverteu-se completamente.

Então agora —

É.

O quê?

Ofer é mais alto. Muito mais alto.

Como, Avram fica estarrecido, tanto assim?

Eu lhe disse, ele deu um salto enorme, de repente passou o irmão, quase uma cabeça.

Não me diga...

Digo sim.

Então no fundo, Avram acelera os passos e suga as bochechas para dentro pensativamente, ele é mais alto que o Ilan?

Sim, mais alto que o Ilan.

Silêncio. Ela está quase constrangida de ser testemunha disso.

Mas o Ilan é alto, ele enfatiza com cuidado.

Sim.

Qual é a altura do Ilan? Um metro e oitenta?

Até mais.

Não me diga... Um lampejo de malícia dissimulada brilha nos seus olhos. Eu não pensei, ele murmura perplexo, nunca imaginei que ele seria assim.

E o que você imaginou?

Não imaginei nada, ele repete, desta vez tão baixinho que sua voz mal se ouve. Eu não imaginei quase nada, Orah. Toda vez que eu tentava — ele estende as palmas das mãos num gesto que talvez indique um desejo, ou talvez a explosão de uma bomba.

Ela se lembra da massa de linhas verticais desenhadas em preto na parede acima de sua cama. E resiste a perguntar, então por que estava tão preocupado, se não imaginou nada? Quem você ficou protegendo assim de longe, durante três anos, talvez vinte e um anos, na condição de não saber nada a respeito dele?

E qual é a idade do Adam hoje?

Vinte e quatro, um pouquinho mais.

Ah, um rapaz crescido.

Quase da minha idade, ela repete uma das piadas de Ilan. Avram olha para ela, acaba entendendo e sorri educadamente.

E o que se passa com ele?

Com Adam? Eu lhe contei.

Eu não... pelo jeito não prestei atenção.

Neste momento o Adam está com o Ilan, girando pelo mundo. Na América do Sul. Ilan tirou um ano de folga. Aqueles dois estão curtindo a vida, é o que parece, não querem voltar.

Mas o Adam, aventura-se Avram, e Orah tem a impressão de que a sua língua está aprendendo, com extremo esforço, a melodia das perguntas, o que ele faz em geral? Ele, digamos, trabalha em alguma coisa? Estuda?

Ainda está procurando, sabe, hoje eles procuram por um bom tempo. E ele tem uma banda, eu lhe contei?

Não lembro. Talvez. Ele dá de ombros, como quem não sabe de nada: não sei onde eu estava, Orah. Conte outra vez, desde o começo.

Ele é artista, Orah diz, o rosto se iluminando, ele realmente tem alma de artista, o Adam.

O silêncio se torna mais espesso, ruídos, e uma pergunta permanece sem ser feita. De súbito Orah sente que se pudesse dizer a Avram que Ofer também é artista, que tem alma de artista, talvez as coisas ficassem um pouco mais fáceis.

Uma banda? Que banda?

Hip-hop, algo assim, não me faça perguntas demais, ela faz um gesto displicente com os dedos, já estão há bastante tempo juntos, ele e os outros caras. Estão trabalhando no primeiro disco, tem até um pessoal disposto a produzir, é meio que uma ópera hip-hop, eu realmente não entendo nada disso, é muito longa, três horas e meia, algo a ver com exílio, uma viagem de exilados, um monte de exilados.

Ah.

É.

Orah e Avram caminham, os sapatos raspando ruidosamente nos arbustos.

E há também uma mulher na banda, Orah se lembra de algo que ouviu por acaso quando Adam falava com o colega ao telefone. Ela anda com um cordão muito longo, desenrolando-o atrás de si.

Um cordão?

É, vermelho, vai desenrolando o cordão pela terra.

Por quê?

Não sei.

Que ideia, ele murmura, e a pele em volta de seus olhos fica vermelha.

São as ideias do Adam, ela dá uma leve risada, um pouquinho avessa à súbita comoção dele.

Você quer dizer, Avram pergunta, como se a terra estivesse se rasgando? Se abrindo?

Talvez.

E essa mulher está dando corda para a terra... Avram se apega à ideia.

Sim, é algo simbólico.

Isso é forte! Mas exilados de onde?

É um pessoal muito sério, o pessoal da banda, Orah diz precipitadamente. Fizeram pesquisas, leram sobre locais em Israel, sobre o começo do sionismo, cavaram os arquivos dos kibutzim, na internet, perguntaram para as pessoas qual era a coisa mais importante que levariam junto consigo se fossem obrigadas a fugir de repente. Dessa forma ela sintetiza a maior parte do que sabe sobre o assunto, mas não se sente à vontade com o fato de Avram saber, ao menos não neste estágio, de modo que continua discorrendo: a banda é formada por ele e alguns colegas, e escrevem tudo em conjunto, a música e a letra, e também se apresentam em toda parte. Aliás, ela sorri com visível esforço, o Ofer também tocou uma vez, tambor, bongôs, mas parou logo, e no final do colégio, como projeto de encerramento de curso, isto é interessante, ele fez um filme.

Exílio de quem?

E o Ofer também teve uma banda, aos onze anos.

Exílio de onde, Orah?

Daqui, ela faz um gesto débil, a mão subitamente enfraquecida, indicando as montanhas marrons que os cercam, os carvalhos, a alfarrobeira e a oliveira, os matagais de arbustos que se emaranham em torno de seus pés. Daqui, ela repete baixinho. Em seus ouvidos ressoam as palavras que Ofer sussurrara diante das câmeras de televisão.

Exílio de Israel? Avram está perturbado.

Bem, ela toma fôlego, fica ereta, e dá um sorriso exausto: você sabe como eles são nessa idade. Querem impressionar as pessoas a todo custo, chocá-las.

E você já ouviu?

A ópera? Não, não tive chance.

Avram lhe dá um olhar admirado, interrogativo.

Ele não tocou nada para mim, ela reconhece, esvaziada. Escute, eu e Adam, deixa pra lá, ele nunca me conta nada.

"Os sacanas", pensa Orah, a boca cerrada, fechada em si mesma, acelerando o passo e dando as costas a Avram e sua súbita, febril e irritante curiosidade. Por que de repente ficou tão aceso com as coisas de Adam? Ofer montou a banda dele com três colegas de classe. Tinham quatro baterias, nada de guitarra nem de piano nem de flauta. E juntos compunham canções de sacanagem, procurando principalmente rimas para "foda" e "caralho", ela se lembra bem enquanto esfrega os braços para fazer circular um pouco o sangue.

Uma vez eles se apresentaram para suas famílias, no porão da casa de um deles. Ofer ficou estático e ensimesmado durante a maior parte do show — naquela idade, ela se recorda, quase sempre se encolhia diante de olhares estranhos —, mas de vez em quando, especialmente depois que soltavam algum palavrão, dava uma espiada na direção dela com o ar atrevido de adolescente, revirava os olhos sob as pálpebras, e ela exultava por dentro.

Perto do fim do show ele finalmente conseguiu se soltar, e então, de repente, começou a bater seu conjunto de bongôs com as mãos, num ritmo estranho, violento, explodindo de dentro de si, e seu entusiasmo encobriu a atuação dos três colegas; eles primeiro se espantaram e em seguida, com uma rápida troca de olhares, enfrentaram-no com auxílio de suas próprias baterias, e todo o negócio virou uma ruidosa bagunça, uma selva de tambores e berros e uivos, os três contra Ofer, e Ilan já se remexia no assento com intenção de se levantar e pôr um fim a tudo aquilo, mas ela, justo ela, que geralmente não era capaz de captar as situações de imediato, que de fato tinha uma dislexia em tudo que dizia respeito à compreensão das situações humanas básicas — Não foi isso que ele disse? Não é esse o exato sentido de "quero acabar com você"? —, colocou a mão sobre o braço dele e o impediu, pois tinha a impressão de ter percebido algo, na levíssima mudança na batida de Ofer, uma espécie de maneira nova de fazer fluir a violência e a competição entre ele e os outros três, e teve a sensação — a menos que estivesse enganada, como de hábito — de que Ofer estava se infiltrando nos outros três sem que eles percebessem. E foi de fato o que aconteceu, e ela percebeu isso antes de todo mundo, e também antes de Ilan: no início ele os imitou, imitou espantosamente a ferocidade deles, a ferocidade simiesca, depois começou a ecoar uma batida mais suave, uma fração de segundo depois deles, e ela teve a impressão de que ele estava fazendo com que eles se ouvissem numa versão mais suave, irônica, com seu olhar de aparente perplexidade, os olhos dirigidos em diagonal para cima, cruzando-se, um olhar que era inteiramente Avram, e então ficou claro para ela que não estava enganada, que ele os estava seduzindo com sutileza, até com astúcia, uma sutileza nova, uma batida nova, um ritmo sussurrado, murmurado, e eles imediatamente aderiram, incapazes de resistir à batida, e também passaram a sussurrar e murmurar com seus tambores, e de repente se abriu entre eles uma conversa toda composta de pistas e segredos, compreensível apenas a garotos de onze anos.

Uma lufada de prazer se espalhou pelo porão, e os pais trocaram olhares. Os olhos dos quatro garotos brilhavam, gotas de suor cintilavam sobre suas faces, e eles enxugavam o suor com a manga ou com uma lambida rápida nos lábios, e continuaram batucando e conversando por meio das batidas, numa espécie de sussurro espesso que ela nunca tinha ouvido, que a envolvia em círculos, chegando perto e se afastando.

Um minuto se passou, e mais outro, até que os quatro não conseguiram mais continuar sussurrando, e era possível sentir como o sumo deles ia se dilatando e os preenchendo; subitamente explodiram numa tempestade de raios e trovões, e voltaram a cantar com toda a força a canção de abertura, e o público cantou junto e vibrou de entusiasmo. Ofer voltou ao seu lugar habitual no esquema, dava a impressão de ter se retirado, se fechado em si mesmo e trancado a porta. Permaneceu ali parado, com ar sério, um tanto melancólico, e somente sua testa revelava pequenas rugas, nas quais naquela época ela era capaz de ler algo de seus pensamentos tempestuosos. Nas maçãs de seu rosto ferviam manchas vermelhas de orgulho, e ela então pensou, você está tão perto de nós. Ilan pôs a mão na sua coxa. Ilan, que quase não a tocava em público. Uma felicidade completa a preencheu.

Você não consegue transar comigo, ela disse com ar reflexivo. Eu não consigo transar com você, repetiu ele num eco vazio. Você não é capaz disso, ela disse soltando a faca, imóvel diante da pia. Não sou capaz, disse ele, degustando espantado o sentido do curioso tom na voz dela. Ela estende a mão para o lado e, sem olhar para ele, acha sua mão e o puxa para si.

Orah, disse ele hesitante, em tom de advertência. Ela tirou a faca da sua mão. Ele não esboçou resistência. Ela vacilou por um instante, cabeça baixa, como se pedisse algum conselho para alguém invisível. Talvez até mesmo do Avram que um dia existiu. Em seguida, o conduziu atrás de si até o dormitório. Ele a acompanhou como se não tivesse vontade própria. Como se toda a sua vitalidade tivesse se escoado. Ela o deitou de costas e apoiou sua cabeça no travesseiro, sua face próxima da dele. Ela o beijou suavemente nos lábios, pela primeira vez desde que ele voltara da prisão, e ficou sentada ao seu lado na ponta da cama, esperando até compreender a si mesma.

Você não consegue transar comigo, ela disse pouco depois, num tom ligeiramente mais firme. Eu não consigo transar com você, ele repetiu de novo, espantado com a insistência dela e muito cuidadoso. Você simplesmente não é capaz de transar comigo, disse ela com determinação, começando a tirar a blusa. Simplesmente não sou capaz, repetiu desconfiado. Mesmo se eu tirar a blusa, não vai fazer a menor diferença para você. Mesmo se você tirar, ele disse, olhando inexpressivamente para a blusa no chão. E mesmo se eu tirar, digamos, isto aqui, ela acrescentou com absoluta casualidade, na esperança de que Avram não percebesse seu constrangimento, e tirou o sutiã — e lembrou-se de que certa vez ela tinha sugerido chamar o sutiã de "entorta-seios" —, você com toda a certeza nem ficaria interessado, ela disse, e sem olhar para ele apalpou e encontrou sua mão e a colocou sobre o seio direito, o seio menor e mais sensível, ao qual o antigo Avram sempre se dirigia primeiro, e acariciou-se delicadamente com a mão dele. Nadica-de-nada, ele murmurou e observou sua mão acariciando o seio puro, delicioso, e essas três palavras — seio puro delicioso — o espetaram de longe, de uma enorme distância, através de uma grossa camada de embotamento. E nem se eu — ela disse se levantando e tirando lentamente as calças, com movimentos delicados dos quadris, perguntando-se ininterruptamente o que estava na verdade fazendo. Sentiu que só saberia quando fizesse: nada, ele disse com cautela, e olhou suas pernas longas e brancas. E nem se eu tirar isto, murmurou, tirando a calcinha e ficando nua na frente dele, alta e magra com sua penugem. Tire a roupa, ela cochichou, não, deixa eu tirar, você não tem ideia de quanto tempo eu esperei por este momento.

Ela despiu a camisa e as calças dele. Ele ficou deitado de cuecas com aparência infeliz. Você não consegue transar comigo, disse ela como se falasse consigo mesma, passando a mão pelo corpo dele, desde o peito até os dedos dos pés, admirando-se com suas inúmeras cicatrizes, cristas e costuras. Ele permaneceu calado. Diga, ela falou, diga "eu não consigo transar com você", repita, diga junto comigo.

Eu não consigo transar com você, ele disse, seu peito subindo e se alargando um pouco. Você simplesmente não é capaz disso. Eu não sou capaz. E mesmo que você queira muito, não é capaz de me foder. Mesmo que eu, e engoliu a saliva. E mesmo que você esteja morto de vontade de sentir as minhas pernas em volta de você, enroladas e apertando você, ela disse, e imediatamente se ajoelhou no chão e puxou sua cueca, e passou a mão levemente sobre seu pau, e ele soltou um leve gemido.

E mesmo que a minha língua role e deslize em cima dele, ela disse com absoluta displicência, quase indiferente, sentindo que por fim tinha achado o tom de voz correto, exato para ele, e pensou que graças ao antigo Avram ela sabia fazer o que estava fazendo, e o pontuou com pequenos sinais úmidos ao longo de todo o seu corpo, e rolou seus lábios em torno dele. Mesmo que a sua língua — murmurou Avram e engasgou, e sua mão se ergueu sozinha e pousou na testa. E mesmo que eu fosse, digamos, sussurrou ela em meio às lambidas e leves chupadas, mesmo que você fosse, ele suspirou apoiando-se um pouco no cotovelo para observar o corpo dela de quatro ao lado do seu, e observar a bela curvatura de suas costas, brancas e compridas, e a curva de sua bunda, e o pequeno e teimoso seio, oculto numa esfera sob seu braço. E mesmo que ele se levante um pouco para mim, totalmente contra a sua vontade, é claro,

Orah acrescentou, passando os dedos molhados sobre a glande, para em seguida apertar, chupar e morder levemente, mesmo que ele — murmurou Avram lambendo os lábios secos, seu pomo de adão subindo e descendo. E mesmo que eu beije e lamba ele, e sinta como está quente e pulsando na minha mão. Mesmo que ele esteja quente na sua mão, gemeu Avram, e um fio ardente de súbito ficou rubro em suas entranhas. E mesmo que, por exemplo, eu o ponha inteirinho dentro da minha boca, ela disse com uma calma que a surpreendeu, e não o pôs dentro da boca, e Avram gemeu movendo a pélvis, e ergueu-se em direção a ela, ávido de ser engolido. E mesmo que ele fique impassível e continue resistindo mesmo dentro da minha boca, ela disse, envolvendo-o com a boca e sentindo seu calor e sua pulsação. Mesmo que ele — murmurou Avram, a cabeça jogada para trás e os olhos revirando, inspirando profundamente a plenitude que sussurrava em suas coxas.

Orah cochila. Deitada de costas, a cabeça virada de lado, a face bela e serena. Ao lado de sua orelha, ao longo de um pé de cebolinha, arrastam-se três besourinhos um atrás do outro, cintilando como minúsculos escudos vermelhos; na sombra projetada de seus pés, ocultas sob alguma folha cheirosa, taturanas se movem em preto e amarelo, agitando incessantemente suas antenas para detectar inimigos reais e imaginários. Avram a observa. Seus olhos a examinam, acariciando sua face.

Eu pensei, de repente sua voz se ergue.

O quê?, Orah imediatamente acorda.

Acordei você...

Não faz mal, o que foi que você disse?

Quando você falou das botas que ele tinha, as botas grandes, pensei que você estava se lembrando de um monte de coisas.

Como o quê?

Sei lá!, ele dá um risinho sem graça, digamos, como quando ele começou a andar, ou como —

Como quando ele começou a *andar*?

É, no começo...

O Ofer? Quando era bebê?

Falamos do jeito de ele andar, e eu pensei —

Ela lhe retribui com uma leve risada. Há algo não muito agradável nessa risada, que revela o quanto ela já se conformou com o fato de ele jamais ter pensado em Ofer como pessoa de carne e osso, que uma vez, num instante específico do tempo, se firmara sobre um par de pernas pequenas e começara a andar.

Foi quando ainda morávamos em Tzur Hadassah, ela vai logo dizendo, antes que ele mude de ideia: ele tinha um ano e um mês, e disso eu me lembro muito bem. Ela faz um esforço para se sentar, esfrega os olhos e dá um longo bocejo, deescuuulpaaa, ela diz com a mandíbula ainda retesada, enquanto cobre desajeitadamente a boca com uma sensação agradável nos membros. Foi uma boa cochilada, mas nada que vá fazer com que perca o sono à noite.

Devo contar?

Ele faz que sim.

Eu, Ilan e Adam estávamos na cozinha. Lembro de como tudo lá era apertado, antes de fazermos a reforma. Ela olha para ele de lado: quer mesmo ouvir?

Quero, quero, por que você —

Ela senta em cima das pernas dobradas. Tem a impressão de que cada frase que diz atiça fagulhas de memória e informação nova capaz de machucá-lo. Por exemplo, a cozinha um pouco escura, minúscula, com seus odores enraizados, e as manchas de umidade no teto, e lá também transaram uma vez, de pé, apoiando as costas na porta da despensa. Agora sente um desconforto de lhe contar que reformaram a cozinha, como se então tivessem eliminado todos os vestígios dele.

Estávamos os três na cozinha, ela retoma o assunto, nós e o Adam, e o Ofer estava brincando com alguma coisa em cima do tapete da sala; estávamos falando entre nós, batendo papo, era de noite, e eu acho que também estava cozinhando algo, ou fritando uma omelete, e o Ilan certamente estava preparando um espaguete, nada de especial, ela ri, só estou imaginando uma cena. E Adam... acho que naquela época ele já se sentava numa cadeira comum, é claro, já tinha uns quatro anos e meio, certo? Então já tínhamos passado a cadeira de bebê para o Ofer.

Ela fala bem devagar. Suas mãos se movem, ilustrando a cena que tem na cabeça, posicionando os atores e os objetos de cena em seus devidos lugares.

De repente reparei que a sala estava em completo silêncio. E você sabe, quando se tem um bebê — Avram dá uma piscada para mostrar e avisar que não sabe, e Orah, sem pensar, dá duas piscadas, *agora ele sabe* —, quando se tem um bebê, a gente fica o tempo todo com um ouvido ligado nele, especialmente quando ele não está ao nosso lado. E, de alguma forma, a gente também recebe dele o tempo todo pequenos sinais, a cada tantos segundos, uma tossidinha, ou uma fungada, ou um murmúrio, um bocejo, e então fica-se, quer dizer, eu fico tranquila por alguns segundos.

Ela examina a fisionomia dele. Continuo?

Sim.

Está interessando você?

Ele dá de ombros: não sei.

Você não sabe?

Não.

Ela suspira: onde eu estava?

A sala estava em silêncio.

Isso mesmo. Ela respira fundo, resolve desconsiderar o insulto, diz a si mesma, pelo menos ele é honesto, diz exatamente o que sente.

E imediatamente percebi que não estava recebendo os sinais. Ilan também percebeu. Ilan tinha sentidos de bicho para coisas desse tipo. Ela oculta algo, e Avram capta o que ela está ocultando: Ilan tomava conta direitinho do seu filho. Ilan foi uma boa escolha. De nós dois. Ela resiste intensamente a descrever o que lhe veio à memória neste momento, uma sequência de imagens, Ilan tirando com os dentes um pequeno espinho que entrou na planta do pé de Ofer; Ilan tirando com a língua uma meleca do olho de Ofer; Ilan e Ofer no dentista; Ofer deitado em cima de Ilan, que por sua vez está deitado na cadeira afagando e hipnotizando Ofer, assoprando e sussurrando. Ofer tomou uma anestesia, Ilan lhe contou depois, e foi a minha boca que ficou dormente.

E fui voando para a sala, e vejo ali o Ofer de pé no meio do recinto, de costas para mim, e ficou claro que ele já tinha conseguido dar alguns passos até ali.

Sozinho?

Sozinho. Da mesinha redonda, lembra da mesa de madeira baixinha que encontramos uma vez no campo, quando fomos os três passear?, uma coisa redonda, assim, que antes usavam para enrolar cabos.

Da companhia de eletricidade...

Que você e o Ilan rolaram todo o caminho de volta.

Lembro, claro que lembro, ele sorri: aquilo ainda existe?

Claro que existe. E quando mudamos para Ein Karem levamos junto conosco.

Ambos riem, admirados.

E o Ofer, ela continua, desenhando com os dedos um traço fino na terra, pelo jeito foi da mesinha até o grande sofá marrom —

Eu lembro, diz a face de Avram.

E dali, Orah prossegue com a viagem pela sala, ele foi até a poltrona florida —

Cuja irmã está até hoje comigo, murmura Avram.

Eu sei, eu vi, Orah comenta com um sorriso torto, e dali, aparentemente, foi em direção à estante de livros, a estante de livros feita de tijolos —

Os tijolos vermelhos —

Que o Ilan e você recolhiam por toda parte —

Ei, Avram grunhe, a minha estante —

Tudo isso são só palpites, Orah diz batendo a poeira da mão, você entende? Na verdade eu não sei como foi que ele realmente andou, de onde para onde. Pois quando cheguei na sala ele já estava parado alguns passos além da estante, e ali já não havia onde se segurar, nada, lá ele estava andando num completo vazio.

E agora essa imagem se assenta dentro dela, a grande e magnífica façanha, a bravura do seu pequeno astronauta.

E eu realmente segurei a respiração. E o Ilan também. Ficamos com medo de assustá-lo. Ele ficou ali parado, de costas para nós — ela sorri, o olhar voltado para aquela cena, e Avram espia sorrateiramente e parece olhar na mesma direção —, e Ilan, ela se recorda, chegou perto e a abraçou por trás, encostou-se nela, ajeitou-a e cruzou as mãos sobre sua barriga, e os dois ficaram ali parados, em silêncio, balançando-se lentamente num embalo conjunto.

Um tremor farfalha pela sua espinha, sobe e se espalha em torno do pescoço e se agarra a seus cabelos. Ela fica em silêncio, permitindo que Avram enxergue a cena. A sala que ele conhecia muito bem, com a mobília descombinada, e Ofer ali no meio, um pedacinho de vida numa camisa cor de laranja com um desenho do ursinho Pooh. E ela e Ilan parados olhando para ele.

E eu, obviamente, não consegui me conter e ri, e ele se assustou com o barulho, tentou se virar para nós e caiu.

Foi um tombo macio, por causa da fralda cheia de ar batendo no tapete. A cabeça pesada balançava para a frente e para trás, a vergonha de ser surpreendido desse jeito, e depois — sua expressão de espanto a se virar para ela, só para ela, como que lhe pedindo que interpretasse aquilo que acabara de fazer.

E onde estava o Adam?, pergunta Avram de algum lugar ao longe.

O Adam? Ainda estava na cozinha, eu suponho, com certeza continuou a comer — e ela para: como ele percebeu tão depressa que o Adam tinha ficado sozinho, abandonado, como rapidamente se coloca ao lado dele? —, mas, quando ouviu a minha risada e as exclamações do Ilan, pulou e veio correndo.

A visão é vívida e cristalina: Adam agarra a perna da calça de Ilan, a cabeça inclinada verificando a conquista do irmão menor. Os lábios se curvam um pouco, com um risco, numa expressão que lentamente, com o correr dos anos, no processo de esculpir a alma na carne, se tornaria uma feição permanente.

Escute, tudo levou só uns três ou quatro segundos, não pense que estamos falando de uma saga. E logo nós três corremos na direção do Ofer e o abraçamos, e ele obviamente quis se levantar outra vez, e, é claro, desde o instante em que descobriu que podia ficar de pé, não conseguimos mais impedi-lo.

Ela lhe conta como naquela época era difícil fazer Ofer ir para a cama: ele não parava de se levantar e ficar de pé, segurava-se nas barras de madeira, puxava-se para cima e lá estava ele de pé mais uma vez, depois desabava de cansaço e se levantava de novo; e no meio da noite acordava confuso, chorando, louco de vontade de continuar dormindo, mas punha-se de pé; e quando ela trocava suas fraldas e tentava colocá-lo na cadeira para comer, e quando o prendia ao assento do carro, ele se revirava incansavelmente sob suas mãos, jogava-se para cima como se uma mola enorme o tivesse lançado, como se a força da gravidade tivesse se invertido para ele.

Diga, ela suspira, você quer mesmo ouvir tudo isso? Ou é só para me agradar?

Ele arranca de dentro de si um meneio ligeiramente diagonal, que ela tem dificuldade de interpretar. Talvez sejam as duas coisas juntas? E na realidade, por que não?, ela pensa, isso já é uma coisa significativa, aceite o que está aí.

Onde eu estava?

Que ele tombou.

Ai, ela geme numa surpresa dolorosa, dilacerante. Solta o ar de uma só vez: não diga isso.

Ah, eu não pensei, desculpe, Orah.

Não, tudo bem, ela diz, fique sabendo: quando falo com você sobre ele, está tudo bem, ele fica protegido.

Como?

Não sei. Eu sinto isso. Ele está sendo bem guardado.

Sim.

Você acha que é uma coisa maluca?

Não.

Continuo contando?

Sim.

Diga explicitamente.

Conte mais para mim. Sobre ele.

Sobre o Ofer.

Sobre o Ofer, me conte sobre o Ofer.

Então o ajudamos a se levantar, ela diz — os olhos divagam por um momento, como se estivesse vendo uma cena impossível de acreditar: ele disse Ofer, Avram tocou no nome de Ofer —, e o pusemos de pé, sobre suas próprias pernas, e abrimos os braços para os lados diante dele, e o chamamos para vir a nós, e ele andou de novo, bem devagar, cambaleando —

Na direção de quem?

Como?

Na direção de qual de vocês dois?

Ah, ela faz força para lembrar, surpresa com sua recente agudeza de espírito, o sutil lampejo de sagacidade em sua fisionomia. Como antigamente, ela pensou, quando era obrigada a compreender alguma coisa nova, uma ideia, situação, pessoa, e começava a rodeá-la, rodeá-la, num ágil galope, muito sutil, com um brilho predatório nos olhos.

Na direção do Adam, ela se lembra com alguma surpresa. É claro, andou na direção do Adam.

Como poderia esquecer? O pequenino Ofer, sério e concentrado, ar de extremo esforço, boca escancarada e braços estendidos para diante, o corpo oscilando para a frente e para trás, uma mão se estica para segurar o pulso da outra, como que declarando-se um sistema fechado, independente e autossuficiente. E ela vê um quadro vivo e nítido: ela e Ilan e Adam parados diante de

Ofer, um pouco afastados um do outro, braços abertos na direção dele, e o chamam, Ofer, Ofer, dando risada, atraindo: vem pra mim.

Enquanto narra, ela capta o que havia lhe escapado na época: o momento da primeira escolha de Ofer entre eles, e também a aflição que a tomou quando o obrigaram a escolher. Ela fecha os olhos e tenta adivinhar os pensamentos dele, pois afinal ele não tinha palavras, apenas os impulsos internos de empurrar e puxar, e ela e Ilan e Adam aplaudiam e se agitavam em torno dele, e naquele momento Ofer se dividiu como só um bebê pode se dividir, e ela se apressou em sair dali, da aflição dele, e sua face já se ilumina com a surpresa e a alegria de Adam quando Ofer finalmente se dirige para ele, surpresa, alegria e orgulho que momentaneamente apagam seu sorriso nervoso e o substituem por um sorriso de felicidade ante a descrença de ter sido escolhido, desejado. Ela se recorda — um fluxo de imagens e vozes e cheiros toma conta dela, de repente tudo retorna — como Avram recebeu Ofer quando ela e Ilan o trouxeram para casa da maternidade, pouco mais de um ano antes desse fato. Ela precisa contar a Avram sobre isso, talvez não agora, ainda não, nada de exagerar, e apesar de tudo ela relata: Adam pulava de um lado para outro, ficou doido, seus olhos ardendo com elétrica preocupação, e ele batia nas próprias bochechas com as duas mãos, estapeava-se com toda a força e gritava furiosamente, eu estou tão contente! eu estou tão contente!

E retornam também os gritos agudos e entrecortados que emergiam das profundezas do corpo de Adam nos primeiros meses toda vez que se aproximava do berço de Ofer, ele imediatamente começava a soltar gritinhos curtos e incontroláveis, uma mistura quase animal de afeição, ciúme e excitação impossível de conter; e foi exatamente isso que aconteceu naquele dia, quando Ofer cambaleou na direção dele no momento da primeira escolha, e talvez tenham sido gritos diferentes, sabe-se lá, ela diz a Avram, talvez estivesse guiando e incentivando Ofer numa linguagem que só os dois podiam entender.

E Ofer deu um passo, depois outro e mais outro. Andou sem cair, talvez graças aos gritos de incentivo do irmão, aos quais direcionou toda a sua força de vontade; conseguiu manter alguma estabilidade e, como um pequeno jato na tempestade, sintonizado nos feixes de luz enviados da torre de controle, caminhou e se jogou nos braços do irmão, e ambos rolaram juntos sobre o tapete, abraçados e contorcendo-se às gargalhadas. De repente, ela fica com vontade de anotar em algum lugar essa pequena lembrança, para que ela não se dilua nos próximos vinte anos: descrever apenas em algumas palavras a seriedade de Ofer ao andar, e a emoção estridente de Adam, e o imenso alívio de Adam, e, acima de tudo, o abraço dos dois, que lembrava o abraço de dois filhotes de urso brincando juntos. Ela tem a impressão de que este é o primeiro momento em que eles realmente se tornaram irmãos, o momento em que Ofer escolheu Adam, o momento em que Adam, talvez pela primeira vez na vida, acreditou verdadeiramente ter sido escolhido; e Orah sorri como que encantada com os dois filhos embolados no tapete, pensando no quanto Ofer, já naquela época, era esperto, sabendo como se dar a Adam, e como foi cauteloso evitando ser apanhado na armadilha que era o emaranhado de segredos e silêncios que viviam à sua espreita em meio aos braços abertos dela e de Ilan.

E foi assim que ele andou da primeira vez, ela encerra subitamente o relato, exausta, esforçando-se para dar um sorriso a Avram.

Foi a segunda vez.

Por que a segunda?

Foi você que disse.

O quê?

Que vocês não viram a primeira vez, os primeiros passos dele, de verdade. Ela dá de ombros. Ah, certo, tudo bem. Mas na realidade, o que —

Nada, bobagem.

Ela se pergunta se isto é alguma estranha insistência com referência à exatidão histórica, ou talvez um indício de uma birra estranha em relação a ela e Ilan, algo do tipo "eu não vi, mas vocês também não viram".

Sim, diz ela, você decididamente tem razão.

Por um instante eles se encaram mutuamente, e ela de repente tem certeza: é birra. E talvez seja até mais que isso, uma espécie de contabilidade. E essa descoberta é assustadora, mas também excitante. É como o primeiro sinal de um levante, de um despertar, por parte de alguém que foi oprimido e silenciado e anestesiado durante tempo demais; e lhe ocorre que quando Ofer se virou pela primeira vez, passando a ficar deitado de costas, não havia ninguém com ele. É isso mesmo? Ela verifica ansiosamente no seu íntimo; é isso mesmo, eu juro: Ilan chegou perto da cama dele, era de tarde, e o descobriu deitado bem quietinho de costas, olhando o móbile de elefantinhos azuis — até do móbile, com todos os detalhes, ela se lembra agora com absoluta clareza. Como se alguém tivesse vindo e removido de uma só vez a catarata que encobria sua mente havia anos; e também quando ele se sentou pela primeira vez, estava na verdade sozinho, ela pensa com crescente estupefação. E também quando ficou de pé pela primeira vez.

Por um momento, não mais, ela hesita, e depois se põe a contar tudo isso a Avram, um simples relatório, pois agora os fatos também são dele, pois finalmente ele veio para exigi-los. Os olhos dele se estreitam: ela quase consegue ver as engrenagens de seu cérebro pressionadas a fazer um movimento ao qual não estão acostumadas.

A verdade, ela esclarece, é que em geral não o deixávamos sozinho por muito tempo. Ilan sempre ficava um pouco histérico quando isso acontecia, ele realmente era muito mais ansioso que eu. Outra troca de olhares, uma informação valiosa acabou de ser transmitida, recebida, adicionada ao que ela disse antes acerca do sentido de Ilan em relação aos sinais silenciosos de Ofer; um arrepio leve, cinzento, corre pela testa de Avram, como uma vibração emitida das profundezas: Ilan foi esse tipo de pai. Foi esse tipo de pai para o seu filho.

Aconteceu, não sei como, ela prossegue, que todas essas coisas, virar-se de costas, sentar, ficar de pé, andar, ele fez pela primeira vez quando estava sozinho.

E isso, sussurra Avram, olhos fixos na ponta dos dedos, isso é algo, sei lá, incomum?

Sinceramente, até agora eu nunca tinha pensado nisso. Nunca havia feito uma lista de todas essas primeiras coisas juntas. Mas, por exemplo, quando o Adam se sentou pela primeira vez, ou ficou de pé, ou andou, eu estava do lado dele. Bem, ela encolhe os ombros, eu lhe disse que nos três primeiros anos dele não desgrudamos um do outro. E eu me lembro de como ficava radiante toda vez que conseguia fazer algo assim, e o Ofer, o Ofer —

Estava sozinho, completa Avram em voz baixa, e os traços de seu rosto de repente se suavizam.

Orah balança um pouquinho no lugar. Vê Ofer sentado no tapete da sala, sozinho, esticando os braços e agarrando com as duas mãos a mesa redonda baixinha, fazendo esforço para se erguer. Ele olha para os lados e vê que não há ninguém na sala. Da cozinha chegam as vozes dela, de Ilan e de Adam. Ele ergue um pouco os braços e se solta da mesa. Fica parado um instante, flutuando, pairando no espaço, e imediatamente volta a segurar-se na mesa. Mas suas mãos se soltam outra vez procurando o local, o ponto onde havia flutuado sozinho um instante atrás. E tudo que seus olhos veem está se movendo no lugar, balançando como que prestes a cair, uma dança inebriante de ângulos mutáveis e refrações de luz novas e formas e sombras, até mesmo as vozes de repente são novas, chegam de outros lugares, e o medo do mundo se abate sobre ele, mas um medo que era também curiosidade do mundo, pressente Orah, percebendo que até pouco tempo atrás ela era como ele.

Ela se senta, balançando, mergulhada em pensamentos, e Avram a observa e sente que está espreitando sorrateiramente um esconderijo pessoal, e muito precioso; mas não consegue desviar o olhar daquele rosto, que se volta para uma luz que ele não vê.

Ela se levanta e vai apressada até sua mochila, remexe o conteúdo com ar de urgência e tira um caderno grosso de capa dura azul-escura. Na bolsa lateral da mochila encontra uma caneta. Sem introduções, de pé e com a cabeça inclinada para o lado, ela escreve na primeira página: *Ofer andava de forma estranha. Quer dizer, o jeito de ele andar, no começo, era estranho. Praticamente desde o primeiro momento em que começou a andar ele se desviava de todo tipo de obstáculos que ninguém via fora ele, e era muito engraçado vê-lo andar. Como quando tomava cuidado com algo inexistente, ou recuava diante de algum monstro que parecia estar escondido no meio da sala, e não havia nenhum jeito de convencê-lo a pisar em cima daquela lajota! É meio como ver um bêbado andar (mas um bêbado com método!). Eu e Ilan estamos de acordo quanto a ele ter na cabeça um mapa só dele, e andar somente conforme esse mapa.*

Ela volta ao seu lugar cautelosamente, coloca o caderno aberto no chão e senta-se ao lado dele, muito ereta, e em seguida olha para Avram com ar de espanto.

Escrevi sobre ele.
Sobre quem.
Sobre ele.
Para quê?
Não sei. De repente, me deu —
Mas o caderno —
O que há com ele?
Por que você o trouxe?
Ela observa as linhas que acabou de escrever. As palavras parecem se

mexer na página, acenando para ela com seus dedos, chamando-a para continuar, não parar agora.

O que você perguntou?

Para que você trouxe o caderno.

Ela estica o corpo. De repente está cansada, como se tivesse escrito páginas inteiras. Por nada, só pensei em anotar todo tipo de coisas que veríamos pelo caminho, eu e Ofer, uma espécie de diário de viagem. Quando viajávamos de férias para o exterior com os meninos, sempre escrevíamos juntos as nossas experiências.

Era ela que escrevia. À noite, no hotel, ou em pausas para descanso, ou em viagens longas. Eles se recusavam a participar — Orah hesita, e decide que não vai lhe contar isto; ele precisa escutar sobre o Ofer, só sobre ele, é para isso que estamos aqui, e ela não tem a menor intenção de entrar em discussões profundas sobre toda a sua família —, e eles, os três, sempre caçoaram afetuosamente da sua empreitada, desnecessária, infantil, na opinião deles. E ela teimava: se não escrevermos, esqueceremos. Eles diziam, mas o que há para lembrar? Que o velho no barco vomitou na perna do papai? Que trouxeram para o Adam uma enguia, em vez do filé que ele pediu? Ela ficava calada e pensava, vocês vão ver que um dia ainda hão de querer se lembrar de como nos divertimos, como demos boas risadas — como éramos uma família, ela pensa agora —, e sempre procurava detalhar ao máximo o que escrevia nesses diários de viagem. E toda vez que estava sem vontade de escrever, quando a mão ficava preguiçosa, ou seus olhos se fechavam de cansaço, tentava imaginar os anos futuros quando se sentaria junto com Ilan, de preferência nas longas noites de inverno, com uma caneca de vinho quente, ambos embrulhados em cobertas xadrez, e leriam um para o outro trechos dos seus cadernos de viagem, ilustrados com cartões-postais, cardápios e bilhetes de entrada para pontos turísticos diversos, e shows, e trens e museus. Ilan obviamente adivinhara tudo, inclusive o xadrez dos cobertores. Ela sempre foi tão transparente para ele. Só me prometa que você vai me matar um pouquinho antes de isso acontecer, ele pedia, mas também fazia o mesmo pedido em relação a muitas outras coisas.

Como foi acontecer, ela pensa, que eu só fui amolecendo com os anos, e eles três endureceram cada vez mais?

Talvez o Ilan esteja certo, ela mergulha dentro de si, talvez tenham se endurecido por minha causa. Endureceram-se contra mim.

Uma boa chorada me ajudaria bastante agora, ela ressalta para si mesma.

E quando volta a abrir os olhos, Avram está sentado à sua frente, apoiando a mochila contra uma rocha, o olhar penetrando nela.

Antigamente, quando ele a olhava desse jeito, com esse olhar, ela imediatamente se revelava a ele, para que ele visse seu interior mais íntimo. Ele era o único homem a quem ela permitia vê-la assim. Nem a Ilan ela permitia. E a Avram ela se dava; essa expressão horrível, "ela se dá"; ela sempre *se dá* a Avram, por inteiro, praticamente desde o instante em que se conheceram, pois tinha a sensação, a convicção — outra vez? Essas suas convicções, anseios do coração, ilusões, será que você não aprende nunca? — de que há dentro dela algo, ou alguém, que nem ela própria sabe direito quem é, talvez seja ela mesma, Orah, mas com uma estrutura interna diferente, mais fiel à sua própria essência, mais precisa e menos vaga, e Avram aparentemente tem um caminho para chegar a ela, ele é o único que pode conhecê-la de verdade e fecundá-la com seu olhar, com o âmago de sua existência, e sem ele ela simplesmente não existe, não tem vida própria, e portanto ela é dele, e portanto é direito dele.

Assim era quando ela tinha dezesseis anos, e dezenove e vinte e dois, mas agora ela desvia firmemente seu olhar dele, como que receando que ele subitamente a machuque ali, que a castigue por algum motivo, que se vingue dela exatamente lá. Ou talvez descubra que não existe nada lá, que a Orah dele já secou e morreu com aquilo que secou e morreu dentro dele próprio.

Quietos, eles permanecem sentados, digerindo o que acabou de acontecer. Orah abraça os joelhos, justificando-se de si para si que já não é mais tão acessível e permeável como antigamente, nem para ela própria; que nem mesmo ela consegue chegar perto daquele lugar em seu interior. Provavelmente é porque está envelhecendo, ela decide — já há algum tempo ela sente uma estranha necessidade de declarar sua velhice, como se estivesse impaciente demais para esperar o alívio que vem com a declaração final de uma falência —, as coisas são assim, o homem se despede de si mesmo antes ainda que os outros comecem a se despedir dele, suavizando o golpe que virá de qualquer maneira.

Mais tarde, bem mais tarde, Avram se levanta, alonga seu corpo e junta madeira para uma fogueira, cercando-a de pedras. Orah tem a impressão de que há um novo senso de propósito nos seus movimentos, mas conhece a si mesma muito bem e se mantém cautelosa: pode estar simplesmente se convencendo a ver coisas, ver a sombra de Avram como sendo Avram.

Ela tira uma velha toalha colorida e a estende no chão. Arruma sobre a toalha um par de pratos e talheres de plástico, dois tomates maduros demais e um pepino, que dá a ele para cortar. Também trouxe bolachas, latas de milho em conserva e atum, um vidro de azeite de oliva, que Ofer adora, do mosteiro de Dir Rafat; ela pretendia fazer uma surpresa a Ofer com esse azeite, e trouxera também outras pequenas surpresas destinadas a alegrá-lo durante a viagem. Onde estará Ofer agora?, por um instante ela não sabe se deve pensar nele ou, ao contrário, dar-lhe um descanso. O que será que ele precisa dela agora? Seus olhos são atraídos pelo caderno aberto. Quem sabe a resposta não esteja ali? Ela tem intenção de fechar o caderno, mas não consegue. Mas assim como está tudo fica tão exposto, ela sente, e fechar significa encobrir, até mesmo sufocar o conteúdo. Ela se ajoelha sobre uma perna, arruma as bordas da toalha, coloca uma pedra em cima, e com naturalidade puxa para si o caderno e lê o que escreveu. Fica surpresa ao descobrir que nas poucas linhas escritas, ela pulou do passado para o presente: "Ofer andava de forma estranha"; "É mais ou menos como ver um bêbado andar", "Eu e Ilan estamos de acordo que...".

Ilan teria algum comentário a fazer sobre isso.

Avram consegue fazer os gravetos pegarem fogo com auxílio de um jornal que havia encontrado. Orah olha o jornal, perguntando-se de que data seria, e logo desvia o olhar das manchetes. Quem sabe até onde eles já chegaram? Fecha abruptamente o caderno, esperando que o jornal seja totalmente consumido. Avram senta-se à sua frente e eles comem em silêncio. Isto é, Avram come. Ele ferve água para uma sopa em pó e consome duas porções, uma depois da outra, alegando ser viciado em glutamato monossódico. Ela pergunta em tom causal acerca dos seus hábitos alimentares. Ele costuma cozinhar só para si? Alguém cozinha para ele?

Às vezes. Depende..., ele diz. Ela observa espantada o seu apetite. Ela própria não consegue pôr nada na boca. Na verdade, dá-se conta de que desde que pegou a estrada o seu estômago se trancou. Mesmo na comilança que tiveram na casa daquela mulher risonha, a mãe do bebê, ela quase não tinha conseguido engolir nada, de modo que talvez afinal esta viagem traga algo de bom.

Então, com a rapidez de um raio, como alguém furtando algo do próprio bolso, ela estende a mão para pegar e abrir o caderno.

Tenho medo de esquecê-lo. Quero dizer, de esquecer a infância dele. Com muita frequência faço confusão entre os filhos, entre os dois. Antes de eles nascerem eu achava que a mãe conseguia se lembrar de cada filho separadamente. Mas não é bem assim. Ou talvez comigo, excepcionalmente, as coisas não sejam assim. E eu, na minha ingenuidade, não mantive um caderno para os filhos, contando o desenvolvimento, os progressos de cada um, e todas as coisas interessantes que fizeram desde que nasceram. Quando o Adam nasceu eu não tinha cabeça para isso por causa da bagunça da minha vida naquela época, o Ilan tendo nos deixado. E quando o Ofer nasceu também não fiz (também por causa da bagunça na época, parece que toda vez que eu dou à luz minha vida está uma bagunça). E pensei que talvez agora, nesta caminhada, poderia anotar coisas daquilo que ainda consigo lembrar. Para que finalmente fiquem escritas em algum lugar.

Em algum lugar na distância corre o rio. Os mosquitos da tarde zumbem e os grilos enlouquecem de cantar. Um galho estala no fogo, espirrando fagulhas sobre o caderno. Avram se ergue e afasta as mochilas do fogo. Ela fica surpresa: os gestos dele estão muito mais leves e confiantes.

Café, Ofrah?

Como foi que você me chamou?

Ele dá uma risada, muito constrangido.

Ela também ri, o coração batendo forte.

Mesmo assim, café?

Quer esperar um pouco? Vai levar só um minutinho.

Ele encolhe os ombros, termina de comer e arruma o *sleeping* de Ofer para servir de travesseiro. Estende-se no chão, coloca os braços atrás da nuca e fica olhando para cima, para os galhos protetores das árvores e as nódoas de céu escuro. Pensa na mulher com o cordão vermelho que caminha pela terra. Vê a procissão de exilados, longas filas de pessoas saindo de cabeça baixa de todos os cantos do país, das cidades e dos kibutzim, juntando-se à fila principal, imensa, que se move lentamente ao longo da coluna central do país. Quando estava na solitária, em Abassyia, achando que Israel já não existia, viu esse quadro à sua frente, com todos os detalhes — os bebês nos ombros, as malas pesadas, os olhos vazios. Mas a mulher andando com o cordão vermelho era uma espécie de conforto. Pode-se imaginar, por exemplo — ele pensa, mastigando um pedacinho de palha —, que em toda cidade ou aldeia e kibutz existe alguém que une furtivamente seu próprio fio ao fio daquela mulher. E assim, de forma dissimulada, uma tapeçaria é tecida sobre a face de toda a Terra.

Orah morde a ponta da caneta, apertando-a entre os dentes. O engano que ele cometeu há pouco, seu lapso de linguagem, a deixou confusa, e precisa fazer um esforço para retornar ao ponto onde estava antes.

Ofer nasceu de parto normal, bem fácil e muito rápido. Talvez vinte minutos desde o momento em que Ilan me levou para a maternidade. Foi no "Hadassah" do Monte Scopus. Chegamos mais ou menos às sete da manhã, a bolsa tinha arrebentado por volta das seis, enquanto eu dormia.

Não exatamente dormia, ela escreve e olha de soslaio para Avram, mas ele ainda está imerso no céu, mergulhado em algum pensamento que faz a palha saltar de um lado para outro dentro da sua boca, *houve alguma coisa e a bolsa arrebentou na cama. E quando entendi o que era, quer dizer, que não era nenhuma outra coisa plausível nessas circunstâncias, nos organizamos rapidamente. Ilan já tinha deixado prontas antes as sacolas para mim e para ele, tudo estava em ordem, as instruções anotadas, números de telefone, fichas telefônicas etc. típico do Ilan. Ligamos para a Ariela para que viesse ficar com o Adam até ele acordar, e o levasse ao jardim de infância. Ele dormiu a noite toda e não percebeu nada.*

Ofer nasceu às sete e vinte e cinco da manhã. Foi um parto tranquilo e muito rápido. Cheguei e dei à luz. Quase não tiveram tempo de terminar os preparativos. Fizeram uma lavagem e me mandaram para o banheiro. Eu estava com uma forte pressão na barriga, e no instante em que sentei na privada senti que ele estava saindo! Gritei para o Ilan que viesse rápido, ele entrou e simplesmente me levantou do jeito que eu estava e me colocou em cima da maca que estava no corredor e gritou para a enfermeira, e juntos me empurraram correndo para a grande sala de parto, que aliás também foi onde dei à luz o Adam (na mesma sala!), e mais três pressionadas e ele saiu!

Sua face está radiante, ela sorri generosamente para Avram. Ele retribui com um sorriso de indagação.

Ofer pesava dois quilos e quatrocentos. Bem grandinho, com base na minha amostragem limitada. Adam mal chegava aos dois quilos (faltavam trezentos gramas para dois quilos!). Eles se desenvolveram bastante desde então, os dois.

Pronto. Era exatamente isso que ela queria escrever. Ela respira fundo. Só por isso já valeu a pena arrastar o caderno o caminho todo. Agora está pronta para comer algo. É tomada de uma fome súbita. Mas morde a caneta por mais um instante e se pergunta se haveria mais alguma coisa para relatar sobre o nascimento. Sacode o pulso cansado do esforço. Uma dor colegial, ela pensa. Afinal, quando é que atualmente ela escreve a mão?

A parteira chamava-se Fadwah, acho eu, ou Nadwah? Em todo caso, era da aldeia de Raami. Nos dois dias em que fiquei ali tive a oportunidade de me encontrar com ela mais de uma vez e papeamos um pouco. Fiquei interessada em saber quem era a moça cujas mãos tinham sido as primeiras a tocar no Ofer quando ele veio ao mundo. Ela era solteira. Forte, feminista, firme e decidida, e também parecia engraçada, ficou me fazendo rir o tempo todo.

Os pezinhos de Ofer eram levemente azulados. Ao nascer ele mal chorou, emitindo apenas um pequeno som, e isso foi tudo. Ele tinha olhos enormes. Os olhos de Avram sem tirar nem pôr.

Ela acende uma pequena lanterna e lê o que acabou de escrever. Será que é preciso detalhar um pouco mais? Ela lê de novo, e o seu estilo lhe agrada. Ela sabe o que Ilan diria desse estilo, e como faria questão de apagar os pontos de exclamação. Mas pelo jeito o Ilan nunca vai ler isso.

No entanto, será que apesar de tudo não é possível se estender um pouquinho mais? Fatos, não máscara. O que mais aconteceu ali? Por algum motivo, ela volta até o nascimento de Adam, um parto longo e difícil, e como passou o tempo todo tentando ser simpática aos olhos da parteira e das enfermeiras, desejando tanto que elas dessem valor a sua capacidade de suportar a dor, e que falassem bem dela nas conversas na sala de enfermagem, e que fizessem comparações entre ela e as outras parturientes, que gritavam e uivavam e às vezes até xingavam. Quanto esforço investiu em se fazer querida nos momentos mais importantes da sua vida, Orah pensa agora, pesarosa. Suas pernas começam a ficar dormentes. Ela tenta sentar em outra pedra, e mais outra, e acaba sentando novamente no chão. Estas não são condições apropriadas para um relato autobiográfico, ela pensa.

Após alguns instantes puseram o Ofer deitado em cima de mim. Fiquei incomodada por ele estar embrulhado numa manta do hospital. Eu queria ficar nua com ele. Todo mundo dentro do quarto, exceto nós dois, era totalmente dispensável. E Avram não estava lá.

Ela lança um olhar cuidadoso na direção dele. Quem sabe não seria melhor apagar essas últimas palavras? Talvez algum dia ela queira que Ofer leia o que acabou de escrever aqui? Quem sabe ela e Ilan, apesar de tudo —

Uma inquietação começa a se instalar nas suas entranhas. Para quem ela está escrevendo? E por que motivo? E já são quase duas páginas. Como foi que saíram duas páginas? Avram está deitado de costas do outro lado da pequena fogueira que já se transformou numa pilha de brasas ardentes. Sua face está voltada para cima, fios de barba desgrenhados. É preciso dar um jeito nessa barba, ela pensa. Por alguns instantes, ela examina o seu rosto: aos vinte anos ele começou a ficar careca da testa para trás, foi o primeiro de toda a sua turma de escola, mas até então deixara crescer uma magnífica cabeleira, forte e selvagem, e também cultivara costeletas até o meio da face, que o deixavam ainda mais velho do que já parecia, e lhe conferiam, conforme lhe escrevera uma vez numa carta, *a face de um taverneiro dickensiano, de lábios úmidos e avaro.* Como de hábito, sua descrição era acurada, não havendo sentido em discutir com ele; ele sempre tinha definições pictóricas, tão cruéis e cativantes — especialmente definições sobre si mesmo, ela pensa, da sua aparência e da sua personalidade — e graças a elas — interessante que só agora isso lhe ocorra — conseguia seduzir as outras pessoas a vê-lo somente por meio de seus próprios olhos, e dessa maneira talvez conseguisse se proteger de olhares independentes demais, realmente dolorosos. Orah sorri para ele com afeto, com divertido apreço, como se estivesse descobrindo após o ocorrido que haviam lhe pregado uma peça, esperta e muito bem pregada.

E talvez também olhares amorosos demais, ela acrescenta no caderno sem pensar, e olha surpresa para o que está escrito, que rapidamente risca, um risco grosso e forte.

Mais tarde, quando todos os médicos e a parteira e as enfermeiras saíram, e saiu inclusive aquele que me deu os pontos, eu própria tirei a roupa do Ofer e o trouxe para mim, para os meus seios.

Esta última palavra faz com que seu corpo seja percorrido por um tremor quente. O que esse tremor a faz recordar? O que ele lembra agora? "Para os meus seios", ela sussurra para dentro, e seu corpo imediatamente reage com doçura: Avram. Ele costumava lamber os finos pelos nas suas bochechas, sob as têmporas, e dizia num murmúrio contínuo, "a semente de tuas têmporas", ou "plumagem"; achegava-se a ela e sussurrava, como num sonho, "a curvatura de teus quadris", "o cetim por trás de teus joelhos", e ela sorria para si mesma pensando como ele fazia palpitar seu coração com palavras. E bem depressa descobriu que, quando superava sua própria timidez e lhe retribuía dizendo nos seus ouvidos, "plumagem", ou "você nos meus seios", ou coisas assim, ele ficava ainda mais duro dentro dela.

E todo o jeito de Ofer me tocar, já desde os primeiros momentos, desde o instante em que nasceu, era o toque mais confortante e simples e macio que alguém já tinha me dado. Ilan disse certa vez que ele lhe dava a impressão, desde o começo, de uma pessoa que está em paz no seu lugar. Uma pessoa perfeitamente adaptada à sua vida. E isso era tão verdade, pelo menos enquanto ele foi criança, depois deixou de ser. Passamos diversas fases com ele. Inclusive coisas difíceis. Na verdade, nada de especial. Nenhum problema especialmente original. Com o Adam sempre foi tudo mais complicado; até mesmo nos problemas ele era mais criativo. Mas com o Ofer os menores problemas sempre me deprimiram mais, não sei por quê.

Na verdade, tivemos ultimamente no exército uma história não muito simples com ele. Especialmente eu. Pois eles, os três, superaram isso muito bem.

Talvez eu não precise escrever isto, mas quando um monte de coisas deram errado para ele, metade da minha dificuldade foi que com ele eu sentia, desde o começo, que estava protegida de toda sorte de problemas. Sei que é uma coisa boba (e justo com ele era mais absurdo acreditar nisso, por causa de toda a conhecida complicação com Avram), mas por causa dessa tranquilidade, que ele sempre teve desde o começo, desde seus primeiros momentos no mundo, sempre tive a ilusão, uma espécie de crença, de que com ele eu era capaz de prever o futuro com relativa segurança (aliás, o Ilan também achava isso, não era só a minha notória ingenuidade). Achava que com ele se podiam arriscar palpites e prever, mais ou menos, que tipo de pessoa seria ao crescer e como haveria de se comportar em todo tipo de situação, e saber que ele não teria surpresas no caminho. (Quanto a surpresas, esqueci de mencionar que estou agora na Galileia, num vale qualquer, e Avram [!] está deitado não longe de mim [!!], cochilando, ou olhando as estrelas.)

Ela enche os pulmões de ar, como se só agora estivesse captando realmente sua presença neste lugar, tão longe de sua vida. Seu coração se enche de gratidão pela escuridão completa, repleta de assobios e grilos cantando, pela noite em si, que pela primeira vez desde que saiu em viagem sente que a está acolhendo com doce generosidade, concordando em escondê-la de tudo no sopé desta remota ravina, e ainda lhe dá de graça as árvores e os arbustos, cujos aromas começam a flutuar com acentuada doçura buscando as borboletas noturnas.

Vou voltar um pouco atrás, logo depois do parto: Ilan estava em pé ao nosso lado, olhando. Tinha um olhar estranho. Havia lágrimas em seus olhos. Disso eu me lembro, pois quando o Adam nasceu, Ilan se manteve totalmente frio e funcional (e eu não entendi que esses eram justamente os sinais do que estava começando a cozinhar dentro dele). Mas com o Ofer ele de fato chorou. E eu pensei que era um bom sinal, pois durante toda a gravidez tive medo de que ele me deixaria outra vez logo após o parto, e essas lágrimas dele me tranquilizaram um pouco.

Sua respiração está acelerada. Os lábios estão ligeiramente entreabertos e as narinas se alargam. Sem pensar, ela acrescenta aproveitando o impulso: *Justamente quando ele ri, parece triste, às vezes até mesmo um pouco cruel (pois os olhos de algum modo se distanciam), e quando ele chora, sempre parece que está rindo.*

Vai ficando claro para ela que a cada nova frase que escreve desiste de mais um possível leitor.

E de repente percebi que eu e Ilan estávamos completamente a sós com o bebê. Lembro-me de que de repente tudo ficou muito quieto, e receei que ele fosse soltar alguma piada. Porque o Ilan, quando está sob pressão, sente imediatamente a necessidade de fazer alguma brincadeira forçada, e para mim isso era absolutamente inadequado. Eu não queria nada que pudesse estragar nossos primeiros momentos juntos.

Mas Ilan foi esperto dessa vez, e não disse nada.

Ele sentou próximo a nós sem saber o que fazer com as mãos, e eu notei que ele não tocava Ofer. Foi então que ele disse que Ofer "tinha um olhar atento". Fiquei feliz por serem essas as primeiras palavras que Ilan disse a respeito de Ofer — na verdade as primeiras palavras que foram de fato ditas no mundo a seu respeito. Jamais esqueci aquelas palavras.

Peguei a mão do Ilan e a coloquei sobre a mão do Ofer. Vi que foi difícil para ele, e senti que o Ofer imediatamente reagiu a isso. Todo o seu corpo se contraiu. Cruzei meus dedos com os do Ilan e afaguei o Ofer junto com ele, de um lado para outro, ao longo de todo o seu corpo. Eu já tinha resolvido que o nome dele seria Ofer. Havia outros nomes nos quais eu tinha pensado durante a gravidez, mas no momento em que o vi soube que os outros nomes não combinavam com ele. Nem

Gil nem Amir nem Aviv. Tinham "i"s demais, e para mim ele tem cara de "o", tranquilo e até mesmo um pouco grave (mas também com um pingo de distanciamento reflexivo, observador — "o" e "e" juntos). Eu disse ao Ilan: Ofer. E ele imediatamente concordou. Vi que poderia chamá-lo até de Melchitzedek ou Chedormalomer, que o Ilan aceitaria qualquer coisa, e isso não me agradou, pois eu conheço um pouquinho o Ilan e submissão não é bem o seu ponto forte, e eu também vivia desconfiada, como já mencionei.

Então eu disse, chame-o. E Ilan murmurou um "Ofer" com a voz quase sumindo. Eu disse a Ofer: este é o seu pai. E senti os dedos do Ilan se endurecerem na minha mão. Pensei, pronto, tudo de novo. Agora ele se levanta e vai embora, é uma espécie de reflexo dele, me abandonar quando eu dou à luz. De repente Ofer mexeu as pálpebras algumas vezes seguidas, como se estivesse instigando Ilan a falar! E àquela altura o Ilan já não tinha alternativa, portanto deu um sorriso torto e disse, escute, amigão, eu sou seu pai e pronto, não discuta.

Ela ergue a cabeça na direção de Avram, sorri distraidamente, com um ar de felicidade distante, e suspira.

O quê?, pergunta Avram.

É bom.

Avram se levanta um pouco, o que é bom?

Escrever.

Ouvi dizer que sim, ele diz casualmente, e vira a cara para o outro lado.

Ele, que escreveu a vida toda — até que cortaram isso dele, ela pensa com um toque de remorso —, praticamente até o último momento, até que os egípcios vieram e de certa forma lhe tiraram a caneta da mão. Dos seis anos até os vinte e dois, escrevendo direto. E escreveu mais do que nunca depois que conheceu Ilan e suas almas se uniram. Foi então que o motor foi acionado, ela sabe disso, pois finalmente havia alguém que o compreendia de fato e competia com ele e o puxava para se tornar mais e mais ousado. E ela pensa em tudo que fluiu dele com abundância naqueles seis anos desde que ele encontrou Ilan no hospital — bem, Ilan e ela. Peças, poemas, contos, roteiros e especialmente textos de radionovelas, que ele e Ilan escreviam e gravavam no velho gravador de fita de rolo Akai, no barracão do quintal da casa em Tzur Hadassah. Ela se lembra de um enredo — tinha pelo menos vinte capítulos; Avram adorava épicos terrivelmente longos — sobre um mundo onde todos os habitantes eram crianças pela manhã, adultos à tarde e velhos à noite, e tudo se repetia no dia seguinte. E havia também um seriado que descrevia um mundo onde as pessoas se comunicavam da maneira mais honesta e aberta possível, somente durante o sono, por meio dos sonhos, e não se lembravam de nada quando acordavam. Havia outra série — uma das melhores, na opinião dela —, sobre um rapaz fã de jazz que era sugado para dentro do mar e chegava a uma ilha onde vivia uma tribo de pessoas que não conheciam música de nenhum tipo, nem mesmo assobios ou zumbidos, e ele aos poucos vai lhes revelando aquilo que desconhecem. Quase em tudo que Avram e Ilan faziam, criavam um mundo. Geralmente Avram vinha com a ideia e Ilan procurava ancorá-la ao máximo na realidade, claro que participando da redação, e tocava o "fundo musical" ao saxofone, ou com a ajuda dos inúmeros discos que tinha. Era um rio caudaloso de criações fluindo de Avram — *a minha Idade do Ouro*, foi como a chamou uma vez, depois que secou. Por ocasião do seu vigésimo aniversário ela lhe comprou sua primeira caderneta de ideias. Estava farta de vê-lo revirar a casa e a mesa e os bolsos dele — e dela — procurando desesperadamente os papéis com suas anotações. Uma constante papelada o acompanhava por toda parte. Na página de abertura de sua caderneta de ideias ela escreveu uns versos simpáticos: "Havia um escritor muito ativo/ exuberante, criativo/ dias e noites meditava/ refletia e anotava/ nestas folhas, um delicioso motivo". Em poucos meses ele preencheu a grossa caderneta e pediu que ela também lhe comprasse a seguinte. Você me dá inspiração, ele disse, e ela, como sempre, deu risada: *Moi?* Um ursinho com cérebro de minhoca como eu? E ele a olhou afetuosamente e disse que agora sabia qual fora o som da risada de Sara, nossa matriarca, quando lhe deram a notícia, aos noventa anos, de que ainda teria um filho, Isaac. E acrescentou que ela não entendia nada, nem dele nem de inspirações. Desde então Orah lhe comprava a caderneta de ideias. Elas deviam ser pequenas, deviam caber no bolso detrás da calça jeans; ele sempre as carregava consigo a todo lugar aonde fosse, até dormia com elas, e mantinha, em qualquer cama que dormisse, ao menos uma caneta por perto, para anotar no meio da noite, semiadormecido, suas ideias noturnas. Eram cadernetas bem simples, era assim que ele pedia, sem enfeites ou frescuras, mas apesar de tudo ficava contente quando ela comprava toda vez uma caderneta um pouco diferente, no formato e na cor, e o mais importante para ele era que as ganhasse de presente dela. É fundamental que elas venham de você, enfatizava, e lhe lançava um olhar tão grande de reconhecimento que ela se remexia toda por dentro. E ela sempre se sentia alegre quando ia comprar a caderneta, que procurava em diversas papelarias, primeiro em Haifa, e depois de ter servido no exército, em Jerusalém, em sua nova cidade, uma caderneta que combinasse exatamente com aquela fase dele, com a ideia específica sobre a qual escreveria, com o seu estado de espírito presente. E ficava ainda mais contente ao lhe dar a caderneta: adorava ver como ele sentia o peso da caderneta nova na mão, a apalpava, cheirava e folheava rápida e avidamente para ver quantas páginas tinha, quanto prazer estava reservado ali para ele.

Ela geme distraidamente, aperta as pernas uma contra a outra e sua barriga se excita ante o óbvio prazer com que ele segurava as cadernetas, uma comichão de prazer, nu e despudorado. Uma vez ele lhe disse, ela jamais esqueceu, que antes de criar qualquer personagem ele precisava antes de tudo entendê-la a partir do corpo, era daí que ele começava, chafurdando na carne e na saliva e no sêmen e no leite dela, sentindo a composição de seus músculos e tendões, e se as pernas eram longas ou curtas, e quantos passos ela precisava dar para cruzar esta ou aquela sala, e como corria atrás do ônibus, e quanto o traseiro se contraía quando estava parada diante do espelho e, de modo geral, como ela caminhava, e como comia, e qual era exatamente a aparência dela quando cagava ou dançava, e se gozava gritando ou com gemidos contidos e cuidadosos, em suma, qualquer coisa que ele escrevia tinha de ser vívida e tangível e corporal como... Isto! Ele gritou, exibindo diante dela a mão em concha, dedos espalhados, num gesto que vindo de qualquer outra pessoa pareceria rude, bruto e gratuito, mas vindo dele, ao menos neste momento, parecia um pequeno recipiente cheio até a borda de fervor e paixão, como se estivesse segurando um enorme e pesado seio.

Ela lamenta tê-lo magoado, e se apressa em explicar que apenas anotava mais algumas linhas sobre o nascimento de Ofer, apenas fatos. Para a posteridade, ela dá um sorriso forçado, e Avram, em tom apaziguado, ah, bem, muito bem. E ela, você realmente acha? Ele se ajeita sobre o cotovelo, cutuca as brasas com um galho e diz, é bom que esteja escrito em algum lugar. E Orah, com extremo cuidado, diga, você escreveu alguma coisa desde então, nestes últimos anos? Avram sacode bruscamente a cabeça, para mim basta de palavras.

Eu não fiz um caderno de bebê para o Ofer, ela diz, na época não tinha cabeça para sentar e escrever, e me sentia mal o tempo todo por não fazer nada — mas o que ele acabou de lhe dizer se espalha dentro dela como um veneno. Se para ele basta de palavras, como é que ela se atreve a escrever algo? —, pois se você não anota imediatamente, ela diz, não lembra depois, comigo é assim, e além disso muita coisa acontece nos primeiros meses. A criança muda de um momento para outro.

Ela está jogando conversa fora, ambos sabem disso. Tenta dissolver aquilo que ele disse há pouco. Avram se concentra nas brasas. Ela vê apenas seu perfil, um só olho que brilha. Pensa, ele falava exatamente nesse tom com o Ilan quando lhe dizia que não queria ligação nenhuma com a vida.

Por exemplo, ela diz pouco depois, após um longo silêncio, eu me recordo de que ele nunca se entregava com facilidade, o Ofer, nunca deixava que o abraçassem. Eu só podia abraçá-lo se ele realmente quisesse. Até hoje ele é assim, ela acrescenta, e lembra-se de como nos últimos tempos ele a envolvia com cuidado, afastando escrupulosamente seu corpo dos seios dela, curvando-se na direção dela num arco ridículo, dá pra acreditar?! E na verdade, também quando era jovem, e seu pai, tímido e sem jeito, costumava abraçá-la nas raras reuniões familiares, ela também arqueava o corpo de modo que ele, Deus me livre!, não a tocasse realmente. E como agora ela sente falta de um único abraço simples e pleno com ele, e isso já não é mais possível, ela talvez escreva para deixar uma lembrança ao mundo daquele movimento corporal, entre ela e seu pai.

E aí?, ela pensa, e fecha o caderno abruptamente, isto aqui não tem limite. É como andar com uma brocha de cal na mão.

E Ofer, ela relata a Avram, quando era bebê, quando não queria que eu o abraçasse, fazia com o corpo um movimento desses, forte e súbito — e interrompe o relato, mordendo a ponta da caneta. É incrível como de repente me volta tudo, ela se espanta, eu e minha memória seletiva —, ou, se eu tentava amamentá-lo quando já estava satisfeito e para mim ainda não tinha sido o bastante, então ele de repente tensionava todo o corpo para trás, formando um arco, e jogava a cabeça para o lado — ela demonstra o movimento de Ofer, e espontaneamente, também como ela o segurava. Suas mãos se unem num ponto ligeiramente afastado do peito, e Avram dirige o olhar para o espaço vazio entre os braços dela.

Ele fazia movimentos bruscos como este, ela diz, cheios de personalidade e determinação. Fique sabendo, ela diz rindo, que a maior parte do tempo eu era totalmente fascinada por ele: como ele sabe direitinho tudo que precisa saber. Como ele é perfeito como bebê, e como eu — ela hesita, enrola os lábios — sou uma péssima mãe.

Você?

Deixa pra lá. Não quero entrar nisso agora. Estávamos falando do Ofer. Escute mais uma coisa — mas intimamente ela registra: "você?", uma verdadeira exclamação, e o que deve ela deduzir disso? —, ele foi um bebê que gostava de trepar nas coisas. Ilan costumava chamá-lo de "trepadeiro". Ela recorda com prazer. Tudo está voltando, ondas e mais ondas, preenchendo-se de vida, preenchendo de vida também Ofer, ali, em algum lugar distante.

Eu costumava segurá-lo grudado em mim, e em um segundo ele começava a subir, escorregando no meio dos meus braços como um peixe entre as mãos. Não era capaz de ficar um segundo onde eu queria que ficasse. E sempre subindo, trepando cada vez mais alto, e eu me lembro de que às vezes isso também me deixava nervosa, aquela agitação constante dele, e a determinação, como se fizesse uso de mim para passar imediatamente para outra coisa, ou outra pessoa, mais interessante.

Ela ri: um pouco como você, quando queria algo. Quando tinha alguma ideia nova.

Ele fica calado.

O seu jeito de ir à caça, sabe, quando eu lhe contava algo sobre uma pessoa interessante que eu tinha conhecido, ou sobre alguma conversa que havia ouvido no ônibus, e eu logo via como seus olhos começavam a se revirar, verificando se servia para alguma história, algum texto, e como você ia logo experimentando mentalmente a frase na boca de algum personagem, ou a minha risada, ou os meus peitos. Mas por que torturá-lo com essa falação?, ela pensa, e apesar disso não consegue parar. É mais forte que ela. Como se as saudades dele de repente se transformassem numa agressividade estranha, contagiosa: ou quando você me pedia que sentasse à sua frente nua, para me descrever, em palavras, não em desenhos, e eu me lembro de como ficava sentada — meu Deus, não acredito que fazia isso — no terraço de frente para o vale, você queria que fosse do lado de fora, fazia questão disso, lembra? Pois lá a luz era melhor. E eu, obviamente, concordava, concordava com tudo que você pedia, e deixava você me desenhar em palavras, no terraço, e é claro que, pelo amor de Deus, se o Ilan souber disso, do jogo que fazíamos naquela época, que você jogava comigo e com o Ilan, as suas dimensões paralelas, desse jeito, de frente para o vale, nua, com os pastores de Hussan e Wadih Fukin que talvez estivessem ali, você não se importava, nada lhe importava quando precisava de algo para escrever, quando você se inflamava — Cale a boca, ela tenta se interromper, por que você está caindo de pau em cima dele? O que deu em você de repente? Afinal, existe uma regra que impõe limites a situações como essa —, e eu, eu juro, toda a minha pele ficava arrepiada com o fato de você me decompor em palavras. E como eu queria isso! — você com certeza sentia — E como ao mesmo tempo me sentia explorada, como se você estivesse saqueando meus lugares mais íntimos, a minha pele e a minha carne, e eu não me atrevia a lhe dizer, afinal não havia como falar com você quando estava nesse estado — ela balança a cabeça, estarrecida, e um vermezinho teimoso, com um ferrão agudo, arrasta-se lentamente da sua garganta para o nariz —, a sua tirania quando você tinha uma ideia, quando tinha um conto, eu chegava a ter um pouco de medo de você, nessas horas você parecia um canibal, e até disso eu gostava, o fato de você não ter nenhum controle sobre si mesmo, e não havia alternativa, eu gostava tanto disso em você.

Eu queria poder escrever sobre você todo ano, Avram de repente murmura, e Orah silencia, ofegante. Eu achei que fosse escrever sobre você durante anos, muitos e muitos anos. Queria que fossem cinquenta anos. Sua voz está lúgubre e grave, e parece vir de muito longe. Eu pensava, era o meu plano, que uma vez por ano eu descreveria o seu corpo e o seu rosto, cada parte sua, cada mudança em você, palavra por palavra, por toda a nossa vida juntos, e mesmo sem estar juntos, mesmo que você continuasse sendo dele. Que você seria a minha modelo, mas em palavras.

Ela imediatamente se senta sobre as pernas cruzadas, agitada com o longo e surpreendente discurso, tentando afastar de si a ideia de como ele descreveria o corpo e o rosto dela agora.

Na verdade, só consegui duas vezes, ele faz questão de dizer: Orah aos vinte, e Orah aos vinte e um.

Ela não se lembra de que esse era seu plano. Talvez nem soubesse disso na época. Ele nem sempre era capaz de contar o que se passava em seu íntimo. Às vezes também não queria. E geralmente, nesses momentos, quando estava fervilhando de criatividade — era assim que chamava essas fases —, era capaz de cuspir fragmentos de ideias, trechos de frases que nem sempre faziam sentido fora da sua cabeça. Quando ela não entendia, ele começava a andar em círculos em torno dela, dentro da sala, na rua, na cama, em campo aberto, no ônibus, em total estado de impaciência e irritação, com gestos ferozes, como alguém que se sente sufocado em busca de ar. Ela sentia seus olhos se vitrificarem diante dele: explique-me outra vez, explique mais devagar. O desespero turvava seu olhar, e a solidão — o exílio — para a qual se sentia empurrado pelas suas dúvidas, pela sua cautela, pelas suas asas curtas demais; e a hostilidade em relação a ela nesses momentos, talvez por estar condenado a se apaixonar por uma mulher incapaz de compreendê-lo imediatamente, "com uma simples pista, uma pequena mancha", dizia citando Brenner, e nem Brenner ela havia lido, toda essa lamúria e esse fracasso são deprimentes demais, ela dizia; e mesmo assim ele a amava, apesar de Brenner, apesar de Melville e Camus e Faulkner e Hawthorne. Ele a amava e cobiçava e ansiava por ela, e apegava-se a ela com toda a força como se sua vida dependesse disso, e também sobre isso ela pretendia falar com ele aqui, na viagem, amanhã ou depois, para que ele finalmente lhe explicasse o que de fato tinha encontrado nela, que a fizesse lembrar o que havia nela então, para que talvez ela pudesse pegar um pouquinho para si mesma agora.

Ela vai ficando irritada. Fagulhas de pensamentos voam através dela. Ela se levanta: há algum banheiro feminino por aqui?

Ele aponta com a testa para a escuridão. Ela pega um rolo de papel e se afasta. Ao lado de um arbusto espesso ela se agacha para mijar. Pingos espirram nos sapatos e nas calças. Amanhã de manhã vou ter de tomar um banho e lavar a roupa, ela pensa. Por um momento ela ousa refletir sobre o que perdeu: ficar sentada nua diante dele mais vinte e oito vezes e ver em seu olhar como ele a vê. E ver como ano após ano vão lentamente mudando as palavras que a descrevem, sombras diversas projetadas sobre uma paisagem familiar. Será que doeria menos envelhecer com as palavras dele? Mas, ela não tem dúvida. Doeria bem mais envelhecer com as palavras dele.

Ao terminar suas necessidades, ela se recosta num tronco fino, no escuro. Envolve a si mesma num abraço, sentindo uma súbita solidão. Retratos de si própria ao longo dos anos passam pela sua cabeça. Orah jovem, Orah no exército, Orah grávida, Orah e Ilan, Orah com Ilan e Adam e Ofer, Orah com Ofer, Orah sozinha. Orah sozinha e todos os anos que estão por vir. E quem sabe o que ele vê nela hoje em dia. Palavras desagradáveis saltam à sua frente: seca, murcha, varizes, manchas senis, gordura, lábios, esse lábio dela, seios, abatimento, rugas, marcas, carne, carne.

Da escuridão ela consegue vê-lo dissolver-se no brilho rubro das brasas. Ele se levanta e tira as duas canecas da bolsa lateral da mochila dela. Esfrega-as com a manga da camisa. Derrama água no bule cheio de fuligem. Vejam só, ele está preparando café. Afasta um pouco o caderno para não o molhar. Seus dedos pairam sobre a capa azul, sentindo sua textura. Ela tem a impressão de que, com o polegar, ele está examinando disfarçadamente a sua grossura.

Nos dias e semanas seguintes, depois de ela dormir com ele na sua casa em Tel Aviv, Avram volta a se deteriorar, volta a passar horas olhando pela janela ou para a parede, negligencia seu corpo, deixa de tomar banho e fazer a barba, não atende o telefone. Também se afasta de Orah. No começo inventa desculpas, depois lhe pede explicitamente que não venha. Quando, apesar disso, ela vem, ele arranja um jeito de mandá-la embora rapidamente. Evita ficar sozinho com ela em casa. Ela se assusta. Seus pensamentos giram constantemente em torno dele e do que aconteceu naquela noite. Durante semanas mal consegue fazer qualquer outra coisa. Quanto mais ele se afasta, mais ela se sente compelida a ir atrás dele. Repetidas vezes tenta tranquilizá-lo em relação a ela, explicar-lhe que não deseja nada dele, somente que eles voltem a ser como eram. Ele a evita, foge dela. Recusa-se terminantemente a falar sobre aquela noite.

Algum tempo depois ela descobre que está grávida. Passado um mês, ela finalmente consegue contar o fato a Avram. Por um momento, ele fica petrificado à sua frente. Sua expressão enrijecida e o pouco de vitalidade que lhe resta somem num piscar de olhos. Em seguida, pergunta se ela sabe onde fazer um aborto. Ele se responsabilizaria, faria um empréstimo do Ministério da Defesa, ninguém precisa saber. Ela se recusa mesmo a escutar sobre isso, além do que já é tarde demais, ela murmura, magoada e humilhada. Ele diz que se é assim não quer mais nenhum contato com ela. Ela tenta discutir, recordar-lhe tudo que são um para o outro. Ele fica parado à sua frente com rosto de pedra. Fixa os olhos em algum ponto distante acima da sua cabeça, para não correr o risco de se deparar com sua barriga. A cabeça dela gira. Mal consegue ficar de pé. Sente que se ele continuar a atormentá-la desse jeito mais um minuto, seu corpo simplesmente expulsará o feto. Ela tenta pegar a mão dele e colocar sobre sua barriga. Ele solta um grito terrível. Por um instante seus olhos brilham, ferozes de raiva, de puro ódio. Depois, ele abre a porta e a expulsa de lá, ele a empurra à força para fora e a deixa ali plantada — é a sensação que ela tem — durante treze anos. E então, na época do *bar mitzvah* de Ofer, e apesar da total ausência de contato, uma noite ele liga para ela, não explica nada, nem se desculpa, e sugere com sua voz soturna que se encontrem em Tel Aviv.

No encontro ele se recusa terminantemente a falar de Ofer, e também de Adam e de Ilan. O álbum de retratos que ela preparou para ele nas semanas que precederam o encontro, com fotos selecionadas de Ofer e de toda a família durante aqueles treze anos, permaneceu na bolsa. Avram lhe conta extensamente sobre pescadores e simples vagabundos que ele conhece em Tel Aviv, sobre o bar onde começou a trabalhar, sobre um filme de ação a que já assistiu quatro vezes. Sobre os remédios para insônia que ele está tentando deixar. Ele discorre sobre as realidades sociais e sobre as alusões cristãs em diversos jogos de computador. Ela fica sentada à sua frente observando sua boca, que não para de cuspir palavras que pareceram perder seu significado há muito. Em alguns momentos tem a impressão de que ele está fazendo propositadamente um tremendo esforço para persuadi-la de que não deve esperar mais nada dele. Ficam ali sentados por quase duas horas, dos dois lados da mesa, num café barulhento e horroroso. Volta e meia ela sai de si mesma para observá-los. Eles parecem John e Julia, protagonistas de *1984*, ao se encontrarem após sofrerem lavagem cerebral e serem obrigados a se traírem mutuamente. Em determinado momento, sem razão aparente, ele se levanta, despede-se dela formalmente e vai embora. Ela presume que não vai encontrá-lo de novo nos próximos treze anos, mas aproximadamente uma vez a cada seis meses ele continua a convidá-la para um novo encontro, insípido e deprimente, até Ofer se alistar. Então ele informa que não poderia mais manter contato com ela até Ofer ser liberado.

Mas um dia depois de ter-lhe contado que estava grávida, um dia depois de ele a ter expulsado de sua casa e de sua vida, Orah põe um vestido leve, branco e largo e sai para o terraço de sua casa em Tzur Hadassah, e ali fica alguns instantes exibindo-se em toda a sua glória, da qual só ela tinha conhecimento: nem sequer sua mãe tinha notado. Ela não sabe se Ilan se encontra naquela hora no barracão, mas tem a sensação de que há olhos que a observam de lá.

Às nove da noite, depois de pôr Adam para dormir, ela bate à porta do barração e Ilan abre sem demora. Está vestindo sua camiseta de malha verde que ela adora, e calça jeans azul-clara, que ela uma vez lhe comprou. Está descalço. Seus pés nus e vigorosos provocam faíscas nela. Atrás dele ela vê um quarto absolutamente monástico. Cama de campanha, mesa, cadeira e lâmpada. Nas paredes, prateleiras de livros. Ilan olha nos seus olhos e imediatamente baixa o olhar para sua barriga, de aparência ainda inocente, e a pele de sua testa se repuxa para trás.

É do Avram, ela diz. Ela tem a impressão de que diz isso como se estivesse entregando a ele um presente e dizendo quem havia mandado. Então pensa que talvez seja isso mesmo. Ele fica parado diante dela, perplexo, confuso, e ela, por força de seu novo poder, empurra-o delicadamente e entra.

É assim que você vive?, ela pergunta, passando o dedo nos livros das prateleiras. *Legislação de agravos e teoria geral de agravos, Lei das cauções,* ela lê saboreando, lançando um olhar furtivo aos grandes cadernos abertos sobre a mesa: lei de propriedade, lei de família. Ilan, o estudante, ela diz. Com uma pontada de dor, pois sempre sonhou que ambos seriam estudantes juntos, quer dizer, os três, e esperava desfrutar com os dois horas e dias inteiros em Guivat Ram, nas aulas, nas bibliotecas, nos gramados, na lanchonete, mas ela abandonou os estudos logo depois que Avram voltou, e quem sabe quando voltará a estudar, e o que estudará agora? — Voltar ao serviço social ela não quer, não tem energia para enfrentar durante meses e anos as autoridades e os funcionários públicos, não consegue suportar agora nenhum contato com a rigidez, a arbitrariedade e a frieza, depois da guerra, depois de Avram, e pela experiência de um ano inteiro com seu projeto ela já consegue imaginar como tudo isso ecoaria em cada reunião com o vice-coordenador do departamento de benfeitorias nos Katamonim; e de outro lado, não se sente atraída por nada abstrato ou acadêmico. Quer fazer algo com as mãos, ou com o corpo, algo simples e significativo, sem muitas palavras — especialmente sem palavras. Talvez retomar sua carreira esportiva da juventude, desta vez como professora, ou talvez cuidar de pessoas, mitigar as dores do corpo, por que não?, como fez com Avram nos anos em que esteve hospitalizado. Mas tudo isso parece que vai ter de esperar um pouco. Para responder a sua pergunta, ela diz a Ilan com estranha vivacidade, já estou quase de três meses.

E você tem certeza de que é dele?

Ilan!

Ilan enfia a cabeça entre as mãos. Está digerindo. Há muita coisa para digerir em relação ao anúncio da sua gravidez. De repente ela se sente importante. Essencial. Pode até mesmo ficar à vontade. Ela olha longamente para ele, e pela primeira vez quase lhe agradece pelo que fez por ela com a sua fuga. Bem-humorada, ela observa as ponderações dele faiscando sob a pele de sua testa. Ilan, ela pensa, sempre tem ponderações, ponderações contra, especialmente ponderações contra.

E o que ele diz?

Ele não quer me ver na frente dele. Ela puxa a única cadeira e senta-se ocupando todo o espaço de seu corpo e todo o espaço de sua mente. Suas pernas sabem exatamente a medida do espaço a ser ocupado por uma mulher em seu estado: ele quer que eu faça um aborto.

Não!, grita Ilan se levantando da cama, e segura sua mão entre as suas.

Ei, Ilan, ela diz baixinho. Ela olha nos olhos dele e se assusta com o turbilhão que vê ali, e não vê nem ponderações nem racionalizações, apenas uma nua e torturada escuridão: guarde esta criança, ele sussurra em tom de urgência, por favor, Orah, não faça nada, não a machuque.

Vou dar à luz em abril, ela diz, e essa simples frase a enche de força inimaginável: como o selo de uma sociedade secreta criada, pela força dessas palavras, entre seu corpo, o bebê e o próprio tempo; talvez seja uma menina, ela pensa. Pela primeira vez ela ousa ter esse pensamento. É óbvio que vai ser uma menina, ela se surpreende. Tem uma súbita e clara sensação, espécie de intuição de uma pequenina menina, crescendo dentro dela.

Orah, Ilan diz para seus próprios pés, o que você acha —

Do quê?

É que eu pensei..., não se exalte, deixe eu falar até o fim.

Estou ouvindo.

Ilan se cala.

O que você ia me dizer?

Eu quero voltar para casa.

Voltar? Agora? Ela está absolutamente confusa.

Quero voltar para você, ele diz, sua expressão endurecendo, como que contradizendo suas palavras.

Mas agora?

Eu sei que é —

Com o filho do —
Você estaria disposta?

E tudo que ela conteve e reteve durante todos esses anos explode. Ela chora e urra, e Ilan a pega e a segura com firmeza, suas mãos fortes, seu corpo flexível, ágil, e ela o puxa para si, e sobre a cama de campanha, mais funda no meio, eles se deitam, tomando cuidado para que os movimentos bruscos não prejudiquem o pequeno ser que se forma dentro dela. E Ilan, com seu odor doce, e suas mãos grandes, e seu corpo inconfundível para ela, ela quer, quer, quer, que saudades sentiu desse desejo intenso, e ela lhe responde com torrentes das quais não sabia serem capazes as mulheres grávidas.

E pela manhã caminharam abraçados pelo jardim até a casa, e Orah viu com seus olhos a figueira e a grevílea se curvarem em saudação, e juntos subiram os degraus tortos de concreto, e Ilan entrou em casa, e então soltou a sua mão e andou em silêncio pelos quartos, com seus movimentos rápidos de felino, deu uma espiada rápida em Adam e saiu depressa, depressa demais, e Orah soube que o caminho ainda seria longo. Juntos prepararam um café da manhã e saíram para o terraço embrulhados nas cobertas para assistir ao nascer do sol, que iluminou o jardim e o vale, clareando as sombras e tudo o mais, e Orah pensou, ninguém no mundo vai entender o que está acontecendo aqui, só nós dois podemos entender, e esta é por si só a prova de que estamos certos.

De manhã Adam acordou e viu Ilan na casa e disse a Orah, esse aí é o homem do barracão? E Ilan disse, sim, e você é o Adam, e estendeu-lhe a mão. E Adam grudou em Orah e escondeu o rosto no seu roupão, e por detrás das pernas dela disse, estou bravo com você. Por quê?, perguntou Ilan. Porque você não veio, disse Adam, e Ilan disse, eu fui um grande bobo, mas agora eu vim. E Adam pergunta, e depois você vai embora?, e Ilan disse, não, vou ficar aqui para sempre. E Adam refletiu por um longo instante e olhou para Orah, em busca de apoio, e ela lhe deu um sorriso encorajador, e ele disse, e você vai ser o meu pai? E Ilan disse, sim, e Adam refletiu mais um pouco, sua face corando no esforço de entender, até que finalmente soltou um suspiro que atingiu o coração de Orah, o suspiro de um velho desesperado, e disse a ela, então me faça um chocolate quente.

Naquela tarde Ilan viajou para Tel Aviv, para encontrar-se com Avram, e só voltou um ano depois — pelo menos assim pareceu a Orah —, frustrado e deprimido. Ele a abraçou de corpo inteiro, e murmurou que tudo ficaria bem, talvez, ou talvez não. E ela perguntou o que tinha acontecido, e ele disse, deixa pra lá, houve de tudo, passamos por todas as estações possíveis. Moral da história: ele não nos quer na vida dele, nem você nem a mim, nossa história com ele acabou.

Ela perguntou se havia alguma possibilidade de Avram, apesar de tudo, estar disposto a se encontrar com ela, mesmo que apenas por alguns minutos, um último encontro, pelo menos para se despedir decentemente. Sem chance, disse Ilan, e sua voz tinha um tom de impaciência que não lhe agradou: ele não quer nenhum contato com a vida, é isso que ele diz. O quê?, sussurrou Orah, ele está falando em se suicidar? Não creio, disse Ilan, ele simplesmente não quer contato com a vida. Mas como é possível?, ela gritou, virar as costas desse jeito e apagar tudo? E Ilan disse, você realmente não consegue entendê-lo? Pois eu o entendo, entendo tanto... Ele se dirigia a Orah como se ela tivesse culpa de algo, ou como se invejasse Avram por ter agora uma desculpa tão irrefutável para cortar os laços com as pessoas, com a vida de forma geral. Ela se sentiu mordida, e deu um salto: Então por que você voltou? Por que vem com essa conversa de querer voltar? Ele deu de ombros e indicou com os olhos a barriga dela, e ela explodiu por dentro e não disse nada, pois nada havia a dizer.

À noite foram para a cama, cada um do seu lado, como se não houvessem passado alguns anos sem a existência dessa rotina e dos gestos familiares, os banhos de chuveiro, escovar os dentes juntos, os sons dele no banheiro, e como ele se sentava na cama de costas para ela, nu e magnífico, e vestia agilmente suas calças de moletom, e depois se deitava e se alongava todo com um prazer que a fazia vibrar. Orah esperou até ele sossegar e ficar quieto, depois perguntou com a voz mais calma que conseguiu se ele tinha voltado para ela só por causa do Avram — apontou a barriga com o queixo — ou também porque a amava. E ele disse, não deixei de amar você um único dia. Como seria possível não te amar? E ela disse, é claro que é possível, veja bem, o Avram já não me ama mais, eu mesma já não me amo muito. E Ilan aparentemente quis perguntar algo em relação a ele, sobre o sentimento dela por ele, mas se calou, e ela entendeu e disse que não sabia. Ela não sabe o que sente. Ele moveu levemente a cabeça, como se tivesse gostado de se machucar com as palavras dela. Ela viu a cor se esvair de sua têmpora, da lateral da face voltada para ela, e de novo, como toda vez, espantou-se de descobrir quão importante e preciosa era para ele, e como ele constantemente lhe negava a simples segurança que ela teria só em saber disso.

Esta vida não é fácil, ele disse, e ela, da sua gruta escura, retrucou, já sinto isso há alguns anos, desde a guerra, desde Avram, sinto que estou de quatro cavando no escuro. Mas diga, conte mais, como foi com ele, sobre o que vocês falaram? Escute, ele está implorando para que a gente o deixe em paz. Que a gente esqueça que ele existe. Ela riu: esquecer que Avram existe, sei...

E vocês falaram sobre *isto?*, ela disse, apontando para a barriga. Ilan respondeu, ele quase me bateu quando tentei dizer alguma coisa. Ficou totalmente doido, uma coisa física, ele fica fora de si só de pensar que vai ter um filho no mundo. E Orah pensou, bom, ele vai ter algo para segurá-lo aqui.

Ilan murmurou: foi como se ele já estivesse de saída e a manga ficasse enganchada em algum prego na porta.

Orah sentiu momentaneamente que de fato havia um prego no seu útero.

Ela apagou a luz, e ficaram deitados em silêncio, sentindo se dissiparem os vapores da feroz felicidade da véspera. A boca de ambos repleta do gosto metálico de algo que não tem conserto nem nunca terá.

Na verdade, eu achei que isso facilitaria as coisas para ele, disse Orah, que seria até capaz de resgatá-lo, entende, fazer com que ele estabelecesse de novo contato com a vida. Ele nem quer ouvir falar disso, retrucou Ilan, citando Avram com toda a dureza na sua voz: nem ouvir nem ver nem saber nada sobre essa criança, nada.

Ela perguntou, mas o que *você* quer?

Você.

Ela ainda tinha muitas perguntas que não ousou fazer, e não sabia se ele entendia no que estava se metendo, se não se arrependeria no dia seguinte. Havia porém algo desconhecido na determinação dele, um fio de entusiasmo que subitamente reluzia nele, e ocorreu a ela que talvez exatamente daquela forma, com toda a complicação, ele seria capaz de encarar as coisas. Talvez somente daquela forma.

Eu também prometi a ele, insinuou Ilan, ele chegou a implorar —

O quê? Orah se apoiou num cotovelo e olhou para o rosto dele no escuro.

Que nunca vamos dizer nada.

Para quem?

Para ninguém.

O quê? Nem para —
Ninguém.
Um segredo? Ela sentiu o peso de criar um filho com um segredo.
Ela se recostou e deitou. Sentiu como se alguém estivesse tentando erguer uma divisória gelada e transparente entre ela e a pequena criatura em sua barriga. Teve vontade de chorar, mas as lágrimas não vieram. Diante de seus olhos passaram os rostos de seus parentes, das pessoas de quem teria de ocultar o segredo, para as quais teria de mentir pelo resto da vida. Com cada uma delas, a mentira e o segredo tinham um sabor dolorido diferente. Sentiu como sua gruta escura ia se ramificando em mais e mais túneis e bifurcações, e ela ia se sentindo mais e mais sufocada. Não vou conseguir guardar um segredo desses nem por um dia, ela disse, você me conhece. Ilan fechou os olhos com força e viu Avram, a súplica na face de Avram, e disse a Orah, nós devemos isso a ele, e Orah ouviu, "pegue um chapéu, ponha dois pedacinhos de papel nele".

Ilan esticou o braço e abraçou seu ombro, mas não chegaram mais perto um do outro. Ficaram deitados de costas olhando para o teto. A mão dele estava sob a nuca dela, sem vida, e ambos sabiam que o que tinha havido na noite anterior no barracão não voltaria mais até ela dar à luz, e talvez nem mesmo depois. Adam, em seu quarto, soltou uma tempestuosa torrente de frases em meio ao sono, e os dois ficaram escutando. Orah sentiu quanto frio havia se formado por trás de seus olhos, e disse a si mesma que o segredo já começara a distorcê-la e deformá-la.

Pouco depois Ilan adormeceu, respirando silenciosamente, sem deixar um traço no ar. Com ele dormindo, ela sentiu um pouco de alívio. Levantou-se em silêncio, foi até o quarto de Adam e sentou-se no chão, recostada na cômoda na frente da sua cama. Escutou o sono inquieto do menino, pensando nos três anos em que o havia criado sozinha, e no que tinham sido um para o outro durante esses anos. Abraçou o próprio corpo e sentiu o sangue voltar a correr. Ainda haverá tempo de entender tudo que está acontecendo aqui, ela pensou, se espreguiçando, não é preciso resolver isso no meio da noite. Ergueu-se e arrumou o cobertor de Adam, depois acariciou sua testa até ele sossegar e dormir tranquilo. Em seguida, voltou para a cama, deitou e pensou no serzinho dentro de si, e como ele modificaria a vida de todos, talvez conseguisse modificar até mesmo Avram, com sua simples existência. O sono tomou conta dela. Ainda teve tempo de pensar que agora Adam e Ilan precisariam começar a aprender desde o começo a serem pai e filho. Uma fração de segundo antes de adormecer, sorriu: notou os dedos dos pés de Ilan saindo de sob o cobertor.

Ela volta do mato escuro apressada, pedrinhas se espalhando sob seus pés. Avram olha para ela e ela vai direto para o caderno, indicando com o olhar que se lembrara de algo que queria anotar.

Ela escreve.

Um segundo depois que ele saiu de mim, ainda antes de cortarem o cordão umbilical, fechei os olhos e disse em meu coração que você tinha um filho. Eu disse "Mazel Tov, Avram, você e eu temos um filho".

Desde então pensei muitas vezes onde você teria estado naquele momento. O que estava fazendo? Pensei se você teria sentido alguma coisa. Pois como é possível não sentir absolutamente nada, ou não saber nada, através de um sétimo ou oitavo sentido, quando seu filho está nascendo?

Ela morde a caneta. Vacila, em seguida despeja de uma só vez na folha: *Eu quero saber se é possível não sentir nada, ou não saber nada, quando o seu filho é, digamos, ferido em algum lugar distante?*

Uma onda de frio atinge a base de sua barriga.

Basta, basta, o que estou fazendo aqui? O que é isso de escrever? Melhor não pensar nisso.

Chamam isso de escrita automática, eu acho. Como fogo automático. Em todas as direções ta-ta-ta-ta-ta-ta.

Sinto que não contei o suficiente sobre o que houve depois do nascimento.

Mais ou menos duas horas depois do parto, quando toda a equipe já tinha saído e finalmente nos deixaram sozinhos de verdade, e Ilan também tinha ido contar para o Adam, eu conversei com Ofer. Simplesmente disse tudo. Contei quem era o Avram e o que ele significava para mim e para o Ilan.

Agora a caneta voa sobre o papel, como se ela estivesse picando uma salada. Ela mordisca o lábio inferior.

Fiquei surpresa de ver como a história foi simples de contar. Foi a primeira vez (e pelo jeito, também a última) que consegui pensar em nós dessa maneira. Toda a coisa complicada que nós éramos, eu, Ilan e Avram, de repente virou um menininho real, e toda a história ficou simples.

Avram despeja café nas canecas, e oferece a ela. Ela para de escrever e sorri para ele. Obrigada. Ele faz um meneio. De nada. Por um breve momento o mundo deles exala uma tranquilidade de casal, como um bule de café. Ela ergue os olhos com distraído espanto e retorna ao caderno.

Fiquei sozinha com ele no quarto, e falei no ouvido dele. Não queria que nenhuma palavra se perdesse em ar aberto. Foi como uma infusão, uma infusão da sua história. Ele ficou deitado, totalmente quieto, ouvindo. Ele já tinha olhos enormes. Escutou-me de olhos abertos e eu falei no ouvido dele.

Ela sente no lábio o calor daquele toque virginal. Sua boca sobre a concha fechada.

Se você estivesse lá, se simplesmente tivesse nos visto lá, tudo teria sido diferente. Tenho certeza. Inclusive para você. É bobagem pensar desse jeito, é claro, mas havia algo naquele quarto —

Eu nem sei como dizer isso. Havia tanta saúde lá. Em meio a toda aquela confusão havia saúde, e senti que se você simplesmente viesse e ficasse conosco por um momento, ou se se sentasse ao nosso lado na beirada da cama e tocasse no Ofer, nem que fosse só nos dedinhos dos pés, sei que você seria logo curado e finalmente voltaria para nós.

Fluem, as palavras fluem de dentro dela. Uma sensação aguda, firme, focada: quando ela escreve, Ofer está bem.

Se você tivesse vindo e se sentado na beirada da minha cama na maternidade, eu poderia dizer a Ofer exatamente o que Ilan disse, "Este é seu pai e pronto. Não discuta". Isso não o deixaria confuso. Seria como uma criança que nasce numa casa de dois idiomas, e nem sabe que precisa se adaptar a alguma coisa.

Ela prova o café, que está morno. Já esfriou. Ela sorri para ele, um sorriso de apoio, de agradecimento, mas ele nota o pequeno tremor na sua boca. Pega a caneca dela e joga o café fora, e despeja mais um pouco do bule fervendo. Ela bebe. Bom, agora está muito bom. Seus olhos, por cima da borda da caneca, percorrem as linhas que escreveu.

E contei a ele tudo que era importante que ele soubesse, e tudo o que devia ouvir uma vez na vida, de forma organizada, do começo ao fim. Acho que tivemos uma meia hora juntos, e durante esse tempo ele quase não soltou nenhum som. Recostou-se em mim ouvindo de olhos abertos. Às vezes virava um pouco a cabeça e olhava para mim, às vezes cochilava. E mesmo quando cochilava eu continuava falando com ele. Contei como conheci Ilan e Avram, e que fui mais ou menos namorada dos dois ao mesmo tempo desde que nos conhecemos, namora-

da de Ilan e amiga de Avram (ainda que essa divisão às vezes me confundisse, deixando-me atrapalhada). E contei também que terminei o serviço militar e eles continuaram servindo, dois anos no serviço regular e mais um opcional, e eu já morava em Jerusalém, em Nachlaot, na rua Tveria, e já estudava no primeiro ano de serviço social, e que eu adorava meu curso e a minha vida em geral.

E contei também do sorteio que eles pediram que eu fizesse, me obrigaram a fazer, e o que aconteceu depois na guerra, e como Avram voltou de lá, e os tratamentos e internações dele, e os interrogatórios que sofrera, pois, por algum motivo, o Serviço Secreto tinha certeza de que ele havia revelado aos egípcios os segredos de Estado mais importantes, foram escolher justo ele, e talvez soubessem realmente alguma coisa, afinal, com Avram nunca se sabe, com suas dimensões paralelas e reviravoltas nos enredos, e principalmente porque ele tinha necessidade de ser amado, em todo lugar, e que todos soubessem que ele era especial, que ele era o máximo. Então, vai saber.

E contei a ele como cuidamos de Avram, éramos os únicos a cuidar dele, pois sua mãe tinha morrido quando ele ainda estava no treinamento básico e ele não tinha mais ninguém no mundo além de nós dois. E contei a ele como Ilan e eu tínhamos feito Adam quando Avram ainda estava em Tel Hashomer, foi quase por acaso, quase sem querer, juro, por algum não-sei-o-quê grudamos um no outro e o fizemos, na época não passávamos de duas crianças assustadas, e Ilan me abandonou logo depois do parto, disse que era por causa de Avram, mas eu acho que ele também estava com medo de ficar comigo e com Adam, simplesmente tinha medo do que poderíamos lhe dar, sem nenhuma relação com Avram.

E contei a ele também um pouco sobre o irmão, Adam, ele também iria conhecê-lo, para saber como agir com ele, pois era sempre preciso abordar o Adam munido de um manual de instruções. E no fim lhe contei (sem entrar em detalhes) que eu o tinha feito com Avram mais ou menos dois anos e meio depois de Adam nascer, e cheguei a dizer "a negação da foda", exatamente como Avram cochichou no meu ouvido bem no meio do ato. Para ele conhecer desde o começo a língua paterna.

Ela está esquentando. De fato, quem diria que escrever é tão bom! Cansativo, até mais extenuante que caminhar, mas enquanto escreve ela não precisa continuar andando e se movimentando sem parar. Não dá para entender muito bem como e por que isso acontece, mas isso ela sente e isso o corpo dela sabe: enquanto escreve, enquanto escreve sobre Ofer, ela e Avram não precisam fugir, fugir de nada.

E quando acabei de contar tudo, dei-lhe uma palmadinha com a ponta do dedo bem debaixo do nariz, no vão dos lábios, para que esquecesse tudo que tinha ouvido e começasse tudo de novo, fresco e inocente.

E então ele explodiu no choro, pela primeira vez desde que nasceu.

Ela solta o caderno, que caiu no chão entre suas pernas, aberto como uma pequena tenda. Orah tem a sensação de que as palavras agora irão fugir correndo das linhas, deslizando por entre as fendas para dentro da terra e das rochas. Rapidamente, ela puxa o caderno de volta. Não acredita que todas essas palavras saíram de dentro dela. Quase quatro páginas! E Ilan ainda diz que ela precisa fazer alguns rascunhos até mesmo para fazer uma lista de compras no mercado.

Avram?

Hmmmmm...

Vamos dormir um pouco.

Agora? Não é meio cedo?

Estou exausta.

Tudo bem. Como você quiser.

Eles se levantam e se preparam para passar a noite. Cobrem as brasas com terra e pedras. Avram vai lavar os utensílios no rio. Orah junta as sobras, embrulha e coloca dentro da mochila. Seus gestos são lentos, pensativos. Parece-lhe ter detectado algum sopro esquecido na voz dele, mas ao repassar suas últimas frases chega à conclusão de que está enganada. A noite está quente e não há necessidade de montar a barraca. Eles estendem os sacos de dormir dos dois lados da fogueira apagada. Orah está tão cansada que adormece imediatamente. Avram permanece desperto mais uma hora inteira. Deita-se de lado, olha o caderno com a mão de Orah em cima. Sua mão linda, ele pensa. Sua mão de dedos longos.

Pouco depois da meia-noite ela acorda, e a angústia em relação a Ofer desperta e se agita dentro dela como um joão-bobo malvado. É um medo barulhento e frenético, que contagia todo o seu corpo, lança um olhar desvairado e cacareja ruidosamente, Ofer vai morrer! Ofer já morreu! Ela arranca forças de dentro de si, senta-se ereta e observa com olhos esbugalhados Avram roncando pesadamente do outro lado da fogueira.

Como é que ele não sente o que está acontecendo?

Exatamente da mesma forma que não sentiu quando Ofer nasceu.

Ela não pode confiar nele. Está sozinha diante de tudo isso.

A constatação do par sombrio que formam novamente se abate sobre ela, bem como a tristeza da presença solitária deles aqui, no fim do mundo. Mais uma vez ela se questiona, o que de fato pensou ao arrastá-lo para cá, que besteira foi essa? Afinal, ela sabe que não se dá bem com atos grandiosos, dramáticos. Isso combinava com o Avram que um dia ele foi, não com ela, ela é só uma impostora, fingindo ser tempestuosa e ousada. Fique em casa, simplória, e espere lá a notícia do seu filho, e comece a se acostumar com a vida sem ele.

Como um raio, ela sai do *sleeping*, agarra o caderno, e escreve no escuro *Ofer Ofer Ofer*, linha após linha, dezenas de vezes, em letras enormes e tortas, e murmura seu nome a meia-voz, e direciona e envia seu nome no escuro diretamente para Avram, e daí que ele está dormindo?, é isso que é necessário fazer agora, esse é o antídoto mais eficaz que ela tem para o veneno que talvez esteja consumindo Ofer neste exato momento. *Ofer*, *Ofer*, ela escreve, repete e repete sussurrando, é isso que é preciso, o remédio é esse, sentir e sentir de novo seu nome pulsando entre ela e Avram, e acrescenta e diz seu nome num sussurro e em voz alta, e em diferentes tons e melodias, Ofer? Ofer... Ofer! O-fer, vem-pra-casa!, Ofer, se você não arrumar essa bagunça já-já!...

E fecha os olhos e o imagina, nota por nota, e o envolve em camadas protetoras de luz. E o embala com o calor do amor, e o planta, planta-o repetidamente na consciência adormecida ao seu lado. Em seguida, no escuro, apalpando, sem ver as linhas, escreve:

Eu penso, por exemplo, como ele descobriu seus pés quando era bebê. Como adorava mordê-los e chupá-los. Só de pensar na sensação dele — de estar mordendo algo que existe no mundo, algo que ele vê diante dos seus olhos, mas que desperta nele também sensações que vêm direto de dentro dele. (Preciso entender isso. Realmente me emociona.)

Quem sabe enquanto estava chupando seus artelhos, ele tenha começado a entender as extremas-extremíssimas-fronteiras do que é "eu" e o que é "meu"?

E essa sensação começou a fluir num círculo que ele fechou entre a boca e seus pés?

Eu - meu - eu - meu - eu - meu - eu

É um momento tão importante, e até agora eu não tinha pensado nele. Como? Onde eu estava? Tento imaginar em que lugar do seu corpo ele se sentiu mais "eu" nesse momento, e me parece que é exatamente no seu centro, no pintinho.

Eu também sinto isso agora, enquanto escrevo. Só que em mim de repente também dói muito, enquanto escrevo.

Tanta coisa minha já não é eu.

Ai, como gostaria de saber escrever mais sobre esse momento. É necessário um livro inteiro só sobre esse momento, quando Ofer chupava seus dedos dos pés.

Uma vez, quando tinha mais ou menos seis meses, ele teve febre, talvez por causa de uma vacina que tomou (para que foi a vacina? será que foi a tríplice? quem lembra? só me lembro de que a enfermeira não achou na bundinha nenhum lugar com carne suficiente, e também que o Ilan riu dizendo que tínhamos de dar a Ofer uma vacina antitríplice). Em suma, ele acordou no meio da noite ardendo em febre, falando sozinho e cantando melodias em voz alta. Eu e Ilan ficamos ali parados, às duas da manhã, morrendo de sono, e começamos a rir. Pois de repente não o reconhecemos. Ele parecia bêbado, e nós dois ficamos ao lado dele e caímos numa risada histérica, mas também nos sentimos desconfortáveis por estarmos rindo daquilo, da doença dele e da cantoria maluca e de toda aquela situação, por estarmos no fundo rindo às custas dele.

Pois eu penso de repente que o enxergamos com certo distanciamento, e ambos sentimos (juntos, me parece) como ele ainda era um pouquinho estranho, como todo bebê que chega de longe, do desconhecido.

Mas ele era mesmo meio estranho. Ele era do Avram. Ele corria um risco de estranheza maior do que qualquer outro bebê.

Ela se surpreende, tenta ler o que escreveu. Mal consegue distinguir a escrita na página.

E como fiquei aliviada quando Ilan o pegou nas mãos, o abraçou e disse, não é bonito rir de você, você é um coitadinho doente, e também está um pouco embriagado. E eu fiquei tão agradecida a ele por ter dito "não é bonito rir de você", e não "dele". Num só momento ele cortou aquela estranheza, que quase estava erguendo sua cabeça entre nós. E foi o Ilan quem fez isso, e não eu.

E fique sabendo, ela olha Avram dormindo, ele foi um pai maravilhoso, para os dois filhos. Eu acho mesmo que ser pai é a melhor parte dele.

Então ela vira a folha, e ao longo de toda a página escreve com força, quase rasgando o papel:

Paternidade? Não a vida a dois?

Ela observa essas três palavras. Vira outra folha.

E Ofer não sossegou, ao contrário, começou a cantar a plenos pulmões, um verdadeiro concerto, e nós novamente caímos na gargalhada, mas já era uma coisa totalmente distinta entre nós, também havia a sensação de que nós estávamos nos permitindo relaxar um pouco, talvez pela primeira vez desde a gravidez, e também porque de repente ficou claro para nós dois que desta vez Ilan ficaria, e pronto, é isso, finalmente começávamos a nossa vida, e de agora em diante éramos uma família comum.

Ela respira fundo, aquietando sua alma.

Você está dormindo, roncando.

O que você faria se eu deitasse ao seu lado?

Já faz quase uma semana que não estou em casa.

Como fui fazer uma coisa dessas? Como fui fugir numa hora dessas? Eu não regulo bem.

Talvez Adam tenha razão. Não natural.

Não, sabe o quê? Não me sinto assim de jeito nenhum.

Ouça: tantos sentimentos e detalhes nasceram para mim junto com os meninos. Não sei quanto disso consegui entender então, na época. Se eu tivesse um momento para parar e pensar. Todos aqueles anos agora parecem uma única grande tempestade.

Naquela noite, a noite da febre e da cantoria, demos um banho frio no Ofer, para baixar a febre. Ilan não teve coragem de fazer isso com ele. Eu o mergulhei no banho. Uma invenção satânica, mas eficaz. Só é preciso superar o medo de que a respiração dele pare no primeiro momento. E eu tinha certeza de que ele estava ficando azul bem diante dos meus olhos. Os lábios tremiam, e ele berrava, e eu lhe dizia que era para o seu bem. Meus dedos ficaram em torno do seu peito, e o coração dele batia quase sem intervalo entre as batidas, e ele tremia por causa do choque e com certeza também por causa da minha traição.

E Adam então berrou que eu estava torturando Ofer, "Experimente entrar você nessa água!". "Sabe o quê? Você tem razão!" E realmente entrei junto com ele, e num instante toda a coisa virou uma farra, uma brincadeira só. Adam, garoto esperto.

Ai, ela mete a cabeça entre as mãos. Dilacerada de dor pela roda que não pode voltar atrás. Senta-se, balança de um lado para outro. No mato atrás dela ouve-se um farfalhar uniforme e persistente, e alguns segundos depois passam por ela dois porcos-espinho, talvez um casal. O menor deles fareja seus pés descalços, e Orah não se move. Os bichos seguem seu caminho e somem terreno abaixo, e Orah sussurra, obrigada.

Veja, Avram, não sei se fui uma boa mãe para Ofer. Mas ele cresceu direitinho, acho eu. Ele, sem dúvida, é o menino mais sólido e estável de todos os meus meninos.

Eu era totalmente insegura quando eles eram crianças. Cometi erros a torto e a direito. O que sabia eu?

Um pouco antes você gritou comigo — "Você?" — quando eu disse que talvez não tenha sido a melhor das mães. Quando ousei destruir — o quê? Sua ilusão de família ideal? Da mãe perfeita? Era isso que você pensava de nós?

Nas coisas mais importantes você é tão analfabeto.

Eu nem mesmo sei de onde começar para lhe ensinar alguma coisa. Juro, sob esse ângulo você é como um menino-lobo, ou um homem-lobo.

Ela ergue a cabeça. Avram dorme tranquilamente. Enrolado em si mesmo, talvez sorrindo no sono. Com uma aparência definitivamente não lupina.

Sabe, pode ser que esteja certo. Que na moral da história eu ache que fomos uma família bastante boa. A maior parte do tempo fomos, com perdão da palavra, bastante felizes juntos. Sei que isso soa exagerado e bobo, uma declaração desse tipo, como uma manchete de jornal. Mas no fundo é verdade.

É claro que também tivemos problemas, as miseráveis dificuldades comuns, inevitáveis. (Você me escreveu uma vez, quando estava no exército, "Todas as famílias felizes são infelizes à sua maneira". Você sabia muito bem!) E apesar de tudo, posso dizer de coração aberto que desde o nascimento do Ofer até o episódio dele no exército, em Hebron, dois anos atrás, foi muito bom para todos nós juntos.

E de uma maneira não muito típica nossa, Ilan e eu também sabíamos disso na época. Não só em retrospecto.

Estou louca para lhe contar sobre nós. Sobre todos nós. Uma breve história da família.

Ela lança um olhar para ele. Uma folha perdida e irreal de felicidade paira em seus olhos.

Tivemos vinte anos bons. Na nossa terra isso é quase chutzpah, *não é? "Algo que os antigos gregos puniriam" (não me lembro do contexto em que você disse isso).*

E nós, vinte anos, um bocado de tempo. E não se esqueça de que aí estão incluídos seis anos seguidos dos dois garotos no exército (houve um intervalo de cinco dias entre a volta do Adam e a convocação do Ofer). E ambos também serviram nos territórios, nos piores lugares. E o fato de termos conseguido, de alguma maneira, caminhar por entre todos esses pingos sem sermos feridos realmente nenhuma vez, em nenhuma guerra ou ataque, nenhum míssil, foguete, granada, bala, bomba, mina, dispositivo, ataque suicida, franco-atirador, faca, pedras, unhas.

O fato de simplesmente vivermos nossa vida pessoal, sossegada.

Você entende? Uma vida pequena, sem heroísmos, e na medida do possível sem ter de lidar com a situação, que se dane, pois como você bem sabe, nós já pagamos a nossa parte.

Às vezes, uma vez em algumas semanas —

Mais ou menos uma vez por semana, eu acordava à noite num ataque de pânico dizendo ao Ilan baixinho, no ouvido: olhe para nós, não somos como uma pequena célula clandestina em pleno centro da "situação"?

E era isso mesmo que nós éramos.

Vinte anos.

Vinte bons anos.

Até que caímos na armadilha.

Aconteceu pouco antes de ele completar quatro anos, ela diz, uns dois ou três meses antes. Preparei o almoço para ele, na época já estava cursando fisioterapia, no último ano, e o Ilan já tinha aberto seu escritório, uma época totalmente maluca, mas eu pelo menos tinha dois dias por semana em que as aulas terminavam mais cedo, e podia pegá-lo na creche e preparar um... diga, você está mesmo interessado nisso tudo —

Avram dá um risinho e suas pálpebras enrubescem, eu..., sei lá, fico assim —

Assim o quê? Diga.

Eu me sinto espionando a vida de vocês, ele diz.

É mesmo? Então não fique espionando, olhe de uma vez. Tudo é aberto.

No cume do monte Keren Naftali, num leito de papoulas e cíclames, eles estão deitados, suados e ofegantes da íngreme subida. Foi a mais difícil até agora, nisso estão de acordo, devorando waffles e biscoitos. Logo, logo vamos ter que arranjar alguma comida, eles se lembram mutuamente, e Avram se levanta e lhe mostra o quanto emagreceu nesses dias, também impressionado com o fato de ter dormido, pela primeira vez, uma noite inteira, quatro horas seguidas, sem tomar nenhuma pílula, você sabe o que é isso? O passeio está lhe fazendo bem, ela diz, a dieta e a caminhada e o ar puro. Eu realmente me sinto bastante bem, ele concorda, surpreso. Depois repete a frase, como alguém num abrigo seguro provocando um predador adormecido.

Atrás deles espalham-se ruínas de pedras talhadas, restos de uma aldeia árabe, ou talvez de um templo antigo; Avram — que recentemente passou os olhos por um artigo — é de opinião de que as ruínas são da época romana, e Orah aceita de bom grado a explicação dele. Não tenho energia neste momento, ela diz, para pensar em restos de uma aldeia árabe. Mas numa ilusão momentânea, que parece se erguer num piscar de olhos a partir das pedras das ruínas, projeta-se dentro da sua cabeça um tanque rugindo em meio a uma ruela estreita, e antes de conseguir passar por cima de um carro estacionado, ou derrubar a parede de uma casa, ela coloca a mão diante do rosto e exclama, basta, basta, meu disco rígido já está cheio disso aí.

Largos terebintos atlânticos espalham seus ramos, movendo-se contemplativamente com a suave brisa. Não longe deles, um pequeno posto militar cercado exibe suas antenas e um belo soldado etíope, bem torneado, está postado imóvel na torre de observação, esquadrinhando o vale do Hulah a seus pés, talvez lançando também alguns olhares furtivos aos árabes, dando tempero a sua guarda. Orah se espreguiça de corpo inteiro, deixando a brisa refrescar sua pele; Avram, deitado, apoia-se num dos cotovelos e estica as pernas à sua frente, escorrendo terra entre os dedos.

E o Ofer, ela prossegue, me perguntou o que havia para comer, e eu disse que havia isso e aquilo, digamos arroz, sopa e almôndegas.

A boca de Avram se move inconscientemente, como que mastigando as palavras. Orah se recorda de como ele gostava de comer e falar de comida, *a melhor amiga do homem*, e como ela sentiu falta de cozinhar para ele durante todos esses anos! Nas grandes refeições de família, nas comemorações de amigos, nas festas, nas noites de Seder, ela guardava mentalmente um belo prato especial para ele. Neste momento, ela tem uma comichão de tentá-lo um pouco, de passar por baixo do seu nariz uma porção de berinjelas ao molho de tomate, um cozido de carneiro com cuscuz, talvez uma de suas belas sopas, ricas e confortantes — e ele nem sequer sabe como ela cozinha bem! Tudo que ele lembra são as panelas queimadas no seu dormitório de estudante em Nachlaot.

O Ofer me perguntou do que eram feitas as almôndegas, e eu murmurei alguma coisa, com certeza disse que eram uns bolinhos assim, redondos, feitos de carne, e ele pensou um momento e perguntou, e o que é carne?

Avram se põe ereto, abraçando os joelhos.

A verdade é que Ilan sempre disse que esperava que Ofer fizesse essa pergunta, desde o instante em que começou a falar, na verdade desde o instante em que vimos o tipo de menino que ele era.

O que você quer dizer com "o tipo de menino que ele era"?

Espere aí, vamos aos poucos.

Já havia alguns minutos que algo estava se corroendo dentro dela, chamando sua atenção. Algo que permanecera em aberto — uma torneira na casa? Uma luz que esquecera de apagar? O computador ligado? Ou seria Ofer? *Será que algo está acontecendo com Ofer neste momento?* Ela escuta seu íntimo, abrindo caminho entre ruídos e palpites, e não, não é Ofer. Seu pensamento vagueia, focaliza o homem que encontraram mais cedo naquela manhã, logo depois do nascer do sol, quando subiam o leito do rio Kedesh. Aquele homem, pena que não tomamos café com ele, ela pensa, se Avram não tivesse me apressado tanto —

Orah?

Onde eu estava?

Quando vocês viram o tipo de menino que ele era.

Então eu disse ao Ofer que não era nada, bobagem, carne. No tom mais indiferente que pude, não é nada de especial, só carne. Sabe, a gente come quase todo dia. Carne.

E ela vê: o pequenino Ofer, magrinho, seu filhinho adorado, começa a pisotear com um pé depois do outro, como fazia sempre que algo o incomodava ou amedrontava — ela se levanta e demonstra para Avram —, ou então ficava cutucando sem parar a orelha esquerda. Assim. Ou andava de lado, ia e voltava, bem depressa.

Avram não desgruda os olhos dela. Ela volta a se sentar diante dele com um suspiro. Sua alma se abre para aquele Ofer.

E eu enfiei a cabeça no fundo da geladeira procurando me afastar dele, do olhar dele, mas ele não desistiu, e perguntou de quem tinham tirado aquela carne. E você precisa saber que ele adorava carne naquela época, carne vermelha e frango. Fora isso não comia quase nada, mas adorava bolinhos, bife e hambúrguer. Era um verdadeiro carnívoro, o que deixava o Ilan muito contente, e eu também, não sei por quê.

O quê?

O fato de ele gostar de carne, sei lá, uma satisfação primordial, algo assim. Você entende isso, não entende?

Mas eu agora sou vegetariano.

Então é isso!, ela exclama, reparei que ontem, no *moshav*, você não tocou na —

Já faz três anos.

Mas por quê?

Por nada. Senti vontade de dar uma limpada. Seu olhar se fixa intensamente nas pontas dos dedos. Bem, você se lembra, houve um tempo em que eu não comi carne por alguns anos.

Quando voltou da prisão, é claro que ela se lembra, ele ficava com ânsia de vômito toda vez que passava por uma churrascaria ou barraquinha de *shawarmah*. Até mesmo uma mosca queimando num mata-insetos elétrico lhe dava náuseas. E de repente recorda-se como ela própria sentiu o estômago revirar quando, muitos anos depois, Adam e Ofer explicaram aos risos, num jantar festivo de Shabat, com toalha branca e tudo, pão trançado e sopa de frango, o que significava realmente, na opinião deles, a sigla TCM, o tanque do exército em que Adam servira como motorista e onde mais tarde Ofer fora inicialmente atirador, depois oficial; não, eles explodiram às gargalhadas na frente dela, não é "Tanque de Comboio Militar" — de onde você tirou isso? — é "Transporte de Corpos Mutilados".

Mas alguns anos depois, prossegue Avram, cinco ou seis anos, recuperei o apetite e voltei a comer de tudo, e afinal eu gosto muito de carne, você sabe disso.

Ela sorri: eu sei sim.

E mais ou menos três anos atrás, parei outra vez.

E agora ela acrescenta: faz exatamente três anos?

E alguns dias, sim.

É uma espécie de promessa?

Ele lança um olhar lateral, furtivo. Digamos que é uma espécie de barganha. E um instante depois — ela já está com o pescoço todo corado — ele acrescenta: o quê? Você pensa que é a única que pode fazer isso?

Barganhar com o destino? É disso que você está falando?

Silêncio. Ela faz rabiscos com um graveto na terra, desenha linhas retas, sobrepõe um triângulo, um telhado. Três anos de abstinência de carne, ela pensa, noite após noite fazendo um traço na parede, e o que isso quer dizer, o que ele está querendo me dizer? E decide que imediatamente depois de lhe narrar acerca daquele episódio com Ofer na cozinha, ela vai anotá-lo no caderno, uma coisa dessas não é para ser esquecida, inclusive porque sempre foi perturbada pela sensação de que naquele almoço tivera início um outro Ofer, mais desconfiado e complicado.

Ofer pensou mais um pouco e perguntou se a vaca, da qual se tira a carne, se a carne dela cresce de novo.

Cresce, Avram repete com um sorriso.

E eu me contorci toda para dizer que não era bem assim, e o Ofer voltou a andar de um lado para outro na cozinha, cada vez mais rápido, e eu percebi que alguma coisa estava começando a acontecer dentro dele; então ele parou na minha frente e perguntou se a vaca ficava machucada quando pegavam a carne dela, e eu não tive opção e disse que sim.

Avram escuta atento, todos os cantos da sua alma subitamente fascinados pela cena: Orah em pé na cozinha falando com o garoto, o garoto pequeno, magro, sério e incomodado, correndo de um lado para outro no cômodo estreito, cutucando a orelha, olhando impotente para a mãe. Avram ergue inconscientemente um pouco a mão diante do rosto, fragmentos da rotina doméstica dardejam à sua frente de forma abundante e intolerável. A cozinha, a geladeira aberta, a mesa posta para dois, vapores fumegando das panelas no fogão, a mãe, o garotinho, a aflição dele.

Então ele perguntou se se pegava a carne de uma vaca que já estava morta porque assim ela não sentiria dor, diz Orah. Ele queria realmente achar algum jeito de sair de forma honrosa do assunto, entende, uma saída honrosa para mim, mas de certa maneira, também para a humanidade como um todo, e eu já tinha entendido que precisava inventar rapidamente alguma mentira branca, e depois, com o tempo, quando ele crescesse, ficasse mais forte e robusto, com suficiente proteína animal, chegaria a hora de eu lhe revelar o que você certa vez chamou de "fatos da vida e da morte". E o Ilan, você acredita, brigou depois comigo, por eu não ter conseguido bolar alguma coisa, e tinha razão, tinha mesmo razão! O olhar dela se acende: porque com as crianças você precisa de vez em quando aparar algumas arestas, ocultar coisas, suavizar esses fatos, não dá para evitar, e eu não... nunca consegui, nunca fui capaz de mentir.

Então ela ouve o que está dizendo.

Bem, fora o..., ela está sem graça, você sabe.

Avram não ousa perguntar com palavras, mas seus olhos praticamente expelem a pergunta.

Eu prometi a você, ela diz simplesmente, Ofer não sabe de nada.

Silêncio. Ela deseja acrescentar algo, mas descobre que depois de anos de mudez, de contração do grande músculo da consciência, mesmo com Avram ela não consegue falar sobre isso.

Mas como é possível?, ele pergunta, estarrecido, e ela fica confusa. Tem a impressão de ter ouvido um tom de repreensão.

É possível sim, ela sussurra, eu e Ilan juntos. É possível.

Ela é subitamente inundada pelo calor da aliança que ambos tinham, que acabou por se tornar mais profunda em torno do silêncio e do segredo, o grande fosso sempre aberto, com a delicadeza que emanava de ambos justamente quando estavam nas suas bordas, com o cuidado com que se seguravam, evitando cair lá dentro mas também sem se afastarem demais, de posse do conhecimento amargo, que continha também uma gotinha especial de doçura, de que a história da vida é escrita sempre também com letras invertidas, letras que além deles ninguém no mundo — nem mesmo Avram — era capaz de ler. Mesmo agora, pensa ela, tendo nos distanciado tanto, temos isso entre nós, essa coisa definitiva nossa.

Então ela contrai o maxilar e enfia de volta no fundo de si mesma aquilo que há pouco ousou trazer à luz. Em seguida, com a energia de quase vinte e dois anos de prática, ela se coloca de volta no caminho certo, o caminho simples, do qual foi arrancada há alguns instantes, e apaga da lousa de sua vida esses últimos momentos, a lembrança da anomalia imensa e inalcançável de sua vida.

Onde eu estava?

Na cozinha. Com Ofer.

Sim, e Ofer ficou ainda mais aflito depois que eu me calei, e já estava girando pela cozinha como um pião, ia, voltava, falava sozinho, e vi que ele não conseguia nem dizer em palavras o que estava suspeitando; até que por fim, nunca vou me esquecer disso, ele baixou a cabeça e ficou parado assim, encolhido, todo torto — com um movimento extremamente sutil ela se torna Ofer, em seu corpo, em seu rosto, no olhar dilacerado que escapa de seus olhos. E Avram consegue ver, ver, esse aí é o Ofer, olhe, você está vendo ele, você nunca mais vai se esquecer dele, não vai mais aguentar ficar sem ele — e então ele me perguntou se existem pessoas que matam a vaca para pegar a carne, e eu, o que é que eu podia dizer a ele?, eu disse que sim.

Então ele começou a correr pela casa toda, indo e voltando, frenético, e também gritava — ela se lembra de um fino ganido, não era a voz dele, não era nem sequer uma voz humana, mas vinha dele — e tocava nas coisas, nos móveis, nos sapatos que estavam no chão, corria e berrava e tocava, nas chaves em cima da mesa, nas maçanetas das portas, era de meter medo, verdade, parecia uma espécie de ritual, não sei, como se estivesse se despedindo de tudo que —

E ela olha delicadamente para Avram, entristecida pelo que lhe contava, e pelo que ele ainda ouviria de sua boca, pensando que neste momento o estava contagiando, como uma doença, com as tristezas de criar filhos.

Ofer correu para o fundo do corredor, ao lado da entrada do banheiro, lembra, onde ficava o cabide para os casacos?, e de lá ele berrava, vocês matam ela? Vocês matam a vaca para pegar a carne dela? Me conte! É isso? É isso? Vocês fazem isso de propósito? E no mesmo instante eu captei, ela diz, talvez pela primeira vez na vida eu tenha captado o que significa comermos criaturas vivas, que nós as matamos para comê-las, e como nós nos condicionamos a não notar que no nosso prato está a perna arrancada de uma galinha, e Ofer não conseguia enganar a si próprio dessa maneira, você está entendendo? Ele era totalmente sincero, ela sussurra, você sabe o que é uma criança assim, desse jeito, num mundo de merda como o nosso?

Avram recua. De súbito sente, no fundo de suas entranhas, a vibração de pavor que o dominou quando Orah lhe contou que estava grávida.

Ela bebe água da garrafa e enxágua o rosto. Passa a garrafa para ele, que, sem pensar, a esvazia sobre a cabeça.

Em um instante a cara dele se fechou, se trancou, assim — ela mostra, cerrando os punhos com força —, e então atravessa o corredor, do banheiro até a cozinha, e me chuta, imagine só, ele nunca tinha feito isso antes, ele me chuta com toda a força e berra, vocês são como lobos! Gente como lobos! Eu não quero ficar com vocês!

O quê?

Ele berrava, e corria —

Foi isso que ele disse? *Como lobos?*

Um menino que um ano antes praticamente ainda não falava, ela pensa, não era capaz de juntar três palavras.

Mas de onde ele tirou isso?, insiste Avram, de onde ele sabia que —

E ele correu para a porta, quis fugir, e a porta estava trancada, e ele se jogou em cima da porta, bateu com as mãos e com os pés, estava totalmente fora de si. E veja, ela diz, eu sempre sinto que ali começou dentro dele alguma coisa irremediável, algo para a vida toda, um primeiro arranhão, sabe, uma primeira tristeza.

Não. Não entendi, explique, murmura Avram espalmando as mãos sobre o colo, subitamente molhadas de suor.

Explicar, ela pensa, como explicar para ele?, talvez ela lhe conte acerca dele próprio, Avram. Por exemplo, sobre ele e seu pai, que um dia pegou e foi embora quando Avram tinha cinco anos, e nunca mais apareceu; o pai dele, que um dia segurou com força a face do pequeno Avram entre os dedos, e a mostrou para que a mãe de Avram a examinasse, e com um sorriso largo de prazer perguntou se na opinião dela o menino se parecia alguma coisinha com ele, pai, e se era de fato possível que uma criatura dessas tivesse saído de um homem como ele, e se ela tinha certeza de que o tinha parido ou talvez apenas o tivesse cagado.

Eu sempre tenho a sensação, ela diz baixinho, de que ali, na cozinha, ele descobriu alguma coisa sobre nós.

Sobre quem?

Sobre nós, sobre as pessoas, ela diz, sobre essa coisa que temos em nós.

Sim.

Essa coisa predatória que temos em nós.

Avram, olhos fixos no chão, na terra. *Vocês são como lobos*, ele repete na sua cabeça, *eu não quero ficar com vocês*. Está profundamente perturbado por essas simples palavras, palavras que buscou por quase trinta anos, gritadas agora por seu filho.

E Orah pergunta a si mesma, pela primeira vez, o que de fato sucedeu ali na cozinha. Exatamente em que melodia, em que tom, ela ensinou a Ofer os fatos da vida e da morte? E teria sido precisamente como ela acabou de descrever para Avram, ou seja, não bem uma mentira, mas com uma pequena tentativa de mitigar ao máximo a questão em si de abater os animais, de poupá-lo de tal horror. Por alguma razão ela se lembra de como sua própria mãe lhe contou na infância, tinha então seis anos, nos mínimos detalhes e em tom de desafio, até mesmo de estranha reprovação, acerca das abominações dos prisioneiros no campo de concentração onde ela estivera durante a guerra.

E eu não sei bem, Orah diz, se quando contei a ele essas coisas, esses fatos, esse conhecimento, certo?, não sei se isso foi realmente parte essencial da sua educação, se o preparou para a vida e tudo o mais, ou se havia nisso também um pingo de, como é que eu digo, crueldade?

Mas por quê?, perturba-se Avram, de onde você tirou isso, crueldade?

Ou mesmo um pouco de prazer com o sofrimento alheio.

Não entendo, Orah, o que...

Eu digo, se na verdade não estava insinuando, obliquamente, que aquilo que eu contava também era, de certa maneira, o castigo dele por ter se juntado ao meu grupo de merda, ou a esse jogo todo, está entendendo?, ao jogo da espécie humana.

Ah, isso, diz Avram.

Sim, isso.

Ambos se calam.

Avram anui, olhos muito, muito pesados.

E quando eu quis abraçá-lo, ela diz, acalmá-lo, ele se remexeu bruscamente no meio dos meus braços e me arranhou até tirar sangue, e continuou chorando durante a noite, mesmo dormindo, de tão impressionado que ficou. E de manhã ele acordou com uma febre alta, e não nos deixou confortá-lo, nem permitiu que encostássemos nele, não podíamos tocá-lo com as nossas mãos de carne, entende, e desde então, durante doze anos, ele não tocou em carne nem em nada que estivesse perto de carne. Mais ou menos até os dezesseis anos, até começar a crescer, amadurecer, esse menino não tocou em carne.

E por que aos dezesseis anos ele começou a comer carne?

Espere, ainda não — ainda há um longo caminho, ela pensa, vamos entender aos poucos, juntos —, e no começo, nas refeições, ele não queria falar comigo, se eu sem querer apontasse para ele com o garfo que tinha estado no frango, você entende até onde chegava... Como o Ilan disse na época, ela dá uma risada, o Ofer pertencia à ala xiita do movimento vegetariano.

Basta, ela precisa escrever tudo isso, anotar todo esse período, as brigas de Ilan com ele, a inacreditável teimosia e determinação que explodiam de dentro dele, e também a ligeira fragilidade que a ela e Ilan deixava confusos ante o fato de um menino de quatro anos mostrar princípios tão sólidos, e a sensação que tinham, ambos, de que ele extraía sua força de alguma fonte oculta que estava além da sua díade e também além deles dois, seus pais. Cadê o caderno? Ela se levanta e para. A aflição não resolvida de instantes atrás torna-se mais densa dentro dela e finalmente irrompe: cadê o caderno, Avram? Você viu onde eu botei o caderno? Ela ataca furiosamente a mochila e a revira inteira. O caderno não está lá. Não está lá! Ela olha em pânico para a outra mochila, a mochila de Avram, e ele fica tenso. Ela verifica com cautela: será que está no meio das suas coisas?

Não, eu não pus lá. Nem cheguei a abri-la.

Você se importa se eu olhar?

Ele dá de ombros com indiferença, não me pertence nem é assunto meu, dizem seus ombros. Ele se levanta e se afasta da mochila.

Ela abre os ganchos, os zíperes, os nós. Ela verifica a parte de cima. Tudo está mais ou menos da forma como estava quando ela arrumou as mochilas em casa, junto com Ofer. Fica claro que durante a viagem Avram conseguiu o milagre de não mexer nem desarrumar nada, ao longo de todos os dias em que andou com a mochila nas costas.

Agora a mochila está escancarada entre os dois. No alto da pilha de roupas encontra-se a camiseta vermelha do Milan, exatamente como foi guardada, e imediatamente fica claro para ela que o caderno não está ali, mas não consegue fechar a mochila de novo.

Aqui há muitas mudas de roupa, ela diz secamente, dando uma informação útil, meias, camisas, utensílios de banho.

Estou fedendo, é isso?

Digamos que a cada momento eu sei exatamente onde você está.

Ah. Ele ergue o braço e dá uma cheirada. Não se preocupe, vamos achar uma fonte ou uma torneira, tudo bem. A voz dele soa débil e pouco convincente. Tem o tom sinuoso de um garoto numa colônia de férias que tenta explicar ao monitor por que ele, infelizmente, é obrigado a se recusar a tomar banho com os outros garotos.

Tudo bem, como você preferir.

Silêncio. Ela está ofegante. Seus dedos abertos sobre a mochila de Ofer de repente adquirem vida própria.

E além disso, ele diz, as roupas dele certamente não me servem.

Talvez uma parte sirva. As calças com certeza sim. Ele é bem largo. Aliás, não há só roupas dele aqui. Ela olha de novo o topo da pilha, cenho erguido, ainda sem tocar: há também camisas do Adam e do Ilan. E também um *sharwal* que ele trouxe do Sinai, você seguramente pode usar. E intimamente acrescenta, você não vai ficar infectado de Ofer.

Mas por que roupas do Adam e do Ilan?

Foi ele que quis. Viajar envolvido por eles, pelos dois.

Ela se contém e não conta que eles também compartilham as cuecas, os seus três homens.

Finalmente ela põe a mão dentro da mochila, primeiro hesitante, temerosa de desmanchar a forma como Ofer havia arrumado suas coisas, mas então, de súbito, mete o braço lá no fundo, revirando, agarrando, agora as duas mãos, remexendo as roupas aquecidas pelo sol, que já estão cozinhando na mochila há uma semana, encontrando pelo caminho rolos de meias que se enfiam com incrível agilidade nos bolsos das calças, e eis aqui uma toalha, ali uma lanterna, e sandálias e cuecas e camisetas. Os dedos escavam furiosamente as profundezas além do seu campo de visão, saqueando tudo que podem. Ela é acometida de uma sensação estranha: suas roupas, suas conchas, e de certa forma também seu interior, estão quentes e úmidos.

Ela se curva e enfia a cabeça no meio das roupas. Cheiro de roupa limpa, que foi guardada e não arejada. Eles empacotaram as coisas juntos, ela e ele, recordando a cerimônia solene de empacotar as coisas na véspera da grande batalha em *O vento nos salgueiros*, que Orah havia lido para ele três vezes seguidas quando ele era criança: "uma camisa para Toupeira, um par de meias para Texugo". E acabou que durante toda a alegre cerimônia, enquanto Orah não conseguia parar de rir, Ofer planejava e esquematizava, e talvez já soubesse com absoluta certeza que não sairia de viagem com ela, que tudo não passava de uma grande encenação. Como tinha conseguido enganá-la? E por que, no fundo, tinha feito uma coisa daquelas? Talvez medo da monotonia de ficar com ela uma semana inteira, sem terem o que conversar, ou que ela voltasse a interrogá-lo sobre Taliah e a separação, ou que ficasse se queixando de Adam, ou tentasse aliciá-lo para o lado dela — jamais lhe passaria pela cabeça! — contra

Ilan, ou de que mais uma vez lhe fizesse perguntas sobre Hebron. Sim, talvez principalmente isso.

A lista, com todos os seus itens, a deixa enjoada. Sente um gosto azedo subindo pela garganta. Sua face está enterrada na mochila e seus dedos agarram com força as duas bordas. Ela parece alguém sedento bebendo avidamente de um poço, mas Avram nota que as finas e belas vértebras de seu pescoço estão se repuxando sob a pele.

Por dentro, ela soluça num pranto incontrolável, inundada de autopiedade pela ruína de sua vida, sua família, seu amor, e Ilan, e Adam, e agora Ofer ali, e Deus me livre, e o que resta dela própria?, e quem é ela afinal se todos eles foram arrancados ou se separaram dela?, e de que adiantou toda a dedicação maternal? Virar um trapo — foi isso que significou ser mãe para ela. Uma esponja qualificada. Durante vinte e cinco anos ela soube principalmente absorver o que jorrava deles, dos três, cada um da sua maneira, tudo que eles cuspiram incessantemente ao longo desses anos para o espaço da família, quer dizer, para dentro dela, pois ela própria, mais do que qualquer um deles, e mais do que os três juntos, era o *espaço da família*, todo o bem e todo o mal que cuspiam ela absorvia, especialmente o mal, ela pensa com amargura, continuando a sua autopunição, sabendo no fundo do coração que ela está distorcendo as coisas, culpando a eles e também a si própria, e apesar disso recusa-se a abrir mão do cuspe amargo que jorra de dentro dela em todas as direções: ela absorveu tantos venenos e ácidos, todos os excrementos físicos e mentais, todos os excessos da infância e adolescência e idade adulta deles. Mas alguém tinha de absorver isso, não?, ela argumenta aos prantos para as camisas e meias que lambem sua face como consoladores cachorrinhos de estimação — é gostoso, é gostoso esse toque, é gostoso o cheiro de roupa limpa, apesar do que ela desperta com seu gentil menosprezo: uma feminista bifragmentada, um insulto à luta da mulher, uma mancha no brilho de neon que emana, por exemplo, dos livros que sua amiga Ariela, incansável, insiste em lhe comprar, livros que nunca conseguiu ler além de algumas páginas, que são escritos por mulheres decididas, espirituosas, cheias de razão e opinião, que utilizam com absoluta naturalidade expressões como *a dualidade do clitóris como significante e significado*, ou *a vagina como espaço determinista masculinamente codificado*, que imediatamente ativam em sua mente frágil e sem personalidade um ruído de interferência de máquinas ou aparelhos domésticos quaisquer, como um liquidificador, ou aspirador de pó ou lavadora de louça — mulheres que consideram a simples, débil existência dela como um insulto grosseiro a elas e à sua luta justa. Foda-se o feminismo, pensa Orah, e ri um pouco em meio às lágrimas. Mas é tão óbvio, ela argumenta para uma camiseta que insiste em se grudar na sua cara, que sem os procedimentos de drenagem e irrigação e purificação e refinamento, que ela criou e aprimorou incansavelmente, e sem as infinitas concessões e o constante engolir de seu autorrespeito e baixar a cabeça aqui e ali — sem tudo isso, sua família teria se desmanchado há muito tempo, há anos, com toda a certeza, talvez não, sabe-se lá, e apesar disso, sempre, em todos esses anos, pairou sobre ela a dúvida do que teria realmente acontecido se não tivesse se oferecido para ser a fossa de esgotos deles, ou melhor — isso soa um pouco menos humilhante, um pouco mais sofisticado e polido —, o farol para iluminá-los? E quem se ofereceria no lugar dela para cumprir essa função exaustiva e ingrata? Cuja satisfação é, aliás, tão profunda e escondida, oculta nas profundezas mais internas do ser, bem nas entranhas de seu útero, que se arqueia ante essa simples ideia, e eles não sabem nada sobre isso, nenhum dos três, como poderiam saber, de fato? O que sabem eles sobre a doçura que flui pelas fissuras da alma depois que Orah consegue apaziguar e dominar outra tormenta elétrica de raiva ou frustração ou anseio de vingança ou humilhação ou simplesmente a infelicidade momentânea de todos e cada um deles três, em toda e qualquer idade? E ela mergulha ainda um pouco mais dentro dos tecidos lavados, mas o pesar já se dissolveu nas suas lágrimas, e ela enxuga o rosto numa camisa que a unidade de Ofer deu a todos os soldados quando terminaram de servir na base perto de Jericó, com os dizeres *Nebi Mussa, pois o inferno está em reforma*. Ela já se sente mais confortada agora, até mesmo revigorada, como sempre depois de um choro breve e intenso, como nas transas, dez-vinte toques e a explosão, sempre, sem demoras ou complicações, e agora, passada a nuvem, é novamente tomada pela urgência de mergulhar fundo na mochila dele e segurar suas roupas, uma a uma, e espalhá-las ali, diante de Avram, sobre os arbustos e sobre as pedras, e fazer palpites a partir das roupas, sua altura, sua largura, seu tamanho. Uma excitação passa por todo o seu corpo: se ela realmente se esforçar — e por um momento quase chega a acreditar que tudo é possível nesta viagem, toda ela composta de finas redes de juramentos e desejos — poderá puxar das profundezas da mochila e dar à luz o próprio Ofer, pequenino e adorável e mexendo as mãos e os pés, e nesse meio-tempo ela se contenta com o chapéu militar, as calças de moletom, o *sharwal*, e ela se sente bem com isso, com os braços nus enfiados até os ombros, deixando sair a criança do meio dos panos, feito um padeiro de aldeia com os braços num barril de farinha; mas também é como mexer na propriedade dele, esse pensamento lhe ocorre e interfere no prazer, e só então, com o queixo sobre a borda da mochila e a cara enterrada entre os pares de meias de caminhada mornas, ela se lembra, e lança a Avram um olhar assustado, escute, eu sou tão idiota, deixei o caderno lá.

Lá onde?

Lá embaixo. No lugar onde dormimos.

Como?

Escrevi um pouco de manhã, antes de você levantar. E acabei esquecendo o caderno lá.

Então vamos voltar.

Como voltar?

Voltar, diz Avram se aprumando.

É uma boa caminhada.

E daí?

Ela encolhe os ombros: sou uma perfeita idiota.

Não faz diferença, não faz diferença nenhuma. Ele sorri: de qualquer jeito andamos em círculos a semana inteira, na maior parte do tempo.

Ele tem razão, e uma onda de calor borbulha dentro dela pelo fato de só ela e ele poderem entender o quanto isso não faz diferença, ir ou voltar, andar em círculos, errar o caminho, o principal é estar em movimento, o principal é falar sobre Ofer. Eles fecham, amarram e prendem. Na pequena base militar eles param para se abastecer de água pura, e o soldado da torre lhes oferece também dois pacotes de pão fatiado, já um pouco seco, três latas de atum e milho, e dois sacos de maçãs. Eles retornam descendo pela íngreme encosta, agarrando-se aos pinheiros, e Orah pensa febrilmente no homem que encontraram pela manhã, sua face comprida, escura e sábia. Quem sabe o que ele pensou a respeito dela e de Avram, que história elaborou na sua cabeça? De repente, ela fica chocada e para no lugar, e Avram quase a atropela por trás: e se aquele sujeito achar o caderno e ler o que está escrito?

Entre duas rochas, ela se recorda, coloquei ali só por um instante, de manhã, enquanto enrolava o *sleeping*, e acabei esquecendo. Como fui esquecer?

Com um pouco de sorte, ela diz em voz alta, talvez em voz alta demais — ninguém vai achar o caderno até nós chegarmos.

Isso foi de manhã bem cedinho. Ela e Avram subiam pelo leito do rio quando avistaram uma figura descendo o morro na direção deles, que talvez por isso tenha parecido inicialmente mais alta e mais magra do que de fato era; e devido à estranha luz que transpassava os galhos dos terebintos, uma lua matutina amarelada, com grãos de poeira, a figura também parecia escura e borrada. Orah parou um instante para observá-la, e lentamente refletiu que às vezes, pela manhã, quando alguém vinha em sentido contrário, com o sol pelas costas, mas batendo nos seus olhos, podia-se ver apenas o contorno esguio de um corpo, como uma figura de Giacometti, desintegrando-se e recompondo-se a cada passo, e era difícil até identificar se homem ou mulher, ou se estava se aproximando ou se afastando — e então ouviu um rolar de pedras atrás de si, e num piscar de olhos surgiu Avram, alcançando-a e se interpondo entre ela e o estranho, que deu um leve sorriso de espanto.

O movimento de Avram a deixou confusa, e ela não reagiu. Tendo se colocado na frente dela, Avram respirava ofegante, peito inchado, e olhava insistentemente, não para o homem à sua frente, mas para as pedras no chão. Assim parado, ele parecia um cão-de-guarda: fiel, obstinado, presente, protegendo sua dona.

Os homens ficaram parados frente a frente, Avram bloqueando o caminho e bloqueado ele próprio. O estranho limpou a garganta e disse com cautela, bom dia, e Orah respondeu delicadamente, bom dia. Vocês estão vindo lá de baixo?, o homem fez uma pergunta absolutamente supérflua, e Orah fez que sim. Ela também não olhou para o homem. Sentia não ter forças para estabelecer contato, nem mesmo um contato leve e trivial. Queria apenas continuar andando com Avram e falar com Avram sobre Ofer, e qualquer outra coisa seria distração e desperdício de energia. Até a vista, ela disse, esperando que Avram seguisse em frente, mas Avram não se moveu. O homem limpou a garganta outra vez e disse, quando chegarem lá em cima, vejam que flores lindas há por ali, é um verdadeiro tapete de acácias, e as olaias também estão brotando agora.

Orah olhou para ele com ar cansado, do que ele está falando?, essas flores brotando na cabeça dele. E viu que ele era mais ou menos da sua idade, um pouquinho mais velho, uns cinquenta e tantos, bronzeado, corpulento e relaxado. Ela enxergou a si mesma e a Avram com os olhos dele. Emanava dos dois um ar de perseguidos, com uma desgraça pairando sobre ambos. O homem segurava as alças da sua mochila com dois polegares impressionantemente longos e arqueados, como se hesitasse em tirá-la dos ombros. Orah oscilava para diante e para trás. De repente compreendeu com absoluta clareza que aquilo que estava mantendo sua estabilidade durante esses dias, aquilo que mantinha seu corpo ereto e sua mente intacta, era falar e pensar em Ofer junto com Avram. Esse era o seu oxigênio, seu alimento e sua água, não precisava de mais nada além disso, e sem isso ela cairia por terra, se desmancharia numa fração de segundo.

Então vocês estão fazendo a trilha?

O quê?, ela murmurou, que trilha?

A trilha de Israel, ele apontou para o marco azul-branco-laranja sobre uma das rochas.

O que é isso, ela disse. Não teve força para subir a voz num ponto de interrogação.

Ah, o homem sorriu, pensei que vocês —

Aonde leva essa trilha?, Orah perguntou em tom de urgência. De súbito havia coisas demais exigindo sua compreensão ao mesmo tempo. O sorriso repentino dele, que dividia em dois sua face longa e séria. E a cor quente de oliva de sua pele. E a forma como Avram ainda estava parado estático entre eles, um conglomerado, uma parede humana. E talvez também o jornal *Yediot* pendendo de uma das bolsas da mochila do estranho, e os enormes óculos femininos, parecidos com os dela, mas os dela eram vermelhos e os dele azuis, pendurados num fio sobre o peito, parecendo inadequados para ele, e por algum motivo também indescritivelmente irritantes. E além de tudo, aquilo que ele dissera, que essa trilha modesta e íntima, pela qual ela e Avram estavam caminhando já havia uma semana, tinha um nome, alguém a batizara. E de repente ela sente que algo lhe foi roubado.

Isto aqui segue até Eilat, ele disse, chega até Taba. Atravessa o país inteiro.

Desde onde?

Desde o norte. Mais ou menos de Tal Dan. Já estou caminhando por ela há uma semana. Vou um pouco, volto um pouco. Fico andando em círculos. Sinto dificuldade de deixar esta região, todas essas flores, mas é preciso ir em frente, não é? Sorriu outra vez para ela. Ela teve a sensação de que sua face ia se revelando gradativamente, como que se desenhando aos poucos diante de seus olhos conforme o ritmo de sua percepção, que subitamente estava muito lento.

E vocês dormiram lá embaixo? Ele não desiste. Por que não a deixa em paz? Simplesmente permita que ela siga em frente. Ela sorri aflita, sem saber se deveria ficar brava com ele — aqueles óculos afetados, como se fosse alguma brincadeira particular, para provocar, que ele mostrava abertamente a todos — ou responder a uma suavidade natural, confortante, que ela sentia nele.

Sim, lá embaixo, mas nós só... Até onde mesmo vai a trilha?

Até Eilat. Um par de grossas sobrancelhas e um cabelo curto, espesso e prateado agora se destacam em seu rosto.

E Jerusalém?

Fica mais ou menos no caminho, mas você ainda terá que caminhar um bocado para chegar até lá. Sorriu de novo, como fazia após cada frase. Dentes impecáveis, ela viu, e lábios carnudos, escuros, com uma rachadura profunda no lábio inferior. Ela sente um surto de raiva no corpo de Avram. O homem lança um olhar de cautela para ele.

Vocês precisam de alguma coisa?, perguntou, e Orah percebeu que ele estava preocupado com ela, que suspeitava que ela estivesse com algum problema, talvez até mesmo que fosse prisioneira de Avram.

Não, ela se compôs e sorriu com todo o seu charme, está tudo bem. A verdade é que ainda não acordamos direito.

Mas de repente entrou em pânico e começou a alisar o cabelo rebelde com as duas mãos — nem tinha se penteado antes de sair a caminho; e sentiu uma pontada de remorso por ter decidido por princípio, no último ano, que não iria tingir o cabelo —, a enxugar rapidamente os cantos dos olhos e verificar se não havia migalhas na borda dos lábios.

Ouçam, o sujeito disse, vou fazer um café para mim. Vocês não querem?

Avram imediatamente fez que não. Orah ficou calada. Ela não teria nada contra tomar um café. Tinha a sensação de que o café dele devia ser bom.

Posso lhe fazer uma pergunta?

O quê?

Que lugar é este?

Aqui? É o rio Kedesh. E sorriu de novo: vocês não sabem onde estão?

O rio Kedesh, ela murmurou, como se houvesse algum milagre oculto nas palavras.

É bom estar na natureza, ele disse em tom de estímulo.

É sim, certo. Ela desistiu de arrumar o cabelo. Que lhe importava? Nunca mais na vida veria aquele sujeito de novo.

E é bom fugir um pouco do noticiário, acrescentou, especialmente depois de ontem.

Avram soltou um som que soou como um latido de advertência. O homem deu um passo para trás, e seu olhar escureceu.

Orah pousou a mão nas costas de Avram, acalmando-o com seu toque.

Nada de notícias, grunhiu Avram.

O.k., o homem disse cuidadosamente, vocês têm razão. Aqui ninguém precisa de notícias.

Temos que continuar, ela disse sem olhar para ele.

Tem certeza de que vocês não precisam de nada?, seus olhos percorreram a face dela. Agora ele notou seu lábio, ela conhecia aquele estreitamento do olhar e já tinha aprendido que se tratava de um momento em que ela tinha uma pequena vantagem sobre os estranhos — eles ficam aprisionados no olhar, e ela livre para examiná-los —, e este aqui, este homem, este sujeito não demonstrou nenhuma retração ou aversão, e sim uma confusa combinação de espanto, empatia e gentileza. E Orah pôde sentir como um de seus dedos, aquele que segurava a alça da mochila, quase foi atraído e levado a alisar aquele lábio. Numa fração de segundo Orah sentiu um sopro do bem, mas não lhe restava energia para esticar num sorriso a sua asa quebrada.

Está tudo muito bem conosco, ela repetiu. Conteve-se ao máximo para não perguntar o que tinha dado no noticiário da véspera. E se já tinham nomes.

Em todo caso — o homem disse.

Avram desgrudou-se de seu lugar, continuou se movendo e passou na frente do homem. Orah também passou diante dele, de cabeça baixa.

Eu sou médico, o homem disse a meia-voz, para que só ela ouvisse, se vocês precisarem de alguma coisa.

Médico? Ela se detém. Teve a impressão de que ele estava tentando lhe passar alguma mensagem secreta. Talvez estivesse dando uma pista de que Ofer precisava de um enfermeiro?

Pediatra, ele disse. Tinha uma voz de barítono, grave e agradável. E olhos focados, escuros, que a perscrutavam. Notando que ele estava preocupado com ela, Orah decidiu que precisava se desligar imediatamente daquela delicadeza.

Eles continuaram subindo pelo leito do rio, Avram na frente e ela atrás, sentindo o olhar do homem nas suas costas, ainda tentando adivinhar o que havia sido dito no noticiário e o grau da desgraça do acontecido; ao menos agora estava claro que as coisas ainda não tinham acabado por lá, que pelo jeito dessa vez a história ia ser longa, o que só vinha confirmar a sua sensação o tempo todo de que as coisas iriam ficar cada vez mais complicadas, mais deterioradas. E num mesmo fôlego percebeu como era irritante que ele a estivesse observando por trás já havia vários minutos, não exatamente o seu ponto forte, a traseira, e ninguém poderia convencê-la de que estava errada; e ficou ainda mais irritada por ser capaz de ficar irritada por causa de uma bobagem dessas quando as coisas lá estavam piorando, ficando mais e mais complicadas. Nervosa, marchou leito acima, revivendo na cabeça o breve encontro, estarrecida com sua fragilidade e impotência em relação ao homem, e sentiu que algo da estrutura obtusa de Avram já a estava contagiando, nos gestos e na aparência, embotando também sua habilidade natural de levar uma conversa genérica e agradável com um estranho simpático. E antes da curva seguinte do caminho não se conteve e virou para trás, com um toque de reprovação de seu amor-próprio empurrado para o fundo de si, e o viu parado no mesmo lugar onde tinham estado, parecendo atento, grave e preocupado com ela, até que sua face rija se desmanchou num sorriso suave e surpreendente, e lhe pareceu que ele acenou com a cabeça mais uma vez.

Depois que deixaram o leito coberto de sombra, encontraram-se subitamente numa trilha inundada pela clara e forte luz matinal e caminharam por ela em silêncio. Orah permanece constantemente admirada ao pensar na rapidez de raio que Avram teve ao se postar diante do homem, como se tivesse intimamente se comprometido a protegê-la a todo custo do mundo exterior e de seus representantes, e também de todo e qualquer fragmento de informação acerca do que está ocorrendo *lá*. Talvez esteja também protegendo a si mesmo, ela ponderou, sem entender inteiramente sua promessa de alimentação vegetariana, e lembrou-se da tabela negra de sofrimento desenhada sobre sua cama, os tacos riscados, e a esperança na sua voz quando telefonou para ela em casa no dia em que Ofer seria liberado do exército — acabou?, ele perguntou, acabou o serviço militar dele? E naquele momento não teve cabeça para entender o quanto, aparentemente, ele havia esperado essa data, e o quanto havia ansiado por ela durante os três anos de serviço, dia após dia, traço após traço, risco após risco.

Ela aperta o passo. A trilha fica mais estreita, cercada de arbustos da altura dela com espessa folhagem — acácias, de repente lembra-se do nome, era delas que o homem falava, aquele sujeito — brotando em amarelo de ambos os lados, soltando um perfume delicado, agradável; e essas florzinhas pequenas, brancas e amarelas, camomila, que parecem ter sido desenhadas por crianças, e os arbustos de estevas, e os jacintos, e os bicos-de-cegonha azulados, e a querida Víbora de Judá, que ela quase não tinha notado todos esses dias, mas havia algo que tivesse notado? E veja, ela aponta alegremente, abrindo os olhos e os pulmões, todo esse rosa, aquela árvore, ali, uma olaia em flor.

A montanha tem grandes manchas amarelas de euforbiáceas, e colchões rosados de carmelitas; Orah quebra um galho de olaia, amassa as flores e entrega a Aram para ele cheirar, e quando seu rosto está junto de sua mão — seu rosto enorme, perdido — ela o recorda de como havia gritado com Ilan dizendo que não queria nenhum contato, nenhum contato com a vida. E um novo pensamento se agita dentro dela, de que talvez justamente nesses últimos anos, com Ofer no exército, e agora ainda mais que isso, com Ofer *lá*, de repente Avram esteja percebendo que, Deus o livre, se esse único fio que tem com eles se romper, ele de repente se encontrará ligado à vida por meio de cordas muito mais grossas, as cordas da aflição, que só podem ter fim pondo-se um fim à própria vida. E Avram, numa espécie de confirmação, arfa ruidosamente sobre ela.

Desculpe, ele murmura, e limpa os pingos de saliva poeirenta da testa e do nariz dela, e ela agarra seu pulso e lhe diz na cara: você está bem treinado nisso, hein?

Nisso o quê?, ele murmura examinando desconfiado a expressão dela. Em fugir de uma notícia ruim, ela diz, você está mil vezes mais treinado que eu, não é? Toda a sua vida você fugiu de alguma notícia ruim. Ela olha diretamente dentro dos seus olhos e sabe sem sombra de dúvida que está certa. Pega na sua mão e dobra dedo após dedo, marcando o ritmo: foge da notícia ruim que é a própria vida, um. Foge da notícia ruim que é Ofer, dois. Foge da notícia ruim que sou eu, três. Ele suga os lábios, constrangido. Que besteira, Orah, a troco do que você está fazendo essa análise psicológica no meio do caminho? Mas de repente ela está cheia de energia: basta se lembrar de que às vezes uma notícia ruim é justamente uma notícia muito boa que você não entendeu, e que aquilo que um dia talvez tenha sido uma notícia ruim pode se transformar com o tempo numa notícia boa, talvez a melhor das notícias de que você precisa. E ela lhe devolve a mão que leva um ramo de flores amarelas, ensolaradas. Venha, Avram, vamos embora.

À direita da trilha há uma antena alta e uma longa cerca de arame, atrás da qual se vê um horroroso forte militar, pela aparência originalmente um posto policial britânico, feito de tenebrosos blocos de concreto, com torres de guarda e janelas estreitas. Fortaleza de Yesha, lê Orah numa pequena placa, vamos cair fora daqui, ela diz em tom de urgência, uma fortaleza militar agora não cai muito bem. Mas a trilha, hesita Avram, a trilha, veja, passa por aqui.

E não há outra trilha?

Eles olham para todos os lados. Não há outra trilha, isto é, há uma, sinalizada em vermelho, mas o homem que encontraram no rio dissera que se seguissem ao longo das marcas azul-branco-laranjas chegariam a Jerusalém, em casa. Ela fica momentaneamente confusa, perguntando incerta para si mesma: afinal, você queria ir para longe de casa, não é? E de repente você —

E vira-se para Avram, pressionando o dedo indicador contra seu peito e determinando: vamos por aqui, mas depressa, não vamos nos deter com nada, e vá me contando alguma coisa pelo caminho.

Contar o quê?

Não importa, fale comigo, conte-me algo, sei lá, fale sobre o seu restaurante.

E assim, numa caminhada estranha, ficou sabendo que nos últimos dois anos, depois de ser despedido do bar, ele estava trabalhando num restaurante indiano no sul de Tel Aviv. Estavam precisando de um lavador de pratos. Ele não aceitou lavar pratos, sobra tempo demais para pensar, mas topou lavar o chão e fazer faxina, com certeza. Ele e a sujeira já são *assim* um com o outro há anos — ele faz um gesto colocando um indicador ao lado do outro, sorri para Orah, tentando sem sucesso distrair sua atenção do esparso grupo de ciprestes, vinte e oito árvores, e em cada uma delas uma placa de madeira com um nome, um cipreste para cada homem morto ali em abril e maio de 1948, ao tentarem capturar a fortaleza dos combatentes árabes.

E aspirar o pó dos tapetes também, tudo bem para mim, Avram continua tagarelando, e pequenas tarefas chatas, por que não? Sou um faz-tudo, e estou muito bem lá.

Bem? Ela o olha lateralmente, há muito tempo ela não ouve essa palavra da boca dele.

Um pessoalzinho jovem. Tranquilo.

Continue, continue, ela murmura, passando heroicamente diante da placa com um poema de Moshe Tabenkin, que está sendo lido em voz alta por um guia para um grupo de turistas. Todos eles devem ser surdos, irrita-se Orah acelerando o passo; ele está quase gritando, e as montanhas estão jogando o eco de volta: *Nosso jovem era — como um pinheiro no bosque,/ era — uma figueira mostra seus figos,/ nosso jovem era — uma murta de raízes profundas,/ a mais inflamada das papoulas!**

E aí, continue, ela incentiva Avram, por que você parou?

E Avram, com rapidez: na verdade, o restaurante todo é uma única sala, um salão grande e muito largo, sem paredes internas, apenas alguns pilares. É uma construção bem gasta, ele faz a descrição com o cenho franzido, como se estivesse dando um depoimento extremamente importante que exige precisão nos mínimos detalhes, e neste momento ela lhe é muito agradecida pela sua meticulosidade, pois graças a isso pode se safar da praça de mármore com os vinte e oito nomes gravados em pedra. Há também uma grande tumba comum, ela se recorda, uma vez estivera ali numa excursão anual, quando tinha treze anos. O professor de geografia ficou ali parado diante dos alunos, de bermudas, lendo em voz retumbante de uma folha de papel: "Nabi Yusha não passava de uma fortaleza no meio do caminho, agora é um símbolo para todos os tempos". E na época Orah descascou disfarçadamente uma tangerina na praça de mármore, e uma professora gritou para ela: "Respeito aos soldados caídos!". Oxalá pudesse ser hoje tão estúpida e ignorante da tristeza e do pesar, e descascar uma

---

* Tradução livre. (N. E.)

tangerina na praça de mármore. É bom fugir um pouco do noticiário, dissera aquele homem, especialmente depois de ontem; um berro se acende dentro do seu corpo buscando uma saída, e Avram continua a cumprir a sua missão, levando-a para a área de oficinas mecânicas e companhias de transporte e salões de massagem no sul de Tel Aviv, conduzindo-a escada acima por degraus tortos e sujos; e então, a partir do segundo andar, surgem de repente tapetes na escada, e quadros nas paredes, e cheiro de incenso; e você entra, ele diz, e ela de repente se lembra, Dudu morreu aqui, o Dudu da canção, "passem o *findjan*, e respondam assim a nu,/ haverá um *palmachnik* como Dudu?". E Orah busca mentalmente uma palavra que rime com Ofer.

E o grande salão interno, a voz de Avram ecoa de sua pequena Índia, está todo coberto de tapetes, e um monte de mesinhas baixas, e a gente se senta em grandes almofadões, e assim que você entra vê à sua frente, num canto lá no fundo, fogões com panelas enormes, panelões majestosos.

Eles saem da área do forte, Orah solta a respiração, olha para Avram agradecida, e ele encolhe os ombros.

As palavras, ela pensa nebulosamente, estão voltando a ele.

E você vai achar graça, ele diz depois, eu sou o mais velho ali.

Não brinca, ela murmura, olhando furtivamente para trás, para o forte do qual acabaram de se livrar. Venha, vamos cruzar a estrada aqui.

Juro, ele diz sorrindo timidamente, dando de ombros como que envergonhado de alguma brincadeira feita com ele muito tempo atrás, nos anos em que ela esteve ausente de sua vida. O proprietário tem vinte e nove anos, tudo isso, a cozinheira talvez uns vinte e cinco. E o resto do pessoal também. É uma molecada muito legal. Ela dá um sorriso e se sente um pouquinho roubada, como é que ele pode ficar tão entusiasmado com um monte de crianças que mal conhece?

Todos já estiveram na Índia. Só eu que não. Mas já estou sabendo tudo como se tivesse estado. E eles não demitem ninguém. Não há essa coisa de demissão.

Eles passam entre cercas vivas de frutos carnudos, e por uma grande tumba de cúpulas redondas no telhado e árvores crescendo de suas paredes. Nas grandes salas, abertas para o vale do Hulah, estão jogados aqui e ali cobertas e colchões, e também alguns pratos de comida vazios, restos das oferendas trazidas pelos fiéis a Nabi Yusha — Josué, filho de Nun.

Algumas das pessoas que trabalham ali não conseguiriam trabalho em nenhum outro lugar, diz Avram.

Pessoas como ele, Orah pensa. Ela tenta imaginá-lo ali. O mais velho, ele disse com genuína perplexidade, como se fosse algo totalmente absurdo. Como se ainda tivesse vinte e dois anos, e todo o resto fosse um engano. Ela o vê entre aqueles doces jovens, com seu peso e sua lentidão, com a cabeça grande e os cabelos compridos e finos caindo de ambos os lados. Como um professor exilado que perdeu sua grandeza, infeliz e ridículo ao mesmo tempo. Mas o fato de não demitirem ninguém a deixa mais tranquila.

E nem apresentam a conta depois da refeição!

Então como se sabe quanto eu tenho de pagar?

Você vai até o caixa e diz o que comeu.

E acreditam em mim?

Sim.

E se alguém tapeia?

Então provavelmente essa pessoa não teve escolha.

O quê?, uma luzinha se acende dentro dela, existe um lugar assim?

Juro que sim.

Me leve lá, já!

Ele ri. Ela ri.

Nas paredes há grandes fotos tiradas na Índia e no Nepal. De vez em quando as fotos são trocadas. E num dos lados, junto aos banheiros, há três máquinas de lavar que funcionam o tempo todo. É grátis, para quem precisa. E enquanto as pessoas estão comendo, fica circulando um pessoal que sugere tratamentos, reiki e digitopressura e shiatsu e reflexologia. E daqui a algum tempo, quando terminarem as reformas, vou começar a trabalhar com os doces.

Trabalhar com os doces... ela repete.

De repente a imagem ganha vida. Ela o vê ali andando de um lado para outro, tirando as mesas, jogando o lixo, aspirando o pó, acendendo pequenas velas, varetas de incenso. Está fascinada pelo seu movimento, sua agilidade, sua leveza. Avram GAF, ele costumava se apresentar numa época para as moças novas, com um meneio e uma reverência: gordo, ágil e flexível.

E quem quiser, pode fumar. É tudo liberado.

Você também?, ela ri, um pouco nervosa, apesar de o forte não estar mais à vista, mas subitamente tem a impressão de que estão correndo, de que estão sendo puxados depressa demais pela trilha para Jerusalém, para casa, para a notícia que talvez a esteja pacientemente aguardando, com a calma de um assassino. Vou voltar, ocorre-lhe, e haverá avisos na rua. Nos postes de luz. Na frente da mercearia. Já vou ficar sabendo de longe.

E então, continue contando, ela se vira para Avram em pânico, eu quero escutar!

Isso aí, sabe?, nada de muito pesado, ele diz, principalmente baseados. Sua mão, pelo hábito, dá uma palmadinha no alto do peito, procurando algo no não bolso da camisa. De vez em quando uma pedra de haxixe, ecstasy, ácido se houver, nada muito sério. Olha para ela e sorri: você ainda mantém a lei escoteira?

Estive nas *Machanot Olim*, não nos escoteiros, ela se lembra, deixa pra lá, tenho medo dessas coisas.

Orah, você está correndo de novo.

Eu? É você.

Ele ri. De repente você tem esse... você começa a correr na frente como se sei lá quem estivesse perseguindo você.

À esquerda deles, o vale do Hulah vai soltando vapores à medida que aumenta o calor do dia. Suas faces estão rubras, ardendo de esforço e calor, estão pingando de suor, e até mesmo a conversa se tornou cansativa. Ao lado do caminho, no pé de uma velha oliveira, encontra-se um enorme e horroroso candelabro, vinte e uma placas de cristal, Avram as conta nos dedos, todas intactas e presas uma à outra com finíssimos tubos de vidro decorados. Quem jogou isto aqui?, ele se pergunta, quem jogou fora uma coisa dessas? É uma pena que eu não possa levá-lo comigo. Ele se ajoelha e examina de perto. Material bom. Ele baixa a cabeça e ri baixinho; Orah pergunta furtivamente, o que foi?, e ele diz, veja só, o que isto aqui lembra? Ela observa longamente e fica sem saber, então ele diz, não parece uma bailarina, uma *prima donna* ofendida? Orah sorri: é isso mesmo. E Avram se põe de pé: está tremendo de tão ofendida, não é? Veja, olhe daqui como ela está girando dentro do vestido, juro. Orah ri do fundo do coração. Um prazer esquecido reluz no cantos de seus olhos.

E o Ofer, ele pergunta depois, toma alguma coisa?

Não sei. Como é possível saber algo deles nessa idade? O Adam — acho que sim, de vez em quando, aqui e ali.

Ou a maior parte do tempo, ou o tempo todo, ela pensa, e como não? Com aquele tipo de gente com quem ele anda, com os olhos dele, sempre acesos, e com aquela música, esmagada e esmagadora. Meu Deus, ela geme, o que eu pareço? Quando foi que ela começou a me atacar desse jeito, a velhice?

Pena que você não pegou um pouco de fumo na minha casa, no dia em que você me sequestrou, você ia ver o que é bom.

E você guarda em casa? Ela faz um esforço para manter um tom controlado e esclarecido, sentindo-se a própria assistente social entrevistando um sem-teto.

Para uso próprio, o que você acha? Eu mesmo cultivo, num caixote de flores, eu *cultivo*, ele dá um sorrisinho maroto, entre as petúnias.

E agora você está sentindo falta?

Digamos que teria sido uma boa para mim, principalmente nos primeiros dias.

E agora?

Agora estou bem, ele diz, parecendo espantado, não preciso de nada.

É mesmo? O rosto dela se ilumina, seus óculos brilham de felicidade.

Mas se houvesse, ele se apressa em esfriar seu entusiasmo e colocá-la em seu respectivo lugar — por um momento pareceu que ela tinha tirado do bolso um rápido plano de intervenção de um gibi infantil —, se houvesse, eu não recusaria.

Como nos afastamos, ela reflete. Uma vida inteira nos separa. E mais uma vez o imagina no seu restaurante, girando entre as mesas baixas, limpando os restos, brincando com os fregueses, absorvendo de bom grado os gracejos deles. Ela espera que eles não debochem de Avram, os jovens. Que ele não seja uma figura patética aos olhos deles. Ela procura ver a si mesma naquele lugar.

Tem que tirar os sapatos antes de entrar, ele esclarece, como que a orientando de longe.

Ela se senta nas almofadas. Para ela, não é confortável. Senta-se rígida demais, sem saber o que fazer com as mãos. Sorri para todos os lados como uma colonialista de mente aberta concedendo sua gentileza aos nativos. Sua falsidade reverbera à sua volta. Ela se pergunta se seria capaz de viver com Avram, no apartamento dele, digamos, com a magreza e negligência de sua vida. Por algum motivo ela ouve a expressão "sua vida" no sotaque oriental do homem que encontraram pela manhã no leito do rio. Ela pensa na camisa xadrez vermelha dele. Era como se alguém o tivesse vestido de manhã com uma roupa bonita e o tivesse mandado para uma excursão. Ela volta a se deter nos óculos coloridos femininos balançando na frente do seu peito. Talvez não fossem uma simples manifestação de mau gosto nem uma atitude contestatória, como ela tinha imaginado, e sim um pequeno gesto particular. Dedicado a alguma mulher? Ela dá um leve suspiro. Pergunta a si mesma se Avram teria percebido algo ali.

E sem que mesmo se deem conta, estão tendo uma conversa. Uma conversa de duas pessoas andando pelo mesmo caminho. Avram pergunta por que tinham resolvido chamá-lo de Ofer, e Orah diz que ela escolheu o nome sozinha. E por que justamente Ofer? Por quê? não lhe agrada?, ela pergunta com surpresa, uma surpresa que contém desapontamento e queixa. Avram se apressa em dizer que lhe agrada sim, agrada muito, é um nome ótimo, eu só não — Você só não o quê?, pergunta Orah. Não entendo como é que se escolhe o nome de uma criança. Como é que se decide uma coisa tão importante? E Orah, com uma condescendência recém-adquirida, e como se apenas nos últimos minutos tivesse voltado a respirar com os dois pulmões, diz, é realmente uma questão complicada. Por exemplo, no caso do Adam, durante toda a gravidez pensamos em chamá-lo Michael, eu queria muito um filho chamado Michael, desde que era criança, mas no instante em que o vi, eu disse: Michael, ele não é, simplesmente não é Michael. E é Adam?, provoca Avram. Eu não entendo. Qual é a diferença? Explique para mim. E ela, o que há para explicar?, ou é ou não é, a gente olha e sabe. E Avram alimenta uma ideia estranha, é uma pena que não o tenham consultado sobre o nome de Ofer, mas como podiam, ele responde a si mesmo, afinal, você não deixava nem eles chegarem perto de você, expulsou-os quase a porrada, e apesar disso, se tivessem tentado só mais uma vez, a última.

Na base militar, no Sinai, ele diz, havia um Ofer com a gente, Ofer Havkin, um cara especial, costumava vagar sozinho pelo deserto, tocando violino para os pássaros, dormindo em caverna, não tinha medo de nada, um espírito livre, e eu, durante todos esses anos achei que aquele Ofer estava na cabeça do

Ilan quando vocês decidiram o nome. Orah se delicia com o par de palavras que saíram da sua boca, *espírito livre*, e então ela diz novamente a ele, não! Fui eu que escolhi, por causa do verso no Cântico dos Cânticos: "*domeh dodi le ofer ayalim* – como um gamo é meu amor",* e também gostei do som *o-fer*, assim suave. E Avram repete silenciosamente o nome na música de Orah, e depois diz baixinho, em tom de respeito, eu jamais conseguiria dar nome a alguém. Ao seu filho você consegue, ela responde, deixando escapar, e ambos se calam.

    Seguem caminhando, a trilha agora é larga e confortável. São tantas as cores, ela se maravilha, e eu durante quase uma semana só vi branco, cinza e preto. Diga, Avram fala após algum tempo, só de curiosidade: vocês pensaram em outros nomes além de Ofer? Muitos, ela diz, e logo nota: mesmo assim ele não está satisfeito com "Ofer". Pensamos em Yuval, Roy, Ron, ela acrescenta, e ri: Yuval era o favorito quase até o fim.

    Yuval, Avram experimenta silenciosamente nos seus lábios. Yuvali?

    E pensamos também em nomes de meninas. Afinal, não sabíamos o que ia ser, até o meio da gravidez eu tinha certeza de que era menina.

    Dentro de Avram se agita um bando de pássaros batendo as asas: ele jamais pensou nessa possibilidade, uma menina!

    E qual... que nomes, por exemplo, vocês pensaram para uma menina?

    Pensamos em Dafneh, Yara, Ruti.

    Imagine só, ele diz virando-se totalmente para ela. As bolsas sob seus olhos estão brilhando, agora ele está completamente presente, desperto e pulsante, e é possível ver através de sua pele a coluna de fogo de antigamente, e neste momento Ofer está tão protegido, ela sente, protegido entre as palmas de duas mãos.

    Uma menina, ela diz delicadamente, tornaria tudo muito mais fácil, não é?

    Avram abre o peito e respira fundo. "Menina" vibra dentro dele ainda mais do que "filha".

    Seguem andando, cada um absorto em si mesmo, a trilha estalando sob seus pés. Ela pensa: até mesmo a trilha agora tem vozes; como pude não ouvir nada todos esses dias? Onde eu estava?

    E vocês não quiseram tentar mais uma vez?, ele se atreve a perguntar, e Orah diz simplesmente que Ilan não quis, que já assim, disse ele, mesmo com

---

* Os versos do Cântico dos Cânticos deram origem a uma série de músicas folclóricas hebraicas. (N. T.)

toda essa confusão, nós já somos uma família com filhos demais. E pais demais, pensa Avram, e pergunta: e você?, você queria? Orah solta um pequeno suspiro de dor: eu? Você está perguntando sério? A minha vida inteira eu senti uma terrível dor por não ter tido uma filha, uma menina. E depois de hesitar um instante, acrescenta: pois eu sempre achei que uma menina faria de nós uma família.

Avram fica confuso. Mas vocês... afinal, vocês já... Sim, ela diz, éramos, claro, completamente, apesar disso, foi isso que senti esse anos todos, que se eu tivesse uma filha, se Adam e Ofer tivessem uma irmã, isso lhes acrescentaria tanta coisa, os deixaria diferentes — ela faz com as mãos dois gestos paralelos, um círculo completo — além disso, se eu tivesse uma filha, acho que isso me deixaria mais forte diante deles, diante deles três, e talvez também os amaciasse um pouco em relação a mim.

Avram escuta com atenção, ouve as palavras e não entende o sentido. Fica aflito, o que ela estava querendo dizer?

Porque eu sou sozinha, ela diz, parece que não consegui amaciá-los, eles foram ficando tão duros com o tempo, especialmente em relação a mim, e especialmente nos últimos tempos, duros e rígidos, os três, inclusive Ofer, ela solta com esforço. Escute, para mim é muito difícil explicar. Avram indaga, de explicar *para mim* ou de explicar em geral? Em geral, ela responde, e em especial para você. Então experimente, ele diz, e mesmo o tom ofendido na sua voz é um tom bom, ela pensa, é um sinal de vida. Mas não consegue explicar, ainda não, precisa de mais tempo, e dói reconhecer diante dele que Ofer também não é gentil com ela, e, por enquanto, em lugar de uma resposta ela diz, o tempo todo pensei que se tivesse uma filha talvez me lembrasse de como é ser eu mesma. O eu antes de tudo que aconteceu.

Avram para diante dela: eu me lembro de como você era.

Mas é bem possível que se eu tivesse tido uma filha ela fosse totalmente diferente de mim, ela diz. Pois, de algum modo, ela coça o nariz, os meninos são mais parecidos com o Ilan. E também um pouco com você, eu lhe disse, até mesmo o Adam tem alguma coisa sua, não me pergunte como. Está vendo? Os meus genes fracos imediatamente se recolheram perante os genes de vocês.

Avram ainda está perturbado pela ideia de uma filha. Toda vez que lhe vem esse pensamento sente uma carícia de luz no rosto. Escute, ele diz cauteloso, se tivesse sido uma filha, quero dizer —

Eu sei. Sabe o quê? Eu sei. Então diga. Se fosse uma menina, você teria vindo vê-la, certo? Não sei. Mas *eu* sei, ela suspira, você acha que eu não pensei nisso? Que não rezei durante toda a gravidez para que fosse uma menina? Que não fui — como o rei Saul, que, *na calada da noite, veio até a mulher* — a uma dessas videntes bukhar, para ela dar uma bênção para ser menina?

Você foi?

Claro que fui.

Mas você já estava grávida, ele diz, estarrecido, o que é que ela podia —

E daí?, diz Orah, sempre é possível barganhar. Aliás, ela faz suspense, o Ilan também queria uma menina. O Ilan também? Sim, tenho certeza. Mas ele não lhe disse? Não, não falamos nisso. Como não? Você não vai acreditar no silêncio que cercou essa gravidez. Só falávamos um pouquinho quando o Adam nos perguntava alguma coisa. Por meio do Adam falávamos do que eu tinha na barriga, e o que aconteceria quando o novo irmão nascesse.

Avram engole em seco, lembra-se de como naquela mesma época ficava deitado na sua cama, paralisado de terror pela gravidez que ia se concretizando.

E rezando para que ela não fosse adiante.

E planejando em detalhes como abandonaria sua vida no instante em que lhe informassem que o bebê nascera.

E calculando os dias que lhe restavam.

E no final não fez nada.

Porque mesmo como prisioneiro de guerra, e mais ainda depois que voltou de lá, no último momento sempre se apegava a Tales, o filósofo grego, um dos heróis da sua juventude, que afirmava que não havia diferença entre a vida e a morte, e quando lhe perguntavam por quê, se era assim, ele não optava pela morte, retrucava, justamente porque não há diferença.

Orah dá uma risada suave: nós o chamávamos de Zut, Adam inventou esse nome para ele: Zut. Chamavam a quem? A Ofer. Não estou entendendo. Quando ele ainda estava na barriga, ela diz, era uma espécie de nome de gravidez, sabe? Não. Avram murmura, desanimado, eu não sei. Eu não sei nada. Nada, nada.

Ela coloca a mão em seu braço: não, ela suplica.

Não o quê?, ele geme.

Não se torture mais do que o necessário.

Apesar de tudo, ele diz depois, Ofer é um bom nome.

É um nome totalmente israelense, e eu adoro que ele tenha "o" e "e". Como *horef* — inverno, e *boker* — manhã.

Avram observa a bela testa de Orah, a luminosidade que a envolve naquele momento. Como *osher* — felicidade, ele pensa, mas não ousa dizer.

E também é bom para apelidos, ela diz.

Você também pensou nisso?

E em outras línguas, como o inglês *offer*, que é suave e aberto, uma espécie de doação.

Ele ri de prazer: você é incrível.

Ela se contém para não lhe contar que também pensou como o nome soaria na cama, na boca das mulheres que o amassem, e chegou até a experimentá-lo sozinha, sussurrando. *Ofer, Ofer*. Ela ofegava e ria da confusão que a inundara.

Apelidos, é claro, ele murmura, não pensei nisso. E também xingamentos. Ele diz: ainda bem que não rima com palavrões.

Orah-Gomorra, ela se recorda.

Não ferra, Ofer, diz Avram rindo.

"Passem o *findjan* e respondam assim a nu", Orah vai cantarolando com tristeza na alma, "ele ainda sorri para nós, nosso soldado perdido, Dudu."

O pasto verde e sereno pelo qual caminham, pontilhado de vacas brancas e marrons, de repente se inclina e se transforma numa montanha íngreme. Eles gemem e suspiram ao caminhar, agarrando-se nos troncos de árvores que se inclinam sobre o vazio. Se tivesse uma filha, ela pensa, se eu tivesse uma filha, há algumas coisas que eu poderia consertar em mim se eu tivesse uma filha. E tenta explicar a Avram, e ele não entende de fato, não como ela precisa que ele entenda, não como ele antigamente a compreendia de imediato, *com um simples sinal, uma ruga*; coisas que um dia ela pensou em mudar em si mesma por intermédio dos filhos, e isso não aconteceu. E Avram pergunta novamente, que coisas são essas?, e ela insiste em explicar, e pensa outra vez na Taliah do Ofer, e como todos os homens da casa se curvavam perante ela, e com que alegria e simplicidade lhe davam o que não davam a ela. E diz a Avram que só relativamente há pouco tempo, quando Adam e Ofer estavam completamente crescidos, ela compreendeu que aparentemente isso não lhe aconteceria por intermédio deles, essa mudança, o conserto — de repente tudo ficou claro para ela, tão tarde, que não chegaria por meio deles a nenhuma solução — talvez por eles serem rapazes, ela diz, talvez por eles serem eles, não sei. Ela silencia, escala ofegante a encosta da montanha, pensando, eles realmente nunca me levaram em consideração, nem foram generosos comigo, não o tanto que eu necessito, e agora isso a incomoda mil vezes mais, pensar que nunca mais na vida terá uma menina.

Eu não escrevi ali no caderno como tem de ser, ela diz pesarosa algum tempo depois, à medida que vão descendo de volta a montanha em busca do caderno esquecido. Tenho o tempo todo a impressão de que não consigo transmitir o mais importante, não consigo quando escrevo, e nem quando narro para você. Quero contar todos os mínimos detalhes dele, a plenitude da sua vida, a história da sua vida, e eu sei que é impossível, impossível, e mesmo assim, é isso que eu preciso fazer por ele agora. Sua voz enfraquece, transforma-se num sussurro, ela imagina aquele homem, as suas mãos longas, com as veias salientes, e aqueles polegares, mãos de operário, não de médico — e talvez por causa disso os óculos a tenham inicialmente incomodado tanto —, ela vê as suas mãos abrindo o caderno e folheando as páginas, e ele tentando entender o que está lendo, do que se trata essa história. E talvez veja os rabiscos que ela fez à noite, no escuro, linhas sobrepostas a outras linhas, e não tem energia para se aprofundar nisso, e joga o caderno fora. Talvez fique irritado com o que está escrito. Talvez pelo excesso de minúcias. E apesar disso ela sente, aliás, não tem a menor dúvida, que ele vai se sentar ali, no leito do rio protegido pela sombra, e vai ler tudo. Seu coração palpita: talvez esteja neste exato momento sentado numa das rochas, talvez exatamente naquela em que ela se sentou durante a noite, a única rocha confortável nos arredores, com o caderno dela sobre os joelhos, as grossas sobrancelhas franzidas no esforço de decifrar tudo que ela anotou meio às cegas, e ele também sabe, sem sombra de dúvida, que a mulher que escreveu essas páginas é a mesma mulher que ele encontrou, subindo o leito do rio.

Aquela mulher do cabelo desarrumado, e o lábio ligeiramente paralisado.

No começo foi difícil — ela retoma o que foi interrompido um bom tempo atrás no caminho de subida até o pico da montanha — o vegetarianismo dele, e as brigas de Ilan com ele para que provasse carne, ou ao menos peixe, os berros e discussões durante as refeições, e Ilan sentindo como uma afronta pessoal o fato de Ofer deixar de ser carnívoro.

Por que afronta? Por que pessoal?

Não sei, o Ilan levou a coisa por aí.

O quê, como se fosse algo contra ele?

Achava que era algo, sei lá, contra a masculinidade, que ter nojo de carne era uma coisa feminina. O quê? Você não consegue entender isso?

Consigo, ele fica surpreso com o tom de censura dela, mas não acharia que era uma afronta contra mim. Sei lá, talvez sim. O que é que eu sei, Orah? Ele estende ambos os braços num gesto um tanto espalhafatoso de aquiescência, e vê-se o lampejo de uma mini-imagem do antigo Avram: eu não entendo nada de famílias.

Nem diga isso, você?

Eu o quê?

Faça-me a favor, ela pisca e a ponta do nariz vai ficando vermelha, vai dizer que você não nasceu? Não teve pais? Um pai?

Ah, é isso.

Sim, é isso.

Avram silencia.

Vamos sentar um pouco, estou sentindo todos os músculos contraídos por causa da descida. Ela esfrega as coxas com força: olha só, estão tremendo, é mesmo bem mais difícil descer do que subir!

Eu nunca vou esquecer a cara dele no dia em que descobriu que nós matamos as vacas, ela diz pouco depois, e como olhava para mim por tê-lo obrigado a comer carne desde que nascera. Por quatro anos. E o estarrecimento dele pelo fato de eu comer carne. O Ilan, tudo bem — talvez seja isso que ele tenha sentido, estou tentando entrar na cabeça dele naquela época —, o Ilan dá para aceitar. Mas eu? Ser capaz de matar para comer? Vai saber, talvez estivesse com medo de que em determinadas situações eu pudesse comê-lo também.

Os polegares de Avram correm rapidamente pelas pontas dos outros dedos. Os lábios se movem sem emitir som.

E quem sabe ele não sentiu que tudo que tinha pensado a nosso respeito até então fosse um grande engano? Ou pior ainda, que tudo fosse uma conspiração nossa contra ele?

Para transformá-lo em lobo, murmura Avram.

Diga, como é possível que eu nunca tenha realmente tentado entrar na cabeça dele nesses momentos? Afinal, ele era o centro do meu mundo, não é?

Eu só pensava em fazer o bem a ele e me concentrar naquilo que ele necessitasse, e de repente vejo que não entendia, não o entendia, e não o enxergava, como se absolutamente não vivesse com ele.

Você não vivia com ele?, espanta-se Avram. *Você?* Como é que você pode dizer uma coisa dessas?

Ela encara Avram com expressão tensa, súplice: explique para mim como eu nunca me perguntei o que sente um menino de quatro anos que descobre que pertence a uma família de carnívoros.

Avram a vê dilacerada, sem saber como confortá-la. Nesse momento, ele se sente tão miserável aos seus próprios olhos.

Preciso pensar mais nisso, ela diz num sussurro, e não simplesmente parar aí, eu sempre paro aí, pois aí tem algo, entende?, em toda essa história de ser vegetariano. Não é à toa que eu sou tão... Veja, por exemplo, a depressão que tomou conta dele depois disso, durante semanas, depressão mesmo, uma criança de quatro anos que não quer levantar de manhã para ir ao jardim de infância, pois não quer que outra criança chegue perto dela com "mãos de carne", ou simplesmente estava com medo das outras crianças, e das professoras, e se afastou de todo mundo, desconfiava de todo mundo, você entende?

Se eu entendo?, grunhe Avram, e Orah interrompe a enxurrada.

Claro que você entende. Eu acho que você poderia entendê-lo maravilhosamente, ela diz baixinho.

É mesmo?

Em geral, acho que você poderia entender muito bem as crianças, ela ousa dizer. Entendê-las por dentro.

Eu? Ele se espanta, o que eu —

Alguém como você pode, Avram.

Ele solta uma risadinha e enrubesce. De repente a pele do seu rosto brilha. Orah tem a impressão de que subitamente todos os poros de sua alma estão se abrindo.

E quando ele finalmente concordou em voltar ao jardim, ela diz pouco depois, imediatamente começou a incitar as outras crianças a não comer carne, fazendo *intifadas* em todos os intervalos de refeição e examinando os sanduíches alheios. As mães começaram a me telefonar reclamando, e quando ele descobriu que a moça que vinha lhes ensinar música também era vegetariana, simplesmente se apaixonou perdidamente por ela, você precisava ver, como um alienígena vivendo clandestinamente entre os humanos que de repente descobre uma outra alienígena. Ele lhe fazia desenhos e levava presentes para ela e falava o dia todo só sobre a Nina, a Nina, a Nina, e me chamava de Nina por engano, e talvez nem tanto por engano.

Eles se levantam e ficam parados, de pé, pensativos. Ele pensa num roteiro que escreveu certa vez, na época em que serviu no Sinai antes de ser capturado. O roteiro tinha uma trama secundária, cuja força ele descobriu só depois de ser preso. Costumava mergulhar nela repetidamente para recobrar um pouco de vida. Era a história de duas crianças de sete anos, órfãos de pai e mãe, que encontram um bebê abandonado num beco em ruínas. Na época, havia muita gente ansiosa por se livrar de suas crianças e bebês, e essas duas crianças, um menino e uma menina, encontraram o bebê chorando e faminto, e decidiram que era Deus-bebê, nascido na velhice do Deus idoso, que também estava ansioso por se livrar de seu filho, e o mandou para este nosso mundo. E as duas crianças juraram criar elas mesmas o bebê, e educá-lo de modo a ser em tudo diferente de seu cruel e amargo pai, para que pudesse mudar totalmente, a partir da base, aquilo que Avram chamava simplesmente, já muito antes de ser feito prisioneiro, *a raiz do mal*. E assim, entre torturas e interrogatórios, e toda vez que achava dentro de si um pingo de força, Avram mergulhava na vida das duas crianças com o bebê; e às vezes, em especial à noite, conseguia, durante longos instantes, fundir-se completamente com o pequeno bebê. Seu corpo quebrado e torturado absorvia então o corpo ingênuo, inteiro, e ele se lembrava, ou imaginava, como ele próprio tinha sido bebê um dia, e depois um menininho, e como o mundo era então uma esfera muito clara, até a noite em que seu pai se levantou da mesa de jantar, virando a travessa de sopa sobre o fogão com uma pancada e, num acesso de fúria, começou a surrar a mãe de Avram e o próprio Avram, quase transformando-os em trapos, e depois foi embora e sumiu, como se nunca houvesse existido.

Vamos, Orah, Avram toca o braço dela com delicadeza, vamos prosseguir, para encontrá-lo antes.

Encontrar o quê?

O caderno, não é?

Antes do quê?

Sei lá, antes de outras pessoas chegarem lá, você não vai querer que alguém —

Ela o segue, exausta e seca. Todo aquele período fica se revolvendo dentro dela. As manhãs, verdadeiros pesadelos: preparar o sanduíche dele, sem contaminação e sujeito a censura — é claro, após terminar de vesti-lo meticulosamente com sua fantasia de caubói armado —, o vegetarianismo de um lado e o instinto matador do outro, ela agora percebe estarrecida, e a forma desconfiada como ele verificava seguidamente o conteúdo do sanduíche, a expressão azeda no seu rostinho de criança, a insistência na definição da hora em que ela viria buscá-lo no jardim de infância de carnívoros e a maneira desesperada como ele se agarrava às suas costas — ela o levava de bicicleta — à medida que se aproximavam da escola e ouviam os gritos alegres das outras crianças. E as terríveis fantasias que tinha, ela preferia pensar nelas desse modo, de que as crianças passavam o tempo todo encostando nele de propósito, cuspindo restos de salsicha.

Dia após dia ela o deixava, grudado na cerca de arame, com as marcas do metal nas suas bochechas, a face inundada de lágrimas e catarro enquanto soluçava a toda voz, e ela lhe virava as costas, sumia de lá e continuava ouvindo o seu choro durante horas a fio, e à medida que se afastava do jardim ouvia os gritos cada vez mais altos. E se aos quatro anos ela não sabia como ajudá-lo — sentia-se impotente diante do que percebia estar em ebulição dentro dele —, o que poderia fazer por ele agora, nessa viagem imbecil, patética, em suas intermináveis conversas com Avram, na sua questionável barganha com o destino? Ela caminha, e as pernas pesadas mal lhe obedecem. É bom fugir do noticiário, disse aquele homem, especialmente depois de ontem. O que aconteceu ontem. Quantos. Quem. Será que já informaram as famílias. Corra para casa, corra, eles já estão a caminho.

Ela anda quase sem olhar. Vai caindo através do espaço de um vazio infinito. Não passa de um serzinho insignificante. E Ofer também é um serzinho insignificante. Ela não pode nem sequer reduzir a velocidade da queda dele, nem um pouquinho. E mesmo tendo dado à luz Ofer, mesmo sendo sua mãe e ele tendo saído dela, agora, neste momento, eles são apenas dois serezinhos insignificantes flutuando, caindo pelo espaço sem fim, imenso e vazio. No fim das contas, ela tem essa sensação, tudo é aleatório.

Algo emaranha seus passos, como uma ligeira perturbação do ritmo dos pés, e de súbito um espasmo de dor no encontro da coxa com a virilha.

Espere aí, não corra.

Parece que Avram está curtindo a rápida descida pela encosta da montanha, o vento batendo no rosto, refrescando o calor, mas ela para junto a um pinheiro e segura-se com força no tronco. Apoia-se inteira nele.

O que acontece, Oraleh?

Oraleh, ele a chamou de Oraleh. Deve ter saído sem querer. Ambos se olham mutuamente de forma disfarçada.

Não sei, acho que é melhor ir mais devagar.

Ela vai na frente com passos pequenos e cautelosos, evitando ao máximo forçar o músculo contundido do quadril. Avram fica ao seu lado, e Oraleh se move feito um cabritinho.

Às vezes eu fantasiava que você vinha disfarçado, ou sentado num táxi, perto do parquinho infantil quando eu estava com ele, e ficava nos olhando de longe. Alguma vez você fez algo desse tipo?

Não.

Nem uma única vez?

Não.

Não tinha nenhuma tentação de ver como ele era, a aparência dele?

Não.

Você o cortou definitivamente da sua vida.

Chega, Orah. Já deu.

Ela engole a saliva, duas vezes amarga, inclusive por causa do "já deu" que subitamente passou do Ilan para ele.

E às vezes eu tinha uma sensação esquisita nas costas, assim sem mais nem menos, algo entre uma cócega e uma coceira, aqui — ela mostra —, e não me virava para trás, fazia força para não me virar. Só dizia a mim mesma, baixinho, com uma espécie de sangue-frio meio doido, que você estava lá, em algum lugar por perto, olhando para nós, nos observando. Venha, vamos parar um instante.

Outra vez?

Não sei. Escute, não está certo. Que eu não vim para —

Não. Descer. Voltar. Não está me fazendo bem.

A descida está muito difícil para você?

Voltar é difícil para mim, fisicamente, eu me sinto torta, sei lá.

Seus braços pendem. Ele fica parado à espera das instruções dela. Nessas horas, ela sente, anula totalmente sua vontade própria. Num piscar de olhos ele sai de si mesmo e se cobre com uma capa impenetrável: *nenhum contato com a vida.*

Escute, estou pensando —
O quê?
Que eu não posso voltar atrás.
Não entendi.
Nem eu.
Mas o caderno —
Avram, não me faz bem voltar.

E ao dizer isso, tudo fica claro para ela como um instinto. Ela dá meia-volta e começa a subir novamente a montanha, e esta é a coisa certa, e ela não tem nenhuma dúvida. Avram fica parado mais um instante, suspira, depois se desprende do chão e a segue, resmungando consigo mesmo: que diferença faz?

Ela caminha, sentindo os pés leves contra a encosta e contra o peso do homem que provavelmente está agora sentado na sua rocha, no fundo do vale, lendo o seu caderno, o homem que veio do nada e que ela jamais verá outra vez, que implorou com o olhar que o deixasse cuidar dela — aqueles lábios, uma ameixa madura partida ao meio — e de quem agora ela se despede com leve pontada de pesar, teria gostado de tomar café com ele, mas eis que de repente sentiu a mordida de casa, e é impossível voltar atrás.

Ainda antes de o Ofer nascer, diz ela, desde que você foi libertado, eu vivo com a sensação de que sou constantemente observada por você.

Pronto. Ela disse aquilo que durante anos tornou sua vida simultaneamente mais doce e mais amarga.

Observada por seus pensamentos, seus olhos, sei lá. Observada.

Houve épocas — mas é óbvio que isto ela não ia contar — em que sentia que a cada momento, desde o instante em que abria os olhos de manhã, em cada gesto que fazia, em cada risada que dava, quando estava andando ou deitada na cama com Ilan, estava representando um papel numa peça ou novela maluca dele. E que estava ali atuando por ele, mais do que por si própria.

O que você não consegue entender nisso?, ela para de repente, vira-se e, sem a menor intenção, grita para ele — os cadeados frágeis que não conseguem controlar seus impulsos. É uma coisa que eu e Ilan sentíamos constantemente: que estávamos encenando uma peça no seu palco.

No seu palco vazio, disse Ilan certa vez.

Eu não pedi a vocês que fossem minha peça, Avram resmunga irritado.

Mas como podíamos sentir outra coisa?

Ambos são rapidamente sugados para trás, e ficam absortos num momento único, dois rapazes e uma moça, pouco mais que crianças: pegue um chapéu, coloque dentro dois pedacinhos de papel, mas o que é que eu estou sorteando aqui?, isso você vai saber só no final.

E não me entenda mal, ela diz, tínhamos uma vida absolutamente autêntica e plena, com os garotos e com o nosso trabalho, os longos passeios, as diversões, as viagens ao exterior e os nossos amigos — plenitude de vida, ela pensa novamente na voz de Ilan e na capacidade dele de maravilhar-se com o que tinham juntos, capacidade que ele jamais perdeu —, e houve também longos períodos, de anos, em que quase não sentíamos o seu olhar nas nossas costas. Bem, talvez não durante anos. Semanas. Sei lá. Um dia ou outro. No exterior, por exemplo, quando viajávamos de férias, era mais fácil nos libertarmos de você. Na verdade, isso também não é bem assim, ela diz pesarosa, pois nos lugares mais bonitos, mais serenos, de repente eu começava a sentir o cutucão nas costas, não, era mais na barriga, e o Ilan também sentia, no mesmo segundo, sempre. Bem, ela dá um leve sorriso, não era tão difícil assim sentir isso, no momento em que dizíamos algo que soasse como você, ou alguma piada sua, ou simplesmente uma frase que pedia para ser dita com a sua voz, você sabe o que eu digo. Ou quando o Ofer dobrava a camiseta com um gesto igualzinho ao seu, ou quando ele preparava o molho de tomate para o espaguete exatamente do jeito que você me ensinou, ou outras mil e uma coisas. No mesmo instante trocávamos um olhar e imaginávamos onde você estaria nesse momento, o que estaria se passando com você.

Orah, não corra, Avram geme atrás dela, mas ela não ouve.

E isso também fazia parte da nossa vida, ela pensa admirada, parte da nossa plenitude de vida, o seu vazio que nos preenchia.

Por um momento ela o observa com o olhar que às vezes costumava dar a Ofer, quando espionava furtivamente seus recantos mais internos como se ele fosse um espelho unidirecional, onde ela via aquilo que ele próprio não sabia.

E talvez seja por causa disso — ela imediatamente anuncia para si mesma — que ele tenha parado de olhar você nos olhos, e quem sabe não foi por causa disso que ele não veio excursionar com você pela Galileia?

E não consegue mais conter o que se acumula dentro dela. Parece ter chegado subitamente a um pico, e algo dentro de si se desmancha e se dissolve e se solta e se acalma num assombro interior misturado com uma morna doçura. Alta, poderosa e amazônica, ela se põe de pé numa rocha acima de Avram, mãos nos quadris esquadrinhando-o com olhar penetrante. Ela começa a rir: não é uma loucura? Diga, não é uma doideira?

O quê?, ele ofega. O que nisso tudo?

Que antes eu fujo até o fim do mundo, e agora de repente não sou mais capaz de dar nem mais meio passo para longe de casa?

Então é isso?, Avram exclama. Agora você está correndo para casa?

Antes eu estava realmente sentindo dor, no meu corpo, quando comecei a me distanciar.

Aaah, ele diz massageando o quadril dolorido da forte corrida dos últimos minutos.

Você com certeza está pensando, essa maluca me sequestrou.

Ele ergue para ela seu enorme rosto, suado, e sorri: ainda estou resolvendo o que vou oferecer de resgate.

É a coisa mais fácil do mundo, ela diz com os olhos abaixados na direção dele, mãos nos joelhos e os seios redondos saltando fora da blusa: Ofer é o resgate.

Certa manhã, mais ou menos há vinte anos, Orah e Ilan levaram Ofer para uma consulta num hospital de Tel Aviv, num especialista em problemas digestivos em bebês. Durante algumas horas eles ficaram torturando o menino, tiraram sangue e enfiaram uma sonda pelo nariz e pela garganta até o estômago, e lhe deram uma alimentação líquida especial, rica em gorduras, que havia sido prescrita pelo especialista, e que eles deviam pegar na cozinha do hospital. Ilan desceu até lá, no subsolo do edifício, com a receita e uma garrafa de leite vazia na mão. Ele parou na porta da cozinha, surpreso: havia dezenas de pessoas se movendo lá dentro, cozinheiros e auxiliares, empurrando carrinhos cheios de travessas e recipientes de comida, transportando caixotes de pão e frutas, sacos de farinha e açúcar. Outros cortavam pedaços de carne e frango, despejavam água nos bules, leite nas garrafas, suco nas jarras, e óleo em frigideiras gigantes. Ordens e broncas voavam pelo ar de um lado para outro, panelões enormes borbulhavam, vapores fumegavam, e o chiado dos fornos e fogões se espalhava por toda parte. Ilan se sentiu como se houvesse chegado às entranhas mais profundas de um grande navio, onde criaturas que jamais viam a luz do sol alimentavam as chamas. E então, naquele momento, viu Avram.

Avram corria pelo local vestindo um uniforme de trabalho azul, um boné de náilon na cabeça e um avental na cintura. Em meio à baderna em volta ele ouviu Ilan murmurar, desculpe, alguém pode me ajudar?

Avram se aproximou limpando as mãos no avental. Ficaram parados frente a frente. Já fazia quase dois anos que eles haviam se encontrado pela última vez, desde a ocasião em que Orah lhe contara que estava grávida dele.

Ilan disse, eu não sabia que você trabalhava aqui.

Avram deu de ombros. Foi o Ministério da Defesa que me arranjou, ele grunhiu. Estava gordo e de aparência desleixada. Olhar turvo, espiou e imediatamente recuou para seu esconderijo. Ilan não sabia se devia ou não lhe estender a mão para um aperto. Avram ficou parado, imóvel. Já havia adotado então a postura pesada, inacessível, e Ilan ficou com um pouco de medo dele. O seu Avram, o GAF, tinha se transformado num estranho esquisito.

De repente, Ilan se lembrou de algo que Avram lhe contara durante o processo de recuperação, durante um passeio a pé pelas ruas de Tel Aviv: quase toda vez que conhecia uma pessoa nova, tentava adivinhar que tipo de algoz seria; ele classificava a pessoa mentalmente, numa escala que ia da compaixão à crueldade, e imaginava que torturas gostaria de empregar se tivesse a oportunidade. Na época Ilan ficou curioso em saber como Avram o classificaria, mas não perguntou nada; e ali na cozinha do hospital sentiu que ele o avaliava disfarçadamente com aqueles olhos de então, e sem pensar deu um passo para trás.

Em seguida, Ilan se recompôs e lhe passou a folha com a receita. Avram ergueu o papel contra a luz e leu, e quando viu o nome de Ofer sua fisionomia se contraiu e adquiriu uma tonalidade de vermelho ardente. Ilan murmurou, nós lhe demos o nome de Ofer. Avram não reagiu. Ilan disse, ele tem uns pequenos distúrbios digestivos, eles acham que há algum problema em digerir gorduras — e Avram ergueu diante do rosto a mão que segurava a receita, como se quisesse fazer Ilan se calar. Ilan baixou a cabeça. *Nenhum contato*, ele lembrou, *nenhum contato com a vida*. Sem saber por quê, tentou esconder atrás de si a garrafa de Ofer, porém Avram percebeu sua mão se movendo e seus olhos foram atraídos para a garrafa vazia. Ilan presumiu que Avram levaria a receita para alguém encarregado de preparar tais misturas, mas Avram lhe fez um sinal para esperar na porta. Em seguida, foi até um dos gigantescos refrigeradores no fundo do salão, retirou algumas garrafas, e de costas para Ilan despejou e misturou o conteúdo numa panela. Depois, levou a panela até um dos fogões, acendeu uma boca pequena e ficou mexendo lentamente. Toda a operação levou cerca de três minutos, e durante todo esse tempo não se virou para olhar Ilan nem uma única vez. Finalmente, desligou o fogo e provou a mistura na palma da mão, talvez para verificar a temperatura. Aparentemente estava quente demais, pois começou a despejá-la de uma panela a outra. Inconscientemente Ilan abandonou seu lugar, atraído na direção de Avram. Com infinita paciência Avram continuava despejando a solução de uma panela em outra. Ilan viu seus gestos por trás, e espantou-se com quanto eram precisos e bem treinados. Quando estava bem atrás dele, Avram estendeu o braço para a direita, sem olhar, e Ilan, sem dizer nada, colocou a garrafa na sua mão. Avram despejou o conteúdo da panela na garrafa. Os olhares de ambos acompanharam concentrados a trajetória do líquido branco preenchendo a garrafa. A mão de Avram tremeu uma única vez, derramando no chão uma ínfima porção de líquido. Antes de devolver a garrafa a Ilan, Avram a envolveu por um instante em ambas as mãos, como que medindo a temperatura, ou talvez para retirar calor. Em seguida, estendeu a garrafa para Ilan, e este sem pensar também a envolveu entre as mãos. Ficaram parados frente a frente. Os braços de Avram estavam fracos, pareciam sugados para o chão, e somente um de seus ombros se ergueu de repente e se firmou de maneira não natural. Ele não olhou para Ilan. Ilan murmurou um agradecimento e se foi. Só à noite, ao voltar com Orah e Ofer para casa, foi capaz de contar a ela.

Eles se põem a caminhar — ela adora ouvir a pulsação das palavras: caminhar, dois companheiros se põem a caminhar, de novo caminhamos — e o caminho é leve, e eles estão leves também, parece que pela primeira vez desde que começaram a andar suas cabeças estão menos baixas, os olhos não se fixam unicamente na trilha e no bico dos sapatos. Eles sobem e descem acompanhando a trilha, que se transforma numa larga estrada de cascalho, passam por cima de um muro de concreto e perdem os marcadores de caminho no meio dos espessos arbustos — um campo de altos cardos verdes cobre tudo em volta —, e resolvem confiar na experiência e na intuição de viajante que estão desenvolvendo; caminham silenciosa e bravamente por algumas centenas de metros através dos espinhos, sem a menor pista da direção que estão seguindo, sem ter onde se agarrar, como os primeiros passos de uma criança, pensa Orah, sentindo despertar dentro de si a úlcera de preocupação em relação a Ofer, e sente também que neste momento não o está ajudando, que o fio que ela estica ao redor dele subitamente fica mais frouxo, e ainda não há sinal da estrada, os passos se tornam pesados, e vez ou outra eles param e olham em volta enquanto outros olhos os observam: um lagarto que interrompe sua corrida para examiná-los desconfiado, outro que passa zunindo, com um gafanhoto na boca, e uma andorinha que hesita momentaneamente antes de botar um ovo amarelado num talo de funcho, todos parecem sentir que algo no ritmo geral saiu do eixo, que alguém perdeu o rumo. Mas eis que surge o azul-branco-laranja sobressaindo numa rocha, e ambos apontam para a marca, desfrutando a doçura da pequena vitória. Avram corre e bate a sola do sapato na rocha marcada, um macho marcando o território, e os dois confessam a preocupação que estavam sentindo, orgulhando-se por terem mantido a preocupação dentro de si, sem se sobrecarregarem mutuamente. Os marcos se tornam agora mais frequentes, como se o caminho buscasse compensar os viajantes pelo teste que os obrigou a passar.

Ouça o que eu lembrei, ela diz. Quando ele nasceu, o Ofer, quando o trouxemos da maternidade para casa, fiquei ao lado do berço dele olhando-o de cima. Ele dormia, pequenino, mas de cabeça grande, e uma cara vermelha amassada com algumas veiazinhas vermelhas nas bochechas, por causa do esforço do parto, o punho dele fechado ao lado da cara. Parecia um pequeno boxeador, pequeno e raivoso, como que concentrado em alguma raiva que, sabe-se lá como, ele havia arrastado até este mundo. Mas principalmente, ele me parecia solitário, como se tivesse caído de uma estrela sabendo apenas que aqui, logo, logo, teria que se defender.

Então Ilan veio, postou-se ao meu lado, beijou meus ombros e ficou olhando o bebê junto comigo, e foi tão diferente de como tinha sido quando levamos o Adam para casa.

Avram os observa, os três, e imediatamente desvia o olhar, e cita de cor os dizeres do cartaz que Ilan havia colocado na porta do quarto de Adam: *A gerência do hotel espera que os hóspedes deixem o estabelecimento aos dezoito anos.*

E Ilan me disse, Orah prossegue, que no exército, quando o jogavam numa base nova onde ele não conhecia ninguém, a primeira coisa que fazia era pegar uma cama no quarto mais afastado, e passar as primeiras horas dormindo, simplesmente para dar-se tempo de se acostumar ao lugar inconscientemente, em sono profundo.

Avram sorri distraidamente. Era assim mesmo. Certa vez ficaram meio dia procurando por ele na base de Tassah. Acharam que tinha caído fora no caminho.

E Orah se recorda de como havia cutucado Ilan com o cotovelo enquanto estavam ao lado do berço do pequeno Ofer, que dormia com o punho cerrado, e lhe disse enfatizando ao máximo: eis aí, meu querido, eu fiz outro soldado para o exército de Israel, e ele respondeu de imediato, como era de se esperar: até ele crescer, já haverá paz.

E então, ela pensa, quem tinha razão?

Eles caminham lado a lado, introspectivos e no entanto interligados. Vasos capilares estouram incessantemente dentro de Avram enquanto Orah fala. Onde estava eu quando eles ficaram parados ao lado do berço de Ofer, o que estaria fazendo naquele momento? Às vezes, quando está em fase de experiência de um novo medicamento, ele acorda do sono com uma dor desconhecida e fica deitado, desperto, a face banhada de suor frio, escutando dentro de si e sentindo uma corrente de sangue infectado abrindo caminho rumo a um órgão interno cuja existência nunca sentira até aquele momento. Agora é a mesma coisa, só que é um medo totalmente diferente, ao mesmo tempo dissimulado e alarmante, como se os vasos estourados desenhassem um mapa novo. Quanto a Orah, de repente não sente quase peso nenhum na sua mochila, como se alguém a estivesse apoiando por trás. Ela tem vontade de cantar, gritar de alegria, dançar campo afora. As coisas que está contando a ele! As coisas que estão dizendo um ao outro!

Orah, Avram volta a dizer, você está correndo.

Por um momento ela não tem certeza se ele se refere unicamente à forma como ela está se movimentando.

Ela começa a soltar uma risada: e você sabe o que o Ofer sempre dizia que queria fazer quando crescesse?

Ela molda um ponto de interrogação na face, segura a respiração, admirada com a sua descuidada incursão no futuro.

Trabalhar — ela se dobra de rir, aos roncos, incapaz de falar —, trabalhar num emprego desses em que fazem experiência com você enquanto dorme.

Aí está você de novo com o seu sorriso, ela pensa. Tome cuidado, pois vai acabar formando um toque. Aliás, eu dou muito valor a sorrisos abertos como esse, não precisa economizar, em casa não pude ver muitos desses sorrisos nos meus três homens. Pois o que eles mais sabem é contar piadas, fazer os outros rir, eles próprios não sabem rir muito, especialmente das minhas piadas. Eles têm uma merda de espécie de espírito de equipe, e não riem das minhas piadas — mas como você espera que alguém ria das suas piadas, murmurou Ilan certa vez, se você monopoliza a risada desde o começo?

Ela quer dizer a ele, escute, o Ofer tem uma risada igualzinha à sua, jovial, parece um periquito de trás para diante. Ela hesita: a sua risada? A risada que você tinha? Ela nem mesmo sabe como formular a frase. Quase pergunta, você ainda ri às vezes daquele jeito, até saírem lágrimas dos seus olhos? A ponto de se deitar de costas e agitar os braços e as pernas? Você ainda ri? Existe alguma coisa que faça você rir?

Aquela moça, ela pensa e fica agitada, aquela moça que ele mencionou, a baixinha, será que ela o faz rir?

Eles se deparam com uma pequena lagoa e, depois de hesitarem um pouco, acabam dando um mergulho, Orah de calcinha — um meio-termo entre desejos e temores ocultos e conflitantes —, Avram totalmente vestido; após alguns instantes, só de calça, e pronto, aí está ele de corpo inteiro, quase transparente de tão branco, pontilhado de feridas e cicatrizes, mais obeso do que ela se lembrava, porém mais sólido do que imaginava, e é justamente quando está nu que emite uma espécie de surpreendente poder. E ele, é claro, como sempre, prefere ver apenas o "obeso" que passa pelos olhos dela, e quase como desculpa belisca um pedaço de gordura entre os dedos, mostra-o para que ela examine e encolhe os ombros numa atitude de pesar, tipo isto-é-tudo--o-que-eu-tenho. Porém ela se lembra de como ele sussurrava ao ver seu corpo despido, ai, meu Deus, Oraleh, mas quanta resplandecência! E além de Adah, nenhuma outra pessoa que ela conheceu jamais pronunciou essa palavra, que existia apenas nos livros de poesia e no "Almanaque". Ou então, girava sua pesada cabeça sobre ela e relinchava feito um cavalo, ou rugia como um leão, ou urrava como o velho Capitão Gato, em *Under Milkwood*, de Dylan Thomas: "Deixa-me naufragar em tuas coxas!".

Ela mergulha nas águas rasas e vê por perto o corpo dele de sapo titubeando inseguro, e uma dor antiga vem à tona, a lembrança de quando aquele corpo engrossado, descuidado, cheio de dobras, se acendia e se estendia num fio flamejante, e ela então pegava seu rosto com as duas mãos e o obrigava a olhar dentro dos olhos dela, a mantê-los abertos o máximo que podia, e ela se aprofundava nos olhos dele, e via um olhar mirando o infinito, ciente de que existia um lugar onde ela era amada inteira, de forma incondicional, onde toda ela era aceita com felicidade e gratidão.

Orah era o centro, o foco, e isso também foi uma novidade que Avram lhe trouxe: Orah — não ele, nem os dois — era o lugar onde ocorria a relação amorosa: o corpo dela, muito mais que o corpo dele, era a interseção dos desejos de ambos, e o prazer dela sempre foi mais almejado por ele do que o seu próprio prazer. E isso a deixava perplexa, e às vezes também a incomodava — agora me deixa fazer em *você*, ela rogava, eu quero que você também curta —, e ele ria, mas é quando você tem prazer que eu curto mais, você não sente?, não dá para perceber? E ela sentia, e via, mas não conseguia entender de verdade. Que altruísmo é esse?, ela se zangava. Que altruísmo?, ele sorria astuciosamente, isso é puro egoísmo, e ela ria hesitante, como de uma piada incompreensível, e voltava a desfrutar de suas carícias e lambidas, sentindo que estava captando algo complexo e tortuoso a respeito dele, que talvez ela precisasse insistir mais para entender, para conhecer Avram realmente, mas os beijos eram doces, e as lambidas faziam a terra tremer, e toda vez ela desistia de falar, e nunca era o momento certo, e finalmente jamais se falou sobre aquilo.

Mas se fosse o contrário, ela sabia — ela ouve Avram sair da água com grande espalhafato, é uma pena, ela queria brincar um pouco com ele (mas ele não parece interessado), e agora ela vai ter de sair nua na frente dele —, se fosse o contrário ele não teria desistido, teria investigado, exigido e admirado cada pedacinho de resposta que ela lhe desse, e se lembraria dela, a guardaria como um tesouro e a reviraria muitas e muitas vezes. Ela se apressa em sair da água, pula de pé em pé e cobre os seios devido ao frio, os seios que agora estão obviamente ainda mais murchos, cadê a toalha, maldição, por que não a deixei preparada antes?

Avram lhe joga a toalha, quase sem olhar para ela, e os dentes batendo agradecem. Ela se enxuga de costas para ele e se lembra do que ele lhe disse quando ela tinha dezenove anos: que elas eram perfeitas, porque cabiam exatamente dentro das mãos dele — ele insistia em falar dos seios dela no feminino, não dá para ser diferente, ele alegava, e ela adotou com prazer esse ponto de vista —, e como se maravilhava com elas, jamais se cansava delas, as suas resplandecências, ele dizia, e também as suas pleniscências, fato que mais uma vez comprovava que ele sincera e honestamente não a via como ela era, que sem dúvida era absolutamente cego para as suas deficiências, que parecia de fato amá-la; e ela o amava tanto por ter transformado seus peitinhos achatados em seios de verdade, e por ter criado para seus pequenos seios um lugar no mundo, antes mesmo de qualquer pessoa tê-los notado, e por ter acreditado com tanto fervor que ela era mulher, quando ela própria ainda vacilava. E nos anos que se seguiram, ao amamentar os meninos frequentemente pensava como seria bom se Avram pudesse desfrutar dela então, conhecê-la daquele jeito, grande, leitosa e abundante. *Orah transbordante*, que ele se deliciava em dizer, referindo-se a outro aspecto de ser mulher.

Ela se enxuga vigorosamente, como costuma fazer, esfregando a pele até ficar rosada e vaporosa. Divertindo-se com seus pensamentos, lança a Avram um olhar estranho, caloroso, e ele a olha de lado e resmunga: o quê? Ela logo se recompõe, dando umas piscadelas rápidas como se quisesse limpar dos olhos o olhar incorreto e malicioso que lhe tinha escapado.

E quando Avram está prestes a vestir novamente a camisa, Orah anuncia que agora basta, esta camisa aqui nós vamos lavar agora nesta água, e vamos deixar secando em cima da mochila, e você, queira fazer o favor de abrir a sua mochila e pegar alguma coisa limpa para vestir.

Eles caminham passando por uma cadeia de fontes naturais: Ein Garguir, Ein Pu'ah, Ein Halav. Um musgo claro envolve numa camada alaranjada os galhos das amendoeiras que ladeiam o caminho. Girinos se dispersam pela água quando a sombra da cabeça de Avram se projeta sobre a fonte. Orah fala. Vez ou outra ela dá uma olhada e percebe que os lábios dele se movem acompanhando suas palavras, como se quisesse gravar dentro de si o que ela diz. Ela conta sobre as longas noites que passou sentada na cadeira de balanço com Ofer no colo, quando ele ficava doente, suando de febre, tremendo de vez em quando e choramingando o tempo todo. Ela adormecia e acordava com ele no colo, enxugava o suor de seu rostinho atormentado. Nunca pensei que fosse possível sentir assim a dor de outra pessoa, ela diz, e olha para ele, pois quem mais senão ele teve um dia a capacidade de transbordar com a dor de outro.

E ela conta sobre a amamentação. Como durante longos meses Ofer se sustentou apenas com seu leite, e como mantinha com ela verdadeiras conversas com seus murmúrios e olhares. Era toda uma linguagem, tão rica, ela diz, que não há palavras para descrevê-la.

Ela quer que ele também a veja lá, não somente Ofer: com seu sutiã manchado de leite e o cabelo desgrenhado. Com sua barriga que durante meses se recusou a retroceder, e a angustiante impotência diante das misteriosas dores de Ofer, quando ele chorava e berrava. Com os conselhos ferinos da mãe, das vizinhas mais experientes, e das enfermeiras da clínica de lactação. E com a felicidade de saber que ela própria, por meio de seu corpo, sustentava outro ser vivo.

E os momentos — os abismos — entre os gritos de fome de Ofer e o instante em que o mamilo sumia entre seus lábios. E quando ele gritava, ela via como seu corpo parecia se desfazer de uma só vez, como um corpo que sabe que está prestes a sucumbir. O medo da morte fluía rapidamente para dentro dele. Ela podia senti-lo. O medo da morte preenchia os espaços vazios sem comida. Ele berrava, chorava, até que correntes rítmicas da matéria vital que ela fornecia viessem aos poucos preenchê-lo, e um brilho de alívio iluminava sua pequena face, estava a salvo, ela o salvara, tinha esse poder.

Ela, que toda vez que passava da quarta para a terceira marcha morria de medo de engatar a ré — ela dava vida a um ser humano.

Às vezes, quando Ofer estava em seus braços, passava rapidamente a mão sobre seu rosto e seu corpo. Tinha sempre a impressão da existência de fios invisíveis, uma rede ligando-o a Avram, onde quer que estivesse. Ela sabia que era bobagem, mas não conseguia parar de fazer esse gesto.

Era noite, e só havia ela e ele no mundo, trevas em volta e leite quente fluindo secretamente de dentro dela para dentro dele. Sua mãozinha minúscula repousada sobre o seio, o indicador esticado e os outros dedos se movendo no ritmo da mamada; a outra mão apertava o tecido do roupão, ou puxava uma mecha do cabelo dela, ou sua própria orelha; os olhos se abriam e a observavam, e ela mergulhava neles profundamente. É assim que ela se sentia: mergulhada na sua mente delicada, ainda nebulosa. E vivenciava um pulsante momento de eternidade. Nos olhos dele via sua própria imagem, e estava mais bonita do que jamais fora. Ela lhe prometia intimamente que faria dele uma boa pessoa, ao menos melhor do que ela. Teria de corrigir tudo aquilo que sua mãe estragara nela. A sua entrega resultava num jorro de leite que se derramava pela boca e pelo nariz de Ofer; surpreso, ele engasgava e caía no choro.

Agora, andando, ela abraça seu próprio corpo banhado por uma onda tempestuosa. Sensações esquecidas, plenitude e gravidade, gotas vazando pela blusa, no meio da rua, no trabalho, num café, bastando simplesmente pensar em Ofer, só de pensar nele eu já pingava, ela ri, e Avram, a face iluminada pela luz de Orah, pergunta a si mesmo se ela teria deixado também Ilan provar de seu leite.

Quase de imediato desce sobre eles uma sombra, em pleno dia. Estão andando pelo leito do rio Tsiv'on, um canal profundo e estranho, que lança um silêncio sobre ambos. A trilha se retorce entre grandes rochas, quebradas, e é necessário escalar e calcular os passos. Os carvalhos em volta foram forçados a crescer bem alto, esticando-se mais e mais para chegar até a luz do sol. Samambaias claras e longas trepadeiras descem dos galhos pelo espaço. Eles caminham sobre folhas secas e podres, entre cíclames sem seiva e cogumelos brancos. Aqui está praticamente escuro. Toque aqui, ela diz colocando a mão dele sobre uma rocha coberta de musgo verde. Um toque macio, sedoso. Estão cercados de absoluto silêncio. Em toda a mata não se ouve o cantar de um único pássaro. É como uma floresta de conto de fadas, diz Orah baixinho. Avram olha para os lados. Seus ombros estão ligeiramente curvados. Os dedos se remexem, contando-se uns aos outros ininterruptamente. Não se preocupe, ela diz, eu vou encontrar a saída para nós. Olhe ali, ele aponta: um raio de luz consegue penetrar entre a folhagem e iluminar a face de uma rocha.

Quando voltarmos, ele pensa, vou ler algum livro sobre a Galileia, até um mapa serve. Quero ver onde estive. E como seria para ela passear por aqui com Ofer em vez de mim?, ele se pergunta. Sobre o que ela falaria com ele? E como será que é ficar totalmente sozinha com seu filho num lugar como este? Com certeza uma experiência terrível. Mas Orah não o deixaria ficar quieto, ele sorri, eles ficariam falando o tempo todo, e talvez rindo entre si das pessoas que encontrassem pelo caminho. E talvez rissem de mim, se se deparassem comigo por acaso.

Eles sobem por uma trilha estreita entre grossas raízes de árvores brotando da terra. As mochilas pesam. Ela pensa, como seria se Avram e Ofer estivessem andando aqui na floresta, sozinhos. Uma viagem de homens.

De repente, como se uma mão tivesse passado diante de seus rostos, eles saem das sombras para a luz do sol. Mais alguns instantes e revela-se um prado, a encosta de um morro e árvores frutíferas floridas de branco. É tão lindo, ela sussurra para não perturbar o silêncio.

O caminho flui suavemente. Uma trilha de larga e bem conservada, com uma pista de grama no centro. Como uma crina de cavalo, pensa Avram.

Ela lhe conta acerca das jornadas de descoberta de Ofer pelos espaços da casa, a investigação insistente de cada livro nas prateleiras inferiores da estante, das folhas das plantas, das panelas e utensílios nas gavetas mais baixas dos armários da cozinha. Ela lhe dá cada centelha de memória que brilha nela sobre o tempo em que Ofer era bebê. Quando caiu de uma cadeira e teve de levar sete pontos no queixo no pronto-socorro; quando um gato o arranhou na cara no parquinho — e ela se apressa em tranquilizá-lo: não ficou nenhuma cicatriz, e Avram, furtivamente, alisa algumas de suas próprias cicatrizes, nos braços, no ombro, no peito, nas costas, e uma pequena e surpreendente onda de felicidade toma conta dele pelo fato de Ofer estar perfeito, que seu corpo seja tão perfeito — e Orah continua a contar sobre a primeira babá dele, uma tal de Sonia, que tomou conta dele quando tinha cerca de um ano e meio. Ela e Ilan interrogaram e examinaram juntos toda uma longa lista de candidatas, e ambos optaram por ela, pois parecia estável e tranquila, mas acabaram descobrindo que ela era simplesmente apática, talvez até depressiva, e, mais que tudo, indiferente aos encantos do menino. Não consigo perdoar a mim mesma por tê-la escolhido, ela diz, como é que não percebi isso a tempo, e como pude não entender o que Ofer queria dizer quando caía no choro assim que a via de manhã? Nós achávamos que era simplesmente excesso de mimos da nossa parte e que no final ele se acostumaria. Ela foi a babá dele por meio ano, meio ano em que manhã após manhã ficavam sozinhos em casa, cinco horas por dia, uma eternidade para ele, e a tal da Sonia aparentemente mal falava com ele e nunca lhe sorria, e eu simplesmente penso, um garoto como ele, tão expressivo e sensível. Meio ano.

A mão de Avram se estende para tocar o ombro dela, confortá-la. Ele não ousa. Teme cometer um erro. Que direito tem ele de confortá-la por esse único erro?, ele pensa consigo mesmo. Ele, que nada fez, e errou em tudo.

Tenho uma porção de pequenas histórias, ela repete, me diga quando você enjoar delas.

Mas ele parece estar acordando cada vez mais: quer saber quando Ofer aprendeu a falar, com que idade e qual foi a primeira palavra que disse — "*Abbá*", conta Orah. "Papai." Mas Avram não entende, ou talvez não tenha ouvido direito; e se espanta: "*Avram*"? Então se dá conta, e ambos caem na risada — e ele, é claro, pergunta imediatamente qual foi a primeira palavra de Adam ("*Or*"; luz. Ela sente que ele segura na garganta a pergunta mais óbvia: não foi "mamãe"? Então Avram diz: "*Or*" é quase Orah. E ela nem havia pensado nisso. E lembra-se de que Ofer sempre afirmava que suas primeiras palavras haviam sido: levem-me para o vosso líder). Ela lembra a Avram a pesada cômoda da mãe dele, que virou a mesa onde ela trocava as fraldas e limpava os meninos; e a estante preta, onde ficavam todos os livros infantis deles. Ela consegue se lembrar bastante dos livros que lia para eles, e recita de cor: Pluto era um cachorro do kibutz Meguido... Explica então ao ignorante Avram o encanto de Mitz Petel, o coelhinho. Ela sorri para si mesma: nós dois somos meio como a girafa e o leão do livro.

Então ela tenta visualizar o pequeno Ofer limpo e de banho tomado, pronto para ir dormir, a cabeça pousada no ombro de Avram escutando-o contar uma história. Ofer está com seu pijama verde com meias-luas, mas ela não consegue ver o que Avram está vestindo. Ela nem sequer consegue avistar Avram, sentindo apenas a sua espaçosa presença corporal, e como Ofer se apega a essa presença. Ela acha que Avram provavelmente sugeriria a Ofer toda noite uma história diferente, montando peças e apresentações inteiras. E ela não tem dúvida de que ele se entediaria de ler noite após noite, durante semanas, a mesma história, como Ofer costumava exigir então. E volta a ouvir a voz especial, suave e misteriosa, capaz de causar tremores na barriga, que Ilan usava ao ler histórias para os meninos antes de dormir. Ela não conta a Avram, apenas recorda para si mesma, por Ofer, como Ilan adorava a hora de deitar deles, e inclusive nas épocas mais sobrecarregadas no escritório propunha-se a voltar para casa e ajudá-la a colocar as crianças para dormir, e ela adorava se meter na cama com ele e com os filhos, escutando-o ler.

O caminho flui com facilidade. Avram estende os braços para os lados, admirado de como o *sharwal* é confortável no corpo — Orah dobrou a barra da calça três vezes até que elas lhe servissem; a minha estatura de amendoim, ele riu. Ela conta sobre a creche de Ofer, e sobre o seu primeiro amigo, Yoel, que um ano depois viajou com os pais para os Estados Unidos partindo o seu coração. Histórias tão pequenas, ela volta a se desculpar, mas de história em história, de palavra em palavra, o Ofer bebê vai ficando mais claro também para ela, esculpindo-se num menino: ela lhe mostra Ofer brincando sozinho, como ele fica concentrado, totalmente imerso na brincadeira. Conta da sua afeição por brinquedos bem pequenos, minúsculos, miniaturas cheias de detalhes e acessórios. Fica espantada com a capacidade dele de arrumá-los com infinita paciência, combiná-los, juntar um ao outro, e voltar a separá-los.

Isso ele não herdou *de mim*, ri Avram, e Orah se emociona. Naquilo que ele nega, ela ouve o que ele confirma.

Quando Ofer tinha um ano e meio, eles viajaram de férias para a praia de Dor. Na primeira manhã ele acordou muito cedo e viu Orah, Ilan e Adam dormindo. Desceu da cama e saiu sozinho do chalé onde estavam. Orah percebeu assim que ouviu bater a porta de tela, e saiu correndo atrás dele, em silêncio. Descalço, de camiseta e fraldas, ele saiu para o amplo gramado e viu, possivelmente pela primeira vez na vida, uma ducha de irrigação giratória. Ficou parado, atônito, rindo e falando sozinho. Em seguida começou a brincar com a ducha: chegava perto e fugia, antes que os jatos de água lambessem seus pés. Escondida atrás da parede, Orah observava, sentindo que podia ver a felicidade dele bem diante de seus olhos, sua felicidade solar e dourada, refratada nos jatos de água.

De repente a ducha o pegou desprevenido, banhando todo o seu corpo e sua cabeça. Ele ficou desorientado, paralisado dentro do jato d'água, tremendo todo, a face contraída virada para o céu e agitando os punhos fechados. Ela demonstra a cena para Avram, ficando em pé de olhos fechados e com a boca trêmula. Um serzinho minúsculo e solitário no meio de jatos de água girando à sua volta, recebendo uma sentença que não consegue entender; ela, obviamente, corre para salvá-lo, mas de repente algo a faz parar e voltar para o esconderijo, talvez a vontade de vê-lo uma vez assim, sendo ele próprio, ela diz a Avram, vê-lo como pessoa no mundo.

Ofer finalmente se recompôs, tirou as pernas do lugar e se colocou numa posição segura, olhando para a ducha com ar ofendido, lamentando-se em silêncio, todos os membros tremendo. Mas esqueceu rapidamente a ofensa, pois uma nova e maravilhosa criatura descortinou-se perante seus olhos: um cavalo velho e manco, com um chapéu de palha rasgado na cabeça, as orelhas passando por dois furos no chapéu. O cavalo estava preso a uma carroça, na qual havia um homem sentado, também velho, também com um chapéu de palha na cabeça. Esse velho vinha diariamente recolher o lixo que ficava na praia, e nesse momento o estava levando para uma grande lixeira. Ofer ficou parado excitadíssimo, ainda pingando de água, e um circular senso de maravilhamento iluminou seus olhos: o cavalo, a carroça e o homem passaram à sua frente, e o velho cocheiro reparou no bebê, sorriu para ele um sorriso desdentado e, com uma mesura encantadora, tirou seu roto chapéu de palha e desenhou no ar um pequeno arco que naquele momento pareceu unir a sua velhice à infância de Ofer.

Orah receou que Ofer fosse se assustar com ele, mas o menino simplesmente bateu na sua barriguinha e soltou uma redonda gargalhada, depois bateu algumas vezes as duas mãos na cabeça, talvez imitando o gesto de tirar o chapéu.

Depois começou a andar atrás do cavalo.

Andou sem olhar para trás, e Orah o seguiu. Ele estava cheio de energia, ela conta a Avram, sem um pingo de medo, um pimpolho de ano e meio.

Uma pequena folha esvoaça pela alma de Avram e flutua à sua frente. Dentro de suas pálpebras cerradas um menininho anda por uma praia deserta, corpo inclinado para a frente, só de camiseta e fralda, todo ele para a frente, para diante, avante.

Na carroça havia pilhas de entulho, caixas de papelão, redes de pesca rasgadas, grandes sacos de lixo. Moscas pairavam sobre ela, que deixava um rastro de fedor atrás de si. O velho às vezes soltava um grito cansado para o cavalo, agitando no ar um longo chicote. Ofer ia atrás deles, seguindo a linha da água, e Orah o seguia, vendo nos olhos do menino o espanto com o enorme e pesado animal, e talvez — e agora ela está fazendo suposições, à medida que reconta a história para Avram —, talvez ele simplesmente pensasse que tudo que estava se movendo ali diante dos seus olhos fosse uma única criatura, magnífica e complexa, com duas cabeças e quatro patas e grandes rodas e arreios de couro e chapéus de palha e um zumbido por cima. Ao contar a Avram, ela inconscientemente apressa o passo, puxada pela força daquela lembrança — Ofer na praia, um filhote atrevido, arrastando-se para o futuro, e ela atrás dele, escondendo-se vez ou outra, embora não houvesse necessidade, pois ele nem uma única vez virou a cabeça para trás, e ela se perguntou até onde ele ousaria se distanciar, e ele, com seus movimentos, lhe respondia: para sempre. E ela viu — e isso ela não precisa dizer, até mesmo Avram entende — que um dia ele a deixaria, simplesmente se levantaria e iria embora, como eles sempre se levantam e vão, e adivinhou um pouco o que iria sentir, um pouco daquilo que agora, sem nenhum aviso, crava nela seus dentes de predador.

Quando o cavalo e o velho se distanciaram demais e já não era mais possível acompanhá-los, ele parou, e por um momento ainda lhes acenou, a mãozinha se fechando e se abrindo; depois deu meia-volta com um sorriso doce e safado nos lábios e estendeu alegremente seu braço para ela, como se soubesse o tempo todo que ela estava aí, como se não pudesse ser diferente, e correu para os braços dela gritando namãe, namãe, coelho!

Você está entendendo, ela explica, nos livros dele, nas figuras, o bicho de pescoço e orelhas compridas era um coelho.

Isso é um cavalo, ela lhe disse, e o abraçou fortemente contra o peito. Diga: cavalo.

Isso era coisa do Ilan, ela relata na próxima pausa para café, num campo púrpura pontilhado de trevos e esporádicos talos amarelos cercados pelo zumbido das abelhas: toda vez que ele ensinava uma palavra nova a Ofer ou Adam, pedia que a repetissem em voz alta e, para dizer a verdade, isso às vezes me irritava, pois eu pensava, por que desse jeito? Parece um adestramento. E hoje eu acho que estava certo, e até tenho inveja dele, retroativamente, pois assim ele era sempre o primeiro a ouvir toda palavra nova que eles falavam.

Isso é coisa minha, diz Avram com constrangida hesitação, você sabe disso, não é? Isso sou eu.

O quê?

Ele fica vermelho, gagueja: fui eu que disse isso a ele, Ilan, no exército, que se algum dia eu tivesse um filho, eu lhe ensinaria toda palavra nova, daria de presente a ele, e seria como, sei lá, como um pacto verbal entre nós.

Então isso é seu?

Ele... ele não lhe disse?

Não que eu me lembre.

Certamente esqueceu.

Sim, talvez, ela diz, ou talvez não quisesse me dizer, não cutucar a ferida. Não sei. Nós tínhamos toda espécie de rituais em relação a você, cada um de nós dois tinha, momentos de ficar com você, mas era principalmente com as palavras, e com o jeito de eles falarem, os meninos, ela suspira, seu lábio superior murcho parece murchar mais um pouco, bem, afinal ele tinha toda uma coisa com você —

Comigo? Avram se assusta.

Deixa disso, é claro que sim, vocês dois foram sempre tão *verbais*, tagarelas, juro, e no caso do Ilan... Ei, que barulho é esse?

Primeiro ouvem os arbustos farfalhando por perto, como chicotadas breves e rápidas, vindas de várias direções, e o ruído de uma criatura viva, algo numeroso que corre, para, resfolega, a respiração úmida. Avram se põe de pé e espia em volta, então chegam os latidos, diferentes tons, e Avram lhe grita para que ela se levante e ela derrama o café, tenta levantar-se, tropeça em algo e cai, e Avram acima dela, todo rijo, olhos e boca escancarados num berro transparente, e cães, cães por todo lado.

Quando ela consegue finalmente se erguer, conta três, quatro, cinco. Ele aponta com a cabeça para a esquerda e lá há pelo menos mais quatro, de diferentes raças, pequenos e grandes, sujos e ferozes, parados latindo furiosamente para eles. Avram a puxa para si, segura seu pulso com força, e ela continua sem compreender, como são dolorosamente lentos seus processos mentais de estabelecer conexões em cada situação nova, sempre. E além disso, em vez de reagir com rapidez e se pôr em posição de autodefesa, quem sobressai é a sua tendência imbecil — uma tendência de absoluta antissobrevivência, Ilan lhe explicou certa vez — de se deter primeiro nos pequenos detalhes sem importância na situação (que as gotas de suor se acumulam rapidamente nas axilas de Avram; que a pata de um dos cachorros está quebrada, dobrada sob o corpo; que a pálpebra de Ilan tremia intensamente quando ele lhe informou, nove meses atrás, que iria abandoná-la; que o homem que encontraram no rio Kedesh usava, além de tudo, dois anéis de casamento idênticos em dois dedos diferentes).

Os cães se agrupam numa espécie de triângulo, cujo vértice é um grande cachorro preto, de peito largo, e logo atrás dele um vira-lata dourado com listras. O preto late para eles ferozmente, quase sem parar para respirar, enquanto o dourado solta um rosnado profundo e contínuo, de maus presságios.

Avram gira em torno de si mesmo arfando ruidosamente num ataque de asma. Ela tem a impressão de que seus olhos estão aumentando e tomando conta de toda a sua face. Você aqui, eu ali!, ele dispara. Chute e berre!

Ela tenta berrar. Descobre que não consegue. Uma espécie de vergonha perante Avram, um constrangimento idiota, talvez também perante os cachorros. E também perante si mesma? Quando foi que ela berrou de verdade? Quando soltou berros de arranhar a garganta? E quando vai soltar?

Os cachorros estão ali, parados, ferozes, latindo, rosnando, sacudindo os corpos carregados de pura e obstinada fúria. Ela os observa. Ainda lerda demais. O filme passa depressa demais ante seus olhos. Ela está fascinada pelas bocas enormes, pelos fios de baba escorrendo entre os dentes. Os cães vão se aproximando devagar, fechando o cerco. Avram sinaliza para que ela procure um pedaço de pau, um galho, alguma coisa, e Orah tenta se lembrar das coisas que escutava de Adam de vez em quando, ou das conversas casuais com sua turma; havia um colega, Idan, um rapaz doce, músico talentoso, que se alistou nas unidades especiais do exército; uma vez, quando levava os dois, ele e Adam, a uma apresentação em Cesareia, ele contou como treinam os cães a atacar a "parte dominante" de um suspeito procurado, a mão ou a perna que ele usaria para tentar se defender do cachorro, e explicou a Orah que um cão comum "belisca" com os dentes quando morde, por exemplo, o braço, mas um cachorro da unidade — o próprio Idan tinha um pastor belga: é a raça que tem o instinto mais forte, ele disse, você pode condicioná-lo na direção que quiser — é capaz de "travar" os dentes no braço, na perna ou no rosto. É impressionante como ela consegue recuperar essa útil informação, só que era Idan quem mandava os cães atacar as pessoas, e aqui ela se encontrava do outro lado, o lado errado do cachorro.

O cão preto, Avram a encoraja, fique de olho nele. Aqui está o grande macho, sem dúvida o líder do bando, que está bastante perto dela, olhando-a com os olhos injetados de sangue, o corpo enorme e denso parecendo neste exato momento estar se despindo do que resta do seu envoltório canino e reencarnando uma outra fera, uma fera primeva. E nesse mesmo instante parte em direção a Avram, através dos arbustos, um outro cão, menor e mais arrojado, e Orah salta no ar agarrando Avram, quase derrubando-o junto com ela. Ele se vira para ela, nervoso, e sua própria expressão é agora de um bicho, um bicho amante da paz, vegetariano e geralmente medroso. Um gnu, ou um lhama ou um camelo, que de repente se descobre no meio de um massacre, e então dá um chute certeiro no cachorro, que voa pelo ar num silêncio aterrador, estirado como um trapo, cabeça virada para trás numa postura não natural, seguido de perto pelo tênis All Star de Avram.

Eu o matei, Avram sussurra, estarrecido.

Faz-se um silêncio lúgubre. Os cães farejam o ar nervosamente. Passa-lhe pela cabeça a ideia de que se ela e Avram não atacarem, os cães talvez também não ataquem. Pensa no seu cachorro, Nicotina. Tenta trazer para cá a sua delicadeza, esforçando-se para que seu odor doméstico seja liberado e chegue até os cães. Ela olha em volta. Todo o campo está repleto de cachorros. A grande maioria parece ser de cães domésticos que ficaram selvagens. Aqui e ali vê-se uma coleira colorida, submersa no meio do pelo denso e maltratado. Aqui e ali balança uma cauda ainda vistosa, em que ainda brilham indícios dos mimos e dedicação que recebeu. Todos têm os olhos infeccionados, cobertos de camas de pus amarelo e sujeira, fendidos numa terrível brancura, como se o pelo puxasse a cabeça para trás. Parte deles tem feridas abertas, inflamadas. Estão cercados de moscas. Ela vai ficando mais e mais desesperada. Sempre teve uma ligação especial com cães, acreditando conhecê-los, entender a linguagem deles, eles sempre lhe responderam apenas com amor e doçura. Nicotina — que ela deu de presente a Ilan quando ele parou de fumar — sempre foi para ela transparente e compreensível como uma alma gêmea, e o que está acontecendo aqui agora está praticamente fora dos limites do reino natural, é uma rebelião. Uma traição. Até mesmo os cachorros a estão traindo. O grande cão preto está parado quieto, examinando a situação, e os outros — e também Orah e Avram — atentos às suas expressões. Pouco atrás dele está o cão dourado. Quando Orah olha para ele com ar grave ele vira a cabeça constrangido e passa a língua pelo lábio superior, e subitamente Orah sabe que é uma cadela.

Pedras, junte pedras, sussurra Avram com o canto da boca, vamos jogar pedras neles, juntos.

Não, ela toca no seu braço, espere.

Só não podemos mostrar que estamos com medo —

Espere, não faça nada, eles vão embora.

Os cães balançam a cabeça como que acompanhando a conversa.

E não olhe nos olhos deles, não olhe nos olhos.

Avram desvia o olhar.

Ficam parados frente a frente, em silêncio. Dois falcões, macho e fêmea, voam numa dança de acasalamento, soltando sons femininos de risos.

Um tremor percorre o peito do grande cão preto. Ele dá alguns passos, rodeando-os num largo círculo. Os outros cães ficam estáticos, tensos, o pelo eriçado.

Puta merda, lamenta-se Avram, perdemos a chance.

O cão preto continua a se mover devagar, desenhando em torno deles uma linha invisível, sem despregar o olho. Os outros assistem sem expressão. Apenas os rabos voltam a se agitar. Um belo mastim de traços fortes sai de seu lugar e segue o cão preto. Dois cachorros amarelos sujos seguem a fila, com um riso de hiena na face. Orah e Avram trocam olhares. Avram, calçando um tênis só, vai juntando mais e mais pedras ao seu redor. Os cães agora formam uma única linha em volta dos dois, completando um círculo inteiro. Orah procura a cadela dourada, e nota como ela parece feroz e arrojada ao lado do cão preto. Um belo casal, ela pensa, com uma pontada de inveja: a saudade esquecida, o belo casal.

De repente tudo começa de novo. Parece que o círculo em si, o movimento circular, desperta nos cães um instinto primordial. De um momento para outro se aguçam seus traços faciais e corporais. Há lobos e hienas e chacais movendo-se em torno deles. Orah e Avram também se movem em círculo. As costas de Avram tocam as costas de Orah. Ele está ensopado. Ambos se movem juntos, para a frente, para trás, para os lados. São um único corpo. Ela tem a impressão de ouvir um grunhido profundo, grave e rouco, mas talvez o grunhido seja dela.

Os cães começam a correr em torno deles. Uma corrida leve, um trote. Ela procura febrilmente a cadela dourada. Sente urgência de encontrá-la. Percorre com os olhos cão após cão, como contas num colar. Lá está ela, correndo junto. O ânimo de Orah se abate: a expressão da cadela agora está selvagem e feroz, a cabeça virada para cima de modo a expor seus caninos.

Um raio cinzento dispara, algo agarra suas calças por trás, na barriga da perna, e Orah dá um salto de horror e chuta sem ver. Ela acerta algo, seu pé quase desmonta de tanta dor, e um cachorro sujo e maltratado solta um ganido terrível, agudo, depois corre para longe, senta-se e começa a lamber sua ferida. Um outro cão, coberto de chagas, salta fora do círculo e aproxima-se dela num andar claudicante, examinando-a com um estranho sorriso. Ela solta um berro e agita todos os membros; o cachorro recua, encolhe o rabo, e caminha para trás, olhando-a com uma espécie de perplexidade que a constrange e a traz de volta aos seus sentidos.

Avram, ao seu lado, emite sons agudos e estranhos, não palavras, mas sílabas comprimidas, como espasmos de vômito, e ela pensa que se a batalha não terminar em breve ele ficará totalmente louco. Ela pode praticamente sentir a estrutura oscilante de sua alma, que ele tanto se esforçou para levantar, ruir por causa de uma bobagem dessas. E nesse exato momento ele bate com um pau, bem perto da coxa dela, e um espaço se abre, e mais um golpe assobiando no ar, seguido de um som aflitivo, algo se quebrou, alguém se quebrou, fugindo com um uivo, puxando com as duas patas dianteiras a metade posterior do corpo, e outra vez ela vê Nicotina à sua frente, velho e doente, se arrastando para seu cesto com os olhos ébrios de espanto.

Ela começa a assobiar.

Não é uma melodia, mas algo sem significado, monocórdio e mecânico, que soa como um apito de máquina quebrada. Seus lábios se compõem e ela assobia. As orelhas dos cães se empinam na direção dela. Avram lança um olhar desconfiado. Sua barba está revolta, sua fisionomia assustadoramente aguçada.

Um assobio com o qual se chama um cão, ela percebe vagamente, é disso que precisamos, um assobio para um cachorro que se leva a passear na rua, à noite, e ele some momentaneamente atrás de um tronco de árvore, ou num quintal estranho. No círculo à sua volta ela vê aqui e ali uma pata marrom, ou cinza, ou amarela, hesitar antes de tocar novamente o solo. Ela continua assobiando. Ouvidos aguçados vibram como que decifrando um sinal de outro mundo. Os olhos dela dardejam em todas as direções. Ela tenta produzir um assobio mais grave, baixo, rico e pleno, o máximo que seus pulmões permitem. Então, atam-se ao seu assobio solto, guardando-o como se guarda um fogo primordial.

Um cachorro marrom, macilento, para e senta-se nas patas traseiras, coçando atrás das orelhas. Ao fazê-lo, ele quebra o círculo. Os cães que estão atrás dele se dispersam um pouco. A cadela dourada também marcha para o lado, hesitante, pesada, arfante, a cabeça ligeiramente curvada. Um grande cão cananeu, com uma ferida horrorosa e amarelada na pata, sai mancando para longe, depois para no meio do campo olhando para o céu, como se tivesse esquecido de sua intenção. Orah tem a impressão de que ele boceja.

O cão preto balança a cabeça algumas vezes. Passa a língua no focinho com ar ressentido. Olha para os outros cães com uma espécie de tédio. Orah dá agora o assobio que costumava dar a Nicotina, os primeiros acordes da canção "Minha amada de pescoço alvo", que é — era — também o assobio dela e de Ilan. O cão preto ainda dá três ou quatro latidos vazios em direção ao céu, depois se vira e vai embora. Os outros o seguem. Ele empina o rabo e começa a correr, e os outros vão atrás. A cadela dourada os segue trotando. Orah tem a impressão de que agora o bando está menor. Ela pensa no cachorro morto entre os espinhos. Abre a mão, seus dedos estão rijos e tensos, a pedra que estava segurando cai no chão. Ela pensa: não consegui jogar nem uma pedra?

Ela dá uma olhada de lado para Avram. Seu bastão — agora ela percebe que é um galho de árvore, de eucalipto ou de pinheiro — ainda está suspenso na sua mão. Seu peito sobe e desce como um fole.

Ela assobia. Ilan, no chuveiro, sempre assobia, involuntariamente, a música deles, e ela, na cama, baixa o livro que está lendo e escuta. Uma vez ele assobiou num tom grave, parado numa ponta do foyer do Teatro de Jerusalém, atulhado de gente, e ela, na outra ponta, ouviu e começou a andar na direção dele assobiando baixinho, até que se encontraram e se abraçaram.

Avram olha para ela estarrecido. Ela assobia enquanto o bando de cachorros vai se distanciando. Ela assobia para a cadela dourada. Arredonda os lábios e dirige-se para ela. A cadela, sem querer, vira a cabeça e diminui o passo. Alguns outros cachorros hesitam e em plena corrida saem do bando e se espalham campo afora, andando de um lado para outro, observando Orah com um olhar novo, mais límpido, canino.

Orah curva-se para a frente, as mãos nos joelhos. A cadela vira meio corpo para ela.

Venha, Orah sussurra.

Os outros cães se afastam a galope, latindo uns para os outros, perseguindo-se mutuamente, envolvendo-se em lutas momentâneas, galopando pelo campo com as orelhas em pé, voltando a agrupar-se em bando. A cadela olha para eles, depois de novo para Orah. Em seguida, hesitante, com as patas trêmulas, começa a andar na direção de Orah. Orah não se move. Assobia baixinho, um som quase inaudível, mostrando-lhe o caminho. Avram joga o galho fora. A cadela vem caminhando pelo meio de um mato que gruda no seu peito largo.

Orah lentamente se ajoelha numa perna só. A cadela imediatamente para, uma pata no ar, as narinas negras bem abertas. Orah encontra uma fatia de pão embrulhada na toalha que usam nas refeições, e num gesto cauteloso a joga para perto da cadela. A cadela recua e rosna.

Coma, Orah sussurra, é bom.

A cadela ergue a cabeça. Seus olhos são grandes e estão sujos. Orah fala com ela: você um dia já morou numa casa, você tinha uma casa, as pessoas cuidavam de você e amavam você. Você tinha uma tigela de comida e uma tigela de água.

Com passos cautelosos e encolhidos, a cadela vai se aproximando da fatia de pão. Grunhindo, cenho cerrado, ela não tira os olhos de Avram e Orah.

Não fique olhando para ela, Orah cochicha para Avram.

Eu estava olhando *para você*, ele diz sem graça, e vira a cara.

A cadela pega a fatia de pão e a devora, faminta. Orah joga um pedaço de queijo amarelo. A cadela fareja, e come. E também alguns pedaços de salsicha. E biscoitos. Venha, diz Orah, você é uma boa cachorra, você é boazinha, é boazinha. A cadela se senta lambendo os beiços. Orah derrama um pouco de água num prato de plástico e o coloca no chão, entre ela e a cadela. Em seguida volta ao seu lugar. A cadela fareja de longe. Hesita em se aproximar, ao mesmo tempo atraída e repelida. Um leve ganido escapa de sua boca. Beba, diz Orah, você está com sede. A cadela chega perto do prato, sem tirar os olhos de Orah e Avram, os músculos das patas tremendo de repente, dando a impressão de que ela vai tombar. Ela bebe em rápidos goles, e se afasta. Orah se aproxima e a cadela mostra os dentes, o pelo das costas eriçado. Orah fala com ela e derrama mais água. Faz isso mais duas vezes, até esvaziar a garrafa. A cadela fica sentada ao lado do prato. Em seguida, se deita e começa a rosnar para uma bola de pelo e espinhos grudada na sua pata.

E agora já é impossível não olharem uma para a outra.

Orah e Avram ficam ali parados, de pé, exaustos, fedendo de suor por causa do medo, envergonhados. Um sorriso de constrangimento surge na face de ambos. Ainda não tiveram tempo de vestir completamente a pele anterior. Avram olha para ela e balança lentamente a cabeça, com ar de maravilha e reconhecimento, e seus olhos azuis se enchem de uma vibração ondulante, e de repente o corpo dela se lembra de seu poder de captar as coisas, e por um instante ela se pergunta tolamente se deve assobiar para que ele venha para ela. Mas ele vem por si só, três passos ao todo, abraça-a, a acaricia como antigamente, cochicha no ouvido dela, Orah, Oraleh. A cadela ergue a cabeça e olha para os dois.

No instante seguinte Orah se solta dele e fica a observá-lo, como se não o visse há anos, então cai novamente sobre ele e começa a socá-lo com as duas mãos, dando tapas e arranhando-o na cara, sem dizer nada, ofegando intensamente, e ele, atônito, protege o rosto, depois tenta agarrá-la, envolvê-la em seus braços para que ela não o machuque nem machuque a si mesma, pois também começou a arranhar a si própria, e bater com os punhos no seu próprio rosto; Orah, basta, basta, pare com isso, ele grita, implora, até conseguir prendê-la nos braços e apertá-la contra si para conter sua agitação, e ela se debate e grunhe e chuta, e toda vez que sente que há um espaço mínimo entre ambos tenta preenchê-lo com um soco ou com um chute ou com um grito de raiva, e quanto mais furiosa ela fica, mais ele é obrigado a apertá-la, até que praticamente se fundem em um só, interligados, entrelaçados, e ela, com os dentes cerrados, grita, filho da puta, todos esses anos... nos castigando... de quem é a culpa... e prossegue com a voz cada vez mais fraca, até desabar sobre seu peito, a cabeça no seu ombro, estarrecida consigo mesma pelo que acabou de explodir de dentro dela, por que assim de repente?, não era absolutamente isso que ela queria lhe dizer. Ele não se move, abraça-a contra si, sua mão alisando sem parar as costas dela, sobre a camiseta molhada de suor, e ela toma fôlego e sussurra para dentro do seu peito, da mesma maneira que fez alguns dias atrás no buraco que cavou na terra — como se ela estivesse rezando, sente Avram, mas não é para ele que ela reza, e sim para alguém dentro dele, implorando que abra e a deixe entrar, enquanto suas mãos e seu corpo se esfregam no corpo dela, e ela faz o mesmo, dedos apertando membros, perguntando, lembrando. Por um momento — não mais — há um súbito abandono, como uma breve e fugaz perturbação da ordem, como quadrilhas de desordeiros explorando agilmente o intervalo de tempo entre um terremoto e a reação da polícia, e Orah, as pernas quase lhe faltam, mas com as forças que lhe restam consegue se manter de pé, o que é isso, ela pensa, o que está acontecendo aqui, e afasta sua cabeça do peito dele, procurando olhar nos seus olhos e perguntar o que é isso, mas ele a puxa de volta com um novo-velho fervor, marcando-a de novo com seu selo, ele sempre foi exatamente assim, ela se lembra de repente, se recorda de como sempre, durante o tempo inteiro da foda — do encaixe, ele costumava chamar, para usar uma expressão mais recíproca —, ele parecia estar delirando dentro dela, cada vez mais duro e mais delicado, movendo num lento sonambulismo, uma espécie de vagar contínuo, alma e corpo soltos, tão diferente do seu ritmo habitual quando estava fora dela, diferente da sua constante prontidão de caçador, e uma vez ele lhe disse que no instante em que entrava nela era como um círculo interno se fechando ao seu redor e ele imediatamente mergulhava num sonho. Era como um labirinto subaquático, ele tentou descrever quando ela pediu. Não, não, esqueça, é como um sonho impossível de contar ou recriar quando você acorda, e a graça é essa, ele riu, que não tenho palavras, que *eu* não tenho palavras.

Ela, naqueles anos distantes, obviamente sentia as outras mulheres e moças que na sua excitação ele fazia desfilar sob o dossel de suas pálpebras fechadas, sentia a troca rítmica e sacana de seus desejos e fantasias dentro do sexo com ela. E toda vez que ela era tocada por uma ponta de ciúme, dizia a si mesma que era impossível amar Avram sem amar suas fantasias, suas dimensões paralelas, suas mil mulheres imaginadas. Mas imediatamente também procurava com urgência a sua boca, para lhe dar o beijo *dela*, profundo, exigente e vigoroso, ou apenas tocar a ponta da sua língua na ponta da língua dele e trazê-lo de volta para a fonte de onde jorravam todas as outras, e ele depressa entendia o que ela estava fazendo, e sorria por dentro de suas pálpebras inchadas, fetais, e fazia algum movimento corporal que dizia, pronto, voltei.

E todo o tempo, durante aqueles anos, conversas eram conversadas, papos eram papeados, fofocas eram enfiadas entre o pé dele e o tornozelo dela, entre os cílios dele e o umbigo dela. E ela era tão jovem, nem sequer sabia que era possível, que era permitido rir daquele jeito durante o sexo. Que seu corpo era tão desprendido e safado e risonho, e como tudo isso volta agora, quando ela mal consegue se manter de pé diante dele, quase desabando em cima do corpo dele, havia anos não se permitia lembrar: que quase todos os membros dele trepavam o tempo todo em quase todos os membros dela, e como se entrelaçavam juntos — uma vez ele brincou: *é por isso que chamam de trepada!* —, pois é proibido desperdiçar até mesmo um milésimo de toque, ele murmurava, nem um dedo nem um quadril nem uma pálpebra, e com certeza não as duas coxas ou um lóbulo de orelha. E ela, quando estava com ele, era inesgotável, gozava e ria, ria e gozava, gozos curtos e rápidos, enquanto ele, por ela, se continha feito um iogue tibetano, coletando aquilo de todos os cantos, conforme explicou com um sorriso cúmplice, dos confins mais longínquos, das pontas de seus pés, dos cotovelos, dos cílios, da nuca, *comece de longe*, até ela sentir seus sinais, e sorria para si mesma, aí está, aí está, toda a sua carne se aguçando, se preenchendo, a maré alta, a rápida partida do humor de seu corpo, sim, de repente ele ficava sério e determinado e fatal, seus músculos ondulando em volta dela, e as carícias, como uma garra gigantesca, e então, sua essência, seu selo imprimindo-se fundo dentro dela. Ela se lembra.

E então, a cabeça dele pesando sobre seu peito, ela sentia como ele reemergia para a superfície de seus sentidos, do seu discernimento, devagar, suspenso, fetal em seus movimentos, ele gemia, Oraleh, machuquei você?

E também aqui, em campo aberto, ele a abraça de pé, firmando-a, afastando-a de si delicadamente, que pena, ela já estava pronta, bastava ele querer, talvez tenham se fundido por um momento, não mais, ela já atravessara um oceano de tempo, e ele, onde estava ele?, o que realmente queria?, ela não sabe, só sabe que ele a agarrou e segurou em seus braços, acariciou com cuidado seus cabelos, e perguntou: machuquei você?

Então ele se solta, quase empurrando, como se tivesse percebido o que quase sucedeu, o que foi ali conjurado, e Orah balança o corpo, ligeiramente tonta, e volta a agarrar seu braço, espere, não fuja, por que você já está fugindo de mim? E olha para ele debilmente, toca um longo arranhão que sangra em seu nariz, lamentável obra de suas unhas: Avram, ela diz baixinho, você se lembra de nós?

Ilan voltou para casa, para a casa em Tzur Hadassah, ela conta, depois que fugiu de mim e Adam, e depois de experimentar casas nos quatro cantos de Jerusalém, e não demorou muito para ficar chocado com Adam, quer dizer, comigo, como eu havia sido relapsa com Adam e com a sua educação e com a sua fala, e obviamente também em relação a ordem e disciplina, e em pouco tempo começou a corrigi-lo. Você está entendendo?, ela ri, por quase três anos eu e Adam estivemos mais ou menos sozinhos, dois animais selvagens, sem regras nem leis, e de repente o missionário vem e aterrissa. E de repente descobrimos que nada na nossa vida estava direito, que não tínhamos horário nem rotina fixa, que comíamos quando tínhamos fome e dormíamos quando estávamos cansados, e a casa era praticamente um lixo.

Espere, ela estica o dedo, tem mais: que Adam andava nu pelo bairro devorando quantidades absurdas de chocolate, e assistia televisão sem nenhum critério, e chegava ao jardim de infância às onze da manhã. E na sua idade avançada ele ainda não sabia fazer no penico, como deve ser. E me chamava de Orah, e não de mamãe!

E o Ilan, sendo o Ilan, rapidinho pegou as rédeas nas mãos, tudo de forma muito simpática, é claro, sempre sorrindo — ele também sabia que estava comigo sob condição —, mas de repente, por exemplo, apareceram relógios pela casa, um relógio na cozinha, um relógio pequeno na sala e um relógio mickey-mouse no quarto de Adam. E começaram operações de limpeza, com objetivo de abrir espaço e jogar fora o entulho. Os dias bons se acabaram! Neste sábado vamos escolher os brinquedos do Adam, no sábado que vem ver a sua papelada, e o que é essa farmácia inteira saindo pelos armários do banheiro?

Ela ri sem alegria.

E eu também gostava disso, não se engane. Era gostoso sentir que havia um homem na casa, alguém começando a organizar o caos. Uma espécie de purificação interna. Chegaram as forças de resgate. E não se esqueça de que eu estava grávida do Ofer, e não tinha muita força para resistir, e todo aquele entusiasmo mostrava que ele estava se estabelecendo aqui seriamente e talvez desta vez para ficar.

Avram caminha ao seu lado, remexendo seus artelhos dentro dos sapatos de Ofer. Assim que meteu os pés dentro dos sapatos anunciou que estava nadando neles, e que não daria certo. Vai dar certo, sim, murmurou Orah, abrindo a mochila nas suas costas e tirando um par de meias de caminhada grossas e macias. Calce estas meias, e ele obedeceu, e mesmo assim os sapatos ainda estavam um pouco grandes, mas eram mais confortáveis do que os velhos tênis, cujas solas estavam tão gastas que ele já podia sentir o chão através delas. Deixe seus pés navegarem, ela sugere, e pense que esta é exatamente a sensação de que você mais gosta.

Ele se espalha no espaço de Ofer, medindo seus artelhos. As plantas dos seus pés descobrem a forma dos pés de seu filho. Pequenas saliências e reentrâncias, códigos secretos. Coisas que nem mesmo Orah sabe acerca de Ofer.

Mas principalmente, diz Orah, ele deu um jeito no Adam. Ordem, limpeza e disciplina, eu já disse, e depois começou a eliminar a ignorância. Como é que eu posso explicar?, ela dá uma risada nervosa, Adam era na época um menino bem quieto. Eu também não estava numa fase especialmente faladeira. Nem tinha muito com quem conversar. Eu e Adam ficávamos a maior parte do tempo sozinhos em casa, tínhamos a nossa vidinha, que era bem boa, feitas as contas, e falar não era realmente a parte mais importante dela, nos arranjávamos bastante bem sem muitas palavras, nos entendíamos direitinho mutuamente, e eu também penso..., talvez no fundo não —

O quê?

Não sei.

Qual é? Diga logo.

Talvez eu tivesse tido palavras demais de vocês dois, aqueles anos todos, de você e do Ilan juntos. Talvez eu quisesse um pouco de sossego.

Ele suspira.

Todo aquele falatório de vocês, o brilhante ti-ti-ti ta-ta-ta que não parava um segundo, aquele esforço de vocês, o tempo todo.

Ilan e eu, pensa Avram, dois galos arrogantes, prepotentes.

E eu sempre me senti meio de fora, ela diz.

Você? É mesmo? Ele parece aflito, sem saber como lhe dizer que sempre sentiu que ela era o centro, o foco deles, que ela, à sua maneira, era quem os redimia.

Bem, na verdade eu nunca me entusiasmei muito com essa coisa de vocês.

Mas tudo era por sua causa, por você.

Era demais, demais.

Caminham em silêncio. A cadela atrás, a uma distância fixa. As orelhas em pé, viradas para eles.

E o Ilan — ela retorna da reflexão — realmente ficou espantado com o Adam, com a fala pouco desenvolvida, conforme ele dizia, e começou a ensiná-lo a falar, percebe? Aos dois anos e meio, um pouco mais, começou a fazer treinamento intensivo de fala.

Como?

Simplesmente falava com ele o tempo todo. Levava o menino ao jardim de manhã e ia falando de tudo que viam pelo caminho. Quando voltavam do jardim de infância falava com ele sobre o que acontecera ali, fazendo perguntas, exigindo respostas, e não deixando passar nada. Pais Contra o Silêncio.

Avram ri baixinho. Orah fica vermelha: a piada funcionou.

Ele falava com Ofer enquanto o vestia e enquanto o punha para dormir e enquanto lhe dava de comer. Eu o ouvia ininterruptamente. O tempo todo o barulho de alguém falando em casa, e como eu e Adam não estávamos acostumados com isso não foi nada fácil. Tenho certeza de que não foi fácil para o Adam também.

Agora não se podia mais dizer simplesmente "isso", apontando o dedo indicador. Era "batente", "fechadura", "prateleiras", "saleiro". O tempo inteiro um ruído de fundo, como um disco riscado, diga "casa". "Casa." Diga "árvore". "Árvore." E ele tinha razão, não digo que não. Também senti que ele estava fazendo a coisa certa, e vi mesmo como o mundo de Adam foi se preenchendo e ficando mais rico, pois de repente as coisas começaram a ter seus próprios nomes, só que eu... eu não..., você entende, eu nem sei direito como dizer isso. Ela ri e aponta firmemente com o dedo um ponto entre os seus olhos: "isso".

Seu coração bateu forte quando ela viu a enorme sede de Adam, uma sede que ela absolutamente não detectou. Pois após uma curta fase de choque, Adam pareceu começar a captar aquilo que Ilan lhe oferecia, e de repente ela se viu às voltas com um menino tagarela.

Que falava e falava, do instante em que abria os olhos até a hora de adormecer, e às vezes também falava dormindo. E na sua fala fluente, com seu vocabulário que dobrava e triplicava de semana em semana, ela ouvia o eco constante da dura crítica por ter desperdiçado os anos mais importantes do seu desenvolvimento, e mais que isso, por não ter sequer percebido a atração que ele tinha pelas palavras. Ilan — ela explica a Avram — falava com ele como se fala com um adulto. Tanto em termos de vocabulário quanto na entonação de voz. Ela escutava e se sentia incomodada: a forma de Ilan se dirigir a ele era formal e igualitária. A sua voz não continha um pingo daquele tom infantil, ligeiramente brincalhão, que ela própria costumava usar quando falava com Adam. Quase não havia palavra que ele julgasse elaborada demais para uma conversa com o menino — diga: "associação". "Associação." Diga: "filosofia", "Kilimanjaro", "*crème brulée*".

Ilan lhe explicou que existiam palavras sinônimas (desenhando figuras, irmãs gêmeas correndo atrás de um mesmo objeto), e aos três anos ensinou a Adam que podia chamar a grama de relva e uma pena de pluma. Que à noite há escuridão, ou trevas. Que a pessoa pode pular ou saltar, até mesmo saltitar. (Avram escuta, um sorriso estranho se formando dentro dele, um misto de orgulho e constrangimento.) Ilan lhe ensinou que existiam palavras que indicavam posse, e passava horas usando canções infantis para ensinar "meu menino", "seu coelho", "os dedos dela". Vez ou outra Orah juntava forças para protestar, você o está adestrando, está transformando ele no seu brinquedinho. E Ilan respondia, para ele é exatamente a mesma coisa que o Lego, só que com palavras. Ela queria objetar, você simplesmente o está demarcando de novo como território seu, mas só dizia, ele é novo demais para isso, um menino da idade dele não precisa saber todos os pronomes possessivos. E Ilan retrucava, mas veja como ele curte isso. É claro que curte, ela dizia, ele vê que você curte, e quer te agradar. Ele faz qualquer coisa para te agradar — ouça uma coisa, Avram, ela abre um parêntese no meio da frase: cerca de meio ano depois que o Ilan voltou, uma vez Adam perguntou aonde tinha ido o homem que morava no barracão; e o que vocês responderam?, pergunta Avram após um silêncio; eu simplesmente não tive o que dizer, e Ilan disse apenas, ele foi embora, não vai voltar mais. De repente eu me lembrei. Do que estávamos falando?

Ela estava debilitada. A gravidez de Ofer, que tinha começado bem, com uma sensação de saúde, à medida que foi chegando ao fim tornou-se um fardo, um constante mal-estar. Sentia-se constantemente elefantina, feia e extenuada. A partir do sexto mês, ela conta a Avram, Ofer começou a pressionar um nervo que me provocava dores terríveis toda vez que eu estava sentada e me levantava. Durante os últimos meses era obrigada a ficar deitada a maior parte do tempo numa determinada posição, na cama ou na grande poltrona da sala, respirando pesada e cautelosamente — até a respiração às vezes provocava dores — e observando Ilan e Adam, que giravam ao seu redor em plena efervescência intelectual enquanto ela ia ficando mais e mais fraca, espremendo-se mais e mais no seu reduto familiar, onde costumava afundar anos antes numa espécie de alheamento e autodepreciação, quando Ilan e Avram começavam a esgrimir entusiasticamente a sua frente.

Não havia como impedir aqueles dois de se divertirem incessantemente com sinônimos, rimas e jogos de associação de palavras, e obviamente ela ficou lisonjeada quando a professora do jardim comentou o enorme salto de Adam, que num tempo tão curto parecia ter evoluído pelo menos dois anos, e também sua posição na escola tinha melhorado muito, embora seu problema de xixi nas calças por alguma razão tivesse piorado; mas ao menos ele sabia relatar esses pequenos acidentes, de modo que ficava muito difícil se zangar com ele, "o xixi escapou", ele dizia, Orah conta com um sorriso torto, do que você está rindo?, ela pergunta, irritada.

Eu estava pensando, diz Avram sem olhar para ela, que eu também faria isso.

Com seu filho?
Talvez.
Como o Ilan?
Sim.
Não que isso não tivesse passado pela minha cabeça, ela faz questão de res-

saltar, e jura para si mesma não entrar mais em detalhes acerca desse ponto, nunca mais.

O quê?

Esqueça, não importa.

Diga, o quê?

Que era isso que ele no fundo procurava, ela diz, impaciente, um companheiro como você. Ter alguém com quem pudesse bancar o esperto e se exibir.

Avram se cala, enrolando um tufo de barba em torno do dedo.

Pois eu não era uma substituta satisfatória, ela sorri secamente, ao menos não nesse assunto, não conseguia, aliás nem tentava.

Mas para que você precisava?

Era o Ilan que precisava. Ui, como ele precisava de você e daquilo que vocês dois tinham juntos. E como ele se sentia murcho sem você.

A face de Avram arde, e Orah é acometida pelo súbito incômodo de que possivelmente não tivesse entendido em absoluto o que na época se passou com Ilan, e que talvez não procurasse um substituto para Avram e sim que estivesse tentando ser Avram. Agitada, ela acelera o passo: quem sabe ele não se esforçou ao máximo para ser um pai conforme imaginava que Avram seria?

Estão tão imersos em seus pensamentos a ponto de ficarem espantados com a estrada à qual chegam. E mais, de repente as marcas da trilha somem, e Orah vai, volta, procura, frustrada. Estávamos bem naquela trilha, ela pensa, e agora? Como vamos chegar a Jerusalém?

A estrada não é especialmente larga, mas está cheia de veículos que passam voando por eles, e ambos se sentem lentos e alheios diante dos veículos. Ficariam felizes de poder voltar, retroceder, entrar novamente no bosque tranquilo e iluminado, ou até mesmo nas sombras da floresta mais cerrada. Mas é impossível voltar, impossível para Orah, e parece que Avram também já foi contagiado pela sua determinação obsessiva de ir sempre em frente, sempre adiante, e os dois param, confusos, olhando para a direita e para a esquerda, acompanhando com a cabeça a passagem dos carros.

Nós parecemos aqueles japoneses que saíram da mata trinta anos depois que a guerra tinha acabado, ela comenta.

Eu sou de fato assim, ele a lembra.

Ela percebe que a estrada e a violência que emana dela o estão assustando. Sua face e seu corpo se travam. Ela procura a cadela. Até alguns instantes atrás ela ainda os seguia, guardando distância. Agora sumiu. O que fazer? Voltar para procurá-la? E como ela, Orah, irá atravessar a estrada? Como fará para atravessar a estrada com Avram e a cadela?

Agora só me falta aparecer um lobo, um cabrito e um repolho, ela resmunga baixinho.

Venha, ela se põe em ação, sabendo que se não tomar a iniciativa imediatamente será tomada pela aflição dele e ficará paralisada, venha, vamos atravessar.

Ela pega na sua mão, sentindo como ele está impotente e bloqueado pela estrada.

Quando eu disser corra, você corre.

Ele faz que sim debilmente, os olhos fixos nos sapatos.

Você consegue correr, não consegue?

De repente sua expressão se transforma: diga, espere um instante —

Depois, depois.

Não, espere aí. Aquilo que você disse antes —

Preste atenção, depois do caminhão: agora!

Ela corre em direção à estrada, um ou dois passos, e é imediatamente puxada para trás — seu peso maciço, denso. Ela lança olhares fugazes para os dois lados. A estrada ainda está vazia, mas Avram move-se atrás dela com uma lentidão inacreditável. Ela se vira puxando-o com as duas mãos. Um jipe roxo brilhante ruge descendo na direção deles, piscando os faróis. Eles estão emperrados quase no meio da estrada, sem engolir nem vomitar, e Avram fica petrificado. Ela o chama, puxa suas mãos. Tem a impressão de que ele está falando com ela, seus lábios se movem. O jipe passa voando por eles com uma buzinada irada, e Orah reza para que não apareça nenhum veículo do outro lado. Diga, Orah, ele murmura sem parar, diga. O quê?, ela grunhe no ouvido dele, o que é assim tão urgente? Eu, eu, ele gagueja, eu queria perguntar... O que é que você queria perguntar? Um caminhão se aproxima, tocando o que parece ser uma buzina de neblina, eles estão na pista, Orah puxa Avram para si, arrancando-o da frente do caminhão, e congela ao lado dele sobre a faixa branca central. Eles morrerão aqui, atropelados como dois chacais, e ele: e ninguém mais? E ninguém mais o quê? Do que você está falando? Daquilo que você disse, um substituto, que o Ilan, que o Ilan não tinha.

Em meio ao som de uma buzina passando ela escuta um fino sussurro na voz dele, um sussurro dissimulado, como a ponta da manga de uma criança brincando de esconder atrás do armário. Ela o encara — a grande cabeça redonda queimada de sol, tufos de cabelo saltando de ambos os lados, os olhos azuis com uma expressão quebrada, como uma colher dentro de um corpo com água; e finalmente ela entende o que ele está lhe perguntando.

Com as duas mãos ela afaga lentamente seu rosto, sua barba revolta, seus olhos quebrados, apagando com um gesto a estrada à sua volta. A estrada pode esperar. Com absoluta calma ela diz, o quê?, você não sabe?, não consegue adivinhar?, Ilan nunca mais teve um amigo como você.

Eu também não, ele diz, de cabeça baixa.

E eu também não. Agora venha, me dê a mão, vamos atravessar.

Estou no inferno!, ele anunciou aos dezessete anos, numa carta enviada de um campo da Gadnah, no treinamento pré-serviço militar. Estou na base de Be'er Orah, que certamente recebeu o nome em homenagem a você. Você iria gostar daqui, comemos areia e graxa de armamentos e saltamos de plataformas de quatro metros, como frangos enxotados, para cair dentro de lonas estendidas. Todos os seus divertimentos favoritos. Eu? Eu me contento com fantasias sobre você, e com tentativas frustradas de deflorar as suas substitutas no meu coração. Ontem, por exemplo, convidei ao meu quarto uma jovem donzela. Não tenho amor por ela, como você bem sabe, mas tive a impressão de que ela: 1) é pública, e 2) a biologia clama... Havia a desculpa (golpe baixo!) de escutarmos juntos no rádio Paul Temple (era o episódio Vandyke), mas de repente avisaram que as moças estavam proibidas de ir aos dormitórios dos rapazes, e eu teria de me conformar com a minha solidão e me encolher no meu buraco, enquanto Ilan tinha se mandado com a turma, inclusive garotas (para sua informação), e certamente estava havendo alguma sacanagem.

Esta manhã, minha querida, escreveu no dia seguinte, levantamos às cinco e meia e fomos trabalhar numa montanha, tirando pedras, limpando o terreno, capinando e construindo plataformas. (Você consegue me imaginar ali? Sem camiseta?) Eu armei um esquema e acabei conseguindo trabalhar com o único rapaz no meio de sete membros do seu sexo, mas acabei descobrindo que todas elas eram duras de bunda, que desprezavam o simplório

Avram onde quer que ele se encontrasse. Ao meu lado trabalhou a Ruhama Levitov (já lhe escrevi sobre ela, tivemos uma vez um contato rápido e sem graça), de modo que tive a oportunidade de examinar a questão mais a fundo, mas no fim, como de hábito, só jogamos conversa fora (pensei numa tradução para o termo inglês *"small talk"* e achei um termo novo: "papinho". Você aprova?), e ela ainda teve a audácia de me cutucar dizendo que nós sempre discutimos, brigamos e nos separamos, e então começamos tudo de novo, como um gráfico duplo. Eu lhe dei um olhar tipo Jean-Paul Belmondo e não respondi, mas depois pensei que esse sempre foi o meu destino com as garotas, que alguma coisa não dá certo até o fim, e mesmo que de vez em quando algo engrene com alguém, sempre chega um momento que ela se assusta comigo e foge, ou se queixa de que eu sou demais para ela. (Eu lhe contei da Tovah G.? Que quando finalmente chegamos à situação horizontal ela me declarou que eu "sou íntimo demais" [??!!] e efetivamente fugiu da cama?!) A verdade, Orah, é que eu não sei qual é o meu problema com as garotas, gostaria muito de um dia conversar com você sobre isso, com delicadeza e sem censura.

Seu, Calígula de calos nas mãos, atrasado para o jantar.

Orah revirou a caixa de sapatos abarrotada, pegou outra carta da mesma época, lançou um olhar para Avram deitado, engessado e coberto de bandagens, e leu em voz alta: Minha *sheyne-sheindel*. De novo aula de química, e solenes informações sobre reações endotérmicas e exotérmicas. Tive uma enorme discussão com a professora. Foi fantástico! Ela ameaçou cair fora, então bati sem dó nas partes sensíveis (*pilkes am platfus*, como se diria em iídiche). Ela saiu da sala com o rabo entre as pernas, e eu dei a minha volta olímpica vitoriosa pela classe!

Ela deu uma olhada rápida na direção dele. Nenhuma reação. Dois dias atrás os médicos tinham começado a despertá-lo gradualmente do efeito dos medicamentos, porém, mesmo quando estava semidesperto, não abria os olhos nem falava. Nesse momento, roncava. Boca escancarada, rosto e ombro expostos e cobertos de feridas abertas e inflamadas. O braço esquerdo estava engessado, bem como as duas pernas. A perna direita estava erguida, suspensa num aparelho "Thomas", e havia tubos saindo de cada parte de seu corpo. Por várias noites ela tinha lido aos ouvidos dele cartas que ele escrevera na juventude. Ilan não acreditava nessa abordagem terapêutica, mas ela tinha esperança de que justamente as suas próprias palavras conseguiriam penetrar nele e despertá-lo para falar.

E talvez realmente não houvesse sentido nisso. Ela buscou com os dedos entre as cartas e os bilhetes. De vez em quando puxava um e lia. Na maioria das vezes, sua voz ia morrendo após algumas linhas, então lia apenas para si mesma, e ria, e mais uma vez se espantava de ver como aos dezesseis anos e meio, sem nenhuma restrição e com suculentos detalhes, ele lhe descrevia seus encontros com as outras garotas — Não se preocupe, são apenas pálidas imitações de você, é só até você resolver levantar o embargo sexual que me impôs e se entregar a mim completamente, inclusive os lugares sagrados —, as tentativas frustradas de paquera, e os percalços do caminho. Ele gostava de descrever especialmente experiências desafortunadas, ridículas e humilhantes. Orah jamais encontrou alguém capaz de relatar com tanta clareza seus próprios fracassos e dificuldades. Uma noite, depois de ver um filme com Hayutah H., acompanhou-a até sua casa na rua Patterson. Puxou-a para o canto numa pracinha, e ali começaram a dar uns amassos. Quando ele enfiou a mão dentro da sua calça, ela o interrompeu e disse: não, estou suja! E Avram, sem entender, morreu de pena dela, começou a consolá-la e animá-la, e, é claro, instantaneamente salvá-la dessa surpreendente e excitante crise de autodepreciação que jamais imaginaria existir na leve e bem-humorada Hayutah. Ele ficou falando, e Hayutah ouvindo em silêncio por um longo tempo. E por ela ter ficado assim calada, pela primeira vez naquela noite, Avram sentiu que finalmente se aproximava de algum ponto puro no cínico e fútil coração dela, e ao chegar a esse ponto, com seus consolos ardorosos, de modo a se equiparar com Gregor Samsa ou com os irmãos Karamázov, Hayuta bloqueou sua torrente verbal e lhe explicou sorridente a que ela se referia exatamente.

Ele contou o episódio a Orah com uma precisão implacável, fazendo-a rir intensamente e escrever o quanto detestava aquela horrorosa expressão, "sujeira!", para se referir à menstruação, e com rara ousadia acrescentou que é quando ficava menstruada — durante alguns anos eu tive um problema médico com isso, agora está tudo bem — que se sentia a mulher mais feminina do mundo. E ele imediatamente respondeu que o fato de ela decidir lhe contar uma coisa dessas no fundo significava que ela já resolvera em seu íntimo que seria apenas e tão somente *amiga* dele, e que ele, aparentemente, era para ela como uma amiga do sexo masculino, e na opinião dele era isso que ela tinha decidido em relação a ele desde o começo, quando se conheceram no hospital, e isso o deixava mortificado, mas parecia ser o seu eterno destino, contentar-se com essa realidade, com as sobras do amor dela, ou do amor em geral.

Centenas de cartas e anotações estavam enfiadas ali, naquela caixa de papelão, escritas numa caligrafia espremida, frenética, às vezes tremida, uma tensão que não conseguia se dissolver nem mesmo nas palavras; eram cobertas de rabiscos e desenhos cheios de humor, além de setas, asteriscos e notas de rodapé. Havia abundância de invenções, jogos de palavras, brincadeiras e pequenas armadilhas, destinadas a testar a atenção a todos os detalhes e minúcias. Na parte de trás dos envelopes ela lia, Hilik & Bilik Ltda., Acessórios e Equipamento Auxiliar para Sonhos e Pesadelos; ou, S. Bubari, Consultor Farmacológico para Problemas de Corneamento.

E em cada envelope, junto ao selo oficial, ele colava seus próprios selos particulares, e neles desenhava a si próprio e Orah, e obviamente ela e Ilan, com seus três, cinco, sete futuros filhos. Recortava para ela trechos de jornais, engraçados e grosseiros, copiava inscrições de túmulos nos cemitérios de Jerusalém (esta aqui diz "Desenganado pelos tormentos, como se pensassem em mim!"), e também mandava instruções detalhadas para tricotar uma touca de duende de lã grossa, com fios vermelhos nas bordas e suas próprias receitas pessoais para preparar as "orelhas de Haman", quiches e bolos que ela jamais se atreveu a assar, pois bastava ler a receita para sentir a árdua batalha entre os inúmeros sabores conflitantes.

Avram gemia no sono, os lábios se movendo. Orah reteve sua respiração. Ele murmurou algo incompreensível. Contorceu-se de dor e suspirou. Ela umedeceu seus lábios com um pano e enxugou o suor do seu rosto. Ele se acalmou.

Ele havia começado a lhe escrever na manhã seguinte à última noite que passaram juntos em quarentena; Eu sinto como se tivéssemos sido cirurgicamente separados, sou todo feridas, contusões e pura desolação por você ter sido arrancada de mim. Uma nova onda de soldados feridos havia chegado ao hospital naqueles dias, e Ilan, Avram e ela foram enviados a outros hospitais, separados: ele lhe escreveu diariamente durante três semanas, antes ainda de obter seu endereço, e então mandou as primeiras vinte e uma cartas dentro de uma caixa de sapatos toda enfeitada. E desde então, durante seis anos, nunca deixou de produzir missivas de cinco, dez e vinte páginas, repletas de ditos espirituosos, poemas, citações escolhidas e trechos de radionovelas, e também mandava telegramas — ele os chamava de "explogramas" — e roteiros de histórias que um dia escreveria, e rebuscadas notas de rodapé, e trechos apagados que, de propósito, revelavam mais do que escondiam. Ele lhe deu todo o seu coração, e ela sempre lia suas cartas com anseio febril, com ligeira tensão, nervos à flor da pele, com saudades físicas de Adah, e com uma vaga sensação de culpa por estar traindo-a. Nos primeiros meses de correspondência ela abria cada carta com um sorrisinho de negação semiformado no canto da boca — um sorrisinho que às vezes se transformava durante a leitura numa espécie de espasmo de quase choro.

E em toda carta ele incluía algo sobre Ilan. Para atiçar a curiosidade dela, ou para atormentar a si mesmo, ela não tinha certeza.

Hoje, Orah, ela leu a meia-voz, debruçando-se um pouco sobre a cama para aproximar-se da sua face cortada a ponto de expor o osso, estou atolado numa triste solidão, andando sozinho como "o gato solitário" de Rudyard Kipling (você conhece?), e a única cabeça com quem eu compartilho é Ilan, o bom e venerável eunuco. Como você bem sabe, nós costumamos discutir sobre as questões da espécie feminina, quer dizer, eu discuto, principalmente sobre você, é óbvio, e ele não responde, mas é justamente por causa do silêncio dele que eu acho que ele não é totalmente indiferente a você, embora esteja claro para mim que ainda não deu em relação a você aquilo que eu denominei, como sugestão do meu amigo Søren Kierkegaard, o "salto para o amor", ainda que, por outro lado, ele insista em manter completa indiferença às hordas de belas garotas, algumas não tão belas, que o assediam em busca de seus favores (!?). Em geral, sou eu quem o aconselha, devido a sua falta de experiência e absoluta ignorância com referência às mulheres, e faço isso, claro, com total neutralidade, como alguém que observa de fora e não tem nenhum interesse no assunto, leia-se, *você*. Você não vai acreditar com que entusiasmo eu tento convencê-lo de que você é a prometida dele. Certamente você vai perguntar por que eu faço isso. Porque a absoluta honestidade me obriga a isso, e porque está claro para mim que mesmo que você seja a minha prometida, *eu não sou o seu prometido*, essa é a amarga verdade, Orah, e essa é a lei do meu amor por você: só lhe trarei complicações e dores de coração, e por isso, justamente porque me importo muito com você, e justamente por causa do meu amor total e altruísta sou obrigado a acender a chama do Ilan por você, abrir seus olhos tapados e remover o prepúcio de seu coração, não é loucura da minha parte?

Vamos lá, escreva logo, antes que meu coração morra de saudade!

Mas já no P.S. da mesma carta ele lhe contou todo contente sobre os casos intricados e desafortunados com outras garotas que, como sempre, não passavam de substitutas baratas e temporárias, e somente porque ela, no fundo do seu coração, insistia — ele estava convencido disso — em amar justamente o lastimável Ilan, ele, com sua alegria de viver kafkiana, que nem sequer estava pronto para reconhecer a existência dela; e também por ela se recusar a desposar Avram e mudar-se com ele para um quartinho. Nas primeiras semanas ela respondeu com cartas breves, cuidadosas, das quais se envergonhava covardemente. Ele não se queixou. Nunca fez contas do número de páginas nem reclamou do conteúdo vazio. Ao contrário: sempre se entusiasmou e manifestou gratidão por todo pequeno sinal que ela lhe enviasse. Depois ela começou a ousar mais. Contou a ele, por exemplo, sobre seu irmão mais velho, o revolucionário marxista que infernizava a vida dos pais, fazia somente o que lhe dava na telha e de quem ela tinha raiva por isso, mas também certa inveja. Escreveu da solidão que sentia no meio das amigas e da ansiedade que a dominava antes das competições — quase havia abandonado completamente o atletismo e se dedicado à natação; a passagem do seco para o molhado fazia com que se sentisse imediatamente melhor, havia dias em que se sentia como uma tocha entrando na água — e também escreveu sobre Adah, sentindo saudades dela por carta como só sentia quando falava sobre ela aos ouvidos dele. Vez ou outra — na verdade, em toda carta — não conseguia resistir, e pedia a ele, num P.S., que mandasse calorosas lembranças a Ilan. Mesmo sabendo que isso o magoava, conter-se estava acima de suas forças, e na carta seguinte também não conseguia evitar a ansiedade de perguntar se ele havia mandando suas lembranças.

Sobre essa troca de correspondência entre eles, sobre aquela nova amizade, e também sobre a enlouquecedora dor de coração provocada pelo constante pensar em Ilan, nada disse a nenhuma de suas amigas. Desde que voltara do hospital em Jerusalém, Orah sabia que o que havia acontecido ali naquelas noites era preciso e raro demais para ser partilhado com estranhos, e isso valia também para o que estava acontecendo agora com eles, com ambos; nessa dualidade residia um enigma que ela nem sequer tentava desvendar. Havia sido atingida de súbito, como um raio ou acidente, e só lhe restava adaptar-se às consequências do golpe. Mas dia após dia ia ficando cada vez mais claro para ela, até chegar à inquestionável certeza interna: os dois juntos eram necessários para ela, essenciais como dois anjos que no fim cumpriam a mesma missão: Avram, de quem não podia escapar até o último fio de cabelo, e Ilan, o totalmente ausente.

Quase sem perceber, escrever para Avram se tornou uma espécie de diário que ela depositava nas mãos dele. Mas por não poder lhe escrever sobre as saudades que sentia de Ilan, de dia e de noite, e sobre os anseios corporais que subitamente começavam a arder em seu interior, escrevia sobre outras coisas. Cada vez mais escrevia sobre os pais, especialmente sobre a mãe, páginas inteiras sobre ela — nem sequer imaginava que tinha tanta coisa a contar. No início, ao ler o que tinha escrito, ficava chocada com a traição que estava cometendo, e apesar disso não conseguia evitar contar a ele, e de qualquer maneira tinha a sensação de que ele sabia tudo a seu respeito, inclusive o que ela tentava ocultar. Contou sobre o constante e exaustivo esforço que tinha de fazer para ficar o tempo todo adivinhando os motivos da raiva da mãe, e das acusações ocultas no espaço da casa como uma camada densa e inescapável; e contou o segredo da família, muito bem guardado, dos ataques da mãe, que cada tantos dias ela se trancava no quarto e se batia cruelmente. Orah descobriu isso por acaso, quando tinha dez anos, e se escondeu, como costumava fazer, no armário de roupas dos pais. Viu a mãe entrar no quarto, trancar a porta, e bater em si mesma silenciosamente, arranhar-se na barriga e no peito, e depois soltar berros sussurrados, lixo, lixo, nem Hitler quis você. E naquele exato momento Orah resolveu que sua própria família seria maravilhosa. Foi uma decisão clara e determinada, não como meninas pequenas costumam fantasiar. Para Orah, foi uma decisão de vida: teria sua própria família, marido e filhos, dois filhos, não mais, e a casa deles seria cheia de luz, sempre, até nos cantos mais afastados. Ela podia ver de fato a casa com seus olhos mentais, uma casa inundada de luz e livre de sombras, onde ela e seu marido e seus filhos pequenos navegariam em felicidade, transparentes e expostos, para que ali não houvesse nunca surpresas *como essa*. E assim pensava também aos quinze anos, e aos vinte. Que teria pelo menos uma pessoa, ou duas, ou três, entre todas as pessoas do mundo, entre todos os estranhos misteriosos e inesperados, que ela poderia realmente conhecer.

De carta em carta ela foi vendo quantas coisas pesadas e obscuras iam se tornando mais leves e claras ao serem colocadas no papel, e também ficou um tanto surpresa ao descobrir que era capaz de escrever com tanta precisão e clareza — sempre julgou que era especialmente boa como ouvinte dos escritores realmente bons —, e depois começou a sentir que queria, precisava escrever, e não menos que isso, que queria que ele lesse o que ela tinha a dizer, e que ele lhe dissesse mais e mais o que via nela.

E lembranças calorosas ao Ilan.

Uma vez ele escreveu: você é o meu primeiro amor.

Ela não se manifestou por duas semanas. Por fim, escreveu que ainda não estava pronta para falar de amor. Que sentia que os dois eram jovens e imaturos demais, e que ela de modo geral queria esperar mais alguns anos para tratar dessas questões de amor. Ele disse que depois de ter lhe escrito sobre isso explicitamente, e depois de ter contado a Ilan, ele tinha certeza absoluta disso, do amor por ela, e que seu destino estava nas mãos dela, e anexou um envelope selado para a resposta. Ela lhe pediu com todas as palavras que por favor parasse de falar do amor por ela, pois isso introduzia uma ansiedade e sentimentos não saudáveis na bela e pura relação deles. Ele respondeu que A, na minha opinião o amor é o sentimento mais saudável, mais bonito e mais puro que existe, e B, eu não me canso de falar do meu amor por você, o meu amor por você, o meu amor por você, e continuou até encher a página toda com essas palavras.

Não foi um amor à primeira vista, escreveu num telegrama que mandou algumas horas depois da carta — ele chegou uma semana antes, POIS AMAVA VC MUITO ANTES DISSO VG ANTES DE CONHECER VC VG AMAVA VC TB DE TRÁS PRA FRENTE VG ANTES DE EU EXISTIR VG POIS ME TORNEI EU SÓ DEPOIS DE ENCONTRAR VC PT. Ela mandou uma breve carta, difícil continuar se correspondendo com ele agora, tinha um período de muitas provas e competições e estava muito ocupada. Para provar, anexou uma matéria do jornal *Maariv La'noar* — o caderno de juventude do *Maariv* — descrevendo a competição de salto em altura no Instituto Wingate, da qual ela iria participar. Ele lhe devolveu a carta junto com cinzas do artigo, e não lhe escreveu durante três semanas, e ela quase enlouqueceu de tanta expectativa, até ele voltar a escrever, como se nada tivesse acontecido.

Ontem estive numa noite de jazz com o Ilan, descanse em paz (que desta vez, surpreendentemente, lhe manda lembranças, e fica tentando espiar por cima do meu braço o que estou lhe escrevendo aqui, mesmo que continue alegando firmemente que não tem interesse por você!), em suma, fomos ontem ao "Fus-fus". Foi maravilhoso, e tive lá uma abundância de experiências com todos os tipos de beldades que trocaram olhares comigo, mas infelizmente não seus números de telefone. Ao som da música consegui juntar algumas das opiniões que tenho reunido sobre garotas nos últimos tempos, e cheguei a teorias interessantes e bem fundamentadas em relação ao assunto, especialmente em relação a você: estou convencido de que no final das contas você não vai unir o seu destino ao meu, e sim a algum outro, Ilan ou alguém da sua laia, mas o principal e mais importante é que seja alguém que seguramente não faça cócegas no seu umbigo com piadinhas, como eu, e não deixe a sua cabeça fervendo com observações como as minhas, e não faça cada órgão do seu corpo tremer como eu faço. Mas quer saber, será mais bonito, muito mais bonito, e mais calmo e mais estável e principalmente mais *compreensível* para você do que eu (e além disso a sua mãe também vai gostar dele logo de cara, eu não tenho dúvida!). Sim, sim, Orah, sua traidora, foi isso que me ocorreu enquanto estava sentado ali naquela pequena gruta recendendo a *haxixe* (!!), entre os anjos que sobem e descem pelas escalas harmônicas de Mel Keller, e perdi o fio da meada...

Sim: no final você vai se acasalar para toda a vida com algum macho alfa magnífico, de aparência grave e cabelo prateado, alguém que talvez não saiba lhe perguntar se as suas entranhas se agitam com a visão de um belo pôr do sol, ou com a leitura silenciosa de um poema de Avidan,* mas o seu futuro ao lado dele será seguro, sólido e para todo o sempre. Pois eu suspeito, dúbia Orah, que bem no fundo da sua bela e luminosa alma (muito amada por mim, não preciso lhe dizer) existe um minúsculo canto escuro (como às vezes há numa mercearia, onde ficam as conservas velhas), e até mesmo, me desculpe, certa estreiteza mental nessas questões de amor, do verdadeiro amor, eu me refiro, e é por isso que parece que você vai escolher do jeito que vai, e me condenar à infelicidade pelo resto da vida, e assim (pela infelicidade que me espera por sua causa) eu não tenho dúvida, e já me relaciono filosoficamente com essa infelicidade como uma situação definida, como, digamos, uma doença crônica, e portanto você também pode parar de reagir com tanta histeria toda vez que eu falo no assunto!

No caminho de volta do jazz, falei sobre isso com o Ilan-de-pernas-compridas (e não só as pernas...) e expus a ele minha teoria em relação a você e a ele, e obviamente também me queixei do meu amargo destino, que me conde-

---

* David Avidon (1934-95), poeta, pintor, cineasta e dramaturgo. Frequentemente considerado o mais importante poeta de Israel. (N. E.)

nou a desejar uma mulher que desfaz das minhas demonstrações de amor e ter de me contentar a vida toda com substitutas baratas. E Ilan, como sempre, me consolou e disse que talvez você mude de ideia e amadureça e outros consolos bobos, e eu expliquei a ele outra vez por que na minha opinião ele é muito mais apropriado para você do que eu, um legítimo macho alfa etc., e que só por ele estou disposto a deixar vago o lugar no seu coração, o lugar ao qual ainda me agarro com unhas e dentes da maneira mais patética, e ele mais uma vez disse que você definitivamente não faz o gênero dele, e que ele não conhece nada de você, e repetiu de novo que quando nós três conversamos no hospital ele estava completamente chumbado, mas isso não me tranquilizou, pois eu sinto sim que ali aconteceu alguma coisa forte entre vocês, justamente porque ele estava chumbado e você também, alguma coisa houve, e para mim é a morte o fato de você não estar disposta a confirmar ou negar isso para mim, como se vocês dois tivessem estado juntos em algum lugar onde eu não consegui entrar (e pelo jeito nunca vou conseguir), e eu só posso me remoer por isso não ter acontecido comigo, essa revelação do amor (pois um amor como esse é uma revelação!!), afinal estive tão perto disso (cacete!, chiou o derrotado Avram ao despejar sua ira), e também é uma coisa que eu sinto muito na minha vida, esse quase, e eu só espero que não vire um princípio básico norteador da minha vida, o princípio básico de todos os princípios norteadores da minha vida.

O seu deprimido e atormentado.

Então ela conseguiu finalmente superar sua covardia e a confusão que a deixava paralisada, e lhe contou em palavras simples, que foram se tornando mais e mais complicadas, que realmente pensava estar apaixonada, mas, para seu grande pesar, não por ele, tomara que ele pudesse perdoá-la, isso é algo absolutamente incontrolável, e que ela o amava e tinha um carinho por ele como um irmão, e sempre iria amá-lo e ter carinho, mas ela acha que na verdade ele não precisava dela — aqui, a mão dela treme furiosamente, para seu próprio espanto. A caneta praticamente saltou sobre o papel, como um cavalo empinando na tentativa de derrubar o cavaleiro —, pois ele era um sujeito tão pleno e completo, mil vezes mais sábio e profundo do que ela, e ela tinha certeza de que depois ele se acostumaria com a ideia, teria muitas outras amadas, ela estava convencida disso, e seriam bem mais adequadas para ele do que ela, ao passo que o rapaz que ela amava precisava dela, ela achava, como ar para respirar, ela escreveu, e desculpe, mas neste caso isto não é um chavão. É o que eu sinto de verdade. E acrescentou que era um amor que a perturbava e deixava maluca havia meses, na verdade quase um ano, pois estava absolutamente claro para ela que era um amor ilógico e impossível, e gostaria de entender o que havia acontecido com ela etc. etc. Avram respondeu de imediato com um telegrama: CONHEÇO ELE INTRG É ILAN INTRG SÓ DIGA NOME E EU MATO EXCLM.

Quando ela confirmou, após semanas de interrogatórios e súplicas, que estava apaixonada por Ilan, ele praticamente enlouqueceu. Durante uma semana não foi capaz de pôr comida na boca, não trocou de roupa, e ficava caminhando noites inteiras pelas ruas, chorando. A todo mundo que encontrava, falava de Orah, explicando de forma equilibrada e comedida por que aquilo que havia acontecido era algo inevitável, até mesmo essencial e desejável, do ponto de vista evolucionista, estético, e também sob muitos outros ângulos. Ele, é claro, revelou imediatamente o segredo a Ilan, e este voltou a repetir que não tinha nada a ver com Orah, e debochou da sua noção absurda de que ele necessitava dela como "ar para respirar" — Foi isso que ela disse?, ele indagou a Avram com um misto de estarrecimento e susto. Foi isso que ela escreveu a meu respeito? — e prometeu a Avram que jamais tentaria estabelecer uma relação com ela.

Não por minha iniciativa, pelo menos, ele deixou escapar mais tarde, num tom forçado.

No dia seguinte, durante o recreio, Avram trepou no enorme pinheiro no pátio da escola, pôs as duas mãos em concha em torno da boca, como um alto-falante, e anunciou a todos os alunos e professores que resolvera se divorciar de seu corpo, e que desse momento em diante tinha a intenção de criar uma separação clara e absoluta, e, para provar a sua indiferença ao seu recém-divorciado destino, saltou e se espatifou no asfalto.

Eu amo você agora ainda mais, ele escreveu no dia seguinte do hospital, com a mão esquerda, no instante em que pulei compreendi que o meu amor por você é para mim uma lei natural, um axioma, um princípio fundamental, ou, como dizem nossos primos árabes, *min albadhyiat*. Não importa qual venha a ser a sua situação objetiva. Não importa nem que você venha a me odiar, ou que vá viver na lua, ou se, Deus a livre, você fizer uma operação de mudança de sexo. Eu sempre hei de amar você. Isso não tem jeito e não posso fazer nada contra isso, a menos que eu seja morto/ enforcado/ queimado/ afogado, ou qualquer outra coisa que provoque o encerramento desse curioso episódio chamado "a vida de Avram".

Ela lhe escreveu que era terrível que ambos estivessem sofrendo de amor não correspondido, e prometeu que, mesmo não o amando do jeito que ele queria, ainda sentia que seria para sempre sua companheira de alma, e que não conseguia imaginar sua vida sem a existência dele. E como em toda carta que ela mandava nos últimos tempos, não conseguiu se conter e perguntou sobre Ilan, como ele tinha reagido ao seu pulo da árvore, e se tinha ido visitá-lo no hospital, e contrariando sua própria vontade, contrariando sua personalidade e seus princípios básicos de decência, contrariando tudo aquilo que gostava de pensar sobre si mesma, embarcou em longas páginas de conjecturas acerca dos desejos secretos de Ilan, seus bloqueios e inseguranças, perguntando repetidamente a Avram por que, na opinião dele, isso tinha acontecido, ela se apaixonar por Ilan, afinal ela mal o conhecia e já fazia um ano que tudo tinha acontecido (menos um mês e vinte e um dias), é como se alguém estranho estivesse controlando sua alma, ditando o que devia sentir. Na realidade é muito simples, respondeu Avram venenosamente, é como uma equação com três fatores: incêndio, sobrevivente e bombeiro. Quem você acha que a sobrevivente vai escolher?

Agora, cada carta sua era relatada detalhadamente por Avram a Ilan, que escutava e encolhia os ombros. Escreva alguma coisa para ela, já não aguento mais ela me torturando com isso. Ilan repetiu pela milésima vez que não tinha nenhum interesse em Orah, e que uma garota correndo atrás dele desse jeito o deixava enjoado. O problema era que Ilan não tinha interesse em garota nenhuma. As garotas esvoaçavam e zumbiam em torno dele, mas ele não se entusiasmava por ninguém. De encontro em encontro, de tentativa em tentativa, ele foi ficando cada vez mais triste e apagado. Acho que devo ser mesmo homossexual, ele disse uma noite a Avram, quando se espalharam em enormes e macias almofadas na Casa de Chá Yan, em Ein Karem, e ambos congelaram à pronúncia explícita daquela palavra, que de certa maneira pairava entre eles já havia algum tempo. Não se preocupe, Ilan acrescentou melancolicamente, você não faz o meu tipo. No bolso de Avram estava enfiada a última carta de Orah, que ele não tivera coragem de relatar a Ilan. Às vezes eu penso, ela escrevera, que atualmente ele se encontra na situação em que eu estive mais ou menos até um ano atrás, até conhecer você (e ele) no hospital. Pois eu estava mesmo sonambulando, com medo de abrir os olhos. E agora, com toda a enorme dor pelo fato de ele não querer saber de mim, apesar disso sinto que retornei à vida, e isso também muito graças a você (aliás, principalmente graças a você). Vou lhe revelar também que às vezes desejo de todo o coração que ele se apaixone por alguém (uma outra), mesmo que eu saiba que isso vai me machucar muito, muito, ou mesmo que ele se apaixone por *um homem* (não ria, às vezes eu penso mesmo que é disso que ele talvez precise, mas nem mesmo ousa pensar nisso, e às vezes eu penso que é *por você* que ele está um pouco apaixonado, sim, sim...), até mesmo isso eu seria capaz de aceitar dele, o importante é que fizesse um pouco de bem para ele, que ele acordasse desse sono, do qual eu morro de medo, ui, Avram, o que eu faria sem você?

Atenciosamente, a dona da mercearia...

Ela acordou assustada. O quarto estava às escuras (talvez a enfermeira tenha entrado e, vendo que ela dormia, apagado a luz), apenas a resistência do aquecedor elétrico brilhava, rubra. A última carta que tinha lido para ele ainda estava em seu colo. Ilan parecia ter razão. Nenhuma expressão no rosto dele enquanto ela lhe lia as cartas. Só serviam para partir seu próprio coração. Ela devolveu a folha para a caixa de sapatos, espreguiçou-se longamente, e de súbito parou: os olhos dele estavam abertos. Ele estava acordado. Parecia-lhe que a observava.

Avram?

Ele piscou.

Acendo a luz?

Não.

Seu coração começou a bater forte: quer que eu arrume a cama? Ela ficou de pé: quer que chame a enfermeira para trocar a infusão? O aquecedor está bom para você?

Orah —

O quê? O quê?

Ele respirou pesadamente: o que aconteceu comigo?

Ela piscou rapidamente: você vai ficar bom.

O que aconteceu?

Espere um pouco, ela murmurou, recuando até a porta com uma comichão esquisita pelo corpo, vou lhe trazer —

Orah, ele sussurrou com profunda aflição, a ponto de fazê-la parar e voltar e enxugar rapidamente os olhos.

Avram, Avram, ela disse com surpresa e prazer na pronúncia do nome.

Por que estou assim?

Ela sentou-se ao seu lado, a mão deslizando pelo ar, sobre o seu braço engessado: você se lembra de que houve uma guerra?

Seu peito desceu e um suspiro difícil, pesado, escapou da sua boca. Eu fui ferido?

Sim, pode-se dizer que sim. Agora descanse um pouco. Não fale.

Foi uma mina?

Não, não foi —

Eu estive *com eles*, ele disse devagar. Depois sua cabeça caiu um pouco e ele mergulhou no sono.

Ela pensou em correr e trazer um médico, relatar que Avram tinha voltado a falar, ou telefonar e informar Ilan, para deixá-lo contente, mas receou deixar Avram sozinho mesmo por um minuto. Algo que vira na sua face lhe avisava para não fazer nada a não ser ficar sentada ao seu lado e esperar, para protegê--lo daquilo que entenderia ao despertar.

A voz dele estalou: há mais alguém aqui?

Só você. E eu. Ela tentou sorrir: você tem um quarto particular.

Ele digeriu a informação.

Devo chamar o médico? Ou uma enfermeira? Você tem uma campainha sobre a —

Orah.

Sim.

Quanto tempo eu?

Aqui? Umas duas semanas, mais ou menos. Um pouco mais.

Ele fechou os olhos. Tentou mover a mão direita sem conseguir. Entortou o pescoço para olhar o emaranhado de fios e tubos brotando do seu corpo.

Fizeram alguns... tratamentos, ela murmurou, pequenas operações, você vai ficar bom. Mais algumas semanas e você vai correr —

Orah, ele a interrompeu pesadamente, liberando a ambos do fingimento dela.

Quer alguma coisa para beber?

Eu... eu não me lembro de algumas coisas. Sua voz dava medo, estava rouca e esquisita, como que forçada através de um tubo curvo.

Aos poucos você vai se lembrar. Os médicos dizem que vai se lembrar de tudo. Ela falou rápido, em voz alta, exageradamente animada. Ele passou com vagar a mão pelo próprio rosto. Tocou os dentes quebrados com um dedo surpreso. Vão lhe arrumar isso aí, não se preocupe, ela disse imediatamente, e logo ouviu a si mesma — uma corretora imobiliária tentando convencer o inquilino hesitante que vale a pena continuar alugando a pocilga. E vão cuidar do cotovelo também, ela acrescentou, e das fraturas aqui, nos dedos, e dos tornozelos.

Ela lembrou do pulo da árvore, e se perguntou se aquele divórcio de seu corpo teria ajudado em alguma coisa quando o torturaram *ali*. Não foi a primeira vez que refletiu sobre o fato de todas as coisas dele terem alguma ligação profunda, se tornarem uma lei, um princípio fundamental para Avram, e lembrou-se de que costumava sempre lhe dizer que ele era uma espécie de ímã para ocorrências incríveis e coincidências impressionantes, e talvez ele também tivesse perdido isso agora, e quem sabe o que mais ele perdeu? Coisas que nem mesmo tinham nomes ou palavras, que só aos poucos se tornariam claras para ela, e para ele.

Tudo vai ficar bem, ela disse, eles querem terminar primeiro as coisas grandes e urgentes — ele deu um sorriso torto — e depois disso cuidarão das minúcias, e depois também da sua boca. Isso aí não é nada, é fácil, fácil.

Ela teve a impressão de que ele não a escutou. Que não se importava com o que fariam com ele. Ela continuou tagarelando, não conseguia interromper-se, pensando naquilo que ele talvez tivesse perdido, e o que poderia ter se perdido junto, coisas nas quais não ousou pensar durante as semanas em que ficou sentada ao seu lado, e que de repente explodiam de dentro dela. E pensar que o próprio Avram talvez ainda não estivesse compreendendo, que a compreensão em si ainda estivesse suspensa à sua frente.

Em que mês estamos?

Janeiro...

Setenta e quatro, ela acrescentou.

Inverno.

Isso mesmo, inverno.

Ele mergulhou dentro de si. Pensando, ou talvez cochilando, ela não sabe. De um dos outros quartos, talvez da ala dos queimados, ouviram-se uivos de dor.

Orah, como eu voltei?

De avião. Você não lembra?

É?

Vocês voltaram de avião, ela disse. Não estou aguentando isto, ela pensou, esta conversa está me rasgando o peito.

Orah —

Sim, o que foi?

Ela percebeu que ele abria bem os olhos. Um brilho frio, estranho, faiscou neles:

Existe... Existe um Israel?

Existe o quê?

Não importa.

Ela não entendeu. Depois sentiu a boca secando: existe. Existe sim. Claro que existe. Tudo. Você achou que não? Que tinha acabado? Está tudo igual, Avram, o quê, vai dizer que você achou que nós —

Seu peito subia e descia rapidamente sob o cobertor. O aquecedor que havia se desligado voltou a funcionar. Ela olhou a ponta dos dedos dele, a carne sem unhas, e pensou que, no lugar de onde ele vinha agora, jamais se encontrariam de verdade. Que ele estava perdido para sempre.

Ele adormeceu novamente, balançando e gritando de dor no sono. Estava difícil suportar aquilo. Ela estava lutando com alguém invisível, então ele soltou um choro débil, súplice. De repente ela pulou e agarrou uma folha de papel da caixa, e leu em voz alta, com fervor, como uma oração, Ontem eu fui com a minha mãe comprar um vestido para ela, eu sempre dou sugestões nesses assuntos, e vi no Magazine Schwartz um vestido muito bonito para você: verde, sem mangas, bem justinho, que abraçaria muito bem a sua esguia figura, e o principal — com um grande zíper dourado desde cima até... embaixo! Avram gemeu e se remexeu na cama, e Orah leu rapidamente, quase sem respirar, as linhas tolas, maravilhosas, enviadas de tão longe, como a luz de uma estrela se extinguindo. E em cima há um grande anel que serve para puxar o zíper, e ainda mais estimulante é pensar que ele abre na frente (!!!), como num filme com Elke Sommer a que eu assisti, ela abre o zíper bem lentamente até o umbigo, um maravilhoso frontal completo (gemidos e grunhidos da plateia!). Em suma, 49,75 liras, e o vestido é seu.

Passaram-se horas.

A guerra, murmurou Avram numa dessas horas.

Sim, tudo bem, disse Orah despertando de um sonho fugaz. Ela bebeu água e correu as mãos sobre seu rosto.

O quê?, Avram respira com dificuldade.

A guerra acabou, ela disse. Por algum motivo, sentiu que ao dizer essas palavras juntava-se a uma antiga dinastia de mulheres, havia subido um degrau. Logo em seguida sentiu-se uma tola, talvez a intenção dele tivesse sido perguntar *como* a guerra havia terminado, quem ganhara, mas ao olhar para ele não conseguiu se forçar a dizer vencemos.

Quanto tempo eu fiquei —

Ali? Um mês e meio. Um pouco mais.

Ele gemeu estarrecido.

Você achava que tinha sido menos?

Mais.

Você dormiu muito quando voltou. Uma parte do tempo também sedaram você.

Sedaram...

Agora você está tomando um monte de remédios, depois vai deixando de tomar gradativamente.

Remédios?

O esforço da conversa o sobrepujou, e ele voltou a dormir, às vezes tossindo e remexendo-se na cama inquieto. Ela tinha constantemente a impressão de que ele se debatia com alguém tentando estrangulá-lo.

Os prisioneiros de guerra que voltaram desceram pela rampa do avião, parte deles com suas próprias forças, enquanto outros necessitaram de ajuda. No campo de pouso reinava o caos. Soldados, jornalistas e fotógrafos do mundo todo, funcionários do aeroporto que foram reunidos para saudar os que voltavam, ministros e parlamentares tentavam chegar a eles para lhes apertar as mãos diante das câmeras. Apenas as famílias dos prisioneiros receberam instruções expressas para não ir ao aeroporto e esperar os entes queridos em casa. Orah e Ilan, por não serem parentes de Avram, não sabiam que era proibido ir até o aeroporto. Tampouco sabiam que Avram estava ferido. Ficaram esperando e não viram Avram descer do avião. Os prisioneiros passaram por eles de cabeça raspada, calçando sapatos de borracha sem meias e olharam para eles com ar de espanto. Um oficial da segurança de campo acompanhava um prisioneiro com uma bandagem no olho, e lia em voz alta de uma folha de papel que tinha nas mãos: Todo aquele que tenha fornecido informações ao inimigo está sujeito a punição... Um prisioneiro alto apoiado numa muleta perguntou aos gritos a um dos jornalistas se era verdade que houvera guerra com a Síria. De repente Ilan descobriu que os soldados estavam baixando macas pela cauda do avião. Pegou Orah pela mão e correram até ali. Ninguém impediu a passagem deles. Circularam entre os feridos e não acharam Avram. Pararam e ficaram se olhando, aterrorizados. Depois, baixaram do avião mais uma maca, a última. Uma equipe de médicos e enfermeiros desceu junto, equilibrando nas mãos um recipiente de soro e vários outros tubos. Orah deu uma olhada e sua mente ficou turva. Ela viu uma cabeça grande redonda, a cabeça de Avram, sem dúvida, balançando de um lado para outro, coberta por uma máscara de oxigênio. Sua cabeça fora raspada e parcialmente enfaixada, mas a bandagem tinha se soltado expondo ferimentos que pareciam bocas abertas. Ela percebeu que os homens transportando a maca haviam virado a cabeça de lado, e respiravam pela boca. Ilan correu para perto da maca, olhando vez ou outra para a pessoa ali deitada, e Orah acompanhou as expressões de seu rosto e viu que a situação era ruim. Ilan ajudou a erguer a maca para a ambulância e tentou entrar junto com o ferido, mas o impediram à força. Ele gritou e protestou agitando os braços, mas os soldados o afastaram dali. Orah se aproximou e, com calma e firmeza, disse a um oficial-médico mais idoso: eu sou a namorada, e subiu sentando-se ao lado da maca com o médico e a enfermeira. O médico sugeriu que Orah passasse para a cabine do motorista. Ela recusou. A ambulância tocou sua forte sirene e pela janela Orah viu a estrada, os carros passando e as pessoas sentadas nos carros, sozinhas ou em pares, às vezes famílias inteiras, e pensou que a vida que tivera até agora estava se acabando. E ainda não havia olhado diretamente para Avram.

A enfermeira lhe entregou uma máscara de proteção, para poupá-la do cheiro. O médico e a enfermeira começaram a despir Avram. O peito, a barriga e os ombros estavam cobertos de úlceras abertas e inflamadas, ferimentos profundos, esfoladuras e estranhos cortes de bordas finas. O mamilo direito estava fora do lugar. O médico colocou o dedo envolto numa luva em cada um dos ferimentos e ditou num tom inexpressivo: fratura exposta, golpes secos, corte, edema, chibatada, choque elétrico, compressão, queimadura, membro amarrado, infecção. Checar também malária, ele prosseguiu no mesmo tom, checar esquistossomose. Olhe isto aqui: os cirurgiões plásticos vão fazer a festa.

Ele e a enfermeira viraram Avram de barriga para baixo e examinaram as costas. Orah lançou um olhar furtivo e viu uma massa de carne viva borbulhando em vermelho, amarelo e púrpura. Sentiu revirar o estômago. O fedor que emanava dele era insuportável. Até o médico susteve a respiração e seus óculos embaçaram. Ele despiu as nádegas de Avram e respirou fundo: animais, ele murmurou. Orah permaneceu sentada e desviou o olhar para a janela, num choro silencioso e sem lágrimas. O médico cobriu a parte posterior de Avram e cortou suas calças. As pernas estavam quebradas em três lugares. A região em volta dos tornozelos era pura carne, enormes tornozeleiras de sangue que pareciam conter criaturas vivas. O médico fez um sinal para a enfermeira, um gesto de pendurar, e Orah viu Avram numa cela escura, pendurado pelas pernas, a cabeça balançando, e de súbito compreendeu que durante o tempo todo em que estivera preso ela mal se atrevera a imaginar o que realmente estariam fazendo com ele, em especial por servir na Unidade de Inteligência e saber tanta coisa. Ela procurou se esquivar de qualquer imagem ou pensamento — nos momentos que antecedem o sono, no instante exato de adormecer, tais imagens a envolviam, mas as pílulas para dormir que tomava serviam também contra pesadelos — e agora se perguntava como era possível que Ilan e ela não tivessem falado sobre as torturas nem uma única vez, e o que acontecia com quem era torturado.

E pensou em como haviam falado pouco sobre Avram ao longo desse período, afinal durante todos esses dias e semanas não tinham tido nenhum outro assunto exceto ele, e quase diariamente iam até o Centro de Contato para as Famílias de Prisioneiros e Desaparecidos, para se atualizarem com as poucas notícias e os muitos boatos, e constantemente examinavam as fotos fora de foco dos prisioneiros publicadas em Israel e no exterior, e conversavam com os funcionários e oficiais que estivessem dispostos a ouvi-los, e quando não iam pessoalmente ao Centro telefonavam para saber se havia alguma novidade, e já tinham começado a sentir que os estavam evitando e mandando de uma pessoa para outra, mas não desistiram, como podiam desistir? Naquela época os dois estavam como loucos, e quando comiam alguma coisa pensavam, ele não pode comer isto, e quando o rádio tocava alguma coisa de que ele gostava, pensavam, ele não pode ouvir isto, e quando viam alguma bela paisagem, pensavam, ele não pode ver isto; e assim, de repente, Orah entendeu, para não pensarmos naquilo que estava realmente acontecendo com ele falávamos de tudo o que Avram não podia fazer.

O médico lhe disse, não se preocupe, você vai recebê-lo de volta como novo. Orah olhou para ele. Ela sabia que se a ambulância parasse um só minuto, abriria a porta para fugir. Era algo além do seu poder de decisão. O médico começou a anotar coisas num grosso bloco. Aí parou.

É seu namorado?

Ela fez que sim com a cabeça.

Ele a examinou longamente. Vai acabar tudo bem, disse por fim, fizeram um belo trabalho nele, aqueles merdas, mas nós somos melhores que eles. Estou lhe dizendo, em um ano você não vai reconhecê-lo.

E quanto a... Ela gaguejou e sua mão caiu. A simples pergunta já era uma espécie de traição.

A cabeça?, murmurou o médico. Isso já não é meu departamento. Ele fechou a cara e voltou para seu bloco de folhas. Orah lançou um olhar súplice para a enfermeira, mas ela também a evitou. Orah obrigou-se a olhar para Avram. Com o fervor de uma promessa pensou que agora seria proibido deixá-lo, ainda que por um instante, sem a guarda de olhos amorosos, e que daí por diante ela sempre o olharia com amor, e ficaria com ele sempre para olhá-lo com amor, pois talvez unicamente uma vida cheia de amor poderia reparar o mal que lhe tinham causado lá. Mas não conseguiu superar a náusea, o nojo de seu rosto sem sobrancelhas, e tampouco conseguiu inserir amor no seu olhar, e uma voz metálica sibilou dentro dela: exatamente como foi com a Adah, a vida continua, não é?

A ambulância corria formando um tumulto. De repente, a face de Avram ficou tensa, e ele passou a jogar a cabeça de um lado para outro, como se estivesse tentando se desviar de bofetões, choramingando com voz de criança. Ela o observou hipnotizada, jamais tinha visto essas expressões. Pensou que o seu Avram não tinha medo de nada, de ninguém, simplesmente não conhecia o medo. Ela sempre teve a sensação de que ele era protegido de todo mal, e que era absolutamente impossível pressupor que alguém quisesse machucar aquele Avram, que caminhava pelo mundo com as mãos e as pernas abertas, com a sua típica postura de cabeça curiosa-interrogativa, com seu riso zurrado e olhar ferino. Avram.

E talvez justamente por causa disso lhe haviam feito todo esse mal, essa reflexão passou por sua cabeça. Eles o esmagaram, trituraram. E não só porque era da Unidade de Inteligência.

A boca de Avram se escancarou. Ele gorgolejou e engasgou. Ela não conseguia imaginar que mal estariam lhe fazendo neste momento na sua imaginação. Parecia-lhe que ele estava tentando erguer as mãos para proteger a face, mas apenas alguns de seus dedos se moveram um pouco. Um pensamento lhe veio à cabeça, que ela jamais teria um filho. Que não traria uma criança a um mundo onde aconteciam coisas desse tipo. Bem nesse momento, os olhos de Avram se abriram, vermelhos e imundos. Ela se debruçou sobre ele, impressionada com o fedor que vinha da sua carne exposta. Ele a viu, seu olhar entrou em foco. Ela teve a impressão de que o vermelho do sangue tinha penetrado inclusive no azul de seus olhos. Avram, ela disse, sou eu, Orah. Seus dedos pairaram sobre o ombro dele, ela evitou tocá-lo com medo de que doesse. Ele sussurrou: que pena. Que pena o quê?, ela perguntou, O que é pena? Ele engasgou, as palavras foram sugadas pelos líquidos que enchiam seus pulmões. Que pena que não me mataram.

Depois, as portas da ambulância se abriram e um mar de rostos preencheu a abertura, mãos puxando e gritos em seus ouvidos. Ilan já estava lá, de algum modo conseguira chegar antes da ambulância. O rápido Ilan, ela pensou com uma nódoa de ressentimento, como se a rapidez dele fosse uma vantagem em relação a Avram, obtida de modo irregular. Ambos correram atrás da maca para o barracão que servia como sala de emergência. Dezenas de médicos e enfermeiras juntavam-se em torno dos feridos, colhendo sangue e urina, amostras de muco e culturas extraídas dos ferimentos. Um major do Corpo Médico notou Orah e Ilan e os expulsou aos gritos. Eles desabaram juntos num banco do lado de fora, e se envolveram e abraçaram mutuamente. Ilan fazia sons que ela não conhecia, pareciam latidos secos e relinchos. Ela cerrou os punhos e agarrou seu cabelo até ele gemer de dor. Ilan, Ilan, o que vai acontecer?, ela deu um grito sussurrado no ouvido dele. Vou ficar com ele aqui até ele voltar, ele disse, até ele voltar a ser o que era, não me importa quanto tempo vai levar, mesmo que sejam anos, eu não saio daqui. Ela soltou seu cabelo e olhou para ele. De repente ele lhe pareceu mais velho, mais pesado de dor e terror. Você vai ficar aqui com ele, ela repetiu apalermada. O que você pensou?, ele disse, nervoso, que eu iria deixá-lo aqui sozinho? Sim, ela refletiu, a verdade é que foi isso que eu pensei, que eu ficaria nisso sozinha com ele.

E se recompôs: não, não, é claro que você vai ficar, não sei por que de repente eu... Escute, eu não sou capaz de passar por isso sozinha. Ele repuxou a boca, zangado e magoado: mas por que sozinha? E ela pensou, porque você está sempre meio ausente, mesmo estando presente. Venha, ela disse, vamos voltar lá, vamos esperar do lado da porta até nos deixarem entrar.

Eles andaram lado a lado por entre os barracões que fervilhavam. Já fazia um bom tempo, desde a guerra, que não conseguiam se tocar mutuamente. Mas agora, para surpresa dela, foi tomada de súbito desejo por ele, um anseio nu, primordial, uma fome de morder sua carne, seu corpo inteiro e saudável. Ela parou e pegou no seu braço e o apertou contra seu próprio corpo, e ele imediatamente se mexeu, virou-a e abraçou seu corpo com força, e de repente se curvou e a beijou intensamente. A boca dele preencheu a dela, e ela sentiu como ele todo, todo o seu corpo, penetrava seu interior virando-a do avesso, e até se esqueceu de ficar admirada de como ele, com toda a sua timidez, a estava beijando assim na frente de todo mundo, e sentiu que ele agora estava mais forte, como que mais firme e sólido, algo no seu jeito de segurar, algo nos seus beijos — ele chegou realmente a levantá-la do chão e segurá-la diante de sua boca, e ela sentiu vagamente que ele a estava sustentando no ar apenas pela força de sua boca, e então lhe ocorreu que quem os estivesse observando pensaria que era Ilan quem tinha retornado do cativeiro para sua amada, e ela se livrou dele, empurrando-o quase com força, e ambos ficaram parados frente a frente, ofegantes.

Diga, ela o ouviu dizer de repente, e ficou chocada — aquela voz dele, a respiração entrecortada — Orah... ele olhou para o teto, eu preciso saber.

O quê? Pode perguntar.

Qualquer coisa... não consigo lembrar.

Pergunte para mim.

Ele silenciou. Tentava incessantemente mover sua perna suspensa no ar e coçar no ponto onde o gesso terminava.

As coisas não estão se ajeitando na minha cabeça.

Que coisas?

Eu e você.

Sim?

É como se eu tivesse um buraco no meio da —

Pergunte.

O que... o que nós somos?

Por essa ela não esperava: você se refere a — Ela deve ter se debruçado sobre ele com muita intensidade. A cabeça dele recuou e seu rosto se contraiu de terror. Talvez tenha pensado que algo — mão ou instrumento — estava prestes a atingi-lo. Ela murmurou: O que nós somos agora?

Não fique brava, eu estou meio...

Nós somos bons amigos, ela disse, e sempre seremos bons amigos. De repente sentiu-se compelida a acrescentar uma espécie de anúncio encorajador: e você vai ver, nós ainda vamos criar uma bela vida juntos!

Depois, ao longo de meses ficou se atormentando por causa da frase tola que deixou escapar. Havia dias em que pensava que talvez tivesse sido quase como uma profecia. *Criar uma vida juntos*. Mas no mesmo instante podia ouvir seu risinho amargo, a cabeça se movendo lentamente sobre o travesseiro e ele tentando ver sua face. Ela ficou contente que o quarto estava às escuras.

Orah.

O quê?

Não há outras pessoas no quarto?

Só nós dois.

O gesso está me deixando louco, disse com voz grossa e pesada. Tudo que ele faz agora é muito lento. Ela percebeu o quanto o Avram de antes era para ela, mais talvez que todo o resto, o seu ritmo, sua agudeza de movimentos pelo mundo. Estou com frio.

Ela o cobriu com mais um cobertor, o terceiro. Ele pingava de suor e tremia de frio.

Coce para mim, ele pediu.

Ela esticou o braço e coçou o ponto onde o gesso encontrava a pele. Teve a impressão de que seu dedo esfregava uma ferida aberta. Ele gemeu e suspirou numa mistura de dor e prazer.

Basta. Está doendo.

Ela se sentou. O que, o que você quer saber?

O que nós éramos.

O que nós éramos? Éramos um monte de coisas. Éramos muita coisa um para o outro, e ainda seremos, ainda seremos!

E novamente, ao se entusiasmar, acreditava em si mesma.

Com uma das mãos, num gesto sem fim, ele puxou as cobertas para cima do peito, como se quisesse se proteger da falsidade na voz dela. Ficou deitado assim alguns minutos, em silêncio. Em seguida, ela ouviu seus lábios secos se desgrudarem, e sabia o que viria a seguir.

E Ilan?

Ilan... Eu não sei por onde começar, o que você se lembra e o que não. Pergunte.

Não lembro. Só de algumas partes. Tudo está borrado.

Que você esteve com Ilan na base no Sinai, isso você lembra?

Em Bavel, sim.

Vocês estavam no fim do serviço. Eu já estava em Jerusalém. Estudando na universidade. Ela falava, e pensava: atenha-se aos fatos. Responda apenas o que ele perguntar. Deixe que ele decida o que é capaz de ouvir.

Outro silêncio se fez. O aquecedor elétrico faiscava.

E espere, ela advertiu a si mesma, vá no ritmo dele. Talvez ele nem queira falar sobre isso, talvez seja cedo demais.

Avram estava imóvel. Olhos abertos. Tinha apenas uma sobrancelha, cuja metade também fora arrancada.

Ela se apressou em dizer, vocês vinham semana sim, semana não, se revezando, do Sinai, você e Ilan.

Ele olhou para ela com ar de interrogação.

Uma semana você, outra semana ele. Um de vocês sempre precisava permanecer na base.

Ele refletiu longamente.

E o outro?

O outro saía de folga, para Jerusalém.

E você estava em Jerusalém?

Sim — atenha-se aos fatos, advertiu a si própria novamente. Você lembra onde eu morava?

Havia um gerânio, Avram disse depois de pensar.

É isso mesmo! Então você lembra! Eu tinha um quartinho em Nachlaot.

É mesmo?

Você não lembra?

Vem e vai.

Com banheiro fora? Com uma cozinha minúscula no quintal? Preparávamos o jantar ali. Uma vez você me preparou uma sopa de frango no fogareiro.

E a minha mãe, onde estava?

A sua mãe?

É.

Você... você não lembra?

Ela já não —

Quando você estava no treinamento básico, ela —

Sei, você foi comigo ao enterro, é isso. E Ilan também estava. Foi ao meu lado, do outro lado, é isso mesmo.

Ela se levantou do lugar. Sentiu que não aguentava mais. Você está com fome? Diga. Quer que eu traga alguma coisa?

Orah.

Ela se sentou, conformada, como que obedecendo às ordens de um rígido professor.

Eu não entendo.

Pergunte.

A boca.

Ela molha o paninho na água e umedece seus lábios.

Mas na guerra —

Sim.

Por que eu —

Parou no meio da frase e se calou. Orah pensou, agora ele vai perguntar sobre o sorteio.

Eu desci até o Canal, ele disse em voz baixa, e o Ilan não.

Ele se lembra, ela sabia. Ele se lembra e não tem coragem de perguntar. Deu uma olhada infeliz pela janela, em busca de um indício do nascer do dia, uma nesga de luz.

Você e eu, o que nós tivemos?

Já lhe disse, éramos amigos. Éramos — ouça, nós nos amávamos, disse finalmente, com absoluta simplicidade, e as palavras rasgaram seu coração.

E eu voltei de avião?

O quê? Ela ficou confusa. Sim, de avião. Com os outros.

Havia outros?
Havia muitos.
Muito tempo?
Você esteve lá aproximadamente —
Não, eu e você.
Um ano. Quase.
Ela o ouviu repetindo as palavras para si mesmo, em tom de espanto. Conteve-se para não perguntar se ele achava que havia sido mais, para não ouvi-lo dizer que achava menos. Depois ele voltou a adormecer, e roncou. Ela tinha a impressão de que cada vez ele era capaz de digerir apenas uma migalha da sua vida anterior.

Mas na verdade nós nos amávamos, ela disse, mesmo com ele dormindo. Falou com ele em voz alta, em tom sério e grave, tensa como se estivesse diante de uma negociação crítica. Você e eu éramos de fato... Que horror, ela pensou, a forma como estou falando disso no passado.

Ele se mexeu, enroscou-se nas cobertas, xingou o gesso que lhe apertava a perna. Ela ouviu o parafuso da grande placa de platina no seu braço bater na grade da cama.

Escute —, ele disse
O quê?
Eu não.
Não o quê?
Você precisa saber.
O quê?
Eu já não... Ele gemeu, procurando as palavras. Eu não amo nada. Nada, nada.
Ela ficou em silêncio.
Orah?
Sim.
É isso.
Sim.
E ninguém.
Sim.
Eu não tenho... amor.
Sim.

Por nada.

Ele gemeu. Um remanescente do seu antigo ser, compassivo, cavalheiresco, o instruía a protegê-la, ela pôde sentir isso, mas ele não tinha força: eu já queria lhe dizer antes.

Sim.

Tudo em mim morreu.

Ela ficou sentada de cabeça baixa. Como é possível Avram sem amor?, ela pensou, e o que quer dizer Avram sem amor? Depois pensou, e quem sou eu sem o amor dele?

Mas ela própria, desde a guerra, desde que ele fora feito prisioneiro, não tinha amor, por ninguém. Como tinha acontecido depois de Adah — como se novamente o sangue dela tivesse secado. Era até confortável. Ela vivia exatamente de acordo com seus meios. Mas por que no caso de Avram isso parece muito mais terrível?

Diga, ele diz.

Sim.

Quanto tempo estivemos?

Um ano, quase.

E você e Ilan?

Cinco anos. Mais ou menos desde os dezessete. Ela deu um risinho sem graça: foi você o casamenteiro, lembra? Na época também estávamos no hospital, ela pensou, na época também houve uma guerra.

Isso eu lembrava, ele murmurou, e lembrava que vocês namoraram. De nós dois, eu não lembrava.

Ela engoliu a humilhação pesadamente.

Claro que fomos, ele murmura, surpreso, como é que eu não lembrava?

Você vai se lembrar de tudo, não precisa ter pressa.

Eu acho que me fizeram umas coisas lá.

Tudo vai voltar, Orah disse, sentindo o estômago revirar, vai levar algum tempo, mas você —

Uma enfermeira alta e corpulenta abriu a porta, acendeu a luz e espiou para dentro: tudo bem por aqui?

Estamos bem, Orah deu um salto de susto, que se transformou numa espécie de alegria febril, prestativa, que bom que você veio, eu já ia chamá-la.

Avram, para sua perplexidade, já roncava ruidosamente, e dessa vez Orah achou difícil acreditar no seu sono, mas interrompeu-se no meio e não disse à enfermeira que ele voltara a falar. A enfermeira acendeu mais uma luz, trocou a embalagem de soro e o saco de dreno da urina, passou um pouco de creme na ponta de seus dedos e acima dos olhos, no local onde as sobrancelhas haviam sido arrancadas. Em seguida, virou-o na cama e limpou o pus que vazava da ferida em suas costas, recolocou a bandagem e aplicou-lhe uma "dose cavalar" de antibióticos.

Querida, você precisa dormir, ela disse a Orah nesse meio-tempo.

De manhã vou voltar para casa, Orah sorriu com esforço.

Diga, o que vocês são dele?, a enfermeira perguntou, você e aquele cara alto, são parentes?

Mais ou menos. No fundo somos, somos a família dele.

Ocorreu a Orah que Ilan estava se modificando dia após dia, desde que Avram voltara. Era como se estivesse sendo preenchido por uma nova energia, que de alguma forma fazia aumentar seu volume, o espaço que ocupava. O seu jeito de caminhar também havia se tornado firme, mais vibrante. Havia nisso algo de confuso, um pouco perturbador. Às vezes ela olhava para ele impressionada: era como se alguém tivesse passado tinta escura sobre seus traços até então desenhados a lápis.

A enfermeira riu, é que eu só vejo você e ele aqui. Ele não tem mais ninguém?

Não, só nós dois.

Mas como vocês são a família dele? Nenhum dos dois é parecido com ele, a enfermeira insistiu, já tendo terminado suas tarefas e ainda de pé junto à porta, como se não quisesse se desligar, vocês aliás se parecem muito mais entre si, ela riu, você e o outro cara, como irmão e irmã, como é que vocês são parentes dele?

É uma longa história, murmurou Orah, um dia eu lhe conto.

Porta, sussurrou Avram quando a enfermeira saiu. Orah se levantou e fechou a porta.

E você era do Ilan, ele disse, como que verificando se o terreno era firme para pôr o pé.

Sim, pode-se dizer que sim. Também. Mas na verdade não vale a pena você se esforçar tanto agora.

E Ilan... você amava ele, certo?

Orah fez que sim. Pensou como era possível empregar a mesma palavra para descrever sentimentos tão diferentes.

Então como... diga, como também...

Ou ele está me testando, ela foi assaltada por essa estranha ideia, ou está fazendo algum jogo comigo, um dos jogos dele.

Como o quê?

Como também nós dois.

Parecia-lhe que finalmente vislumbrara uma estreita faixa na janela, um pouquinho mais clara. Por que você o está torturando com as suas gaguejadas?, ela pensou, você está com medo do quê? É simples. Conte para ele, e pronto. Devolva o passado para ele. Talvez seja a única coisa que lhe resta. Ela disse: escute, Avram, foi um ano, até pouco tempo atrás, até a guerra, que eu fiquei tanto com você como com ele.

Ele soltou uma exclamação pesada, rouca. Lembrar, tenho que lembrar, ele murmurou a si mesmo, por que tudo se apagou? Ela estava comigo e com ele? Juntos? Como foi que ele concordou que eu também...

Mergulhou novamente dentro de si, parecendo diluído por longos minutos. Orah pensou, ele não consegue entender o que um dia foi seu espírito vital.

Eu não consigo entender, Orah, me ajude.

Seu corpo se agitou e estrebuchou como se uma batalha estivesse sendo travada dentro dele. Ela também se remexeu, sufocada dentro de sua própria pele. O que ele quer de mim?, ela pensou, que interrogatório estranho é esse? Afinal, ele tem que se lembrar, como é possível esquecer um ano desses e tudo que passamos?

Mas com nós dois?

Sim.

Juntos? Ao mesmo tempo?

Ela endireitou a cabeça e disse, sim.

E nós sabíamos?

Orah sentiu que não aguentava mais. Essas perguntas, o encolhimento dele, como se também nela própria algo estivesse ficando irremediavelmente contaminado.

Eu e ele — Ilan — ...Nós sabíamos?

O quê?, ela gritou num sussurro. Sabiam o quê?

Que nós dois, que estávamos com você ao mesmo tempo?

O que você quer de mim? O que você quer ouvir?

Sua voz aumentou para um sussurro agitado: não sabíamos?

Ela não tinha mais alternativa: mas *você* sabia.

E ele não?

Pelo jeito não. Eu não sei.

Você não contou para ele?

Ela fez que não com a cabeça.

E ele não perguntou?

Não.

E nem perguntou para mim?

Você não me disse nada sobre isso.

Mas ele sabia?

Ilan é esperto, Orah falou. Ela tinha muito mais que isso para dizer. A palavra "esperto" não explicava nada. Havia algo mais amplo e profundo, maravilhoso à sua maneira, naquilo que foi dado aos três naquele ano silencioso. Ela olhou para Avram, para seu rosto sofrido, estreito, aflito de preocupação, e pensou que ele agora não entenderia nada do assunto.

Mas nós éramos amigos, ele murmurou com uma ponta de admiração, eu e Ilan, éramos amigos, ele era o meu amigo mais... então como eu...

Se pudesse, ela o poria novamente para dormir, para que não entendesse tanto, que não encontrasse a si mesmo sem nenhuma proteção.

Tarde demais. Com uma expressão suspensa no infinito seus olhos se aguçaram e quase saíram das órbitas. Orah sentiu como se uma explosão de compreensão terrivelmente lenta estivesse ocorrendo dentro dele.

Para além das margens da estrada que acabaram de cruzar estende-se um fértil campo de capim. Há uma cerca de arame farpado, e trevos em profusão. Caramba!, Avram sorri e aponta com ingênua alegria: sobre uma rocha redonda, brilha sob a luz do sol a sinalização azul-branco-laranja da trilha. É o caminho recuperado. Nós achamos, ele anuncia, colocando o pé com força sobre a rocha sinalizada e esticando o braço na direção da trilha. É uma bela montanha, ele exclama enquanto seus olhos acompanham o braço até o alto do morro, e cuidadosamente tira o pé da rocha.

Será que as montanhas também são um problema para você?, ela verifica.

Nem as estradas são, ele resmunga. Não sei o que aconteceu comigo.

Fiquei apavorada, Orah informa, podíamos ter sido atropelados.

Então eu lhe devo a minha vida, ele murmura.

Digamos que mais algumas vezes como essa e estaremos quites. Ela ousa olhar para ele e vê a sombra de um sorriso amargo passando pelo seu rosto, como um animal astuto e furtivo roubando algo especialmente delicioso — talvez uma pontada no coração.

E a sua cadela, cadê?, ele se lembra.

Minha? De repente a cadela é minha?

Nossa, tudo bem, nossa.

Eles voltam à margem da estrada, fazem uma busca juntos e separados, ambos gritando alto, Ei! Cachorrinha! Cachorrinha! Venha!, por entre os carros passando. Ambos escutam os sons entrelaçados de suas próprias vozes, e se tivesse coragem, Orah gritaria uma única vez: *Ofer! O-fer!, volte para casa.*

Mas a cadela não aparece, e talvez seja melhor assim, pensa Orah. Não quero me ligar demais a ela, não tenho força para mais uma separação, mas mesmo assim é uma pena, podíamos ter sido boas amigas.

A montanha é íngreme e sinuosa, o caminho entremeado de oliveiras, terebintos e estrepeiros cobertos de espinhos. Os músculos são exigidos ao extremo, tensionados a ponto de doer, e a subida arrasa com seus pulmões. Interessante, diz Avram sem fôlego, que montanha será esta, qual o nome dela, aliás, onde será que nós estamos? Orah para, inspirando golfadas de ar. O quê? De repente é importante para você saber onde estamos? Não, ele retruca, só acho estranho andar sem saber onde estamos. E ela diz, o mapa está na sua mochila. E ele, vamos dar uma olhadinha?

Sentam-se. Chupam balas de limão. Avram hesita um instante e em seguida abre a bolsa direita da mochila. Pela primeira vez desde que iniciaram a jornada ele enfia a mão lá dentro. Tira um canivete Leatherman, uma caixa de fósforos, velas. Um rolo de barbante. Um frasco de repelente contra mosquitos. Lanterna. Outra lanterna. Um kit de costura. Desodorante, loção após--barba. Um pequeno binóculo. Ele espalha o conteúdo no chão e examina. Momentaneamente ela tem a impressão de que ele está tentando criar, a partir daqueles objetos, alguma imagem de Ofer, uma conjectura de Ofer. Orah ri: ele está sempre preparado para qualquer problema, o Ofer, mas você sabe muito bem que ele não herdou isso nem de mim nem de você.

Sobre um arbusto de espinhos eles abrem o grande mapa plastificado, escala 1:50 000. Cabeças lado a lado, debruçam-se sobre ele. Onde estamos? Talvez aqui? Não, é exatamente do lado oposto.

Forçam os olhos. Dois dedos percorrem o mapa lado a lado, cruzam-se, atropelam-se.

Aqui está a nossa trilha.

Sim, está assinalada.

É o que aquele cara disse, a Trilha de Israel.

Que cara?, ela pergunta.

O cara que encontramos.

Ah, aquele.

É, aquele.

O dedo de Orah corre depressa para trás ao longo da trilha, até encontrar a fronteira. Opa!, ela para e dobra o dedo, o Líbano.

Eu acho, ele murmura, que nós começamos mais ou menos por aqui.

Talvez aqui, ela sugere, porque aqui entramos logo no rio, lembra?

E dá pra esquecer?

E seguimos o rio aqui, assim, em zigue-zague. Ela segue com o dedo as curvas da trilha. O dedo de Avram junto ao seu, um pouquinho atrás. Aqui foi onde subimos, e aqui estava aquela ponte de madeira, e aqui vimos o moinho, e será que foi aqui que dormimos na primeira noite? Não dá para lembrar. O que foi que vimos nos primeiros dias?, ela pergunta, alguém conseguiu ver alguma coisa? Ele dá um risinho maroto: eu estava um verdadeiro zumbi.

Aqui fica a pedreira de Kfar Guiladi, aqui a floresta de Tel Hai, aqui a trilha de esculturas pela qual nós passamos e aqui nós comemos, em Ein Royim.

Eu não via nada naqueles primeiros dias.

Você realmente não viu nada, só ficou andando e me xingando por eu ter trazido você.

E mais ou menos aqui, acho eu, encontramos o Akiva, e daqui descemos para o vale.

Esse foi um bom pedaço de caminho, tudo isto aqui, está vendo?

Sim, e aqui com certeza é a aldeia árabe.

O que sobrou dela.

Eu bem que quis olhar mais, mas você fugiu.

Já tenho ruínas demais na minha vida.

E este é o rio Kadesh.
Então foi aqui que dormimos.
E então subimos pelo leito do rio, e encontramos o seu tal sujeito.
E desde quando ele é meu? O dedo dela aperta o mapa, deixando uma pequena reentrância no plástico. E aqui já é a fortaleza de Yesha, e aqui a tumba do xeque, Nabi Yusha.
E aqui, está vendo, daqui subimos todo o caminho até Keren Naftali, depois descemos de volta porque eu tinha esquecido o caderno no rio Kadesh.
E aqui havia outro rio, o Dishon.
No mapa ele parece tão inocente, e olhe aqui, as turbinas que nós não entendemos o que eram, Estação de Bombeamento Regional de Ein Aviv, bonito, aprendemos alguma coisa.
E eu acho que nós tomamos banho nesta lagoa.
E aqui caminhamos sobre aquele cano enorme, por cima da água.
Eu estava tremendo toda.
Deixa disso, eu não percebi, você não disse nada.
É o meu jeito.
E olhe, veja aqui, a sua floresta encantada, rio Tsiv'on.
E aqui o bosque que atravessamos antes. Com certeza.
E esta é a estrada que cruzamos há pouco.
Certo, estava escrito Rodovia 89.
Então, se atravessamos aqui, ele diz melodiosamente, então agora devemos estar —
No Meron, ela conclui.
No *monte* Meron?
Veja você mesmo.
Os dedos se juntam com uma leve sensação de respeito: Avram, ela diz baixinho, veja quanto nós andamos.
Ele se levanta, abraça o próprio peito, caminha de um lado para outro entre as árvores.
Eles dobram o mapa, põem as mochilas nos ombros e voltam a enfrentar a aguda inclinação em meio aos espinhos. Agora Avram vai na frente, e Orah tem um pouco de dificuldade de acompanhá-lo. Estes sapatos são realmente bons para mim, ele conclui consigo mesmo. E as meias são excelentes. Ele pega um galho longo e flexível, quebra-o com a perna até deixá-lo do tamanho desejado,

fazendo um cajado que o auxilie na caminhada e na subida. Sugere a Orah que ela também use um cajado. Comenta que a sinalização da trilha neste trecho está excelente. Frequente e constante, como tem que ser, ele determina. Ela tem a impressão de que ele está cantarolando algo baixinho.

Sorte que a trilha seja tão longa, ela pensa, olhando-o por trás: assim há tempo para se acostumar com todas as mudanças.

Cavalo de Crina Preta, ela diz. Esse foi um dos apelidos que Ilan deu a Adam quando o menino tinha cerca de três anos e meio. Outro foi Elefante de Tronco Gigante. Você entende?

Avram murmura as palavras, ouve-as na voz de Ilan.

Ou Asno de Belo Zurro. Ou Gato de Cenho Zangado. Esse tipo de coisa.

Gato de Cenho Zangado? Pode acreditar, era como se ele estivesse conduzindo algum experimento humano.

Ela viu Adam se transformando diante dos seus olhos, torcendo-se e entortando-se para se adaptar aos desejos de Ilan. Ele pintou um gato de cor de laranja: Laranjei ele, o garoto disse, agora estou jogando um amarelo com o pincel, e ela deu um sorriso torto. É claro que se orgulhava dele, mas a cada elogio ela sentia que ele se afastava cada vez mais. Olhava para ele — sacudindo a cauda para Ilan — e assustava-se com o que sentia. Não conseguia entender como escondera dela por tanto tempo todo aquele ávido fervor que agora inundava todo o seu ser, transbordando por todos os poros de sua pele. Aquele ávido fervor — óbvio, e tão masculino — que o fizera virar as costas para os anos que passara só com ela, no seu pequeno paraíso a dois, Bambi e sua mãe, Deus a tenha.

Fiquei de joelho mole!, ele berrava em êxtase depois de Ilan girá-lo sobre a cabeça e colocá-lo de volta no chão.

Sim, ela ensaiava um sorriso, sorte sua.

Ela tem a impressão de que pouco tempo depois de ter dominado a fala, a fala passou a dominá-lo. Ele começou a dizer seus pensamentos em voz alta. Ela não percebeu isso imediatamente. Só algum tempo depois se deu conta de que mais uma faixa fora acrescentada à já barulhenta trilha sonora da sua vida doméstica. Ele verbalizava todos os seus pensamentos, desejos e temores. E como às vezes ainda falava de si mesmo na terceira pessoa, chegava a ser divertido: Adam tem fome, fome, fome! Espere só um pouco! Chega, ele cansou de esperar, aguardar, ficar na expectativa de que a mamãe saia do banheiro. Adam vai agora preparar uma salada, lá na sala da casa. Na sala lá da casa? Éééé!!! E nada de boca calada.

Ele deitava, após todo o ritual de ir para a cama, e ficava murmurando suas reflexões. Orah e Ilan ficavam atrás da porta, ouvindo tudo orgulhosos: Adam precisa dormir. Quem sabe vem algum sonho? Ursinho, olha o que temos de fazer agora, você precisa dormir, e se vier um sonho grite Adam! Sonhos não são reais, é só um desenho na cabeça da gente, viu, ursinho?

Era muito estranho, Orah diz, era como se o subconsciente dele estivesse totalmente aberto para nós. E ela desvia o olhar de Avram para não lembrá-lo de seus próprios falatórios internos, sob efeito dos comprimidos, na noite em que ela o sequestrou para a viagem. Ela se pergunta se deve lhe contar como falou sobre ela naquela noite, "ela é totalmente maluca, ela saiu dos trilhos".

Antes ainda de completar quatro anos, Adam já era capaz de identificar todas as letras e a pontuação. Aprendeu com uma facilidade impressionante, e era praticamente impossível contê-lo. Ele lia, ele escrevia. Enxergava sinais escritos nas rachaduras do sabonete, na crosta de pão, na pintura da parede. Insistia em ler palavras nas dobras de seu lençol, nas linhas da mão.

Me diga, que herói você é?, Ilan o cutucou enquanto lhe dava banho.

O super-homem.

E ele é o quê?

Superior.

E o que ele faz sobre as cidades?

Supervoa!

Não, ele sobrevoa as cidades, Ilan corrigiu. E o que é acreditar em bobagem?

Superstição!

Os inimigos ele supera.

Gargalhadas, bolhas de riso flutuando pelo banheiro e estourando diante dos olhos dela, na cama.

Mas agora, subindo o monte Meron, ela procura se lembrar por que na época havia ficado tão zangada. Ela pensa, o que eu não daria para deitar de novo naquela cama, grávida, com as dores nas costas, com todo o cansaço, com o Ofer na barriga, ouvindo outra vez aquelas risadas deles. Vamos sentar um pouco, isto não é um morro, é uma escada.

Ela se joga no chão. Uma subida dessas, e mais as saudades, seu velho coração não vai aguentar. Adam está aqui com ela, aos quatro anos no máximo, correndo em torno dela no campo. Seus movimentos infantis, seus olhares curiosos, frágeis, sempre um pouco desconfiados. A luz que irradia dele quando se permite ficar contente, quando faz algo benfeito, quando Ilan o elogia. Falo o tempo todo de Adam, ela diz, mas Ofer nunca é somente Ofer, você entende, certo? Ofer sempre é também Adam, e Ilan, e eu. É isso. Isso é família. Não há alternativa, ela dá uma risada, você vai ter de conhecer todos nós.

Imagens e mais imagens: Adam e Ofer bebê dormindo juntos num saco de dormir sobre o tapete da sala — um acampamento de índios — nus, enrolados, cabelo suado grudado na testa, o braço direito de Adam abraçando a barriga de Ofer com seu umbigo protuberante; Adam e Ofer, cinco anos e meio e dois anos, montando uma casa dentro de uma caixa de papelão vazia, os dois rostos espiando por uma janelinha redonda que ela cortou para eles; Ofer e Adam, um ano e quatro anos e meio, de manhã muito cedo, depois de terem dormido nus na cama de Adam, Ofer cagou e lambuzou Adam inteiro, meticulosamente, diligentemente, e sem dúvida também com todo o amor e generosidade; Ofer inflando as bochechas para apagar as três velinhas no seu bolo de aniversário e Adam se pondo atrás dele e as apagando com um sopro só; Ofer se firmando sobre suas pernas finas na frente de Adam, que lhe furtara o adorado elefantinho, e gritando com toda a força, Ofer, lifante! Ofer, lifante! E foi tão firme e incisivo que Adam se assustou a ponto de lhe devolver o elefante, e depois ficou olhando para ele com um novo ar de respeito, e Orah observava da cozinha e percebia que alguma barreira caíra.

Um grande piquenique de família. A cena é vívida e nítida, como se estivesse acontecendo ali na frente dela, em pleno monte Meron: adultos e crianças sentados em roda observando Ofer, que está no centro. Um menino claro, magrinho e pequenino, com enormes e risonhos olhos azuis e uma densa massa de cabelo dourado. Ele conta aos presentes a piada mais engraçada do mundo, que a mãe — ele garante ao público ouvinte — já escutou sete vezes e toda vez ela rola de rir! E então conta uma longa e incompreensível piada sobre dois amigos, um chamado Quimporta e outro Quecêtemnacabeça. Ele conta, confunde tudo, esquece trechos, depois lembra, e faíscas de riso brilham em seus olhos, e o pequeno público se deleita, e a cada instante Ofer para e lembra aos ouvintes: logo, logo vem o fim da piada, a hora de dar risada!

E durante todo esse tempo, Adam — com oito anos?, sete? —, magro, desconfiado e soturno, uma espécie de sombra pairando sobre ele, vai de uma pessoa para outra conforme algum código oculto que só ele conhece, sem se fixar em ninguém, sem se deixar abraçar ou afagar, olhando com raivosa firmeza para os olhos fixos em Ofer, assaltando-os sem que saibam, o pequeno predador que virou presa.

Avram escuta. O canto alegre de um canário se ouve na mata. Na encosta do monte, não longe deles, num local onde parece ter havido recentemente um incêndio, os pés de mostarda brotam de novo, uma turba vegetal selvagem e vibrante. Uma flor que claramente decidiu que precisa ser perseverante, Orah ri, com enorme prazer de ver a mancha de terreno queimado vibrando novamente com o zumbir das abelhas e o canto dos canários.

E Ofer, ela diz, ficou em silêncio quase até os três anos. Bem, não exatamente em silêncio, mas não fez força para aprender a falar.

E isso, Avram hesita, é muito, três anos, hein?

Não é comum, é bastante tarde para começar a falar.

Avram franze o cenho, ponderando sobre a nova informação.

Veja, ele tinha algumas palavras básicas, e algumas frases bem curtas, e um monte de fragmentos de palavras, um pouco disso, um pouco daquilo, mas fora isso ele simplesmente se recusava a aprender a falar. Mas apesar disso conseguia se virar muito bem só com a ajuda dos seus sorrisos e simpatia, e também com a ajuda daqueles olhos dele. Que foi você quem lhe deu, ela não resiste a dizer.

E para surpresa de Orah, Ofer conseguiu convencer inclusive Ilan, até mesmo ele, de que é bem possível ter uma vida cheia e plena quase sem dizer nenhuma palavra corretamente. E foi o Ilan, hein?, ela enfatiza franzindo o cenho, foi o Ilan que me disse, ainda antes de o Adam nascer, que já sabia que não seria capaz de amar um bebê — nem mesmo seu filho — até o bebê começar a falar. Você entende? E pronto, Ofer, quase até os três anos, o culto ao silêncio, e veja só o que saiu.

Ilan e Ofer cavaram juntos canteiros no jardim e plantaram flores e verduras. E construíram uma perfeita cidade de formigas e cuidaram dela meticulosamente, e montaram castelos de Lego compostos de múltiplas partes, e passaram horas fazendo esculturas de massa e argila, e brincaram com a enorme coleção de borrachas de Ofer, e assaram bolos em conjunto. O Ilan!, ela solta uma risada divertida, imagine só. E o Ofer, saiba você, tinha verdadeira loucura por desmontar coisas, desde que se deu por gente, desmontar e montar de novo, mais uma vez, e mais outra, mil vezes, a duchinha automática giratória do jardim, um gravador velho, um transistor, um ventilador e, é óbvio, relógios, e o Ilan estudou um pouco de carpintaria, e engenharia elétrica e outras coisas técnicas para ensinar ao Ofer, e tudo isso quase sem palavras, você precisava ouvir os guinchos e cacarejos daqueles dois, você precisava ver o Ilan, parecia estar tirando férias de si mesmo.

Avram sorri. A quase felicidade distorce por um momento seu rosto desacostumado. Ele quer realmente ouvir, ela enfatiza de novo para si mesma, ainda impressionada, e seu coração replica simplesmente aquilo que ela sempre soube acerca de Avram, que ele talvez não consiga estabelecer uma ligação direta com o próprio Ofer, mas pode e vai estabelecer uma ligação com a história de Ofer.

Um Ilan risonho e leve de espírito surgiu então para Ofer. Um Ilan luminoso, generoso e que ela muito amava. Rolava com o menino pelo chão brincando de luta, jogava futebol e brincava de pega-pega na sala e no quintal, erguia-o nos ombros e corria com ele em torno da casa aos gritos, ia e voltava pelo corredor com Ofer pisando sobre seus pés, e cantava canções bobas aos berros.

Ficavam parados diante do espelho fazendo caretas engraçadas ou assustadoras. Aproximava seu rosto do de Ofer, nariz contra nariz, quem ri primeiro perde! E de repente sumia por um momento na cozinha, e voltava com a face coberta de farinha e ketchup. E como os dois faziam farra no banho, guerras de água que espirravam por todo lado, você tinha de ver como ficava o banheiro depois que eles saíam. Parecia um atentado aquático.

E o Adam?

O Adam, sim, ela diz — e pensa, como toda vez ele insiste em voltar logo ao Adam —, é claro que o Adam também era chamado para esses jogos e brincadeiras, não é que não o chamassem, ela aperta os braços sobre o peito, ufa!, isso é tão complicado...

Quando o Adam estava com eles ela sempre tinha a sensação de que Ofer e Ilan se continham um pouco, reduziam seu entusiasmo e sua agitação de modo a tolerar o incessante falatório do Adam, seu fluxo verbal, que frequentemente se transformava de súbito numa assustadora demonstração de selvageria física, uma tempestade de socos e chutes neles dois, por causa de algum motivo ínfimo e bobo, ou por suspeitar de algum xingamento imaginário. Às vezes ele se jogava no chão num acesso de raiva, batendo as mãos e os pés no piso, e também a cabeça — Orah teve um arrepio ao se lembrar daqueles terríveis ataques —, e então os dois, Ilan e Ofer, tentavam ao máximo acalmá-lo, apaziguá-lo, agradá-lo. Era tocante ver como Ofer, um pinguinho de gente de dois anos, acariciava Adam, sentava-se ao seu lado, debruçava-se sobre ele e falava com ele sem palavras, apenas com murmúrios de conforto.

Foi uma época difícil, ela diz, pois Adam não era absolutamente capaz de compreender o que acontecia, e por mais que tentasse se aproximar dos outros dois, mais eles pareciam recuar, e ele pressionava ainda mais, e aumentava o volume da sua voz, pois o que é que podia fazer?, diga para mim, ele tinha só uma ferramenta para mostrar e expressar o que queria, só o que o Ilan lhe tinha ensinado, e no fundo — ela balança a cabeça, irritada, por que ela não havia se metido mais na história? Tinha sido tão fraca, tão imatura —, agora eu acho que ele simplesmente implorava ao Ilan que voltasse para ele, que reafirmasse novamente a aliança entre eles. E eu penso também no Ilan, como simplesmente deixou o Ofer ser ele mesmo, amando tudo que ele tinha, como se tivesse resolvido desistir até mesmo da sua maldita mania de julgar, apenas para amar por completo, sem barreiras, tudo que Ofer era.

E ao fazer isso — ela sabe, ela não consegue dizer isso em voz alta — ele virou as costas para o Adam. É impossível descrever isso de outra maneira. E ela sabe que Avram também entende exatamente o que aconteceu ali. Pois Avram também já consegue ouvir os meios sons e os silêncios.

Ele não fez isso de propósito, o Ilan. Ela sabe. Com toda a certeza não queria que uma coisa dessas acontecesse. Tinha muito amor por Adam. Mas aconteceu. Foi isso que ele fez. Orah sentiu isso, Adam sentiu, talvez até mesmo o pequeno Ofer tenha sentido algo. Foi uma coisa sem nome, esse ato de Ilan, esse movimento sub-reptício, sutil, terrível, e durante aquele tempo o ar da casa esteve denso por causa disso, uma aura de quebra de confiança tão profunda e complicada que até hoje, vinte anos depois, ao contar a história para Avram, ela não é capaz de nomeá-la explicitamente.

Quando Adam tinha perto de cinco anos, Ilan lhe preparou um ovo cozido para o café da manhã. Adam lambeu os lábios entre uma colherada e outra e disse: ovo, clara e gema de novo. Era a brincadeira predileta deles algum tempo antes, antes de Ofer nascer, de modo que Ilan se entusiasmou e respondeu depressa: para alimentar o povo. Adam riu de felicidade, pensou um pouco e disse: e é por isso que eu me movo. Ambos riram. Ilan disse: então se mova depressa e vá se trocar. E Adam: pra gente não se atrasar.

Enquanto Ilan lhe vestia a camisa, Adam disse: o braço na manga colhe manga e pitanga. Ilan sorriu, você é o bonzão, Adamão. Enquanto Ilan lhe amarrava os sapatos, Adam disse: Entre os pés e os sapatos, as meias são fatos. E Ilan disse: Estou vendo que nesta manhã você está inspirado. E Adam: Melhor que estar resfriado.

No caminho do jardim de infância, ao passarem na frente do parquinho de Tzur Hadassah, Adam comentou que na balança havia uma criança e que no escorregador havia um corredor. Ilan, a cabeça preocupada com outra coisa, disse algo do tipo Adam está virando um poeta, e Adam completou, da forma correta.

Quando Orah veio buscá-lo na hora do almoço, a professora lhe contou, com um largo sorriso, que Adam havia tido um dia especial: que havia falado com as outras crianças e com a professora apenas em rimas, conseguindo até contagiar algumas outras crianças, embora nem todas fossem tão boas em fazer rimas como as de Adam, mas pode-se dizer que hoje o jardim esteve cheio de rimas, que hoje tivemos aqui um jardim de pequenos poetas, certo, crianças? E Adam franziu um pouco o cenho delicado com uma expressão ligeiramente irritada, crianças, crianças, são só esperanças. Fazem festanças e lambanças.

Na volta para casa, de bicicleta, agarrado às costas de Orah e apertando sua cintura com uma força incomum, respondeu com rimas a todas as perguntas da mãe, e ela, cuja paciência para essas brincadeiras, dele e de Ilan, era limitada ao mínimo, pediu-lhe para parar. E ele disse: é só esperar. Orah achou que ele estava fazendo de propósito para provocá-la, e nada disse.

E em casa a brincadeira continuou. Orah ameaçou parar de falar com ele enquanto não voltasse a falar direito, e ele soltou: benfeito, do meu jeito, no fundo do peito. Sentou-se diante da televisão e assistiu a *A Bela Borboleta*, e quando Orah foi dar uma olhada viu que ele estava curvado para a frente, os punhos cerrados sobre os joelhos, os lábios se movendo após cada frase dita pelos personagens do programa. Então percebeu que ele estava dando respostas em rimas.

Ela o levou a um pequeno passeio de carro. Achou que sair daria uma arejada na sua cabeça e que deixaria de lado a estranha compulsão de rimar. Eles foram até Mavo Beitar, nas proximidades, e ela lhe mostrou pedreiros fixando telhas. Ele disse: primeiros, padeiros, orelhas, ovelhas. E ao passarem pela mercearia ele gritou, após longos momentos de aflição: marcenaria. Ela parou para deixar um velho cachorro atravessar a rua e ouviu um silêncio pesado no banco de trás; ao olhar pelo espelho viu os lábios dele movendo-se com rapidez, os olhos cheios de lágrimas por não ter conseguido achar rapidamente uma rima para "cachorro". Socorro, ela diz delicadamente, e ele respira aliviado: e também, morro, ele acrescentou depressa, e corro.

Venha, conte-me agora como foi na escola, ela pediu quando se sentaram num lugar escondido de que ambos gostavam, a caminho do rio Ma'ayanot. E ele disparou: me amola, embola. Ela pôs um dedo nos lábios dele e disse, agora não diga nada, só preste atenção, e ele olhou para ela com medo e murmurou, aflição, armação, e Orah subitamente ficou apreensiva com a infelicidade e o desespero que viu nos olhos dele. Teve a impressão de que ele estava lhe implorando que se calasse, que o mundo inteiro se calasse, que não se produzisse mais um único som. Ela o tomou nos braços e o abraçou, e ele enterrou a cabeça no pescoço dela, o corpinho todo rijo e contraído. Ela procurou acalmá-lo, mas toda vez que se esquecia e dizia algo, nem que fosse uma só palavra, ele se sentia forçado a responder com uma rima. Ela voltou com ele para casa, deu-lhe o jantar e depois um banho, e percebeu que mesmo ficando totalmente quieta, ele fazia rimas com os sons da água jorrando na banheira, a batida de uma porta ao longe, o bip-bip anunciando a contagem dos segundos para um próximo programa na tevê do vizinho.

No dia seguinte, ao acordá-lo — na verdade, pediu a Ilan que o acordasse, mas ele sugeriu que ela fosse, e ela foi, com falsa alegria e animação fingida, e disse aos dois, a Adam e ao pequeno Ofer, bom dia!, queridos —, ouviu de dentro do travesseiro de Adam um murmúrio, perdidos, feridos, e viu os olhos dele imediatamente se firmarem, afastando o sono, e sua expressão se turvar de horror.

O que é que há comigo?, ele se sentou na cama e perguntou a ela com voz ausente, e antes mesmo de Orah responder, ele disse: perigo, inimigo, e estendeu os braços para ela, para que ela o pegasse a o abraçasse. Eu não quero falar, ele berrou, gritar, calar, parar.

Ilan veio e se postou junto à porta. Estava se barbeando e tinha espuma na face, e Adam apontou para ele debilmente e sussurrou: alguma, nenhuma, arruma.

Orah disse com o canto da boca: *I don't know what to do.*

Vocês, cortês, Adam murmurou. E Orah, momentaneamente aliviada, até perceber que ele tinha feito rimas para "inglês".

O que se passa, meu caro?, Ilan disse gravemente.

Raro, faro, gemeu Adam enterrando o rosto no pescoço de Orah, como que buscando ali proteger-se de Ilan.

Isso durou aproximadamente três meses, Orah diz a Avram, cada frase, cada palavra, tudo que se dizia a ele e tudo que ouvia nas proximidades. Uma máquina de rimar. Um robô.

E o que vocês fizeram?

O que podíamos fazer? Fazíamos de tudo para ficar calados. Para não pressioná-lo. Tentamos simplesmente ignorar o fato.

Lembra daquele filme, diz Avram, a que assistimos juntos uma vez no cine Jerusalém, nós três?

David e Lisa. Sim, lembro. E ela cita: David, David, veja, veja, e me diga: o que você vê com certeza?

E Avram responde: Eu vejo uma menina, que parece uma bailarina.

Três meses, ela repete, atônita, para cada som da casa havia uma rima.

E com toda a sua força ela reprime um gemido de pesar em relação ao que nela desperta agora — a intensa vontade, a urgência, o desejo de voltar e conversar sobre isso com Ilan, procurar entender o que se passou então com Adam, voltar a remoer o assunto com ele, mais uma vez, em conversas na cozinha ou em abraços na escuridão do sofá da sala, diante da televisão sem som, ou nos passeios noturnos pelos estreitos caminhos do bairro.

Não há mais Ilan, ela lembra a si mesma severamente.

Mas por um momento, como toda manhã, quando abre os olhos e estende a mão para apalpar o outro lado da cama, isso a atinge com a intensidade de uma primeira vez: ela não tem parceiro. Não há rima para ela.

Da manhã até a tarde era isso, dia após dia, e também à noite, ela diz, e depois isso de repente parou, quase sem a gente sentir. Como acontecia com um monte de outras loucuras deles, dele e do Ofer. É assim, ela se força a rir, você tem certeza de que é isso aí, que aquela loucura tomou conta deles para sempre. Que Adam vai falar em rimas para sempre, ou que Ofer vai dormir a vida toda com uma chave de roda na cama para bater nos árabes quando vierem, ou que vai vestir a fantasia de caubói até os setenta anos, e um belo dia você nota que já faz algum tempo que essa mania, que deixou loucos todos na casa, que nos deixou deprimidos meses a fio, puf!, lá se foi, acabou, sumiu.

Bater nos árabes?

Bem, foi uma história, ela ri, o seu filho tinha a imaginação muito desenvolvida.

Ofer?

É.

Mas o que... Por que os árabes? Ele teve alguma coisa com —

Não, não, ela faz um gesto de que é bobagem. Era tudo coisa da cabeça dele.

Eles passam pela Escola Agrícola do monte Meron, e Avram corre para uma torneira próxima e enche as garrafas de água. Orah vê a água transbordando da garrafa e jorrando abundantemente no chão, e percebe que ele está correndo os olhos pelo bosque por onde acabaram de subir com um leve sorriso. Ela segue o fio de seu sorriso e chega à cadela dourada, parada entre as árvores, arfando pesadamente. Orah põe água num prato e o coloca perto da cadela. É o seu prato, ela diz, e o enche de novo, e mais uma vez, até a cadela matar completamente a sede. Numa barraquinha nas proximidades eles compram, só depois de o dono concordar em desligar o rádio, três cachorros-quentes para a cadela e alguma comida e doces para si próprios. Continuam subindo a montanha. O alto-falante da base militar próxima emite incessantes chamados para os técnicos, motoristas e operadores de antenas. A presença humana se torna mais densa e os enche de nervosismo. Eles evitam encontros ou conversas com casais de turistas que estão percorrendo sua trilha — que se parecem bastante conosco, pensa Orah com uma pontada de inveja, pessoas da nossa idade, burgueses simpáticos, que tiraram um dia de folga na natureza, fugindo um pouco do trabalho e dos filhos, e certamente eles pensam o mesmo de nós, de mim e de Avram. Como ele se assustou, ela recorda, quando mencionei o medo que Ofer tinha dos árabes. Em que calo terei pisado?

No pico do Meron eles param num mirante — "Restaurado pela família e amigos do tenente Uriel Peretz, de abençoada memória, nascido em Ofira em 2 de Kislev de 5737 (1977), tombado no Líbano em 7 de Kislev de 5758 (1998). Batedor, combatente, devoto da torá e amante do país", lê Avram —, olham para o norte, para o monte Hermon coberto por uma névoa púrpura, e para o vale de Hulah e a esverdeada cadeia montanhosa de Naftali. Mais uma vez eles se cumprimentam mutuamente, com modesto orgulho, tentando avaliar em quilômetros a distância percorrida. Uma energia nova e desconhecida se espalha em seus corpos. Núcleos de força se assentam em suas panturrilhas. Quando tiram as mochilas das costas, sentem-se como se estivessem flutuando no ar.

Diga, Avram quebra o silêncio, vamos dormir aqui em cima?

Vai ser muito frio. Quem sabe a gente desce um pouco. Vamos continuar descendo com a trilha?

Eu estou com vontade de subir até o pico primeiro — ele se espreguiça e depois solta os braços —, mesmo que não esteja exatamente na rota da trilha.

Então vamos subir, ela está feliz, não somos obrigados a andar só na trilha.

Eles contornam o pico pelo caminho de subida, a cadela correndo diante deles, é a primeira vez que ela vai na frente; de vez em quando para e olha para os dois, esperando e apressando-os com o olhar, e volta a correr. O ar está repleto de cheiros de terra solta e brotos de flores. Trepadeiras sobem pelos troncos das árvores, e súbitas chamas de flores coloridas cintilam entre os carvalhos e os terebintos. Finos galhos irrompem das raízes de um enorme arbusto, como dedos emergindo de uma gigantesca mão aberta, e o corpo despido da casca, quase tímido em suas cores e texturas, como uma nudez humana, como um corpo de mulher. De repente Orah para: escute, preciso lhe contar uma coisa. Isso está me comendo por dentro, mas até agora não consegui. Você quer ouvir?

Orah, ele diz em tom de censura.

Escute, quando me despedi dele, do Ofer, quando o levei até o local de encontro da divisão dele, havia uma equipe de televisão. Eles nos gravaram.

E?

E o repórter lhe perguntou o que ele queria me dizer antes de sair para lá, e o Ofer, sei lá, sorrindo, pediu que eu lhe preparasse todo tipo de comidas, não me lembro direito, e de repente ele me cochichou mais uma coisa no ouvido, na frente das câmeras e tudo.

Avram para, esperando.

E o que ele me disse é que — ela respira fundo, contrai os lábios — que se, se ele —

Sei, sussurra Avram, disposto a dar-lhe apoio, mas seu corpo já reage sozinho, como se estivesse prestes a levar um golpe.

Que se acontecesse alguma coisa com ele, está ouvindo?, se acontecesse alguma coisa com ele, ele queria que a gente fosse embora de Israel.

O quê?

Prometa que você irá embora de Israel.

Foi isso que ele disse?

Palavra por palavra.

Todos vocês?

Parece que sim. Não deu tempo nem de —

E você prometeu?

Não creio, não lembro, fiquei totalmente estarrecida.

Eles continuam andando, calados, subitamente encurvados. Se eu morrer, Ofer cochichara no seu ouvido, vão embora do país, simplesmente vão embora daqui, vocês não têm mais o que fazer aqui.

E o que mais me deprime é que está muito claro para mim que não foi só algo que saiu num impulso. Ele de fato pensou nisso de antemão. Ele preparou isso.

Avram caminha, passos pesados no chão.

Espere, ela diz. Não corra.

Ele esfrega o rosto e a cabeça com força. Sente um suor frio. Aquelas três palavras que saíram da boca de Orah. Se eu morrer. Como é que ela consegue pronunciá-las? Como é que passam pela sua garganta?

O Adam, ela relembra, quando estava no exército, uma vez disse que se algo acontecesse com ele, queria que construíssemos um banco em memória dele, na frente do Submarino.

Que submarino?

O Submarino Amarelo. O clube de música em Talpiot, às vezes ele se apresenta lá com sua banda.

Ambos caminham em silêncio. Pessoas passam por eles e eles não notam. Ao lado de uma antiga cisterna, escavada na rocha, eles se sentam. As primeiras salamandras nadam nas águas acumuladas na cisterna. Torrões de sementes mascadas por porcos selvagens estão espalhados pelo chão. Ambos permanecem em silêncio, reunindo forças.

E de alguma forma, diz ela, durante todos estes dias, o que é que posso lhe dizer? Nos momentos em que não consigo me conter, sinto que em toda esta caminhada eu também estou me despedindo.

Você não vai embora, ele diz com firmeza, quase em pânico, você não pode.

Não posso?

Venha. Vamos andar.

O maxilar dele está rigidamente apertado, retendo pensamentos e palavras. Na verdade gostaria de dizer a ela que só ali, naquela paisagem, nas rochas, nos cíclames, em hebraico, naquele sol, ela tinha significado. Mas isso soaria piegas, como um subterfúgio. Então ele permanece calado.

Orah endireita o corpo. De súbito pensa que de alguma forma Ofer teria adivinhado algo sobre Avram. Como se dissesse — se também comigo acontecer, se isso passar para mais uma geração, vocês não têm o que fazer aqui.

Mas em todo caso, ela diz baixinho, se..., então não será só o país...

Orah —

Esquece. Esquece agora, por que estragar a paisagem? Sua boca treme. Ela morde o lábio com força. A seu lado, Avram arrasta os pés, um peso terrível, oférico, toma conta dele a cada passo. Talvez ela esteja me contando sobre ele por causa disso, o pensamento passa voando por ele, para que haja alguém para se lembrar dele.

Avram, diga. Com a força que lhe resta ela se força a sair da lúgubre manta de silêncio.

O quê, Oraleh?

Sabe o que me ocorreu?

O que lhe ocorreu? Ele sorri distraído de dentro das trevas da sua consciência. Basta você pedir, ele pensa, todos os seus sentimentos voltados para ela.

Amanhã ou depois, ela diz, eu quero cortar um pouco o seu cabelo.

Ele fica surpreso: mas qual é o problema do jeito que está?

Não está mal. É uma necessidade que eu tenho nas montanhas altas. Aliás, é aqui que costumam cortar o cabelo durante o Lag Baomer.

Não sei, não. Vamos ver. Deixa eu pensar um pouco.

O ar está fresco e limpo. Arbustos de cistos abundam em ambos os lados da trilha, colorindo o caminho de rosa e branco. Ele pensa, como ela pula de uma coisa para outra, como ela consegue estar sempre em tudo.

E quem corta o seu cabelo em geral?, ela joga a pergunta com leveza bem calculada.

Uma vez, já faz algum tempo, um amigo barbeiro, na Ben Yehuda, me fez um favor.

Aaahh.

Mas nos últimos anos em geral quem corta é a Netah, a cada seis meses mais ou menos.

Ele remexe seu cabelo comprido, já ralo, oscilando ao vento: quem sabe você realmente possa dar uma ajeitada.

Você nem vai sentir, ela diz, não vai doer.

Seguem andando. Pinhas vazias estalam sob seus pés. Um vento frio sopra em torno deles. O arvoredo está pontilhado de anêmonas vermelhas, azuis e roxas. Uma nova intimidade paira entre ambos.

Sabe, Orah diz, desde anteontem, desde que nós dois saímos um pouco do estado de choque, quando eu senti que você também estava melhor, foi mais ou menos anteontem, não foi?

Foi?

Foi. Depois que escrevi à noite no caderno. Desde então comecei de repente a observar que quase tudo que vejo, a paisagem, as flores, as rochas, a cor da terra, a luz em todas as horas — ela faz com as mãos um gesto circular, amplo —, tudo, sei lá, até você, as histórias que lhe conto, e nós dois, e também este jacinto aqui — olá, amigo, ela saúda a flor com uma ligeira reverência —, tudo eu tento agora lembrar, mas lembrar mesmo, gravar na memória, que, vai saber — ela faz para Avram uma careta que pretende ser engraçada, mas ele não acha graça —, talvez seja a minha última vez com tudo isso.

Não vai acontecer nada com ele, Orah, veja, ele vai ficar bem.

Você promete?

Ele ergue as sobrancelhas.

Prometa para mim, ela apoia seu ombro no dele, o que lhe importa dar um pouco de alegria a uma velha mulher?

Eles passam por outro mirante, em memória de Yossef Bukish, de abençoada memória, que tombou em serviço em 25 de julho de 1997. "Existem no mundo muitas coisas belas,/ paisagens, pessoas, flores, animais/ quem tem os olhos abertos para vê-las,/ vê centenas delas por dia — ou mais!" (Leah Goldberg). Lembre-se, Avram mergulha em si mesmo, em sua própria mente, batendo contra suas paredes, essa cabeça que você esvaziou, apagou, sujou, encheu de lixo, de merda, agora você vai lembrar com essa cabeça cada palavra dela, tudo que ela está lhe contando sobre ele, sobre Ofer. Pelo menos dê isso a ela, o que mais você tem para lhe dar além disso? Dê a ela a sua maldita e doente memória.

Aquilo que ele lhe disse, Avram sugere depois cautelosamente, será que ele não foi um pouco influenciado pela ópera do Adam?

Sobre o exílio? Que estamos todos indo embora em caravana?

Talvez.

Ela é tomada de um forte rubor, do peito até o pescoço. Essa ideia também havia lhe ocorrido. E agora ocorreu a ele. É incrível como ele está aprendendo a entrelaçar seus fios na trama dela. Eles ficam parados em silêncio, balançando levemente. A seus pés, a Reserva Natural do monte Meron, grandes extensões verdes, florestas, montes rochosos. Avram pensa novamente na mulher desenrolando atrás de si o cordão vermelho. Talvez seja o cordão umbilical que sai de dentro dela e segue até o infinito. Ele visualiza como de todas as cidades e aldeias e kibutzim e *moshavim* saem mais e mais homens e mulheres e crianças unindo seus cordões vermelhos ao cordão dela. Por um momento, ele vê uma trama vermelha se abrindo sobre toda a extensão a sua frente, agarrando-os como uma rede, uma fina teia, sangrando, reluzindo ao sol.

Há algo de especial nesta caminhada, não é?, ele diz mais tarde. Orah, imersa nas suas reflexões, acha graça, há muita coisa especial, sim, certamente pode-se dizer que sim; e ele, não, eu me refiro à caminhada em si, que é necessário ir de um ponto a outro, não existe atalho, o caminho é assim mesmo, nos treina a ir no ritmo dele.

É tão diferente da minha vida normal, ela diz, com o carro e o micro-ondas e o computador, que com um simples toque num botão é possível aquecer um frango inteiro ou mandar um e-mail para Nova York. Ui, Avram, ela abre os braços e inspira o penetrante ar da altitude, este pé no chão tem muito mais a ver comigo. Quem sabe a gente possa passar a vida inteira andando, andando sem nunca chegar, hein?

Eles deixam a trilha para o pico e encontram uma deliciosa almofada de verde, estendem-se de costas no chão morno com o rosto voltado para o sol. É o começo da tarde, e perto da cabeça de Orah encontra-se uma flor de bico-de-cegonha que recém-concluiu seu trabalho de polinização e exibe agora suas pétalas azuis, antes de fenecer. Uma energia intensa, terrena, rochosa e primeva penetra no seu corpo vinda da montanha. A cadela está deitada a certa distância, lambendo-se e limpando-se meticulosamente. Avram tira de sua mochila o boné de Ofer — "Batalhão Shelach, Companhia C, Os Caras" — e cobre o rosto com ele. Ela também protege o rosto com um chapéu. O calor do sol a deixa sonolenta. Um silêncio profundo os envolve. Um minúsculo besouro abre caminho por entre folhas caídas de papoula junto aos seus dedos. Ao lado do seu joelho, uma íris apressa-se em exibir suas flores, também azuis, tentando seduzir os seguidores do bico-de-cegonha que acabou de morrer.

Antes, quando estávamos ali parados no mirante, Orah diz baixinho dentro do chapéu, quando olhávamos o vale de Hulah, o vale estava tão lindo, com campos de todas as cores, pensei que para mim é sempre assim com Israel.

Como?

Que todo o meu encontro com a terra é também meio como uma despedida.

Oculto no seu boné, Avram viu de relance um pedaço de papel, resto de um jornal árabe que achou no balde da latrina na prisão de Abassyia. Através da pasta de excrementos ele conseguira decifrar um breve relatório sobre execuções de vice-ministros e de quinze prefeitos da região de Haifa e arredores, ocorridas na véspera na praça central de Tel Aviv. Durante alguns dias e noites esteve convencido de que Israel já não existia. Depois percebeu o engodo, mas algo dentro dele havia sido irremediavelmente danificado.

Seus olhos estão bem abertos dentro do boné. Ele se recorda dos intermináveis passeios de carro com Orah e Ilan pelas ruas de Tel Aviv, depois de sair do hospital. Tudo então lhe parecia vívido e real, embora também como uma grande encenação. Uma vez, num desses passeios, ele disse a Orah: Certo, é bem bonito dizer, *Se quiserdes não será uma lenda*, mas e se alguém deixa de querer? Ou se já não tem força para querer?

Querer o quê?

Querer que não seja uma lenda.

Um bando de perdizes levanta voo da mata próxima com um ruidoso bater de asas, e a cadela volta de lá, desapontada.

E sempre nesses momentos eu penso, Orah diz debaixo de seu chapéu, esta é a minha terra, e de fato não tenho nenhum lugar para onde ir, para onde eu iria?, me diga, onde mais eu poderia me irritar tanto com tudo?, e, aliás, quem haveria de me querer?

Mas ao mesmo tempo sei que este país na verdade não tem chance, não tem, você está entendendo? Ela tira o chapéu de cima do rosto e se senta de repente, espantando-se de ver que ele está sentado observando-a; pois se pensarmos friamente, com lógica, se pensarmos apenas em números e fatos e história, sem nenhuma ilusão, ele não tem a menor chance.

E de súbito, como numa peça de teatro esquisita, algumas dezenas de soldados irrompem pela verde extensão do campo, correndo em duas filas que passam de ambos os lados de Orah e Avram. "Curso de Oficiais do Corpo de Armamentos", lê-se nas suas camisetas suadas, trinta ou quarenta jovens, robustos e exaustos, com uma bela e delicada soldado loira correndo com toda a leveza à frente deles. Ela recita numa cadência melodiosa e irritante:

Ná-ná-ná-ná!

E eles respondem num rugido: Tudo que'a Rotem mandar!

Ná-ná-ná-ná!

Pela Rotem guerrear!

O que você diz para um menino de seis anos, ao Ofer, tão mirradinho, que certa manhã, quando você o está levando para a escola de bicicleta, se agarra nas suas costas e pergunta com o máximo de cuidado: mamãe, quem é contra nós?, e você tenta esclarecer a que ele se refere exatamente, e ele responde com impaciência, quem nos odeia no mundo, que países estão contra nós. E você obviamente quer manter o mundo dele puro e ingênuo, livre de ódio, e diz que nem sempre quem está contra nós é porque nos odeia, e que temos uma espécie de discussão longa com alguns países à nossa volta sobre uma porção de assuntos, da mesma maneira que as crianças na escola às vezes têm discussões e até mesmo brigas. Mas as mãozinhas dele apertam com força a sua barriga, e ele exige que você diga o nome dos países que são contra nós, e há uma urgência na voz dele e no queixo pontudo que afunda nas suas costas, e você começa a enumerar, Síria, Jordânia, Iraque, Líbano. Com o Egito agora estamos em paz, e você suaviza simpaticamente a sua voz, tivemos muita guerra com eles, mas agora vivemos em paz, você acrescenta, pensando, se ele soubesse que foi justamente por causa do Egito que ele foi gerado. Mas ele exige precisão, é um menino muito prático, sempre preso aos detalhes: o Egito já é nosso amigo de verdade? Não bem de verdade, você admite, eles ainda não querem ser totalmente nossos amigos. Então também estão contra nós, ele declara formalmente, e logo pergunta se existem mais países de árabes. E não sossega até você mencionar todos os nomes, Arábia Saudita, Líbia, Sudão, Kuwait e Iêmen, e sente nas suas costas a boca dele decorando os nomes, e acrescenta o Irã, que não é exatamente árabe, mas também não exatamente a nosso favor. E ele ainda está calado, depois pergunta debilmente se há mais, e você murmura, Marrocos, Tunísia e Argélia, e lembra também a Indonésia e a Malásia, o Paquistão e o Afeganistão, e seguramente também o Uzbequistão e o Cazaquistão, todos esses "tãos" não soam bem, e olha, chegamos à escola, fofo. E quando você o ajuda a descer da garupa, tem a impressão de que o peso do corpo dele duplicou.

Nos dias seguintes Ofer começou a escutar as notícias com extrema atenção. Mesmo no meio de um jogo, começava a ficar atento aos noticiários de horas cheias, e depois também aos boletins da meia hora; furtivamente, parecendo um espião, aproximava-se da cozinha e ficava ao lado da porta como se estivesse ali casualmente, escutando o rádio. Ela acompanhava seus movimentos e via como seu rostinho se retorcia num misto de raiva e medo toda vez que havia a notícia de algum israelense morto em algum ato de hostilidade. Você está triste?, ela perguntou ao vê-lo soluçar após a explosão de uma bomba num atentado terrorista no mercado de Machané Yehudah, em Jerusalém; ele bateu os pés, não estou triste, estou com raiva! eles estão matando toda a nossa gente! Ela procurou acalmá-lo, nós temos um exército forte, e, além disso, há também países muito grandes e fortes para nos proteger. Ofer tratou essa informação com descrédito. Quis saber onde se encontravam exatamente esses países amigos. Orah abriu um atlas: aqui, os Estados Unidos, por exemplo, e aqui a Inglaterra, e aqui mais alguns bons amigos nossos, ela murmurou passando a mão por alto pelos países da Europa, que ela própria não tinha muita certeza de que lado estavam. Ele a olhou estarrecido: mas eles estão lá!, gritou, como se não acreditasse que ela pudesse ser tão tola: veja quantas páginas há entre lá e aqui!

E alguns dias depois pediu que lhe mostrasse os países que "estão contra nós". Ela abriu novamente o atlas e apontou um depois do outro. Um momento, e nós estamos onde? Um lampejo de esperança brilhou nos seus olhos: quem sabe não estamos nesta página? Ela colocou o dedo sobre Israel. A boca de Ofer soltou um lamento estranho, e de repente ele se agarrou a ela com toda a força, debatendo-se de corpo inteiro, como se tentasse entrar novamente no corpo dela. Ela o abraçou e o afagou e murmurou palavras de consolo. Um suor penetrante, quase de velho, saía por todos os seus poros. Quando conseguiu erguer a face dele viu nos seus olhos algo que amarrou suas entranhas com um único puxão.

Nos dias seguintes ele ficou inusitadamente quieto. Nem mesmo Adam conseguiu animá-lo. Ilan e Orah tentaram conquistá-lo com promessas de uma viagem à Holanda nas férias de verão, talvez até um safári no Quênia. Tudo em vão. Ele estava deprimido e sem vida, imerso em si mesmo. Orah compreendeu então até que ponto a sua alegria de viver, simples e realisticamente, dependia do brilho na face desse menino.

O olhar dele, disse Ilan. Eu não gosto do jeito que ele olha. Não parece um olhar de criança.

O jeito que ele olha para nós?

Para tudo. Você não percebeu?

Ela talvez tenha percebido, é claro que percebeu, mas, como sempre — você me conhece, ela suspira para Avram durante a descida do Meron, você sabe como eu sou nessas coisas —, preferiu simplesmente não pensar no que viu, fechar os olhos para todos os sinais, e naturalmente não comentar nada em voz alta, e esperar que aquilo passasse por si só. Mas agora, ela sabia, Ilan iria comentar, definir, dar nome, sóbria e cruelmente, e de repente a coisa se tornaria real, cresceria e se multiplicaria.

É como se, disse Ilan, como se ele soubesse de algo que nós ainda não ousamos —

Esqueça, isso vai passar. São medos comuns nessa idade.

Estou lhe dizendo, Orah, não são.

Você se lembra — ela solta um risinho sem graça — que o Adam, quando tinha três anos, nos perguntou alarmado se havia árabes também à noite?

Mas aqui é outra coisa, Orah. Tenho a sensação de que —

Ouça, talvez a gente possa passar um dia naquele rancho de cavalos que ele uma vez —

Às vezes eu tenho a sensação de que ele olha para nós como —

Um periquito!, divagou Orah, desesperada, você se lembra que ele pediu para nós comprarmos —

Como condenados à morte, Ilan disse com perplexidade.

E então Ofer exigiu saber os números. Quando ouviu que em Israel havia quatro milhões e meio de pessoas, ficou impressionado, até mesmo mais tranquilo. Pareceu-lhe um número enorme. Mas dois dias depois um novo pensamento veio-lhe à cabeça — ele sempre foi um menino terrivelmente lógico e prático, ela enfatiza para Avram, e isso ele também não herdou de você nem de mim, ela ri, essa cabeça analítica, objetiva. Ele pediu para saber "quantos há contra nós", e não sossegou até que Ilan lhe esclarecesse exatamente o número de habitantes em cada um dos países do mundo árabe. Ofer também recrutou Adam para ajudá-lo nas contas, e eles se trancaram no quarto, ela ouvia os murmúrios e sorria para si mesma pensando nos dois filhos tão próximos um do outro. Algum tempo depois Adam saiu e disse que Ofer estava meio triste, e que era melhor Orah ir falar com ele. E ela entrou e viu Ofer encolhido na cama, as mãos cobrindo a cabeça e chorando baixinho. Ao seu lado, no travesseiro com desenhos de seus personagens prediletos, havia uma folha rasgada de um caderno quadriculado, onde estava anotado, com a caligrafia de Adam, um número muito comprido, cheio de zeros.

Eles vão nos matar, disse Ofer de olhos arregalados quando ela o pegou nos braços. Sua boca escancarada tremia: mamãe, veja quantos eles são.

Eles vão nos matar! Adam dava pequenos saltos no lugar, vão-nos-ma-tar!, ele gritava com voz estridente, pegando na mão um pequeno bastão e andando dentro do quarto de um lado para outro lutando contra um inimigo invisível.

Adam, pare com isso!, ela lhe deu um safanão.

Vão-nos-ma-tar! Adam seguiu gritando, pulando pelo quarto com uma estranha euforia, acabando por esconder-se debaixo da cama, vão-nos-ma-tar!

Ofer estava aos prantos, Adam corria como um bichinho selvagem, Orah não sabia qual dos dois acalmar primeiro.

Cale a boca!, Ofer gritou, socando o travesseiro, mas Adam já não conseguia parar. Enfiava-se em cada canto do quarto, esfaqueava o ar, um riso selvagem retorcendo seu rosto. Orah olhou para ele: lembrou-se de uma vez quando era pequeno, aos quatro ou cinco anos, que ele se enrolou no seu colo e pediu para "segredar uma coisa": sempre que eu ouço uma história em que alguém morre ou é ferido eu digo "bem feito", mas na verdade eu digo isso para não saberem que eu estou triste.

Ela sentou-se ao lado de Ofer alisando seu cabelo molhado de suor e lágrimas, e olhou distraidamente para o outro filho, sem saber se ele estava com medo do que os árabes pudessem fazer ou do fato de seu irmão caçula não ser mais um apoio para ele.

O que fazer com um menino como esse, que de repente descobre os fatos da vida e da morte?, Orah diz a Avram ao passarem, durante a descida do Meron, por um pequeno monumento de pedra em homenagem a um soldado druso, "Sargento Salah Kassem Taafesh, seu sangue seja vingado", lê Avram com o rabo dos olhos — Orah se afasta correndo —, "tombado no sul do Líbano em confronto com terroristas no dia 16 de Nissan de 5752, aos 21 anos. Tua memória está gravada em nossos corações".

O que fazer com um menino como esse, ela repete com os lábios rigidamente cerrados, que vai e compra com seus trocados uma cadernetinha espiral cor de laranja e anota nela diariamente, a lápis, quantos israelenses restaram após o último atentado. Ou que na noite do Seder, na casa da família do Ilan, de repente começa a chorar dizendo que não quer mais ser judeu, porque sempre nos matam e sempre nos odeiam, é um fato, ele sabe, porque todos os feriados giram em torno disso. E os adultos se entreolham, e algum cunhado murmura que é difícil argumentar contra isso, e a esposa lhe responde, você é um paranoide, e ele cita para ela "Em toda geração haverá quem se erga contra nós para nos aniquilar", e ela diz que não é um fato comprovado cientificamente, e que vale a pena examinar qual é o nosso papel nesse "erguer contra nós", e a discussão familiar já está em andamento, e Orah, como de costume, se retira para a cozinha, para ajudar com os talheres, mas de repente pára: vê Ofer olhando para eles, observando os adultos que discutem, chocado com as dúvidas deles, com a ingenuidade deles, e seus olhos se enchem de lágrimas fervorosas, proféticas.

Olhe para eles, disse-lhe Avram uma vez, num daqueles atribulados passeios de carro pelas ruas de Tel Aviv, depois de voltar da prisão: olhe para eles, eles andam na rua, conversam, gritam, leem jornal, vão à mercearia, sentam nos cafés — durante alguns minutos ficou descrevendo o que descortinavam da janela do carro —, mas por que o tempo todo me parece que é tudo uma grande encenação? Que é tudo para eles se convencerem de que isso tudo é real?

Você está exagerando, Orah disse.

Não sei, tenho essa sensação, talvez esteja enganado, de que o americano ou o francês não precisa acreditar com tanto empenho que os Estados Unidos ou a França existem.

Não estou entendendo você.

São países que existem sem que haja constantemente a necessidade de *acreditar* que existem. E aqui —

Eu olho à minha volta, ela disse com a voz ligeiramente rouca, e tudo me parece totalmente natural e comum. Meio doido, isso sim, mas de um jeito normal.

Pois eu olhei para isso de outro lugar, pensou Avram, e mergulhou dentro de si em silêncio.

Orah continuou guiando e lançando olhares impacientes à sua volta. Viu um casal de velhos curvados sobre suas bengalas, um guarda aplicando uma multa, três homens discutindo com gestos agressivos. Uma mulher andando com um cachorrinho. Dois homens de macacão carregando um grande espelho.

Não, não, ela sacudiu os ombros, endireitando-se no assento e projetando o queixo, me deixe em paz com essas bobagens, não me faz bem ouvir isso!

No dia seguinte Ofer acordou com uma conclusão e uma solução: de agora em diante seria inglês, e deveria ser chamado de John, e não responderia mais se o chamassem de Ofer. Pois ninguém mata os ingleses, ele explicava simplesmente, e eles não têm inimigos. Eu perguntei na aula, e o Adam diz a mesma coisa, todo mundo é amigo dos ingleses. E então ele começou a falar só inglês, quer dizer, o que ele achava que era inglês, Orah ri, um hebraico enrolado com sotaque inglês. E para se proteger, reforçava a cama com camadas de livros e brinquedos e bichos de pelúcia. E noite após noite insistia em dormir com uma pesada chave de roda ao lado da cabeceira.

Uma vez, por acaso, vi que na cadernetinha ele escrevia o tempo todo "hárabes", e lhe disse que árabes era sem "h", e ele se espanta: eu achei que era "hárabes" por que *há* muitos deles.

Bom, aí certo dia ele descobriu que havia árabes israelenses. Eu já não sabia se era para rir ou chorar, entende? Ele chegou à conclusão de que todos os seus cálculos estavam errados, e que agora precisava abater do número de israelenses os israelenses árabes.

Ela se lembra de como ele ficou doido quando soube disso. Bateu os pés, berrou, ficou vermelho, jogou-se no chão gritando: eles têm que ir embora daqui! Eles que voltem para a casa deles! Por que tinham que vir para cá? Eles não têm os lugares deles?

Então teve um ataque, ela diz, mais ou menos como tinha tido aos quatro anos em relação ao vegetarianismo. Teve uma febre alta, por quase uma semana, e fiquei totalmente desesperada. E houve uma noite em que ele teve certeza de que havia um árabe com ele.

No corpo dele?, Avram se horroriza, os olhos faiscando para os lados. Ela tem uma sensação de que ele está escondendo alguma coisa.

No quarto dele, ela corrige em voz baixa, essas bobagens de quando se está com febre, alucinações.

A pele dela se arrepia, dizendo-lhe que aqui deve tomar cuidado, mas não sabe do quê. Avram parece estar petrificado à sua frente. O olhar da prisão endurece seus olhos.

Tudo bem com você?

Seus olhos estão voltados para dentro. Estão cheios de vergonha e terror e culpa. Por um instante, Orah tem a impressão de que sabe exatamente o que ele está vendo, e logo ela se esquiva. Um árabe no corpo dele, ela pensa. O que fizeram com ele ali? Por que ele nunca conta?

Nunca vou me esquecer daquela noite, ela diz tentando afugentar o horror que toma conta dos olhos de Avram. Ilan estava em serviço de reservista, no Líbano, no setor oriental. Ficou quatro semanas fora de casa. Botei Adam para dormir na nossa cama, para Ofer não incomodá-lo. Em geral Adam não tinha muita paciência com o Ofer nessa história toda, era como se ele não fosse capaz de ver Ofer com medo de alguma coisa. Imagine só, e Ofer tinha — sei lá, quanto? Seis anos? Adam já estava com nove e meio, e parecia não conseguir perdoar Ofer por ter ficado abatido daquele jeito.

E eu fiquei sentada ao lado de Ofer a noite inteira, ela prossegue, e ele ardia de febre e estava confuso, e ficava o tempo todo vendo o árabe no quarto, sentado na cama do Adam, em cima do armário, debaixo da cama, espiando pela janela. Uma loucura.

E eu tentava acalmá-lo, acendi a luz, até trouxe uma lanterna, mostrei a ele que não havia ninguém, e ao mesmo tempo tentei explicar-lhe um pouco sobre os fatos, pôr as coisas nas devidas proporções, eu, a grande entendida, não é? No meio da noite dando a ele um seminário sobre a história do conflito.

E então?, Avram pergunta, muito débil, expressão caída.

Nada. Não havia a menor possibilidade de falar com ele, ele estava tão infeliz, a ponto de eu quase pensar — você vai achar graça — em chamar o Sammy, nosso motorista, sabe quem é, aquele que —

Eu sei.

Para explicar para ele, sei lá eu. Mostrar para o Ofer que ele também era árabe, e que não era inimigo, e não o odiava nem queria o quarto dele. Ela silencia, sente um gosto amargo na boca: lembrança da última viagem com Sammy.

Às nove horas na manhã seguinte, Ofer tinha uma consulta com o médico da família. Às oito, depois de mandar Adam para a escola, vesti um casaco no Ofer, sentei-o no carro e fomos até Latrum.

Latrum?

Eu sou uma moça prática.

Com expressão severa e determinada, subiu as escadas, caminhou pela trilha de cascalho, baixou do colo o sonolento Ofer, colocou-o no centro do imenso pátio da sede do Corpo de Blindados, e mandou que ele olhasse.

Ele piscou, embotado, os olhos cegos pelo sol de inverno. À sua volta havia dezenas de tanques, velhos e novos. Os canos dos tanques e dos canhões apontavam para ele. Ela pegou na mão dele e o levou até um dos grandes, um T-55 soviético. Excitado, Ofer parou diante dele. Ela perguntou se ele tinha forças para subir no tanque. Ele ficou surpreso: pode?, você deixa? Ela o ajudou a subir, e subiu atrás dele. Ele ficou de pé, balançando, olhou receosamente em torno e perguntou: é nosso? Sim. O quê, tudo isso? Sim, e há muito mais, temos um monte desses aí.

Ofer fez um gesto no ar, indicando o semicírculo de tanques à sua frente. Havia entre eles muitos que saíram totalmente de uso após a Segunda Guerra Mundial, verdadeiros sapos de metal e tartarugas de ferro, completamente obsoletos havia pelo menos três guerras. Ele pediu para subir em outro tanque, e mais outro, e mais outro. Passava os dedos sobre as plataformas de lançamento, cabines de equipamento, dispositivos de transmissão, e cavalgou os canos como um cavaleiro. Às dez e meia da manhã os dois se sentaram no restaurante do posto de gasolina de Latrum, e Ofer devorou uma enorme salada grega e uma omelete de três ovos.

Talvez seja meio primitiva, a terapia instantânea que eu apliquei nele, mas que funcionou, funcionou. Além disso, ela acrescenta secamente, eu pensava na época que o que era bom para um país inteiro seria bom para o meu filho.

No coração do pasto, à sombra de um gigantesco e único carvalho, está deitado um homem. A cabeça pousada sobre uma grande pedra, ao seu lado uma mochila. Num dos bolsos laterais da mochila vê-se o caderno azul de Orah.

Constrangidos, eles param ao seu lado, cuidando para não acordá-lo, mas atraídos pelo caderno. Orah tira disfarçadamente os óculos e os esconde na pochete que tem na cintura. Ela e Avram tentam entender — com olhares e franzir de cenho — como foi que ele conseguira ultrapassá-los e chegar até ali antes deles. Com uma leve inveja, Orah admira a tranquilidade e segurança com que ele se abandona neste local aberto e vulnerável. Sua face escura, máscula, tão exposta. Aqueles óculos estão pousados sobre seu peito, como uma grande borboleta colorida, atadas ao pescoço por um fino cordão.

Avram faz um sinal de que se ela não se opuser ele pegará o caderno. Ela hesita. Seu caderno está tão confortavelmente aninhado na bolsa daquela mochila, que ela imagina se também não haveria lugar para si mesma ali.

Mas Avram já avança a passos silenciosos, e com a habilidade de um batedor de carteiras ele surrupia o caderno da mochila. Com outro sinal, indica que é melhor irem logo embora dali, se não quiserem se enredar numa conversa cheia de explicações, principalmente não com alguém que já no primeiro encontro tinha cometido o erro de mencionar os noticiários.

Ela abraça o caderno, absorvendo o calor nele retido. O homem continua dormindo. Com a boca entreaberta, ele deixa escapar um ronco suave, algodoado. Seus braços e pernas estão desajeitadamente abertos para os lados. Um tufo de pelos prateados sobressai da gola da camisa e desperta em Orah um vago anseio de pousar ali sua cabeça, render-se a um sono profundo e contagiante, como o sono daquele homem. Com uma súbita urgência ela rasga a última página do caderno, e escreve: Peguei meu caderno de volta, até a vista, Orah. E hesita, e adiciona apressadamente o número do telefone de sua casa, no caso de ele querer, apesar de tudo, alguma explicação mais detalhada. Quando ela se debruça para colocar o bilhete na bolsa da mochila, ela nota outra vez: dois anéis de casamento idênticos, um no anelar e outro no mindinho.

Eles zarpam dali, docemente eufóricos com o êxito da empreitada, os olhos brilhando como em uma travessura de crianças. Já enquanto caminha ela folheia o caderno, espantada de ver quanto conseguira escrever naquela única noite no rio, percorrendo suas linhas com os olhos dele.

A trilha ressurge à frente deles, alegremente curva e sinuosa, e a cadela dá voltas em torno dos novos donos, às vezes corre paralelamente, outras vezes dispara adiante, rápida, língua de fora, e de repente para sem motivo. Senta-se sobre a traseira, vira a cabeça para Orah, os arcos pretos sobre os olhos ligeiramente erguidos, e Orah retribui com um gesto semelhante.

É uma cadela sorridente, está vendo? Ela está simplesmente sorrindo para nós.

Porém, na descida da encosta, pisando sobre uma massa de pedras quebradas, um pensamento incômodo começa a perturbá-la. Não é possível que tenha escrito tantas páginas numa única noite. Alguns passos adiante, ao lado de uma enorme rocha de misterioso formato vertical, ela sente que precisa parar: puxa o caderno de sua mochila, senta-se e põe os óculos, folheia rapidamente o caderno e solta uma leve exclamação: olhe aqui, ela aponta mostrando a Avram, veja, é a caligrafia dele!

Avram examina o caderno, sua face se enche de rugas: você tem certeza? A mim parece como —

Ela aproxima os olhos da folha: à primeira vista é a sua caligrafia, ou uma versão masculina dela: letras firmes, caprichadas, todas com a mesma inclinação.

Realmente é meio parecida, ela murmura sem graça, sentindo-se despida, até eu me confundi.

Ela folheia de trás para a frente, procurando o ponto onde houve a mudança de caligrafia. Duas ou três vezes passa pela página correta, até descobrir a última linha que escreveu: *Não somos como uma pequena célula clandestina em pleno coração da "situação"? E era isso mesmo que nós éramos. Vinte anos. Vinte bons anos. Até que caímos na armadilha.* E imediatamente em seguida — sem nem sequer mudar de página, que atrevimento!, ou mesmo pular uma linha! —, ela lê: *Ao lado do rio Dishon encontro Guilead, 34, eletricista e percussionista de Djamba, que já viveu num moshav no norte. Agora mora em Haifa. Do que ele tem saudades: "Meu pai era agricultor (pecãs) e nos anos ruins trabalhava fazendo de tudo, houve até mesmo épocas em que recolhia entulho de obras e vendia numa aldeia árabe da vizinhança".*

O que é isso?, ela bate com o caderno contra o peito de Avram, o que significa isso?

Puxa o caderno de volta e lê com voz estrangulada:

Agora — madeira, você tem que saber como tratar dela. Não pode simplesmente jogar no depósito. Tem que colocar com grande cuidado, as grandes sobre as grandes, as pequenas sobre as pequenas, e pôr blocos em cima de tudo, senão ela empena. Mas, antes de tudo é preciso tirar os pregos das tábuas, então eu passava a noite com meu pai no depósito de madeira —

Me diga, o que é isso? Que besteiras são essas? Ela ergue o cenho na direção de Avram, mas ele, de olhos fechados, faz um sinal, mais, leia mais.

E o meu pai tinha uma camiseta azul, com buracos aqui. E tínhamos um pé de cabra que nós alongamos com um pedaço de cano, e pegávamos uma talhadeira de ferro e separávamos, digamos, duas tábuas pregadas juntas. Meu pai de um lado, eu do outro, fazíamos a alavanca, e depois de separar, trabalhávamos juntos na tábua, tirando os pregos com o outro lado do martelo. Horas seguidas fazendo isso, só com uma luzinha acesa, uma lâmpada presa num fio, e é uma coisa de que eu sinto falta até hoje, esse trabalho junto com o meu pai.

Tem mais, ela resmunga para Avram. Ouça, isso não é tudo, tem mais:

Agora, em relação àquilo de que eu me arrependo. Bem, isso é mais difícil. Eu me arrependo de muita coisa (ele ri). As pessoas lhe contam assim sem mais nem menos? Veja, num certo momento eu tive uma passagem de avião para a Austrália, para trabalhar numa fazenda de algodão. Eu tinha visto de entrada e tudo, e conheci aqui uma garota e cancelei a viagem. Mas ela valeu a pena, de modo que é só um arrependimento parcial.

Ela vira freneticamente a página, os olhos percorrendo com ansiedade as linhas. Ela lê para si mesma: *Minha querida, alguma mulher perdeu este caderno com a sua história de vida. Tenho quase certeza de que eu me encontrei com ela antes, quando desci para o rio. O estado dela não me pareceu muito bom. Talvez estivesse até em perigo (ela não estava sozinha). Desde que eu a vi, pergunto a você o que fazer e você não me responde. Não estou acostumado a você não responder. Tudo isso é meio confuso.*

Orah fecha o caderno de supetão: quem é esse cara?

A expressão de Avram está melancólica, fechada.

Talvez um jornalista, ela tenta adivinhar, entrevistando pessoas no caminho? Mas ele absolutamente não parecia jornalista.

Médico, ela lembra, ele disse que era pediatra.

Ela dá outra espiada nas páginas do caderno: *Ao lado do moshav Almah eu encontro Ednah, 39, divorciada, professora de jardim de infância, Haifa: Do que eu tenho mais saudades é dos meus tempos de criança em Zichron Yaacov. Meu nome de família é Zamarin, tenho saudades dos dias de inocência, da simplicidade que havia então. Tudo era menos complicado e menos, sei lá, "psicológico". Você está me vendo aqui assim, mas eu tenho três filhos grandes (ela ri). Não parece, né? Eu me casei cedo e me separei ainda mais cedo, mas sinto que ainda não esgotei a minha maternidade. Eu quero, como dizem, segurar mais um bebê nas minhas mãos, abraçar, para ele aquecer o meu coração. E com relação ao arrependimento na vida (Ednah ri), bem, tenho um saco repleto deles, você tem força para anotar?*

Orah é sugada. Folheia as páginas com rapidez. Ela vê em toda página saudades e arrependimentos.

Eu não entendo, ela murmura sentindo-se meio lograda: ele parecia um sujeito tão — ela procura a palavra certa, sólido? simples? privado? Não um sujeito que... que sai por aí fazendo às pessoas perguntas desse tipo.

Avram permanece calado. Enfia a ponta do sapato no cascalho do caminho.

E por que no *meu* caderno?, Orah pergunta em voz alta, ele não tinha um outro?

E então ela gira nos calcanhares para partir, postura ereta, apertando o caderno contra o corpo. Avram encolhe os ombros, olha rapidamente para trás — não há ninguém, o fulano pelo jeito ainda dorme — e parte atrás dela. Ele não vê o fino sorriso de surpresa nos seus lábios.

Orah.

O quê?

O Ofer não quer viajar para algum lugar, depois do exército?

Deixa ele primeiro terminar o exército, Orah corta, e Avram se cala.

Na verdade, ele falou nisso sim, ela diz depois. Talvez para a Índia.

Índia?, Avram morde um sorriso, reprimindo um pensamento impróprio. Ele pode vir me procurar, no restaurante, eu posso contar a ele sobre a Índia.

Ele ainda não decidiu. Eles pensaram em viajar juntos, ele e Adam.

Os dois? E eles são mesmo tão —

Próximos, ela completa. Aqueles dois são os melhores amigos um do outro. Uma semente de orgulho brota dentro dela, vejam só, pelo menos nisso ela teve sucesso. Seus dois filhos são amigos de verdade.

E isso — isso é comum?

O quê?

Dois irmãos, nessa idade —

Eles sempre foram assim. Praticamente desde o começo.

Mas você não disse que... Ainda há pouco você não dizia que Ilan e Ofer —

Isso também mudou, ela diz, e mesmo naquela época as coisas mudavam constantemente. Diga, como é que vou conseguir lhe contar tudo?

É mais ou menos como descrever o fluxo de um rio, ela acrescenta, como desenhar um redemoinho, ou chamas. É um *acontecimento*, uma família é um perpétuo acontecimento.

E ela mostra para ele: Adam está com seis e pouco, Ofer quase com três. Adam está deitado no gramado da casa em Tzur Hadassah. Os braços esticados lateralmente e os olhos fechados. Está morto. Ofer fica entrando e saindo repetidamente pela porta de tela. As batidas da porta despertam Orah de uma rara sesta depois do almoço. Ela espia pela janela e vê Ofer levando presentes para Adam, uma espécie de oferenda sacrifical com a aparente intenção de trazê-lo de volta à vida. Ele traz para o quintal seus bichos de pelúcia e de pano, os carrinhos de brinquedo, o caleidoscópio, jogos de tabuleiro e bolinhas de gude; ele empilha em torno de Adam seus livros favoritos e algumas fitas de vídeo selecionadas. Está sério e preocupado, quase alarmado. Mais uma vez, e mais uma, ele sobe os quatro grandes degraus de cimento que levam para dentro de casa. Mais uma vez, e mais uma, ele volta para perto de Adam e deposita à sua volta seus objetos mais queridos. Adam permanece imóvel. Só quando Ofer está dentro de casa Adam levanta um pouco a cabeça e abre um olho, examinando a última oferenda depositada em sua honra. Ela ouve o ruído de uma respiração ofegante. Ofer arrasta atrás de si seu adorado cobertor e, com o máximo de cuidado e delicadeza, o coloca sobre as pernas de Adam. Em seguida olha para Adam com ar de súplica e diz algo que ela não consegue ouvir. Adam permanece imóvel. Ofer fecha os punhos, olha ao redor e volta correndo para dentro de casa. Adam mexe os dedos dos pés sob o cobertor de Ofer. Como ele pode ser cruel!, ela pensa, e sua crueldade é tão hipnótica que ela não consegue pôr um fim à tortura de Ofer. Do lado de fora da porta fechada ela ouve sons de esforço e luta. Algo pesado está sendo arrastado. Cadeiras são empurradas e Ofer resfolega pesadamente, gemendo e grunhindo num ritmo constante. Passado um momento, surge seu colchão no alto do lance de escada, equilibrado sobre a cabeça. Ofer tateia com o pé em busca do primeiro degrau. Orah está congelada no lugar, cuidando para não gritar para que ele não se assuste e acabe caindo. Adam abre um quarto de olho e no seu rosto desenha-se uma mistura de espanto e reverência pelo pequeno irmão que carrega na cabeça um objeto cujo peso é praticamente igual ao do seu corpo. Ofer desce os degraus, balançando para a frente e para trás sob o colchão que, além de pesado, é desajeitado de se carregar. Ele geme, arfa, impulsiona-se para diante com as pernas trêmulas. Chega junto a Adam e desaba ao seu lado com o colchão. Adam se ergue sobre os cotovelos e fixa no irmão os olhos arregalados, profundos, agradecidos.

Para Orah, que assistia pela janela, a impressão era de que na verdade não houvera crueldade nenhuma por parte de Adam; que Adam acabara de testar Ofer, de forma dura e meticulosa, para descobrir se ele era capaz de enfrentar uma missão muito maior, uma missão realmente significativa, que Orah nesse momento não sabia dizer qual era, achando que se tratava apenas da missão habitual, suficientemente complicada, de ser o irmão menor de Adam.

A que você se refere?, Avram pergunta, hesitante.

Espere, vamos aos poucos.

Então você já não está mais morto?, perguntou Ofer. Estou vivo, disse Adam. Levantou-se e saiu correndo pelo quintal com os braços abertos anunciando que estava muito, muito vivo, e Ofer cambaleando atrás dele, sorridente, exausto.

Pode ser que Ilan tenha traído Adam, ela diz, mas Ofer jamais.

Miúdo, magrinho, gago, encantando a todos com seus olhares, com seus enormes olhos azuis, cabelo dourado, com seu sorriso fino, maravilhado. E certamente já sentia que era capaz de cativar corações sem muito esforço, apenas com sua graça, com a luz de seu rosto. E estava claro, ela pensa, que ele já percebia que em todo lugar aonde fosse junto com Adam, os olhos sempre se desviavam do seu irmão mais velho, inquieto, esquivo, maçante, e eram atraídos imediatamente para ele. E imagine que tentação era essa para um garoto, ela sussurra, ficar com tudo para si às custas do irmão!

Mas ele nunca fez isso. Nunca. Sempre, toda vez, ele optou por Adam.

Desde o seu primeiro passo, Avram lembra generosamente.

Certo, ela concorda, feliz, você está lembrado.

Eu lembro de tudo, ele diz estendendo a mão para abraçar o ombro dela. Eles caminham assim, cabeça a cabeça, os pais dele.

Eles estão com nove e seis anos, um alto e magro, o outro ainda pequenino, andando e conversando animadamente, gesticulando, como se estivessem trepando um nas ideias do outro. Conversas misteriosas, complicadas, sobre orcas e gnomos, sobre vampiros e monstros mortos-vivos. Mas, Adam, Ofer protesta, eu não entendi, esse homem-lobo é um menino que nasceu numa família de lobos? Pode ser isso, Adam retruca gravemente, mas pode ser que ele simplesmente sofresse de licantropia. Ofer emudece, de súbito atônito, depois experimenta a palavra em sua boca e se atrapalha todo. Adam lhe explica detalhadamente a doença que transforma homens, ou semi-homens, em bichos-homens. Diga licantropia, diz Adam, sua voz enrijecendo um pouco. E Ofer diz.

Antes de dormir, já com a luz apagada, cada um em sua cama, uma ao lado da outra, eles conversam: será que o dragão verde, que exala nuvens de gás cloro, cujas chances de saber falar são de trinta por cento, é mais perigoso que o preto, que vive nos pântanos e planícies de sal, e respira puro ácido? Orah, com uma pilha de roupa para lavar nos braços, para junto à porta ligeiramente entreaberta, encosta-se na parede e escuta. Morte Louca, Adam diz no meio da conversa, é uma criatura que perdeu totalmente sua sanidade. É mesmo?, cochicha Ofer em tom de respeito. Ouça o que mais eu inventei, prossegue Adam: ela pode se transformar num morto-vivo louco, e que só tem um objetivo, que é matar, e todo mundo que ele mata em uma semana vira um zumbi louco, que segue o Morte Louca aonde ele for.

Mas isso existe de verdade?, pergunta Ofer com voz rouca. Ouça até o fim, Adam se entusiasma, uma vez por dia, todos os zumbis loucos do Morte Louca se reúnem em honra ao Grande Morte Louca. Mas isso não é bem real, não é?, Ofer quer saber, sua voz praticamente sumida. Fui eu que inventei, Adam diz docemente, e por isso ele só obedece a mim. Então invente alguma coisa para mim também, pede Ofer com urgência, invente para mim alguma coisa contra ele. Talvez amanhã, Adam murmura. Agora, agora!, implora Ofer, não vou conseguir dormir à noite se você não inventar para mim. Amanhã, amanhã, decide Adam, e Orah ouve um e outro, e mais que isso, os finos fios de arame que se retorcem nas duas vozes e as entrelaçam, fios de medo, de pura crueldade e súplica submissa, e o poder de salvar e a recusa em salvar, que é também, talvez, o medo de ser salvo, e no fundo tudo isso também é ela, até mesmo a crueldade de Adam, que a deixa zangada, que lhe é tão estranha, mas que neste momento também a mobiliza de forma estranha, a excita ferozmente e parece lhe revelar algo que ela não ousava saber sobre si mesma. Ambos, Adam e Ofer, desenrolando-se da raiz de sua alma, uma faixa dupla. E Adam encerra a conversa: boa noite, e imediatamente começa a roncar sonoramente. E Ofer choraminga na cama, Adam, não durma, eu estou com medo do Morte Louca, posso ir para a sua cama? Até que finalmente Adam para de roncar e inventa para ele um Stork, ou um Stark ou um Homem-Falcão, descrevendo detalhadamente suas características e seus poderes heroicos, e à medida que vai falando, uma doçura nova vai tomando conta da sua voz, e Orah sente nas suas costas, totalmente arrepiadas, como agora ele se deleitava em proteger Ofer de seus inimigos, de envolvê-lo com o travesseiro protetor de sua imaginação, a sua única fonte de poder. E também a bondade, a delicadeza e a compaixão que agora emanam de Adam também são um pouco ela, até que subitamente, em meio à fala de Adam, se ouve o suave ressonar de Ofer dormindo.

Eles estão incessantemente tramando e planejando: em cada canto do quintal e do jardim eles armam ciladas para os androides, ciladas das quais geralmente Orah é vítima, e criam animais fantásticos a partir de rolos de cartolina colorida, varas de madeira e pregos; constroem veículos futuristas de caixas de papelão e desenvolvem armas satânicas destinadas a aniquilar os bandidos com terríveis sofrimentos, ou toda a humanidade, dependendo do humor de Adam. Num laboratório especial eles criam soldados de plástico dentro de recipientes de vidro fechados, cheios de água, nos quais flutuam também dezenas de pétalas de flores mortas. Cada soldado desse triste exército fantasma tem um nome e um grau hierárquico, além de uma biografia detalhada, que eles sabem de cor, e uma missão fatal, que deverá levar a cabo quando lhe for ordenado. Por dias inteiros eles se dedicam a construir fortalezas de papelão para dragões e tartarugas ninja, preparar campos de batalha para dinossauros, desenhar escudos protetores nas temíveis cores preto-amarelo-vermelho. Também aqui, geralmente Adam é quem inventa, sugere, fantasia, é o Mestre Dungeon, e Ofer é o elfo, o duende encantado, o diabinho servil, aquele-que-faz-funcionar. Com seu jeito lento e ponderado, ele explica a Adam os limites da viabilidade, e assenta, com a destreza de suas mãos, as pedras sólidas sobre as quais serão posteriormente erigidos os castelos no ar de seu irmão. Mas não era só isso, conta Orah, que espiava e escutava às escondidas sempre que podia: Ofer, ela diz a Avram, aprendia de Adam, mas também aprendia *o próprio Adam*. O que você quer dizer com isso?, Avram pergunta; como posso explicar?, ela ri, um pouco sem graça por algum motivo, mas eu via isso acontecendo, Ofer percebendo que podia captar também o funcionamento da mente de Adam, como Adam pulava de repente, num só pensamento, de A a S, e como mudava de ideia, sem mais nem menos, no meio da brincadeira, e como brincava com toda espécie de absurdos e paradoxos. No começo Ofer simplesmente o imitava, simplesmente repetindo feito papagaio as brilhantes ideias do irmão, mas depois ele entendeu o princípio da coisa, e quando Adam falava num degrau descendo degraus, Ofer vinha com uma casa morando numa casa, ou dinheiro comprando dinheiro, um caminho que sai para passear. Ou inventava um paradoxo: um rei que ordenou aos seus súditos que eles não lhe obedecessem. E era tão bonito ver como Adam moldava Ofer ao mesmo tempo que lhe ensinava como se comportar com alguém como ele, alguém especial, sensível e vulnerável como ele. E também lhe deu a chave secreta para abri-lo, e essa é uma chave que só Ofer possui, até hoje. A face dela se derrete, emitindo um fulgor — ela não sabe se existe algum sentido em contar tudo isso a Avram, ao desolado Avram, se ele é capaz de compreendê-la a esse ponto, até essa curva de sua alma; afinal, ele foi filho único, Avram, e no fundo nem sequer teve pai desde muito jovem. Mas teve Ilan, ela imediatamente replica a si mesma, Ilan foi como um irmão para ele. E você tinha de ouvir aqueles dois falando. As conversas alucinadas intermináveis deles. Eu, se por acaso estivesse por perto, era capaz de —

Mas o par de pequenos rostinhos olhava para ela com exatamente o mesmo ressentimento: mamãe, chega, vá embora, você está nos incomodando!

As chamas da ofensa e do prazer a atingem simultaneamente: ela incomoda, mas eles já dizem "nos". Ela se sente ao mesmo tempo dividida em dois e duplicada.

E havia outras coisas, ela diz, e há uma coisa que eu realmente preciso lhe contar, que aconteceu com Adam e com Ofer, só diga quando você estiver cansado.

Cansado?, ele acha graça, eu dormi o bastante.

Tivemos uma história, pouco antes do bar-mitzvah de Adam, uma coisa que até hoje eu não sei explicar —

A cadela se vira de súbito, rosnando, os pelos eriçados. Orah e Avram olham impulsivamente para trás. Orah ainda tem tempo de pensar, é *ele*, o homem do caderno, ele veio atrás de nós. Mas a uma distância de poucos metros, ao lado de um arbusto de amoras, estão parados dois porcos-do-mato enormes, pesados, olhando-os com seus olhos miúdos. A cadela uiva, baixa o corpo e recua para perto de Orah, quase tocando sua perna. Os porcos farejam o ar, as narinas abertas ao máximo. Durante um ou dois segundos não há movimento nenhum. Apenas um pássaro numa árvore próxima solta a garganta a toda voz para contar o que está se passando entre os dois grupos. Orah sente seu corpo reagir ao espírito selvagem dos porcos. Sua pele se arrepia, e o que quer que esteja fluindo por ela é mil vezes mais animal e aguçado do que sentiu quando os cachorros os atacaram —

De repente os porcos se retiram num só movimento, com um grunhido raivoso, e correm, seus corpos grossos dançando levemente, com uma espécie de brilho vitorioso.

Dina, 49. Encontrei-a perto de Ein Aravot.
Do que ela tem saudades:
"Minha mãe morreu quando eu tinha doze anos. Meu pai perdeu sua família no Holocausto, em Auschwitz, esposa e três filhos, voltou para a Transilvânia e lá conheceu a minha mãe, que tinha voltado para lá depois de Mengele, em Auschwitz. Os dois sobreviventes se casaram e cinco anos depois vieram para Israel. Minha mãe não conseguia engravidar, mas uma tia rica pagou um tratamentos que faziam na época em Tel Hashomer, e ela acabou ficando grávida e eu nasci.
Eles me embrulharam numa manta de algodão. Eu era como um tesouro. Meu pai era um homem meio depressivo, e a minha mãe era a durona que cuidava de todos os assuntos.

E quando eu tinha doze anos, minha mãe foi colher ameixas da árvore, para preparar uma geleia para um bolo de fim de ano, para a minha festa de conclusão do sétimo ano escolar. Mas havia uma cobra na árvore, e a cobra a picou no dedo, e três dias depois ela morreu.

(Minha Tami, Tamari, Tamiusha, ela chorou um pouquinho ao me contar a história, e me disse, veja, já se passaram tantos anos, e apesar de tudo ainda é uma ferida aberta.)

E então nos disseram no nosso moshav, o que vai ser da coitadinha da menina. Eu tinha uma porção de fobias, era uma menina medrosa. Mas não havia alternativa, e comecei a cuidar da casa em lugar da mamãe. As contas e tudo, porque o meu pai só sabia ler romeno e húngaro. Era eu que chamava o veterinário, fazia as compras, papai me dava carta branca em tudo.

E o papai saía numa carroça de burro para ceifar mato. Ele parava a carroça e eu descia e ficava olhando as flores. Depois, ele carregava a carroça com uma pilha enorme de trevos e alfafa, o que conseguia ceifar entre os pomares, e eu subia em cima e ficava deitada naquela cama verde de cheiro forte. Quando andávamos, eu fechava e abria os olhos tentando adivinhar pelas nuvens e postes elétricos em que ponto do caminho nós estávamos.

Naqueles momentos eu ficava livre de qualquer preocupação.

E do que você se arrepende?

(Ela pede um instante para pensar. Tem um belo rosto. É professora de educação especial. Às vezes eu ainda penso na minha dona-do-caderno, que não topou tomar café. Tenho a sensação de que você teria gostado dela.)

Bem, não é bem um arrependimento. É mais um pesar do que um arrependimento. A minha mãe foi uma mulher dura. Eu lamento que ela não tenha visto até onde cheguei. Acho que isso faria bem a ela, pois muito do que eu sou hoje é graças a como ela se preocupou comigo e me direcionou.

Depois ela também me fez algumas perguntas. Contei um pouco a ela. Tinha certeza de ter ouvido o seu nome, ou de ter lido algum artigo seu sobre psicodrama, ou talvez tenha alguma vez assistido a uma palestra sua. (Se ela visse você dando uma palestra, nunca se esqueceria!) Comemos os biscoitos que ela assou. Estavam deliciosos. Penso que é a primeira vez desde então, que sou capaz de comer biscoitos de tâmaras, biscoitos com o seu nome.

Você reparou no jeito como ele mexe a boca? Ilan pergunta uma noite, nós já deitados para dormir.

O Adam? A boca?, ela murmura apoiando a cabeça na reentrância do seu ombro, que lhe é muito confortável (mais tarde, quando ela cair no sono, Ilan irá virá-la delicadamente, fazendo com que se deite de costas, e ela se lembrará semiadormecida de quando seu pai a carregava do sofá da sala para a cama).

E você viu como ele toca a ponta do dedo entre os olhos?

Os olhos dela se abrem: agora que você está dizendo.

Será que devemos perguntar a ele, dizer alguma coisa?

Não, não, deixa para lá, o que vai adiantar?

Sim, vai passar, com toda a certeza.

Após dois dias ela descobre que a cada tantos minutos Adam está respirando para dentro de sua mão em concha, como se estivesse sentindo o seu hálito. Ele girava uma volta completa em torno de si mesmo, soltava breves e rápidas expirações, como que tentando afastar de si alguma criatura invisível. Resolveu não contar nada para Ilan, por enquanto. Por que preocupá-lo por bobagem? De qualquer modo, tudo passaria dentro de alguns dias. Mas já no dia seguinte foram acrescentados alguns gestos: toda vez que ele tocava em qualquer objeto, assoprava as pontas dos dedos, e depois continuava assoprando os braços, até os cotovelos. Ele arredondava os lábios como uma boca de peixe antes de dizer qualquer coisa. A sua profícua criatividade a deixava um pouco preocupada. Imediatamente lhe vem à cabeça uma frase da sua mãe: não há limite para as fantasias das crianças. Finalmente, depois que ele se levantou do lugar três vezes durante o almoço, sob diferentes pretextos, indo sorrateiramente até o banheiro e voltando com as mãos molhadas, ela telefonou para o escritório de Ilan e lhe descreveu as novidades. Ilan escutou em silêncio. Se fizermos disso um problema, ele disse no final, só vai piorar as coisas. Vamos tentar simplesmente ignorar, e você vai ver que ele vai sossegar sozinho. Ela sabia que ele diria essas exatas palavras. E foi exatamente por causa disso que telefonou.

No dia seguinte ela descobriu que quando Adam tocava casualmente o próprio corpo, logo assoprava os membros tocados. A nova regra, que ele aparentemente era obrigado a seguir sem vacilar, o transformou de súbito num emaranhado de gestos e contragestos, que ele procurava a todo custo ocultar, mas que Orah via. E Ilan também. E eles trocavam olhares entre si.

Estranho, pensa Avram, eles não pensaram em levá-lo para consultar alguém?

Talvez tenhamos que levá-lo para consultar alguém, ela diz a Ilan à noite, na cama.

Quem?, pergunta Ilan, a voz tensa.

Alguém, não sei, um profissional que o examine.

Um psicólogo?

Talvez. Só para dar uma olhada.

Não, não, isso só vai piorar as coisas, é como se a gente estivesse dizendo a ele que —

Que o quê?

Que ele não está bem.

Mas ele não está bem, ela pensa.

Vamos esperar um pouco. Dar um tempo a ele.

Ela tenta se aninhar no ombro dele, mas a cabeça não encontra posição; e está quente, estão suando, e não há sossego nem no corpo dela nem no dele. Por alguma razão ela se lembra de uma coisa que Avram disse uma vez: que se olharmos muito tempo para uma pessoa, qualquer pessoa, é possível enxergar o lugar mais terrível a que ela corre o risco de chegar na sua vida. Naquela noite, ela não consegue adormecer.

No fim de semana viajaram para a praia de Beit Yanai. Desde o instante em que chegam à praia, Adam está constantemente ocupado com limpeza. Lava as mãos repetidas vezes, esfrega com auxílio de panos úmidos o colchão de sua cama. Até mesmo a esteira de praia é por ele virada a cada tantos minutos para limpar a "parte que encostou no mar".

Ao cair da noite, durante o pôr do sol, Orah e Ilan estão sentados em cadeiras de praia, Ofer brincando de cavar na areia, perto da linha da água, Adam dentro do mar, com água até a cintura, girando em torno de si mesmo, soltando para todos os lados suas breves expiradas, tocando seguidamente cada articulação das mãos, dos dedos e dos pés. Um casal de idosos, esguios e bronzeados, caminha abraçado pela praia a fim de observá-lo. A distância, com o vermelho do crepúsculo às suas costas, ele parecia envolvido numa poética dança, movimento após movimento, cada movimento brotando do anterior.

Eles estão achando que é tai chi, sibila Ilan, e Orah sussurra que está começando a deixa-lá fora de si. Ela pousa a mão no seu braço. Espere, ele vai enjoar disso. Quanto tempo ele vai consegui continuar?

Repare como ele está totalmente alheio ao fato de estarem olhando para ele.

Sim, é isso que me preocupa um pouco.

Um pouco? Na frente de todo mundo? Adam?

Ela pensa em seu pai, que nos seus últimos dias no hospital perdera toda a vergonha, e se despia na frente de todos para mostrar mais um lugar no seu corpo onde a coisa se espalhara.

E repare que o Ofer está espiando, o tempo todo.

Pense só no que isso é para ele, o Adam desse jeito.

Ele falou com você sobre isso?

O Ofer? Nada. Tentei perguntar para ele hoje de manhã, quando estávamos sozinhos na praia. Nada.

Bem, ela dá um sorriso forçado, ele não vai dedurar o irmão.

Adam beija as pontas dos dedos e desce para dar toques leves e rápidos na cintura, nas coxas, nos joelhos, nos tornozelos, que estão debaixo d'água. Depois endireita o corpo e gira com movimentos arredondados em torno de si mesmo, soprando nas quatro direções.

O que vai acontecer em setembro, me diga, quando começarem as aulas?

Espere. Temos quase dois meses. Até lá isso vai passar.

E se não passar?

Vai passar, vai passar.

E se não passar?

Como é possível não passar?

Ela traz os joelhos contra a barriga, prende a respiração, e olha longamente para Avram. De repente Avram sente que está difícil ficar sentado. Há formigas por todo o seu corpo.

Mais um dia, e mais outro. Parecia que Adam ia ficando cada vez mais distante. Pensamentos ruins se acumulavam. Orah tinha a impressão de que tais pensamentos estavam havia muito à espera desse momento. Durante o dia ela os sentia pairando como sombras dentro de sua cabeça. À noite, semiadormecida, ela tentava espantá-los, até suas forças se esvaírem, e então eles pousavam. Ilan a despertava e acariciava sua face e a abraçava com força, e lhe dizia para respirar junto com ele, devagar, até se acalmar.

Tive um pesadelo, ela disse, a face enterrada no peito dele. Ela não o deixou acender a luz. Teve medo de que ele lesse em seus olhos o que ela vira. Avram passando por ela na rua, vestido de branco e muito pálido, e quando estava bem perto dela murmurou que seria interessante ela comprar o jornal. Ela tentou fazer com que ele parasse, perguntar como e por que ele insistia em continuar a evitá-la, mas ele desvencilhou seu braço do aperto dela e foi embora. No jornal havia uma manchete dizendo que Avram pretendia fazer uma greve de fome até a morte na frente da casa dela, a não ser que ela desistisse e lhe enviasse um de seus filhos.

Adam precisava de um par de tênis novo para o próximo ano letivo, e ela ia adiando mais e mais a compra. Ele lhe pedia repetidamente que fosse com ele ao shopping escolher um presente para Ofer, e ela, que apenas duas semanas antes ficaria entusiasmadíssima com um pedido desses — "e quando acabarmos a compra no shopping posso convidar você para um café" —, agora evitava atendê-lo sob as mais frágeis desculpas, até que ele aparentemente compreendia algo e deixava de pedir.

Todo dia trazia novos sinais: um rápido puxão dos braços para o lado, desde os ombros, antes de começar a falar. Fechar e abrir rapidamente os punhos antes de dizer "eu". A necessidade de lavar e enxaguar se tornava mais e mais frequente. Numa mesma refeição ele era capaz de lavar as mãos e a boca de cinco a dez vezes.

Após um Shabat em casa, quando Ilan vira Adam um dia inteiro, e após três refeições, ele disse a Orah, vamos procurar alguém.

Como era de se esperar, Adam não estava disposto nem sequer a ouvir falar no assunto. Jogou-se no chão e berrou que não era louco e que o deixassem em paz. Desde pequeno jamais se comportara desse jeito, e a cena os deixa aterrorizados. Quando tentam falar com ele para persuadi-lo, ele foge e se tranca no quarto, e fica batendo furiosamente na porta uma hora inteira.

Vamos esperar um pouco, disse Ilan, enquanto ambos se reviravam na cama, vamos deixá-lo se acostumar com a ideia.

Esperar quanto tempo? Quanto dá para esperar num caso desses?

Digamos — uma semana?

Não, não estou disposta a tanto. Um dia. Talvez dois, não mais.

Havia algo de paralisante nessa espera. Seu filho estava se tornando um processo. Nas horas em que estava com ele em casa — quando não encontrava uma justificativa para levantar e sair, tomar ar puro, absorver como um refresco os movimentos fluidos e harmônicos das outras pessoas, e também engolir uma inveja amarga de ver os meninos da idade dele aproveitando as férias de verão —, nessas horas com ele parecia-lhe que toda a existência dele estava sendo cortada, bem diante dela, em pedaços separados, cuja conexão ia ficando mais e mais tênue. Havia momentos em que tinha a impressão de que os gestos — as "manifestações", assim ele e Ilan os definiram — eram eles próprios os tendões e nervos que sustentavam a conexão entre as diversas partes do menino que ele um dia fora.

E isso acontece tão perto, ela diz, talvez para Avram, talvez para si mesma. Dentro da nossa própria casa é possível chegar a tocar nisso, mas você não tem onde se agarrar. A mão se fecha no vazio.

Aaah, Avram deixa escapar quase sem voz.

Me avise se você não quiser escutar, ela volta a dizer, e ele lhe dá um olhar que diz, deixe de dizer besteira, e ela dá de ombros como quem diz, como é que eu posso saber?, me acostumei a ficar tantos anos calada com você.

Eles levantam o pequeno acampamento em Ein Yakim, junto ao rio Amud, perto de uma estação de bombeamento da época do Mandato. Orah estende a toalha no chão, tira os alimentos e arruma os utensílios. Avram cata galhos, junta pedras, monta a fogueira. A cadela atravessa ida e volta o estreito riacho, molha-se e se sacode, espirrando para todos os lados; depois olha para eles com ar brincalhão. Antes de se sentarem para comer, lavam as meias e a roupa de baixo e as camisas na água da fonte, e as colocam sobre os arbustos em volta para que sequem quando o sol brilhar. Avram procura algo na mochila, acha uma camisa indiana branca e larga, e calças largas do tipo oriental. Veste-se atrás de um arbusto.

No dia seguinte, quando ela estava sozinha com Adam em casa, ele lhe contou algo que lhe sucedera no seu *game* de computador favorito, e estava todo alegre e excitado. Ela tentou se concentrar no conteúdo do que ele estava dizendo, alegrar-se com a alegria dele, mas estava difícil: agora ele sinalizava com expirações também os finais das frases. Após determinadas letras — parecia-lhe que eram as consoantes sibiladas, mas podia ser que também aqui houvesse exceções, que exigissem suas próprias penalidades —, ele sugava as bochechas para dentro com força. Frases que terminavam com interrogação arrastavam um pequeno movimento novo com a boca, dobrando o lábio superior em direção ao nariz.

Ela estava com ele na cozinha de casa, e lutava por um momento contra um impulso maligno de espichar os lábios para ele, numa imitação do seu movimento. Se ao menos soubesse qual era a sua aparência. Se entendesse o que se via quando se olhava para ele, e como era duro de suportar. Ela só conseguiu parar quando percebeu que era exatamente isso que sua mãe fazia com ela depois de Adah, quando teve durante um breve período uma série de tiques, muito menos graves do que aqueles.

Mas quando ela via o olhar penetrante de Adam, olhar de quem sabia, sentia uma urgente necessidade de envolvê-lo em seus braços, já fazia semanas que não o abraçava, ele não tinha deixado ninguém tocá-lo, e ela até deixara de tentar, evitando tocar o corpo cindido, talvez tivesse uma sensação lúgubre de que o toque não encontraria pele quente e sim uma concha endurecida. Agora ela beijava suas bochechas e sua testa, como fora tola em se conter, em colaborar com a aversão dele, talvez ele precisasse exatamente de um simples e forte abraço. Fato: de forma repentina, absolutamente súbita, ele emergiu para ela de seu cativeiro, apertou todo o seu corpo contra o dela e pousou a cabecinha em seu peito. Enquanto ela desfrutava esse momento com todo o seu ser, sentiu de novo o quanto era forte, exuberante, plena de vida, e como pôde ter concordado em desistir de tudo isso, e como chegou a pensar na possibilidade de entregar seu menino a um tratamento com alguém estranho antes de lhe fazer ela própria essa coisa simples e natural; e ela jurou que daquele momento em diante ela lhe daria tudo que tinha, esvaziaria nele todo o seu poder curativo, a enorme experiência que tinha em termos de tratamentos corporais, em massagens calmantes. Como ela vinha lhe negando tudo isso?

E ela fechou os olhos e apertou os dentes sobre a cabeça dele, para não sucumbir numa enchente de lágrimas que se acumulam dentro dela, e lembrou-se muito bem do que Ilan lhe explicara uma vez, que sempre abraçava as crianças um pouco menos do que gostaria, pois sempre era um pouco mais do que eles precisavam. Aí estava, os cálculos de Ilan. Ela beijou de novo Adam na testa, e ele voltou seu rosto para ela com uma expressão doce de quero-um-especial, e isso a deixou radiante de felicidade, "especial" era uma tradição de infância dela com os meninos, fazia anos que nenhum dos dois concordava com isso, mas aí estava, Adam já espichava os lábios à sua frente, e agora ela ria de constrangido prazer, apesar de tudo ele já tinha quase treze anos, e uma penugem escura, quase um bigode, mas pelo jeito estava precisando tanto que nada o constrangia, e ele a beijou calorosamente, uma vez na bochecha direita, uma vez na bochecha esquerda, e na ponta do nariz, e na testa, e Orah se rejubilou, ela o lembraria do caminho de casa por meio de beijos. E ele riu e deu algumas piscadelas, e lhe fez um sinal de mais uma vez, e volta a beijar a bochecha direita e a bochecha esquerda e a ponta do nariz e a testa, e Orah diz, agora é minha vez, e Adam solta um suspiro, só mais uma vez, e as duas mãos seguram os lados da sua face, e sua nuca começa a enrijecer, e ele dá rápidas bicadas na bochecha direita e na bochecha esquerda e na ponta do nariz e na testa, e ela se debate para tirar a cabeça do meio das mãos deles, e ele finca nela seus dedos pontudos, e ela grita, basta! O que há com você? E viu a expressão dele se alargar num sorriso sem graça, primeiro de incompreensão, depois de profunda mágoa, e por um momento ficaram parados frente a frente, entre a mesa e a pia, e num piscar de olhos Adam tocou três vezes nas pontas dos dedos, nos cantos da boca e entre os olhos, depois assoprou rapidamente dentro das mãos, primeiro da direita, depois da esquerda, seus olhos se enchendo de um líquido turvo e espesso, e então ele se distanciou dando alguns passos para trás, observando-a com desconfiança, como que receando que ela o machucasse, e então ela se lembrou: foi exatamente esse o olhar de Ofer ao descobrir que ela comia carne; o mesmo lampejo de reconhecimento — a possibilidade predatória — que passou entre eles então, espreitando nas dobras do cérebro como um selo primordial; e vá explicar isso a Avram!, um momento desses entre uma mãe e seu filho —, e no entanto ela explicou, até o último detalhe, para que ele soubesse, para que sentisse a dor, para que vivesse, para que lembrasse; e os olhos de Adam se arregalaram diante dela, tomando conta de quase toda a sua face, e ele continuava a se afastar, retrocedia com os olhos fixos nela, e antes de ele passar pela porta da cozinha, lançou-lhe um último olhar, sóbrio e terrível, e ela teve a impressão de que ele estava lhe dizendo sem palavras, você teve a chance de me salvar, agora vou-me embora daqui.

* * *

Finalmente, depois de pressão e ameaças — impedi-lo de utilizar o computador foi a mais terrível e eficaz delas —, eles superaram a resistência de Adam e o levaram a um psicólogo. Ao final de três sessões o homem convocou Orah e Ilan. Adam lhe parecera um jovem inteligente e com extremo potencial, ele disse, e um rapaz de personalidade forte. Muito forte, ele acrescentou com ligeiro desânimo. A verdade é que ficou aqui sentado três sessões totalmente calado.

Calado?, disse Orah, atônita. E os gestos dele?

Não houve gesto nenhum, ficou sentado feito pedra. Olhando para mim, mal piscou.

Orah de repente se lembrou do jovem Ilan, que lançara uma maldição sobre uma classe inteira.

É uma experiência incomum, diz o homem. Três sessões inteiras. Tentei de um jeito, tentei de outro, e ele tem dentro de si uma certa resistência, ele disse espantado, fechando o punho diante de Orah e Ilan: É um bunker, uma esfinge.

Então o que você sugere?, perguntou Ilan com rancor.

Obviamente pode-se tentar mais algumas sessões, disse o homem sem olhá-los diretamente, da minha parte com certeza estou disposto a isso, mas sou obrigado a lhes dizer que aqui existe alguma coisa, na interação —

Diga o que nós temos que fazer, interrompeu Ilan, a veia na sua têmpora já ficando azul, eu quero que você diga, com palavras simples, o que fazemos agora! E Orah olhou desesperada para a camada de ferro baixando sobre a sua face.

Não tenho certeza de que haja uma solução imediata, disse o homem piscando, só estou tentando pensar junto com vocês, em voz alta: talvez alguma outra pessoa tenha mais sucesso? Talvez com uma terapeuta mulher?

Por que mulher, Orah se reclinou na cadeira, sentindo-se acusada de alguma coisa, por que justamente uma mulher?

Noite. Orah está sentada verificando os recibos para a declaração de seu imposto de renda. A cada dois meses é obrigada a declarar os rendimentos provenientes da clínica fisioterápica onde trabalha — mas pacientes que atendo em casa eu não declaro, por princípio, ela conta a Avram com ligeiro orgulho, e com a sensação de cumplicidade de dois revoltosos planejando uma conspiração. (Ele nem sequer tem carteira de identidade!) De repente, Adam chega perto dela pedindo-lhe que o ajude a arrumar seu quarto. É um pedido bastante incomum, pelo menos naqueles dias, e a bagunça no quarto já está praticamente insuportável, mas ela precisa terminar a declaração esta noite, e fica irritada: justo agora?, por que você não veio uma hora atrás, quando eu estava desocupada?, por que sempre sou eu que tenho de ter tempo disponível nesta casa?

Adam sai, e dá início a sua complexa dança de tiques nervosos. Orah tenta continuar selecionando os recibos mas não consegue se concentrar. Acima de tudo, o que mais a deprime é o fato de ele ter ido embora sem discutir. Sem dizer uma única palavra. Como se soubesse que não podia desperdiçar um só pingo de energia.

Ela se debruça sobre os cálculos de despesas de transporte e alimentação, e sente nitidamente que neste momento Adam está em seu quarto desintegrando-se em fragmentos de solidão e desespero, e sente que essa desintegração também começa a sugá-la, e que em breve deverá desintegrar também Ilan e ela como casal, e por fim, toda a família. Somos tão fracos, ela reflete observando as pequenas e ordenadas pilhas de papel, como é possível que estejamos ambos tão paralisados, sem realmente lutarmos por ele? É como se — um pensamento a perfura — é como se nós sentíssemos que isto é... O quê? Um castigo? Por quê?

Por você *nós* lutamos muito mais, ela diz baixinho a Avram.

Avram aperta as mãos em torno da caneca de café quente, o corpo todo contraído e os olhos presos aos últimos raios de luz sobre as águas do riacho.

Orah se levanta e vai apressada, quase correndo, até o quarto de Adam, o coração tomado de maus pressentimentos.

Mas Adam está simplesmente ali parado, bem no centro do quarto que divide com Ofer, cercado de inacreditáveis pilhas de roupas, partes de brinquedos, cadernos, toalhas e bolas, levemente inclinado para a frente, congelado.

O que está acontecendo, Adam?

Não sei, emperrei.

São suas costas?

Tudo.

Aparentemente, no meio de um movimento, enquanto tentava estabelecer uma separação entre um fragmento de gesto e outro, foi capturado pela imobilidade. Orah se apressa em abraçá-lo, massageando seu pescoço e suas costas. O corpo dele está rígido, petrificado. Durante um bom tempo ela procura derretê-lo, como costumava fazer com Avram durante o período de convalescença, como ela costuma fazer milagrosamente com seus pacientes, devolvendo ao corpo sua memória, a música dos movimentos, até Adam relaxar um pouco. Então ela o senta numa cadeira, e senta-se ela própria no tapete aos pés dele.

Ainda dói?

Não, agora tudo bem.

Venha, vamos fazer juntos.

Ela pega do chão um monte de objetos e roupas e estende-os para Adam, para que ele os coloque em seus devidos lugares. Ele obedece, dirigindo-se com seus movimentos robóticos para os armários e as prateleiras. Ela não faz nenhuma menção acerca de seus atos e suas compulsões. E não consegue deixar de olhar para ele.

E eis que chega Ofer, voltando de uma semana de férias na casa dos avós em Haifa. Ele se junta à operação de muito bom grado. Tem-se a impressão de que uma grande luz passou a iluminar o quarto, os pensamentos ruins se dissolveram. A face de Adam também se ilumina. Orah, que sabe o quanto Ofer sofre com a desordem e a sujeira, se espanta intimamente de ver como ele havia deixado Adam transformar o quarto numa lixeira. Não havia se queixado nem sequer uma vez durante o último mês. Talvez tenha chegado a hora de lhes arranjar quartos separados, ela pensa, já falamos nisso um ano atrás. Mas ela sabe qual seria o significado disso para Adam, e não tem dúvida de que neste momento Ofer também recusaria terminantemente tal sugestão.

Com a ajuda de Ofer ela transforma a arrumação do quarto num jogo. Ela faz perguntas sobre cada item que pesca do monte, e Adam e Ofer dão as respostas. Eles riem. A risada de Adam é tensa, de lábios cerrados, e cada risada o obriga à sequência de gestos que acabam cancelando o efeito do riso. Por duas horas inteiras ela fica sentada no chão do quarto repassando a cultura material da infância dos filhos. Jogos que há anos eles não jogam mais, folhas de desenho e de lição, cadernos amarrotados, pilhas descarregadas, velhas cédulas de votação que Orah furtou da urna para eles, álbuns de figurinhas de jogadores de futebol e astros da televisão, pares de tênis rasgados, peças de Lego, amuletos diversos e esquisitos, monstros terríveis que um dia preencheram o mundo deles, armas e fósseis, pôsteres rasgados, toalhas e meias furadas. Há brinquedos e jogos dos quais eles se recusam a se separar, e ficam realmente magoados quando ela sugere dá-los para outras crianças menores, mais carentes que eles. Orah fica sabendo pela primeira vez do complicado sistema de relações afetivas entre seus filhos e um urso de pano careca, cuja importância jamais ela entendeu, ou uma cobra de borracha particularmente nojenta, ou a pequena lanterna quebrada, que os faz lembrar as aventuras noturnas que ela nunca imaginou terem acontecido por trás de sua porta fechada, quando pensava que eles dormiam.

E assim, apesar das discussões e batalhas sobre cada brinquedo velho ou camiseta comida de traças de um time de futebol espanhol, o quarto vai se esvaziando. Eles enchem grandes sacos de lixo, que são carregados e amontoados junto à porta de entrada, para serem doados ou jogados fora. Ela tem a impressão de que Adam se sente aliviado: seus movimentos se tornam descontraídos, ele está quase à vontade. Anda de lá para cá pelo quarto sem interromper os passos ou as frases para fazer seus gestos, nada de vírgulas ou movimentos com o cotovelo ou o joelho. No fim, terminada a operação, quando Orah se levanta para pedir uma pizza por telefone, ele se aproxima dela por sua própria iniciativa e a abraça suavemente. Um simples abraço.

Mas a trégua é só por alguns minutos, não mais. Você sabe o que o Ilan diz: Toda felicidade é uma felicidade prematura.

Não foi o Ilan quem inventou isso, fui eu.

Você? Claro! O quê, você não lembra que eu sempre... A cadela dourada ergue a cabeça acima dos ombros e olha para Avram, espantada. Orah assiste à pequena tempestade que o acomete, e pensa, é *isso* que você reclama que ele tirou de você?

Após a trégua, Adam volta a se sentir atraído pela torneira, lava os lábios e os dedos, e é praticamente possível ver a corda bamba sobre a qual ele se move. Desta vez a sombra de desespero de Orah é intolerável, e quando está prestes a explodir, uma fração de segundo antes de despejar sobre ele tudo que acumulou dentro de si, ela põe sobre a mesa sua fatia de pizza, deixa Ofer e Adam sozinhos, já conversando entre si, como costumam fazer, vai até o escritório doméstico de Ilan, senta-se à escrivaninha e mergulha a cabeça entre os recibos e as notas fiscais.

Uma sombra pesada vem se instalar na sua mente. Pensa em ligar para Ilan, para que volte imediatamente do trabalho. Que venha segurá-la, pois ela está desabando. O que ele está fazendo lá fora quando aqui dentro tudo está ruindo? Ultimamente ele quase não para em casa. Sai de manhã cedo, antes que os meninos acordem. Volta à meia-noite, quando já estão dormindo. Cadê você? Como é possível que estejamos assim paralisados, nós dois? Como é possível que nos desintegremos com tanta rapidez? Por que tudo isso parece uma maldição que esperou pacientemente durante anos — a vingança da bruxa má que não foi convidada para o aniversário — para nos atingir desse jeito exatamente quando as coisas pareciam correr bem? Mas ela não tem forças para pegar o telefone.

Nós não estamos cuidando disso, ela lhe diz à noite, na sala. Está deitada no tapete, exausta. Ilan está deitado no sofá, à sua frente, as longas pernas balançando por cima do braço do sofá. Ele parece fraco e cansado. O que está acontecendo conosco? Diga, Ilan, explique para mim, por que não conseguimos fazer alguma coisa?

Fazer o quê?

Obrigá-lo a um tratamento, levá-lo a um médico à força, a um psiquiatra, sei lá. Sinto que o medo simplesmente me paralisa, e você não me ajuda. Cadê você?

Marque uma consulta com alguma outra pessoa, ele diz. Ele parece assustado. Algo no seu rosto, no seu queixo, de repente a faz recordar dos dias que se seguiram ao nascimento de Adam, pouco antes de ele ir embora.

Amanhã, ela promete, a primeira coisa pela manhã. Ela estica a mão e afaga o braço dele. Nós nem sabemos o que ele sente, eu tento falar com ele e imediatamente ele foge. Imagine só como isso é apavorante para ele.

E também para o Ofer, diz Ilan. Nós estamos tão concentrados no Adam que nem nos lembramos do Ofer.

Eu só acho que se fosse um perigo comum, normal, um incêndio, até mesmo um terrorista, alguma coisa conhecida, lógica, não saltaria eu para salvá-lo? Não daria a minha vida por ele? Mas isso...

Adam sai do quarto e vai beber algo na cozinha. Na penumbra da sala, Orah e Ilan acompanham seus movimentos até a geladeira. Quando ele finalmente consegue trazer a garrafa de água para seus lábios, Ilan pigarreia, e Adam vira-se para eles surpreso.

Ei, o-que-vo-cês-es-tão-fa-zen-do-aí?, sua fala está entrecortada, monocórdia, biônica.

Só descansando, diz Ilan. E você, querido?

Tu-do-bem, ele responde, indiferente. Gira em torno de seu eixo e volta inquieto para seu quarto, erguendo os joelhos enquanto caminha, como uma imitação mecânica de um movimento humano, fragmentando-se na aflição de Adam.

Então ela sabe. Repentinamente rasga-se uma membrana dentro dela e ela sabe que algo completamente novo se revelou para ele, Adam, alguma consciência nova, um novo poder, e de repente fica tão claro, basta olhar para ele e ver: é a força da negação, da desintegração, da ausência, que o puxa para dentro de si e o devora por dentro, é isso que ele revela agora, e parece ser uma força imensa, certo?, ela diz a Avram, a voz rouca, a força do não, a força do não ser?

Avram não se move. Suas mãos quase esmagam a caneca de café vazia. Nos primeiros meses depois de voltar para casa — após o período de hospitalização e recuperação — costumava andar pelas ruas de Tel Aviv imaginando-se uma abelha no meio de um enorme enxame. Fazia-lhe bem saber que não era capaz de entender o comportamento do enxame todo. Ele tinha uma missão: ser. Bastava apenas mover-se, comer, defecar, dormir. Em outras partes do enxame talvez houvesse emoções, ou algum conhecimento, ou toda uma consciência, e talvez não. Talvez em nenhum lugar. Não era da conta dele. Ele não passava de uma pequena célula, insignificante, fácil de destruir, fácil de substituir.

E às vezes, bem raramente, fazia outras coisas, inversas: caminhava pelas ruas falando sozinho em voz alta, de propósito, como se estivesse sozinho no mundo, como se o mundo inteiro existisse única e exclusivamente dentro de sua cabeça, uma criação da sua imaginação, que também criava aqueles rapazes fazendo troça dele, e os velhos que o apontavam com o dedo, e o carro que brecou de repente parando a apenas alguns centímetros dele.

Quando Adam fecha a porta do quarto atrás de si, Orah se levanta do tapete e vai até a cozinha. Abre a geladeira com os mesmos movimentos que ele, ergue a garrafa de água até a boca, da mesma maneira que ele — cotovelo, pulso, dedos —, fecha os lábios no gargalo da garrafa da família, bebe, navega sua alma para Adam. E então ela sabe, num piscar de olhos, não mais que isso, mas já basta para a vida inteira, como é quando não se vê a linha, apenas os pontos que a formam, e o escuro no piscar do olho, o abismo entre um instante e outro.

Sim, Avram diz baixinho, e ela tem a impressão de que ele não respirou por vários minutos.

Ela coloca a garrafa de volta na geladeira, reencena os movimentos fragmentados, esquece Ilan deitado no sofá olhando para ela na penumbra. Eis a queda entre dois passos. Eis o sussurro da desintegração. Eis como seu Adam observa com olhos arregalados e talvez veja o que é proibido a todos ver: como ele próprio pode desmoronar para o não existir. Para o pó do qual ele veio. Como é frágil aquilo que segura tudo.

Ela volta e se senta na penumbra ao lado de Ilan, que rapidamente a envolve nos braços e se apega a ela com estranho fervor e também, ela tem a impressão, com uma ponta de reverência por ela.

O que, ele diz num sussurro contido, o que você sentiu?

Ela não responde. Tem medo de acordar, medo de que a sensação desapareça, medo de que o lugar onde conheceu Adam se dissolva como um sonho.

Orah boceja e vê — com fino prazer — como seu bocejo contagia Avram inconscientemente. Continuamos amanhã, ela pede, e ele, que justamente queria escutar mais, levanta-se e junta os restos do jantar, recolhe o lixo e lava os pratos e talheres. Depois arruma silenciosamente o saco de dormir, não longe do dela, e Orah pode ver os pensamentos e perguntas em ebulição debaixo de sua testa, e diz a si mesma, amanhã, amanhã. Então vai para trás de uns arbustos fazer suas necessidades, e medita um pouco sobre Sherazade, e ambos se despem, um de costas para o outro, e enfiam-se nos respectivos sacos de dormir, deitando-se de olhos abertos ao lado da fogueira que estala. Avram está inquieto, levanta-se e enche duas garrafas com água do rio, apaga as chamas e deita-se de novo.

Imediatamente depois que o fogo se apaga acordam de súbito todos os bichos, que até o momento estavam quase adormecidos. Um coro de sapos, aves noturnas, chacais, raposas e grilos irrompe numa comoção ensurdecedora. Uivos, roncos, coaxos, rugidos, crocitos, grunhidos. Orah e Avram permanecem deitados e têm a impressão de que todo o leito do rio ganha vida e farfalha em volta deles, animais grandes e pequenos passam ao seu lado, voando ou saltando sobre a cabeça deles. Orah cochicha, o que está acontecendo?, e Avram sussurra, enlouqueceram todos, e a cadela levanta-se sobre as quatro patas, inquieta, os olhos brilhando na escuridão. Orah sente a necessidade de que Avram venha e se deite ao seu lado, mesmo que apenas para segurar sua mão, que a tranquilize com um carinho, com respirações longas e serenas, como Ilan costuma fazer, costumava, mas ela não diz nada, não quer forçá-lo a nada, e ele, por sua vez, não sugere nada, e é justamente a cadela que se aproxima com movimentos cautelosos, passo a passo, até que finalmente está parada do seu lado, e Orah estende a mão e acaricia seu pelo no escuro, e o pelo está de fato eriçado de tensão, por causa dos sons em volta, ou talvez por causa do toque de mão humana, o primeiro toque após sabe-se lá quanto tempo. Orah a alisa mais e mais, ela própria desfrutando o prazer do toque, sentindo o calor desse novo corpo, e a cadela de repente recua, como se não pudesse mais aguentar, e vai se deitar não longe dali, observando Orah com olhos ofegantes.

Sim, estão deitados, os três, quietos e um pouco amedrontados, e a comoção em volta vai aos poucos se acalmando, dando lugar ao zumbido dos mosquitos. Carnívoros e inescrupulosos, eles atacam cada pedaço de carne exposta, e Orah ouve Avram estapear-se e xingar, e se encolhe no *sleeping* e o enrola sobre sua cabeça deixando apenas uma fresta mínima aberta para o ar entrar, e mergulha em si mesma, e quase dormindo ela consegue ajeitar a cabeça de tal forma a se aninhar no seu local predileto, a reentrância do ombro de Ilan, e então, sutilmente, como o delicado fluxo de uma pequena fonte, volta a despertar dentro dela a saudade da casa em Ein Karem, a casa dela e dele, dos cheiros ali entranhados, das texturas luminosas que se entrelaçavam nas janelas nas diferentes horas do dia, das vozes dos meninos e de Ilan circulando entre os quartos. Ela percorre a casa, cômodo por cômodo.

E quando Ofer surge à sua frente, ela o afasta gentilmente e lhe diz que tudo bem, que não se preocupe, ela fará o que for preciso. Que não pense nela agora. Que cuide de si lá, que ela cuidará dele aqui.

Alguns meses depois que ela e Ilan se separaram ela voltou uma vez para a casa vazia, abriu as persianas e janelas de todos os quartos, fez correr água de todas as torneiras, regou as plantas do jardim abandonado, enrolou os tapetes, tirou o pó, varreu bem o chão e o lavou meticulosamente. Passou quase uma manhã inteira ali, sem se sentar numa cadeira nem beber um copo d'água. Limpou a casa, depois fechou as janelas e baixou as persianas, desligou a eletricidade e saiu.

Pelo menos que esteja limpa, pensou, ela não tem culpa de termos nos separado.

Orah, ouve-se a voz de Avram, eles são parecidos?

Ela estava quase dormindo, e a pergunta a desperta de um salto.

Quem?

Os meninos. Hoje em dia, eles são parecidos?

Com quem?

Não... quero dizer, entre si, na aparência...

Ela se senta e esfrega os olhos. Ele está sentado, embrulhado no seu *sleeping*.

Desculpe, ele murmura, acordei você.

Não faz mal, nem tinha adormecido direito. Mas qual é, você de repente se lembrou... A língua dela descreve um círculo de deleite com os "meninos" dele. Como se ele finalmente estivesse captando a visão dela, até mesmo o tom de sua voz quando ela pensa neles. Ela olha para ele afetuosamente. Por um instante parece possível: tio Avram.

Diga, Avram, que tal fazermos um chá?

Você quer? Ele se levanta rapidamente, corre, cata gravetos no escuro. Ela ouve quando ele penetra entre os arbustos, é arranhado por um espinho, xinga, escorrega no molhado, vai mais longe e volta para perto. Ela se controla para não rir.

Sim e não, ela diz pouco depois, com uma caneca de chá aquecendo sua mão e seu rosto. Eles são totalmente diferentes na aparência, eu já lhe disse, mas por outro lado, também é impossível se enganar. Vê-se imediatamente que são irmãos. Mesmo que Adam seja mais —

Mais o quê?

Ela para. Receia que agora, na situação em que se encontra, no ponto em que anda seu relacionamento com Adam, ela corra o risco de ser arrastada para todo tipo de comparações desnecessárias, e injustas, entre Adam e Ofer, e justo ela —

Ai, ela solta um suspiro profundo, e a cadela ergue os olhos e vem se sentar ao seu lado.

O quê?, pergunta Avram delicadamente. Do que foi que você se lembrou? Espere.

Ela, cuja mãe sempre a comparava aos outros, inclusive na presença de completos estranhos, e quase sempre para pior, já havia jurado a si mesma, ainda bem jovem, que quanto tivesse filhos jamais, jamais —

Orah?, Avram a chama com cuidado, escute, não é preciso.

Não, tudo bem. Me dê só um minuto.

E é óbvio que com Ilan ela muitas vezes fez comparações entre os meninos, como é possível não comparar?

O que foi realmente difícil para mim nos primeiros anos com o Ilan, ela de repente se solta e conta a Avram, o que era realmente insuportável era o jeito que ele olhava para os meninos, sim, com as definições objetivas ultraprecisas dele, bem, você conhece... Conheço, conheço, resmunga Avram, conheço muito bem esse pedaço, as considerações do racionalista. Ah, isso mesmo, ela ri com prazer e coça a cabeça da cadela com a mão direita.

As definições do Ilan, ela pensa, por meio das quais ele sintetizava para ela as personalidades de Adam e de Ofer, suas virtudes e seus defeitos, e também determinava o destino deles por toda a eternidade, sem possibilidade de contestação, desprezando a mudança que vem com a idade. Só com o passar dos anos, diz ela — e conclui que também sobre isso está apta a conversar com Avram —, só com o passar dos anos ela aprendeu que decididamente podia contradizer aquelas definições com afirmações não menos lúcidas e equilibradas, com uma perspectiva sóbria e diferenciada, que sempre lançava sobre os meninos uma luz mais clara e acolhedora, e então viu com que alívio, até mesmo alegria, Ilan concordava com ela, juntava-se a ela, a ponto de às vezes pensar que talvez ela tivesse redimido ele próprio de alguma coisa.

Por que ele é assim, me diga?, ela pergunta a Avram, afinal você o conheceu muito bem — ela quase diz: talvez o tenha conhecido até melhor do que eu. Então me diga você, por que ele sempre briga tanto consigo mesmo, com o lado suave dele, com o lado delicado dele, por que ele sempre precisa ser tão agressivo?

Avram dá de ombros. Comigo, ele diz, ele não era assim.

Eu sei. Com você certamente que não.

Ambos se calam. As cigarras ao redor voltam a enlouquecer. Orah se pergunta se está condenada a tentar entender Ilan e suas enganações até o fim de seus dias, ou se chegará a época em que poderá ser simplesmente ela mesma, sem os ecos dele dentro de si, e pensar nessa possibilidade não lhe oferece realmente um grande alívio, ela absolutamente não fica feliz, de repente as saudades se atenuam com toda a intensidade.

Falar sobre os meninos com Ilan, ela pensa, falar com Ilan sobre os meninos, era um lado tão gostoso da rotina familiar, a conversa em si, e quanta coisa havia para se falar sobre eles, mais de uma vez ela pensou consigo mesma que talvez apenas graças a Avram eles fossem capazes de falar daquele jeito, Ilan e ela, e que se não o tivessem conhecido, e se ele não os houvesse orientado quando ainda eram jovens, ambos teriam ficado muito mais calados e tímidos. Então obrigada, ela diz dentro de si, obrigada também por isso.

Acima de tudo eles adoravam conversar sobre os filhos durante seus passeios noturnos, depois de encerrado o ritual de colocá-los na cama. E sem perguntar a Avram se ele queria, ela o conduz para lá, para o bagunçado quarto dos meninos, fervilhando com os tumultuosos preparativos para a difícil e complicada jornada noite adentro, com suas sombras e estranhezas, e o exílio que impunha a cada um dos meninos em sua pequena e separada cama. E depois de dar mais um último abraço, e mais água, e mais um xixi, e mais uma luzinha acesa e mais um beijo no urso ou no macaco, depois que Adam e Ofer acabavam de bater seu papo e finalmente adormeciam —

No começo, quando ainda moravam em Tzur Hadassah, iam pela trilha de Ein Yoel, passando pelos pomares de ameixas e pêssegos de Mevo Beitar e pelos restos das plantações de marmelo, nozes, limões, amêndoas e olivas das aldeias árabes que deixaram de existir — vez ou outra dizia a si mesma que devia ao menos saber seus nomes —, e às vezes caminhavam até o rio Ma'ayanot, no fundo de um vale repleto de água corrente e pequenos jardins, onde os habitantes de Hussan e Batir plantavam beringelas, pimentões, feijão e abobrinhas. E quando teve início a primeira Intifada e ficaram com medo de passear por ali, escolheram a trilha no bosque perto do trevo — no outono, ela diz, ali se misturam leitos de cíclames e margaridas, talvez um dia eu leve você até lá, me lembre —, e quando mudaram para Ein Karem, ainda antes de descobrir onde havia nas redondezas uma mercearia e uma quitanda, procuraram o caminho que mais lhes agradasse, que não fosse rebuscado demais, mas tampouco tedioso, não muito remoto mas tampouco popular demais, o caminho pelo qual se pode passear durante anos falando baixinho, e às vezes também andar de mãos dadas ou se beijar. E com o correr dos anos descobriram outros caminhos, mais escondidos, nos wadis e entre os olivais, entre as tumbas do xeques e ruínas de casas e velhas guaritas, e passeavam por esses caminhos em cada hora livre, às vezes inclusive com o nascer do sol, mas só quando os meninos já eram maiores e independentes, quando Ofer já sabia preparar omeletes e sanduíches para a escola, para ele e para Adam. Ilan, mesmo nas épocas mais sobrecarregadas de serviço, não se dispunha a abrir mão dessa caminhada diária, ela diz, do nosso passeio.

Avram escuta e vê, Orah e Ilan, um casal. Ilan talvez já esteja com as têmporas grisalhas, e Orah está com o cabelo quase todo prateado e usa óculos, talvez Ilan também use. Eles caminham pela trilha oculta deles, andam no mesmo ritmo, muito próximos um do outro, às vezes a cabeça dela se encosta nele, às vezes suas mãos se procuram e se unem. Eles conversam calmamente. Orah ri. Ilan sorri seu sorriso de três rugas. De repente Avram sente saudades de Ilan. De repente ele fica atordoado com a ideia de que já faz vinte e um anos que ele não o vê.

Nessas conversas, ela explica a Avram, eu quase sempre sabia o que ele ia me dizer. Pelo jeito dele de respirar antes da frase eu sabia qual seria sua entonação, e que palavras iria usar. E eu ficava tão contente por ser assim, que um conseguisse adivinhar o outro.

Mas parece que isso começou a deixá-lo nervoso, ela pensa, e comenta em seguida com Avram, e ele ficou de saco cheio de ser capaz de adivinhar pela minha respiração o que eu ia dizer, e pela minha risada antes de eu contar a piada. Ou talvez ele simplesmente precisasse de umas férias de mim, foi o que ele disse, pelo jeito era um trabalho duro, ela encolhe os ombros, mas eu comecei a lhe contar outra coisa, o que era? Estou tão dispersiva. E fico o tempo todo falando mal dele — ela pensa e depois também comenta com Avram — isso não está certo, não é correto, isso não é totalmente verdade, ele não merece isso.

Ela e Ilan na trilha, à noite, repartindo em pedacinhos o dia que acabou de passar e depois juntando tudo de novo, retendo os pedacinhos na boca, trocando impressões, adicionando mais e mais detalhes ao grande quadro da vida deles, rindo disto e daquilo, abraçando, separando, discutindo, consultando-se mutuamente em relação aos respectivos trabalhos, ainda que Ilan não entendesse muito do trabalho dela, ela diz a Avram, e ela não esperava que ele entendesse, afinal, que grande emoção se pode despertar falando de massagem num tornozelo estirado, ou de recolocar um ombro no lugar? Porém ela lamentava que ele não se entusiasmasse tanto quanto ela com os pequenos grandes dramas que lhe relatava: soltar um nó nas costas, ou relaxar um pescoço com torcicolo. Ela, por sua vez, ao longo dos anos tinha se tornado sua conselheira sigilosa, seu júri secreto, sua árbitra final. No escritório riam abertamente: "Orah ainda não confirmou". "Ilan está esperando a decisão da Suprema Corte"; e, de fato, ela cora de constrangimento — sorte que está escuro — e ressalta que ele tinha absoluta confiança nela, uma confiança apoiada totalmente em seus instintos, em sua intuição, no seu sábio coração — foram essas as palavras dele, ela se justifica —, embora na verdade ela não se interessasse, ela se apressa em esclarecer, pelos convolutos aspectos legais da *propriedade intelectual*, cláusulas de confidencialidade, contratos de não concorrência, marca registrada de uma empresa de irrigação, ou de uma indústria farmacêutica de genéricos, ou a questão de definir o momento exato em que numa determinada ideia ocorre o elemento fugaz, abstrato, misterioso que Ilan adorava chamar, com os olhos brilhando, de "faísca criativa"; e para dizer a verdade, nunca se sentira atraída pelos complicados processos de registro de patentes, nem em Israel nem nos Estados Unidos nem na Europa, nem pelos recursos persuasivos de Ilan, que levavam os possuidores de capital a investir, digamos, num jovem médico de Carmiel, que desenvolveu uma câmera fotográfica intracorpo que se dissolve na corrente sanguínea após o uso, ou num bioquímico de Kiryat Gat, que descobriu um meio barato de produzir diesel a partir de óleo comum. E Ilan é Ilan, ela ri, é esse homem, estou lhe dizendo, ele devia ter sido campeão de xadrez, político, conselheiro da máfia, esse lado dele você não chegou a conhecer, só começou a se desenvolver depois de você.

Na trilha deles, à noite, Orah e Ilan repartiam entre si, com leveza e generosidade, as tarefas do dia seguinte. Nunca brigamos sobre quem faria o quê, sabe? Formávamos uma equipe muito boa. E acertavam rapidamente os assuntos da casa, pagamentos, reparos e transporte dos meninos, política financeira e alguns tópicos domésticos e externos urgentes, como achar um lar de idosos para a mãe dela; e o que fazer finalmente com a empregada preguiçosa, mentirosa e manipuladora, que ninguém teve coragem de demitir durante anos — até Ilan tinha medo —, e cujo domínio só teve fim com a separação deles.

E mais que tudo, mais que qualquer outra coisa, ambos giravam em torno dos filhos, maravilhando-se sempre com as duas pessoinhas vibrantes, que brotavam e se desenvolviam entre eles dia a dia; e contavam um ao outro o que Adam tinha dito e o que Ofer havia feito, e os observavam com admiração, e os comparavam ao que tinham sido nos anos anteriores, ou mesmo nas semanas anteriores, e como tinham mudado, e num tempo tão curto, meu Deus, não cresçam rápido demais! E se deleitavam com fragmentos de memórias e momentos triviais que somente entre ele e ela podiam crescer e se tornar fortes e cintilantes, pois somente para eles os meninos eram tão preciosos, a riqueza da vida deles.

Ofer também?, pergunta Avram quase sem voz. O Ofer também era... Quero dizer — para o Ilan, o Ofer também?

Ela sorri para ele, os olhos cheios de luz. Avram consegue ver mesmo no escuro, e dá um grande gole no seu chá, que está fervendo, queimando a língua e o céu da boca, e retém a queimadura na boca com estranho prazer.

E quando andavam e conversavam dessa maneira, Ilan e ela sentiam o próprio fluxo de energia de vida, a glória da vida que erguia em suas asas os dois meninos pequenos e os carregava para o seu futuro. E repetidamente se maravilhavam com o poderoso laço, o elo existente entre os meninos — eles têm algum segredo entre si, ela diz a Avram: até hoje, fique sabendo, existe algum segredo entre eles —, e sem jamais dizer isso em voz alta, os dois sentiam que o que existia entre Adam e Ofer era talvez o eixo central da casa, o mais forte, sólido e vívido de todos os eixos — visíveis e ocultos — que mantinham os quatro juntos; Avram a escuta e recita: lembre-se, lembre-se de tudo; e às vezes Ilan e Orah juntavam as cabeças enquanto andavam, apoiavam-se um no outro e ousavam adivinhar — com cuidado, as coisas são tão frágeis, como eles bem sabem — o que o futuro traria aos meninos, para onde se voltariam suas vidas, e se perguntavam se também então Adam e Ofer conseguiriam sustentar a sua preciosa e enigmática parceria.

Certa noite, ela se senta sozinha no escritório de Ilan e olha de relance os livros jurídicos na estante, incapaz de fazer qualquer coisa. Na semana anterior Adam tivera mais duas sessões de terapia com uma psicóloga mais velha, muito experiente, agradável e tranquila. Também com esta ele permanecera calado, e igualmente escondera as *manifestações*. No entanto, ela não ficou preocupada. Chamou Orah e Ilan para sua clínica e disse que tais sintomas não eram raros nessa idade, na fase que antecede o amadurecimento corporal, acrescentando que algo no olhar de Adam lhe dizia que era um rapaz basicamente forte, e apenas por medida de segurança, e para tranquilizá-los, ela o encaminharia para um exame neurológico com um proeminente especialista na área. O primeiro horário vago seria apenas dali a três semanas e Ilan fez o possível para mexer os pauzinhos e conseguir antecipar a consulta. Nesse meio-tempo, Orah sentiu que estava ficando louca.

Adam e Ofer estavam na cozinha, mergulhados numa profunda conversa sobre tipos de rinocerontes, e ela, como de costume, a cada tantos segundos enviava as ondas de seu sonar materno e elaborava as respostas quase de forma inconsciente, e só depois de longos minutos notou vagamente que havia muito tempo não ouvia uma conversa dessas entre os dois meninos: o tom de voz de Adam estava mais leve naquela noite. Ele chegou a ajudar Ofer a fazer um trabalho para a "colônia de férias de criatividade" que o irmão costumava frequentar durante o verão. Adam inventou para ele um rinoceronte-d'água com dois chifres enormes, e também um rinoceronte esculpido, e um rinoceronte enfeitado, que é um animal indefeso — ele ditou a Ofer — que fica sentado horas na água olhando para si mesmo, e ainda um rinoceronte efeminado, e os dois rolaram de rir, mas o efeminado ninguém vê, adverte Adam. Então vou desenhar só a pegada dele, Ofer diz vibrando. Deixe que eu desenhe para você, e o papo dos dois se prolongou e fluiu, e Adam passou por todos os seus rituais, pois ela ouviu as respiradas rítmicas, o sugar dos lábios, a torneira se abrindo para rápidas enxaguadas, e Orah voltou a mergulhar em si mesma, e subitamente foi atraída pela voz fina de Ofer, que perguntava com absoluta tranquilidade, por que você faz isso aí?

Ela não sabia a que Ofer estava se referindo, mas uma onda subterrânea percorreu a cozinha e chegou até ela, para em seguida a envolver e apertar.

Isso o quê?, perguntou Adam, desconfiado.

Lavar as mãos, essa coisa toda.

Por nada. Me dá vontade de fazer.

Por quê, você está sujo?

Sim. Não. Deixa disso, você tá me enchendo.

Mas sujo de quê?, perguntou Ofer, no mesmo tom tranquilo e cristalino, ponderado e casual, que ela adoraria poder ter, especialmente em momentos como aquele.

Como assim de quê?

De que você está sujo?

Sei lá, tá satisfeito?

Só me diga mais uma coisa.

Ufa, o quê?

Quando você... Quando você se lava desse jeito, você fica limpo?

Um pouco. Não sei. Agora cala a boca!

Silêncio. Orah não teve coragem de se mexer. Pensou como ao longo de todas essas semanas Ofer se conteve e não perguntou nada a Adam. Algo na sua voz, na sua insistência, indicava a ela que ele tinha preparado de antemão o que perguntar, e escolhera muito bem as circunstâncias, e talvez também tenha preparado o estado de espírito de Adam para esse momento.

Adam —

O que é agora?

Você me deixa também?

Deixar o quê?

Fazer uma no seu lugar.

Uma o quê?, Orah sentiu que o arco de audácia e atrevimento de Ofer estava tocando também nos seus próprios nervos. Ela não moveu uma pálpebra. Especulou em silêncio que jogo ousado e perigoso Ofer estava jogando.

Uma dessas.

Que é isso?, Adam soltou um riso forçado, e Orah ouviu muito bem seu constrangimento, você ficou louco?

Só uma, que diferença faz pra você?

Mas por quê?

Para você poder fazer uma a menos.

O quê?

Chega, você está molhando o meu desenho!

O que foi que você disse?

Que se eu fizer uma, então você tem que fazer uma a menos.

Você tá doido, sabia? Totalmente maluco. Qual é a sua de ficar se metendo na —

Que importa? Só uma. Emprestada.

Uma qual?

Qual você quiser. Esta, ou esta, ou —

Ela ouviu uma cadeira sendo arrastada furiosamente e passos rápidos. E adivinhou os passos pequenos de Adam girando em torno de si mesmo a caminho da torneira, os olhos agora revirando de susto.

Adam —

Você vai levar uns tapas, cala a boca!

Um longo silêncio.

E aí, Adam, só uma —

Ela ouviu passos e um tapa. Corpos caindo no chão, resfolegando. Uma cadeira virada. Grunhidos abafados. Percebeu que Ofer se controlava para não gritar, para que ela não entrasse e se metesse no meio, acabando por estragar todos os seus planos. Levantou-se e ficou parada de pé.

Desiste?

Me deixa fazer só uma vez.

Que garoto irritante!, berrou Adam, você não tem amigos, anão? Pentelho!

Uma vez só e pronto, eu juro.

Ela ouviu os tapas, um, dois, e o choro grave e contido de Ofer. Sem perceber, ela estava mordendo os punhos.

Agora você entendeu?

Que importa pra você? Só uma cada vez.

Adam solta uma risada forte, estarrecido.

Eu faço sem você perceber, geme Ofer.

Adam chupava os lábios, assoprava as costas das mãos, girava depressa em torno de si mesmo. Não, por fim ele diz baixinho, eu acho que preciso fazer eles até o fim. Tudo.

Então eu faço ao seu lado, junto com você, propõe Ofer.

A torneira se abre. Um breve jato de água. Assopradas. Silêncio.

Depois novamente a torneira, agora um jato um pouco mais longo, assopradas diferentes, mais lentas e fortes.

Pronto, já fez? Agora se manda daqui.

Me deixa fazer uma toda vez, Ofer diz com uma determinação que surpreende Orah, e ela o vê sair correndo pela porta da cozinha, expressão séria e concentrada.

Nos dias seguintes, Ofer e Adam passaram juntos todo o tempo livre. Raramente saíam do quarto, e era difícil saber o que estava se passando entre eles. Quando ela escutava atrás da porta, como costumava fazer, os ouvia brincando e conversando como quando tinham sete e quatro anos. De forma geral, tinha a impressão de que estavam retornando juntos a uma época anterior, como se intuitivamente fossem atraídos para algum instante no tempo em que ambos ainda eram crianças pequenas.

Certa manhã, depois de ela acordá-los e eles ainda continuarem um pouco na cama, ela passou novamente diante da porta do quarto e ouviu Adam perguntar, quantas hoje?, e Ofer disse, três eu, três você. Mas quais três?, perguntou Adam, voz baixa e submissa, a ponto de ela mal reconhecê-lo; a água, as pernas e o giro é você, disse Ofer, e todo o resto, eu.

Quem sabe você me deixa fazer a boca também, sussurrou Adam.

Não, a boca sou eu.

Mas eu preciso...

A boca eu já peguei pra mim. Chega de conversa.

Ela colocou as duas mãos nas têmporas. Parecia que Ofer tinha conseguido lançar uma âncora dentro de Adam, ela não tinha outras palavras para descrever o fato. Ele já estava lá, agindo nas profundezas de Adam com a mesma calma determinação que tinha para construir um castelo de Lego enorme ou desmontar um aparelho de televisão velho.

A trilha é bem estreita. A manhã está quente, abrasadora, embora ainda sejam sete da manhã, o céu de um azul profundo, e toda vez que a trilha os afasta do leito sombreado do rio, eles imediatamente ficam molhados de suor. Avram vai à frente. Na sua mochila estão presas as meias e cuecas de Ofer que não secaram a tempo após a lavagem noturna da véspera. Ele anda devagar, quase sem ver nada, todo o seu corpo puxado para trás, para ela, para o que ela está lhe dando.

Hoje não posso fazer nenhuma?, Adam perguntou pela manhã na mesa do café, abertamente, na presença dela. E Ofer refletiu e determinou: nenhuma. Hoje só eu que faço. Sabe o quê?, pode fazer aquela com os dedos. Quando você dobra os dedos.

E o resto, tudo você?, perguntou Adam, e sua voz, infantil e submissa, a deixou chocada. Sim, disse Ofer.

Mas você lembra tudo?

Lembro. O tempo todo.

Tem certeza, Ofer?

Até agora não errei nenhuma. Venha, vamos para o quarto.

E mais uma vez ela vai, quase correndo, para seu posto fixo por trás da porta fechada. Essa postura, comenta com Avram, o corpo dela se lembra muito bem desde criança, quando costumava escutar os pais por trás da porta fechada de seu quarto, tentando captar indícios, vozes, risadinhas. Traços humanos. Passaram-se quarenta anos — declara o juiz de lábios rígidos dentro da sua cabeça —, e o que esta senhora fez nesses quarenta anos? Troquei o lado da porta, meritíssimo.

O nome do policial vai ser Speed, diz Ofer. E qual é o nome do ladrão?, pergunta Adam. Vamos chamar de Typhoon. Tudo bem, diz Adam. O Speed anda de motocicleta e tem um aerodeslizador, Ofer continua definindo o personagem. E o ladrão?, pergunta Adam debilmente. O ladrão tem cabelo comprido, e uma camiseta com uma estrela preta, e tem uma bazuca e uma pistola a laser. Tudo bem, diz Adam. Orah põe a mão no pescoço. É uma brincadeira superantiga, ela se lembra, brincavam disso há quanto tempo? Dois anos? Três? Deitavam no tapete e formavam pares de policiais e assaltantes, de Orcas e Elfos. Só que naquela época era Adam o criador, e Ofer o discípulo obediente.

Não, diz Ofer em tom casual, hoje os dedos são meus.

Eu fiz com os dedos?

Você nem percebeu.

Então faz você.

Espera aí. Tem uma multa porque você fez o que é meu.

Qual é a multa?

A multa, ponderou Ofer, é que eu pego de você também aquela dos olhos, quando você fecha e abre com força.

Mas eu preciso fazer essa, sussurrou Adam.

Peguei de você.

Não sobra nada.

Sobra aquela das mãos e das pernas, e quando você assopra.

Um silêncio demorado. Em seguida, Ofer prosseguiu como se nada tivesse acontecido. Agora eu trago um policial com soco-inglês, chamado Mac Boom Boom, ele pode abrir a camisa —

Por quantos dias você pegou de mim?, pergunta Adam, submisso.

Três dias, sem contar hoje.
Então hoje eu ainda posso?
Não, hoje está proibido para nós dois.
Para nós dois? Então quem vai fazer?
Ninguém. Hoje aquela não existe.
Isso é possível?, Adam perguntou, contrito.
Tudo que nós decidirmos, disse Ofer, num tom de Mestre do Jogo.

Orah diz a Avram que certamente jamais saberá o que de fato sucedeu naquela época do outro lado da porta fechada de Adam e Ofer. Afinal, o que estava acontecendo? Dois garotos, um de quase treze anos, e um de nove e pouco, juntos, em geral os dois sozinhos, diariamente, durante três, quatro semanas, nas férias de verão, brincando de computador e jogando futebol de botão, e batendo papo durante horas, inventando personagens, e às vezes também cozinhando juntos uma *shakshuka* ou um macarrão, e enquanto faziam tudo isso, não me pergunte exatamente como foi que aconteceu, um deles resgatou o outro.

Na floresta de Bir'am eu me deparei com um monge. Sessenta e dois anos, alto, figura impressionante. (Lembra um pouco o Sean Connery de tempos atrás.) Ele me disse a que ordem pertencia, mas não registrei, e agora não tenho certeza. Fala hebraico muito bem, quase sem sotaque. Não está fazendo a trilha, só passeando de vez em quando pela área, em retiro e meditação.

Estava disposto a responder a minhas perguntas sem nenhum problema. Anotei:

"Arrependimentos? Eu tenho dois filhos. Isso mesmo. E eu os amo muito. Sou de Cardiff, País de Gales, e lá fui casado, e lá ficaram a minha ex-esposa e os meus dois filhos. É difícil, mas a minha necessidade de entrar para um mosteiro foi mais forte do que a necessidade de uma família. Não é possível conciliar essas duas vontades. Mas foi assim que correu a minha vida, e geralmente eu procuro não me arrepender de nada.

"Saudades? Talvez dos filhos. Eu os vejo uma vez por ano. Já estão crescidos. Já tenho até netos, que eu praticamente não conheço. Mas fora isso, procuro ser uma pessoa equilibrada, sem saudades nem arrependimentos, e me parece que aos poucos estou conseguindo chegar perto desse equilíbrio."

(*Conversamos um pouco mais, e já estava prestes a me despedir dele quando ele sugeriu que tomássemos um chá juntos. Ele trazia na mochila umas ervas boas, muito fortes. Ainda falamos bastante, ele me contou sobre a sua vida anterior e assim por diante. Depois, quando de fato nos separamos, ele me chamou de volta porque de repente tinha se lembrado de uma coisa.*)

"Uma vez por semana o mosteiro recebe a visita de uma freira palestina. Uma mulher jovem, de um convento de Nazaré. Às vezes elas vêm lecionar no nosso mosteiro. Ela não tem uma compreensão muito desenvolvida, sabe mais ou menos os fatos relacionados com as Escrituras, mas não consegue compreender realmente a fé. E eu converso muito com ela sobre a fé, dou uma orientação espiritual, e isso me dá uma grande satisfação, porque assim também consigo botar meus pensamentos em ordem. É um bom exercício para mim.

"No fundo, acho que talvez eu me arrependa sim de uma coisa."

(*Ele acende um cigarro.*)

"A minha mulher era uma pessoa excelente, e também uma ótima mãe para os nossos filhos. Mas de algum modo não despertava em mim a necessidade de colocar o mundo a seus pés, você entende? É disso que eu me arrependo. De não ter sabido retribuir a ela o amor como ela merecia. E de tê-la magoado quando resolvi ir embora e entrar para um mosteiro.

"Então talvez eu também lamente isso. Não ter tido um grande amor por uma mulher. Não ter encontrado na minha vida antes de virar monge uma mulher que me servisse de âncora, para quem eu pudesse me dar por inteiro. Mas eu sou uma pessoa muito independente. E é interessante, eu li em Kazantzakis sobre um homem, de Creta, que matou a mulher porque a amava demais e tinha medo de ficar tão dependente de outra pessoa. Eu nunca conheci um amor desses, total. Não.

"E é uma coisa estranha que hoje, agora que já estou com uma certa idade, descubro que entre mim e essa freira de quem eu lhe falei existe uma proximidade especial, pura. Desde que era jovem comecei a aprender uma série de línguas, árabe, sânscrito, hebraico, e a espiritualidade do Oriente teve muita influência sobre mim, e eu também tenho certa atração por pessoas que são — não quero dizer exóticas, mas pessoas diferentes de mim."

(*Resolvo perguntar a ele.*)

"Não... é tudo num plano absolutamente não físico. Cada um de nós vive no seu próprio rumo, e está claro que ele nem chega a pensar nisso. Nós nos encontramos uma vez por semana, conversamos, oramos juntos, às vezes passeamos juntos. Aqui há trilhas muito bonitas, que em geral as pessoas não conhecem.

"E eu passo o tempo todo ensinando coisas para ela. A parte da fé ainda está muito frágil nela. E é difícil quando há tantos contrastes entre nós. Ela é uma mulher realmente muito simples. Educada num colégio religioso de instrução inglesa em Manila. No entanto ela é cheia de vida. De fato, ela é tão, como posso dizer, plena de entusiasmo. Ela tem, por exemplo, um hino que lhe ensinaram na escola: 'Amazing Grace'. Você precisava ouvi-la cantando esse hino."

(E agora estou aqui sentado nesta rocha na floresta, cercado de silêncio e passarinhos. Como você soube escolher essas perguntas para mim, que penetram tão fundo, e como até o último momento você procurou para mim o "algo mais" para eu fazer durante a minha caminhada. Estou aqui sentado pensando em como no fundo sempre houve "algo mais" que você procurou, e como você fez de modo que eu pudesse estar com você em cada encontro casual que tenho no caminho.)

Se eles são parecidos, você perguntou?, de repente veio-lhe à cabeça a pergunta que ele tinha feito durante a noite.

Sim, foi isso que eu perguntei.

Ofer, eu acho, é um pouco mais... Na verdade, um pouco menos, ahnn —

O quê?

Ufa!, é complicado. Veja, vou dizer desse jeito: Adam é assim... Assim o quê? O que estou tentando dizer? Seus lábios se retorcem: é engraçado que de repente seja tão difícil para mim descrevê-los. Quase tudo que eu tento dizer sobre eles soa impreciso.

Ela sacode a cabeça e reúne seus pensamentos: o Adam, agora estou falando dos aspectos puramente externos, o.k.?, ele é menos, digamos, chama menos a atenção à primeira vista. Certo? Mas de outro lado, quando o conhecemos de verdade, é um rapaz ultracarismático. Extremamente carismático. É uma dessas pessoas que podem —

Como ele é fisicamente?

Você quer dizer — quer que eu o descreva?

Você me conhece — Eu gosto de detalhes.

O urso-papa-detalhes: parente distante do urso-papa-formigas, subespécie quase extinta dos ursos-papa, vive exclusivamente de detalhes isolados — foi como Avram se autodefiniu na revista que publicou no final da oitava série, "Enciclopédia da fauna-humana da Classe de 5728". Continha a descrição, acompanhada de magníficos desenhos, de alunos e professores da sua classe conforme classificação zoológica.

Ele é um pouco baixo, relativamente falando, eu já lhe disse, e o cabelo bem preto, como Ilan tinha, mas ele usa a risca no meio. A risca!, Avram exclama, perplexo, há anos eu não ouço essa palavra. Minha mãe é que costumava usar, Orah se justifica. A sua mãe, ele suspira, até hoje ainda tem certo receio dela. O cabelo desce em cachos — Orah ilustra com a mão — sobre a orelha esquerda.

Sua face está radiante quando olha para Avram. O quê?, ele pergunta. Nada de nada, ela responde, e encolhe um dos ombros num gesto de provocação. Porém, à medida que ele, Avram, vai retornando à vida — quieto e pesado e carente como é —, mais e mais ele a magnetiza a uma precisão e meticulosidade internas, detalhes ao extremo, daqueles que espalham pelo seu corpo as ondulações mornas que ela há anos já não sente.

Dois jovens casais passam por eles. As mulheres acenam cumprimentando e os observam com curiosidade. Os homens estão imersos numa conversa, falando muito alto. Nós estamos principalmente na área de cartões inteligentes de identificação biométrica, explica o mais alto, agora estamos trabalhando num cartão chamado BASIEL, isso significa que se um palestino quer entrar ele só precisa mostrar a palma da mão e o rosto na leitora biométrica, e ela lê. Entendeu? Nada de contato com os soldados, nada de conversa, nada de nada. Tudo limpo, beleza, CSC, comunicação sem contato. E o que quer dizer BASIEL?, pergunta o outro. São as iniciais de "biometria a serviço de identificação eletrônica"; nós íamos chamar de "serviço eletrônico-biométrico de identificação", mas aí ficaria SEBI, e nós achamos esquisito e mudamos. BASIEL é mais sonoro.

E a orelha esquerda, Orah continua depois que os casais passam, ele sempre deixa exposta, e é uma orelha bonitinha, parece uma perolazinha.

Ela fecha os olhos: Adam. Suas bochechas, que ainda, até hoje, são meio vermelhas sob a sombra da barba, uma recordação de infância. E ele usa costeletas. E os olhos são grandes e amargos.

Os olhos são o que mais chama a atenção no seu rosto, ela diz, grandes como os de Ofer, mas totalmente diferentes, mais fundos e pretos de verdade. Nós realmente somos uma família de olhos. E os lábios dele também, ela para subitamente.

O que têm os lábios?

Não, eu os acho lindos, ela se concentra por um instante nas suas mãos, sim. Mas?

Mas... Mas ele tem aqui, no lábio superior, uma espécie de tique, um tique permanente, não é bem um tique, é uma expressão —

Que tipo de expressão?

Bem, ela respira fundo, cingindo a face, chegou a hora.

Você está vendo o que eu tenho aqui?

Ele faz que sim sem olhar.

Então, é a mesma coisa. Só que no lábio dele é virado para cima.

Sei.

Eles cruzam um córrego, saltando de pedra em pedra, às vezes segurando-se um no outro.

Muitas moscas hoje, diz Avram.

Certamente é por causa do calor.

É isso. À noite vai ficar —

Diga —

O quê?

Isso chama muito a atenção?

Não, não.

Você não disse nada a respeito.

Quase nem notei.

Eu fiquei uma coisinha pequena, Orah comenta, uma coisinha de nada, algo no nervo da face, mais ou menos um mês depois que o Ilan me largou. Aconteceu no meio da noite. Eu estava sozinha em casa. Tive muito medo. É muito horrível?

Estou lhe dizendo, quase não se vê.

Mas eu sinto. Ela encosta o dedo no canto direito do lábio superior, empurrando um pouquinho para cima. Tenho constantemente a impressão de que minha cara está caindo deste lado.

Mas é verdade, não se vê nada, Oraleh.

São só uns dois milímetros que eu não sinto, no resto dos lábios tenho a sensação perfeitamente normal.

Sim.

Isso algum dia tem de passar. Não pode ficar assim para sempre.

Com certeza.

Caminham numa trilha estreita, entre plantações de morangos e nozes.

Diga, Avram —

O quê?

Pare um instante.

Ele para. Espera. Seus ombros se erguem.

Será que você estaria disposto a me dar um beijinho?

Ele vem e chega perto dela, rígido, ursino. Não a olha. Ele a abraça e, decidido, junta seus lábios aos dela.

E fica, e fica.

Ah, ela respira suavemente.

A-ah, ele suspira, surpreso.

Diga —

O quê?

Você sentiu alguma coisa?

Não, tudo normal.

Ela ri: tudo normal?

Quero dizer, como sempre foi.

Você ainda lembra?

Eu lembro de tudo.

E que eu ficava tonta de beijar?

Lembro.

E às vezes quase desmaiava por causa de um beijo?

Sim.

Tome cuidado quando for me beijar.

Sim.

Como eu amei você, Avram.

Ele volta a beijá-la. Seus lábios continuam macios, como ela se recorda. Ela sorri em meio ao beijo, e os lábios dele se esticam como os dela.

Diga mais uma coisa —

Hummm...

Você acha que vamos transar de novo alguma vez?

Ele aperta o corpo dela para junto de si, e ela sente sua força. Ela pensa novamente que a viagem está fazendo bem a ele. E também a ela.

Eles continuam andando, no início de mãos dadas, depois se separam. Novas linhas de constrangimento se estendem entre ambos, e a própria natureza pisca às suas costas e lhes prega peças, espalhando à sua volta torrões amarelos de flores silvestres, e cargas de trevos púrpura e fibras rosadas, e paredes de gigantescas — porém cheirosas — taiobas púrpura, e botões-de-ouro espirrando por todos os lados e brotos de laranjas e limões nas árvores em volta. Muito estimulante, diz Orah, esta caminhada, o ar, não é? Você não sente?

Ele ri, sem graça, e Orah — de repente até suas sobrancelhas ficam mais quentes.

Ele já conhece Netah há treze anos. Ela alega que ficou sentada algumas noites no bar onde ele trabalhava, na rua Hayarkon, e ele não despregou os olhos dela. Ele diz que nem a notou, até que uma noite ela passou mal, vomitou e desmaiou em cima do balcão. Ela tinha dezenove anos na época, e pesava trinta e sete quilos. Ele a carregou nos braços, contra a vontade dela — era uma noite de inverno gelada e tempestuosa; nenhum motorista de táxi os apanharia —, até um médico em Jaffa, e ela ficou se remexendo durante todo o caminho, os braços e pernas magérrimos agarrando seu pescoço, batendo impiedosamente, e xingando-o dos piores palavrões possíveis. Quando o estoque de palavrões e xingamentos se esgotou, ela recorreu aos insultos que o escritor Sholem Aleichem ouvia de sua madrasta, na ordem alfabética que ele os registrou, chamando-o desde "avô de toda impureza", passando por "leproso" e "mestre das perversões", até "trapo imundo" e "vício dos vícios", e ele próprio se encarregava de completar a lista toda vez que ela omitia algum. E quando esses xingamentos também acabaram, começou a dar beliscões fortes e doloridos, ao mesmo tempo que detalhava para ele os diversos usos que se podiam fazer da sua carne, gordura e ossos. Aqui ele ergueu o cenho, e quando ela lhe falou das tiras de banha que teria prazer em fabricar a partir dele, Avram, que jamais se esqueceu de uma só palavra ou frase que tenha lido na vida, murmurou nos ouvidos dela: "Pensava-se mesmo que o espermacete era o fluido fecundante da baleia da Groenlândia".* Era uma frase que ele e Ilan adoravam na juventude, tirada do *Moby Dick*, e que servia de solo especialmente fértil para citações. Então o ninho de víboras remexendo-se nos braços de Netah calou-se de repente, ela olhou de soslaio para o pesado monstro que exalava vapores em meio aos grossos pingos de chuva, e comentou, vocês são bem parecidos, você e o livro.

Dezenove anos?, pergunta Orah, e pensa, eu tinha dezesseis quando nos conhecemos.

Ele dá de ombros: ela saiu de casa quando tinha dezesseis. Viajou pelo país, pelo mundo todo. Fazia uns dois meses que ela tinha alugado um apartamento pela primeira vez, em Jaffa. Virou burguesa, caramba.

Orah vai ficando inquieta. Não é uma boa hora para falar de Netah.

Relutantemente, ela fica sabendo que Netah tem sempre uma aparência faminta — não é necessariamente uma fome de comida, mas genérica, existencial, ele explica rindo — e que os dedos dela quase sempre estão tremendo, talvez por causa das drogas, talvez por causa daquilo que ela diz, Avram sorri, que a vida a deixa ligada em alta voltagem. Nos meses de verão, durante anos, ela morou num carro, um velho Simca, conversível, que uma das suas amigas lhe tinha deixado. E também tinha uma barraquinha dobrável que ela montava em todo lugar de onde não a expulsassem. Enquanto ele fala o nome Netah já começa a formar um bolo gelado na barriga de Orah, mesmo que estejam caminhando debaixo do sol. Aliás, que jorro verborrágico é esse que o atacou?! A troco do que ele vem e enfia a Netah entre nós justo agora?

E do que ela vive? (Seja generosa, ela ordena a si mesma.)

Alguma coisa aqui e ali. Não dá para saber direito. Ela precisa de muito pouco. É inacreditável de quão pouco ela precisa. Ela também desenha, ele diz, e Orah sente seu coração afundar mais um pouco. É claro que ela desenha!

Você deve ter visto no meu apartamento, nas paredes, foi ela que fez.

Os enormes desenhos a carvão, arrepiantes — como é que ela não tinha lhe perguntado até agora? Talvez porque adivinhasse a resposta — profetas amamentando cabras e carneiros, o velho transformado numa grua se curvando sobre uma menina, a virgem nascendo de uma ferida no peito largo de

---

* Herman Melville, *Moby Dick*, tradução de Irene Hirsch e Alexandre Barbosa de Souza. São Paulo: CosacNaify, 2008. (N. E.)

um cervo divino. Ela pensa no desenho da mulher com cabelo moicano, e pergunta se Netah usa o cabelo assim. Já usou, há muito tempo, responde Avram sorrindo. Eu não gostava, agora ela usa cabelo comprido, até aqui.

Sei, diz Orah. E me fale, os álbuns vazios que eu vi na sua casa, aqueles sem fotos, também são dela?

Não, isso é meu.

Você coleciona?

Coleciono, procuro, monto, coisas que as pessoas jogam fora.

Monta?

Isso, junto todo tipo de coisas velhas, *alte zachen*.

Eles caminham na rocha do penhasco, o rio lá embaixo não se vê. A cadela na frente, Orah atrás dela e Avram fechando o grupo e contando acerca dos seus pequenos projetos. É uma coisa à toa, ele diz em tom de menosprezo, só para passar o tempo, álbuns de retratos, por exemplo, que as pessoas jogaram fora, ou de pessoas que morreram, e tiro as fotografias de dentro e coloco fotos de outras pessoas, de outras famílias, e de parte das fotos faço cópias em caixinhas de metal, cópia em cima da ferrugem mesmo, ou sobre as placas de motores velhos e enferrujados. De maneira geral, ultimamente a ferrugem tem me interessado, ele diz, aquele ponto, ou aquele momento, em que o ferro vira ferrugem. E Orah pensa, você achou a pessoa certa.

A trilha volta a descer para o plano, e de repente Avram fica alerta, aceso. Ele descreve com entusiasmo um atlas geográfico que achou no lixo, impresso na Inglaterra em 1943. Se você olhar nele, não vai entender nada do que acontecia no mundo naquela época, ele diz, pois todos os países ainda têm as fronteiras antigas, não há aniquilação de judeus, não há ocupação da Europa, não há guerra, e eu sou capaz de ficar horas olhando aquilo; ali, por exemplo, eu colei nos cantos dos mapas trechos de um jornal russo que achei numa lixeira, *O Stalinista*, também de 1943, em que a guerra é descrita em detalhe, há mapas de batalhas, número enorme de mortos, e quando colo esses dois papéis, realmente fico — Orah... Eu posso sentir a eletricidade fluindo pelo corpo.

E ela descobre que ele e Netah também partilham pequenos projetos, uma coisa nossa, ele diz enrubescendo, procuramos coisas velhas na rua, entulho, pensamos juntos, fantasiamos o que dá para fazer com aquilo. Eu sempre sou um pouco mais prático, ele ressalva com um risinho; ela é bem mais ousada. Daí, involuntariamente, Avram se retira da história e descreve para

Orah um pouco do que Netah tinha conseguido fazer na sua breve vida, suas tentativas e atribulações, os ofícios que tinha aprendido, as hospitalizações e aventuras e os homens que haviam passado pela sua vida, e Orah tem a impressão de que ele está descrevendo a vida de uma pessoa de setenta anos. De modo geral, ele diz em tom de admiração, ela é tão corajosa, muito mais que eu, talvez a pessoa mais corajosa que conheci — e solta um riso baixinho, pois lembra-se de que Netah diz que é basicamente feita de medos. Medos e celulite — e Orah de repente vê os traços pretos riscados acima da cama dele, e um traço forte corre da parede em direção aos desenhos a carvão na sala, e ela tem um lampejo: diga, ela sabe?

Sobre Ofer?

Orah faz que sim com a cabeça, o coração começa a bater forte.

Sim, eu contei a ela.

Ela segue andando de braços abertos, muito confusa. Mergulha os pés nas águas do rio, equilibrando-se sobre os seixos escorregadios. Este é o rio Amud, ela pensa, excursionei por aqui com o colégio, uma excursão de um mar a outro. Parece que foi ontem. Parece que foi ontem a minha infância. Esfrega os olhos e vê que a encosta do morro em frente é coberta de uma vegetação espessa, e que uma família de lebres brinca pelas rochas, e então o cenário fica novamente nebuloso, melhor olhar apenas para os passos próximos, preste atenção, vocês estão subindo de novo, andando numa plataforma rochosa, e o rio abaixo está virando uma cachoeira, tome cuidado para não cair, segura aqui nesse apoio, e a Netah sabe.

A cadela vem e se esfrega contra suas pernas, pedindo para ser encorajada. Orah se abaixa e afaga sua cabeça distraidamente. Netah sabe. A bolha do segredo explodiu. A bolha lacrada, sufocante, em cujo interior Orah ensinou a si mesma a respirar. O próprio Avram a perfurou. Uma corrente de ar externo jorra para dentro dela. Que alívio: um respirar novo, profundo.

E o que ela disse?, pergunta Orah, e suas pernas mal conseguem sustentá-la.

O que ela disse? Que eu devia ir vê-lo.

Ah, ela solta um gritinho fino, involuntário, foi isso que ela disse?

E eu pensei, prossegue Avram pesadamente, quando telefonei para você, à noite, antes de você vir me pegar... bem, era isso que eu queria lhe dizer.

Isso o quê?

Ora, isso aí.

Isso aí o quê?, ela está quase sem ar. Totalmente curvada sobre a cadela, dez dedos trêmulos enfiados no seu pelo.

Que se ele já tivesse terminado o exército, Avram pronuncia uma palavra depois da outra, eu gostaria, mas só se você e Ilan não tivessem nada contra —

O quê? Diga logo.

Talvez vê-lo algum dia.

Ofer.

Uma vez só.

Você gostaria de vê-lo.

Mesmo de longe.

É mesmo?

Sem que ele... Veja, eu não quero me meter na —

E só agora você me diz isso?

Ele encolhe os ombros, fica parado, os pés plantados na rocha.

E quando você ligou — finalmente ela capta — eu lhe contei que ele...

Estava voltando para lá, isso mesmo, então já não...

Ah, ela geme, segurando a cabeça entre as mãos e pressionando-a com força, e xinga essa guerra do fundo do coração, essa guerra única, eterna, que mais uma vez conseguiu forçar o caminho para dentro de sua alma, e ela escancara a boca, os lábios se dobram sozinhos até expor a carne das gengivas, e uma corda se retesa na sua garganta e um grito agudo explode assustando os pássaros em volta, e eles desaparecem. A cadela vira a cara em sua direção, os olhos sábios se expandem mais e mais, até que ela parece não suportar mais e também irrompe num uivo de rasgar o coração.

Hani e Daniel, religiosos (conheceram-se no movimento juvenil Bnei Akiva, aos nove anos), têm trinta e oito de idade, casados já há dezessete, andam de mãos dadas. Contaram-me que uma vez por semana, a princípio, fazem uma excursão de pelo menos um dia, cada vez para um lugar diferente em Israel. Ele é conferencista de assuntos bíblicos, ela, psicopedagoga. Foram muito simpáticos, mas se recusaram terminantemente a responder às perguntas. Ficaram constrangidos. Só no final, Hani disse:

"Diga, é possível ter saudades de algo que ainda não me aconteceu?"

* * *

Viu-a pela última vez quando a ajudou a pintar o apartamento novo dela em Jaffa. Uma quitinete, no quarto andar, sem elevador, com uma minúscula cozinha e saída para o telhado. Ela estava em cima da escada, pintando no alto, baseado numa mão, brocha na outra, e ele numa escada de alumínio. Os três gatos dela circulavam entre os pés das escadas. Um deles tem uma doença no rim, um é retardado e um tem a alma de sua mãe, que reencarnou nele para lhe amargurar a vida. Antes de ela se mudar, ali moraram operários estrangeiros, chineses, e havia uma parede inteira ainda pontilhada de pequenos pregos. Os pregos estavam dispostos num padrão específico, cujo significado ela e Avram quebraram a cabeça tentando entender. Ela insistiu em vestir uma camiseta cinza masculina, toda furada, que encontrou no lixo que eles deixaram, "assim eu reverencio a memória do bilhão", ela disse, e ele ficou contente simplesmente por vê-la de camiseta.

De quando em quando ela enche a minha geladeira, ele conta, e faz operações de limpeza no meu apartamento. Dá uma geral. Isso interessa a você?

Sim, claro, estou ouvindo.

Com um dinheiro que ela não tem, Netah tinha lhe comprado um aparelho de som, e eles escutam música juntos. Às vezes ela lê livros inteiros em voz alta para ele, capítulo por capítulo. E não recusa nenhuma droga, ele conta, nem mesmo coca ou heroína, e consegue não ficar viciada em nada.

Exceto você, Netah ri, quando ele ocasionalmente lhe sugere um programa para desintoxicar-se dele.

De mim você não terá nada de bom, ele diz.

E ilusões, isso não conta?

Você é jovem, ele explica, pode ter filhos, uma família.

Você é a única pessoa com quem eu quero ter algo próximo de uma família.

E se ela se apaixonou por alguém?, a ideia lhe causa muito mais dor do que teria imaginado. Quem sabe ela finalmente se convenceu?

O quê?, pergunta Orah, o que houve?

Não sei. Avram aperta o passo, subitamente percebe que se Netah não existir na vida dele, ou na dela própria, talvez não tenha motivo de voltar para casa.

Estou meio preocupado com ela. Ela sumiu nos últimos dias.

E não é habitual ela fazer isso?

Já aconteceu antes. Ela é assim, vem e vai.

Quando chegarmos a algum telefone, tente ligar.

Sim.

Talvez ela tenha deixado algum recado na sua casa.

Ele caminha depressa. Tenta se lembrar do número do celular dela, e não consegue. Ele, que se lembra de tudo, de cada bobagem, de cada frase tola que alguém lhe disse há trinta anos, cada associação aleatória de números com que seus olhos se depararam; que no exército sabia de cor os números de série de todos os soldados e oficiais no bunker de escuta; e os números de telefone particulares não listados de todos os comandantes da unidade; e obviamente, os nomes e números de série dos comandantes de todas as unidades e divisões e exércitos egípcios, e dos comandantes de todos os campos de pouso militares do Egito; e os endereços particulares, e os telefones residenciais, e às vezes também os nomes das esposas e filhos e amantes; e as listas das chaves de códigos mensais de todas as unidades de inteligência do Comando Sul. E justo agora com Netah, que confusão de números!

Ela é bem jovem, ele murmura, eu sou velho, e ela é tão jovem. Ele dá uma risada tristonha para Orah: é mais ou menos como criar um cão que você sabe que vai morrer antes de você. Só que neste caso, o cachorro sou eu.

Orah, inconscientemente, tapa os ouvidos da cadela com as mãos.

Por meio de Netah ele conhece um grupo inteiro de gente. Pessoas como ela. Gentis e trabalhadoras. "Vasos quebrados", ela as chama. Circulam em bandos. As praias do Sinai, Nitzanim, o deserto de Judá, *ashrams* na Índia, festivais de música e drogas e amor livre na França, na Espanha e no Neguev.

Você sabe, Orah, o que é a "Caminhada dos Anjos"?

Alguma coisa de esporte?

Ele conduz Orah ao festival Rainbow na Holanda ou na Bélgica. Lá, todo mundo compartilha tudo, ele explica entusiasmado, como se ele próprio houvesse estado lá: todo mundo ajuda nas refeições, e paga pela comida quanto tiver. A única coisa que custa dinheiro são as drogas.

Aah.

Uma noite ela participou da Caminhada dos Anjos, ele diz, e sorri para Orah um sorriso que não é dirigido para ela, um sorriso que ela não vê igual desde que eram jovens. Como o reluzir de uma vela numa lamparina antiga, empoeirada. É impossível resistir a esse sorriso.

Há duas filas de pessoas paradas uma na frente da outra, ele mostra com as mãos, e geralmente as pessoas também não se conhecem. Completos estranhos. E cada vez entra uma pessoa do grupo, de olhos fechados, e anda entre as duas filas até o final.

Duas filas de gente batendo, ocorre imediatamente a Orah. Tantas vezes ele falou nisso, em mil contextos e situações diferentes, a ponto de parecer que o mundo inteiro eram essas duas filas, dentro das quais a pessoa é jogada quando nasce, e empurrada no meio delas com golpes e chutes, até ser cuspida para fora no final, moída e esfacelada.

E a pessoa que entra, conta Avram, é conduzida lentamente entre as fileiras, delicadamente, e todo mundo lhe faz carinhos, tocando, abraçando, cochichando no ouvido, você é tão bonito, você é perfeito, você é um anjo, e assim vai até o final, e ali está à sua espera alguém que lhe dá um enorme abraço, com carinhos especiais, e aí a pessoa entra na fila dos que abraçam.

E abraçaram a Netah desse jeito?, pergunta Orah.

Espere aí. Ela primeiro participou das filas, e durante algumas horas ficou afagando e abraçando e cochichando essas coisas, que geralmente ela acha muito engraçadas. Todas essas palavras gentis realmente não combinam com ela. Escute, ele se endireita, você precisa conhecê-la.

Tudo bem, quando surgir a oportunidade. Então o que aconteceu?

Quando chegou a vez dela de receber, de passar no meio das filas, ela não entrou.

Orah anui. Antes de você falar, eu já sabia.

Ela fugiu de lá para o bosque, e ficou ali sentada até o amanhecer. Não conseguiu. Sentiu que ainda não tinha chegado a hora de receber.

Orah de repente percebe o que Avram e Netah têm em comum: para ambos, aqueles que afagam também batem. Ela abraça a si mesma com força, sem deixar de andar. Essa Netah desperta nela sentimentos ocultos, contraditórios, pois subitamente, nestes últimos instantes, sente uma afeição por ela, algo meigo, maternal. E Netah sabe sobre Ofer. Avram lhe contou sobre Ofer.

Diga, ela sabe alguma coisa a meu respeito?

Ela sabe que você existe.

Ela engole em seco.

E você — até que enfim ela consegue expelir o nó que lhe prende a garganta —, você a ama?

Se eu a amo? Sei lá eu. Para mim é bom estar com ela. Ela sabe como estar comigo. Me dá espaço.

Não como eu, Orah pensa nos filhos e nas queixas deles.

Espaço demais, pensa Avram, preocupado, onde você está, Netush?

Depois que terminaram de pintar o pequeno apartamento, levaram as escadas para o telhado, e ela o ensinou a andar com a escada. Nas andanças dela, ele explica a Orah, às vezes quando ela viaja, ela ganha algum dinheiro com espetáculos de rua; engole fogo e espada, faz malabarismos, junta-se a circos de rua. Como dois gafanhotos bêbados, andaram lado a lado sob o sol da tarde, entre a caixa-d'água e a antena. Depois, ela ergueu a escada na borda do telhado e o sangue de Avram congelou.

Então, o que me diz?, ela perguntou com seu sorriso doce, triste, melhor não dá pra ficar. Vamos acabar com isso agora?

Ele se curvou e se agarrou à escada com as duas mãos. Netah caminhou pela beira do telhado com passos laterais, de caranguejo. Por trás dela, ele podia ver os telhados, o pôr do sol vermelho-sangue e a cúpula de uma mesquita. Você é cabeça-dura, Avram, Netah disse como se falasse consigo mesma, você nunca, por exemplo, me disse que me ama. Não é que eu tenha perguntado, pelo menos não me lembro, mas mesmo assim, uma moça precisa ouvir isso uma vez na vida, ou algo parecido com isso, do homem dela, ou mesmo uma paráfrase disso. Mas você é pão-duro. No máximo me diz, "adoro o seu corpo", "adoro estar com você", "adoro a sua bunda". Tiradas espertas como essas. Será que eu já devia ter entendido?

Os pés da escada estalaram contra a amurada de pedra, e a faixa de couro preta se esticou. Numa fração de segundo Avram decidiu que se algo acontecesse com Netah, ele, sem vacilar, se jogaria atrás dela.

Vá para o quarto, ela murmurou, sobre a mesa, ao lado do cinzeiro, há um livro marrom, pequeno. Traga para mim.

Avram fez que não com a cabeça.

Vá, não vou fazer nada antes de você voltar. Palavra de escoteiro.

Ele desceu da escada e foi até o quarto. Ficou um ou dois segundos dentro do apartamento, e cada veia em seu corpo gritava que ela saltaria. Agarrou o livro e voltou para o telhado.

Agora leia onde eu deixei marcado.

Seus dedos tremiam. Abriu o livro e leu: "[...] meu *ser vital*, que, após a morte do meu avô, desempenhara em Viena um papel determinante para mim, minha 'amiga vital', a quem não apenas devo 'muito', mas a quem, falando francamente, desde o momento em que, há mais de trinta anos, ela apareceu ao meu lado, devo mais ou menos tudo". Ele vira o livro e vê: Thomas Bernhard, O sobrinho de Wittgenstein.*

Prossiga, disse Netah, mas com mais sentimento.

"Sem ela eu não estaria nem mesmo vivo, e em todo caso eu nunca me teria tornado o que sou hoje, tão louco e tão infeliz, mas feliz também, como sempre."

Sim, ela disse a si mesma, olhos fechados em profunda concentração.

"Os iniciados sabem tudo o que se esconde por trás dessa expressão: 'ser vital', e de onde eu tiro, há mais de trinta anos, o que tenho de força e o que me permite a cada vez sobreviver, e que somente ali encontro, é a pura verdade."

Obrigada, disse Netah enquanto balançava sobre a escada como num sonho.

Ele silenciou. Repugnante e desprezível aos seus próprios olhos.

Você entende qual é o problema?

Ele fez com a cabeça um movimento entre sim e não.

É muito simples, disse Netah, você é o ser vital da minha vida, mas eu não sou da sua.

Netah, você —

O ser vital da sua é ela, aquela mulher com quem você fez um filho, e cujo nome você nem sequer pronuncia.

Ele enterrou a cabeça entre os ombros e se calou.

Mas veja, ela sorriu e tirou o cabelo dos olhos, não é nenhuma tragédia original que nós temos aqui. E nem é um problema tão grande. No final das contas, o mundo é um retrato bem fora de foco. Eu posso viver com isso, e você?

Ele se ausentou. Ela pedia tão pouco dele, e nem isso ele era capaz de lhe dar.

Venha, Netah, ele disse, estendendo a mão para ela.

Mas você vai pensar nisso?, seus olhos estavam fixos nele, meigos, cheios de esperança.

---

* Thomas Bernhard, O sobrinho de Wittgenstein, tradução de Ana Maria Scherer. Rio de Janeiro: Rocco, 1992. (N. E.)

Tudo bem. Agora venha.

Um bando de estorninhos voou batendo ruidosamente as asas. Avram e Netah ficaram parados, ambos imersos em si mesmos.

O quê?, ainda não?, ela murmurou pouco depois, como se tivesse ouvido alguma voz falando com ela, ainda não é hora?

Com dois movimentos rápidos colocou a escada no chão do telhado. Olhe para si mesmo, ela disse, surpresa, você está tremendo todo. Está com frio por dentro? No seu não coração?

No dia seguinte Orah lhe falou de Adam. Ela preferia contar sobre o Adam de antigamente, em particular sobre o Adam bebê, dos três anos que ele foi só dela. Mas ele pergunta sobre o Adam de hoje, e ela, sem esconder nada, lhe descreve o primogênito, cujos olhos estão sempre vermelhos, injetados, cujo corpo é esguio e ligeiramente encurvado, inclinado para a frente com um desânimo preocupante, cujas mãos e dedos pendem para o chão, cujos lábios se retorcem numa expressão de ligeira e ridícula aversão, de sutil desprezo niilista.

Que coisas são essas que ela diz dele, e o fato em si de ser capaz de olhar Adam desse jeito! Aí está, o olhar objetivo de Ilan sobre os filhos, agora também é dela. Pronto, ela está aprendendo a falar em língua estranha.

Ela descreve para Avram, nota por nota, um rapaz de vinte e quatro anos, que parece ao mesmo tempo fraco e forte, que irradia uma força calma e perturbadora acima da sua idade. Não está claro para mim, ela hesita, o que é essa força que ele tem, é algo fugaz, até mesmo um pouco — ela engole a saliva — escura. Pronto, eu disse.

E embora o rosto dele não seja nada de especial, pelo menos não à primeira vista — a palidez dele, com as maçãs escurecidas pela barba densa, e pelos olhos escuros e fundos, e um pomo de adão muito saliente —, apesar de tudo, aos meus olhos ele é especial. Eu realmente o acho bonito, sob certos aspectos. E tem uma combinação interessante de traços, como se várias das suas idades se manifestassem juntas, ao mesmo tempo. Às vezes gosto de ficar simplesmente olhando para ele.

Mas que força é essa?, pergunta Avram, do que você está falando?

Como posso explicar? — ela fica tensa por dentro: agora é preciso exatidão — ele é um rapaz que dá a sensação de que não se surpreende com nada. É isso mesmo, exatamente isso. Nem com algo alegre, nem com algo triste. Não é possível surpreendê-lo com nada. Agora, depois de dizer isso, ela sabe como conseguiu ser exata, pela primeira vez, e como ele é diferente dela, é o oposto. Ele tem essa força, ela diz, a voz falhando, a força do desdém.

Nos espetáculos dele, ela assistiu a dois — um para o qual ele a convidou, e um ao qual ela foi escondida, depois que ele se separou dela —, dezenas de rapazes e moças voltavam as faces para ele, entre ofuscantes feixes de luz rasgando o espaço de todos os lados, todos atraídos, de olhos fechados, para o desdém indiferente dele, um tanto doentio, que os hipnotizava. Você precisava vê-los. Pareciam..., não sei dizer o que pareciam, não tenho palavras para descrever aquilo.

Um campo de girassóis albinos, vê Avram, girassóis albinos durante um eclipse solar.

Eles descansam no cume do monte Arbel, com vista para o vale do Kineret. O local ferve de excursionistas. Chega também uma excursão de colégio, rapazes e moças aos gritos, tirando fotos juntos, correndo por todo lado. Ônibus cospem grupos de turistas cujos guias competem entre si aos berros. Porém, Orah e Avram estão ocupados com seus assuntos. Sopra uma leve brisa, refrescando-os após a exaustiva escalada. Quase não falaram enquanto subiam — a subida era especialmente íngreme; foram auxiliados por degraus escavados nas rochas e hastes de ferro que serviram como apoio. Mas a cada tantos passos eram obrigados a parar para tomar fôlego. Da aldeia beduína no sopé da montanha chegavam sons de galos cantando, e o repicar do sino da escola e a balbúrdia dos alunos. Acima deles, no penhasco, uma cadeia de bocas abertas: as grutas onde os rebeldes se esconderam de Herodes, Avram murmurou — "li sobre isso em algum lugar" —, e os soldados de Herodes foram espertos e desceram dentro de gaiolas presas por cordas ao alto da montanha, e utilizaram varas com ganchos de ferro para capturar os rebeldes escondidos e jogá-los vale abaixo.

Acima do cume, acima do tumulto humano, uma enorme águia plana pelo azul, flutuando numa coluna de ar quente e transparente que se ergue do vale. Em largos círculos, com espetacular facilidade, a águia paira sobre a coluna de ar, até o calor se diluir, então a águia plana para longe em busca de uma nova brisa. Avram e Orah desfrutam do prazer de observar esse voo, e as montanhas da Galileia e do Golan com o brilho arroxeado que lhes dão as colunas de ar quente, e o olho azul do lago Kineret, até que Orah avista uma placa em memória do sargento Roy Dror, de abençoada memória, que foi morto sob este penhasco no dia 18 de junho de 2002, durante treinamentos da unidade "Duvdevan". "Ele caiu em silêncio como cai uma árvore, e o som de sua queda não se ouviu devido à areia macia" (*O Pequeno Príncipe*). Sem uma palavra, eles se levantam e se afastam dali para uma outra extremidade do pico, e no novo local também há um monumento, em memória do primeiro-sargento Zohar Mintz, morto no ano de 1996, em batalha no sul do Líbano, e Orah fica parada e lê com olhar dilacerado, *Amava o país e morreu por ele, amava-nos e nós o amávamos*, e Avram a puxa pela mão, e ela não se move, e ele, à força, puxa-a para longe dali. Você tinha começado a contar sobre o Adam, ele a lembra, e ela, ui, Avram, o que será?, me diga, qual será o fim disto aqui?, já não há lugar para tantos mortos.

Agora me conte sobre o Adam, ele diz.

Mas, escute, lembrei de uma coisa, eu queria lhe contar algo sobre o Ofer.

Pronto, voltou a sentir aquilo, o leve empurrão que ela usa para trazer Ofer para a frente do palco toda vez que acha que Avram está atraído demais por Adam.

O que há com ele?, Avram pergunta, mas ela sente, o coração dele ainda está lá, nos meandros de Adam.

Eles descem a montanha em direção ao sul, rumo a Karnei Hitin. A trilha está ladeada de campos de espigas de trigo douradas pelo sol. Eles acham um canto esquecido, isolado de tudo, como um pequeno ninho no chão, cercado de um leito de tremoceiros púrpura. Avram se espalha no chão, ela à sua frente, e a cadela vem e praticamente se enfia sob a cabeça de Orah, que sente o corpo quente do animal, arfante, que necessita dela, e pensa que talvez quebre a promessa que fez após a morte de Nicotina e a adote.

Quando Taliah o deixou, o Ofer — pelo jeito meus filhos serão sempre os abandonados, ela se lamenta, pelos menos herdaram alguma coisa de mim —, um momento, eu preciso lhe explicar que o Adam nunca teve uma namorada séria, quero dizer, amor de verdade, antes de o Ofer ter a Taliah.

E pense nisso, ela diz, dois rapazes como eles, não são dos piores, certo? Certamente valem a pena, e nenhum dos dois teve namorada até bem tarde. Pense em nós na idade deles. Pense em você.

É claro que pensou. Ela viu na sua face que ele instantaneamente se transportou para lá, aos dezessete, aos dezenove, aos vinte e dois. Zumbindo freneticamente em torno dela, mas ao mesmo tempo seguindo com os olhos qualquer outra moça que visse. Para ela, nunca lhe foi possível compreender o gosto dele com mulheres: cada uma delas, segundo ele, era merecedora do seu amor eterno e absoluto, cada uma era sempre a melhor e a mais bela, mesmo as mais burras e feias, especialmente aquelas que o desprezavam, que o tratavam mal. Você se lembra como..., ela começa, e ele dá de ombros constrangido, é claro que se lembra, mas agora, Orah, esqueça isso; e ela pensa no seu esforço para encantar, seduzir, esvaziar sua alma por elas, humilhar-se, engasgar-se, intimidar-se, e então fazer troça de si mesmo para ela: o que sou eu?, não passo de uma bactéria de fermentação hormonal. E agora, trinta anos depois, ele ainda se atreve a discutir com ela: tudo isso foi porque você não me quis, se tivesse concordado de imediato, se não tivesse me torturado por cinco anos até ceder, eu não teria tido necessidade de todo esse festival de tolices.

Ela se apoia nos cotovelos: eu que não quis você?

Não do jeito que eu queria você. Você queria mais o Ilan, eu era só para dar um tempero.

Não é verdade, ela murmura, não foi bem assim, era bem mais complicado.

Você não me quis, você tinha medo.

Tinha medo do quê?, ela questiona, piscando rapidamente os olhos.

Você tinha medo, Orah, e no fim desistiu de mim. Desistiu. Reconheça.

Ambos se calam, irados. O rosto dela está vermelho de raiva. O que dizer a ele? Na época, não soube explicar nem a si mesma. Quando ficou com ele, naquele único ano, às vezes tinha a sensação de que ele fluía volumosamente pelo corpo dela, um exército inteiro. O que dizer a ele? Afinal, nem sequer estava sempre convencida de que era ela própria que ele tanto amava, que era ela quem gerava aquela tempestade amorosa, não seria talvez alguém com quem ele tivesse fantasiado um dia e com quem continuava a fantasiar eternamente, com todo o poder de sua imaginação? Ela também suspeitava de que simplesmente por ter se apaixonado por ela uma vez, numa situação de urgência e loucura, quando estavam em isolamento num hospital, jamais admitiria, nem a si mesmo, que ela não combinava com ele. Com seu cavalheirismo peculiar, quixotesco, ele jamais voltaria atrás na sua rígida decisão (mas como ela poderia lhe dizer naquela época?, não ousava dizer nem a si própria). Às vezes sentia-se ainda mais infeliz, como um manequim de madeira ou de plástico, no qual ele vestia mais e mais roupas coloridas que serviam apenas para ressaltar sua secura, sua pequenez, sua estreiteza. Mas toda vez que lhe dizia, pesarosa, de coração partido, um pouco daquilo que sentia, ele ficava profundamente ofendido, perplexo por ela não conhecer a si própria, e a ele, e por ferir a coisa mais bela que já tinha tido na vida.

    E por que tudo com ele precisa ser tão exagerado? E por que tudo com ele precisa ser com tamanha intensidade?, ela às vezes pensava, e envergonhava-se de si mesma, e lembrava-se daquela moça que fugira da cama dele pois estava *íntimo demais*. Também ela sentiu, mais de uma vez, que de tanto amor e paixão ele a invadia, revirando seu íntimo, tanto no corpo quanto na alma, como um filhote carnívoro crescido demais, sem nem mesmo imaginar quanta dor aquilo causava a ela, quanto a dilacerava; ou quando a fixava com aquele olhar... Impossível descrever com palavras o que se passava nos seus olhos naqueles momentos. E isso não acontecia exatamente nos momentos de sexo, na maioria das vezes vinha depois do sexo. Ele a olhava com um amor tão exposto, tão penetrante, quase frenético, e ela tocava-lhe a ponta do nariz, ou dava uma risada, ou começava a fazer caretas engraçadas, mas ele não conseguia perceber seu constrangimento, e sua face adquiria uma expressão estranha, suplicando algo que ela não entendia, e por um longo momento ele mergulhava nos olhos dela sem desviar o olhar, e era como um corpo enorme e sombrio afundando num líquido escuro, sumindo gradualmente sem desviar o olhar, como se os olhos dela lentamente se fechassem sobre ele, e o cobrissem, protegendo-se também dela própria. E não era capaz de continuar olhando, e no entanto mantinha os olhos fixos, e via o olhar dele se esvaziando de si mesmo para revelar outra coisa, esquelética e terrível, e isso não tinha fim, ele mergulhava e mergulhava dentro dela, seus braços puxando-a para si, agarrando-a, ela quase sufocava dentro do seu abraço, e ele às vezes tremia intensamente, como que absorvendo de dentro dela algo que não conseguia suportar. Ela não sabia o que havia lá, o que ela estava lhe dando, e o que recebia.

    Eu não pude ficar com você, ela lhe diz simplesmente.

    O sol vai se pondo aos poucos. Subitamente a terra exala um cheio fresco, vaporoso, de suas entranhas. Orah e Avram estão deitados imóveis dentro de um ninho de terra no campo. Acima deles, o céu se desfaz nos diversos azuis do entardecer. *Pegue um chapéu, ponha dois pedacinhos de papel, não, você não precisa saber o que está sorteando, pode adivinhar, mas só no seu íntimo, mas depressa, estão nos esperando, há um carro de comando lá fora. Agora tire um dos papéis. Tirou? O que saiu? Tem certeza?*

A face dela se alonga na penumbra. Ela fecha os olhos. *O que saiu. E o que você queria que saísse. E o que realmente saiu. Tem certeza? De verdade, você tem certeza?*

Ouça, ela diz, eu não conseguia respirar, você era demais para mim.

Como, demais?, ele pergunta baixinho, o que é demais quando a gente ama?

Dvori e Guidon Shinar, do moshav *Bitan Aharon. Guidon (54): "Não sinto saudades de nenhuma pessoa em especial. Tenho saudades de uma época — sou veterano da Escola Agrícola Kaduri —, com a excitação e a infância e a boa amizade que existia lá. Eu costumava acreditar que existem amigos. Hoje, esqueça".*

Dvori (47): "Tenho saudades da infância que tivemos, da Terra de Israel que um dia existiu. Quando saíamos de viagem de um mar a outro, e não só para o shopping center mais próximo. Eu venho originalmente do moshav Nordia, e me arrependo de não ter continuado a estudar literatura e língua hebraica na universidade. Estudei em Bar Ilan, e foi lá que o conheci, e aí veio o primeiro filho, depois o segundo, e aí fomos para o movimento 'Yehud Hagalil', fomos ser pioneiros em Kfar Kish, e todos os planos mudaram. Acho que você deve receber uma resposta parecida de todas as pessoas da nossa idade, pelo menos no que se refere à pergunta do arrependimento. A maioria tem uma grande sensação de perda de oportunidade". (Eu lhe pergunto por quê.) "Porque nos orientaram a nos estabelecermos depressa demais, abrir mão da vontade pessoal e da realização pessoal. Casar depressa, ter filhos logo, trabalho."

Uma hora depois voltei a encontrá-los.

Guidon me disse: "Escute, você fez duas perguntas que abrangem toda a vida". E Dvori disse: "E a destroem".

Guidon: "Depois que deixamos você, pensei que talvez a minha maior saudade seja do meu irmão. Ele era um irmão-amigo. Ele morreu no último dia da Guerra do Yom Kippur, em Suez. Após o segundo cessar-fogo. Paraquedista. Tinha trinta e três anos. Será que você consegue reverter coisas que já aconteceram? Você, você tem algum contato com ele, lá em cima?".

* * *

E aqueles dois, Adam e Ofer, que preguiçosos!, levaram um tempão para achar namoradas, ela conta no dia seguinte, na Floresta Suíça. Ficavam quase o tempo todo um com o outro, e sempre dormiram no mesmo quarto, não concordavam em se separar, até que no final, quando Adam estava com uns dezesseis anos, mais ou menos, fizemos quartos separados, achamos que tinha chegado a hora.

Fizeram quartos onde?

Há um tremor na sua voz, e Orah fica tensa: no..., você sabe, lá embaixo, onde ficava o depósito. Aquele porão? Onde ficava a máquina de costura da sua mãe?

Então vocês dividiram o porão em dois?

Isso mesmo, com uma parede de gesso.

Não era apertado demais?

Até que ficou bom, dois quartos, dois cantinhos. Ótimo para adolescentes.

E o banheiro?

Um bem pequeno, com uma pia minúscula.

E a ventilação?

Abrimos duas janelas, mínimas. Simbólicas.

Sei, ele disse com ar reflexivo. Com certeza.

Ao terminar todos os seus tratamentos, cirurgias e recuperações, Avram decidiu que não queria mais voltar para a casa de sua mãe em Tzur Hadassah, nem mesmo para visitar. Ilan e Orah, com a ajuda dos pais dela, além de empréstimos e uma hipoteca, compraram a casa. Fizeram questão de adquiri-la por um preço mais alto do que valia — bem mais alto, Ilan enfatizava toda vez que o assunto vinha à tona — e fizeram o negócio conforme todas as regras, e com a mediação de um advogado que um dia fora amigo de Avram, mas Orah — e talvez Ilan também, embora sempre tivesse negado — nunca se perdoou por essa bobagem, por esse ato de crueldade, pelo *prolongado tormento dele* — pronto, finalmente ela disse a si mesma — que apenas se encerrou quando ela e Ilan se mudaram para a casa em Ein Karem. Agora, diante dos olhos apertados que parecem doer ante uma luz ofuscante, tentando acompanhar as reformas e melhorias na casa que um dia fora sua, ela mal consegue se conter para não enumerar a lista de explicações e motivos, que sempre tem na ponta da língua, pronta para usar — tudo foi feito na época com a melhor das intenções, pensando apenas nele e nas necessidades dele; eles realmente quiseram poupar-lhe o contato com compradores e corretores; eles realmente pensaram que ele se sentiria melhor se soubesse que em certo sentido a casa "permaneceria na família". Mas compraram dele a sua casa (com dinheiro vivo, sim, num preço ótimo!) e viveram nessa casa a vida deles, ela e Ilan e Adam e Ofer.

Às vezes, quando não havia ninguém olhando, ela tocava uma ou outra parede ao passar, nos quartos e no corredor, deslizando lentamente os dedos sobre ela. Às vezes sentava-se para ler, como ele fazia, no alto do lance de degraus que descia da casa para o quintal, ou no parapeito da janela que dava para o *wadi*. Havia também as maçanetas das janelas, nas quais, toda vez que as abria, deixava sua mão pairar, como que num aperto de mão secreto. Havia a banheira e a privada, os tetos rachados, os armários com seu cheiro denso. Havia as reentrâncias e saliências de tijolos. Havia os raios de sol que entravam do leste pela manhã, e era possível ficar parado banhando-se neles longos momentos, às vezes com o pequeno Ofer nos braços, quieto e olhando-a com curiosidade. Havia a brisa da tarde, que vinha do *wadi*, e era possível embalar-se nela, deixá-la deslizar sobre a pele e inspirá-la bem fundo.

E, surpreendentemente, Ofer acabou tendo a primeira namorada antes de Adam, diz Orah, na esperança de que Avram se alegre com essa informação, porém sua expressão escurece um pouco e ele pergunta o que ela quer dizer com "e, surpreendentemente, Ofer", e ela explica que afinal era o mais novo dos dois, e sempre achamos que o Adam teria namorada primeiro, mas pelo visto Adam precisava que Ofer lhe abrisse o caminho, também nesse campo. Dois rapazes já crescidos, ela diz em tom de assombro, e ambos morando em casa, conosco, o tempo todo, até Adam ir para o exército, até o exército separá-los, e aí tudo mudou: de repente Adam fez amigos, muitos amigos, e Ofer também, e depois Ofer encontrou a Taliah, de uma hora para outra os dois se abriram e saíram para o mundo, é isso mesmo, o exército também fez coisas boas para eles, ela acrescenta apressada, como que se desculpando, como se Avram tencionasse discutir com ela; mas até Adam completar dezoito anos, até se alistar, a maior parte do tempo eram só ele e Ofer, quer dizer, ele, Ofer e nós, os quatro juntos — ela faz um gesto de empurrar algo com força para dentro de uma mala ou mochila — mesmo que sempre tenham tido muitas atividades, na escola, a banda do Adam, apesar de tudo sempre sentimos, Ilan e eu, que o mais importante estava voltado para dentro de casa, e mais ainda, entre eles e eles mesmos. Eu já disse a você, aquele segredo que eles tinham. Suas mãos seguram com força as alças da mochila e sua cabeça cai um pouco, e ela quase não vê o que está à sua frente, penhascos, amoreiras e raios de sol ofuscantes, e pensa de repente como, dentro do grande e profundo segredo, Ofer e Adam haviam criado um segredo menor, só deles, uma espécie de iglu no gelo construído com o próprio gelo.

E mesmo sendo gostosa essa união, ela murmura, e mesmo estando sempre conosco, indo conosco para toda parte — como guarda-costas, ou Ilan achava graça, ou se queixava —, fazendo viagens juntos, às vezes também íamos ao cinema, e às vezes até vinham conosco visitar os amigos, coisas que são difíceis de acreditar, ela dá uma risada contida, vinham e ficavam sentados por perto, conversando entre si como se não se vissem havia meses, e era maravilhoso, estou lhe dizendo, não se vê isso por aí, e, apesar de tudo, Ilan e eu temos — tínhamos — constantemente a sensação de que isso era meio, como posso dizer —

Por um instante, no feixe embaçado de seu olhar, Avram vê os quatro se movendo entre os quartos da casa que lhe era tão familiar, quatro pontos humanos, claros e alongados, com uma luz tênue em torno de suas bordas, como figuras vistas através de óculos de visão noturna, sombras borradas cercadas de um halo verde, grudadas uma na outra, movendo-se sem jeito em conjunto, e quando brevemente se separam, deixam um no outro manchas fibrosas, pegajosas, cintilantes; e, para sua surpresa, ele sente neles uma espécie de esforço incessante, tenso e cauteloso, e fica ainda mais espantado que não mostrem, nenhum dos quatro, facilidade ou prazer, e nem o prazer da vida em conjunto, que ele sempre imaginou ao pensar neles, quando se rendia e se permitia pensar neles, quando inoculava dentro das suas veias, gota após gota, o veneno que era pensar neles.

Quando Ofer começou a namorar, ele pergunta hesitante, Adam não teve ciúmes?

No começo não foi fácil, não mesmo, foi difícil para Adam aceitar que Ofer houvesse achado uma nova alma gêmea e tivesse com ela uma relação tão forte, na qual ele não tomava parte. Pense nisso — foi algo que aconteceu pela primeira vez desde que Ofer nasceu. Formavam um belo casal, ela diz, Ofer e

Taliah, havia uma delicadeza entre eles. Ela está com dificuldade de falar. Depois, depois, ela sinaliza com a mão.

E quando a Taliah deixou o Ofer, ela prossegue depois, ele foi para a cama e quase não saiu por uma semana. Parou de comer, perdeu totalmente o apetite, só bebia, principalmente cerveja, e os amigos vinham visitá-lo, de repente vimos quantos amigos ele tinha, e assim, sem planejar, passamos a nossa pequena semana de luto em casa.

Luto?

É, como a semana de *shivah*, as pessoas vinham e ficavam sentadas em volta da cama consolando-o, e quando iam embora, vinham outros, e a porta ficou aberta a semana inteira, de manhã, à tarde e à noite, e ele ficava o tempo todo pedindo que contassem coisas da Taliah, que contassem tudo que lembravam dela, nos mínimos detalhes, e, aliás, não permitiu que ninguém dissesse nada de ruim sobre ela, só coisas boas, ele é uma boa alma. Ela dá uma risadinha, ainda não lhe contei nada sobre ele, você nem começou a conhecê-lo... E de repente ela fica inundada de saudades, saudades simples, famintas, incautas, fazia tanto tempo que não o via, que não falava com ele, talvez o período mais longo desde que ele nasceu que ela não..., e a turma tocava músicas que a Taliah gostava, e assistiam juntos em vídeo, seguidamente, a um filme que ela adorava, *Meu jantar com André*, e empanturravam-se com caixas inteiras de balas Bamba e Tuv Ta'am, nas quais ela era viciada, e assim foi uma semana inteira. E eu, obviamente, tive que me preocupar em dar de comer e beber para toda a tribo, você não imagina as quantidades de cerveja que esse pessoal é capaz de virar numa noite. Bem, na verdade você deve saber por causa do bar.

E quem sabe alguma vez, ela pensa, Ofer, ou Adam, ou até mesmo os dois juntos, nas suas andanças noturnas pelos bares de Tel Aviv, em alguma folga do exército, tenham ido ao bar dele; será que seria capaz de identificá-los de alguma maneira, saber sem saber? Num palpite, pelo jeito do cabelo?

Orah?

Sim, ela sorri para si mesma, veja, e parece que o assunto correu a cidade — como qualquer coisa que o Ofer faz, ela pensa consigo mesma —, e começou a aparecer gente que nem conhecia o Ofer direito, mas ouviram o que estava acontecendo, um tal de "luto de amor", e vinham, sentavam, contavam histórias de amores frustrados, romances terminados, e todo tipo de desilusões amorosas que tinham tido.

Um raio de sol vespertino desliza sobre sua testa e Orah, sem perceber, involuntariamente vira o rosto inteiro para o sol, sentindo-se afagada de cima a baixo. Neste momento sua face está jovem e bonita, como se nada de ruim tivesse lhe acontecido neste mundo. Pronto, pode se levantar e sair para a vida, inteira, inocente e pura.

Depois começaram a vir os amigos desses amigos, ela acha graça, e depois gente que ninguém no quarto conhecia, simplesmente pessoas que vinham conversar sobre problemas de amor. Aliás, foi assim que Adam conheceu Liby, que veio a ser a sua namorada, que parecia uma filhote que cresceu demais, uma filhote carente, uma cabeça mais alta que ele, uma filhote de urso, e nos primeiros dias da *shivah* ela só ficou lá sentada num canto e não parou de chorar, depois se recompôs e começou a me ajudar com a comida, a bebida e os utensílios, esvaziar cinzeiros e jogar fora garrafas vazias. Mas, por algum motivo, também estava tão esgotada que adormecia em qualquer cama vaga da casa, simplesmente caía e dormia, e de algum jeito, sem que a gente sentisse, dormindo ela entrou na nossa vida, e agora eles estão juntos, Adam e ela, e me parece que os dois estão bem, e por mais que a Liby seja um bichinho, uma filhotinha, com ele ela é muito maternal. Ao dizer isso um ligeiro pesar toma conta da sua voz. Tenho a impressão de que ele realmente está bem com ela, pelo menos é o que espero.

E aqui ela se rende a um suspiro profundo, que estava preso, um suspiro de absoluta falência: escute, não foi à toa que eu lhe disse há alguns dias que não sei nada da vida dele agora.

A cadela para ao ouvir o suspiro e chega perto de Orah, e ela se curva para o focinho úmido que resfolega entre seus joelhos. Às vezes, ela diz a Avram por sobre a cabeça da cadela, quando eu digo alguma palavra, ou quando digo alguma coisa numa entonação meio diferente —

Ou quando você ri de repente —

Ou choro —

Ela reage de imediato, diz Avram.

Ontem, quando você afugentou as moscas e correu atrás delas com a toalha, Orah diz, viu como ela ficou aborrecida com isso? Do que você se lembrou, lindinha? Ela esfrega suavemente a cabeça apoiada nas suas pernas. De onde você veio até nós? Ela se ajoelha numa perna e segura a cara da cadela entre suas mãos, e esfrega seu nariz no focinho dela: O que aconteceu com você? O que fizeram lá com você?

Avram fica olhando as duas. A luz prateia ainda mais o cabelo de Orah e reluz no pelo da cachorra.

E você não tem nenhum contato com ele, com Adam?, ele pergunta quando voltam a caminhar.

Ele me cortou por completo.

Avram silencia.

Houve um problema, ela fala em voz baixa, não com ele, foi justamente com o Ofer, no exército, foi uma complicação só, uma besteira das grandes que a unidade dele fez em Hebron, ninguém morreu por causa disso, e o Ofer também não teve culpa, e muito menos a culpa foi só dele, havia vinte soldados ali, e por que justo ele? Não importa, agora não, eu cometi um erro, sei disso, e o Adam ficou muito bravo comigo por eu não ter apoiado o Ofer — ela respira fundo e vai liberando, uma a uma, num ritmo constante, as palavras que amarguram a sua vida desde então —, por não ter sido capaz de apoiar o Ofer de todo o coração. Você entende? Você entende o absurdo? Pois com o Ofer eu já fiz as pazes há tempo, tudo está absolutamente em ordem entre nós — mas seus olhos vacilam um pouco, de um lado a outro —, e só o Adam, por causa daquela merda de princípios dele, não me perdoa até hoje.

Avram não pergunta nada. Ela sente seu coração bater na garganta. Foi bom ter contado! Já faz tempo que ela tem a necessidade de contar para ele. Ela teme o seu julgamento. Talvez ele também pense, como Adam, que ela é uma mãe não natural.

E eles se abraçam?, Avram pergunta.

O que você disse?, ela desperta de um sonho momentâneo.

Não, nada, ele sussurra.

Não, você perguntou se eles —

Se abraçam, às vezes, é isso, Ofer e Adam.

Ela o olha agradecida: por que você está perguntando isso?

E eu sei? Tento imaginar um pouco os dois juntos, só isso.

Só isso?, ela se alegra por dentro, *só isso*?

Eles já tinham andado bastante, passaram pela vila de Kineret, onde renovaram seu estoque de comida e visitaram o cemitério nas proximidades, onde folhearam o livro de poemas de Rachel, preso por uma corrente de ferro ao chão junto à sua tumba; cruzaram a rodovia Tiberíades-Tzemach, caminharam entre pomares de tamareiras, e prestaram seus respeitos a uma mula chamada Buba, enterrada ao lado do rio Jordão, e que "Arou, sulcou e lavrou com fidelidade a terra do Kineret nos anos 20 a 30 do século XX". E viram peregrinos do Peru e do Japão mergulhar no Jordão cantando e dançando, e prosseguiram e andaram bastante entre o límpido Jordão e um canal de esgoto fedorento, até que a trilha os levou para longe do Jordão até o rio Yavnel, e em Ein Petel desfrutaram um banquete de reis à sombra de eucaliptos e oleandros, já vendo à sua frente o monte Tabor. E souberam com toda a certeza que também chegariam até lá.

O dia está bem quente e ambos se sentem torrados; e se banham uma vez numa fonte e na outra correm pelo meio das enormes duchas giratórias que irrigam os campos; enchem-se de arranhões nos arbustos de framboesas, e vez ou outra dão uma cochilada na sombra, depois se levantam e continuam andando, e se lambuzam o tempo todo com camadas e camadas de protetor solar, que ele passa na nuca e nas costas dela e ela no seu nariz, e suspiram pelo fato de a pele deles ser tão pouco apropriada para esse clima, e Avram, enquanto caminha, entalha para Orah, com o canivete de Ofer, o "bastão do dia", que hoje é um galho de carvalho, um pouco torto e parcialmente roído, possivelmente pelos dentes das cabras; não é dos mais confortáveis, ela informa após experimentá-lo, mas é cheio de personalidade, por isso fico com ele.

Quando eram meninos, eles quase não se abraçavam, ela lhe conta quando estão sentados num monte de pedras à sombra de um grande terebinto atlântico nas alturas do monte Yavnel, num local maravilhoso, de onde se pode avistar o Kineret, o Golan, o Guilead, o Meron, o Guilboa, o Tabor, o Shomron e o Carmel de uma só vez. Ela até sentia que os garotos ficavam meio constrangidos um com o corpo do outro. Esse constrangimento parecia muito estranho para ela: afinal, os dois dormiam no mesmo quarto, e quando eram menores sempre tomavam banho juntos, mas tocar um no outro, corpo no corpo... nem sequer se batiam, ela pensa agora, só quando eram bem pequenos às vezes lutavam, mas não muito, e depois, quando ficaram mais velhos, quase nunca.

O que ela não poderia saber é se conversaram entre si sobre a puberdade, sobre as mudanças no corpo, ou, por exemplo, sobre garotas, sobre masturbação e sacanagens. Ela presume que não. Tem a impressão de que a puberdade corporal trouxe constrangimento para ambos, como se houvesse uma energia externa e estranha, invadindo a intimidade da dupla e atingindo partes sobre as quais eles preferiam se calar. Mais de uma vez ela se perguntou, e perguntou repetidamente a Ilan, onde haviam errado na educação deles. Será que não nos abraçamos o bastante na frente deles? Será que não lhes mostramos como são um homem e uma mulher que se amam?

Para mim é muito esquisito — ela diz num tom com pretensão de ser divertido — o fato de meus filhos serem tão fechados e tímidos nesses assuntos. Eu os puxava o tempo todo para dizer grosserias, falar palavrões de vez em quando, qual é o problema? E Ofer, quando era pequeno, participava alegremente, falava besteiras, achava graça e ficava vermelho como um pimentão; mas quando entraram na adolescência, especialmente quando estavam junto conosco — quase nunca.

É o Ilan, com a porra do puritanismo dele, ela pensa, o tempo todo em guarda, que Deus o livre de escapar da boca dele um pingo de indecência. Às vezes eu tinha a sensação, você vai dar risada, de que eles pareciam pensar que deviam preservar a nossa inocência, *como se nós* na verdade não entendêssemos do assunto. Vamos, vamos andar, eu fico irritada com isso.

A trilha — torrões de terra secos e rachados. Pedras nuas e fendas estreitas, vegetação rasteira de capim e ervas, ressecada e já brotando novamente. Aqui e ali uma humilde camomila, branca e amarela, que merece a compaixão de seus pés, e pilhas de folhas secas da primavera anterior, esmagadas, perfuradas, transparentes, restando apenas sua espinha dorsal. Uma trilha pedregosa, marrom-amarelada, cheia de poeira e rugas, sem formas e sem graça, há milhares como ela, atapetada de ramos secos e agulhas de pinheiro marrom-alaranjadas, e uma fila de formigas negras transportando migalhas ou sementes de girassol fechadas, e aqui uma toca profunda de formigas-leão, e ali um padrão verde-acinzentado de líquen sobre as pedras e rochas fragmentadas, e uma pinha atrofiada, e ocasionalmente um cintilante montículo preto de excrementos de cervo, ou um amontoado marrom-escuro de uma formiga-rainha que retornou de seu voo marital. Escute, Orah diz segurando a mão de Avram. Escutar o quê?, ele pergunta. A trilha, Orah responde, estou lhe dizendo, as trilhas aqui em Israel têm um som que não ouvi em nenhum outro lugar. E ambos caminham e escutam, rrrrrsh-rrrrrsh quando o sapato bate na terra, ou rrrhh-rrrhh quando a parte da frente do pé encontra a trilha, e hhhhsh-

-hhhhsh quando andam em ritmo de passeio, ou hwassh-hwassh quando aceleram o passo, e batidas rápidas de rrish-hrash quando pequenas pedras voam e batem uma na outra, ou hrppp-hrppp quando o pé pisa no mato de espinhos, e que sorte que todos eles têm sons corretos em hebraico, ela ri, experimente descrever esses sons em inglês ou italiano, talvez apenas em hebraico a gente consiga expressá-los com exatidão. Você está querendo dizer que as trilhas daqui falam hebraico?, murmura Avram, você quer dizer que da terra brota a língua? E ele imediatamente inventa como as palavras um dia brotaram da terra, arrastando-se para fora das fendas do solo árido e desolado, como irromperam a partir da ira dos ventos quentes com sarças, urzes e espinheiros, como saltaram para fora como grilos e gafanhotos.

Orah escuta seu jorro de palavras. Nas profundezas do seu ser, um pequenino peixe fossilizado agita sua cauda e uma minúscula onda cutuca sua cintura.

Eu me pergunto como será em árabe, ela comenta mais tarde, pois é a mesma paisagem deles, e eles também têm sons guturais, como se a garganta raspasse de tão seca. Ela dá um exemplo, e a cadela empina as orelhas, atenta. Diga, você ainda se lembra das palavras que aprendeu em árabe para todos aqueles espinhos e urtigas, ou não lhes ensinaram isso no Serviço de Inteligência? Avram ri, eles nos ensinaram principalmente a respeito de tanques e aviões e bombas, por algum motivo não falaram de espinhos.

Um erro, um erro grave, decreta Orah.

Se eles se abraçam, você tinha perguntado. E ela se recorda, não há muito tempo, mais ou menos um ano atrás, no aniversário de Adam, estavam todos num restaurante, um lugar novo, meio fresco demais para o meu gosto, ela diz, que abriu num dos *moshavim* nas colinas de Jerusalém, entre campos e galinheiros vazios — e de repente lhe ocorre que Avram, mesmo trabalhando num bar, e num restaurante, e quem sabe mais onde, talvez não saiba como é sair para um programa em família, talvez seja um total analfabeto no assunto, e portanto ela interrompe a história e começa a lhe contar, antes de tudo, como na família escolhem o restaurante apropriado, pois Adam é mimado e sensível em termos de comida, e precisa, antes de qualquer outra coisa, esclarecer por telefone se ele tem o que comer naquele lugar, e verifica prato por prato; depois de escolhido o lugar, e depois de chegar e se sentar — e o simples ato de se sentar, ela ri, de modo geral você não imagina que operação complexa é a nossa política de onde e como se sentar. Para uma família comum nós até que somos bem complicados! E continua contando, e Avram vê: antes de tudo, Ilan, que precisa achar exatamente a mesa perfeita na sala, longe dos banheiros e da cozinha, com iluminação aprazível, nem clara nem escura demais, e a mais silenciosa possível, e ele próprio senta-se de frente para a entrada, para antecipar qualquer perigo que possa ameaçar a sua pequena família — era a época do auge dos atentados, ela recorda, e Avram grunhe, quando não foi? —, e Adam, que precisa se sentar o mais perto possível da parede, quase escondido, e de costas para todo mundo, e ao mesmo tempo também é capaz de deixar seus pais envergonhados com suas calças rasgadas, camisas sujas e quantidades de álcool que mete goela abaixo; e Ofer, que é como eu, ela diz, não se importa com nada, fica satisfeito de sentar em qualquer lugar, o principal é que a comida seja gostosa e farta; e ela própria, que quer privacidade, é claro, mas também gosta de exibir um pouco sua família.

Então, depois de nos sentarmos, chega a fase de escolher o prato no cardápio. Primeiro tem a performance de Adam, que, devido às suas instruções precisas e pedantes — nada que leve creme de leite; é possível fritar na manteiga?; algum dos molhos, Deus me livre, leva berinjela ou abacate, em qualquer forma? —, é um obstáculo para o fluxo rítmico da execução da função da garçonete; depois as habituais tiradas engraçadinhas de Ilan (Orah sempre se surpreende e acha graça de ver como ele é absolutamente cego para o fato de a pobre moça — as pobres moças, de qualquer idade — ficar totalmente mole quando ele a olha com o brilho verde-ártico de seus olhos); e ainda a heroica briga que Orah trava com seu próprio olho, que insiste em se desviar para a direita, para a coluna dos preços, toda vez que um deles faz o pedido do prato, uma negociação secreta que ocorre dentro dela entre a gulodice, a frugalidade — vamos lá, ela ri, contar todas as vergonhas — e, no caso dela, um puro e simples pão-durismo. É isso, pronto, falei, admiti, na frente de Avram ela acha fácil admitir aquilo que durante todos esses anos escondeu de Ilan.

Onde eu estava?

No pão-durismo, comenta Avram com um ar levemente malévolo.

Certo, me crucifique, vá em frente. Uma fagulha flutua entre seus olhos e os dele.

É sempre ela que delicadamente sugere: Por que não pedimos apenas três pratos para nós quatro? Nós nunca aguentamos comer mais que isso mesmo. E eles sempre discutem com ela, sempre, como se sua sugestão contivesse algum insulto sério ao apetite deles, talvez até a sua masculinidade, e no final acabam pedindo os quatro pratos principais, não conseguindo dar cabo nem sequer de três. E Adam pede um aperitivo terrivelmente extravagante, por que ele precisa beber tanto?, ela e Ilan trocam olhares — deixa ele em paz, deixa ele aproveitar a noite, é por minha conta —, e quando a garçonete se vira para retornar à cozinha com os pedidos, cai sobre a mesa um silêncio, súbito, gelado, precavido, e os três homens passam a olhar a ponta dos dedos. Estão estudando um garfo ou algum problema filosófico, um problema abstrato, elevado, talvez até mesmo existencial? Orah suspira.

No entanto, ela sabe que em breve tudo estará bem, até mesmo muito bem, eles sempre desfrutam as noites que vão jantar fora, eles adoram sair com ela e com Ilan, e, de modo geral, formam um belo time, os quatro; já, já terão início as piadas e as brincadeiras e as ondas de afeto, só mais um segundinho e ela poderá aos poucos espalhar seu coração para todos os lados, naquela latência melosa que harmoniza e completa a família — são momentos tão raros, ela diz a Avram, muito mais raros do que você talvez possa imaginar; mas sempre existe antes aquele momento tenebroso, inevitável, uma espécie de pedágio que eles cobram dela, os três, no caminho para aquela doçura posterior, um ritual fixo de tortura que, por algum motivo, parece dirigido, de alguma forma astuciosa e conspiratória, única e exclusivamente contra ela, e que só ela é capaz de provocar neles. Parece que é precisamente por sentirem o quanto ela necessita daquela doçura que eles se empenham em negá-la a ela naquele momento inicial, tornando seu caminho um pouco mais difícil. Por que é assim?, não me pergunte, pergunte a eles. Eles estão sentados à sua frente, os três com a ponta dos dedos, os três ansiosos para importuná-la um pouco, incapazes de resistir a essa tentação, nem mesmo Ilan. Ele não foi sempre assim, ela diz, revelando o que jamais pensara contar, antigamente ela e ele eram de fato, como dizer?, uma só cabeça — ela quase disse, "uma só carne" — e quando era preciso, formavam uma frente unida contra os filhos. Ele era um parceiro perfeito, e só nos últimos anos — eu realmente não entendo isso, ela despeja a raiva acumulada —, quando os meninos chegaram à adolescência, foi que algo começou a dar errado, como se ele também tivesse decidido que era chegada a sua hora de também adolescer um pouco.

E ao pensar nisso agora, parece-lhe que realmente, nos últimos anos, em particular no último, perto da separação, ela se encontrava seguidamente diante de três adolescentes rebeldes, irritadiços e exigentes — os assentos das privadas sempre ficavam levantados, um ato de aberto enfrentamento —, e quem dera ela tivesse sabido o que nela provocava nos três essa compulsão idiota e infantil em relação a ela, e o que os transformava instantaneamente em três filhotes felinos predadores quando rolava diante deles uma bola conspiratória contra ela, e por que diabos era responsabilidade dela, por exemplo, no restaurante, resgatá-los do silêncio? O que teria acontecido se ela tivesse se juntado um dia à angustiante meditação da ponta dos dedos? O que teria havido se ela tivesse cantarolado para si, do começo ao fim, alguma música excepcionalmente complicada, até que um deles se dobrasse, e é provável que fosse Ofer; seu sentimento de justiça teria se manifestado, sua compaixão natural, sua necessidade de protegê-la prevaleceria, no final, até mesmo sobre o prazer de pertencer ao trio. E em poucos instantes seu coração se enche de meiguice e afeto por ele — por que haveria de privá-lo das brincadeiras masculinas deles? Antes ter sido *ela* a se dobrar.

De novo a mesma velha questão: e se ela tivesse tido uma filha? Uma menina teria conseguido congregar a todos novamente pela força de sua alegria, simplicidade, leveza. Tudo que Orah um dia teve e perdeu. Pois Orah um dia foi menina, para seus pais, talvez não tão leve e alegre como gostaria de ter sido, mas é certo, quis e tentou muito ser uma menina assim, uma menina sempre feliz e radiante, exatamente como a menina que não nasceu deveria ter sido. E ela se lembra muito bem, ela diz a Avram, os silêncios súbitos e hostis que desciam sobre seus pais, silêncios por meios dos quais a mãe punia o pai de pecados que ele nem sonharia praticar. E Orah era então, imediatamente, a agulha mágica que com agilidade se interpunha entre o pai e a mãe, costurando o instante rasgado por meio do qual ela e seus pais quase tinham saltado para o abismo.

Aquele silêncio no restaurante não dura mais que um minuto, Avram deduz da descrição tortuosa de Orah, de seus olhos baixos, mas é uma espécie de amaldiçoada eternidade, pois está claro para todos que é preciso começar a conversar, dissolver o silêncio, mas quem começa?, quem se apresenta como voluntário?, quem assume que tem a personalidade mais fraca, mais mole, mais rasteira?, quem vai se dobrar antes e dizer alguma coisa primeiro, mesmo uma coisa boba? — ei, bobagens é o departamento dela, Orah sabe, até mesmo um comentariozinho bobo é suficiente; por exemplo, a história de uma senhora russa bem gorda que esta semana entrou debaixo do guarda-chuva de Orah durante um temporal; não pediu permissão, não se desculpou e simplesmente disse a Orah com um sorriso: vamos andar um pouco juntas?; ou poderá contar sobre a velha solteirona de quem tratou esta semana, uma mulher com uma simples torção no tornozelo que lhe revelou dando risada seu truque para fazer a massa com fermento crescer: ela leva a massa para a cama, fica uma horinha deitada com a massa entre os seios, por baixo do cobertor, e é assim que cresce pela primeira vez! Sim, Orah continua a tagarelar, e eles riem afetuosamente, e ficarão ponderando como a mulher russa reconheceu Orah como otária mesmo em meio a um temporal, e acharão graça na velha com a massa de fermento, farão gozações de outros pacientes, inclusive com o próprio trabalho dela, um tanto esquisito na opinião deles — simplesmente chegar perto de um total estranho e começar a tocá-lo? E a pequena chama que ela acendeu começará a arder e se revolver, e tudo ficará quente e gostoso, você entende do que estou falando? Você consegue ver a cena, ou sou só eu que —

Ele faz que sim, fascinado. Talvez tenha visto sim uma ou duas coisas no seu bar, ela pensa, ou no restaurante indiano. Ou simplesmente nas ruas onde andou, na beira da praia. Talvez, apesar de tudo, não tenha abandonado aqueles seus olhos, e tenha notado, observado, acompanhado, espiado e reunido tudo dentro de si, isso mesmo, é a cara dele, como um detetive juntando evidências de algum grande crime, um crime de extraordinária magnitude — a espécie humana.

E depois, tudo fica bem, depois estamos todos totalmente ali, rindo, gesticulando, falando — e eles três são afiados, espirituosos, cínicos, horrivelmente mórbidos, ela diz, como você e Ilan eram. E o coração de Avram se entristece, talvez porque sinta inclusive aquilo que ela está encobrindo, o fato de sempre achar que alguma coisa na conversa foge à sua compreensão, um raio subliminar faísca entre eles, mas ela apenas ouve o trovão que vem depois. E quando chegam os pratos, começa o movimento de comércio, e é disso que ela mais gosta, pratos e travessas e porções de comida passando de mão em mão, garfos espetando um no prato do outro, os quatro comparando, saboreando, criticando, sugerindo. Uma abóbada de generosidade e deleite se abre sobre eles, e eis que finalmente se instala o tranquilo, denso, amplo momento de mel, sua porção de felicidade. Agora, ela acompanha a conversa apenas superficialmente, a conversa não é o mais importante aqui, é até mesmo uma certa distração em relação ao que é de fato importante. Ela tem a impressão de que estão rindo de si mesmos, do movimento dos pratos que voam de lá para cá, e do que estarão pensando deles as pessoas sentadas nas outras mesas; ou estão conversando entre si sobre o exército, sobre algum disco novo, não importa, o importante é este momento, que é só aconchego.

Que merda, ela ouviu Ofer contando a Adam. Especialmente a Adam. Passamos o verão todo matando moscas em Nebi Mussa, e descobrimos que matamos as mais fracas, de modo que acabamos criando uma geração de moscas fortes, mais resistentes, e agora a herança genética delas é apenas a das mais fortes. Os três riram. Os dois têm dentes bonitos, pensou Orah. Adam descreveu os ratos que circulam livremente na cozinha da sua unidade de reservistas. Ofer replicou com uma carta vencedora: uma raposa, talvez até doente de cólera, que conseguiu entrar no quarto da sua equipe na hora em que o pessoal cochilava e roubou um bolo inteiro de uma mochila. Eles falavam em voz alta, vozes graves, como sempre fazem quando estão falando do exército; mas talvez seja também porque as orelhas de Ofer estão sempre cheias de pó e graxa, ela explica a Avram. Orah e Ilan não paravam de rir, deliciados, enchendo a boca de pedaços de pão temperado. Sua função aqui era muito clara: eles são o pano de fundo suficientemente embaçado, a caixa de ressonância, sobre a qual se declaram repetidamente a maturidade e a independência dos filhos, e da qual ecoa essa declaração para os próprios filhos, em toda e qualquer idade, para que eles possam finalmente acreditar. Os rapazes começaram a conversar sobre pequenos e grande acidentes — havia uma ordem praticamente constante nessas conversas —, e Adam contou que no início do seu serviço militar nos blindados um dos oficiais demonstrou o que poderia acontecer a um piloto de tanque que ficasse preso na plataforma lateral do canhão: o oficial colocou um caixote de madeira sobre o casco, girou a base e mostrou como o cano espatifava o caixote, e é exatamente isso que pode acontecer com quem sai do tanque sem que haja coordenação, Adam advertiu seu irmão mais novo, e Orah sentiu um arrepio. Conosco, contou Ofer, há um soldado, coitado, é um fodido, é o saco de pancadas do batalhão, todo mundo que passa apronta alguma com ele, e mais ou menos um mês atrás, num exercício de camuflagem, ele caiu do tanque e seu braço inchou. Então o mandaram de repouso para a BOD — barraca de ordem e disciplina, traduziu Ofer de má vontade ante o olhar indagador de

Orah —, e lá um mastro de antena caiu na sua cabeça e fez um corte enorme... Ilan e Orah trocaram olhares furtivos de ansiedade; mas sabiam muito bem que não deviam reagir à história com uma única palavra. Qualquer coisa que dissessem, qualquer expressão de preocupação, seria recebida com uma gozação — "um vestido à esquerda", era como Adam costumava avisar Ofer da presença de Orah —, mas Adam e Ofer obviamente captaram a troca de olhares, e assim ficaram todos satisfeitos, e agora, assentadas as fundações, tendo devidamente explicitado aos pais os múltiplos e variados perigos dos quais não podiam mais proteger seus filhos, Ofer contou em tom casual que o terrorista suicida que se explodira duas semanas antes na estação rodoviária central de Tel Aviv, matando quarenta civis, tinha aparentemente passado pela sua barreira de estrada, quer dizer, a barreira pela qual seu batalhão era responsável.

Ilan perguntou cautelosamente se já sabiam exatamente quando o terrorista tinha passado por lá, e se alguém tinha lançado a culpa nos soldados do batalhão, e Ofer explicou que era impossível saber em que turno de guarda o homem havia passado, e era provável que levasse preso ao corpo algum tipo novo de explosivo, impossível de ser detectado na barreira, e Orah foi incapaz de falar, sua voz sumiu, e Ilan engoliu em seco e disse, sabe o quê?, eu estou contente que o terrorista tenha se explodido em Tel Aviv, e não em cima de você na barreira, e Ofer protestou com veemência, mas, pai, essa é a minha função, eu estou lá exatamente para que ele se exploda em cima de mim, e não em Tel Aviv.

E Orah — o que fez ela naquele momento? Aquele momento está um pouco nebuloso na memória, ela não consegue reconstruí-lo direito — só lembra que de repente se sentiu oca, só uma casca em torno de si mesma. Tinha algo engasgado na boca, provavelmente pão de centeio com pinole temperado com pesto de nozes. Ofer e Adam já tinham mergulhado numa conversa sobre outro sujeito, um soldado que ambos conheciam, que no dia da visita dos pais no fim dos treinamentos foi de braços abertos em direção a um casal de pais totalmente estranhos, gritando, papai, mamãe, vocês não estão me reconhecendo? E Ofer e Adam, e pelo visto também Ilan, rolaram de rir, e Orah ficou sentada de boca entreaberta enquanto garçonetes pareciam ninfas pairando entre as mesas e sussurrando: está tudo bem?, gostaram da comida? E duas semanas atrás um terrorista carregado de explosivos tinha passado ao lado de Ofer, e a função de Ofer era estar lá exatamente para que o terrorista se explodisse sobre ele, e não em Tel Aviv.

E Ofer ficou então muito sério, e contou a Adam e a Ilan acerca da última semana, sobre a operação em Hebron. Proibiram-no de falar sobre o assunto, mas ia contar por alto. Tinham-nos enviado para dar cobertura a uma operação de eliminação de homens procurados na Kasbah — ela já não estava escutando, tinha se transportado dali —, coisa que nunca tinham feito antes, estava absolutamente fora das atribuições deles. Requisitaram um prédio inteiro para servir de base de observação, e enfiaram os moradores do prédio num único apartamento, até que os tratamos bem, ele disse olhando de relance para ela, mas ela já não estava mais lá com eles, naquele estágio da conversa já nem estava mais prestando atenção, se tivesse escutado talvez pudesse mudar alguma coisa, talvez sim, talvez não, e depois — como é que a conversa foi parar naquilo? Só em retrospecto, mediante um esforço supremo que durou semanas e meses, conseguiu fisgar e juntar os fragmentos dispersos daquela conversa, até transformá-la numa trama que abrangia, mais ou menos, a noite inteira — depois Ofer pediu a Adam que lhe explicasse algo referente aos procedimentos de detenção de um suspeito, e também aqui ela só ouviu fragmentos da conversa, você grita três vezes, em árabe e em hebraico, Parado! Quem está aí?, depois três vezes, Parado ou eu atiro (Adam), *Va'akef valah ba'atuhak* (Ofer), depois pega a arma e aponta a sessenta graus do seu alvo (de novo Ofer?). Depois você atira (Adam) — a melodia das vozes deles, Orah nota vagamente, era exatamente igual àquela que antigamente usavam para estudar para provas de gramática e língua hebraica, Adam como professor e Ofer como aluno — atira nas pernas, isso mesmo, na direção dos joelhos para baixo, mira estática, pela mira do fuzil, e se ele não parar você atira no centro de massa, atira para matar. Ofer está meio sem graça, não se lembra direito o que é esse "centro de massa", e Adam ironizou, você não aprendeu física na escola? Ofer disse, sim, mas onde fica no ser humano? Adam soltou um risinho, quando eu estive nos territórios, nos diziam, atirem entre os mamilos, e Ofer disse, eu, na minha última prática, atirava na barriga do boneco-alvo, e o sargento encarregado vem e me diz, Ofer, eu lhe disse para atirar nos joelhos, então eu digo, sargento, assim ele não cai do mesmo jeito? E os dois riram, e Ofer deu uma olhada rápida e cautelosa para Orah, ele sabia que ela não gostava de piadas desse tipo, e Adam, que também sabia, observou com um leve sorriso, há soldados que têm certeza de que os árabes andam com um alvo na cara, como nos treinamentos.

E ali está ela novamente com eles, ela está de volta. O pequeno e temporário lapso que acometeu sua mente foi consertado, houve um pequeno corte de energia no momento em que Ofer disse, mas, papai, essa é a minha função, eu estou lá exatamente para que ele se exploda em cima de mim, e não em Tel Aviv. Ela, junto com eles, ri meio que involuntariamente, ri porque os três estão rindo agora e ela não pode se permitir ficar de fora do círculo de risos. Mas algo não está certo aqui. Ela transfere o seu olhar impotente de Ilan para Ofer para Adam e de volta para Ilan. Algo aqui está com um cheiro estranho, ela ri desconfiada e verifica se eles também estão sentindo a mesma coisa, pois naquele momento do corte de energia ela viu algo, um quadro real, totalmente tangível, como se alguém tivesse entrado correndo de fora, dos campos, subido com os dois pés sobre a mesa, tirado a calça, agachado ali bem no meio deles, e sem demora tivesse cagado um enorme e fedorento monte de merda entre os pratos e copos. E eles continuam falando como se nada tivesse acontecido, a sua turma e também o pessoal das outras mesas, tudo está normal, e as ninfas esvoaçam por entre as mesas, de vez em quando dão uma espiada, e está tudo em ordem? Tudo bem? E há algo que ela não consegue absolutamente entender, como se todo mundo ao seu redor tivesse feito algum curso especial de como se comportar numa situação como essa, em que seu filho diz uma frase como, mas, pai, essa é a minha função, eu estou lá exatamente para que ele se exploda em cima de mim, e não em Tel Aviv, e parece que ela faltou a muitas das aulas do curso, ela tem a impressão de que o ar no restaurante de repente está ficando quente de forma insuportável, e agora ela já entende o que está havendo, sente os sinais se aproximando, está banhada de suor. Ela já teve ataques como esse, essas explosões, e é puramente corporal, não é nada, ondas de calor, travessuras da menopausa, é totalmente incontrolável, uma pequena intifada do corpo. Aconteceu na cerimônia final do treinamento avançado, no pátio de ordem-unida de Latrum, quando a formação passou diante do gigantesco muro com os milhares de nomes dos que tombaram; aconteceu numa demonstração de fogo festiva em Nebi Mussa, para a qual os pais foram convidados; e aconteceu em mais duas ou três ocasiões. Uma vez escorreu-lhe sangue do nariz, uma vez ela vomitou, uma vez teve uma crise de choro histérico, e agora — ela dá um risinho temeroso —, agora ela tem a impressão de que está prestes a ter uma diarreia, e corre o risco de nem conseguir chegar até o banheiro, está ruim a esse ponto, e ela se retorce e se contorce, até mesmo seu rosto está contrito, como é que eles não percebem o que está se passando com ela? E passa o olhar debilmente de Ilan para Ofer para Adam, estão falando entre si, que bom que estejam rindo, riam, riam, ela pensa, liberem a tensão da semana inteira, mas dentro do seu corpo ocorre um colapso geral, ela é uma casca que contém em seu interior apenas líquidos. É um coco. Será que eles são atores? Será que a família dela foi completamente trocada? Seu coração bate muito forte. Como é que eles não ouvem? Como é que não ouvem o coração dela? Uma solidão se fecha ao seu redor. A solidão subterrânea da sua infância. E aqui está quente, meu Deus, como se de repente tivessem ligado todos os aquecedores e fechado todas as janelas. E também fede. Fede muito. Ela está quase desmaiando. Ela precisa se recompor e, o mais importante, não lhes demonstrar nada, não estragar a maravilhosa e sublime noite que vai se desenrolando, eles estão aproveitando tanto, está tão gostoso aqui, ela não vai estragar tudo com as besteiras do seu corpo, que de repente resolveu jogar seus caprichos contra ela. Mais um instante e ela vai recuperar o controle sobre si mesma, é só uma questão de força de vontade, e principalmente é preciso não pensar com que seriedade e com que responsabilidade e com que gravidade ele disse, mas, pai, essa é a minha função, eu estou lá exatamente para que ele se exploda em cima de mim, e não em Tel Aviv. E agora, diante das faces risonhas de Ilan e Adam e Ofer, ai, meu Deus, está voltando, veio de novo, no meio dessa iluminação suave, em meio às delicadas libélulas — Tudo em ordem? Tudo legal? —, aí está ele, realmente pulando com os dois pés sobre a mesa e cagando um monte enorme de merda, e um terrível vagalhão se ergue dentro dela, e daqui a um instante não caberá mais em seu corpo, e vai explodir pela boca, pelos olhos, pelas narinas, ela se fecha desesperada, correndo para trancar os traiçoeiros orifícios, e só consegue pensar no alívio daquele sujeito, o alívio imenso, escandaloso, do desqualificado que pulou em cima da mesa com seu dois pés sólidos, e aí mesmo, entre os pequenos pratos brancos e as finas taças de vinho, entre guardanapos e garrafas de vinho escuras e talos de aspargos, simplesmente se agachou e cagou um enorme e vaporoso monte de fetidez radioativa, e Orah se debate com todas as suas forças para tirar os olhos do centro da mesa, do demônio visível e gigantesco que lhe sorri com sedução excremental, ele não, ele não está aí, ele ainda vai ser expelido de dentro dela, esperem um pouco, ela gorjeia com encantadora doçura e, de lábios cerrados, voa para longe dali.

E uma vez aconteceu, faz muito tempo, no começo do serviço militar dele nos territórios — ela conta a Avram, isso é absolutamente entre parênteses, não tem nada a ver com aquela noite no restaurante, mas de repente lembrei, não sei por quê —, já estavam morando em Ein Karem, ela ouviu um som estranho nos degraus que descem para a trilha abaixo da casa, no fundo do jardim, e foi ver o que era, e viu Ofer sentado ali embaixo, de bermudas e camisa do exército — na época ele estava numa folga breve —, sentado com seu canivete a entalhar lindamente um galho de árvore, e ela perguntou o que era, e ele ergueu os olhos com suas sobrancelhas arqueadas, irônicas, e disse, o que parece? E ela disse, parece um bastão redondo, e ele sorriu, é um porrete. Porrete, esta é mamãe, Mãe, este é o porrete. Para que você precisa de um porrete?, ela perguntou, e ele riu, para abater pequenas raposas; e Orah perguntou se o exército não lhe fornecia armas para se defender, e ele disse, não fornece porretes, e é de porretes que nós mais precisamos, é a coisa mais eficiente nas nossas situações. E ela disse que isso lhe dava medo, e ele disse, mas o que tem de errado um porrete, mãe?, é o uso da força mínima. E Orah, com um cinismo pouco característico dela, perguntou se já existia uma sigla para isso, UFM ou algo assim. E Ofer se exaltou, mas o porrete evita a violência, mãe, ele não cria a violência; e Orah disse, em todo caso, deixe que me sinta mal de ver o meu filho sentado preparando um porrete. Ofer se calou. Em geral ele evita entrar nessas discussões comigo, ela diz a Avram, nunca teve energia para encarar esses falatórios e sempre diz que isso simplesmente não lhe interessa, que é tudo política. Ele cumpre a função que lhe atribuem e pronto, e quando sair de lá, quando tudo terminar, ele promete que vai pensar direitinho no que foi aquilo.

Ele seguiu entalhando o bastão até deixá-lo totalmente redondo. Orah permaneceu nas proximidades, no alto do lance de degraus, e ficou observando como que hipnotizada os movimentos habilidosos das suas mãos. Ele tem mãos magníficas, ela comenta com Avram, você precisa ver as coisas que ele construiu. A mesa redonda na copa. A cama que fez para nós.

Ofer enrolou e colou "borracha ativa" em torno da cabeça do bastão. Orah desceu e pediu para tocá-lo. Não sabia por quê, mas sentia que era importante tocar o bastão, sentir como é quando ele nos atinge — um material preto, rígido, desagradável, ela relata a Avram, e Avram engole em seco, olha para longe —, e Ofer acrescentou ainda mais um pouco de borracha em torno do corpo do bastão, então o porrete estava pronto, e então ele fez o *gesto*, ela diz, mostrando como Ofer bateu o porrete três vezes na palma aberta da outra mão, como que avaliando sua força, do que o porrete era capaz, e meio que um pouco na brincadeira, como se faz com um animal perigoso cujo adestramento apenas começou.

Esse foi um momento difícil, ela diz, quando vi Ofer sentado fazendo um porrete para si.

Para mim era importante que você soubesse, ela cerra os lábios, e Avram anui, confirmando ter aceitado também isso dela.

Onde eu estava?

Abraços, ele a lembra, e naquele restaurante. Ele adora a maneira como ela de vez em quando pergunta, onde eu estava? Uma moça desleixada, sonhadora e distraída espia nessas horas de dentro dela.

Sim, ela suspira, e então, no restaurante, estávamos comemorando o aniversário de Adam, e a verdade é que até o último momento não achávamos que os dois viriam para casa naquele Shabat. Adam estava nos reservistas, na Bik'ah, e Ofer, em Hebron, e nem estava programado que ele saísse nos fins de semana. Fizeram uma surpresa para ele e o liberaram para vir, havia uma carona até Jerusalém e ele chegou em casa tarde e estava bem cansado, e mesmo no jantar houve momentos em que ele deu umas cochiladas, tinha tido uma semana muito dura, só depois é que ficamos sabendo, ele mal se entendia de tão cansado.

Avram a observa, com ar de expectativa.

Era uma noite bonita, ela diz, omitindo estrategicamente o súbito mal-estar que fez com que praticamente não comesse nada em toda a refeição, e depois eu quis que todos fizéssemos um brinde a Adam, ela prossegue no mesmo tom tenso e contido — com a esperança de ter conseguido estabelecer e assentar em Avram o fato concreto do cansaço abissal de Ofer, sua principal linha de defesa nos esclarecimentos e questionamentos posteriores, e nas intermináveis discussões entre ele e ela —, e sempre, nessas ocasiões festivas, fazemos um ritualzinho de brindes —

Ela hesita novamente: todas essas nossas ocasiões familiares, dizem seus olhos, todos os nossos pequenos rituais, isso machuca você? E os olhos dele sinalizam: continue, vá em frente. E Adam, como sempre, ela diz, nos proibiu de brindar, é proibido fazer isso em local público, na frente de estranhos. Nisso ele é muito parecido com Ilan. Avram sorri e diz: quer dizer, que Deus os livre e guarde de serem ouvidos por todas aquelas pessoas que reservaram mesa perto de vocês com um mês de antecedência só para ouvir o brinde? Exatamente, ela concorda — pronto, ela vai aos poucos relaxando —, mas naquela noite Adam de repente disse, eu topo, mas é o Ofer que tem que fazer o brinde. Eu e Ilan dissemos imediatamente, tudo bem, ficamos tão surpresos por ele ter concordado. E eu penso que o meu brinde eu faço depois, quando estivermos sozinhos com ele, ou escrevo um cartão, sempre escrevi cartões para ele, na verdade para todos, para os três, pois eu penso, pensava, que toda ocasião como essa era uma oportunidade de concluir coisas, ou concluir uma época, e eu sabia que ele guardava os meus cartões —

Escute, ela diz, você reparou que nós estamos falando de verdade?

É o que os meus ouvidos dizem, ele responde.

Vamos ter de percorrer o país inteiro três vezes para darmos conta de tudo.

Não é má ideia, diz Avram.

Ela se cala.

Onde eu estava?, Avram diz depois no lugar dela, e ele próprio responde: o restaurante. O brinde de Ofer.

Ah, o aniversário.

E mergulha em si mesma. Aquele fim de semana, os últimos momentos da pequena e frágil felicidade. De repente parece-lhe que sabe qual é a coisa que está fazendo ali, todos esses dias. Pranteando diante dele a família que um dia foi, que não será nunca mais.

Então Ofer apoiou a cabeça entre as mãos, pensou em silêncio por alguns momentos, não se apressou. Ele é sempre um pouco mais lento que Adam, ela acrescenta: de modo geral, ele tem algo de mais pesado, mais sólido, nos gestos, na fala, e também no olhar. Geralmente, mulheres desconhecidas que os veem acham que ele é mais velho que Adam. E ali, no restaurante, foi tão bonito, a forma séria como ele atendeu ao pedido do irmão, solene.

Então disse que antes de tudo queria dizer como era bom ser o irmão mais novo de Adam, e como em anos recentes, desde que estava no colégio onde Adam tinha estudado, e mais ainda, desde que estava no mesmo batalhão em que Adam tinha servido, tinha aprendido a conhecer Adam também por meio de todos aqueles que o conheceram, os professores, os soldados e oficiais, e que no começo isso o deixava irritado, que todo mundo o chamava de Adam por engano, e se relacionava com ele somente na qualidade de irmão caçula de Adam, mas agora —

É sério!, disse Ofer com sua voz lenta, rouca, profunda, pessoas vinham constantemente falar comigo sobre você, que cara incrível você é, que amigão, e como você sempre tomou iniciativa, e todo mundo conhecia o seu senso de humor, e cada um do batalhão tem alguma história de como você o ajudou, como você o incentivou quando ele estava desanimado —

Esse é o Adam?, Avram busca cautelosamente esclarecer, você está falando do Adam, não é?

Sim, ela ri, para nós isso também foi meio novidade, esse lado dele. Ilan até disse que Ofer estava destruindo impiedosamente a reputação que Adam levara anos de esforço para construir em casa.

Ou o "bingo" que você inventou, brincou Ofer, que até hoje, no colégio, é chamado pelo seu nome.

O que é isso?, meteu-se Ilan.

Escolhem-se sete palavras, explicou Ofer, palavras absolutamente improváveis que algum professor diga em classe, por exemplo — "pizza", ou "dançarina do ventre", ou "esquimó", e quando a aula começa, todos já estão sentados com essas palavras anotadas, e precisam fazer perguntas ao professor, perguntas bobas, que pareçam estar relacionadas com o tema da aula, de modo que o professor, sem perceber, diga todas essas palavras durante a aula.

Ilan se debruça para a frente com um brilho nos olhos, e seus dedos se cruzam lentamente: e o professor não sabe nada sobre isso, é óbvio.

Nada, sorri Adam, ele fica muito satisfeito porque os alunos de repente estão tão interessados na sua aula monótona.

Uau!, exclamou Ilan olhando Adam com ar de admiração, eu criei uma cobra venenosa!

Adam curvou a cabeça em sinal de modéstia. Ofer sorriu para Ilan: "Lampejo criativo", hein? E Ilan confirmou, e bateu seu ombro contra o ombro de Ofer. Orah ainda não tinha entendido totalmente as regras do jogo, e da parte que tinha entendido não havia gostado. Estava impaciente para retornar às coisas que Ofer começara a dizer a Adam.

E quem ganha?, perguntou Ilan.

Quem conseguir, por meio das suas perguntas, fazer o professor dizer o maior número de palavras da lista.

Ahá, Ilan fez um movimento de cabeça, o.k. Dê um exemplo de como você faz o professor dizer uma das palavras.

Mas o Ofer estava para dizer alguma coisa a Adam, lembrou Orah.

Dá um tempo, mãe, Ofer disse, entusiasmado, é uma coisa realmente fora de série: vamos lá, escolhe uma palavra.

Você escolhe, disse Adam.

Mas eu não posso escutar, riu Ilan, eu sou o professor.

Os rapazes confabularam, cabeças grudadas, caíram na risada, e decidiram.

Mas é uma aula de história, Adam acrescentou o detalhe.

Então vamos examinar o caso Dreifuss, decidiu Ilan, ainda me lembro um pouco disso.

Ilan começou contando acerca do oficial franco-judeu acusado de traição, e Ofer e Adam o bombardearam imediatamente com perguntas. Ele contou sobre o julgamento, sobre como foram silenciados aqueles que tentaram defender Dreifuss, sobre a condenação. Eles se interessaram mais pela família de Dreifuss, sobre os hábitos dela, suas vestimentas e comidas. Ilan se ateve ao conteúdo da aula e evitou quaisquer ciladas. Theodor Herzl apareceu na plateia na cerimônia de humilhação pública de Dreifuss. As perguntas foram ficando mais frequentes. Orah recostou-se e ficou observando-os, o que foi percebido pelos três, que então intensificaram a brincadeira. Dreifuss foi preso e exilado para a Ilha do Diabo, Émile Zola escreveu o manifesto *J'accuse!*, Esterhazy foi capturado e condenado e Dreifuss foi solto, mas os rapazes estavam mais interessados em Herzl. *O Estado judeu* foi publicado, e em seguida vieram os encontros de Herzl com o sultão turco e com o kaiser alemão. Ilan se curvou para a frente, lambeu o lábio superior e seus olhos estavam radiantes. Os rapazes se postaram um de cada lado, como dois jovens lobos fechando o cerco em torno da presa. Orah sucumbiu e também está excitada, mas não estava absolutamente claro quem ela queria que ganhasse. Seu coração pendia para os filhos, mas algo dentro dela reagiu contra o entusiasmo feroz que ela via agora nas suas faces, e ela sentiu compaixão pelo tom grisalho novo, tênue, que aos poucos começava a tomar conta das têmporas de Ilan. O Primeiro Congresso Sionista teve lugar na Basileia, o jornal *Altneuland* foi publicado. A Grã--Bretanha sugeriu aos sionistas criar um Estado numa enorme área de terra em Uganda, "Uma terra que seja benéfica para a saúde dos brancos", lembrou-se Ilan da época de colégio, e Adam perguntou como seriam as coisas se a sugestão tivesse sido aceita: toda a África seria dominada por um zelo frenético se os judeus tivessem chegado e começado a revirar tudo com seu nervosismo hiperativo; e estejam seguros, acrescentou Ilan, entusiasmado, que em meio minuto já haveria um antissemitismo profundo e arraigado. Seríamos então obrigados a ocupar a Tanzânia — e também o Quênia e a Zâmbia, brinca Ofer —, é óbvio, só para nos defendermos do ódio deles; e também para introduzir neles amor por Israel e um pouco de *yidishkeit* com sopa de galinha, e Adam rolou de rir. Para não mencionar o *guefilte fish*, brincou Ilan, e os rapazes saltaram e gritaram juntos: Bingo!

Os pratos principais chegaram. Orah se lembra de cada prato servido naquela noite, o filé de Adam, a coxa de ganso de Ilan, o *steak tartar* que Ofer devorou. Ela se recorda de que seguidamente seus olhos se voltavam para a porção de carne crua no prato de Ofer, e que tinha saudades da longa época em que ele fora vegetariano, saudades do Ofer vegetariano em geral. E que nas semanas e meses seguintes, em noites de insônia e dias de pesadelo, ao repassar no seu íntimo, momento após momento, os fatos daquela noite, perguntou-se mais de uma vez o que realmente se passara na cabeça de Ofer ao comer o *steak*, ou durante aquele jogo de bingo, e se de fato ele não se lembrava de nada — afinal, falou-se abertamente em ocupação, em ódio, e até se mencionou a detenção e liberação de pessoas, e também se falou, por Deus, em calar pessoas. Como era possível que nenhum sinal de alarme houvesse tocado dentro dele? E como não lhe tinha ocorrido nenhuma associação de ideias, por mais vaga e nebulosa que fosse, entre tudo aquilo e, por exemplo, um velho, de boca amordaçada, preso dentro de uma geladeira no porão de uma casa em Hebron?

Ele simplesmente estava muito cansado, ela volta a murmurar sem conexão com nada. Seus olhos já estavam semifechados e ele quase não sustentava a cabeça em pé, não tinha dormido por dois dias inteiros, e também as três cervejas que tomou, porém a animação do jogo de alguma maneira o manteve acordado.

Houve um momento, ela pensa, em que ele pareceu se lembrar. De repente pediu o celular de Adam dizendo que queria ligar para o exército. Ela ainda consegue vê-lo: ele segura o telefone. As sobrancelhas se movem. A testa se franze. Ele tenta, em meio ao cansaço, captar alguma coisa. Mas então olhou para o visor do aparelho e se entusiasmou com alguma nova função que não conhecia. E Adam lhe mostrou como funcionava.

Ela disse, você não terminou seu brinde ao Adam, Ofer.

Considere-se liberado disso, disse Adam atacando o filé.

Não é justo!, Orah reclamou, ele ainda não disse nada!

Só se ele quiser, e sem violinos!, Adam advertiu o irmão.

Ofer voltou a ficar sério. Sua face alternava ligeiras expressões de suavidade e dureza. Os lábios generosos, bem desenhados — lábios de Avram —, moviam-se inconscientemente. Ele soltou o garfo. Orah percebeu uma troca de olhares divertidos entre Adam e Ilan: atenção, diziam os olhares, preparem seus lenços.

A verdade, disse Ofer, é que eu não tenho a mínima ideia de como teria me arranjado sem a sua ajuda, e sem que você tivesse cuidado de mim numa série de situações ruins, que nossos pais nem ficaram sabendo.

Foi uma surpresa. Orah se aprumou, rígida, e também Ilan. Pois nós só conhecíamos a situação inversa, ela diz, só Ofer cuidando de Adam. E de repente ele pareceu abrir uma fresta para todo um mundo do qual não tínhamos conhecimento, e que eu sempre, apesar de tudo, esperava que existisse, entende? Você está me entendendo?

Avram faz um ostensivo sinal afirmativo. Seu lábio inferior rodeia toda a boca.

E vi Adam baixando os olhos, conta Orah, e ficando corado, no pescoço, e eu soube que era verdade.

E eu acho, disse Ofer, que não existe ninguém no mundo que me conheça como você, que saiba das minhas coisas mais íntimas e particulares, e que sempre, desde o instante em que eu nasci, sempre fez só coisas boas para mim.

Adam permaneceu calado. Não fez nenhum comentário, não soltou nenhuma piada. Orah tinha a impressão de que ele queria muito que ela e Ilan ouvissem essas coisas.

E não há ninguém no mundo em quem eu confie como confio em você, nem ninguém que eu valorize ou ame como você. Não há.

Orah e Ilan baixaram a cabeça, para que os filhos não vissem seus olhos.

Mesmo que sempre tenha ficado nervoso com você, especialmente quando você vinha me dar todo tipo de sermão, ou dava risada do meu gosto em música.

Guns n' Roses não é música, resmunga Adam, e Axl Rose não é cantor.

Mas eu não sabia disso, e como fiquei com raiva de você quando estragou o meu prazer de ouvi-los, e no final vi que você tinha razão. E assim você me fez melhorar num monte de coisas, prosseguiu Ofer, e me protegeu de um monte de bobagens, e mesmo você não sendo um irmão dos mais brigões, daqueles com os quais a gente pode ameaçar os outros garotos que batem na gente, dizendo que ele vem aí para quebrar a cara de todo mundo, mesmo assim eu sempre senti que tinha apoio, que você não deixaria que ninguém me fizesse nada de ruim.

Ofer enrubesce, como se só agora tivesse percebido como havia se permitido abrir seu coração.

Fez-se um prolongado silêncio. Todos estavam de cabeça baixa. Eles haviam tocado a raiz da questão. Orah conteve a respiração, rezando para que Ilan não tentasse fazer nenhuma brincadeira nesse momento. Que nenhum deles cedesse à tentação de pôr em ação sua veia cômica.

Saúde!, disse Ilan baixinho, saúde para a nossa família. Ele tinha lágrimas nos olhos, e deu a ela um olhar de reconhecimento, de gratidão, e ergueu a taça para ela.

Saúde!, disseram Adam e Ofer, e para sua surpresa, os dois também a olharam diretamente, erguendo as taças para ela. Saúde para a nossa família, acrescentou Ofer baixinho, e seus olhares se cruzaram numa frequência que jamais tinham compartilhado antes, e por um momento ela pensou — ele sabe.

Depois disso, conta Orah, ele se sentou um pouco rígido, como que espantado com seu próprio discurso, e voltou a apoiar a cabeça entre as mãos, assim, e então Adam se virou para ele e o abraçou, um abraço de verdade, com os dois braços — Avram consegue ver, ele vê os dois —, e como Adam é pequeno perto de Ofer, Ofer praticamente o envolveu naquele momento, e a cabeça de Ofer estava curvada, assim.

Ela se recorda: sua bela cabeça, bem formada. Naquela época ele ainda não raspava careca. Sua cabeça, com o cabelo com risca no meio, feita com tanto cuidado quando ele cortava o cabelo. Nesse momento tinha-se a impressão de que Adam estava cheirando o cabelo de Ofer, como costumava fazer quando Ofer era bebê e acabava de tomar banho.

A cabeça de Orah refaz inconscientemente aquele gesto e se aninha em seu próprio ombro.

Eu e Ilan ficamos olhando os dois, e eu tive uma sensação, talvez Ilan também tenha tido, eu nunca lhe perguntei isso —

Que sensação?, pergunta Avram.

Quando eles estavam abraçados, de repente eu soube, de corpo e alma, que mesmo quando Ilan e eu não existirmos mais eles permanecerão juntos, não se afastarão um do outro, não se desligarão, não perderão contato e, se houver necessidade, ajudarão um ao outro. Eles serão *família*, você entende?

A boca de Avram se estica mais e mais para os lados num torturado sorriso.

O que há de ser, Avram?, ela lhe dá um olhar dilacerado, o que há de ser se ele —

Conte, Avram quase berra, conte-me sobre ele.

A volta do restaurante para casa foi ótima. Todos estavam satisfeitos, moles e relaxados. Os rapazes cantaram no carro uma música do grupo Monty Python, que falava de um lenhador que só pensa em sexo e gosta de se vestir de mulher, e Orah fez questão de notar que estava ocorrendo um caloroso desvio do usual puritanismo deles, como que confirmando que aos seus olhos os pais já podiam ser considerados adultos, pelo menos tão adultos quanto eles; no assento traseiro ficaram os dois batucando nos joelhos, na barriga e no peito — o peito largo de Ofer produzia um eco denso, como de um tambor, que a excitou —, depois ficaram confabulando para resolver em que bar iriam, e Orah e Ilan se espantaram por eles ainda terem energia para sair numa hora tão avançada, ainda mais para beber, pois Ofer mal conseguia manter os olhos abertos, e Ilan apenas pediu que não fossem juntos ao mesmo bar, lembrando-lhes que no mês anterior haviam detido numa entrada de um bar em Jerusalém um terrorista com um cinturão de explosivos; Adam e Ofer puseram a mão sobre o coração e prometeram com expressão grave que se separariam, que Ofer iria a um bar chamado Esperança do Mártir e Adam a uma boate chamada Mártires do Hezbolah; depois, disseram eles, vamos marcar um encontro na praça Setenta Virgens, e dar uma circulada pela cidade, especialmente nos locais atulhados de gente, e tentar ficar perto das pessoas com traços de Oriente Médio e olhar feroz.

No dia seguinte, às oito da manhã — Adam e Ofer ainda dormiam, pelo jeito tinham voltado apenas ao amanhecer —, ela e Ilan estavam na cozinha, ainda desfrutando os ares da noite anterior, aprontando-se para o costumeiro passeio matinal, mas antes de saírem deixaram preparada para os rapazes uma magnífica salada, e *jachanun* e ovos cozidos e molho de tomate, para que comessem ao acordar. Descascaram e cortaram tudo, conversando em voz baixa sobre a noite da véspera, sobre as coisas que Ofer dissera a Adam, sobre o raro abraço. De repente, ouviram uma leve batida na porta, e imediatamente em seguida um som de campainha, firme, não familiar.

Ilan e Orah trocaram um olhar. Não fazia sentido e, no entanto, aquele som, àquela hora no sábado, só podia ter um único significado. Orah pousou a faca sobre a mesa e olhou para Ilan, e Ilan olhou para ela, e seus olhos se arregalaram; um lampejo de expressão insana, quase inumana, percorreu os dois. Tudo ficou mais lento, até finalmente congelar. Congelou-se inclusive a noção clara de que Adam e Ofer estavam em casa — afinal não os vimos a noite inteira, uma noite dessas é muito, muito tempo em Israel, talvez tenha acontecido algo, talvez tenham sido chamados com urgência de volta ao exército, nós nem sequer ouvimos o noticiário, como é que nem lembramos de ouvir as notícias.

Os olhos de Orah procuraram o chaveiro do carro, que Adam havia levado à noite. Parecia-lhe ter visto as chaves perto da entrada, mas talvez fosse outra chave. Outro toque impaciente. Eles estão em casa, os dois estão em casa neste momento, insistiu Orah obstinadamente, estão dormindo, isso não pode ter de jeito nenhum alguma relação com eles. Talvez tenham esquecido os faróis do carro acesos, e algum vizinho veio avisar. Talvez até tenham arrombado nosso carro — tudo bem, até aceito, estou pronta para isso; ouve-se mais uma batida forte, e nenhum dos dois se move, como se quisessem ocultar sua existência.

Tudo de repente adquiriu a estranha qualidade de um ensaio geral, como se estivessem treinando e praticando para algo que sempre estivera à espreita, mas sem ainda estarem aptos a representar seus papéis. Ilan apoiou uma das mãos sobre a pia. Ela viu o quanto ele tinha amadurecido, envelhecido até, nos últimos anos, nos anos em que os rapazes estiveram no serviço militar. Sua expressão estava desanimada, quase derrotada, e Orah pôde ler nela o que ele estava pensando. Que acabava de ser destruída a doce ilusão na qual tinham vivido até agora; a sua célula clandestina particular explodira; durante vinte anos eles caminharam no ar acima do abismo, e sempre souberam que estavam caminhando sobre o abismo, e agora cairiam, cairiam para sempre, a vida tinha acabado, tinha acabado a vida tal como era.

Ela quis chegar perto dele, para que ele a abraçasse, a acolhesse, como sempre, sob seus ombros, e não conseguiu se mexer. Ouve-se mais uma vez o som irritante da campainha, e Orah experimentou momentaneamente uma sensação peculiar, a fusão de duas dimensões fundamentalmente distintas da realidade: numa, Adam e Ofer dormindo tranquilamente em suas camas, na outra, alguém do exército vindo informá-los sobre um dos dois. E as duas dimensões eram concretas, e não se contradiziam mutuamente, e ela ouviu Ilan murmurar, vá abrir, por que você não abre? E Orah respondeu com uma voz que não era dela, mas eles estão em casa, os dois, não é mesmo? E ele deu de ombros com submissa infelicidade, como se dissesse, mesmo que agora estejam em casa, por quanto tempo conseguiremos protegê-los? E de repente ocorreu a Orah, mas qual dos dois? E sua mente embaçada sentiu penetrar a memória do sorteio, pegue um chapéu, ponha dois pedacinhos de papel, escreva os dois nomes, o que foi que saiu? E Orah foi abrir a porta e, para seu horror, lá estavam dois rapazes de farda, dois policiais do exército muito jovens e muito constrangidos, e o olhar dela passou por cima de ambos, em busca do médico que sempre acompanha a equipe encarregada da má notícia, mas ali estavam só os dois. Um deles tinha sobrancelhas longas e grossas, pareciam uma suave escova, ela notou, sempre os detalhes pequenos e triviais, absolutamente supérfluos para a sobrevivência, aqui neste país são necessários instintos mais aguçados; o outro, com o rosto ainda cheio de espinhas adolescentes, segurava na mão algum documento impresso com uma enorme assinatura, e perguntou se Ofer estava em casa.

Duas mulheres, mais ou menos da minha idade, uma baixinha, a outra alta. A baixinha é israelense, a alta é holandesa e chegou aqui há trinta anos, se apaixonou por Israel e ficou. Eu tomo café com elas no campo. Elas me dizem que são as melhores amigas uma da outra.

Idit: Eu sinto saudades da minha vitalidade de quando era jovem... Eu adoro dançar, não essas danças em fila! Não dança em grupo! Não, para mim, grupos... Danço danças que eu mesma crio, e fico louca de ver que à medida que eu fico mais velha, aquela coisa de ir até o fim numa dança meio que acabou para mim. O corpo também não é mais o que era, e tenho autocrítica demais. Em geral, fico na frente do espelho e me sinto bem bonita por dentro, mas por que o meu espelho defeituoso me mostra algo tão diferente? E eu digo para a cabeleireira, me faça um cabelo ondulado, como se usava na época das atrizes românticas. E aí olho e percebo — basta, nunca mais vai ser assim, não dá mais para me transformar nisso.

Lami: Eu penso mais uma coisa, é que as crianças costumavam ser mais simples. Não como hoje. As crianças eram simples.

Idit: E também tenho saudades da época em que estive apaixonada pelo meu marido. Foram sete anos em que eu parecia estar ligada de Prozac. Ainda sou louca por ele, mas agora é de outras partes. Agora é mais aquela coisa de amizade entre nós, e é bom, é ótimo, mas naquela época parecia uma droga. Uma droga mesmo.

E do que vocês se arrependem?

Idit: Eu não me arrependo de nada.

Lami: Não é verdade, e a viagem?

Idit (rindo): Está vendo, ela me conhece melhor do que eu mesma... O.k.: o que eu mais gostaria de completar é o elo perdido na minha vida. É eu não ter pegado uma mochila depois do exército e saído pelo mundo, nunca tive a minha grande aventura na vida. Aquela coisa de andar totalmente livre e ver a criação de Deus, que é este mundo. É isso aí, agora você, Lami, diga como é com você. Vamos ouvir uma vez do que você se arrepende.

Lami: Se eu me arrependesse, seria como reconhecer que fiz alguma coisa ruim.

Idit: Mesmo assim.

Lami: Vou dizer uma coisa que eu mesma tenho dificuldade de escutar: eu me arrependo do dia em que resolvi vir para Israel.

Idit: O quê?!

Lami (assustada): Então toda a minha vida aqui foi o quê? Estou desistindo de todos os meus anos aqui, de todo meu eu aqui?

Idit: Mas, Lami!

Lami: Um momento, espere aí, veja, de um lado eu não me permito dizer isso, *mas se olho toda a minha vida aqui, e todas as guerras, eu digo a mim mesma que o fato de ter vindo para cá há trinta anos me deu tanta dor e dificuldade, e a vida é tão dolorosa.*

Idit: Eu realmente...

Lami: Mas a vida é uma só, não é? E aqui com vocês é tudo tão difícil.

Idit: Eu não... Não sei o que dizer para você. Simplesmente... E o que você quer dizer com "com vocês"?

(Aqui parei de escrever. Não fiquei mais à vontade. Lami tentou amenizar o que tinha dito e recordou coisas boas, e as pessoas que ela tem aqui e que jamais poderia ter na Holanda, mas Idit ficou sentada quieta. E mesmo que depois tenhamos continuado a conversar sobre outras coisas, já não foi mais como antes.)

O homem do rio Kadesh deixou algumas linhas em branco até o fim da página, e Orah espreme nelas algumas frases com letra miúda:

Milhares de momentos e horas e dias, milhões de atos, infinitas ações e tentativas e erros e conversas e pensamentos, tudo para fazer um ser humano no mundo.

Ela lê para Avram o que acabou de escrever. Avram imediatamente diz, ele vai ficar bem, você vai ver, nós estamos fazendo com que ele fique bem.

Você realmente acha isso?

Eu acho que você sabe exatamente o que fazer, sempre. Após uma pausa, ele diz, me mostre isso aí um momento. Ela lhe passa o caderno. Ele pega com cuidado e lê para si mesmo, num sussurro: "Milhares de momentos e horas... infinitas ações... erros... tudo para fazer um ser humano no mundo". Ele coloca o caderno sobre os joelhos e olha para Orah, uma nuvem de leve temor encobre seus olhos.

E acrescente mais uma frase, ela diz sem olhar para ele, passando-lhe a caneta: *"Um ser humano, que é tão fácil de destruir"*. Escreva.

Ele escreve.

Vamos ver agora os parênteses dentro de parênteses. Você sabe como fazer isso?

A gente começa com os parênteses e passa para os colchetes?

Vamos fazer conforme o exemplo. Eles dão um exemplo aqui.

Mas é um monte de números... Por que você não faz logo para mim?

Como é que você vai aprender se eu fizer para você?

Você não tem pena de um pobre garoto?

Chega, pare de bancar o espertinho. E sente-se direito, Ofer, você está quase se arrastando no chão.

Eu não sei nem ler isso!

E pare de choramingar.

Já parei.

Acredite que eu tenho coisas suficientes para fazer além de lhe ensinar parênteses dentro de parênteses.

A alcachofra já está pronta?

Espere mais um pouco, ainda vai levar um tempinho.

Esse cheiro me deixa louco.

Pelo menos limpe a mesa já que você resolveu fazer a lição na cozinha. Você vai sujar o caderno todo. Até que página você precisa?

Cento e sessenta e um. É uma prova enorme. Nunca vou conseguir passar.

Sossegue. Vamos primeiro dar uma olhada nessas equações. Leia. Então, não fique só olhando.

Ufa!...

Eu não ufo nada. Vamos, leia!

"O que — separa — o — 2x — do — 3."

E então, o que separa? Largue o bolo!

Como é que eu vou saber? Eu nem entendo o que está escrito. Isso não é hebraico!

Vamos, comece com os internos.

Mas o que é que faço com a porra desse 2x?

É multiplicado por três. Cada termo é multiplicado por três! Tente!

Que merda, outra vez o 2x.

Vamos tentar outra vez, mas sem ficar nervoso, tudo bem? E pare de comer o bolo! Você já acabou com metade dele!

O que é que posso fazer? Preciso ficar forte.

E agora abra o três menos o seu dois xis.

Meu? De repente ele é meu?

Seu, é seu mesmo, os meus estudos eu já terminei.

Fique sabendo que o meu cérebro está apodrecendo, e a culpa é sua.

Ofer, preste atenção. Não há nenhum motivo para você não fazer este exercício.

Há um motivo sim.

E qual é?

Que eu sou burro.

Você não é.

O meu cérebro não tem a parte que resolve exercícios.

Vamos lá, agora cale a boca, meu Deus, falar com você é como falar com um advogado! São só uns exercícios de —

Uns exercícios? Vai até a página 161...

Você já fez exercícios muito mais complicados. Você se lembra do que tivemos na semana passada?

Mas no final eu consegui resolver!

Claro que conseguiu. Quando você quer, você consegue tudo, vamos lá, vamos terminar direito com isso, e depois vamos fazer os problemas.

Ah, os problemas, que ótimo!

Eles riem juntos. A cabeça dele se esfrega no ombro dela, ele ronrona como um gato, e ela lhe faz agrados.

Aliás, alguém deu hoje comida ao Nicotina e lavou a tigela dele?

Sim, fui eu. Cafuné!

Ela faz novamente cafuné na sua cabeça.

Agora faça o exercício.

É assim que você agradece?

Preste atenção, você está outra vez fazendo depressa demais, você esquece de verificar.

Chega, mãe, eu não aguento mais, cadê o telefone?

Para que você quer o telefone agora?

Vou ligar pedindo socorro —

Muito engraçado. Concentre-se: no momento em que você entender o princípio de abrir parênteses, decompor os termos — do que você está rindo?

Sei lá, isso soa tão sacana, eu abro parênteses, ele introduz o termo na equação...

Os dois caem na gargalhada. Ofer deita-se no chão e sacode as pernas.

Basta, recomponha-se, menino. Assim não vamos chegar a nada.

Tenha pena de mim, mãe, eu sou um coitadinho, um bobo, um nada.

Quer calar essa boca?

Tudo bem, tudo bem, o que foi que eu disse de errado?

Agora trabalhe quieto, não quero ouvir uma palavra. Siga a sequência do livro.

E aí você me prepara a alcachofra?

Com prazer, ela já está cozida, eu acho.

Com molho de maionese e limão?

Sim.

E também — opa, desculpe, escapou. Foi um erro, um erro terrível...

Um pum não é um erro.

Então *xis* vale pum?

Ambos riem, riem muito.

Eu acho que estamos os dois saindo dos trilhos. Venha, vamos passar para os problemas.

Eu não quero problemas! Quero uma vida simples!

Foi você que assobiou?

Não fui eu, foi o papai, na sala.

Ilan, me faça um favor, pare de assobiar. Já é suficiente —

Isso mesmo, tira a nossa concentração.

E aí, ao trabalho.

Você vai ver que agora ele vem para a cozinha, e vai ficar dançando aí para fazer a gente rir...

Nem pensar!

Ele tem ouvidos de gato do mato, você se casou com um gato do mato.

Basta, pare de enrolar. Como você aborda esse problema?

Com cara de mau.

Tome cuidado, ainda está quente. Use isto aqui para pôr o molho. E não suje o livro.

Se multiplicamos um certo número por 4 e somarmos 2 ao resultado, obtemos 30. Como é que eu vou saber como se faz isso?

Pense: *xis* vezes 4 mais 2 dá 30.

Então eu sei! $4x + 2 = 30$.

Então?

Quer dizer que $4x$ é igual a 28. Quer dizer que xis vale 7! Aleluia! Gênio, gênio!

Ótimo. Sempre se lembre de passar para o outro lado. Sempre deixe o xis de um lado e os números do outro.

Realmente comecei a gostar disso.

Agora vamos passar para este exercício aqui. Também só tem uma incógnita.

Quem é essa tal de incógnita, posso saber?

Que tal calar a boca e fazer?

Você quer um pedaço do coração?

O quê? Você não quer o coração? É a parte mais gostosa!

Pode pegar. Um coração judeu quente e bom.

Basta, concentre-se.

Você já está no fim.

Você me ajuda também em estudos da Bíblia?

Bíblia é com o seu pai.

É o que ele também acha dele mesmo.

E passados alguns dias Ilan contou a ela que enquanto estava deitado na sala lendo jornal, ouvindo suas vozes chegando da cozinha, parou de prestar atenção no artigo para escutá-los. No começo, contou, conteve-se para não se levantar e ir até a cozinha e pôr um fim às estripulias de Ofer com todas as suas encenações, e obviamente também ficou irritado com a tolerância e a indulgência de Orah, e com a excessiva cumplicidade dela com o comportamento mimado do filho. Comigo, ele pensou, tudo teria levado no máximo dez minutos, e Ofer teria resolvido todos os exercícios há muito tempo. Mas sentiu que se ele se metesse os dois se voltariam contra ele, e possivelmente foi impedido pela sensação de que eles não queriam de jeito nenhum que ele os interrompesse, mesmo que estivessem discutindo e provocando um ao outro; por isso ficou ali deitado, só ouvindo, e sentiu — de corpo e alma — os milhares de atos e conversas e pensamentos e momentos e erros e ações, e a aglutinação lenta, paciente, gotejante de Ofer num ser humano, por meio das mãos dela. E soube que ele próprio não seria capaz disso, de sentar-se com Ofer e absorver durante um longo tempo sua frustração e seu derrotismo, suas pequenas agressões, e também não saberia como desviá-lo lentamente desse comportamento e conduzi-lo para a solução.

Orah escutou. Já era tarde da noite, os meninos estavam no quarto, ela e

Ilan estavam deitados abraçados no sofá, seus dedos brincando com o fino cabelo dela na nuca, os rostos grudados um ao outro. Ela disse, mas você participa tanto na criação deles, não conheço muitos pais que fiquem tão envolvidos na vida dos seus filhos. E ele disse, sim, mas quando ouvi vocês na cozinha, sei lá — e ela o interrompeu, todo jeito deles de pensar, e o senso de humor, e todas as coisas que eles sabem, e a presença de espírito deles, é tudo muito você. E ele disse, pode ser, não sei, certamente é de nós dois, parece que é a combinação de nós dois. Ele buscou a mão dela, os dedos se entrelaçaram. É que eu sempre sinto que as coisas que dou para eles, eles receberiam de qualquer maneira, receberiam da vida, de outras pessoas, mas aquilo que você lhes dá — e os dedos da sua outra mão fizeram no ar um gesto pouco habitual para ele, como que revolvendo uma massa.

E Avram olha os dedos de Orah, e eles repetem inconscientemente o pequeno gesto de Ilan, revolvendo o ar, e ele é grato a ela, a Orah, por lhe permitir estar ali com ambos, e tocar a massa macia do seu dia a dia.

E Orah abraçou e envolveu Ilan, e meteu o joelho entre suas coxas para lhe agradar, e assim ficaram deitados, abraçados por um longo tempo; depois, Ilan sorriu por sobre a cabeça de Orah. Apesar de tudo — ele disse — apesar de tudo, eu teria feito ele parar com todas aquelas encenações muito mais cedo. E Orah riu dentro do pescoço de Ilan: tenho certeza de que sim, meu querido.

Ele suspirou das profundezas de seu coração e ela estendeu o pé e tocou levemente no pé dele, encorajando e confortando. Praticamente desde o início da noite estavam ali deitados na cama, despertos e calados. Vez ou outra um deles suspirava e as entranhas do outro se contraíam. Desta vez ele retribuiu com um toque, seus artelhos na concavidade do pé dela. Então ela gemeu baixinho, ele coçou o nariz, ela soltou uma sílaba fina, ele pigarreou delicadamente, ela deu início à sinuosa operação de se virar em torno de seu eixo, passando a enorme barriga ondulada de um lado para o outro. Em seguida, achegou-se a ele com ligeiros empurrões, movendo-se como um leão-marinho na areia da praia, até conseguir colocar a cabeça na reentrância de seu ombro, e aí perguntou, por que você não está dormindo? E Ilan respondeu, não consigo, e ela disse, você está tenso, e ele disse, um pouco, sim. Você não?

Ela não se mexeu no ninho que fizera para si no corpo dele, mas não estava mais lá. Só me diga uma coisa, ela falou. Você por acaso não está pensando em dar outra fugidinha, está? E ele disse, não, claro que não! E ela disse, saiba que se desta vez você fugir não vai ter para onde voltar, não vai ser como da outra vez. Adam, dormindo, resmungou alguma coisa no quarto ao lado e Ilan pensou em como a voz dela sempre costumava ser animada com ele; ninguém mais se entusiasmava tanto com sua chegada, com a alegria e a confiança e a inocência de uma criança. E ao se acender ante a recepção calorosa dela, ele sentia que era quase a pessoa que queria ser, e mais que isso, acreditava poder ser aquela pessoa, pelo simples fato de Orah acreditar nisso. Ele murmurou, eu fico, Orah, não saio daqui, por que você chegou a pensar nisso? E ela, como se não o tivesse ouvido, prosseguiu no mesmo tom de voz cheio de nós, porque comigo você pode fazer esse número de novo, eu aguento, mas isso vai acabar com o Adam, destruí-lo, e eu não vou deixar.

E Ilan disse mais uma vez que ficaria, mas parou de acariciar seu ombro, e Orah permaneceu deitada imóvel, e mediu com a pele a distância até a mão dele, que pendia mole acima de sua cabeça. E Ilan pensou, faça carinho nela, toque-a. E Orah esperou mais um pouco, depois juntou seu corpo pesadamente, e virou-se para o outro lado.

Mais tarde, na onda de medo seguinte, novamente se encontravam abraçados, a barriga dele prensada contra suas costas, a cabeça dele enterrada na sua nuca. Eu estou com medo dele, murmurou Ilan dentro dos cabelos de Orah. Você está entendendo? Com medo de um bebê que ainda não nasceu.

O quê? Diga, fale comigo.

Não sei, eu sinto como se ele já tivesse uma personalidade totalmente formada, madura.

Sim, Orah sorriu intimamente, eu também sinto isso.

E que ele sabe de tudo.

De tudo o quê?

De mim. De nós. Do que aconteceu.

Os dedos apertaram seu antebraço. Você não fez nada de ruim para ele. E só fez o bem para Avram, sempre.

Eu tenho medo dele, sussurrou Ilan apertando-se ainda mais contra ela, e tenho medo do que vou sentir quando o vir pela primeira vez, e medo de que ele seja parecido com ele.

Ou pior ainda, Ilan pensou, que de alguma maneira ele seja parecido com vocês dois. Que seja uma mistura sua e dele. Que toda vez que eu olhar para ele, veja o quanto eles são parecidos.

Ela pensou no pequeno Adam, que não se parecia nem com ela nem com Ilan e, incrivelmente, às vezes tinha algo de Avram na expressão e no olhar.

Diga, ele sussurrou na sua nuca, você não acha que é preciso contar a ele alguma coisa sobre o pai? Para que ele saiba de onde vem?

Eu conto o tempo todo.

Como?

Quando não consigo dormir.

Você fala com ele?

Eu penso nele.

Em quê?

No Avram, em nós, para que ele saiba.

Seus dedos se enfiaram entre os cabelos dela e ela enterrou a cabeça mais fundo na palma de sua mão. O forte cheiro do seu couro cabeludo havia se intensificado ainda mais durante a gravidez. Ilan adorava esse cheiro, mesmo sendo um tantinho desagradável, talvez justamente por ser assim, cru, não elaborado, paisano, o simples aroma do seu corpo. Aqui é o lar, ele pensou, sentindo uma ligeira agitação nas entranhas.

Ela sorriu levemente. Pressionou o traseiro contra ele: no segundo colegial, se não me engano, escrevi para ele numa carta que sentia que mesmo que não fôssemos namorados, casal, como ele queria, ainda assim estaríamos juntos por toda a vida, não importava como, mas sempre estaríamos. E ele, bem depressa, me mandou um telegrama, você lembra, aqueles gritogramas dele — Ilan riu na sua nuca —, dizendo que desde que tinha recebido a minha carta estava andando com uma rosa na lapela, e quando perguntavam qual era o motivo da comemoração, ele dizia, eu me casei ontem.

Eu me lembro, disse Ilan, uma rosa vermelha.

Os dois silenciaram. Ela lambeu delicadamente os dedos dele. Desde que Avram voltara, nem mesmo as unhas eram algo de existência garantida.

Eu quero que a gente viva, Ilan.

Sim.

A nossa vida, quero dizer, sua e minha.

Claro que sim.

Eu quero sair já desse túmulo.

Sim.

Nós dois.

Sim.

Você e eu, quero dizer.

Sim, é claro.

Que a gente comece a viver.

Orah —

Não se pode pagar a vida inteira por um único momento.

Sim.

E por um crime que não cometemos.

Sim.

Não cometemos crime nenhum.

Certo.

Você sabe que não cometemos nenhum crime.

Sim, com certeza.

Por que eu não acredito em você?

Devagar virá, virá devagarinho.

Me abrace, forte, com cuidado.

Ela pegou a mão dele e a colocou sobre sua barriga. A mão se retraiu, mas, envergonhada pelo seu recuo, subiu novamente barriga acima até chegar mais alto do que pretendia. Orah ficou deitada, imóvel. Sentia que havia feito brotar peitos enormes nos últimos meses, frutas tremendas, hipopotâmicas, caricaturas do que haviam sido. Ficava inquieta quando ele os tocava. A pele estava esticada a ponto de doer. Se pressionado, o peito explodiria. Ela tirou a mão dele e a colocou novamente sobre a barriga: aqui, sinta aqui.

Isto?

É.

É mesmo ele?

Os dedos compridos de Ilan percorreram cuidadosamente sua barriga. Desde que tinham transado no barracão, desde que voltara a morar com ela e com Adam, não fora capaz de transar novamente com ela, e ela não forçou, também se sentia confortável assim.

O que é isto aqui?

Um joelho, talvez um cotovelo.

Como vou conseguir amá-lo?, ele pensou, desesperado.

Às vezes eu não sei se vou ter amor suficiente para ele, ela disse. O Adam me preenche tanto que eu não sei como vou ter lugar no meu coração para mais um filho.

Ele se mexeu...

Ele se mexe assim o tempo todo. Não me deixa dormir.

Ele é forte, hein? Cheio de energia.

Ele é cheio de vida.

Eles falavam cuidadosamente. Durante todos os meses de gravidez disseram-se essas coisas simples. Às vezes, por meio de Adam, falavam do "bebê que está na barriga", tentando adivinhar coisas a respeito dele. Quando estavam sós quase não diziam nada, e a data marcada para o nascimento já tinha passado havia dez dias.

No fundo, pensou Ilan — ele pensava nisso toda noite durante os últimos meses —, neste momento há um pequeno Avram deitado conosco na cama, um Avram concentrado, condensado, que de agora em diante estará sempre conosco, não só como uma sombra, como mais ou menos já nos acostumamos, mas realmente um pequeno Avram, vivo, com os movimentos de Avram e o seu jeito de andar, talvez também com a cara dele.

Seu pai, Orah pensou no feto flutuando em seu interior e distraidamente pegou a mão de Ilan e fez com ela movimentos circulares sobre a barriga, seu pai uma vez me disse que aos doze anos ele fez uma promessa, que cada momento na sua vida seria cheio de interesse, excitação e significado, e eu tentei explicar a ele que isso é impossível, que não existe uma vida dessas, composta todo o tempo de auges e picos, e ele disse, você vai ver, a minha será.

E nós dois gostávamos de jazz, Ilan se lembrou e sorriu dentro do pescoço de Orah, íamos ao Bar-Baros, em Tel Aviv, escutar Araleh Kaminsky e o grego Mamelo Gaitanopoulos, depois, no ônibus de volta para Jerusalém, sentávamos sempre no último banco, repetindo, cantando toda a sessão, e as pessoas ficavam irritadas, e nós não estávamos nem aí.

Só conheci o seu pai aos dezesseis anos, refletiu Orah, agora talvez eu possa saber como ele era quando menino.

Ficavam deitados assim por um longo tempo, grudados, falando silenciosamente sobre Ofer.

Um dia, quando ele tinha mais ou menos cinco anos — Orah escreveu no caderno azul —, *Ofer parou de nos chamar de "papai" e "mamãe", e começou a nos chamar de Ilan e Orah. A mim, isso não incomodou, eu até gostei, mas vi que o Ilan ficava realmente incomodado. Ofer dizia, "Por que vocês podem me chamar pelo meu nome, e eu não posso chamar vocês pelo nome de vocês?". E Ilan lhe respondia uma coisa que eu lembro até hoje: "Só existem duas pessoas no mundo que podem me chamar de pai. Você sabe como isso é bacana para mim? E pense nisso: existem no mundo tantas pessoas assim que você pode chamar de pai? Não há muitas, certo? Então por que você quer abrir mão disso?". Vi que o Ofer estava muito atento e que isso significou alguma coisa para ele, e desde então sempre chamou Ilan única e exclusivamente de "pai".*

O que você está escrevendo?, pergunta Avram apoiando-se num dos braços.

Você me assustou. Achei que você estava dormindo. Está me olhando faz tempo?

Trinta, quarenta anos.

É mesmo? Não percebi.

Então, o que você escreveu?

Ela lê para ele. Ele escuta de cabeça baixa, pesada. Em seguida, ergue os olhos: Ele é parecido comigo?

O quê?

Estou perguntando.

Se ele é parecido com você?

E pela primeira vez ela lhe descreve Ofer em detalhe. O rosto aberto, grande, bronzeado, os olhos azuis, olhos ao mesmo tempo tranquilos e penetrantes, as sobrancelhas tão claras que quase não se veem, como ela tinha quando jovem; e as maçãs do rosto largas, um pouco sardentas, e o sorriso leve, irônico, que dissipa a gravidade da testa arqueada. As palavras rolam de dentro dela, e Avram as engole diretamente, e vez ou outra seus lábios se movem, e ela percebe que ele está repetindo em voz baixa as suas palavras, tentando torná-las suas, e então, pela primeira vez, ocorre-lhe que jamais elas serão realmente dele enquanto ele próprio não as escrever.

Ela está sem graça com o jorro fluente de palavras, mas não consegue se conter, pois é exatamente isso que necessita fazer agora, é isso que ela quer, descrevê-lo nos mínimos detalhes, e, acima de tudo, o seu corpo. Dar nome a cada cílio e a cada unha, e a cada expressão fugaz, e a cada movimento de sua boca ou de suas mãos, e às sombras que descem sobre sua face nas várias horas do dia, e a cada estado de espírito seu, e a cada um dos tipos de risada e de raiva e de perplexidade. A coisa é essa. Foi para isso que trouxe Avram consigo, para dar nome a todas as coisas e lhe contar a história de vida de Ofer, a história de seu corpo e a história de sua alma e a história das coisas que lhe aconteceram. Um momento, ela ergue o dedo, do que foi que eu me lembrei? Então — seus dedos parecem tocar um instrumento no ar, tentando tirar dele um abstrato lampejo —, lembrei justamente de uma coisa sua, mas o que foi?

Mas é claro!, ela ri, uma vez você teve uma certa ideia, você queria escrever uma história, no exército, um pouco antes de você começar a história do fim do mundo, você se lembra?

Sobre o meu corpo, ele sorri, agora uma risadinha débil, desfazendo, menosprezando.

E você pensou, ela não desiste, em escrever uma espécie de autobiografia, com cada capítulo dedicado a um membro do seu corpo —

Uma autobiografia, sim, senhora, que bobagem...

E você me deu para ler o capítulo sobre a sua língua, lembra?

Ele agita as mãos em protesto. Deixa pra lá, esqueça, era tudo besteira.

Era um horror, ela diz, uma difamação, não uma autobiografia. Puxa, Avram, se um dia você precisar de uma testemunha de bom caráter, não se convide.

Ele dá uma risada desagradável, falsa, como que querendo apaziguá-la sem realmente abrir mão de sua postura. Algo de chacal passa pelo fundo de seus olhos, lembrando-a de como ele podia ser injusto e cruel consigo mesmo quando era possuído pelos maus espíritos. De repente ela sente um anseio por ele, um anseio insuportável, uma saudade aguda e intensa dele, das suas multidões.

E ele diz: veja nós dois, já somos dois velhos.

E ela: é só não envelhecer antes de crescer.

Ele a olha longamente, como se lesse seus pensamentos. Um olhar firme e estranho, sem nenhuma má intenção. Ao contrário. Ela tem a impressão de que neste momento ele só tem coisas boas e suaves em relação a ela.

E diga, Orah —

O que é?

Posso me achegar um pouco a você?

Onde?

Não, não importa.

Um momento, espere! Você se refere a?

Não, só se você —

Mas você... Um momento, agora?

Não?

O corpo dela começa a se agitar e se remexer dentro do *sleeping*. Você quer dizer que —

Ele faz que sim com os olhos.

Aqui ou aí?

Avram se espreme para sair do seu *sleeping* e se levanta, enquanto ela abre o zíper e estende os braços na direção dele, vem, vem, não diga nada, vem logo, eu já estava achando que nunca mais. E ele vem e despenca, pesado e denso, e seus corpos estão rijos e desajeitados, envoltos em camadas demais de roupas e constrangimentos, e as mãos vacilam e resvalam e recuam, e a coisa não vai, logo se vê, não é isso, é um erro, eles não podem de jeito nenhum voltar a esse ponto, e ela também receia do que pode acontecer se esquecer de Ofer por um instante, se de repente ele ficar sem nenhuma proteção, e ela sabe exatamente o que se passa na cabeça de Avram — o criminoso volta ao local do crime, é isso que ele tem na sua mente tortuosa neste momento. Não pense, ela geme nos ouvidos dele, não pense em nada, e pressiona as têmporas dele com suas mãos, e Avram em cima dela, seus ossos pesados, sua carne, apertando seu corpo contra o dela com uma força tremenda, como que lutando para abrir caminho através de si mesmo antes mesmo de chegar a ela, mas ela também não está preparada, espere, espere, e afasta sua boca de seus lábios ávidos, espere, você está me esmagando.

E durante alguns instantes eles são como duas pessoas que se depararam numa conversa casual e estão tentando se lembrar, não da pessoa em frente, mas de si próprios, mas então, aqui e ali, por trás de um botão que se abre, um fecho que se solta, seus cheiros ficam mais intensos, e as línguas sentem os gostos, e uma mão escorrega os dedos entre a blusa e a calça, e de repente pele, quente e viva, como um choque elétrico, pele sobre pele, e eis aí uma boca, a boca de Orah, ávida, sugando, deixando-se ser sugada, e Avram geme, a boca de Orah, a sua amada boca, e só então ele se lembra e sua língua toca delicadamente nos lábios dela, experimentando, testando, maravilhando-se, e Orah imediatamente se imobiliza, não é nada, ela o lembra intimamente, são só dois milímetros, e no entanto algo ali está mais murcho, ele lambe, chupa levemente, com cuidado, com delicadeza, algo ali está adormecido, só isso, mas é quente, e é dela, é a dor marcada nela, ele pensa, e seu poder de cura cresce em seu interior, é ela, com tudo que ela é agora.

 A cadela corre em torno deles, ganindo, tentando enfiar o focinho entre ambos, farejando ansiosa, e depois, rejeitada, se afasta e se espalha no chão, não longe deles, de costas para eles, e um leve tremor de insulto eriça seu pelo. E a mão de Avram, bem aberta, apoia as costas de Orah, apertando-a e trazendo-a para si, espera, devagar agora, me dá a mão, me dá, mão no seio, mais macia e maior do que era, sim, ambos sentem isso, ela conhece o caminho da sua mão, os seus doces seios, ele cochicha no seu ouvido, ela entrelaça seus dedos nos dedos dele e juntos percorrem seu corpo, sinta, Avram, sinta, Orah, e tudo é mais largo e mais cheio, uma mulher, sim, pode tocar, que macio, você parece veludo, Oraleh, mame no meu peito. Um longo silêncio, mas justo então tanto ele como ela se desligam de lá, e pela cabeça de Avram voa Netah, onde está você, Netush, nós precisamos conversar, escute, nós temos o que conversar; e Orah, numa fração de segundo com Ilan, o toque de suas mãos, os ossos do seu pulso, a pele bronzeada esticada sobre os ossos, o poder que emana deles. Ela costumava passar o dedo na base de seus pulsos e sentia estar tocando uma pesada chave de ferro, o segredo de sua masculinidade. Mas também aquele sujeito, Eran, de repente salta à sua frente, com seus lábios que empalidecem de tanto desejo por ela, com suas súplicas febris e malucas, agora vista isso, agora ponha aquilo, como é que ele se atreve a se intrometer aqui agora, e então, para seu espanto, dois polegares longos começam a deslizar pelo seu corpo, acompanhados de lábios grossos, escuros, como ameixas, de onde eles surgiram, e ela tensiona todo o seu corpo na direção de Avram, vem, você, você, e Avram imediatamente responde, ele também retornou a ela de suas divagações, ela se lembra dele pelos seus sinais, o aperto firme, sua cabeça afundando dentro do pescoço dela, sua mão segurando delicadamente a cabeça dela como se fosse uma Orah bebê, cuja cabeça precisa ser protegida, e sua outra mão acaricia sua barriga, apegando-se a ela com dedos excitados, e ela sorri, a fome dele pela barriga de uma mulher macia, grande, abundante — sempre a sentiu nas pontas de seus dedos, quase podia adivinhar, desenhar, pela forma como seus dedos tocavam sua barriga, a figura da mulher que sua fantasia realmente desejava —, e agora ela pode enfim lhe dar algo disso, não como naquela época — apenas sua pele jovem, esticada como um tambor —, e ele é todo gratidão, ela sente de imediato, pois toda a sua carne exalta sua pequena e engraçada barriga, para a qual finalmente achou uma utilidade, e a boca dele está faminta pela dela, e seu ardor, tudo é conhecido e amado, uma imensa onda de saudades explode entre eles, *nós*, ela uiva em sua mente, uma loba de muitas tetas e mamilos, e Avram mama de todos eles, estes somos nós, ela vibra, revirando-se debaixo dele, assim somos nós, e sempre foi assim, e assim coxa na coxa, e os pés se entrelaçam, e as palmas das mãos, e por todos os cantos do corpo, até os mais remotos, cotovelo, tornozelo, por trás do joelho, pequenas e singulares excitações, e Orah cochicha algo no seu ouvido, e então toca a ponta de sua língua na língua dele, extrai dela um pingo de umidade, e ambos se inflamam ainda mais, e seus braços de ferreiro a carregam, e ela se abandona, selvagem, e sua cabeça tomba para trás como decapitada, e juntos eles esmagam a terra sob seus corpos, ele no pescoço dela, os dentes na artéria, gemendo e grunhindo, e ela, não pare, não pare, que ele a monte e a vibre e a toque com suas entranhas, e ele é um e ele está com ela, não há nenhuma outra mulher com eles, agora só ele e ela, homem e mulher tratando de seus assuntos, era assim que ele costumava lhe dizer, agora somos homem e mulher tratando dos nossos assuntos, e era capaz de levá-la à loucura com sua linguagem estranha, formal e a forma como virava as costas para todo o mundo, e como a libertava com um único impulso da tortura de pensar em Ilan, homem e mulher tratando de seus assuntos, e também agora não existe mundo além deles, de seus corpos, não existe respiração além da respiração deles, não existe Ilan, não existe Netah, não existe Ofer, não existe Ofer, existe sim, existe sim, existe Ofer, com Avram e Orah assim, então existe Ofer, existe, existirá, existirá Ofer, deixe o Ofer agora, dê uma folga para ele —

Passam-se horas, lentas horas. Como se tivessem ficado preservadas ali, em algum canto do porão, em potes de conservas de tempo. Eles adormecem e acordam e retornam. Atravessam planícies, extensões, ausências, ofensas, saudades e arrependimentos. Mais uma vez ele freia, freia até parar, exatamente no instante em que ela queria que ele parasse, de modo que possam reunir forças juntos, e há um círculo tranquilo respirando no olho do furacão, e eles se enrolam nesse círculo, e ele está quieto, Avram, talvez dormindo, dissipado, contraído nela, e ela se lembra, o mergulho dele, profundo, profundo, neste momento ele é uma criatura antiga, oceânica, um peixe já semifossilizado revirando-se dentro dela, mergulhando nas profundezas, e agora está lá, e agora não se moverá nem por um momento, apenas pulsará lentamente, repousando entre os corais de sua carne, alucinando dentro dela, ela espera, espera, e ele volta a se mover, bem devagar, e ela está com ele, a boca junto ao seu ombro, bem concentrada, e ela lembra dele gordo e pesado e desajeitado, e uma dança emerge dele, e agora lentamente seu cheiro mudará, ela começa a sorrir, este é o cheiro que só Avram tem, e só nestes momentos, e é impossível descrevê-lo em palavras e não há outro igual.

Um dia, não agora, um dia, ela murmura depois, brincando com os cachos na nuca dele, você vai escrever sobre a nossa caminhada.

Eles estão deitados nus, sob o céu aberto, e a brisa os afaga com leves pinceladas.

Eu queria tanto me preencher de você, ela diz.

A cadela abandona seu lugar e vem se deitar mais perto, mas não se rende a Orah quando ela a convida a deitar-se junto a si, para acariciá-la com a mão que está livre, e não olha diretamente para os dois corpos esbranquiçados sob a luz do luar. Quando seu olhar encontra o deles, ela passa a língua no focinho com ar descontente.

O quê?, ele acorda de um cochilo saciado, o que você disse sobre a caminhada?

Vou lhe comprar cadernetas e cadernos, como costumava fazer, tudo que você precisar, e você vai escrever sobre nós.

Ele dá uma risada sem graça. Seus dedos dão ligeiras batidinhas de censura no pescoço dela.

Sobre mim e sobre você, Orah diz seriamente, e pega sua mão direita e beija a ponta dos dedos, uma depois da outra.

E não fique aflito. Por mim, você pode levar um ano, dois anos, dez, quanto for preciso.

Avram acha que será um grande milagre se ele algum dia conseguir escrever alguma coisa mais elaborada do que um pedido no restaurante.

Você só precisa se lembrar de tudo que estou lhe contando, diz Orah, para que você tem uma cabeça tão grande? Pois eu vou acabar esquecendo, eu sei, e você vai se lembrar de tudo, de cada palavra, e, no final, você vai ver, ainda vai sair um livro. Ela ri baixinho para as estrelas, que piscam.

Você sabe que o Ilan saiu para procurar você?, ela murmura dentro de seu ombro.

Quando?

Naquela época.

No final da —

Não, no começo.

Eu não entendo, o que —

Ele foi até o canal —

De jeito nenhum.

Foi desde Bavel. Simplesmente se mandou da base.

Não pode ser, Orah. O que você está dizendo?

É fato.

Suas costas se enrijecem sob a mão dela, e Orah se espanta com sua própria idiotice: tudo que ela tinha na boca eram os murmúrios e ronronados do depois, e de repente saiu isso.

No segundo dia da guerra, ou no terceiro. Não me lembro.

Avram se endireita abruptamente e se senta, sua nudez ainda mole e pegajosa dentro dela: não, não pode ser, o canal já não era nosso, ele diz, buscando indícios no rosto dela, e ela ainda tonta com a doçura de seu corpo, cuja agitação ainda não sossegou mas já se rendeu.

Tudo estava cheio de egípcios, Orah. O que você está dizendo?

Mas ainda havia algumas fortificações nossas, não é?

Sim, mas o que... Não havia a menor possibilidade de chegar até eles, os egípcios já estavam vinte quilômetros dentro do nosso território. De onde você tirou isso?

Ela vira as costas para ele, se encolhe toda e xinga a si mesma. Vinte e um anos esperei com isso, e fui soltar justo nesta hora?

Ei, ele diz, Orah?

Já vai.

Ela perdeu o momento. E justo depois de terem transado. Algum demônio a cutucou para estragar tudo. Mas o fato de termos transado, ela faz questão de dizer firmemente a si mesma, foi tão bom, e o melhor foi que pudemos fazer pelo Ofer. Faça o favor de não se arrepender disso!, ela exclama virando-se para ele, e sente o coração afundar, pois aí está exatamente aquela expressão que ela viu na sua face na última vez em que estiveram juntos, quando fizeram Ofer, de segundo em segundo a expressão dele desaba, se esvazia. Não estou me arrependendo, ele murmura, só que de repente você me deixa atônito com uma história dessas.

Eu não... não pensei que ia lhe contar, saiu sem querer.

Mas qual é a história?, ele sussurra.

Ele saiu de Bavel com o caminhão-pipa, ela diz, no segundo ou terceiro dia. Falsificou uma autorização de trânsito e se mandou. Chegou até o quartel em Tassah. De lá, seguiu de carona, acho que num jipe, com uma equipe de televisão canadense ou australiana, um repórter e um cinegrafista, dois malucos na casa dos sessenta, drogados, doidões, loucos por perigos e desastres. Mas o que foi que ele pensou?, Avram se pergunta febrilmente, e ela faz um sinal, espere, o jipe ficou sem combustível no meio do deserto, e ele, sozinho, a pé, à noite, sem mapa e sem água, e em volta dele — bem, você sabe.

Não, diz Avram quase sem voz, me conte.

O que ouviu de Ilan certa manhã, vinte e um anos atrás, ela conta agora a Avram, precisa nos detalhes, aliás lembra-se bastante bem, finalmente ela traz a história ao conhecimento dele. Ilan foi. Tinha medo das estradas e andava apenas pelas laterais das pistas, atravessando areias que às vezes chegavam até o joelho. Toda vez que via um veículo jogava-se ao chão e se escondia. Caminhava a noite toda sozinho entre restos enferrujados de jipes e blindados, tanques queimados e reservatórios de combustível aos pedaços. Duas vezes passaram ao seu lado blindados egípcios. Depois ouviu um soldado egípcio ferido chorando e suplicando ajuda, mas teve medo de que pudesse ser uma cilada e não chegou perto. Aqui e ali havia um corpo queimado, com dois tocos negros sobressaindo do tronco e a cabeça virada para trás e a boca escancarada. Na encosta de uma duna havia um helicóptero incendiado sem a hélice, ele não sabia dizer se era nosso ou deles. Dentro do helicóptero ainda havia alguns soldados, debruçados para a frente, parecendo muito concentrados. Ele seguiu andando.

Simplesmente seguiu andando, ela diz, nem sequer sabia se estava na direção certa. Você perguntou o que foi que ele pensou, ele não pensou. Foi andando, simplesmente por andar. Pois você estava lá no fim do caminho. Pois era só por acaso que você estava lá e não ele. Eu não sei, eu acho que teria feito a mesma coisa, talvez você também, não sei.

Pois é exatamente dessa maneira que ela está andando aqui, pensa Avram tentando controlar o tremor que começa a se apoderar de seu corpo, ela está andando por andar. Porque o Ofer está lá, no fim do caminho. Pois ela decidiu que assim vai poder salvá-lo, e ninguém será capaz de demovê-la. Eu não teria feito aquilo, ele se zanga, contrapondo-se ao que a história dela está acumulando sobre ele, fechando-se sobre ele de instante em instante, eu não teria saído em busca dele desse jeito, teria morrido de medo.

Você teria saído sim, ela diz, é exatamente o tipo de coisa que você também faria. Um ato grandioso, ela pensa, uma grande obra.

Não estou tão seguro, ele insinua entre os dentes cerrados.

E vou lhe dizer mais que isso. Exatamente por causa do que ele aprendeu com você todos aqueles anos, ele sabia que podia fazer aquilo.

O que lembrava daquela noite, Ilan lhe contou uma única vez, naquele nascer do dia. De repente a agarrou por trás, como se estivesse dormindo, prendeu-a entre os braços e as pernas, e meteu-lhe a história pelos ouvidos, aos trancos. Agora era sua vez de fazer o mesmo com Avram. Ela não pretendia lhe contar, Ilan a fez jurar que nunca, nunca, de maneira nenhuma, sob nenhum pretexto, em nenhuma situação, ela lhe contaria. Mas talvez, ela pensa, nem Ilan soubesse que a história irromperia *de dentro dele* dessa maneira, um instante antes de Ofer nascer.

E também chega, chega de segredos.

Ilan seguiu andando. O dia começou a clarear. De tempos em tempos ele era obrigado a se esconder atrás dos arbustos, ou nas dobras ocultas das dunas. Os olhos e o nariz se encheram de areia. Os dentes mastigavam areia. Um encarregado de munições, ela disse, armado com uma SKS, sem balas, sem cartucheiras, sem cantil.

Ele se deitou para descansar numa canaleta, e pelo jeito adormeceu, pois quando abriu os olhos estava sentado ao seu lado um rapaz de óculos que lhe fez um sinal para ficar calado. Um tanquista da Brigada 401, cujo tanque havia sido atingido e toda a tripulação morrera, e ele próprio tinha se fingido de morto, e assim se salvou quando os egípcios destruíram o tanque. E aqueles dois, com um só cantil e um mapa rasgado, vagaram por algumas horas em absoluto silêncio, com medo das unidades de assalto egípcias, até que finalmente chegaram à costa e viram uma bandeira de Israel, rasgada e enlameada mas ainda hasteada no telhado quebrado e afundado da fortificação de Hamama.

Durante todo o tempo que ela está narrando, Avram não para de mexer os dedos com uma rapidez estarrecedora, passando os polegares sobre as pontas dos outros dedos, como se não pudesse parar de contá-los. Eu não, ele murmura para si mesmo, isso não pode ser. Que baboseira é essa?

É fato. Aconteceu.

Orah, escute, não brinque comigo sobre isso.

Ela perde as estribeiras: alguma vez eu brinquei com você?

Hamama ficava a um quilômetro da base onde eu estava.

Um quilômetro e meio.

E como ele nunca me disse nada?

E você alguma vez disse alguma coisa para ele?, ela perguntou a Ilan naquele dia.

Se eu tivesse conseguido chegar até ele, ele teria sabido. Não cheguei, não contei.

Mesmo sem tocar em Avram, ela é capaz de sentir o que se passa dentro dele neste momento. Ela puxa o saco de dormir sobre sua nudez.

Eu não entendo, ele está quase gritando, me explique outra vez, devagar, como foi que isso aconteceu.

Pense, no Yom Kippur ele estava em Bavel. Já sabiam ali que as fortificações estavam caindo. Que havia muitos mortos, boatos terríveis, e ele também interceptou um pouco as redes de comunicação egípcias e ouviu os —

O que significa "ele interceptou um pouco", Avram dá um salto, possesso: ele não era operador de rádio, era tradutor! Quem foi que deu a ele autorização de interceptar redes de comunicações?

Não sei se alguém "deu" autorização a ele. Ele certamente achou alguma posição com um receptor desocupado, e, entre os turnos de tradução, sentou e ficou brincando com as frequências. Você pode imaginar que bagunça estava lá nos primeiros dias.

Isso simplesmente não pode ser, Avram sacode sua cabeça pesada. Não sei por que você está me contando uma coisa dessas.

Ilan, de repente ele se lembrou, Ilan quando jovem, procurando no sintonizador de frequências do velho rádio na casa de Avram o programa de jazz de Willis Conover na Voz da América; os olhos verdes apertados, os dedos longos girando delicadamente o botão, buscando a frequência exata. Avram se levanta e se veste rapidamente. Essas notícias ele não pode receber nu.

Por que você levantou?

Eu preciso saber, Orah; ele ouviu alguma coisa na rede?

Espere, vamos aos poucos, me deixe —

Os olhos dele se arregalam, parecem explodir. Ele me ouviu?

Assim eu não consigo, ela se levanta e também se veste depressa — com você — me — pressionando — assim!

Mas o que ele podia fazer ali?, grita Avram, uma das pernas pendurada fora da calça. Por um instante, ambos perdem o equilíbrio, cada um numa perna só, brigando com as calças rebeldes e berrando juntos, e a cadela latindo cheia de medo. O que ele foi procurar ali?, grita Avram, *você*, ele foi procurar você!, responde Orah, o quê, ele é maluco?, ele é o Rambo?

E sentam-se frente a frente. Ofegantes.

Preciso de café. Ele se firma no chão, e começa a procurar galhos e gravetos no escuro. Eles acendem uma fogueira. A noite está fresca e úmida. Pássaros piam como em sono, sapos coaxam em tons graves, mangustos soltam pequenos mugidos. Cães ladram ao longe, e a cachorra corre de um lado para outro, observando inquieta o vale às escuras. Orah pensa, será que ela está ouvindo os latidos do seu bando? Será que ela está arrependida de ter vindo conosco?

Escute, também quiseram julgá-lo numa corte marcial por causa disso, depois da guerra, ela acrescenta em voz baixa. No fim deixaram barato. As circunstâncias. O caos. Deixaram pra lá.

Mas ele mal sabia atirar, Avram insiste em retomar o assunto, o que ele achou que podia fazer? Você não perguntou?

Perguntei.

E o que ele disse?

Disse, sei lá, que procurou principalmente alguém que atirasse nele.

O quê?

Alguém que lhe fizesse um favor, ela cita. O que você está olhando, foi isso que ele disse.

Às dez da manhã Ilan e o tanquista chegaram à base de Hamama, às margens do canal de Suez, na margem oposta à cidade de Ismaília. Inicialmente viram os egípcios cruzando o canal em massa não longe de onde se encontravam, penetrando na península do Sinai. Os dois ficaram parados, observando. Era difícil acreditar naquela visão. Ilan lhe dissera: não sei por quê, mas não parecia assustador. Nós nos sentíamos como se estivéssemos vendo um filme. Lembro que pensei que Uri Zohar devia filmar aquilo para a sequência de *Todo bastardo é um rei*.

Ele e o tanquista chamaram o soldado que os observava da torre próxima ao portão do forte, acenaram com uma camiseta branca e pediram que ele os deixasse entrar. Uma breve saraivada de fogo veio de dentro do forte, e eles fugiram e se deitaram na areia estendendo os braços para a frente e continuando a gritar. Então abriu-se uma fresta no portão e um oficial visivelmente assustado, com uma Uzi apontada para eles, deu uma olhada para fora e os examinou. Quem são vocês?, gritou, e Ilan e o rapaz responderam que eram israelenses. O oficial berrou para que não se movessem. Deixe-nos entrar, imploraram, mas ele não se apressou. De onde vocês são? Ambos disseram os números de suas unidades. Não, de onde vocês são em Israel? De Jerusalém, ambos disseram, e entreolharam-se. O oficial ponderou, fez um sinal para que permanecessem imóveis, e desapareceu. A terra sob seus corpos tremia. Atrás de suas costas ouviram o ruído das lagartas dos tanques egípcios. Onde você estudou?, murmurou Ilan sem mexer os lábios. Na Boyer, o outro disse, uma turma abaixo da sua. O quê, espantou-se Ilan, você me conhece? Quem não conhece você?, sorriu o soldado, você sempre ficava com aquele outro, o gordo de cabelo comprido, que pulou da árvore.

O portão do forte se abriu e o oficial sinalizou para que se aproximassem bem devagar, de joelhos e com as mãos levantadas.

Fantasmas de olhos injetados se reuniram em volta deles. Fantasmas imundos e cobertos de poeira branca. Vieram de todos os cantos da fortificação e se juntaram em torno dos dois. Escutaram em silêncio o que ambos contaram acerca das coisas que tinham visto no caminho. O comandante da base, um homem exausto e abatido, cuja idade era o dobro da idade de Ilan, perguntou-lhe o que afinal estava fazendo nessa área, e Ilan olhou-o diretamente nos olhos e disse que fora enviado de Bavel para remover material sigiloso e equipamento secreto de Magma, e perguntou quando poderia prosseguir até lá. Os soldados à sua volta trocaram olhares. O oficial cerrou os lábios e se foi, levando o tanquista junto consigo. Um reservista gordo de olhar carregado veio postar-se na frente de Ilan e disse numa fala arrastada, esqueça Magma.

Aqueles caras já eram. E mesmo se por milagre tiver sobrado alguém vivo, os egípcios os estão estrangulando por todos os lados. E por que ninguém sai para ajudá-los?, Ilan perguntou, estarrecido, por que a Força Aérea não ataca os egípcios? A Força Aérea, zombaram os soldados; esqueça, disse o reservista gordo, esqueça tudo que você sabe sobre o Exército de Defesa de Israel. Os outros concordaram com a cabeça. Você devia ter ouvido o pessoal de Hizaion, disse um soldado loiro com a cara suja de piche, como choraram no rádio, a maior depressão. Ilan sussurrou: Choraram? Choraram mesmo? Choraram, nos xingaram por não termos ido ajudar, disse o gordo com sua fala arrastada, não se preocupe, daqui a pouco nós também vamos chorar. Um dos soldados, de braço enfaixado preso numa tipoia imunda, disse, nós já sabemos como a coisa vai indo, todos os estágios. Aqui nós ouvimos tudo, disse um sargento baixinho e moreno. Ouvimos tudo até o último momento, até a cagada final nas calças. Transmissão ao vivo. Já passamos por isso com algumas fortificações, acrescentou o atarracado reservista. Todos falavam com Ilan ao mesmo tempo, um entrando no meio da frase do outro. Suas vozes eram sem expressão. Ilan teve a sensação de que estavam aproveitando sua presença para falarem entre si, por intermédio dele.

Ilan se afastou, buscou um canto isolado e sentou-se no chão. Olhou em volta sem se mover. Seu cérebro estava vazio. De vez em quando alguém chegava perto tentando reanimá-lo e lhe perguntava o que sabia sobre a guerra e sobre a situação em Israel. O enfermeiro o obrigou a tomar água e lhe ordenou que se deitasse um pouco numa maca. Ele obedeceu e se deitou, e aparentemente dormiu por algum tempo. Acabou acordando com um tremor que sacudiu a terra erguendo uma grossa nuvem de poeira. Um débil alarme soou em algum lugar distante, sons de passos correndo se erguiam de todas as direções, acompanhados de gritos assustadores. Alguém lhe jogou um capacete. Ele o agarrou, levantou-se e, confuso, caminhou em torno do abrigo, de uma parede a outra. À sua volta, a algazarra de um formigueiro que acabou de ser pisado. Teve a sensação de que caminhava muito lentamente dentro de um filme rodando em velocidade rápida, e de que, se estendesse a mão em direção aos soldados correndo ao seu redor, sua mão atravessaria seus corpos.

Diga, Orah —

O quê?

Quando ele lhe contou tudo isso?

Na manhã em que Ofer nasceu.

O quê, na sala de parto?

Não. Ainda em casa. Antes de sairmos para a maternidade. Ao amanhecer, algo assim.

De repente ele acordou você e contou?

Ela pisca, tentando entender por que esses detalhes são tão importantes para ele, e se espanta ao constatar como despertam nele os instintos proféticos de antigamente.

Escute, ela diz, essa foi a primeira e a última vez que escutei essa história.

Então como é que você se lembra de tudo?

Eu não esqueço aquela manhã, palavra por palavra. Ela desvia o olhar, vira-se para o outro lado. Mas ele espia, esquadrinha, afiado e penetrante, e ela sabe: ele está sentindo algo. Só não entende o que está sentindo.

O bombardeio cessou. As pessoas se acalmaram, tiraram o capacete de aço e o colete à prova de balas. Alguém preparou café preto e ofereceu também a Ilan. Ele se levantou, caminhou mecanicamente até o comandante do forte e perguntou se podia voltar agora para sua base em Um Hashibah. Aqui e ali os homens ergueram a cabeça por sobre mapas e aparelhos de radiocomunicação. Olharam-no como se ele fosse louco. Repetiram entre si sua pergunta. Você parece que está em estado de choque, eles disseram rindo, daqui só se sai com a placa de identidade quebrada na boca. E só então, ela diz, ele finalmente entendeu onde havia se metido.

Eu não sabia, sussurra Avram dolorosamente, e Orah pensa, espere até ouvir o quanto você não sabia.

Meteram uma Uzi na mão dele e perguntaram se sabia atirar com ela. Ele disse que tinha feito o treinamento meio ano antes. Sorriram com desdém, e o sentaram ao lado de um aparelho. Era algum equipamento com visão noturna, acho — SLS, Avram murmura, ele amplia a luz das estrelas, nós na Magma também tínhamos um desses —, e lhe disseram principalmente que saísse do estado de choque, pois os egípcios já estavam chegando, e não era educado recebê-los dessa maneira.

Pois naquela altura ainda conseguiam fazer piadas, ela explica.

Ele não conseguia enxergar nada pelo visor, possivelmente não sabia utilizar o dispositivo, mas passou a noite toda ouvindo gritos em árabe, muito perto dele, e o ruído de corpos grandes na água, e compreendeu que os egípcios continuavam atravessando. Bombas caíam sem descanso em volta, atordoando a base. De vez em quando dizia a si mesmo, Avram está morto, o meu amigo Avram está morto, o cadáver dele se encontra não longe daqui. Mas, quando repetia essas palavras, não conseguia apreender o seu significado. Nem uma simples dor ele sentiu, nem perplexidade por não sentir dor ele sentiu.

Calados, ambos sentem o coração acelerar, pulsando as perguntas que não serão feitas. O que você pensou, Orah, diga, o que você pensou quando nós telefonamos e dissemos para você pegar um chapéu e colocar dois pedaços de papel nele? Diga a verdade, você não teve a menor ideia do que estava sorteando? E o que você esperava no seu íntimo? E que nome você queria que saísse do chapéu? E se você soubesse o que ia acontecer — não, ela disse, não faça essa pergunta. No entanto ele precisa, precisa, precisa uma vez saber: se você soubesse o que ia acontecer, que nome você gostaria que saísse?

Às quatro da manhã veio alguém substituí-lo no posto. Ilan saiu correndo para o abrigo. Uma bomba passou voando bem sobre a sua cabeça. Horrorizado, ele se encolheu dentro de uma das "tocas" cavadas nas laterais da trincheira. "Onde é o banheiro?", ele berrou para um soldado de barba espremido à sua frente na trincheira, o corpo inteiro tremendo. "O banheiro é exatamente no lugar onde você caga", grunhiu o outro, e Ilan, sentindo que em mais um instante faria nas calças, arriou-as e, durante alguns abençoados segundos, esqueceu tudo, a guerra, o bombardeio, o perdido Avram, totalmente concentrado em esvaziar seus intestinos.

Ao chegar mais tarde à sala de guerra, ficou chocado com o silêncio. Alguém lhe fez um sinal para subir ao posto de observação e olhar para oeste. E ali viu uma espécie de gigantesco tapete branco-amarelado, movendo-se em direção ao forte com a rapidez de uma onda numa maré avançando pelo deserto.

Deles, exclamou um soldado ao seu lado, há provavelmente uns vinte tanques ali. Todos apontados para nós.

E o bombardeio começou. Os tanques atiravam, uma bateria de morteiros surgida no alto de uma colina distante, e um Sukhoi egípcio surgiu despejando bombas. O ar e a terra tremiam. E tremia tudo que estava diante dos olhos de Ilan. Homens e muros de concreto e mesas e equipamentos de rádio e armamentos. Cada objeto se desviava de seu formato natural num zumbido selvagem. Uma nova crise de diarreia irrompeu dentro dos intestinos de Ilan. Ele se virou e correu para sua toca.

O mundo morreu, murmurou um rapaz ruivo em ceroulas militares que passou correndo à sua frente, e Ilan pensou que talvez fosse chegada a hora de escrever cartas — ou algo assim, reflexões — para seus pais, para Orah e para Avram, e então percebeu que não precisava escrever nada a Avram. Nem bilhetes no meio da aula, nem versos rimados, nem ideias para suas gravações, nem citações de Kishon, nem interpretações neotalmúdicas de *Fanny Hill*. Não haveria mais estrofes em escrita de Rashi descrevendo os encantos das meninas da classe, nem longas conversas em linguagem de sinais durante as aulas, bem debaixo dos olhos dos professores. Nem sonhos doces sobre o filme israelense definitivo, o filme "iluminado", que Ilan dirigiria com base num roteiro de Avram. Nem cartas rimadas, cheias de insinuações eróticas, como aquelas trocadas entre as várias bases para as quais cada um foi enviado, já com os trechos duvidosos circulados de antemão para facilitar o trabalho do censor. Nem mensagens transmitidas num código indecifrável — porque se baseava tão somente nos seus próprios segredos e hábitos — que se transmitiam mutuamente pelo teletipo militar. Findas estavam suas viagens conjuntas para os novos continentes, Bakunin e Kropótkin, Kerouac e Burroughs, e também *Tom Jones* e *Joseph Andrews* de Fielding, e *O livro das piadas e tiradas*, de Druyanov. Acabaram as piadas, finalmente Ilan compreendeu, as tiradas espirituosas, os duetos, as sacanagens, o entendimento no olhar, a identificação mútua, profunda e sombria de dois espiões em terra inimiga, de dois filhos únicos, solitários, e daquilo que eles sempre compartilharam, acima do riso histérico até as lágrimas.

E basta, ele não terá mais com quem se maravilhar com *Sobre a agressão* e com *Assim falou Zaratustra*, que leram um para o outro em voz alta no vale de Yafeh Nof, no alto de uma rocha conhecida como "a presa do elefante". E com quem mais poderia discutir enquanto passavam correndo por um buraco na cerca de base de Bahad 15 no meio da noite, sobre as ideias de Moshe Kroy, ou sobre os acordes de blues inseridos nas canções dos Beatles? E quem roteirizaria e dramatizaria e gravaria com ele, no velho gravador Akai, as exaustivas discussões de Nafta e Setembrini de *A montanha mágica*?; e não haverá mais citações das sagradas escrituras poéticas de Avidan e Yonah Wallach, e do *Ardil 22* e do *Under Milkwood*, de Dylan Thomas — um canto de louvor a toda a humanidade, do qual Avram sabia declamar de cor páginas inteiras. E quem mais no mundo conseguiria arrastá-lo para a redação do jornal *Yediot Aharonot*, em Tel Aviv, para uma reunião com o editor-chefe, que ficou surpreso de descobrir que não passavam de dois jovens, e que a ideia que lhe havia sido enviada por carta — "a qual, se nos for permitido, poderemos expor a sua senhora em reunião pessoal, face a face" —, ou seja, que uma vez por mês todo o jornal seria redigido por poetas ("todas as seções", explicou Avram gravemente ao editor estupefato, "desde as manchetes até esportes e anúncios"). Só com Avram poderia ele viver uma vida inteira, paralela à deles e oculta de todos, nas salas enfumaçadas da revista *DownBeat*, que todo mês surrupiavam da biblioteca da Academia de Música, e com a ajuda da qual podiam programar de antemão seus divertimentos noturnos no Carnegie Hall, no Preservation Hall, e nos recantos de jazz de New Orleans, e fantasiar sobre novos discos de jazz, e livros de jazz impossíveis de conseguir em Israel, mas é possível embarcar em infinitas suposições acerca do seu conteúdo — *The music is my mistress*, de Duke Ellington, enlouqueceu a cabeça deles durante semanas, só com base nas críticas, nos artigos publicados e no nome do disco. E quem fuçaria com ele a loja Ginsburg na rua Allenby, em busca de instrumentos musicais de segunda, e quem compraria para ele, com um dinheiro que não tinha, discos de Stan Getz e Coltrane, e abriria seus ouvidos para o protesto político no jazz e no blues, que jamais havia lhe ocorrido até Avram mencionar sua existência? E ninguém mais no mundo o chamaria entusiasticamente de "progênie de tenra semente", ou "bastardo adulamita", ou "vesícula enferma de gota"; e quem mais seria capaz de se deter junto com ele, minuciosamente, nas elaboradas palavras hebraicas emprestadas do grego, como estádios e apóstolos — Avram havia travado verdadeiras batalhas sobre a forma correta de escrevê-las; e somente ele teria sido capaz de pensar em mudar seu nome para Varam, por óbvios motivos; e quem mais o saudaria após uma jogada brilhante encerrando uma partida de gamão com uma exclamação, "poderoso é teu urro, leão!"?

E não haveria mais uma competição feroz para recitar de cor o dicionário árabe-hebraico de Ayalon-Shen'ar, e portanto ninguém mais o surpreenderia com o grito *"tadahlaza!"*, que significa "circular pelos corredores, do parlamento etc." — Ilan obviamente era obrigado a não esquecer o "etc."; ou lhe diria a meia-voz num elevador lotado: *"nahedah"*, que significa "donzela de seios redondos e cheios". E para sempre se foram também o hebraico arabizado e o árabe hebraizado deles: ele jamais poderia novamente se referir a garrafas como *bakabik*, em vez de *bakbukim*, ou a passarinhos como *tzafafir* em lugar de *tziporim*, ou a camisinhas como *kanadem* em vez de *kondomim*, ou a bundas como *aka'ez* em lugar de *akuzim*; e quem, de modo geral, o mergulharia num caldeirão fervente, passaria por ele com um bramido selvagem, o carregaria por uma tempestade com suas próprias garras, arrancaria sua alma de dentro de si?

Ele voltou para a sala de guerra no momento em que tanques israelenses flanquearam inesperadamente os tanques egípcios incendiando dois deles. Os soldados em todos os cantos do forte comemoraram e se abraçaram, acenando entusiasticamente para os tanques israelenses, e começaram a se preparar para o resgate. Os tanques israelenses perseguiram os tanques egípcios que não haviam sido atingidos e que fugiram para trás das dunas. Um silêncio pesado, venenoso, caiu sobre o forte. Os soldados ficaram parados, confusos, sem saber o que fazer com as mãos erguidas num semiaceno.

Alguns instantes depois um soldado egípcio saiu de um dos tanques atingidos, com chamas nos ombros. Ele saltou do tanque e começou a correr de um lado para outro com os braços erguidos. Finalmente caiu de bruços, retorceu-se, e aos poucos foi deixando de se mexer, até parar numa estranha posição de rendição enquanto seu corpo ia sendo devorado pelas chamas. Logo em seguida surgiram quatro carros blindados egípcios. Soldados em uniforme de camuflagem desceram, olharam para a fortificação e se consultaram uns aos outros. O comandante do forte deu uma ordem e todos que tinham armas ao alcance começaram a atirar. Ilan também atirou. O seu primeiro e único tiro na guerra perfurou seu tímpano, deixando-lhe como cicatriz um constante ruído de campainha no ouvido. Os soldados egípcios saltaram depressa de volta para dentro de seus carros e recuaram. Ilan puxou um cantil de um cinturão abandonado e engoliu a água quase toda. Seus joelhos tremiam ligeiramente. A ideia de ser capaz de matar um ser humano, e que tinha desejado ardentemente fazê-lo, rasgou uma película que o envolvia desde que saíra para a viagem.

O comandante o chamou dizendo estar interessado em saber de onde ele vinha, mas que daí por diante estaria sob seu comando. Deu-lhe instruções para circular entre os diversos postos e tratar de fazer o que as pessoas lhe pediam. Nas horas seguintes Ilan arrastou caixotes de munição, tanques de água potável e combustível para o gerador, e também sanduíches que o enfermeiro incessantemente preparava para os soldados. Junto com um soldado de barba espessa, muito fechado, ele desmontou um equipamento de comunicação de um blindado que estava no pátio e ajudou a remontá-lo no posto norte da base. Juntou mais "material administrativo", documentos e formulários e relatórios de atividades, queimando-os todos numa fogueira no pátio.

Quando parou para urinar, de repente teve uma ideia. Foi até o equipamento que remontara havia pouco, enrolou a rede de camuflagem e olhou para o conjunto de aparelhos que ali estavam. Ficou observando e analisando longamente. De súbito, teve a sensação de ter levado um tapa na cara. Correu o máximo que pôde à procura do oficial de inteligência do forte. Trouxe-o de volta consigo até o equipamento e lhe explicou o que queria fazer.

O oficial olhou para ele, depois deu uma sonora gargalhada; em seguida o xingou, gritando que arrancariam sua pele se algo acontecesse a qualquer um dos aparelhos, e no mesmo fôlego lhe disse que de qualquer maneira em mais uma ou duas horas teria de derramar gasolina sobre todo o equipamento e incendiá-lo. Ilan disse, cara, me dê só um dos aparelhos, por uma hora no máximo. O oficial de inteligência balançou a cabeça e cruzou os braços sobre o peito. Era um rapaz corpulento, mais alto e mais largo que Ilan. Ilan disse em voz baixa, nós vamos todos morrer, por que você está regulando uma porra de um rádio? O outro rapaz começou a fechar e prender novamente a rede de camuflagem do equipamento, assoviando para si mesmo. Ao terminar, virou-se e viu que Ilan ainda estava lá. Ufa!, ele deixou escapar, você não tem nada a procurar aqui. Ilan disse: meia hora, no relógio. O outro enrubesceu. Exclamou que Ilan estava começando a encher o saco, e de todo modo o equipamento de comunicação de Magma já havia silenciado havia tempo, e já não existia mais transmissão alguma de lá. De repente, Ilan lhe sorriu: me diga só uma coisa, pediu em tom afável, quase meigo — você sabe como é quando

Ilan quer alguma coisa, diz Orah, e Avram fez que sim —, que outros tipos de equipamento são usados nos fortes? O oficial ficou momentaneamente confuso com a amabilidade de Ilan e murmurou que certamente lá em Magma tinham alguns transmissores de frequência especial 6, mas não havia a menor chance de alguém ali ter escapado com vida. Ilan perguntou se *aquele* equipamento, por exemplo, era capaz de captar transmissões nessa frequência especial 6. O oficial tirou a mão de Ilan de cima do aparelho, cobriu-o novamente com a rede e rosnou que se Ilan não desse imediatamente o fora dali seria o seu fim. Ilan, com a frieza de que às vezes é capaz, sorriu mais uma vez e disse que se o oficial lhe emprestasse o aparelho naquele momento, por uma hora apenas, ele prometia, jurava, não contar aos egípcios, quando estes chegassem, que ele era o oficial de inteligência do forte.

O outro explodiu, O *que foi que você disse?* Ilan, rapidamente, empurrou-o para cima do equipamento, prendeu-o entre seus braços e repetiu a oferta face a face. Os olhos do oficial dardejaram em busca de auxílio, porém suas ondas cerebrais já estavam se movendo diante dos olhos de Ilan como um ábaco dos mais simples. Você está ferrado, o oficial despejou nos seus ouvidos, você é um filho da puta de um espião, isso que você está fazendo é traição — mas o seu sussurro revelou o resultado do cálculo interior que fizera. Ilan o soltou. Por um instante ficaram parados frente a frente. De onde você veio?, o oficial cochichou com voz rouca, afinal quem é você? Ilam o inundou com seu olhar verde, e sem a menor vergonha lhe fez um sinal de unhas arrancadas e eletrodos ligados nas bolas do saco. O rapaz gemeu. Sua boca se moveu sem som. Tudo isso demorou talvez cerca de dez segundos, não mais. Na alma do oficial já não restava lugar para absorver uma tão estranha complicação, e ele pareceu abrir mão de toda a sua força de vontade. Sem uma palavra, tirou a rede, separou um dispositivo de frequências especiais e o colocou em cima de uma pequena mesa de madeira, do lado de fora do abrigo da sala de guerra, virando-se para ir embora. Ilan agarrou seu braço e voltou a perguntar: você tem certeza de que isso aí consegue captar a frequência especial 6? Não, murmurou o outro, evitando os olhos de Ilan, que parecia hipnotizado: não é nem o mesmo intervalo. Então faça com que ele capte, disse Ilan. O oficial engoliu em seco, conectou o aparelho com um arame até a única antena que ainda restava no forte, depois puxou uma chave de fenda, tirou a carcaça do aparelho, remexeu o interior e ampliou o alcance de frequências. Ao terminar, levantou-se e se foi sem nem sequer olhar para Ilan, os braços pendendo ao lado do corpo e as costas da camisa empapadas de suor. Orah está falando e Avram vai lentamente cobrindo o corpo com seu *sleeping*, primeiro escondendo-se atrás dele, depois metendo-se lá dentro. Só se vê seu branco rosto espiando para fora, os olhos praticamente saltando das órbitas.

Orah?
O quê —
Ele lhe contou tudo isso?
Sim —
Na manhã em que Ofer nasceu?
Eu já lhe disse —
A troco do quê? Foi uma urgência súbita de contar antes do nascimento? Contar tudo isso a você?
Parece que sim.
Assim, sem mais nem menos, de manhã, vocês lá sentados, batendo papo com uma xícara de café, e ele começou a lhe contar sobre —
Avram, não me lembro exatamente de todos os detalhes.
Você disse que não tinha se esquecido de nada daquela manhã.
Mas que importância tem isso agora?
Nada de especial, é interessante, não é?
O quê?
Que exatamente antes do nascimento de Ofer ele tenha resolvido contar. De qualquer modo é um pouco estranho.
O que há de tão estranho nisso?
Que justo então ele —
Sim, justo então, você não entende?
Os olhos dele examinam os dela. Ela o olha diretamente, sem lhe esconder nada. Ela lhe desvela tudo: ela e Ilan, e Ofer na barriga. Ele olha e vê.

Alô alô alô alô, veio uma voz fantasmagórica, exausta e arrasada, e Ilan saltou na cadeira, perdendo simultaneamente o sinal. Novamente moveu o dial com o máximo cuidado. De repente seu dedo tremia sem controle, e foi obrigado a dobrá-lo e usar o punho para girar o botão. Já estava sentado havia três horas, quase imóvel, apenas o dedo indicador girando o dial com movimentos delicadíssimos como um fio de cabelo, os olhos varrendo o campo de sinais, pequenas lâminas verdes, que saltavam e oscilavam intermitentemente no pequeno visor. Alô alô alô, sussurrou de novo a voz fraca e distante, alô, alô... A voz some, perturbada pelas interferências de contato, de um grito em árabe que alguém lançava de Ismaília para o comandante da divisão de mísseis Sagger. Ilan tentou se acalmar, convencer-se de que se enganara, de que afinal não havia a menor possibilidade de identificar uma voz específica naquele caos infernal. Cuidadosamente, girou o dial do receptor, captando redes de comunicação egípcias e israelenses, abarcando com um único dedo gritos histéricos, ruídos de motores, bombas sendo lançadas, comandos e berros e xingamentos em hebraico e árabe, até que por fim, mais uma vez, das profundezas, ressurgiu a voz débil e desesperada, alô alô, respondam, a pele de Ilan se arrepiou.

Com ambas as mãos segurou os fones e escutou, palavra por palavra: onde vocês todos foram parar? Seus capados leprosos, que o meu espírito assombre vocês todas as noites, então arrancou os fones e correu para o abrigo da sala de guerra, irrompeu no meio de uma série de instruções que o comandante da base estava dando aos oficiais e gritou, há um soldado em Magma, eu ouvi, consegui contato, ele está vivo!

O comandante lançou-lhe um olhar e saiu correndo atrás dele, sem mesmo perguntar quem lhe dera permissão de utilizar equipamento secreto de interceptação, e Ilan, com as mãos trêmulas, colocou os fones nos ouvidos do comandante, escute, ele está vivo, está vivo. O comandante apoiou-se sobre a mesa com os dois polegares, escutou, e sua testa se franziu alternando diferentes expressões na face. E Ilan pensou depressa, talvez seja preciso lhe explicar que é assim que Avram sempre fala; e não faltou muito para que ele dissesse que era preciso salvá-lo *apesar* daquele jeito de falar.

Anos depois — foi isso que Ilan disse a Orah naquela manhã, no dia em que Ofer nasceu — ele ainda se torturava por ter ficado tão constrangido na frente do comandante por causa de Avram. E quando ele lhe disse isso, Orah de repente compreendeu que Avram, com seu jeito peculiar de falar, com suas ações e com todo o seu ser, parecia expor incessantemente a todos um segredo interno, vagamente embaraçoso, de todo mundo, e lembrou-se da brincadeira do Avram de outros tempos: *Eu sempre digo em voz alta aquilo que todos não pensam*; o comandante soltou a respiração contida, endireitou-se, está bem, é aquele rapazola, nós sabemos quem é, mas achamos que ele já tinha virado picadinho. Tirou os fones da cabeça e perguntou, quem lhe deu permissão de abrir posição? Ilan pareceu não ouvir, inspirou e disse, vocês o conhecem? Por que não me disse? O comandante fechou um olho: afinal, quem é você? Por acaso tenho que relatar alguma coisa para você? Ilan ficou pálido, não conseguia respirar, e de repente o comandante percebeu sua aflição e mudou o tom, escute, amigão, acalme-se, sente aí, por enquanto não dá para fazer nada com ele. Ilan obedeceu e se sentou, os membros moles e a face banhada de suor.

No primeiro e no segundo dias ele deixou toda a rede maluca, disse o comandante olhando o relógio. O que ele fez?, sussurrou Ilan. Ah, não parou de barbarizar e gritar para irmos tirá-lo de lá. E está ferido, acrescentou, perdeu uma mão ou um pé, não me lembro. A verdade é que de tantas descrições vívidas que ele nos deu, paramos de escutá-lo, depois ele sumiu da rede, como todo mundo ali, e achamos que já era. É muito bonito da parte dele ter aguentado até agora, mas quanto a chegar até ele, pode esquecer, tire isso da cabeça. Isso o quê?, sussurrou Ilan. Ele, o comandante disse erguendo o cenho na direção do aparelho receptor que voltava a captar a voz de Avram, que agora soava mais animada, com um estranho entusiasmo, trompeteando com os lábios a música "Take the A train", de Duke Ellington.

O comandante virou-se para retornar ao abrigo. Ilan agarrou seu braço, eu não entendo, sussurrou, o que significa "é impossível"? Ele é um soldado do exército de Israel, não é? O que é "impossível"? O comandante lançou um olhar de advertência e lentamente soltou o braço. Ficaram os dois frente a frente, a voz de Avram se intrometendo entre os dois anunciando em inglês uma competição entre uma *big band* russa e uma americana, pedindo aos ouvintes que mandassem seus votos dizendo qual das duas era melhor.

O comandante era um homem baixo e de aparência melancólica. A face estava coberta de poeira fina. Esqueça, ele disse delicadamente, estou lhe dizendo, esqueça, neste momento não podemos fazer nada por ele. Temos todo o exército egípcio à nossa volta, e nossas forças lá são zero. E, além disso, escute o jeito dele de falar, acrescentou em voz baixa, como se receasse que Avram pudesse ouvi-lo. Para ele já não faz muita diferença onde ele está, pode acreditar. E como que para confirmar suas palavras, Avram explodiu numa cantoria alpina longa e aguda, assustadoramente estranha, e o comandante girou o botão do dial com um gesto ligeiro substituindo a voz de Avram por ordens de comando e tiros e informações de artilharia, que por instantes soaram, até mesmo para Ilan, absolutamente lógicas, conforme o regulamento aceito nessas circunstâncias.

Espere! Ilan correu atrás do comandante, que se distanciava, alguém já conseguiu falar com ele? O comandante balançou a cabeça, mas não parou. No começo, sim, no primeiro dia ele tinha outro transmissor, um transmissor normal, mas deixou de funcionar, e aparentemente ele não sabe ajustar esse aí para o modo de recepção. Ele não sabe?, Ilan exclamou com horror, voz entrecortada, como é possível que não saiba? O que mais é preciso fazer além de escutar, não? O comandante, sem parar de caminhar, deu de ombros. Parece que o aparelho está ferrado, ele disse, ou então é o rapaz que está ferrado. Parou abruptamente, virou-se para Ilan, e examinou-o com cuidado: o que você tem a ver com ele?, você o conhece?

Ele é de Bavel, disse Ilan rapidamente. Inteligência?, averiguou o comandante, eu não sabia disso. Nada bom. Precisamos avisar o pessoal. Escute, Ilan logo se acendeu com a faísca de interesse que percebeu diante de si, eles não podem capturá-lo, ele sabe muita coisa, ele sabe de tudo, tem uma memória fenomenal, temos de achá-lo antes deles.

Subitamente se calou. Quis morder a língua. Algo estranho e tortuoso cintilou nas profundezas da mente do comandante, e Ilan percebeu que talvez nesse momento ele próprio tivesse assinado a sentença de morte de Avram. Ficou parado, aturdido com o que acabara de fazer. Nos seus olhos mentais vislumbrou um Phantom israelense mergulhando sobre a fortificação para destruir o risco de segurança oculto nas ruínas de Magma. Então ergueu-se do lugar, correu atrás do major, ficou saltando à sua volta, dos lados, na frente, atrás, tentem salvá-lo, suplicou, façam alguma coisa! O oficial olhou para ele e, pela primeira vez, perdeu a paciência: se ele é da inteligência, por que não cala a boca?, o oficial gritou, e agarrou os ombros de Ilan e o sacudiu, ele é idiota?, ele não sabe que eles estão interceptando as comunicações?, ele não sabe que eles estão captando cada peido na área?

Mas ouça o que ele diz, sussurrou Ilan, desesperado, aparentemente ele já não —

Deixe-o lá, eu já disse!, gritou o comandante, as veias do pescoço saltando. Saia dessa frequência, recoloque o receptor no equipamento e suma da minha frente! E voltou a andar, agitando os braços de raiva. Ilan ficou sem saber o que fazer, alcançou-o novamente, bloqueou seu caminho, testa a testa: só me deixe ouvi-lo mais um pouco, implorou, deixe-me ouvir pelo menos o que ele diz.

Negativo, arfou o comandante, perplexo com o atrevimento de Ilan, você tem três segundos para sumir da —

Mas é preciso, rosnou Ilan, pelo menos para saber se ele está informando alguma coisa sobre "Sanguessuga" —

O que é isso?

Ilan aproximou seu rosto do dele e cochichou algo.

Fez-se um silêncio. O major piscou, colocou as mãos na cintura, observou longamente uma falha que encontrou no contorno ondulado das paredes da trincheira. "Sanguessuga" sempre esteve acima de qualquer discussão ou objeção.

Não tenho homens para desperdiçar, ele finalmente resmungou.

Não sou um dos seus homens, lembrou-lhe Ilan. Afastaram-se um pouco um do outro.

Que você e a sua unidade de inteligência sufoquem todos juntos, sussurrou o major, vocês nos foderam direitinho. Assassinaram a todos aqui. Vá, vá, faça o que quiser, eu lavo as minhas mãos.

Alô, alô? Sobrou alguém? A voz retornou quando Ilan recolocou nos ouvidos os fones ainda quentes de terem sido usados pelo comandante. Por que ninguém responde... O que é isso, estão brincando comigo? Câmbio, câmbio, câmbio, murmurava Avram sem nenhuma esperança. Cacete!, este aparelho será que funciona? Não funciona? Vai saber... alô, é foda!

Ele parecia ter batido a mão no aparelho. Ilan puxou uma cadeira e sentou de costas para a sala. Obrigou a si mesmo a acalmar-se e pensar racionalmente: Avram está no forte, a uma distância de um quilômetro e meio daqui. Parece que está sozinho e ferido, e agora também um pouco perturbado, e a qualquer momento pode ser interceptado e localizado por algum equipamento da inteligência egípcia, e sem dúvida mandarão soldados para buscá-lo.

Ilan descobriu que justamente quando tentou se ater à razão começou a ficar louco de preocupação.

Eu preciso de água limpa, e bandagens, murmurava Avram, exausto, a coisa já está fedendo. Está um trapo... Alô? Alô? Não ouço nada. Por que vocês haveriam de ouvir, seus putos. Se não ouvirem já, já, vão sentir o cheiro, um ferimento desses, gangrena na certa, caralho!

Cale a boca, rogou Ilan apertando as pernas uma contra a outra, fique aí escondido e cale a boca.

Silêncio. Ilan esperou. Mais silêncio. Ilan respirou fundo. O silêncio continuava. Ilan se curvou para a frente, os olhos faiscando nervosamente diante do visor que piscava. Cadê você, ele murmurou, por que sumiu?

Planta, alô, aqui fala Pêssego, ouve-se uma voz nova, indistinta, entre ruídos de motor, fomos atingidos em Lexicon 42. Há feridos. Solicitando resgate.

Pêssego, ah, aqui Planta. Copiando. Resgate em mais alguns instantes, câmbio.

Planta, aqui Pêssego, obrigado, no aguardo, o mais rápido possível, que isto aqui está uma bagunça.

Pêssego, aqui Planta, providenciando, providenciando, câmbio final.

Shakespeare, por exemplo, é imortal, surgiu novamente o fraco murmúrio, Mozart também. Quem mais?

O dedo de Ilan deu um salto. Ainda permanecia sem conseguir controlar seu impulso toda vez que captava de novo a voz de Avram. Seu sobressalto mudou a frequência. O gráfico do sinal reduziu a amplitude e penetrou novamente no meio de conversas entre analogias vegetais. Ilan amaldiçoou a si próprio de raiva, com os mais veementes xingamentos de Avram.

E Sócrates também é imortal, penso eu. Não conheço o suficiente sobre ele. Comecei a ler no verão, mas por alguma razão não continuei. Quem mais? Kafka? Talvez. Picasso, com toda a certeza. Mas, por outro lado, as baratas também sobreviverão.

Torre divisão 16 para Bortukal, intrometeu-se na frequência uma voz estranha em árabe, avistado tanque judeu atingido no quilômetro 42, câmbio.

Alô, alô, respondam, seus putos filhos da puta, traíras, me deixaram aqui pra morrer? Como é que me deixaram aqui pra morrer?

Bortukal para torre: a caminho do tanque judeu, com ajuda de Alá chegamos lá em cinco.

Caros ouvintes, subitamente Avram entrou com um sussurro grotescamente sedutor, que deixou Ilan abalado, venham depressa, pois dentro em breve não haverá Avram para mais ninguém.

Planta, aqui Pêssego, ainda não se vê o resgate prometido, a situação não é nada boa, câmbio.

Pêssego, aqui Planta, não se preocupem, tudo sob controle. Resgate aí em sete, e se for preciso chamamos os azuis também, câmbio.

Obrigado, obrigado, azuis é ótima ideia, mas venham depressa, tenho dois palitos gravemente feridos, câmbio.

Aqui Avram, o preferido de vocês, ouve-se novamente sua voz transmitindo na frequência, aqui Avram, implorando a vocês que se sensibilizem e venham salvá-lo antes que ele se junte aos seus antepassados, que aliás se recusam terminantemente a tê-lo deitado ao seu lado sob a alegação de que seu ferimento é considerado menstru —

Ouvi dizer que você achou aquele cara de Magma, disse um sorridente soldado iemenita passando junto a Ilan, ele começou de novo com as besteiras dele? Achamos que para ele a guerra já tivesse acabado.

Então você também o ouviu falando?

O soldado deu um sorriso irônico, e um raio demoníaco em seus olhos perfurou a máscara de poeira na sua face: quem não ouviu? Totalmente histérico. Ficava nos xingando, ameaçando, fazendo piadas, do que você está rindo?

Não, nada. Besteira. Ele ameaçou mesmo vocês?

Nem o general Gorodish falaria desse jeito com um subalterno. Chega um pouco pra lá, deixa eu escutar. Ele se curvou sobre a mesa, virou para fora um dos fones de Ilan, colocou junto ao seu ouvido, escutou, fez um meneio e sorriu. É isso mesmo, o tempo inteiro, blá-blá-blá, para mim ele devia era estar no Parlamento.

Foi assim desde o começo?, perguntou Ilan, embora já soubesse a resposta.

Não, no começo até que estava em ordem. Culhões de aço, cautela na transmissão, falando disfarçado, nomes em código, e por algum tempo, eu acho, até conseguiu contato com o comando em Tassah, passando informações.

Ilan imaginou Avram adotando rapidamente o jargão militar e fazendo com que soasse surpreendentemente como sua língua materna. Podia ouvi-lo se comunicando, com a voz grossa e vagarosa: "negativo, ah, negativo, câmbio", e também se deleitou em visualizar os olhares atônitos no quartel-general da divisão ("alguém sabe quem é esse moleque conduzindo sozinho os negócios em Magma?").

* * *

Mas isso aí é um aparelho de frequência 6, espantou-se o iemenita, praticamente um *walkie-talkie*, não entendo como você conseguiu pegar ele falando.

Ajeitaram o aparelho para mim.

Na verdade, ele é para comunicação interna, para dentro do forte, não passa de uma caixinha de metal, não serve para um alcance tão grande.

Você é operador de rádio?

Não está vendo?, ele sorriu, apontando para suas grandes orelhas.

Quanto tempo ele consegue ficar transmitindo?

O operador retorceu os lábios enquanto refletia sobre a questão, e finalmente determinou: depende.

Do quê?

De quantas baterias ele tem, e quanto tempo vai levar até que caia a ficha deles de que há um dos nossos vivo ali.

Avram, como som de fundo, cantava vigorosamente, "Não é uma simples *Sucah*, muito verde e luz nela há", e o operador cantarolou junto, balançando a cabeça no ritmo. Escute só, ele disse, ele acha que está num programa de calouros, ou algo assim.

A canção se desfez num gemido de dor. Avram sumiu por vários segundos, e Ilan procurava febrilmente, girando o dial, batendo no aparelho — e então descobriu também que o som agudo e incessante não provinha do receptor, e sim do seu próprio ouvido, por causa do único tiro que havia dado. E quando voltou a achar Avram, não havia na voz dele nem sequer traço daquele entusiasmo aterrorizante, apenas um murmúrio calmo e dócil: não me lembro, me deixe em paz, meu cérebro entupiu, eu queria dizer a você... O que eu queria dizer? Por que estou aqui? Por que vim para cá? Eu não pertenço a este lugar.

O operador e Ilan, ombro a ombro, ouvido a ouvido, se debruçaram sobre o aparelho. O operador disse, ele está com alguma mulher na cabeça, está ouvindo?

Estou.

Coitado. Ele não sabe que não vai vê-la nunca mais.

E não há comida, queixou-se Avram, só moscas, um trilhão de moscas, cacete!, vocês me chuparam todo o sangue. Também estou com febre, toque aqui, e não há água, nem ninguém vem, alô...

O problema dele, diagnosticou o operador, é que ele está ligado direto.

Ele sempre ficou ligado direto, Ilan sorriu para si mesmo, Avram adorava isso.

Alô, seus desprovidos de pênis, bolas murchas, prosseguiu Avram, mas sua voz já não tinha energia, e as palavras pingavam de sua boca secas e vazias. Pelo amor de Deus, vocês brincaram, se divertiram, eu entendo, agora venham logo, quero ir para casa.

Qual é a dele?, o operador sorriu, intrigado, você consegue entender?

Eu entendo, disse Ilan.

Ei, sussurrou Avram, será que vocês não têm algum pistolão no comando egípcio?

Caramba, resmungou o operador, não só está pedindo que venham como também está abrindo as pernas.

Será que por acaso a sua tia de Pshemishl estudou com a avó do Akid Hamzi, o malvado, do Batalhão de Assalto 13?

Diga, começou Ilan numa tentativa sem esperança, não se pode realmente mandar alguma força para —

O operador recolocou seu fone de volta no ouvido de Ilan, levantou-se e o observou longamente. Como você disse que se chama?

Ilan.

Então ouça o que eu estou lhe dizendo, Johnny. Tire esses fones, tire esses fones *agora*, e deixe ele pra lá, definitivamente. Esqueça, porra, apague ele da cabeça, esqueça que ele um dia existiu. Ele nunca existiu.

Esquecer dele?, ironizou Ilan, esquecer Avram?

É melhor você se desligar já. De repente ele entendeu: o quê, você o conhece?

Ele é um amigo.

Amigo-amigo, ou amigo tipo, oi tudo bem?

Amigo-amigo.

Esqueça, não está mais aqui quem falou, murmurou o operador. E se foi.

Escorpião, aqui é Borboleta. Divisada coluna de Saggers à sua direita, alcance 500. Fogo, fogo total, todas as unidades, câmbio; Planta, cadê o apoio aéreo prometido, cadê?, vocês dizem "a caminho", "chegando", e nada, estão acabando com a gente, tenho um morto e um ferido, câmbio, câmbio; *quem no seu tempo e quem antes do seu tempo, quem pela água e quem pelo fogo, quem pela espada e quem pela fera;* alô!, o que houve com você?, o Yom Kippur foi há dois dias; em nome de Alá clemente e misericordioso, para todas as unidades, Divisão 16 continua atravessando o canal conforme o planejado. Até agora nenhuma resistência séria, e pela vontade de Alá continuaremos até a vitória; Abir, aqui Dudevan, respondendo a sua pergunta, talvez cinquenta homens vivos ao longo de toda a divisa, um aqui, dois ali; Planta, eles estão chegando, por que vocês não respondem; quem por asfixia e quem por pedras, quem descansará e quem vagará, quem terá sossego e quem será devorado; há um piloto judeu ferido na mata perto de 253; as ordens são: ficar alerta, aguardar com comunicação zero que venham salvá-lo, e só então, fogo total, câmbio.

A minha mãe, Avram respirava com dificuldade, mesmo que vocês não mereçam ouvir falar sobre ela, seus filhos da puta, traidores de irmãos —

Ilan apertou as laterais do aparelho até as juntas de seus dedos ficarem brancas.

A minha mãe, grunhiu a voz de Avram, já está morta. Mas ela sempre... — ele fez um som estrangulado —, sempre teve paciência comigo, juro pela minha vida. Ele deu uma leve risada: "pela minha vida", que expressão grandiosa! Pe-la-mi-nha-vi-da, vocês entendem o que significa poder dizer "pela minha vida"? Pe-la-mi-nha-vi-da! Um brinde à vida!

Mais um demorado silêncio, quebrado por sons estridentes de interferência. O sinal verde no visor se encolheu, oscilou e se dividiu, depois voltou a se juntar e cresceu novamente.

Eu costumava correr com ela na ladeira da rua Betzalel, prosseguiu Avram, e agora soava extremamente fraco, a ponto de Ilan praticamente dobrar-se ao meio sobre o receptor. Morávamos ao lado do mercado, quando eu era pequeno... Não lembro, não lembro se contei para vocês. Como é que eu não me lembro de nada. De repente não me lembro dos rostos, não consigo lembrar o rosto da Orah... Só as sobrancelhas dela, toda a beleza dela está nas sobrancelhas.

Agora ele respirava com enorme esforço. Ilan podia sentir que ele estava ardendo de febre. Que ia perdendo rapidamente a consciência.

E descíamos correndo com mamãe a ladeira da Betzalel, a ladeira toda até o parque Sacker, alguém conhece? Alô?

Ilan fez que sim.

Ela me segurava pela mão, acho que tinha uns cinco anos, e corríamos até embaixo, e subíamos de novo, e corríamos, até eu me encher.

Ele soltou um gorgolejo e se calou. Por um instante sumiram também os ruídos de fundo. Um silêncio estranho, agourento, instalou-se em todo o setor. Ilan teve a impressão de que todos que ali estavam, dos dois lados do canal, haviam parado um instante para escutar a história de Avram.

Sabe quando você é criança e algum adulto brinca com você e dá um medo de que ele se canse? Você fica perguntando: quando é que ele vai se cansar? Quando é que vai olhar no relógio, e quando é que vai ter alguma coisa mais importante pra fazer?

Sim, disse Ilan. Sim.

Pois é, minha mãe nunca se cansava; eu sempre me cansava antes. Do que quer que a gente brincasse eu sabia que ela nunca ia parar antes de mim.

Ele flutuava num nevoeiro. Sua voz estava fina e vacilante, como a voz de um menininho, e Ilan sentiu como se estivesse espiando e vendo Avram nu, e não conseguiu parar.

Avram disse: essa é uma coisa que dá força para toda a vida. É uma coisa que faz a pessoa feliz, não é?

Um soldado religioso esquálido e extremamente agitado tropeçou na cadeira de Ilan e lhe pediu que o ajudasse a empacotar os paramentos religiosos do forte. O soldado piscava intensamente, e a cada momento esticava os lábios para os lados numa expressão que lembrava um sorriso mecânico. Ilan se levantou do receptor. Ao se espreguiçar, percebeu que já fazia mais de uma hora que não se levantava do lugar. Agachou-se ao lado do soldado e enfiou numa caixa de munição vazia os livros da torá, livros de orações, solidéus, um cálice de *havdalah*, um candelabro de Hanukah, pacotes de velas de Shabat, e até mesmo um perfumado *etrog*, enviado para o forte para as comemorações da festa de Sucot. O rapaz religioso pegou o *etrog*, o encostou no rosto e aspirou seu aroma cítrico com uma paixão selvagem. De voz partida, contou que logo no fim do Yom Kippur havia lhe nascido um filho, ou uma filha, pois o coronel em pessoa lhe dera a notícia por radiofone, mas, como ele não tinha prática em escutar mensagens em código, não estava seguro se fora menino ou menina, e ficou com vergonha de aborrecer o coronel com uma pergunta dessas. Com a ajuda de Deus, prosseguiu, ainda veria seu filho, ou sua filha, e se fosse um filho homem, lhe daria o nome de Samuel, em homenagem ao general Gorodish, se menina, Ariela, em homenagem ao general Sharon. Ele falava e piscava e mudava constantemente de expressão, enquanto Ilan ao mesmo tempo ouvia Avram chamando-o dentro de sua cabeça, implorando, e no entanto continuou a encorajar o soldado mais e mais, censurando-se pela sensação de alívio que sentiu por se ver livre, durante alguns momentos, da obrigação de ficar sentado junto ao receptor escutando o fim de Avram.

Bombas caíram muito perto do forte. O soldado religioso farejou o ar e fez uma careta, gritando que eram bombas bioquímicas! Puxou Ilan para uma grande cabine de ferro com uma placa "Equipamento Nuclear-bioquímico — abrir apenas em caso de emergência". O soldado quebrou o cadeado com sua Uzi. A porta se abriu e dentro, de cima a baixo, havia caixas de papelão vazias. O rapaz olhou para elas e começou a berrar, a golpear a cabeça com as mãos e a bater os pés. Ilan saiu dali, voltou a seu posto de escuta, e recolocou os fones de ouvido.

Então, na opinião de vocês, quantos minutos restam a Avram até que a sua barriga seja aberta? Sua barriga macia, peluda, que ele tanto gostava de alisar? Sua barriga que lhe servia de despensa e celeiro —

Basta, disse Ilan, pare com isso!

Pois Avram, escutem que esta é boa, na verdade tinha planos de circular por aí pelo menos mais quarenta ou cinquenta anos, de ser um velho sacana, passar a mão num peito ou numa coxa de vez em quando, viajar pelo mundo, devorar distâncias, doar um rim ou um lóbulo para os carentes, deleitar-se em prazeres mundanos, escrever pelo menos um livro de tremer na estante —

Ilan sacudiu a cabeça. Tirou os fones e se levantou. Percorreu as trincheiras do forte. Foi até um posto de observação de onde se via o velho hospital de Ismaília. Dois reservistas estavam ali sentados com as pernas erguidas e apoiadas nos sacos de areia como se estivessem relaxando num cruzeiro. Ambos haviam sido soldados regulares na Guerra dos Seis Dias, e lhe pareceram velhos. Ilan pensou com absoluta apatia que jamais chegaria à idade deles. Foram joviais e complacentes, e lhe asseguraram que a Sexta Frota estava a caminho e que em mais algumas horas os "arabescos" já iriam se arrepender do instante em que havia lhes ocorrido aquela idéia infeliz. Cantaram-lhe num dueto desafinado, a todo o volume, a canção "Nasser está à espera de Rabin";

Ilan farejou o ar e de repente se deu conta de que estavam bêbados — provavelmente de vinho barato do exército. E, ao olhar atrás deles, descobriu algumas garrafas vazias, escondidas entre os sacos de areia.

Ilan saiu dali e ficou parado observando as águas azuis e os verdes jardins de Ismaília. Não distante dele, um longo, interminável comboio de jipes egípcios cruzava o canal sobre uma ponte flutuante. Uma imensa torrente de homens e veículos continuava passando praticamente ao lado do forte sem se dar ao trabalho de parar para tomá-lo. Ilan pensou no filme *O mais longo dos dias*, ao qual assistira duas vezes com Avram. Sentiu que as diversas partes da realidade que conhecia já não podiam se juntar entre si, e simplesmente parou de se espantar.

As bombas pipocavam, e as redes de aço que continham as rochas começaram a se romper. Fragmentos de rochas voavam para todos os lados. A camada protetora do forte estava cedendo, e o ar era uma mistura sufocante de cinzas, piche e poeira. Ilan ficou parado, incapaz de dirigir o olhar para o sul, na direção da base de Magma; mesmo assim, adivinhou que a fumaça que ali se erguia, no canto de seus olhos, vinha do local onde Avram se encontrava. Pensou se havia algum meio de forçar o comandante a mandar alguns homens para resgatar Avram, e soube que não havia a menor possibilidade, o comandante não mandaria nenhum de seus homens para uma missão suicida como aquela. Ele abriu caminho até o abrigo da sala de guerra. Seus olhos estavam vermelhos e lacrimosos, e ele tinha dificuldade de respirar. No caminho passou pela sua pequena mesa e deu uma espiada no aparelho. Não foi capaz de voltar a se sentar.

No ar sufocante que reinava no *bunker* alguém se lembrou da bomba de ar manual. Ela mal conseguia renovar o ar, e o seu barulho — que parecia um uivo de chacal — contribuía para tornar o ambiente mais lúgubre. Um avião Mig egípcio em chamas mergulhou para o chão, e acima dele abriu-se um paraquedas. De alguns postos do forte ouviram-se aqui e ali tímidos aplausos. O piloto desceu bem sobre a margem do canal e correu mancando sobre a ponte. Os soldados egípcios correram em sua direção, e o abraçaram, como se para protegê-lo de um possível tiro vindo do forte. No *bunker* e nos postos de observação os soldados ficaram assistindo em soturno silêncio. Havia nesse grupo egípcio um espírito que lhes despertava certa inveja. Ilan esfregou com os dedos seu rosto sujo. Em todos os milhares de horas em que escutara os soldados egípcios nos diversos equipamentos de escuta no subsolo de Bavel, em todos os dias e noites em que traduzira suas conversas, compartilhando de perto sua rotina militar, e também seus momentos triviais, suas piadas, sacanagens e segredos mais privados, jamais sentira tão intensamente o quanto eram pessoas reais, vivas, carne, sangue e alma, como sentiu nesse momento, quando abraçaram seu companheiro, o piloto.

Mas eu sim, diz Avram a Orah. É a primeira vez em muito tempo que ele volta a falar. Eu me entusiasmei com todo esse negócio de escuta muito mais do que os outros operadores de rádio, até mesmo que os veteranos. Eu ficava doido com aquilo, ter permissão de escutar livremente qualquer pessoa que abria a boca. E isso de ser possível ouvir o que as pessoas falam entre si a portas fechadas. Bem, ele dá uma risada, a mim interessavam menos os segredos militares, você sabe, eu me interessava mais pelas bobagens, pelas pequenas intrigas entre os oficiais, as fofocas, as cutucadas, todo tipo de detalhes da vida privada deles. Havia dois operadores da Segunda Armada, dois *fellahim* do Delta, que de repente percebi que estavam apaixonados um pelo outro, e que passavam insinuações particulares no meio das transmissões oficiais. Eu procurava esse tipo de coisa.

A voz humana?, sugere Orah.

Um avião Phantom israelense surgiu, mergulhou sobre o forte e disparou rajadas com suas duas metralhadoras. Ninguém se moveu. O rugido do caça preencheu todo o espaço. Preencheu também o corpo de Ilan, deixando-o arrepiado. Um pesado cinzeiro de vidro tremeu violentamente em cima da mesa, acabando por cair no chão e quebrar-se. No pátio do forte estava o tanquista de Jerusalém, que havia chegado com Ilan, tomando café. Seus olhos se ergueram surpresos para o céu acima da borda da caneca. Os óculos reluziram, o avião mergulhou um pouco em sua direção e Ilan viu o tanquista ser rasgado em dois, na diagonal, dos ombros até a cintura, cada uma das partes voando para um dos lados do pátio. Ilan se curvou e vomitou. Os outros ao seu lado também vomitaram. Alguns soldados ergueram punhos para o céu, xingando a Força Aérea e o exército de forma geral.

Então os egípcios começaram a cobrir o céu com fogo antiaéreo, um tapete suspenso vermelho-amarelo, de dentro do qual eram disparadas de tempos em tempos baterias de mísseis. O Phantom dardejava entre elas e de repente sua cauda se incendiou e ele começou a cair envolto numa coluna de densa fumaça negra. Os soldados o acompanharam em silêncio até espatifar-se no chão. Nenhum som se ouviu. Os soldados do forte permaneceram imóveis, entreolhando-se. Quando Ilan voltou a olhar o pátio, viu que alguém já havia coberto os restos do corpo com dois lençóis separados.

E o seu amigo?, disparou o operador de rádio de pele morena, já esqueceu dele?

Ilan não entendeu o que o outro quis dizer.

Aquele de Magma, ainda bem que você já deixou pra lá.

Ilan olhou para ele, olhos subitamente inflamados. Ele correu.

Alô, alô, alguém está ouvindo? Alô? Estou aqui sozinho. Já mataram todos ontem, ou anteontem. Uns vinte homens, mais ou menos. Eu não conhecia ninguém, cheguei só umas horas antes de o inferno comer solto. Eles foram mortos no pátio do forte, foram arrastados para lá e atiraram neles feito cachorros. Alguns foram mortos a pauladas. Eu e o operador de rádio nos escondemos debaixo de barris de diesel que rolaram por cima de nós. Nós nos fingimos de mortos.

Algo mudou, Ilan percebeu imediatamente, Avram soava lúcido e compenetrado, e falava como se soubesse com toda a certeza que havia alguém escutando em algum lugar, acompanhando suas palavras.

Eu os ouvi chorando, o nosso pessoal, suplicando para não serem mortos. Ouvi dois rezando, eles foram cortados ao meio. Depois os egípcios foram embora, não voltaram mais. Há explosões o tempo inteiro. Agora eu acho que não dá para entrar no forte de jeito nenhum. Está tudo destruído. Daqui eu vejo que as vigas do portão estão totalmente tortas.

Ilan fechou os olhos, tentando ver o que Avram descrevia.

Até a noite do primeiro dia fiquei ao lado do operador, disse Avram. Ele estava deitado a uns dois metros de mim, muito ferido, o equipamento de rádio em cima do corpo, e outro menor próximo a ele, e um monte de baterias, tinha pelo menos umas oitenta, eu sei disso porque ele ficava contando as baterias o tempo todo, estava obcecado, uma loucura. Ele estava ferido na perna, e eu no ombro. Levei um estilhaço de granada que explodiu quando o lugar pegou fogo. Está meio dentro do corpo, meio fora. Eu consigo tocar nele. Se eu não me mexer, o ferimento não sangra. Só dói. Que coisa estranha, ele murmurou, espantado, há ferro dentro do meu corpo. Alô, alô?

Sim, disse Ilan à meia-voz, estou ouvindo você.

Tanto faz. O operador perdeu muito sangue, ficou sangrando o tempo inteiro. Não sei o nome dele, quase não nos falamos, para o caso de cairmos prisioneiros, não sabermos demais um sobre o outro. Depois de algum tempo vi que ele realmente não estava bem, tremia todo. Eu quis confortá-lo, mas ele não me ouvia. Em algum momento eu me arrastei até ele e fiz um torniquete na coxa. Ele estava delirando, não falava coisa com coisa. Achava que eu era o filho dele. A mulher dele. O equipamento de rádio ainda funcionava, e falei com um oficial em Tassah, um sujeito já veterano, eu acho. Expliquei o que estava acontecendo aqui, disse o que o exército tinha de fazer. Ele prometeu que o auxílio estava a caminho e que a Força Aérea mandaria um helicóptero para me tirar daqui. À noite, não sei exatamente quando, o operador morreu.

Ilan achou a súbita sobriedade de Avram mais difícil de enfrentar do que sua tagarelice delirante. Teve a sensação de que Avram estava agora completamente exposto, sem nenhuma camada de isolamento para protegê-lo do que estava à sua espera.

Depois disso, cavei um pouco a terra, até cair num buraco que havia por baixo. Acho que caí mais ou menos um metro, de costas, com o equipamento de rádio e todas as baterias. Aqui não dá nem para me sentar, só ficar deitado com a porra do aparelho em cima de mim, e não há chance de alguém me ouvir neste buraco, mas dá para virar de um lado para o outro, até mesmo rolar meio metro para cada lado. Arrumei alguns sacos de areia, para entrar um pouco de ar, mas é tão escuro que parece o Egito —

Ele silenciou, depois acrescentou com um leve suspiro: escuro que parece o Egito, sacaram? Ele não resistiu ao prazer da piada.

Ilan deu uma risada encorajadora.

E eu estou com uma diarreia contínua, cagando direto, não sei mais o que tenho pra cagar. Não comi nada por três dias, e quase não bebi. E não dormi quase nada. Não suporto pensar que vão me matar dormindo.

Meu Deus, só não enquanto durmo.

Ele está caindo de novo, percebeu Ilan.

Parece que não querem se deter aqui, os do batalhão de assalto egípcio,

Avram ia dizendo, depois vão voltar para terminar o serviço. Você acha? Não sei. O que é que entendo disso? Antes certamente vão explodir tudo, depois vão entrar para procurar. É preferível uma explosão, não é? Um bum enorme, e pronto. É foda. Inacreditável, eu o tempo todo... De repente caiu na gargalhada: não, meu Deus, o que é que estou fazendo aqui? Por que justo eu?

Ilan se contraiu. Sabia que agora Avram falaria do sorteio.

Ei, Orah, Oraleh, onde está você agora? Só quero tocar na sua testa, desenhar com o dedo as suas sobrancelhas e a boca. Você me deixava doido.

Ilan pôs as mãos sobre a boca.

Escute, Orah, já faz algum tempo que eu tenho essa ideia, é uma grande ideia, não contei nem para você nem para o Ilan... Alô?, sobrou alguém na galáxia? Alô, humanidade? Ilan?

Ilan saltou do lugar, aterrorizado.

Incendiaram o forte inteiro, Avram sussurrou em pânico, com os homens, com o equipamento, com a cozinha, com as nossas mochilas, com tudo que viam pela frente. Passaram com lança-chamas e tocaram fogo. Eu pude ouvir. Tudo ardendo. As minhas mãos e o meu rosto ficaram queimados pelo calor, estou preto como piche. E queimaram também os meus cadernos. Perdi um ano de trabalho, todo o meu último ano, a ideia que eu tive, pronto, tudo se foi.

Cacete, cada momento livre que eu tinha, na base, nas folgas, durante as viagens para a base, você viu, Orah, como eu estava neste último ano. Sete cadernos, que merda, cadernos grossos, cada um com duzentas e vinte páginas, cheios de ideias —

Sua voz se partiu e ele começou a chorar, falava e chorava. Era difícil entendê-lo. Ilan se pôs de pé, ficou parado escutando os soluços de Avram. De repente arrancou os fones e os jogou de lado: basta, basta, basta, disse a si mesmo, que se acabe de uma vez.

Os egípcios aumentaram e intensificaram a carga de fogo. Bombas de morteiros de 240 milímetros caíam incessantemente. Os observadores das torres de vigia avisavam aos berros que braços carregando equipamento não identificado estavam aportando na margem logo abaixo do forte. Uma gélida brisa de medo soprava por entre as trincheiras, os postos de observação e as diversas salas. Os barcos começaram a esguichar água com mangueiras. A primeira reação foi de alívio: os jatos de água limparam a poeira que tomava conta do ar por toda parte — abrigos, canecas de café e narinas —, mas passado algum tempo o solo da fortificação começou a ceder. Os soldados passaram a atirar nos barcos com todas as armas disponíveis e lançaram também granadas. Os barcos fugiram, porém o forte afundara um pouco num dos lados e parecia um sorriso de escárnio, torto e amargo.

O comandante instruiu os soldados a entrar no *bunker* da sala de guerra. Ilan achou um canto para si e sentou-se no chão. Na sua cabeça continuava ecoando a voz de Avram, sussurrando, delirando, suplicando pela sua alma. Os soldados e oficiais se espalharam ao longo das paredes, evitando encarar-se. Agora, que a poeira fora lavada pelos jatos de água, podia-se distinguir que o ar estava tomado por um terrível fedor de merda, uma camada de sedimentos de terror especialmente tangível. Um soldado que parecia não ter mais de quinze anos, a cara lisa e delicada, estava deitado ao lado de Ilan com os olhos fechados, enrolado em si mesmo num murmúrio rápido e devoto. Ilan tocou sua perna e pediu-lhe que rezasse também por ele. O jovem, sem abrir os olhos, disse que não estava rezando, que absolutamente não era religioso, estava simplesmente recitando fórmulas químicas. Era assim que ele costumava se acalmar antes dos exames finais, e sempre funcionava. Ilan pediu que recitasse fórmulas também por ele.

Os soldados e oficiais estavam sentados de cabeça baixa. Lá fora, o deserto rugia, um animal gigantesco, ferido e fendido, erguendo-se, revirando-se e tombando a cada golpe. Ilan imaginava constantemente estar ouvindo os soldados egípcios explodindo o portão do forte. Seu cérebro criava nitidamente as vozes. Repetidamente golpeavam o portão com a coronha de seus fuzis, repetidamente ouviam-se as explosões, bem do lado de fora da parede, seguidas de ovações por terem conseguido entrar, gritos em árabe, tiros, gritos e súplicas em hebraico, que aos poucos iam cessando. Um gosto metálico se espalhou na sua boca, congelando e anestesiando seus dentes superiores e a base do nariz. Não vai doer, não vai doer, murmurava para si mesmo o jovem soldado ao seu lado. Seus olhos estavam cerrados de fervor, e uma mancha molhada se espalhou pelas suas calças.

Febrilmente, Ilan tentou se lembrar do método que uma vez inventara quando era garoto — um método de ficar feliz. Como era mesmo? Ele se dividia em diversas partes, regiões, e, toda vez que se sentia mal numa das partes, saltava para outra. Na verdade, nunca tinha dado muito certo, mas ao menos ele tinha aquela sensação de internamente passar de uma coisa para outra, algo que se assemelhava ao impulso do seu assento ejetor particular, capaz de propulsioná-lo por alguns momentos através do divórcio de seus pais, e do desfile de novos homens que começaram a visitar sua mãe, e das sujeiras que seu pai fazia com suas militares, diante dos olhos de todos, e da mudança forçada de Tel Aviv para Jerusalém, e da odiosa escola, e do terrível tédio — três dias e três noites toda semana — na base de transporte que seu pai comandava. Certa vez, num turno de guarda a dois, acompanhado por Avram, sob as antenas do penhasco norte de Bavel, ele contou ao amigo, meio rindo, o seu método, fazendo troça do menino que havia sido, e sentiu na pele como Avram ficou ao mesmo tempo atraído e repelido —

Avram olhara para ele como se alguma coisa nova lhe tivesse sido revelada, uma coisa especialmente obscura. Não só em Ilan, mas, em geral, no ser humano e nas possibilidades abertas a ele. Ele o questionara acerca dos mínimos detalhes do método, exigindo saber todas as minúcias do mecanismo, e como Ilan chegara àquela ideia, e quais eram as diferentes sensações em cada estágio do processo. E após tê-lo devorado dessa maneira, com tamanho apetite e sem a menor compaixão, seu cenho começou a se arquear para cima num sorriso: e você sabe qual é a etapa seguinte, não?

Ilan sorriu, meio exausto: qual é, qual é a etapa seguinte?

É que depois de você ter se dividido em numerosos quadradinhos, você inteiro não cabe em mais nenhum! Escute, Avram acrescentou em tom maravilhado, talvez contendo — ou não — um pequeno toque de zombaria: nunca ouvi um meio mais elegante de se suicidar! E sem que mais ninguém perceba!

Então o telefone tocou, a linha regular, conectada ao quartel-general, e uma voz familiar, que não ousou se identificar pelo nome, embora não fosse necessário, informou aos soldados que estava planejando chegar à região com uma divisão inteira para resgatar a todos que estavam presos nas várias fortificações. Os homens se entreolharam. Ergueram-se lentamente e começaram a se espreguiçar. Pés batendo no chão, o sangue voltou a correr pelos membros dormentes. Arik está chegando, os soldados diziam uns aos outros, saboreando as palavras. De momento em momento os movimentos foram ficando mais ágeis e os homens voltaram a ocupar seus postos pelo forte. Ilan se lembrava de ele próprio também ter dito, para si mesmo e para os outros, Arik está chegando, Arik vai foder com os egípcios. Arik vai salvar Avram e a mim. Ainda vamos nos sentar e dar risada de tudo isto.

Pois de qualquer maneira você nunca na vida vai ser minha, você é do Ilan, soou novamente a voz de Avram quando Ilan recolocou os fones nos ouvidos, e eu tenho essa merda dessa imagem fixa sua, desde o primeiro instante em que vi você, e todas as outras garotas sempre seriam apenas substitutas, isso ficou claro para mim desde o início, então o que é que posso esperar? As pessoas fazem uma puta onda da vida delas... O que me preocupa agora é apenas o desconforto térmico, sabe?, aqueles malditos lança-chamas. A verdade é que eu nunca gostei de *shawarmah*. Eu não quero morrer, Orah.

Ele ria, chorava, falava com Orah, descrevia o corpo dela e os dois transando. E como de hábito, era mais ousado na fantasia do que jamais fora com ela na realidade. Ilan escutava. E na manhã antes de Ofer nascer, ele contou a Orah, pela primeira e última vez. Nunca mais na vida voltou a falar naquele assunto. Ela estava deitada de costas para ele, sem se mover. Ele se encostou nela e citou Avram. Ela ouviu Avram pelos lábios dele. Disse, que fantasias ele tinha! Ela não disse uma palavra. Ele esperou, não disse nada e não lhe perguntou nada. Ela se manteve em silêncio. Ilan esticou o braço e tirou sua calcinha. Ela não se moveu nem resistiu. No máximo disse seu nome, com uma leve hesitação. Depois, ele estava dentro dela, com toda a sua intensidade. Se ele lhe tivesse perguntado se o sexo tinha sido apenas fantasia de Avram, teria lhe contado a verdade. Ele não perguntou. Simplesmente penetrou nela. Ela não reagiu. Recebeu-o dentro de si. Seus sentidos se aguçaram, advertindo-a do que estava fazendo, mas estava claro que seu corpo estava ardendo para recebê-lo dentro de si. Achou que precisava proteger o feto em seu interior, mas seu corpo respondeu a ele com fúria, seu corpo estava faminto dele. Seus braços e coxas se fecharam em torno dela. Sua boca ardia, ele beijava sua nuca, ele quase a trespassou. Ainda muitos anos depois ele tinha dificuldade em acreditar ter feito aquilo. Sua barriga oscilava à sua frente, a criança que Avram plantara nela estava ali deitada, se remexendo, esperando para nascer, mas por alguns instantes Ilan e ela foram somente um homem e uma mulher tratando de seus assuntos.

Era preciso fazer aquilo para o menino poder nascer, ela o sentiu naquela neblina de autossedação, e para Ilan poder ser seu pai, e para Ilan e ela poderem ser novamente homem e mulher um para o outro.

Alô, alô, aqui fala a Voz de Magma Livre. É a terceira noite. Ou quarta? Perdi totalmente a noção do tempo. Antes, mais cedo, saí da catacumba. Por alguns minutos houve um silêncio absoluto, e me arrastei para fora. É a primeira vez que saí desde que tudo isso começou. Mal podia me mover. Pensei que talvez a batalha deles tivesse acabado e que já tivessem voltado para o outro lado do canal. Parece que não é bem assim. Tenho a sensação de que ao menos na minha área a batalha prossegue, pois espiei lá fora e vi que eles continuam a atravessar o canal, multidões deles, difícil de acreditar, e não vi nenhuma força nossa.

Falava novamente com extrema lucidez.

Fiz uma busca pelo forte, e, com exceção do operador de rádio, vi mais três cadáveres nossos, no *bunker* 2, totalmente carbonizados. Primeiro pensei que eram troncos de árvores, juro, então caí na real, onde é que haveria árvores por aqui? São os reservistas da brigada de Jerusalém. Quando cheguei, na véspera do Yom Kippur, desci com o caderno até a beirada do canal. Estava tudo calmo, e eu pensei que tudo aquilo que tinham dito em Bavel para nos meter medo era baboseira. Achei um barril para me recostar, fiquei sentado com as costas viradas para a água escrevendo um pouco, trivialidades, para me aclimatar mais depressa. Aqueles três, que estavam num posto de vigia acima de mim, fizeram o maior teatro quando me viram escrevendo, e quando voltei lá para dentro tiraram o caderno da minha mão e chamaram todo mundo, e eu briguei com eles, quase saiu porrada. Não é nada agradável. Pela aparência deles acho que levaram os três para morrer juntos. Talvez os tenham amarrado um ao outro e depois atiraram. O que eu queria —

Tudo aqui está se desmanchando. Metais, rochas, redes, Uzis tortas e derretidas, um medo que só Deus sabe. Acho que vi sobre o forte uma bandeira egípcia. Achei três latas de carne enlatada, uma de *homus* e uma de milho. E o mais importante, duas garrafas de água. A carne não sou capaz de comer. Parei com a carne para o resto da vida.

Juntei também um pouco de terra em dois capacetes, para cobrir a minha latrina. Agora que tenho comida, certamente meus intestinos vão voltar a funcionar a todo o vapor, há há há.

Resumindo, me arrastei de volta para a minha gaiola, me deitei outra vez na postura do dervixe-chupando-a-si-mesmo. Se eu soubesse ao menos fazer funcionar esta porra deste aparelho, filho da puta! Alguém está ouvindo? Alô...

Só peço que não doa. Tomara eu pudesse perder a consciência. Antes, quando vi o pessoal ali, tentei me estrangular com as mãos, mas comecei a tossir e fiquei com medo de que me ouvissem e viessem.

Só espero que não me torturem primeiro. Um cara como eu para eles é sopa no mel. Fico vendo imagens o tempo todo. Que merda de filme.

Sorte que eles não têm muito tempo a perder comigo.

Mas quanto? Um minuto? Três minutos? Quanto tempo isso pode levar?

Só espero que seja rápido. Uma bala na cabeça.

Não, na cabeça não.

Então onde?

Basta, que venham logo. Venham logo, seus putos! Egípcios filhos da puta, recalcados!

Ele gritava com toda a força. Depois, Ilan ouviu dois sons de golpes agudos, e concluiu que Avram havia se estapeado.

Ilan, disse de repente Avram numa voz próxima e suave, como se estivesse tendo uma conversa telefônica comum, no final certamente você vai casar com a Orah, parabéns, seu porra. Só me prometa que vocês vão chamar o filho de vocês de Avram, está ouvindo? Mas com o "h": Avraham! Pai de muitas nações! E falem de mim para ele. Porra, Ilan, estou avisando, se vocês não fizerem isso, o meu fantasma vai assombrar você à noite na sua cama, e vai dar um jeito de dobrar e murchar a sua vara.

Escute uma coisa, ele riu de repente, uma vez, antes do exército, fui à casa da Orah em Haifa, e a mãe dela me obrigou a tirar os sapatos e deixar na entrada, você sabe como ela é, e as minhas meias estavam fedendo horrores, acho que fazia uma semana que eu não trocava, você me conhece, e ela me fez sentar na sala, na poltrona francesa, e começou a perguntar quem eu era e o que estava querendo com a filha dela, e eu, de tão nervoso por causa das meias, comecei a contar para ela que aos dezessete anos tinha resolvido ser um estoico, e depois, durante algum tempo, um adepto de Epicuro, e agora já fazia alguns meses tinha virado um cético. Soltei um discurso inteiro para ela não prestar atenção no fedor... Besteira, mas conte isso para a Orah, e também para o menino, Avraham, deem um pouco de risada, por que não.

Basta, ele suplicou, venham, venham, quem quer que seja.

Sete cadernos, você entende o que é isso? Havia uma ideia fantástica, escute, Orah, e eu pensei numa série, não num episódio só, pelo menos três. Cada um de uma hora. Sem concessões, fazer uma vez na vida algo grande, algo como A *guerra dos mundos*, do nosso amigo Orson. O fim do mundo, eu pensei, a ideia é essa, pegou? Mas não o fim por causa de uma invasão alienígena ou de uma bomba atômica. Eu pensei na queda de um meteoro, todo mundo sabendo exatamente quando vai acontecer. Pois a emoção toda é que a data do fim é conhecida, entende? Todo mundo sabe exatamente quando —

Morro por saber que não posso lhe contar isso, Orah, Avram se queixou pesadamente, como posso escrever algo sem ter a sua confirmação, o seu entusiasmo? Escute, escute, me escute —

E como sempre, quando apresentava uma ideia nova a Orah ou Ilan, se agitava todo. O calor irradiava dele. Ilan procurou visualizá-lo no seu buraco sob a terra, mexendo as mãos e os pés com entusiasmo.

E a humanidade inteira sabe, prosseguiu Avram, que exatamente nessa tal e tal data ela será exterminada, não restará viva alma, nem animal nem planta. Ninguém se salva, não há comissão de exceções, nem privilégios de diretoria. A vida toda evapora.

Sete cadernos aqueles filhos da puta me queimaram, despejou ele novamente em tom de sincero estarrecimento. Como é que puderam foder comigo desse jeito?!

Escute, Orah, os relógios estarão marcando apenas o tempo que falta até a evaporação. E quando alguém perguntar que horas são, só haverá um significado: quanto tempo resta até —

Entendeu? Espere, há mais.

Ilan passou a língua nos lábios. A excitação de Avram começou também a contagiá-lo. Podia ver como a luz interior tornava Avram quase bonito.

Por exemplo, os museus irão tirar das galerias e depósitos todos os quadros e esculturas. Todas as obras de arte. Tudo ficará na rua. Imagine só, a *Vênus de*

Milo e a *Guernica* encostadas no muro de uma casa comum em Tel Aviv, ou em Ashquelon, ou em Tóquio. E todas as ruas estarão repletas de arte, tudo que os homens pintaram ou esculpiram ou criaram algum dia, ao lado dos trabalhos das vovós da aula de pintura no Centro Comunitário de Guivatayim, e pinturas de Nahum Gutman e Renoir e Zaritsky e Gauguin com pinturas de crianças do jardim de infância. Haverá pinturas e esculturas por toda parte, argila, ferro, acrílico, pedra. Milhões de obras de arte, de todos os tipos, de todas as épocas, do Egito antigo e dos incas e da Índia e da Renascença, tudo nas ruas, tudo na vida, tente ver isso, tente ver isso por mim, nas praças, nas menores ruelas, na orla do mar, nos jardins zoológicos, em cada canto que você olhar haverá alguma obra, não importa o quê, uma imensa democracia de beleza —

E o que você acha de talvez também os homens comuns, normais, poderem ficar por uma noite com a *Mona Lisa*? Ou com *O beijo*? Você acha exagerado? Espere, espere, ó mulher de pouca fé, ainda vou convencer você... Avram sorriu, e Ilan sentiu dor, a ardência de uma piada particular entre Avram e Orah.

Sua face, Ilan via, a sua expressão quando examinava uma nova ideia. Toda a sua energia se concentrando num estreito feixe de luz no fundo de seus olhos, um brilho que ali paira e ao mesmo tempo veste sua face com uma expressão impressionantemente realista, desconfiada, inquiridora, como que sopesando alguma mercadoria duvidosa que lhe foi entregue — e então, a erupção: o brilho se transforma em fogo, o sorriso se espalha, as mãos se agitam e os braços se abrem, venha ó mundo, Avram conclamaria, venha me foder, com força!

Bem, há também uma grande pergunta fundamental que ainda não consegui responder totalmente, não consegui resolver, murmurou Avram para si mesmo, ao mesmo tempo concentrado e distraído: será que as pessoas vão desmontar todas as estruturas da vida delas, por exemplo, as famílias, ou será que vão querer que tudo permaneça até o último instante exatamente como sempre foi? O que você acha?

E se, por exemplo, as pessoas começarem a dizer apenas a verdade, uma na cara da outra, pois não há tempo, entende? Não há tempo.

Numa situação dessas, ele murmurou depois de alguns instantes de silêncio, cada coisa, por mais trivial que seja, por exemplo, o desenho do rótulo de uma lata de milho em conserva, ou por exemplo uma caneta, ou até mesmo a molinha dentro da caneta, de repente parece uma obra de arte, não é mesmo? A essência de toda a sabedoria humana, de toda a cultura.

Caceeeeete! Não tenho caneta. Agora, agora eu começaria a escrever de verdade. Agora sinto que estou realmente lá.

Ilan se levantou, correu para o *bunker*, revirou as gavetas, achou algumas folhas que o rabinato militar havia distribuído por ocasião do Yom Kippur. As folhas estavam impressas de ambos os lados, mas tinham margens largas e espaços vazios.

A doce rainha Elisabeth, cantava Avram no aparelho, e Ilan anotou.

My queen, my sweet queen.
Quero tanto proteger você do desastre que se aproxima.
Reis precisam falecer devagar, minha rainha,
Com o pesado dobrar dos sinos,
Com carruagens cobertas de flores,
Com uma dúzia de pares de corcéis negros.

Ele cantava e arfava intensamente ao microfone. Era difícil acompanhar. A música era apenas um zumbido disforme, uma espécie de declamação patética cheia de ar, e inconscientemente Ilan começou a refletir sobre o fundo musical capaz de combinar com aqueles versos.

Po-rém!, interrompeu Avram, e Ilan poderia jurar que ele havia erguido a mão para o alto:

Talvez te matemos um pouco antes disso, amada rainha Elisabeth,
Um servo de expressão opaca te servirá uma cápsula,
Para que possamos nos despedir de ti de forma apropriada.
Nós te deitaremos para dormir três dias antes de todos nós,
Dentro de um caixão de ébano
(ou mogno).
Para que não sofras o constrangimento
De uma morte comum, anônima

> *Em meio a gritos rudes de medo,*
> *Com peidos fedidos que corremos o risco de soltar em nossos momentos finais.*
> *E também, minha rainha —*
> *Que os nobres pensamentos a teu respeito*
> *Não nos impeçam de morrer à toa,*
> *Como merecemos.*

Avram se calou. Deixou as últimas palavras ecoarem, e Ilan inadvertidamente pensou: nada mau para começar, mas um pouco Brecht demais. E Kurt Weil também passou por aí, e quem sabe também Nissim Aloni?

Trechos como esse, está entendendo, Orah?, Avram ofegava, dezenas, talvez centenas, eu já tinha nos cadernos. Caceeete! Como é que vou conseguir refazer —

Escute, há uma frase que Ilan e eu adoramos. Talvez eu deva dizer adorávamos, pois um de nós dois, que para o meu grande pesar sou eu, já precisa começar a empregar o tempo passado: eu fui, eu quis, ah... fodi, escrevi —

Sua voz se partiu, e ele começou de novo a chorar baixinho, estava difícil entendê-lo.

É uma frase do ilustre Thomas Mann em *Morte em Veneza*, prosseguiu após alguns instantes, e sua voz estava novamente firme e rija, numa espécie de imitação débil de sua voz de piadas e encenações, e é uma frase maravilhosa, você precisa ouvir: o pintor está lá, o velho, como é mesmo, Aschenbach, possuído daquele "temor do artista", está ouvindo? "Temor do artista, de seu tempo de vida se esgotar antes de ter se entregado plenamente." Algo assim. Eu receio, minha cara, que devido às circunstâncias a minha memória esteja me falhando, junto com todo o resto. Quando enforcarem você, ao menos você tem prometida uma boa gozada, mas com esse fogaréu de lança-chamas, não me parece que é um arranjo —

Um momento —

E como proceder com os presos? Libertá-los imediatamente? Libertar também assassinos e assaltantes e estupradores? Como se pode manter alguém na prisão numa situação dessas? E o que fazer com os condenados à morte?

E as escolas?, ele perguntou depois de um doloroso silêncio, afinal não há sentido em continuar ensinando, nem em preparar alguém para o futuro, um futuro que já está claro que ele não terá, que absolutamente não haverá. E eu imagino que a maioria dos alunos abandonará totalmente as escolas, hão de querer viver, mergulhar na vida propriamente dita. Por outro lado, talvez justamente os adultos voltem às salas de aula. Por que não? Sim, nada mau, ele ri, deliciado: seguramente haverá muita gente querendo retornar a essa época de sua vida.

Este trapo está fedendo demais, ele murmurou, mas pelo menos já não está mais sangrando. Difícil mexer o braço. Nos últimos minutos voltou a dor terrível. A febre também subiu. Estou morrendo de vontade de tirar a roupa, mas não quero estar nu quando eles chegarem. Não quero que eles tenham certas ideias.

Ele respirava com dificuldade, arfando como um cão. Era possível sentir como tentava fazer com que a história o preenchesse, penetrasse de volta nele, o revivesse com seu toque.

E as crianças se casarão com nove ou dez anos, meninos e meninas, para terem a chance de sentir algo da vida.

Ilan soltou a caneta. Piscou com força os olhos que ardiam. Viu Avram deitado de costas, debaixo da terra, no pequeno útero que havia fabricado para si, a cuja volta jorrava o exército egípcio. Avram, o invencível, Ilan pensou.

E receberão pequenos apartamentos, as crianças, e cuidarão sozinhas da vida delas. De noite, sairão para passear nas praças, abraçadas. Os adultos irão olhar para elas, e suspirar, sem se surpreender.

Um monte de coisas que só estão me ocorrendo agora.

Tudo está vivo na frente dos meus olhos.

Ei, de repente Avram exclamou e caiu na gargalhada, se alguém estiver ouvindo, anote para mim essa ideia das crianças! Não tenho caneta, que merda.

Estou anotando, murmurou Ilan, continue, não pare.

E talvez os governos comecem a drogar os cidadãos, em pequenas doses, sem que eles saibam, pela rede de água. Mas, no fundo, por quê? O que isso me traz?

Para diluir o medo?

Preciso pensar sobre isso.

Ilan lembrou-se de que Avram sempre brincava dizendo que se tinha uma boa ideia era capaz de trabalhar nela até mesmo dentro de um liquidificador.

Aquele chinês tinha razão, espantou-se Avram, não há nada como a proximidade de um lança-chamas para aguçar a mente.

E as pessoas se livrarão de seus cachorros e gatos.

Mas por quê? Animais de estimação nos dão conforto, não dão?

Não, pense, na situação deles não podem dar amor a ninguém. Eles não têm reservas de amor.

Então é uma era de absoluto egoísmo?

Não entendo... Você quer que as pessoas fiquem totalmente selvagens? Gangues nas ruas? O mal absoluto? O homem é o lobo do homem?

Não, isso é muito fácil. É banal. Eu quero justamente manter as estruturas deles. Principalmente perto do fim. A força é essa. Essa vai ser a força da história, que as pessoas, apesar de tudo, consigam de alguma forma manter —

Ele murmurava, alternando entusiasmo e exaustão, e Ilan se inflamava com ele, esforçando-se para escrever cada palavra, sabendo que jamais ninguém havia se exposto a ele dessa maneira, nem mesmo a Orah, nem mesmo quando transava com ela. Enquanto escrevia, algo estava sendo registrado dentro de si mesmo: a consciência nova, clara e lúcida de que ele próprio não era um verdadeiro artista, não como Avram, não como ele.

E esqueci de contar que os bebês também serão abandonados.

Isso mesmo, os pais abandonarão os bebês.

E por que não? O meu pai fez isso quando eu tinha cinco anos.

Puxa vida, as possibilidades são infinitas. Ele soltou uma risada: um ano, rapaz, um ano inteiro fiquei emperrado nisso, não avançava de jeito nenhum, ficava aos trancos e me parecia irreal ou vulgar, e agora, de repente —

Ilan ia anotando. Sabia, com total consciência, que se saísse vivo dali teria de buscar um novo caminho. Aquilo que pensara em ser já não mais seria. Não faria filmes. Nem música. Não era artista.

Então, digamos, as mulheres darão à luz em tudo que é esconderijo, certo? Na natureza, nas lixeiras, nos estacionamentos, e imediatamente se livrarão dos recém-nascidos. Sim, é isso mesmo... Os pais simplesmente não serão capazes de suportar a dor.

Toda essa parte ainda está meio fraca para mim.

Não consigo imaginar como é isso, pais. Pais e filhos, famílias são uma coisa distante demais.

O terrível é isso, que as pessoas vão ter tempo suficiente para entender perfeitamente o significado daquilo que vai lhes acontecer.

Um segundo aspecto, ou um terceiro, ou um quarto — agora estava novamente desperto, revivido — é um tipo de situação que de repente é capaz de concretizar todas as possibilidades, todas as fantasias, não existe vergonha, entende? E talvez também não haja *culpa*, acrescentou, soltando uma risada com sabor de vitória, como se finalmente assumisse perante si mesmo alguma profunda e secreta vergonha sua. E Ilan apoiou a cabeça sobre o braço, ajustou o fone no ouvido, e escreveu, depressa, cada palavra.

Por que não, por que não?, sussurrou Avram, como que discutindo consigo mesmo: viajei? E o que o Ilan vai dizer? Que estou de novo flutuando?

E riu: ainda bem que tenho balões suficientes para todos os alfinetes dele.

E Ilan também riu, depois fez uma careta.

Ninguém vai se sentir culpado por ser como é. E haverá algum tempo, não muito, um mês basta, uma semana basta, para que cada homem, cada um, possa concretizar plenamente aquilo que nasceu para ser, tudo que sua alma e seu corpo lhe oferecem, e não o que as outras pessoas depositaram nele. Pu-ta--mer-da, ele rugiu, como eu gostaria de poder me sentar e escrever isso agora, que luz, que luz imensa, meu Deus.

E toda visão, todo rosto ou paisagem, suspirou ele após uma pausa — ou apenas um homem sentado no seu quarto ao entardecer, ou uma mulher sozinha num café. Ou duas pessoas andando juntas pelo campo, conversando, ou uma criança mascando chiclete. Haverá tanto esplendor nas menores coisas, Oraleh, você sempre verá, me prometa isso.

Mesmo se eu caminhar pelo vale das sombras, sussurrou Avram, não conhecerei o mal, pois minha história está comigo.

E é preciso resolver se vão usar dinheiro nessa situação —

Bem, isso você pode deixar para depois —

Como depois?, idiota.

Alô, Israel, minha pátria? Você ainda existe?

A transmissão foi ficando mais fraca. Talvez a bateria estivesse terminando. O pé de Ilan não parava de bater no chão.

Que venham logo, gemeu Avram, Que gritem logo o *ytbach al yahud* deles e toquem fogo em tudo.

Ele respirava pesadamente. Já não era possível distinguir quando estava ciente de sua situação e quando delirava. Tudo morrerá, Avram soluçava incontrolavelmente, todos os pensamentos e ideias que já não vou conseguir escrever, e meus olhos vão arder em chamas, e os meus dedos dos pés também.

Ilan, seu bundão, sussurrou em meio aos soluços, esta ideia agora é sua. Se eu não voltar, ou se eu voltar numa urna de cinzas decorativa, faça com ela o que você quiser. Faça um filme. Eu conheço a sua cabeça.

Ouviram-se algumas interferências na transmissão, como se alguém arrastasse objetos pesados ao fundo, atrás de Avram.

Mas, ouça, tem que começar assim, é a minha condição: rua, dia, pessoas caminhando calmamente. Silêncio. Nenhum ruído, nem gritos, nem sussurros. Nenhuma trilha sonora. Entre as pessoas que estão andando há algumas pessoas de pé em cima de caixotes — então a câmera se aproxima de uma mulher jovem que está parada, digamos, em cima de uma tina de lavar roupa. É isso que ela trouxe de casa. Uma tina vermelha de lavar roupa. Ela está parada abraçando a si mesma. Tem um sorriso triste, sorri para dentro de si —

Ilan agarrou o fone na mão. Teve a impressão de ouvir vozes humanas ao fundo das palavras de Avram.

E ela não vai olhar para as pessoas paradas ao seu redor. Vai falar só consigo mesma. É uma mulher bonita, Ilan, seu bundão, hein? Com uma testa pura, e sobrancelhas perfeitas, como eu gosto, e uma boca sexy, grande, não esqueça. Em suma, riu Avram, você sabe com quem ela tem que parecer. Quem sabe você não usa ela mesma no filme?

Já não havia dúvida: os egípcios estavam dentro do forte. O microfone do transmissor os captava, e Avram ainda não tinha percebido.

Bom, ela não vale um centavo como atriz, Avram riu, mas afinal só vai ter de ser ela mesma, e isso ela sabe bem melhor que nós dois, não é? E você a pega em close, o rosto, não precisa mais que isso, certo? Só o rosto dela, e aquele sorriso alegre, ingênuo —

As vozes iam ficando mais fortes. Ilan ficou de pé, o pé esquerdo batendo com força, as mãos apertando os fones contra as têmporas.

Espere um momento, murmurou Avram, confuso, de repente apareceu aqui um —

Don't shoot!, gritou. *Ana bilah silach*! Estou desarmado!

Em um instante os ouvidos de Ilan se encheram de gritos guturais em árabe. Um soldado egípcio, que parecia tão assustado quanto Avram, soltou um berro. Avram suplicou pela sua vida. Um tiro foi disparado. Possivelmente tinha atingido Avram. Ele gritava. Sua voz já não soava humana. Outro soldado chegou e gritou aos companheiros que havia ali um soldado judeu. A frequência borbulhava com uma mistura de gritos, ruídos e golpes. Ilan balançava para a frente e para trás, murmurando, Avram, Avram, e os homens que passavam por perto desviavam o olhar. Então ouviu-se uma rajada de tiros muito próxima, uma sequência rápida e seca, depois silêncio, e o som de um corpo sendo arrastado, e de novo palavrões em árabe e risos fortes, e mais um tiro, solitário, e o transmissor de Avram emudeceu.

O comandante da base reuniu os soldados no abrigo da sala de guerra. Disse que aparentemente ninguém viria resgatá-los, e caberia a eles tentar um esforço para se salvarem pelas suas próprias forças. Pediu a opinião dos soldados. Estabeleceu-se uma conversa tranquila, amistosa. Homens falaram da obrigação de salvar a vida. Outros receavam que no exército, no país de modo geral, fossem vistos como covardes e traidores. Alguém lembrou Massada e Yodfat. Ilan estava sentado entre eles. Não tinha corpo, não tinha espírito. O comandante encerrou a reunião dizendo que pretendia informar agora a Arik que sairiam dali naquela noite. Alguém perguntou, e se Arik disser não? Então vamos cumprir cinco anos de cadeia, mas estaremos vivos.

O telefone regular não estava funcionando, e o comandante utilizou um equipamento de rádio e pediu para falar com "o chefe". Disse que a situação estava desesperadora, e que tinha resolvido abandonar a posição. Fez-se um silêncio breve, e em seguida Arik disse, ótimo, saia e nós tentaremos nos unir a vocês no caminho. Os soldados ouviram a conversa. Arik disse, façam o máximo possível. Fez uma pausa, podiam-se ouvir as engrenagens de seu cérebro girando. Depois disse num suspiro: bem, então, ahn, *shalom* a vocês, fiquem bem...

Os soldados religiosos pediram para rezar a oração da noite antes de sair a caminho, e alguns outros soldados juntaram-se a eles. Depois, todos se prepararam para sair. Encheram os cantis, certificando-se de que não vazassem. Esvaziaram os bolsos, tirando chaves e moedas. Cada um portava uma arma. Ilan recebeu uma bazuca além da sua Uzi. "É um tubo antitanque", lhe explicaram. Ele sabia como operar aquilo. Não disse nada.

Às duas da madrugada saíram a caminho. À luz da lua cheia o forte parecia uma ruína. Era difícil acreditar que aquele caixote torto lhes serviria de defesa durante todos aqueles dias. Ilan cuidou para não olhar à esquerda, na direção do forte de Avram.

Caminhavam em duas filas a certa distância um do outro. Encabeçando a fila de Ilan estava o comandante, encabeçando a outra, seu sub. Ao lado do comandante caminhava um soldado que havia nascido em Alexandria. Se deparassem com uma força egípcia, caberia a ele gritar que faziam parte de uma tropa de assalto egípcia que se dirigia a foder os judeus. O soldado andava e ia ensaiando a sua fala, tentando internalizar o espírito de um comando egípcio. Ilan caminhava em algum lugar no meio da fila, de cabeça baixa. Andavam. Tropeçavam nas areias, caíam em silêncio. Xingavam no íntimo.

De repente, não longe deles, ouviram-se gritos em árabe. Numa estrada ao lado viajava um blindado egípcio, um holofote no alto da cabine para iluminar as laterais da estrada.

Descobrimos que tínhamos entrado numa área de estacionamento egípcia, contou Ilan a Orah naquele nascer do dia; seu corpo havia se acalmado, mas ainda a envolvia e suas mãos tocavam a carne dos seus ombros. Eu até pisei no lençol de alguém que estava dormindo lá.

Ela permaneceu deitada, atordoada, o corpo tremendo ao lado dele.

Ficamos imóveis, sem respirar. O blindado se foi. Não nos descobriram. Não viram nada. Trinta e três homens ali deitados, e eles não viram nada. Levantamos e corremos de volta para a areia, fugindo da estrada.

Seguimos para leste, e ela pôde sentir seu hálito quente na nuca, avançamos numa meia corrida a noite inteira. Eu corri com a minha arma e com a bazuca. Foi difícil, mas eu queria viver. Não há truque.

Ela queria que ele saísse imediatamente de dentro dela. Mas foi incapaz de falar.

Depois, o sol nasceu. Não sabíamos onde estávamos, se era território nosso ou já conquistado por eles. E onde estava o nosso exército, se é que ainda existia. Vi na areia marcas de pneus. Lembrei que o nosso exército usa apenas caminhões com correntes, e reconheci as marcas de um BTR egípcio, de fabricação russa. Aproximei-me do comandante e passei a informação. Imediatamente mudamos de direção.

Andamos e andamos até chegar a um pequeno *wadih* com colinas e pequenos morros. Sentamos ali para descansar. Estávamos mortos de cansaço. Nas colinas em volta havia tanques ardendo. Labaredas enormes. Não sabíamos de quem eram. Toda a área cheirava a carne queimada, você não pode imaginar, Orah.

Ela se contraiu, e ele apertou ainda mais seu corpo contra o dela. Ela mal conseguia respirar. Tinha a impressão de que o feto de repente pulsava num ritmo novo, mais rápido. Perguntou-se se ele, de alguma maneira, estaria absorvendo algo do que Ilan contava.

Pelo rádio nos disseram que era impossível chegar até nós naquele momento. Que esperássemos mais um pouco. Esperamos. Após algumas horas disseram que tentássemos chegar a uma serra. Deram-nos um mapa em código. Andamos até ver a serra à nossa frente. Para você entender, os egípcios estão atirando o tempo todo em nós, de todos os morros, sem nos atingir. Nós caminhamos. As balas ricocheteiam ao nosso redor, como nos filmes. Quando chegamos à serra vimos que estava inundada de egípcios. Achamos que já era.

Não estou conseguindo respirar, Ilan —

Após um momento, uma de nossas unidades de tanques caiu em cima deles. A batalha começou. Tiros. Nós estávamos sentados embaixo assistindo a um filme. Labaredas. Homens pegando fogo, pulando dos tanques. Homens morrendo porque tinham vindo nos salvar. E nós sentados assistindo. Sem sentir nada, nada!

Ilan, você está me sufocando —

Gritaram para nós pelo rádio para atirarmos sinais luminosos, para saberem onde estávamos. Atiramos um, eles captaram. Um tanque desceu a serra na nossa direção, uma descida íngreme, uma verdadeira parede. Chegou até nós. Um Patton M-60. Um oficial pôs a cabeça para fora, fez um sinal para nos aproximarmos depressa e entrarmos no tanque. Nós gritamos: o que fazer? Como? Ele sinalizou, subam, não há tempo. O quê? Todos nós? Subir. Subir! Subir como? Onde? Subam já! E nós, trinta e três homens, sussurrou Ilan nas costas quentes dela, Orah, o que você disse?

Ilan!

Desculpe, desculpe. Machuquei você?

Saia, saia já.

Mais um instante, por favor, só mais um instante, eu preciso contar —

Isso não me faz bem, Ilan —

Escute, me dê só mais um minuto. Por favor, Orah, não mais que isso. Ele falava com rapidez, com firmeza: subimos no tanque, cada um se agarrou a alguma coisa, os homens se grudaram na escotilha, dez se espremeram na torre, eu trepei por trás e agarrei a perna do que estava acima de mim, outro me agarrou pelos sapatos e o tanque se foi. Não é que simplesmente se moveu, rolou, sacudindo todo, em zigue-zague, para fugir dos Saggers, e nós mal conseguíamos nos segurar. E eu o tempo todo pensando, não cair, não cair.

Esse menino, pensou Orah, o que já está ouvindo antes de nascer.

O tanque pulava feito louco, murmurou Ilan agarrando-a novamente por trás, os ossos se partem, a gente mal consegue respirar, tudo é poeira, pedras voando, a gente simplesmente fecha todos os buracos, simplesmente ficar vivo, viver.

A poeira penetrou na boca, no nariz dela. Correntes do deserto, amarelas. Ela se sentiu sufocar, tossiu. Tinha a impressão de que também o feto dentro dela se contraía, se debatia para se virar, virar de costas.

Basta, basta, ela gemeu por dentro, você está envenenando a criança.

E assim foi por alguns quilômetros, em cima do tanque, grudados nele. E de repente — pronto. Acabou. Saímos da área de fogo. Eu mal consegui soltar a perna do cara acima de mim. A mão não conseguia se abrir.

Os músculos dele relaxaram. Sua cabeça mergulhou na nuca de Orah, pesada como uma pedra. Seus dedos se desgrudaram aos poucos do corpo dela, permanecendo abertos diante de seu rosto. Ele deslizou o corpo para longe dela. Passou-se um momento, e mais um. Ele respirava pesadamente. Sua face permanecia junto à dela, ele deitado, frágil. Dentro do corpo dela surgiu um espasmo.

Ilan, ela murmurou. Suas têmporas começaram a latejar intensamente, e pequenas gotas de suor se juntaram sobre sua pele. Seu corpo lhe pulsava algo. Ela se ergueu sobre os cotovelos, parecendo escutar.

Ilan, eu acho —

Orah, o que fizemos?, ela o ouviu dizer num sussurro apavorado, o que foi que eu fiz?

Ela tocou suas coxas molhadas e farejou: Ilan, ela disse, acho que é a hora.

Ele pergunta sobre as fundas rachaduras, que já existiam na sua época, nos tetos da casa, especialmente na cozinha, mas também nos dormitórios. Imagina se toda a construção continuara se inclinando ao longo dos anos, e como ela e Ilan tinham resolvido o problema das esquadrias que viviam empenando nos batentes. Pergunta se o grande armário de parede que ficava em seu quarto ainda existe, e ela conta que até a família deixar a casa e mudar para Ein Karem o armário ainda estava lá, reinando sobre o quarto como um velho patriarca. O armário do outro dormitório também tinha ficado, eles quase não haviam mexido naquela casa, ela acrescenta, só um pouco na cozinha, já lhe contei, e embaixo, no porão, na salinha de costura, quando os meninos chegaram à adolescência.

A subida é dura, o dia já está bem quente logo cedo e eles acabam descobrindo que o monte Tabor é a mais íngreme de todas as montanhas que tinham subido até ali. Às vezes viram-se de costas para a montanha, caminhando para trás. É um jeito de dar um descanso aos quadríceps, ela explica, e fazer esses dois aqui trabalharem um pouco — ela apalpa as nádegas com as duas mãos —, o glúteo máximo e o glúteo médio. Eles também precisam fazer algum esforço, qual é?

E andando ao contrário, de frente para Kfar Tabor e o vale de Yavnel estendendo-se abaixo, ele percorre com ela cada um dos cômodos da casa, pergunta sobre o corredor com o piso afundado no meio, sobre a soleira alta e supérflua na entrada do dormitório, sobre os pesados canos de água, alguns dos quais totalmente expostos. Ele se recorda de cada falha e defeito e também de cada ponto aprazível naquela casa. Como se jamais tivesse deixado um único dia de andar por ela e cuidar dela. Pergunta se o poço de reserva no porão continuava transbordando toda vez que chovia. Essa era a área do Ofer, diz Orah: ele declarava estado de emergência por inundação quando chovia, e se preparava com baldes, panos e trapos. Mais tarde, ele se aprimorou, ela ri, e instalou uma pequena bomba-d'água, você devia ver, com um motor e dois canos, e assim resolveu um problema que já existia, acho eu, desde que a casa fora construída.

Ele também construiu uma cama para nós, Orah deixou escapar. Ela sentia que isso era justamente algo que seria melhor não lhe contar, mas o clima entre eles estava tão bom e, no fundo, por que não?

Ele construiu uma cama sozinho?

Quando estava no segundo colegial, sim, ou será que foi no terceiro? Ela toma fôlego e se apoia num pinheiro que crescia com uma aguda inclinação. Isso não importa, é só algo de que me lembrei. Ouça do que mais eu me lembrei — ela muda de assunto disfarçadamente, porque Avram, ao perguntar, tinha na voz uma nódoa de dor, como se alguém tivesse lhe virado a voz para trás —, e lhe conta como Ofer, mais ou menos aos três anos, vinha para ela, declarando: eu quero contar uma história para você. Estou ouvindo, ela dizia, e ficava esperando, esperando, e Ofer olhava longamente para algum canto longínquo da sala, o rosto assumia uma expressão de cerimônia, ele enchia os pulmões de ar e dizia com voz rouca de emoção: *E então...*

E então o quê?, pergunta Avram após um momento.

Você não entendeu, ela dá uma gargalhada que ressoa no fundo do vale.

Ah, ele fica sem graça, essa é a história inteira?

E então, e então... Essa é a parte mais importante das histórias, não é?

Ela é mais curta até do que a mais curta das minhas histórias, Avram sorri, agachando-se um pouco e apoiando as mãos nos joelhos, ofegante.

Quer me lembrar?

No dia em que nasci, minha vida mudou de forma irreconhecível.

Orah suspira: E então...

E então ele construiu uma cama para vocês.

No começo, estava pensando numa cama para ele mesmo, ela esclarece a Avram. Ela o ouvia zanzando pela casa no meio da noite, e quando o abordou ele disse que havia algo que o estava deixando maluco, pois queria construir uma cama, mas não conseguia decidir o tipo, e isso estava tirando o seu sono. Orah achou que era uma ideia excelente: a sua cama de garoto, na qual dormia desde muito pequeno, já estava rachada, balançando, quase desmontando sob o peso do seu corpo de adulto; eu tenho um monte de ideias, ele disse, e não consigo escolher, e assoprava, agitado, as palmas das mãos, como se tivesse ali uma pequena ferida, e repetia excitado que não conseguia dormir, fazia algumas noites que acordava de madrugada sentindo que simplesmente precisava construí-la, e a via sempre em pensamento, mas ainda não estava clara, aparecia e desaparecia.

Ele deu voltas e voltas em torno de Orah, batendo nervosamente a ponta dos dedos e mordendo o lábio inferior. De repente parou, endireitou-se, a expressão mudou, ele atravessou o quarto, quase a atropelando, catou uma folha de papel que estava sobre a mesa, achou um lápis, improvisou uma régua e, às três da madrugada, começou a projetar sua cama.

Ela foi espiar por sobre seu ombro. As linhas fluíam dos dedos de Ofer com facilidade e precisão, como se fossem extensões deles. Ele murmurava para si mesmo, conduzindo um vívido debate interior, e diante dos olhos dela, surpresos, foi emergindo um leito digno da realeza, mas ele amassou a folha irritado, a cama tinha saído refinada demais, ele disse, muita frescura, e ele queria uma cama de camponês, de modo que pegou outra folha e desenhou — como são lindas as mãos dele, ela pensou, sólidas e delicadas ao mesmo tempo, e aqueles sinais triangulares bem sobre o pulso —, ao mesmo tempo que lhe explicava, eu quero que aqui, o arcabouço, tudo em volta, seja feito de dormentes de trem. Eu posso ajudar você nisso, Orah disse contente, podemos ir até Binyamina, foi de lá que eu trouxe *isto*, e apontou a trave da prateleira sobre a pia, na qual estavam penduradas panelas e frigideiras e pimentas secas. O quê, você vem comigo? Claro que sim, vamos juntos, e depois disso podemos passar um dia gostoso em Zichron. E eu quero pedaços de tronco de eucalipto, ele prosseguiu, quatro, para os pés. Justo eucalipto?, ela perguntou. É que eu gosto das cores dele, respondeu, surpreso com a pergunta. E aqui, na cabeceira, haverá um arco de ferro, e fez alguns traços, e o arco surgiu.

Ele trabalhou quase dez meses nessa cama, ela conta. Há uma ferraria na aldeia de Ein Nakubah, e ele ficou amigo do ferreiro e passava horas e mais horas ali, olhando e aprendendo. Às vezes, quando eu o levava lá, ele me deixava ver como a cama estava ficando. Ela desenha com um graveto no chão: este é o arco, um arco de ferro na cabeceira da cama. A coroa gloriosa.

Bonito, diz Avram, olhando o rosto dela, que olha para o chão e pensa: um arco na cabeceira deles.

Um pouco antes do pico, sentam-se para descansar entre pinheiros e carvalhos. Uma vendinha na aldeia beduína de Shibli, no sopé da montanha, os deixara revitalizados. Acharam até um saquinho de ração para cães, e não havia rádio ligado. E agora estão devorando um régio desjejum com direito a café fresco e forte. O vento faz secar o suor, o ar está límpido, e eles desfrutam uma vista clara dos campos quadriculados em verde-marrom-amarelo do vale de Jezreel, e a vastidão que se estende até o horizonte, fundindo-se com ele — as montanhas de Guilead, as colinas de Menashe e a serra do Carmel.

Olhe só para ela, Orah aponta com os olhos para a cadela espichada no chão com o rabo virado para eles. Desde que transamos ela está assim.

Está com ciúmes?, Avram pergunta para a cadela, colocando uma pinha ao lado de sua pata; ela, desafiadoramente, olha para o outro lado.

Orah levanta e se aproxima dela, esfrega sua face contra a dela e seu nariz no focinho dela: o que aconteceu?, o que foi que nós fizemos?, ei, será que você está com saudade daquele seu namorado, o preto?, ele é mesmo um pedaço de mau caminho, mas em Beit Zayit também vamos achar alguém para você.

A cadela se levanta, se afasta alguns passos e senta-se com a cara virada para o vale.

Você viu isso?, Orah pergunta com espanto.

A cama, Avram a lembra, e se assusta com o lampejo ofendido que passa pelo rosto de Orah, conte-me sobre aquele arco.

Ofer lhe explicara: no começo fiz um arco de duas partes idênticas, que deviam se juntar a essa barra, aqui, e até que tinha ficado bonitinho, e do ponto de vista técnico, funcionava, mas eu não gostei, não combinava direito com a cama que eu quero. Ela não entendeu todos os detalhes, mas teve prazer em escutá-lo e olhar para ele enquanto ele descrevia o trabalho. Então agora vou fazer um arco diferente, desta vez numa peça única, e vou recobri-la de folhas de ferro, e vai ser meio complicado, mas não tem jeito, tem que ser assim, você está entendendo?

Se estava!

Ele limpou os buracos de vermes nos troncos, selou-os com verniz e pó de madeira, depois usou o formão para entalhar cada barra até o centro, num ângulo de noventa graus. Essa é uma madeira dura, resistente, ela cita o comentário dele, mas ele é forte, o Ofer, ele tem os braços iguais aos seus, assim grossos, aqui — ela dá uma palmadinha leve, com indisfarçável prazer —, e trabalhou mais algumas semanas naqueles troncos, e no final resolveu comprar, com seu próprio dinheiro — ele fazia tudo sozinho, fora as viagens não aceitava que nós ajudássemos em nada —, uma máquina a disco para cortar ferro, e a máquina também não serviu para o que ele queria, então foi e comprou um disco especial, mais agressivo, ela enfatiza em tom de conhecedora, e escavou canaletas nos troncos. Espere — ela impede alguma pergunta que se formava na boca de Avram —, ele fez sozinho as pequenas folhas de ferro, para o arco da cabeceira, pequenas folhas de roseira, lindas, com espinhos e tudo, vinte e uma folhas dessas.

Avram escuta atento, olhos estreitos de concentração, alisando distraidamente os próprios braços.

E ele desenhou cada folha, uma por uma, nos mínimos detalhes, você teria gostado de ver como elas saíram bonitas e delicadas, e também a própria madeira da cama, o arcabouço dela, madeira maciça, mas fluindo em veios, ondas, ela desliza as mãos pelo ar fazendo um gesto arredondado, sentindo naquele instante o próprio Ofer entre eles, grande, robusto, delicado, eu nunca vi uma cama dessas em lugar nenhum.

Havia algo vivo naquela cama, ela pensa, existia movimento mesmo nas partes de ferro.

E quando acabou de construí-la, resolveu dá-la de presente a nós.

Depois de tudo isso?

Nós discutimos com ele, não aceitamos, uma cama tão especial, ele tinha trabalhado tanto nela, por que não haveria de ser sua?

Mas ele é teimoso, Avram sorri suavemente.

Eu não sabia o que estava acontecendo. Talvez ele tenha olhado para ela quando estava quase pronta e meio que se assustou. A cama era gigantesca, a maior cama que já vi.

E ela engole apressadamente aquilo que quase lhe escapou sobre a cama e seu tamanho, e quantas pessoas poderiam se deitar nela confortavelmente. Ela sacode as mãos para se livrar da poeira nelas grudada. Por que fizera questão de lhe contar sobre a cama? Ela tem de se livrar dessa história o mais depressa possível.

Resumindo, ele nos disse uma vez: quando eu me casar vou fazer uma cama nova para mim. Por ora, comprem uma na loja pra mim. E pronto. Só uma historinha. Só para você saber. Venha, vamos continuar.

Eles se levantam e voltam a caminhar, circundando o pequeno planalto no cume da montanha de modo a evitar as igrejas e o mosteiro, e descem novamente pelo lado de Shibli. Um bútio paira no céu acima deles, e um chumaço branco de lã de cabra acha-se preso nos espinhos de um cardo. A cadela ouve os latidos dos cães da aldeia, e como que casualmente chega perto de Orah e esfrega-se na sua perna, e Orah, que não consegue manter ressentimento nem por três minutos, curva-se enquanto anda e acaricia a pelagem dourada. Pronto? Estamos de bem? De repente você me perdoou? Você é meio uma *prima donna*, já lhe disseram?

E assim andam lado a lado, um passo e um afago, um passo e uma bronca. O rabo da cadela novamente se ergue e se agita, e suas patas voltam a girar levemente em torno de Orah, que pensa na noite passada e na noite seguinte, observando Avram, que marcha à sua frente. Só ontem ela descobriu que as sobrancelhas dele não são macias e aveludadas conforme ela se lembrava, ou então, por exemplo, seus lóbulos carnudos, só Ofer tem aqueles lóbulos na família. Ilan e Adam sempre fazem troça dos seus lóbulos de Dumbo, e Ofer não permite que ninguém os toque, nem mesmo ela, e agora ela conheceu o toque deles. E ela pensa, cinco anos, foi só há cinco anos que eu e Ilan inauguramos a cama. Ela ainda se lembra: Ilan receava que a cama desabasse no chão assim que eles se deitassem. Ele desceu até a sala, que fica no andar de baixo, e gritou: agora!, e Orah, lá em cima, pulou como uma louca por todo o comprimento e toda a largura da cama, quase perdeu a consciência de tantos pulos e risos histéricos (e não se ouviu nem um único estalido no andar de baixo).

Eu estou gostando dele, diz Avram de repente.

O quê?

Avram dá de ombros, os lábios se movem em ligeira surpresa, ele é tão —

Sim?

Sei lá, ele é assim — suas mãos, no ar à sua frente, desenham e esculpem Ofer, matéria viva, denso, sólido e másculo, como que o envolvendo num abraço imaginário. E se neste momento Avram lhe dissesse que a amava ela não ficaria tão comovida como está.

Mesmo que ele não... Ela começa, e se arrepende.

Que ele não o quê?

Que ele não — e eu lá sei? — não seja artista.

Artista?, Avram se espanta, o que tem a ver uma coisa com outra?

Nada, besteira, esqueça. Espere aí, nem contei para você — uuuf, ela solta o ar contido, agora você realmente me deixou surpresa. Ela para e coloca a mão dele sobre seu peito, toque aqui, sinta. Foi por causa do que você disse, sabe, que você está gostando dele, e eu não lhe contei tanta coisa sobre ele.

Ele salvou um poço, ela diz rindo, jogando a cabeça para trás: não importa, eu estou simplesmente me gabando dele um pouco.

Avram imediatamente reage, inclusive com um laivo de insulto: você chama isso gabar-se?

Se não é gabar-se, é o quê?

É contar sobre ele.

Ela acelera o passo, caminha na frente de braços abertos para os lados. É quase impossível respirar de tanto oxigênio. Escute, ela diz, eles acharam um poço, ele e Adam, estavam excursionando aos pés do monte Adar, perto de Beit Nekufah, e acharam um pequeno poço, completamente entupido de lama e pedras, quase sem vazão nenhuma, apenas um fio de água, e Ofer decidiu que haveria de restaurá-lo, e durante um ano inteiro, está ouvindo, nos seus dias de folga do exército, ele costumava ir para lá, e às vezes Adam também ia junto, Adam não se entusiasmava particularmente com esse trabalho, mas tinha medo de que Ofer ficasse ali sozinho, ficava praticamente em cima da fronteira, e os dois juntos, ali.

Avram já havia notado que um calor se espalhava pelas suas entranhas toda vez que ela dizia "os dois juntos".

Eles removeram as pedras e rochas que estavam impedindo o fluxo de água, tiraram terra e lama e areia e raízes — ela fica tão iluminada quando fala, é como se de um momento para o outro Ofer a enchesse de vida, e agora já está claro para ele que é bom, que ficará bem, que o seu plano doido pode dar certo —, e depois que fizeram a limpeza, cavaram uma minirrepresa, cerca de um metro e meio de profundidade, e nós também fomos lá com eles por diversas vezes, não queríamos que ficassem sozinhos ali, viajávamos no Shabat, levávamos comida para eles, e alguns amigos deles também foram, e amigos nossos — tenho de levar você lá algum dia, há uma amoreira enorme por cima da represinha, e Ofer fazia o papel de mestre de obras, e todos trabalhávamos sob a orientação dele.

Mas como?, Avram está perplexo, como é que ele sabia o que fazer?

Ele construiu antes um pequeno modelo, em casa, Ilan ajudou — ela se recorda do entusiasmo febril que tomou conta dos dois naquela ocasião, a casa se encheu de desenhos e cálculos de "abastecimento de água", de ângulos de fluxo e volumes, havia constantemente experiências e simulações —, e depois, você sabe, tudo que é necessário...

O quê?, pergunta Avram com visível prazer, o que é necessário?

Construir isso, ela explica gravemente, reforçar muros, concretar, colocar gesso, todos os estágios, e é preciso um gesso especial, Ilan carregou no carro uma tonelada e meia de gesso e areia. Para você entender, ela ri, só pelo Ofer ele era capaz de sacrificar assim o seu Land Cruiser. Depois, ele plantou um pequeno bosque de árvores frutíferas, e nós o ajudamos, levamos pés de ameixa e limão e romã e amêndoas, e também algumas oliveiras, e agora há lá realmente um pequeno oásis, e a fonte está viva.

Ela alonga os braços, caminhando com leveza: ela tem tanta coisa para contar.

Já haviam deixado Shibli para trás, e o caminho passa por entre campos e pomares, trilhas ocultas repletas de verde que jorra e se espalha de ambos os lados. Orah se arrasta ligeiramente, sentindo a presença de uma sombra, e não está claro para ela que sombra é essa, parece uma dor dispersa, não focalizada, e a pequena esperança de momentos atrás já se dissolveu, e agora parece tola e vazia.

Avram pensa em Ofer, que agora se encontra lá. Procura imaginá-lo ali, tentando se transpor para lá, para as ruas e becos, mas ele tem na cabeça apenas um único e permanente drama de guerra na cabeça, que é continuamente encenado dentro dele, num auditório todo vazio, no qual ele jamais entra. Avram tem cinco auditórios desses, vazios e às escuras, e em cada um é montada uma peça diferente, sem intervalo, ininterruptamente, esteja ele dormindo, esteja ele desperto, e o espetáculo precisa sempre continuar, e as vozes que se erguem da peça chegam a ouvidos vagos e distantes, e ele não entra.

A cada passo, um medo novo se instaura em Orah. Talvez tenha sido um erro, talvez ela tenha invertido todo o quadro, talvez seja justamente o contrário: quanto mais histórias ela contar a Avram sobre Ofer, menos vida restará a Ofer para viver?

E sentindo-se sufocada, ela deixa escapar, estou só pensando, que pessoa ele será quando voltar.

Sim, sussurra Avram ao seu lado, pensei nisso agora mesmo.

Eu não sou capaz de me obrigar a descrever o que ele está vendo ali e o que está fazendo.

Sim, sim.

Afinal, pode ser que ele volte de lá uma pessoa totalmente diferente.

Eles caminham encurvados, carregando uma carga pesada.

Mas talvez agora ele já esteja imune, o Ofer, ela diz a si mesma, talvez depois da história de Hebron ele já possa aguentar qualquer coisa? O que sei eu, o que de fato eu sei sobre ele? Talvez ele realmente combine mais com esta vida aqui do que eu.

Pois eu, por exemplo, ela pensa, se daquela vez eu simplesmente tivesse calado a minha grande boca, talvez hoje eu ainda tivesse família. Afinal, eles, os três, Ilan e Adam e Ofer, pareciam estar constantemente avisando, sinalizando para ela de mil maneiras que há situações e questões nas quais é permitido se calar, simplesmente fechar a matraca, e não se é obrigado a botar para fora, em transmissão ininterrupta, todo o fluxo de consciência, não é? E ela, só depois que tudo acabou, compreendeu: eles se preparavam o tempo todo para qualquer situação, para toda e qualquer situação, *toda e qualquer situação*, e também sabiam de antemão e sem nenhuma sombra de dúvida que certamente haveria uma "situação", e portanto não é difícil adivinhar que se Adam e Ofer estão servindo ali ao longo de seis anos, três um e três o outro, em patrulhas e barreiras e perseguições e emboscadas e buscas noturnas e manifestações que é preciso reprimir, seria impossível que algum dia não chegasse alguma "situação". Uma espécie de "sacação" masculina irritante, exasperante, que faz Orah ferver por dentro; e que bom que os três estivessem bem agasalhados, e somente ela circulava entre eles nua, como uma menina pequena; Você não está mais em Neveh Shaanan, subúrbio de Haifa, Doroty, Adam lhe jogou na cara durante alguma discussão em família. Sobre o que discutiam? Sobre o problema de Ofer, ou era outra coisa? Vai lembrar. E até entender a que ele estava se referindo e o que estava insinuando, eles já tinham mudado de assunto, eles mudavam de assunto com rapidez impressionante naquela época, pareciam prestidigitadores ao mudarem de assunto toda vez que ela vinha com suas questões. Interessante o que Avram diria disso.

Avram vistoria apressadamente os seus auditórios, os cinco, como os dedos de uma mão. Houve tempos em que eram em maior número, bem maior, mas com esforços gigantescos ele conseguira reduzir a quantidade ao longo dos anos, estava acima de suas forças manter todos funcionando simultaneamente, não tinha recursos para tanto. Ele anda de lá para cá, passando pela fileira de portas dos auditórios fechados, conta-as com os dedos das duas mãos — a outra mão serve apenas de apoio — e encosta um ouvido na porta para detectar um murmúrio turvo que vem de dentro, a trilha sonora dos espetáculos que estão sendo continuamente apresentados, dia e noite, já há vinte e cinco anos, sem que tenham perdido nada da sua vitalidade. Ele escuta ao acaso uma ou outra fala, às vezes basta-lhe uma palavra para saber em que ponto se encontra a encenação desta noite, e às vezes pensa que gostaria muito de poder fechar definitivamente, apagar as luzes, demitir também aqueles que restaram; por outro lado, a ideia do silêncio que então se instalaria é tão assustadora, um vazio sem som, o assobio do vento durante uma queda infinita no abismo.

Desconfiado, ele conta novamente nos dedos, passando o polegar sobre as pontas dos outros dedos. Ele precisa fazer isso de vez em quando, ao menos uma vez por hora, é parte dos seus deveres, sua rotina de manutenção. Há a peça sobre a guerra, e a peça sobre depois da guerra, com as internações e cirurgias, e a peça sobre as investigações pelas quais passou em Israel nas mãos da Segurança Militar, e do Serviço de Inteligência, e do Ministério da Defesa, e da Segurança Interna, e a peça sobre a vida de Ilan, Orah e as crianças, e obviamente a peça sobre a prisão em Abassyia, que deveria ter sido montada antes, antes de todas as outras, no auditório número um, ele se esquecera de começar por ela, o que não é bom, aparentemente os pensamentos em Ofer o deixaram confuso, os pensamentos em Ofer que neste momento está combatendo. Nada bom.

Ele volta a enumerar com os dedos. O primeiro, o polegar, o dedo que conta, corresponde obviamente à prisão, que não deve ser menosprezada sob nenhuma circunstância, e está claro que exige uma pequena oferenda sacrifical em virtude do amargo erro recém-cometido, do insulto imperdoável, humilhante, injurioso e ofensivo que ele acabara de cometer. O segundo dedo corresponde à guerra. O hospital e os tratamentos ficam com o terceiro. As investigações que sofreu dentro do país são o quarto. A família de Orah e Ilan, o quinto.

E em nome da boa ordem ele enfia a mão no bolso e se belisca sem pena, puxando e retorcendo a carne de sua coxa com força, além de enfiar fundo as unhas, polegar e anelar, como se fosse a carne de outra pessoa, como você se atreveu, como se esqueceu de começar pela prisão! E sem parar de andar ele cai de joelhos e implora diante do inquiridor de bigode, o mais alto, doutor Asharaf, com as mãos fibrosas, terríveis, e explica: isso quase não me acontece, aconteceu tão poucas vezes, não vai acontecer de novo. E por dentro, ainda mais, ainda mais através da pele que se dilacera, ótimo, agora você está falando, finalmente está entendendo o seu erro, e a dormência já vai se espalhando pelo tecido da ponta de seus dedos.

Orah para à sua frente, segura seu rosto entre as mãos, Avram, ela grita para dentro dele, como se fosse um poço vazio, Avram! E ele olha para ela com os olhos mortos, ele não está aqui, ele percorre freneticamente seus auditórios às escuras. Avram, Avram, ela chama para dentro dele, assustada, brigando, sem desistir, ela tem força para isso. E ele aos poucos vai retornando, em ondas hesitantes, subindo e preenchendo suas pupilas, e sorri com infeliz submissão.

Na região da tumba de Shamai encontro dois estudantes de yeshivah, judeus renascidos que retornaram à religião há pouco. Shalomi e Eliyahu-Hai. É bonito ver como eles andam juntos aqui pelas montanhas, aos pares, geralmente com seus xales de orações dobrados e com um livro de orações na mão, e sempre conversam entre si com entusiasmo.

Shalomi (de barba, magro, alto, óculos escuros, grande quipá de lã, brincalhão, ri o tempo todo): "Nós só temos saudades do Hakadosh Baruch Hu — Santo Bendito Seja, escreva entre parênteses: O-P-a-i. Estou falando com você sobre a saudade da benevolência absoluta, semelhante à saudade que você sente de um pai. Ele mima você, faz bem a você. Você não tem calor, não tem frio, não é seco demais, nem molhado demais. Tudo é bom. Tudo na medida. As pessoas?

Não tenho saudade nenhuma das pessoas. Também nunca fui do tipo que sente saudade das pessoas".

Eliyahu-Hai (22 anos, originariamente de Rosh Ha'ayin): Sente saudade de um renascimento da Era dos Profetas. Para haver uma elevação de conhecimento, e todos conhecerem o Senhor e seus vícios serem automaticamente eliminados.

Shalomi: "Do que eu sim tenho saudade é do mar. Anote: tenho saudade de me banhar, nadar, andar de barco. Eu sou como você está me vendo — sou um ba'al tshuvah, reencontrei a religião. Na minha vida anterior eu costumava velejar. Velejava em qualquer tipo de barco, até o fim do globo. Até o Japão e até a Austrália. Depois reencontrei a religião por causa daquela saudade que eu lhe falei, do pai".

Eliyahu-Hai: "E anote também que eu tenho saudade da construção da Casa da Escolha. Por quê? Que pergunta! Porque então haverá um estado de verdadeiro conhecimento. Haverá o cancelamento da escolha. Me responda você: quem precisa ficar escolhendo e duvidando constantemente? O que nós obtemos com toda escolha? Haverá apenas o conhecimento verdadeiro que o Messias nos injetará diretamente nas veias. Um estado permanente de 'Puxa-me que Te seguirei'. Um amor simples assim".

(Aqui Shalomi me perguntou do que eu tenho saudades. Talvez tenha visto em mim algo quando Eliyahu-Hai disse suas últimas palavras. Tami, contei a eles sobre você, e como planejamos tantos anos de fazer este passeio juntos, e como todos os nossos sonhos terminaram de um só golpe. E eles foram bem legais. Tiveram bom senso suficiente para não me vender mantras de conforto tipo Disney.)

Depois lhes perguntei do que eles se arrependiam:

"Em relação ao arrependimento (Eliyahu-Hai), eu lamento como perdi a infância com bobagens, e com toda a certeza lamento ter crescido num país laico, que não me deu nenhum valor além de uma educação alemã básica, é assim que eu chamo isso, faca do lado direito e garfo do lado esquerdo, e fora isso não me deu nada!"

Shalomi: "Não, não concordo com ele! Anote: eu não me arrependo de ter crescido num país laico. Se tivesse crescido num país realmente ortodoxo, um país onde vigorasse a lei religiosa, talvez agora tivesse dúvidas sobre a religião... É bom que haja isto e aquilo. É bom ter as duas coisas. Um país laico também nos dá adrenalina, e assim, se nos aborrecermos com ele, brigamos com ele".

Tirei uma foto com Shalomi (Eliyahu-Hai se recusou, depois concordou em tirar a foto de costas), e nos despedimos.

Aproximadamente uma vez a cada três semanas ele vinha para casa de folga do exército, Orah conta, e ela já saltava em cima dele logo na entrada, apertava todo o seu corpo contra o dele, depois se lembrava de afastar o peito e sentir na face sua barba ainda macia. Seus dedos se retraíam ao sentir o toque metálico da arma nas suas costas e procuravam um local desmilitarizado por ali, um local que não pertencesse ao exército, um local para sua mão.

Ela fechava os olhos e agradecia a quem quer que seja — estava até disposta a se reconciliar com Deus — pelo fato de ele ter voltado inteiro mais uma vez, e se recompunha quando ele dava três batidinhas rápidas nas suas costas, como se ela não passasse de um simples amigo sendo abraçado, um amigo homem. Com aquele tac-tac-tac, num único gesto ele a abraçava e estabelecia os limites; mas ela também estava bem treinada, e imediatamente afastava o sussurro magoado com interjeições de alegria, venha, deixa eu ver você, está bronzeado, queimado, não está passando suficiente protetor solar, o que é esse arranhão aqui?, como é que você aguenta carregar todo esse peso?, vai me dizer que todo mundo vai para casa com uma mochila desse tamanho?, ele resmunga algo, e ela se contém para não o lembrar de que no colégio ele também andava sempre com toda a casa nas costas, já naquela época ela podia imaginar que ele iria para a divisão de blindados.

Ele se despia lentamente de seu rifle Glilon e prendia os pentes ao corpo da arma com um grosso elástico marrom, parecendo enorme aos olhos dela, como se a casa fosse muito pequena para ele, a cabeça raspada e a testa franzida sobre os olhos dando a ele um ar ameaçador, e por uma fração de segundo ela se sentia como se apenas lhe estivesse mostrando a carteira de identidade num bloqueio de estrada. Mas você deve estar com fome!, ela exclamava com a garganta seca, por que você não avisou que ia chegar na hora do almoço, achamos que você só viria de tarde, podia ter ao menos telefonado do meio do caminho, teria dado tempo de eu lhe preparar um bife.

Até hoje não me acostumei com o fato de ele ter voltado a comer carne, ela diz a Avram. Foi mais ou menos aos dezesseis anos, de repente ele resolveu. E o fato de ter desistido de ser vegetariano foi de certa forma mais difícil *para mim* do que para ele. Você entende isso?

Porque ser vegetariano é o quê?, Avram indaga com curiosidade: é algo especial?, é da personalidade?

É, acho que sim. E é também uma espécie de limpeza. Não vou dizer pureza, pois o Ofer, mesmo na época em que era vegetariano, sempre foi também — hesitação momentânea, contar ou não contar?, será que posso?, será que devo? — bastante *mundano* (pelo menos conseguiu não dizer "corporal"), e eu sempre tive a sensação de que parte do amadurecimento dele seria virar de uma só vez, como toda a intensidade, na direção oposta, o contrário de ser vegetariano, uma espécie de "anti qualquer coisa" — e ela dá uma risada sem graça. Nem sei o que estou dizendo.

Anti o quê?

Sei lá, talvez seja mais "anti quem".

Quem?

Não faço ideia — mas ela imagina. Talvez antidelicadeza? Ou antifragilidade?

Avram sugere: anti-Adam?

Não sei, talvez sim. Como se tivesse resolvido ser — sei lá — rígido, másculo, ao máximo, com os dois pés bem fincados no chão, e até mesmo um pouco, propositalmente, corporal.

O dia vai esquentando, ambos caminham em silêncio e está gostoso assim. O que não for dito agora será dito à noite, ou amanhã, ou quem sabe daqui a alguns anos. De um jeito ou de outro, ela contará. Eles sobem até o topo do monte Dvorah e deitam para um breve cochilo num trecho de relva na sombra. Acabam dormindo por quase duas horas, exaustos das duas montanhas, e ao acordar estão rodeados de famílias que vieram aproveitar o dia nesse lugar, desfrutando a vista para o Tabor e o Guilboa, Nazaré e o vale de Jezreel. Ouve-se música árabe de todos os lados, tocada em alto volume no rádio dos carros com as portas abertas, e sente-se o cheiro e a fumaça de carne sendo assada em grelhas; mulheres cortam agilmente carnes e verduras e enrolam quibes em longas mesas de madeira, bebês riem e berram, homens sugam narguilés, não longe dali um grupo de jovens se diverte atirando pedras em garrafas de vidro, e as garrafas vão estourando uma depois da outra. Orah e Avram se põem imediatamente de pé diante dessa visão. Estarão sonhando? Ficam assombrados pelo abismo em que foram lançados durante o sono, são tomados de uma sensação estranha, como se tivessem sido apanhados com a guarda baixa, e recolhem apressadamente as mochilas e os bastões de caminhada, passam o mais depressa possível pelos foliões, sem dizer uma palavra, ambos evasivos, inexplicavelmente acabrunhados, a cadela também com o rabo entre as pernas. Eles descem pela trilha que leva para a aldeia árabe próxima, o muezim está chamando para a oração e os ecos de seu cântico os envolvem, e Avram se recorda do muezim de Abassyia, com quem costumava cantar junto dentro de sua cela, com palavras hebraicas que se encaixavam na melodia.

Baixo e avermelhado, o sol paira sobre a terra inflamando as cores com seu derradeiro toque. Logo vai escurecer, diz Avram, é bom acharmos um lugar para dormir. As marcas da trilha estão apagadas, ou alguém derrubou intencionalmente as estacas com os marcadores, ou ainda virou as estacas na direção errada. Mas está tão bonito aqui, sussurra Orah, e sua voz tem um tom ligeiramente envergonhado, como se estivesse espiando uma cena que não é para ela. A trilha, que talvez já não seja a trilha deles, talvez já tenham se desviado dela e tomado outra, se insinua entre plantações de oliveiras e árvores frutíferas, com um rio correndo por perto. Orah volta a sentir o peso da intromissão de Sammy e da viagem com Ofer até o ponto de encontro do exército naquele dia, e Yazdi, que se desmanchou nos seus braços, e a mulher que depois o amamentou, e as outras pessoas sentadas no chão em volta dela, no hospital clandestino, esquentando comida num pequeno fogão a gás. E o homem que se ajoelhou para enfaixar a perna do outro sentado na cadeira à sua frente.

Como ela pôde não entender o que se passara com Sammy ao ver as pessoas feridas e agredidas que ali estavam? Ela promete a si mesma que assim que voltar para casa a primeira coisa que fará vai ser ligar para ele e se desculpar. Descreverá a ele exatamente o estado em que se achava naquele dia, e o obrigará, sem lhe deixar escolha, a se reconciliar com ela. E se ele não concordar, ela lhe explicará da forma mais simples possível que eles precisam se reconciliar, pois se ambos não forem capazes de se reconciliar, então talvez não haja realmente possibilidade de o conflito mais amplo ser resolvido. E enquanto está imersa nisso, movendo e remexendo os lábios ao ensaiar febrilmente a conversa com Sammy, Avram lhe faz um sinal com os olhos em direção ao pico acima deles, e ali, por trás de uma rocha, um jovem pastor os acompanha com o olhar. Ao ver que foi notado, coloca as mãos em concha em torno da boca e chama, em árabe, outro pastor, que se encontra em outro morro, do outro lado, montado num cavalo ou numa mula, que foi chamar outro, um terceiro, que espiava do alto de outro morro. Orah e Avram se apressam em pegar a trilha que desce, enquanto os pastores conversam aos gritos sobre a cabeça deles, com Avram lhe traduzindo com o canto da boca. Quem são esses?, pergunta um dos pastores. Não sei, responde outro, talvez turistas? Judeus, afirma o terceiro, olhe os sapatos dele, com certeza são judeus. Mas o que estão fazendo aqui? Não sei, talvez só estejam passeando, responde o segundo. Judeus passeando por aqui?, pergunta o pastor montado no cavalo, e sua pergunta fica sem resposta, e os cães dos pastores ladram ao ouvir os gritos de seus donos, e a cadela dourada rosna e late, e Orah a puxa para perto da sua perna e tenta acalmá-la.

Um dos pastores começa a cantar, modulando mais e mais sua voz, e os outros se juntam ao canto nos dois topos de morro. Avram faz um sinal de que é bom se apressar. Para Orah os cantos soam como uma canção de flerte ou namoro, ou simplesmente insinuações maliciosas dirigidas a ela. Ambos se calam e caminham, quase correm, descendo apressados a trilha estreita que serpenteia entre os morros que vão se aproximando cada vez mais, até finalmente se juntarem numa enorme pilha de matacões que lhes bloqueia totalmente o caminho. Aos pés das gigantescas rochas, sobre uma larga esteira de palha, encontram-se deitados folgadamente três homens corpulentos que os observam sem nenhuma expressão.

Shalom, diz Orah parando diante deles, ofegante.

Shalom, respondem os três. Entre eles, em cima da esteira, há pedaços de melancia, uma travessa de cobre e canecas de café. Há também um bule sendo aquecido num fogareiro.

Estamos excursionando por aqui, diz Orah.

Sahtein, diz o mais velho dos três. Sua face é dura e pesada, o bigode espesso branco-amarelado.

Aqui é bonito, ela murmura num estranho tom de desculpa.

Tfad'alu, diz o homem, indicando com um gesto para que ela e Avram se sentem, depois lhes oferece um prato de pistache.

O que é aqui?, pergunta Orah, pegando uma porção maior do que pretendia.

Estamos em Ein Mahel, diz o homem. Ali, no alto, é Nazaré, o estádio. De onde vocês vêm?

Orah lhe conta. Os homens ficam surpresos, ajeitam o corpo para sentar direito: tanto assim? Vocês, *ya'ani*, esportistas?

Orah ri, na verdade não, saí desse jeito quase sem querer.

Café?, oferece o homem.

Orah olha para Avram. Ele faz que sim com a cabeça.

Eles baixam a mochila das costas. Orah acha um saquinho de biscoitos comprados em Shibli naquela manhã, e um pacote de waffles da comunidade do Kineret. O homem lhes oferece pedaços de melancia.

Mas por favor, pede Orah de imediato, só não nos contem as notícias.

Algum motivo especial?, pergunta o homem, mexendo lentamente o café no bule.

Não, por nada, só queremos descansar um pouco de tudo isso.

Ele derrama café em pequenas canecas. O homem ao seu lado, taciturno e de braços grossos, usando uma *keffyiah* com *ak'al*, fuma um narguilé e oferece a Avram. Avram aceita. Um rapaz jovem, sem dúvida um dos três pastores que os observaram do alto dos morros, chega a galope em seu cavalo e se junta a eles. Ficam sabendo que é neto do homem mais velho. O avô beija sua cabeça e o apresenta aos hóspedes. Ali Habib-Alah é o nome dele, e é cantor, e já passou no primeiro teste do concurso que vai ter na televisão de vocês, o avô diz rindo e dando umas palmadinhas nas costas do neto. Digam, Orah de repente diz com uma ousadia que a deixa surpresa, será que vocês estariam dispostos a responder duas perguntas para mim?

Perguntas?, o avô vira todo o seu corpo para ela. Que tipo de pergunta?

Nada de especial, coisa à toa, ela dá um risinho. Nós estamos fazendo — na verdade ainda não começamos direito, só pensamos em fazer — uma espécie de pesquisa no caminho. Ela ri novamente sem olhar para Avram, nós pensamos, eu pensei, que faria duas perguntas a cada um que encontrasse. Duas perguntinhas.

Avram a encara estarrecido.

Que perguntas?, diz Ali, e as maçãs de seu rosto coram de excitação.

É para algum jornal, algo assim?, pergunta o avô, sem parar de mexer o café no bule, aumentando e diminuindo a chama do fogareiro.

Não, não, é totalmente particular, é só para nós, ela pisca levemente para Avram, para termos uma lembrança da viagem.

Liberado, diz o neto esticando as pernas sobre a esteira.

E se vocês não se importam, ela diz puxando o caderno azul, vou escrever o que vocês disserem, ou não vou conseguir lembrar nada. E ela já está com a caneta na mão, passando os olhos do velho para o jovem. São perguntas muito curtas, ela dá mais um risinho, tentando de repente se conter, ir devagar, adiar o momento da pergunta, sentindo o gosto metálico de um erro que se aproxima, mas todos os olhares estão fixos nela, e não há como voltar atrás: bem, a primeira pergunta, é assim que funciona, do que você mais tem —

Talvez seja melhor não, interrompe o avô subitamente, com um largo sorriso, colocando pesadamente a mão sobre o alto das costas do seu neto cantor. Mais um pedaço de melancia?

Uma vez a cada três semanas, aproximadamente, ele vinha de folga do exército, Orah repete no dia seguinte, retomando o assunto interrompido na tarde da véspera no pico do monte Dvorah, e lembra como saltava em cima dele logo na entrada, envolvendo-o com uma fome insaciável, a enorme mochila bloqueando a porta da casa, e Orah tentando deslocá-la em vão com ambas as mãos. Vamos lá, desempacotar as coisas antes de tudo, direto para a máquina de lavar, já estou preparando uns bolinhos de carne, vamos deixar o filé para de noite, e também um novo molho à bolonhesa que eu quero que você prove, seu pai adorou, quem sabe você também goste, e tem também uns legumes recheados e já, já apronto uma boa salada, e à noite vamos preparar um belo jantar. Ilan, ela grita, o Ofer chegou!

Ela se retira para as profundezas da cozinha, os olhos cintilando de prazer animal. E se pudesse, mesmo agora, na idade dele, ela o lamberia de cima a baixo, removendo toda a sujeira nele grudada, restaurar-lhe-ia todo o cheiro da infância guardado nas suas narinas, na sua boca, na sua saliva. E uma onda quente se espalha dentro dela, e Ofer, sem se mover, imediatamente se afasta um fio de cabelo, e ela percebe, até sabia que isso iria acontecer: ele se tranca com aquele mesmo rápido movimento interno que ela tão bem conhece de Ilan e Adam, de todos os seus homens, que sempre, repetidamente, lhe bateram a porta na cara quando ela se mostrou radiante, deixando sua meiguice pairando do lado fora, titubeante, vacilante, transformando-a instantaneamente numa caricatura.

Mas ela não permitirá que a mágoa venha à tona, não agora, e eis que Ilan também vem do seu escritório, tira os óculos e abraça Ofer calorosamente, de forma comedida. Ele é cuidadoso. Face contra face. Pare logo de crescer, ele censura Ofer. E Ofer solta uma risada pálida e cansada. Ilan e ela se movem em torno dele num misto de alegria e cautela. E como vão as nossas Forças Armadas? Como sempre, e aqui em casa? Nada mal, aos poucos você irá saber de tudo. Por quê? Aconteceu alguma coisa? Não, o que há para acontecer, está tudo a mesma coisa. Você quer tomar banho primeiro? Não, mais tarde.

Ele tem dificuldade de se separar até mesmo da farda fedorenta, e também da sujeira grudada na pele, que talvez sirva um pouco de proteção, ela supõe. Três semanas em campo, em patrulhas, na manutenção do tanque, barreiras, emboscadas. O cheiro é forte. Os dedos estão calejados e feridos. As unhas, pretas. Os lábios parecem estar sempre sangrando. O olhar, vazio e ausente. Ela vê a casa por meio dos olhos dele. A limpeza, a simetria dos tapetes e os pequenos retratos no bricabraque. Ele parece ter dificuldade de acreditar que exista um mundo tão refinado. A delicadeza é quase insuportável para ele. Quando ela dirige seu olhar a Ilan, sente de súbito, com toda a clareza, como Ilan neste momento vê a si mesmo com os olhos de Ofer, um civil absolutamente desinteressado, desmilitarizado, quase criminalizado. E Ilan cruza os braços sobre o peito, empurra um pouco o queixo, murmurando para si mesmo com voz grave.

Ofer se senta junto à mesa da cozinha, apoiando a cabeça com as mãos, olhos quase fechados. Aos poucos tem início entre os três, em voz baixa, uma conversa leve, frases soltas nas quais ninguém presta atenção, cujo propósito é apenas proporcionar a Ofer uma pausa de alguns minutos para que ele possa se ajustar, conectar o mundo do qual está chegando a este que aqui está, ou talvez, ela pensa, justamente desligar um do outro.

E ela sabe — ela explica a Avram — que ela e Ilan não podem nem sequer imaginar o esforço exigido dele para apagar, ou ao menos suspender, seu outro mundo, para poder entrar em casa sem se queimar na passagem. Esse pensamento parece passar no mesmo instante pela cabeça de Ilan, e ambos se entreolham disfarçadamente: suas expressões ainda estão repletas de alegria, mas em algum ponto, no fundo dos olhos, eles se evitam como se fossem cúmplices num crime.

E de repente Ofer se levanta sem motivo e esfrega com vigor sua cabeça raspada, e se move lentamente entre a cozinha e a copa, vai, volta, vai. Ilan e Orah o acompanham com o rabo dos olhos: ele não está aqui, isso fica claro, está andando aqui percorrendo um outro trajeto traçado na sua mente. Eles se concentram no pão a ser fatiado e na frigideira. Ilan estremece e liga o rádio em alto volume, e o recinto é invadido pelas vozes do noticiário do meio-dia. Ofer imediatamente desperta, volta e se senta no seu lugar junto à mesa, como se nunca houvesse se levantado de lá. Uma jovem soldado na barreira de Jalameh conta, em entrevista a um repórter, como naquela manhã tinha apanhado um jovem palestino de dezessete anos que tentava contrabandear explosivos através da barreira, escondidos na calça, e encerrou com uma gargalhada, dizendo que hoje, justamente, era seu aniversário. Ela tem dezenove anos. Parabéns, lhe diz Carmela Menashe, a entrevistadora. Legal, ri novamente a soldado, nunca pensei na minha vida num presente mais bonito para o meu aniversário.

Ofer escuta. Jalameh já não é mais seu setor. Ele serviu ali mais ou menos há um ano e meio. Poderia ter sido ele a ter encontrado os explosivos. Ou a não ter encontrado. Afinal, a sua função é estar ali para que o terrorista o exploda em lugar de explodir civis. Orah respira fundo. Sente algo se aproximando. Recita intimamente os nomes das barreiras e postos onde ele serviu. Hizmeh e Halhul e Jab'ah, esses nomes horrorosos, pensa ela, aliás, ela balança de uma perna para a outra, tudo isso em árabe, com os sons guturais e nasais, além de todos os jotas, e todos aqueles sons que Ilan e Avram gostavam tanto no árabe, na época do colégio e do exército. E se irrita ainda mais, afinal, praticamente cada palavra está relacionada de algum modo com algum problema ou com alguma desgraça, não é mesmo? De repente ela recrimina Ilan, veja como você está cortando, você não sabe que ele gosta cortado bem fininho? E bote a mesa, faça o favor! Ilan ergue as mãos com um sorriso surpreso e obediente, e Orah avalia as verduras, pega a faca bem afiada, gira-a no ar e cai furiosamente sobre Abd Khader al-Husseini junto com Hadj Amin al-Husseini e Shukeiri e Numeiri e Aiatolah e Khomeini, e Nashabibi e Arafat e Hamas e Mahmoud Abas, e todas as *kasbahs* e Kadafis e *scuds* deles, e Iz a-Din al-Kassam e os mísseis Qassam e Kafr Kassim e Gamal Abdel Nasser, ela massacra todos juntos, Katiushas e intifadas e brigadas de mártires, e sacrossantos e os oprimidos, e Abu Jildah, e Abu-Jihad, Jebaliah e Jalayiah, Jenin e Zarnuga, e também Marwan e Barghouti. Deus é quem sabe onde ficam todos esses lugares. Se ao menos os nomes fossem normais, ela suspira, se ao menos os nomes fossem um pouquinho mais agradáveis! E brandindo a faca febrilmente ela fatia em finíssimas camadas Han Yunis e Sheih Munis, e Dir Yassin e Sheik Yassin, e Saddam Hussein e Al-Kawuqji, só problemas, desde o primeiro instante só houve problemas com eles, ela resmunga com os dentes cerrados, e Sabra e Shatila, e Al-Kuds e Nakbah, e Jihad e *shaheds* e *Allah al akbar*, e Haled Mash'al e Hafez Assad e Kozo Okamoto. Ela estraçalha a todos indiscriminadamente, um saco cheio de problemas, um ninho de cobras a ser destruído, e acrescenta à lista Baruch Goldstein e Yigal Amir, e numa súbita revelação também Golda e Begin e Shamir e Sharon e Bibi e Barak e Rabin, e também Shimon Peres — o quê?, será que eles não têm sangue nas mãos? Eles fizeram alguma coisa para que ela tivesse cinco minutos de calma por aqui? Todos aqueles que lhe ferraram a vida, que continuam a se apropriar de cada minuto e de cada filho. Ela para somente quando se dá conta dos olhares de Ofer e Ilan, e enxuga com as costas da mão o suor na testa e pergunta, zangada, o que foi?, o que está havendo?, como se eles também fossem culpados de alguma coisa. E imediatamente se acalma, bobagem, deixa pra lá, esqueça, só lembrei de uma coisa, uma coisa me deixou irritada, e derrama azeite generosamente, e uma porção ágil de sal e pimenta, e um limão espremido, e deposita na frente de Ofer a travessa de encher os olhos, um calidoscópio de cores e aromas, pronto, Ofer'ke, uma salada árabe, como você gosta.

Ofer arqueia mais uma vez as sobrancelhas para assim manifestar sua opinião sobre o curioso desempenho de Orah. Ele ainda está muito lento. Seu olhar disperso depara com um jornal em cima da mesa e prende-se a uma charge, sem compreendê-la por não conhecer o contexto. Pergunta se houve alguma coisa no noticiário durante a semana. Ilan lhe dá um relatório e Ofer folheia o jornal ansiosamente. Não está interessado, pensa Orah, esta terra que ele defende na verdade não o interessa. Já faz algum tempo que ela sente isso nele: como se tivesse desligado dentro de si a conexão entre o invólucro, onde ele se encontra a maior parte do tempo, e o interior, que é aqui. Cadê a seção de esportes?, ele pergunta, e Ilan enfia a mão no meio da pilha de jornais para reciclagem e tira dali o caderno de esportes. Ofer enterra a cabeça nele. Orah pergunta cuidadosamente se lá ele ouve o noticiário, se acompanha o que está acontecendo no país. Ele dá de ombros com ar cansado, mas também com um estranho ressentimento: todas essas discussões, direita, esquerda, tudo a mesma coisa, quem tem energia para isso?

Ele se levanta, apoia um joelho no chão, abre as tiras da mochila e começa a esvaziá-la. Sua cabeça deixa Orah admirada: é tão grande, potente, sólida, uma estrutura tão complexa de ossos pesados, maduros, e ela fica ali parada perguntando-se quando ele teria tido tempo de desenvolver ossos assim, e como era possível que aquela cabeça tivesse um dia passado pelo corpo dela. A mochila se abre, liberando uma onda de intenso fedor de meias sujas que toma conta do ar. Orah e Ilan riem constrangidos. Aquele cheiro é realmente qualquer coisa. Orah sente que se fixar a concentração nele, no cheiro, se o repartir em filetes, saberá exatamente o que se passou com Ofer nessas semanas.

Como se houvesse lido seu pensamento, ele lhe dirige lá de baixo um par de olhos grandes, escuros de cansaço. Momentaneamente, ele é de novo tão jovem, tão necessitado de que a *mamãe* o entenda sem que ele precise dizer nada. O que há, Ofer'ke, ela pergunta com doçura, assustada com o que se oculta e se esgueira no fundo de suas pupilas. Não há nada, ele responde como de hábito, forçando um sorriso cansado. Salve meu rei, ela pensa, salve meus filhos queridos, onde estivestes e o que fizestes? Estivemos em Hebron e revistamos a *kasbah*, fizemos vigília junto a Halhul e demos tiros com balas de borracha nos meninos que nos jogavam pedras. Eu imploro a você, ela lhe dissera cerca de um ano atrás, antes mesmo de acontecer aquele problema, talvez um mês antes; nunca, nunca atire neles. Então o que eu devo fazer?, ele perguntara num meio sorriso, fazendo diante dela uma imitação de dança, o peito largo nu e vermelho, segurando a camiseta cáqui imunda, gesticulando como um toureiro se desviando do touro; de vez em quando se curvava e plantava-lhe um beijo na testa ou na face — simplesmente me diga o que fazer, mãe, eles são um risco para as pessoas que passam de carro pela estrada!

Amedronte-os, ela dissera com ingênua astúcia, como que elaborando apressadamente uma nova teoria de combate, encha-os de tapas, dê socos, faça tudo que quiser, só não atire neles! Nós miramos nas pernas, ele explicou pacientemente, com o mesmo ligeiro tom de superioridade irônica que ela tão bem conhecia de Ilan e Adam e dos analistas militares na televisão e dos ministros do governo e dos generais do exército. E não se preocupe tanto com eles, as balas de borracha podem no máximo quebrar um braço ou uma perna. E se você errar a pontaria e arrancar o olho de um deles? Então esse um não vai voltar a atirar pedras, ele dissera. Deixe eu lhe dar um exemplo. Um soldado nosso, nesta semana, atirou em três rapazes que estavam jogando pedras na sede militar, tak-tak-tak, ele quebrou as pernas deles, uma perna de cada um, muito elegante, e pode acreditar que esses aí não voltam. Mas os irmãos deles vão voltar, ela gritou, e também os amigos, e daqui a alguns anos também os filhos!

Quem sabe você faz a pontaria de modo que eles não tenham filhos, sugeriu Adam passando de repente por trás deles, silencioso, como era seu feitio, e também um pouco sombrio. Os rapazes riram, com um leve constrangimento, e Ofer deu uma espiada para Orah com ar desconfortável. Ela agarrou sua mão com força e o puxou para o escritório de Ilan, postando-se à sua frente: agora!, quero que você me prometa *agora* que nunca na vida vai atirar em alguém para acertar! Ofer olhou para ela e uma irritação começou a se acumular em suas pupilas: mãe, *halas*, basta, o que você... Eu tenho instruções, tenho ordens! Não, ela deu um salto, bateu os pés: nunca na vida, está ouvindo?, nunca na vida você vai atirar para acertar num ser humano! Por mim você pode mirar o céu, o chão, erre a pontaria para todos os lados, só não acerte ninguém!

E se ele tiver um coquetel molotov na mão?, perguntou Ofer. E se estiver armado? Hein?

Já tinham tido uma conversa como aquela, ou parecida, ou talvez tivesse sido com Adam, no começo do serviço militar dele. Ela conhecia todos os argumentos. Ofer também os conhecia. Ela havia jurado ficar quieta, ou ao menos tomar muito cuidado. Era constantemente tomada pelo pavor de que num momento decisivo de batalha, ou ao ser atacado de surpresa numa emboscada, essas palavras dela lhe viessem à mente e o deixassem paralisado, ou retardassem a sua reação em uma fração de segundo.

Se você estiver correndo perigo de vida, então tudo bem, não digo nada, então faça todo o possível para se salvar, isso eu não discuto com você, mas só nessa situação! E Ofer cruzou os braços sobre o peito num gesto largo e relaxado de Ilan, e alargou também seu sorriso: e como vou saber exatamente se estou em perigo de vida? Quem sabe devo pedir ao inimigo que preencha uma declaração de intenções? Ela se vê aprisionada na sensação desagradável que tem toda vez que ele — ou qualquer outra pessoa — faz troça dela, explorando sua conhecida inabilidade de discutir, a carência de argumentos que se apodera dela nessas ocasiões. Realmente, mãe, disse Ofer, por favor, acorde, alô! Aquilo é uma guerra! E eu também achava que você não era exatamente louca por eles.

Ahá!, ela soltou um grito inflamado: que importância tem o que eu penso deles?, a questão não é essa, neste momento não estou nem discutindo com você se nós devemos ou não estar lá! Então, da minha parte, que a gente saia hoje, Ofer gritou à sua frente, e que eles vivam a porra da vida deles em paz, e que se matem uns aos outros, mas neste exato ponto no tempo, mãe, que eu tenho a porra da obrigação de estar lá, o que você quer que eu faça? Não, diga. Que eu fique ali deitado e abra as pernas para eles?

Nunca antes ele havia falado com ela daquela maneira. Estava fervendo de raiva. Seu ânimo desabou. Devia haver em algum lugar um argumento definitivo que calasse de uma vez por todas os seus argumentos. Os dedos dela se abriram num berro silencioso junto aos seus ouvidos, espere um pouco, ela expirou procurando juntar suas ideias desconjuntadas — em instantes ela conseguiria se reorganizar e clarificar para si mesma o que exatamente queria dizer, daria um jeito de rearrumar as palavras conforme uma linha de pensamento simples e correta. Ouça, Ofer, eu não sou mais esperta que você (ela não é), nem mais moral que você (essa é uma palavra que a deixa apavorada, que secretamente, em seu coração, ela sabe que não consegue entender de fato, profundamente, ao contrário de todas as outras pessoas, que parecem entender), mas eu tenho — e isso é fato! (e aqui ela levantou a voz de forma um tanto gratuita) —, *eu tenho mais experiência de vida que você*! (É mesmo? de repente isso também se dilui: será que ela tem? com tudo que ele está passando no exército?, com tudo que ele vê e faz, e com tudo que tem pela frente todo dia?) E eu também sei algo que você simplesmente ainda não pode saber que é —

Que é o quê? O quê? Ela viu o lampejo de riso nos seus olhos, e jurou que não reagiria; ela se atém ao principal, salvar seu filho das mãos do militar à sua frente.

Que daqui a cinco anos, cinco não, daqui a um ano! Daqui a mais um ano, quando você for liberado, você haverá de olhar toda essa situação de forma inteiramente diferente, espere para ver! Não estou nem falando agora se isso está certo ou não, só estou dizendo que um dia você vai encarar de forma diferente o que houve ali —

Ela ignorou também o jeito como ele torceu o nariz, e também o leve sorriso tomando conta de seu rosto. E você ainda vai me agradecer, ela declarou teimosamente — estava encalhada, ambos sabiam, encalhada procurando desesperadamente seu fugaz argumento de ouro — você verá que ainda vai me agradecer!

Se eu ficar vivo para lhe agradecer.

E não fale comigo desse jeito!, ela berrou, vermelha de fúria, eu não suporto piadas desse tipo, será que você não sabe?

Piadas do pai, ambos sabiam.

Seus olhos se encheram de lágrimas de raiva, tinha a impressão de que quase havia lhe ocorrido uma resposta excelente, racional e organizada, mas como sempre havia perdido o fio da meada, a linha de pensamento, de modo que simplesmente esticou o braço com ar súplice, fixando o olhar nele, como se esse fosse um último argumento, na verdade um pedido de misericórdia, se não efetivamente de caridade: prometa para mim, Ofer, só não tente atingir alguém de propósito. E ele fez que não com a cabeça, sorriu e deu de ombros, sinto muito, mãe, guerra é guerra.

Eles se encararam. A sensação de estranheza os assustou. Um lampejo de memória passou na cabeça dela. A mesma queimadura fria de pavor e fracasso de quase trinta anos atrás, quando lhe tiraram Avram, quando nacionalizaram sua vida. Pronto, ela sentiu, a mesma velha história: esta terra, este país, com sua bota de ferro, novamente pisando de forma atordoante num lugar em que o país não deveria estar.

Basta, mãe, basta. O que há com você, é só brincadeira, bobagem. E abriu os braços para abraçá-la, e ela se rendeu, como não se render? Um abraço por iniciativa dele, inclusive apertando o corpo todo, até sentir nas costas o sinal mecânico, tak-tak-tak.

Durante toda a discussão, ela relata a Avram com olhar baixo, ela na verdade tinha um argumento arrasador, que obviamente não dissera a Ofer, e que jamais poderia utilizar. Que o que realmente a deixava com raiva não eram os olhos nem as pernas de algum pequeno palestino, com todo o respeito, e sim a certeza absoluta de que Ofer não podia machucar ninguém, nenhum ser vivo, pois se algo assim acontecesse, mesmo que tivesse mil justificativas, mesmo que o outro estivesse defronte dele prestes a detonar uma bomba, a vida posterior de Ofer já não seria vida, era isso, simples e inquestionável, ele não teria mais vida.

Mas de repente, ao se distanciar dele e o observar, a força de seu corpo, aquele seu crânio, não teve mais certeza nem mesmo disso.

Agora, na cozinha, ele conta que nessa semana ficara sem roupas para trocar, e que também não tinha tomado banho. Sua fala é tensa, quase sem mover os lábios, e Orah e Ilan precisam se esforçar para decifrar ainda que só uma parte do que diz. Orah vê que Ilan vai se afastando disfarçadamente para o terraço, para fechar uma janela ou abrir uma porta, ou apenas ficar um pouco sozinho. Ela se debruça sobre a pilha úmida, grudenta e engordurada expelida da mochila, junta uniformes, meias endurecidas, um cinto militar, camisetas, cuecas. Ao pegar o amontoado de panos nos braços, grãos de areia vazam dos bolsos, além de uma bala e um carnê amassado de bilhetes de ônibus. Ela espreme as roupas na máquina de lavar e programa um ciclo de lavagem violenta. Quando se ouve a máquina começar a funcionar, o tambor girando, ela tem a primeira sensação de alívio: como se houvesse finalmente posto em funcionamento o processo de domesticação daquele estranho.

Ao se sentar de novo à mesa especialmente servida para ele, Ofer mergulha no jornal, sem forças para falar. Ficou sem dormir trinta e tantas horas, houve muita atividade na última semana, depois ele conta. Eles imediatamente concordam. Claro, sim, certamente, o importante é você ter chegado. Ficamos quase loucos de esperar. Mamãe está desde cedo na cozinha preparando comidas para você. Não exagere, ela ri, o papai está exagerando como sempre, não tive tempo de preparar nada. Sorte que assei os brownies ontem. Deixa disso, Ilan suspira, apresentando seus argumentos para Ofer julgar: ontem ela passou a tarde toda fazendo compras. Assaltou o verdureiro, saqueou o açougue, aliás, como é que está a comida por lá? Está melhor, temos um cozinheiro novo e não há mais ratos no refeitório. E o pessoal é o mesmo do treinamento? Mais ou menos. Vieram mais alguns de outro batalhão, mas também são gente boa. E todos saíram de folga no Shabat? Ô pai, vamos falar depois, eu estou morto. Não queremos você morto.

Desce um silêncio esquisito. Ilan espreme laranjas, Orah esquenta bolinhos de carne. Um rapaz estranho com cheiro estranho está sentado à mesa da cozinha. Longos fios se desenrolam atrás dele até um lugar difícil de ver, e não há força para pensar nele. Ilan lhe conta algo. Algumas minúcias de um negócio no qual já está trabalhando há dois anos, entre um fundo de capital canadense e dois jovens rapazes de Beersheva, que estão desenvolvendo um método de evitar que bêbados dirijam, já estava tudo pronto para assinar, o negócio quase fechado, e então, na última reunião, quando as canetas já estavam fora dos bolsos —

As palavras não ecoam nela. Nesse momento é incapaz de desempenhar seu papel nessa encenação, cujos atores são todos reais, o texto é mais ou menos conhecido, mas o espaço onde está sendo montada — a concha do silêncio exausto e deprimido de Ofer — torna tudo fragmentado e ridículo, e no fim das contas Ilan também desiste e se cala.

Parada ao lado da pia, ela fecha os olhos num instante furtivo, concentra-se, diz a sua oração habitual, não para exaltar a Deus, ao contrário; pagã de coração e alma, ela se satisfaz com pequenos deuses, imagens do dia a dia e flocos de milagres: se ela pega três faróis verdes seguidos, se consegue tirar a roupa do varal antes da chuva, se na lavagem a seco não descobriram a nota de cem que esqueceu no bolso da jaqueta e, obviamente, suas negociações costumeiras com o destino; alguém bateu na traseira do seu carro? Ótimo: graças a isso Ofer tem o direito à imunidade por uma semana; um paciente se recusa a lhe pagar uma dívida de dois mil? Multa!, mais dois mil pontos de crédito para Ofer anotados em algum lugar.

A oração aparentemente ajudou. De dentro do silêncio desagradável volta a correr um fio de bate-papo doméstico. Cadê o que sobrou da cebola que cortei para a salada? Você está precisando? Pensei em fritar um pouco junto com os bolinhos. E ponha pimenta do reino para ele, ele adora pimenta do reino, certo, Ofer? Sim, mas não demais, o nosso cozinheiro é marroquino, a *shakshukah* dele deixa minha boca pegando fogo. Então vocês comem *shakshukah*? Três vezes por dia. E o fio vai aos poucos engrossando discretamente, dissimuladamente, tecendo a trama. Adam telefona dizendo que está a meio minuto de casa, e vai demorar só o tempo de comprar o *Yediot* e alguns tira-gostos, e que não comecem a comer sem ele, e os três trocam olhares irônicos, o Adam, pois é, nos controla a todos pelo controle remoto. Ilan e Orah comentam aos ouvidos de Ofer as novidades da casa nas semanas em que esteve ausente, ele sempre se envolveu com tudo que se passava na casa, Orah conta a Avram na trilha defronte a Tzipori, atravessando um campo aberto com milhares de lagartas-de-fogo marrom-alaranjadas revolvendo-se em uníssono para perfurar seus casulos, uma cauda aqui, uma cabeça ali, dando a sensação de que o campo todo está dançando; ele sempre queria saber sobre cada móvel que pretendíamos comprar, e exigia que o informássemos sobre cada aparelho que quebrasse em casa, e quanto tinha custado o conserto, e como o profissional tinha se comportado, e nos fazia prometer que jamais, Deus nos livre, jogaríamos fora um aparelho quebrado, nem as partes trocadas, enquanto ele não as verificasse pessoalmente. No começo do serviço militar chegou a nos pedir que continuássemos a reservar para ele, quando viesse de folga, os consertos mais fáceis, eletricidade, torneiras, entupimentos, uma persiana emperrada, e obviamente o trabalho no jardim, mas ela acha que ele tinha se cansado um pouco daquilo, que os afazeres da casa e do cotidiano passaram a entediá-lo, que já não lhe diziam mais respeito.

E eis a mesa posta e a comida pronta, e Ilan diz algo que consegue provocar em Ofer a primeira centelha de um sorriso, sobre o qual ambos se lançam como uma brasa que tinha de ser soprada para ganhar vida. Ofer conta que eles tinham lá, na sede, uma gata com dois filhotes, e ele havia decidido adotar justo a mãe, e enrubesce um pouco: pensei, sei lá, que teria algo maternal ali, e dá uma risada, sem graça, e Orah paira sobre os vapores da frigideira, e aí está Adam, até que enfim chegou, a comida já está esfriando, ela reclama, mas tudo ainda está quente e fumegando, e o abraço entre os irmãos, e o som de suas vozes se fundindo, e o som de suas risadas juntas, um som sem igual, e às vezes, aqui, na caminhada, ela conta a Avram, eu sonho que estou ouvindo esse som, ouço mesmo os dois rindo juntos. A face de Ofer se ilumina ao ver Adam, seus olhos o seguem por onde quer que vá, só agora parecendo entender que voltou para casa, só agora despertando de seu sono de três semanas. E quando Ofer desperta eles despertam junto, os quatro acordam para a vida, e a própria cozinha, como uma máquina antiga e boa, junta-se a eles para acompanhar os movimentos de Ofer, funcionando ao fundo com toda a lealdade, murmurando com silenciosa comoção e estalidos de pistões e engrenagens ocultas. Ouça a trilha sonora, ela pensa, acredite na trilha sonora, pronto, esta é a melodia certa: o borbulhar da panela, o zumbido da geladeira, a batida de uma colher no prato, a água jorrando da torneira, um anúncio bobo no rádio, a sua voz e a voz de Ilan, o papo dos seus filhos, risos, meu Deus, meu Deus, ela se curva com todo o fervor, faça que isto jamais acabe. E da área de serviço chega o barulho rítmico da máquina de lavar, ao qual se soma agora o som de um estalido metálico, provavelmente o cinto militar, ou um parafuso que ficou num dos bolsos, e tomara que não seja outra bala esquecida num bolso lateral, pensa Orah, que possa de repente explodir e nos fazer voar no terceiro ato.

Um dia, mais ou menos um ano atrás, ela pediu que a secretária da clínica onde trabalhava cancelasse a sessão do paciente seguinte, pois ela tivera um dia difícil, praticamente não tinha pregado o olho a noite inteira — na época já haviam começado os problemas em casa, ela murmura e Avram escuta, um pouco tenso, algo na voz dela — e ela pensara em dar um pulo em Amek Rafaym para comprar alguma coisa, uma echarpe ou óculos escuros, para levantar seu ânimo. Estava andando pela rua Jaffa, a caminho do *shopping center* onde costumava estacionar diariamente o carro, e a rua não estava como sempre, havia um silêncio estranho, agourento, e a quietude a deixou inquieta, e ela quis dar meia-volta e retornar à clínica, mas continuou andando, e percebeu que as pessoas na rua caminhavam a passos rápidos quase sem se encarar. Após um instante, ela própria estava andando desse jeito, olhar baixo, evitando os olhos de quem vinha na direção oposta, exceto para dar rápidas olhadas, furtivas e desconfiadas, especialmente quando as pessoas traziam algo nas mãos, um pacote ou uma sacola grande, ou se estivessem nervosas de modo suspeito, e quase todo mundo lhe pareceu de alguma forma suspeito, e ela pensou que talvez ela própria também lhes desse a mesma impressão, e talvez precisasse mostrar de algum jeito que ela não trazia nenhum perigo, que em relação a ela poderiam ficar descansados e poupar algumas pulsações supérfluas; por outro lado, talvez fosse apropriado não revelar essa informação aqui com tanta displicência.
Ela endireita os ombros obrigando-se a andar ereta e olhar diretamente para o rosto das pessoas. Ao encará-las dessa maneira viu que quase todas tinham alguma nota que indicava alguma possibilidade sombria latente, a possibilidade de ser assassino ou vítima e, de modo geral, as duas possibilidades ao mesmo tempo.
Quando foi que teve tempo de aprender todos esses gestos e olhares? A espiada rápida, nervosa, por sobre o ombro, e os passos que parecem farejar habilmente o caminho, decidindo por si sós. Descobriu coisas novas acerca de si mesma, como sintomas de uma doença começando a se desenvolver dentro

dela. Tinha a impressão de que todos os outros a sua volta, todos, até mesmo as crianças, moviam-se conforme sons de um assobio que apenas seus corpos podiam ouvir, enquanto eles próprios eram surdos a ele. Começou a andar mais rápido, o fôlego diminuindo. Pensou: como sair disto?, como fugir daqui?, e quando viu diante de si um ponto de ônibus parou por um instante e sentou-se em um dos bancos de plástico, fazia anos que não se sentava num ponto de ônibus, e o próprio ato de estar assim sentada no plástico liso e amarelo era uma admissão de derrota. Ela se levantou e aos poucos foi recuperando o fôlego. Daí a mais um instante se levantaria e continuaria andando. Lembrou-se de que na fase inicial dos atentados suicidas, uma vez Ilan andou com Ofer — Adam já estava no exército — para verificar trajetos a pé seguros do seu colégio no centro da cidade para o ponto de ônibus para Ein Karem. Mas um dos trajetos passava perto demais do lugar onde um terrorista havia se explodido na linha 18 com mais vinte passageiros, e quando Ilan sugeriu que Ofer subisse pela galeria da Ben Yehudah, Ofer lembrou a explosão tripla que houvera ali na galeria, onde tinham morrido cinco pessoas e cento e cinquenta ficaram feridas, e Ilan tentou desenhar um trajeto um pouco mais longo, dando a volta por trás e chegando até perto do mercado de Machaneh Yehudah, e Ofer comentou que exatamente ali tinha havido o duplo atentado suicida, com treze mortos e dezessete feridos, e de qualquer forma, acrescentou, todos os ônibus da cidade no sentido de Ein Karem passam pela rodoviária central, ao lado da qual também houve um atentado — de novo na linha 18, vinte e cinco mortos e quarenta e três feridos.

E assim os dois foram percorrendo rua após rua, ela conta a Avram — e ao mesmo tempo que conta é tomada pela aterrorizante ideia de que é possível que Ofer ainda conserve sua caderneta espiral laranja em que ele anota os números de mortos e feridos — e as ruas e alamedas onde ainda não tinha havido atentado pareceram a Ilan tão previsíveis e vulneráveis a ponto de ele se espantar de ainda nada ter acontecido ali. Finalmente desistiu, parou no meio de uma rua qualquer e exclamou, sabe o quê, Oferiko? Simplesmente vá o mais rápido que puder. E se achar melhor, corra.

O olhar que Ofer lhe deu — ele contou depois a Orah —, daquele olhar nunca haverá de se esquecer.

Enquanto refletia sobre isso, um ônibus parou no ponto, e quando abriu a porta, Orah levantou-se decididamente e entrou, e só então se deu conta de que não sabia quanto custava uma passagem de ônibus, e nem que linha era aquela. Hesitantemente, colocou na mão do motorista uma nota de cinco, e ele reclamou mandando que ela lhe desse dinheiro mais trocado. Ela espiou na carteira e não achou, ele soltou um xingamento e lhe deu o troco todo em moedas, mandando que ela se apressasse corredor adentro. Ela parou e ficou olhando os passageiros, na maioria idosos, de expressão exausta, melancólica. Parte deles parecia estar voltando do mercado, cestas carregadas entre as pernas. Havia também alguns escolares de uniforme, estranhamente quietos, e Orah os observou com espanto e silenciosa compaixão. Já queria dar meia-volta e descer, afinal não tinha a menor intenção de andar de ônibus, ela diz a Avram, mas uma mulher que havia subido depois dela a empurrou para dentro, empurrou-a com as mãos, e Orah avançou mais alguns passos e parou novamente, e uma vez que não havia assentos vagos, segurou-se na barra superior, apoiando a face no braço, e olhou a cidade visível através da janela, e pensou, o que estou fazendo aqui? Afinal, não tenho a menor obrigação de ficar aqui. E o ônibus passou entre o amontoado de lojas na rua Jaffa, depois passou na frente do restaurante Sbarro, depois pela praça Tzion, onde em 1975 explodira uma geladeira armada de bomba, e entre os muitos que morreram havia também um rapaz que ela conhecera no exército, Ytcheh, filho do pintor Naftali Bezem, e Orah se perguntou se Bezem teria conseguido pintar depois da morte do filho; e na parada da ACM alguns lugares vagaram, e ela se sentou dizendo a si mesma, vou descer na próxima parada, e prosseguiu a viagem até Gan Hapamon, o parque do Sino, e Emek Rafaym, e quando o ônibus passou ao lado do café Hillel, disse à meia-voz, agora você desce e vai tomar um café, e seguiu viagem.

Ficou admirada com o silêncio dos passageiros. A maioria ficou olhando pela janela, como ela, como se não ousassem olhar para seus colegas de viagem, e toda vez que o ônibus parava em algum ponto, todos se ajeitavam um pouco nos assentos e lançavam olhares a quem entrava, e também os que entravam os examinavam estreitando os olhos, e eram trocas de olhares extremamente furtivas, com duração de milésimos de segundo, mas havia um trabalho maravilhosamente complexo de seleção, catalogação e dedução de conclusões acontecendo, e Orah puxou a pele do rosto e da testa com as mãos, e mais uma vez pensou que devia descer logo, pegar um táxi e voltar para o seu carro, e continuou viajando, atravessando o bairro dos Katamonim e o *shop-*

ping Malcha, até o ônibus chegar ao ponto final; o motorista olhou para ela pelo espelho e gritou, senhora, fim da linha, e Orah perguntou se havia um ônibus de volta para a cidade. Aquele ali, o motorista apontou para o ônibus da linha 18, mas se apresse, que ele já está de saída, vou fazer um sinal para ele esperá-la.

E ela entrou no outro ônibus, que estava totalmente vazio, e por um instante desenhou-se ante os seus olhos uma cena, composta de imagens dilaceradas, estraçalhadas e sangrentas, e ficou em dúvida quanto ao lugar mais seguro para se sentar, e, se não ficasse tão envergonhada, teria perguntado ao motorista. Procurou se recordar dos inúmeros relatos que escutara acerca de atentados em ônibus, e não conseguiu se decidir se a maioria tinha ocorrido no instante em que o terrorista subia no ônibus, e então obviamente a explosão teria acontecido na parte da frente, ou se ele entrava, e quando já estava no meio do veículo, cercado de grande número de passageiros, gritava *Allah hu akbar*, apertando o detonador. Ela resolveu se sentar num banco traseiro, expulsando do pensamento a questão de como os estilhaços do explosivo e os fragmentos metálicos conseguiriam parar antes de chegar até ela. Mas após um instante sentiu-se muito solitária naquele canto, e mudou para o banco a sua frente, perguntando-se se aquela mínima mudança não poderia selar seu destino daí a alguns instantes, e deparou com os olhos do motorista no espelho. E de repente me ocorreu, ela diz a Avram, que ele ainda poderia acabar pensando que eu própria era uma terrorista suicida.

Após uma hora de viagem, ela estava exausta, porém receosa de baixar a guarda. Suas pálpebras se fechavam e ela se debatia com todas as forças contra a necessidade de apoiar a cabeça contra o vidro da janela e tirar um ligeiro cochilo. Nos últimos dias vinha se sentindo como uma garotinha que descobre, não da forma mais agradável, e com uma rapidez impressionante, os segredos dos adultos: uma semana antes, ela conta a Avram, estava sentada pela manhã no café Moment, e o lugar não estava nem vazio nem muito cheio, e entra uma mulher baixa e robusta, vestindo um casaco pesado, trazendo no ombro um bebê envolto num cobertor. Era uma mulher não muito jovem, com cerca de quarenta e cinco anos, e talvez isso tivesse despertado a suspeita, pois de repente ouviu-se no ar um sussurro, "não é um bebê", e num piscar de olhos o local virou de cabeça para baixo, pessoas saltando, atirando cadeiras viradas, até mesmo pratos e copos, brigando entre si para chegar à saída. A mulher de casaco observou o caos estarrecida, e aparentemente não entendeu que toda aquela balbúrdia se devia a ela. Em seguida, sentou-se junto a uma das mesas e colocou o bebê no colo. Orah, incapaz de se mover do lugar, observou a mulher, hipnotizada. A mulher abriu o cobertor, soltou os botões de um pequeno casaquinho roxo, e sorriu para a carinha gorducha que espiava com olhos de sono. E aí disse: ah-gúri-gúri-gur.

No dia seguinte, à tarde, conta Orah — estão andando pelo caminho que sobe para o mirante de Reish Lakish, pisando nas pegadas de antigos e respeitados sábios rabínicos, e o dia está quente e ofuscante. Aqui o caminho é plano e corre agradavelmente entre alfarrobeiras e carvalhos, topando esporadicamente com uma vaca — no dia seguinte, à tarde, pediu novamente à secretária da clínica que cancelasse a sessão seguinte, e saiu para a parada da linha 18, viajou até o ponto final, e uma vez que tinha a tarde toda livre, e não estava com vontade de ficar em casa sozinha, continuou e viajou de volta até o ponto inicial da linha, no fim do bairro de Kiryat Hayovel; ali trocou de ônibus e voltou até o centro da cidade. Desceu e andou um pouco, olhou as vitrines, observando o reflexo da rua atrás de si, examinou os transeuntes que passavam e se forçou para mover-se bem devagar.

Na manhã seguinte, antes mesmo da primeira sessão na clínica, pegou a linha 18 na rodoviária central de Jerusalém, e dessa vez sentou-se na parte da frente do ônibus. A cada três ou quatro paradas descia e trocava de ônibus, e às vezes também atravessava a rua e mudava de direção, e toda vez cuidava para sentar-se num lugar diferente, como se seu corpo fosse um peão num jogo de xadrez imaginário. Ao perceber que já estava se atrasando para a terceira sessão ficou um instante aturdida pensando na dupla de diretores da clínica que novamente a chamariam para uma conversa; adiou o pensamento para uma futura ocasião, quando tivesse energia para tal. Estava tão cansada naqueles dias que no instante em que se sentava sua cabeça pendia e ela cochilava, às vezes por longos minutos. Semiadormecida, abria de quando em quando as pálpebras e olhava para as pessoas no ônibus como através de um véu. Conversas entre estranhos e conversas por celular penetravam no seu sono. Se em algum ponto não subisse nenhum passageiro, imediatamente um alívio se espalhava pelo ônibus, e os passageiros viravam-se uns para os outros conversando. Um homem idoso sentado ao seu lado numa das viagens, pesado de corpo, enfeitado com medalhas do Exército Vermelho, puxou da sua cesta de compras um grande envelope pardo, e mostrou a Orah uma radiografia do seu rim, fazendo questão de lhe apontar o local do crescimento renal. Através da chapa Orah viu nebulosamente duas policiais etíopes da Guarda de Fronteira examinando os documentos de um rapaz, que talvez fosse árabe, talvez não. Ele chutava incessantemente a calçada.

Eles param. Tomam fôlego. Mãos na cintura. O que aconteceu que começamos a correr desse jeito?, perguntam-se um ao outro com o olhar. Porém algo já pressiona seus calcanhares, uma comichão na alma, e eles se limitam a dar uma rápida olhada no belo vale de Netofah, e voltam a caminhar rapidamente pela trilha das cabras, em meio a uma floresta de terebintos, carvalhos e bétulas. Orah está calada. Olhos fixos na trilha. Avram dá algumas olhadas cuidadosas, e sua expressão se contrai e se fecha mais e mais a cada passo. Veja, ela sussurra, apontando: na trilha, aos pés deles, desenha-se subitamente uma série rica e exuberante de hieróglifos, um entrelaçado que flui e se estende de todas as direções, até se juntarem num agregado de caracóis no ramo de um arbusto.

Na segunda semana, alguns motoristas já a reconheciam, mas por não haver nada nela que despertasse suspeitas, rapidamente a tiraram da cabeça, para poderem concentrar-se no mais importante. Ela própria começou a reconhecer alguns passageiros fixos, já sabia onde subiam e onde desciam. Se conversavam por celular, ou com vizinhos de assento, sabia também alguma coisa sobre suas queixas e sobre suas famílias, e o que achavam do governo. Um casal de idosos chamou sua atenção: o homem era alto e magro, a mulher muito baixa, mirrada e quase transparente. Quando se sentava, seus pés não alcançavam o chão do ônibus e ficavam balançando no ar. Ela tossia sem parar, uma tosse forte, cheia de catarro, e o homem pegava de sua mão o lenço de papel usado e examinava o conteúdo com preocupação, depois lhe dava um lenço novo. Orah acordava um pouco toda vez que esses dois subiam, no ponto ao lado do mercado. Eles também continuavam, como ela, até o ponto final e, para sua surpresa, passavam junto com ela, quase sempre, para o ônibus de retorno, descendo na mesma estação onde tinham subido, do outro lado da rua. Ela não conseguiu entender o sentido do trajeto.

Dia após dia, durante três ou quatro semanas, Orah viajava pelo menos uma vez na linha 18, levando no mínimo uma hora nesse percurso pela cidade.

Descobriu que os pensamentos ruins a abandonavam durante a viagem, e na maior parte do tempo não tinha um único pensamento inteiro, simplesmente transportando seu corpo de uma parada para outra. Já se acostumara às curvas e pulos do ônibus, e aos ruídos das marchas e dos freios, aos buracos nas ruas, e às estações de rádio religiosas transmitindo seus programas a todo o volume. Também percebeu que podia ocultar de Ilan suas ações durante longas partes do dia, sem que ele lhe perguntasse nada. Às vezes, quando estavam sentados frente a frente durante o jantar, ela o observava parecendo gritar silenciosamente com os olhos: como você pode não sentir onde eu estive e o que faço? Como você me deixa assim?

Exatamente nessa época houve o problema com Ofer, ela diz enigmaticamente a Avram, que já está em silêncio há cerca de uma hora inteira. Tivemos um mês doido, o tempo todo cheio de esclarecimentos no batalhão e no destacamento, e inquéritos e investigações e não pergunte o que mais. Ela suspira e engole a saliva, finalmente chegou o momento de contar a ele, para que ele ouça, para que saiba, que ele mesmo julgue.

Naqueles mesmos dias Orah tinha a impressão de que cada palavra sua, até mesmo cada olhar, ou seu simples silêncio, era encarado por Ofer e Ilan e Adam como provocação, como um chamado de briga. E essas viagens de ônibus lhe serviam como descanso deles, e dela própria, de sua estranha teimosia em confrontar todos eles sempre de novo, e das suas questões cíclicas e mesquinhas, que para dizer a verdade estavam começando a perturbar também a ela. Elas explodiam de dentro dela como soluços azedos toda vez que simplesmente pensava no que acontecia lá, ou apenas ouvia os bipes anunciando o noticiário, ou apenas pensava em Ofer. Como se não fosse capaz de pensar nele, ela diz, sem passar primeiro pelo fato acontecido.

Mas o quê, pergunta Avram, o que houve lá?

Ela escuta dentro de si. Como se de lá viesse finalmente a resposta também para ela mesma. Avram segura com as duas mãos as alças da mochila, agarrando-se a elas.

Um dia Orah saiu da clínica, desculpando-se protocolarmente com um casal que a aguardava na sala de espera, e subiu na linha 18 para uma volta rápida. Quando estavam se aproximando da garagem de ônibus de Mekasher,

Orah ouviu ao longe uma explosão muito forte. Houve um instante de profundo silêncio. As faces das pessoas no ônibus murxaram e aos poucos foram se transformando numa massa disforme. Um intenso odor de excremento se espalhou pelo ar e Orah ficou banhada em suor frio. As pessoas começaram a gritar, xingar, chorar e rogar ao motorista que as deixasse descer. O motorista parou no meio da rua, abriu as portas e os passageiros do ônibus jorraram para fora, brigando entre si aos socos e chutes para poder sair primeiro. O motorista olhou pelo espelho e perguntou, vocês ficam? Orah virou-se para trás para ver a quem mais ele se dirigia, e lá estava o seu casal de velhos, agarrados um ao outro, a cabeça dela, minúscula, quase calva, enterrada no corpo dele, e ele curvado sobre ela acariciando seu ombro, as faces de ambos tomadas por uma expressão difícil de descrever com palavras, uma mistura de choque, medo e também alguma terrível decepção. O rádio começou a transmitir imediatamente a programação especial de emergência — "antes de tudo, Arieh, permita-me expressar as minhas condolências, desejar uma pronta recuperação aos feridos e me juntar à dor das famílias", diziam os ministros e peritos em segurança um depois do outro. Soube-se que a explosão ocorrera num ônibus que viajava no sentido oposto, nas proximidades da praça Davidka, num local pelo qual o ônibus de Orah passara alguns minutos antes. As sirenes das ambulâncias já começavam a soar a caminho dos hospitais de Sha'arei Tzedek e Hadassah.

Na manhã que se seguiu à explosão havia soldados e policiais em todas as paradas e estações de ônibus, e os poucos passageiros estavam ainda mais nervosos, irritados e desconfiados. Constantemente ocorriam explosões de raiva em relação a quem empurrasse, pisasse no pé, ou esbarrasse em alguém. As pessoas falavam em voz alta ao celular. Orah sentia que utilizavam os telefones como tubos respiratórios para o mundo exterior. Quando o ônibus passou pelo local do atentado, fez-se total silêncio. Pela janela, ela viu um homem religioso, de barba, voluntário do serviço de identificação das vítimas, parado junto à copa empoeirada de uma árvore, tirando cuidadosamente, com auxílio de um pano e uma pinça, alguma coisa de um dos galhos, que em seguida colocou dentro de um saco plástico. Um grupo de crianças do jardim de infância subiu no ônibus na área de Beit Hakerem, alguns segurando balões coloridos. As crianças riam, conversavam e corriam pelo ônibus, e as pessoas olhavam os balões como que hipnotizadas. E quando inevitavelmente a coisa aconteceu, isto é, quando um dos balões estourou, apesar de todo mundo ter visto que se tratava apenas de um balão, um grito agudo de pânico percorreu o ônibus, algumas das crianças caíram no choro e os passageiros, envergonhados e exaustos, evitaram olhar-se mutuamente.

Mais de uma vez, naquelas viagens circulares, Orah pensou que, se encontrasse por acaso no ônibus alguém conhecido, não saberia dizer o que estava fazendo lá nem para onde ia. Às vezes pensava, que loucura é essa, apenas imagine o que Ilan e Adam e Ofer sentiriam se algo acontecesse aqui, ou se Ofer pensasse, Deus me livre, que isso tivesse acontecido com você por causa dele. Ou que, por causa dele, você quis que algo lhe acontecesse. E no entanto, durante três ou quatro semanas, todo santo dia, chegava um momento em que ela não conseguia se conter, sentia-se compelida a sair de casa ou da clínica, caminhar com expressão constrangida, como que capitulando diante de uma negligência delirante, até chegar ao ponto de ônibus mais próximo, parando a certa distância das outras pessoas que aguardavam o ônibus — pois todo mundo também tinha o cuidado de ficar a alguma distância dos outros —, e subir no ônibus, observando com olhos apagados o assento vazio à sua espera, procurando, e geralmente encontrando, o seu casal de velhos, que, ela imaginava, a essa altura já estavam à sua espera, e lhe faziam um meneio com a triste cumplicidade dos conspiradores. Ela se sentava, apoiava a cabeça na janela e cochilava em algumas ocasiões, passando por vários pontos de parada ou percorrendo a rota completa. Nunca sabia de antemão quanto tempo passaria no ônibus, e nem mesmo era capaz de simplesmente se desligar e descer antes de chegar o momento determinado em que — sem nenhuma razão aparente — sentia por dentro um alívio, uma sensação de liberação, como se o efeito de uma substância que lhe fora injetada estivesse se desvanecendo, e só então podia se levantar, descer do ônibus e seguir seu dia a dia.

E mais uma coisa mudou: à medida que os dias passavam era cada vez mais capaz de invocar para si mesma a figura do assombroso velho que riu e dançou e farreou, nu como no dia em que nascera, diante dos soldados que finalmente o acabaram libertando da câmara frigorífica no porão em Hebron. O proprietário do prédio era um rico açougueiro, ela explica a Avram, que ainda não está entendendo nada, porém sua respiração já está mais rápida e seus olhos já começaram a faiscar; e os soldados, ela se lembra — com que constrangimento falavam sobre isso, sobre a dança dele totalmente nu, como se essa tivesse sido a coisa mais difícil em todo o incidente. Ele se fez de completo idiota, contou-lhe um soldado que dormiu em sua casa na véspera de um dos interrogatórios na divisão. O nome desse soldado era Dvir, vinha do kibutz Kfar Sold, tinha dois metros de altura, magricela, gago e meio infantil. Orah levou a ambos, ele e Ofer, para o quartel-general da divisão —

Um momento, Orah, diz Avram com o rosto pálido. Não estou conseguindo acompanhar, quem é esse velho?

O exército levou o caso muito a sério, ela diz após alguns instantes de silêncio, durante os quais se deixaram cair sentados, subitamente exaustos, junto a uma grande lagoa onde reluzem margaridas aquáticas amarelas. A cadela salta para dentro e para fora da água, respingando tudo ao seu redor, convidando-os com o olhar para que se juntem a ela. Mas nenhum deles a vê. Estão sentados lado a lado, encolhidos.

Embora Ofer já lhe tivesse implorado mais de uma vez que parasse de falar sobre isso, pelo menos em público, Orah se sentiu obrigada a perguntar também a Dvir: mas como vocês não lembraram que ele estava lá? E Dvir encolheu seus ombros largos, não sei, talvez cada um tenha achado que o outro já o tinha tirado, e Ofer coçou o nariz, irritado, e Orah jurou a si mesma deixar de falar no assunto, não conversar sobre isso com eles nem que o mundo caísse, e os levou de carro, testa franzida e ombros contraídos quase até as orelhas. Mas como vocês puderam esquecer um ser humano!, as palavras escaparam-lhe da boca após alguns instantes, só me explique como é possível esquecer um ser humano num frigorífico durante dois dias.

Avram solta um grunhido incontrolável de dor e perplexidade. Som de um corpo que caiu de grande altura batendo no chão com força.

Dvir olhou para Ofer, pedindo com o olhar que ele o ajudasse. Ofer manteve-se calado, apenas os olhos escurecendo. Orah viu e não conseguiu se conter. Dvir disse, o que posso lhe dizer, mãe do Ofer? Realmente não foi uma coisa correta, está claro, estamos todos pagando por isso agora, mas leve em conta que cada um tinha as suas atribuições, e turnos oito-por-oito nos bloqueios de estrada, que deixam o cérebro seco, e de repente nos levam para uma tarefa que absolutamente não conhecíamos, e fomos obrigados a manter conosco ali no apartamento algumas famílias dois dias num único quarto, com crianças e velhos e todos os choros e gritos e queixas deles, e só isso já pode fazer você perder a cabeça, e ao mesmo tempo ter que ficar vigiando a rua e a área do assassinato, e dar cobertura aos atiradores de elite, as estrelas do show, e também cuidar para que o pessoal do Hamas não nos arme uma cilada pelas portas de baixo, no final isso passou despercebido de todo mundo. Orah mordeu os lábios, e com toda a compostura que conseguiu reunir em si mesma, disse, mesmo assim, Dvir, eu não entendo o pessoal — e Ofer gritou, Mãe! Foi um único grito, cortando feito uma faca, e percorreram o resto do caminho em silêncio. E quando chegaram ao quartel, Ofer a proibiu de esperá-lo, conforme ela planejara, para saber os resultados do interrogatório. Você volta já para casa, ele ordenou, e Orah olhou para ele com ar suplicante, para o seu filho robusto, de cabeça raspada, e seus olhos se encheram de lágrimas, e mais uma vez a pergunta quase explodiu de dentro dela, e Ofer disse com uma calma paralisante, mãe, escute bem, é a última vez que eu lhe digo: esqueça o assunto, *esqueça o assunto*! Seus olhos eram aço puro, os lábios um fio de arame, e sua cabeça raspada uma bola de fogo gelado, e Orah se encolheu ante sua força, ante sua rigidez, e, acima de tudo, ante sua estranheza; ele lhe virou as costas e se foi, sem lhe dar nem sequer um beijo. Ela foi embora louca de tristeza, mal conseguia ver o caminho, e, para piorar, começou a cair uma chuva súbita, cheia de poeira, e um dos limpadores de para-brisa do Fiat Punto não funcionava, e Ilan telefonou e ela não conseguiu dizer mais do que duas frases a ele sem gritar aquela pergunta, e obviamente a paciência dele também se esgotou, milagre ter aguentado até aqui, e disse em alto e bom som que estava ficando de saco cheio da sua mania de ser dona da verdade e cheia de razão, e que era bom que ela lembrasse que o Ofer estava precisando muito dela agora, precisando do seu total apoio, e Orah grunhiu, apoio em quê?, apoio em quê?, e na verdade queria berrar, apoio a quem?, pois de fato já não tinha certeza, e Ilan amaciou a voz, apoio a seu filho, ele disse, escute, você é mãe dele, não é?, você é a única mãe que ele tem, e ele precisa de você agora, incondicionalmente, está entendendo?, você é a mãe dele, você não é do movimento Machsom Watch, é? Orah ficou atônita e se calou, de onde ele tirou isso sem mais nem menos? O que ela tinha a ver com o Machsom Watch, o que ela tinha a ver com aquelas mulheres, não era nem simpatizante delas, havia algo de desafiador, e irritante, e injusto nelas, aliás, na ideia como um todo, aquela coisa de ir importunar os soldados enquanto faziam seu trabalho, afinal que culpa tinham aqueles rapazes, obrigados a ficar ali plantados numa barreira durante três anos? Em vez disso, melhor seria que fossem fazer manifestações na frente do complexo militar, ou que fossem gritar suas palavras de ordem diante do Knesset; ela sempre tivera uma vaga sensação de fragilidade em relação a elas, com sua autoconfiança anglo-saxônica, e absoluta falta de respeito diante dos oficiais das barreiras e dos comandantes do exército mais antigos nos debates na televisão, e se não respeito, ela pensou, pelo menos que demonstrem um mínimo de reconhecimento, uma gotinha que seja, para com as pessoas que fazem o trabalho sujo e comem, por nossa causa, toda a merda da ocupação para assim mesmo cuidar da segurança de todos. E enquanto argumentava consigo mesma, confusa, Ilan continuava falando macio no seu ouvido, houve uma cagada, tá certo, é realmente terrível, concordo com você, mas Ofer não tem culpa disso, meta isso na sua cabeça, havia vinte soldados lá no prédio, e em volta também, nas redondezas. *Vinte*. Você não pode jogar nele toda essa responsabilidade, ele não era o oficial encarregado, aliás, ele nem mesmo é oficial, por que você acha que ele tem que ser mais correto que todos os outros? Você está certo, murmurou Orah, você tem cem por cento de razão, mas — e mais uma vez a pergunta escapa de dentro dela, contra sua vontade, já faz algumas semanas que isso acontece, não tinha o menor controle sobre isso, como se seu corpo produzisse por si só o composto tóxico que o corpo expelia em intervalos de tempo regulares. E Ilan ainda se mantinha sob controle, impressionante como todo mundo em volta consegue se manter sob controle enquanto ela vai entrando em colapso — às vezes chegava a desconfiar que eles, os três, eram capazes de se manter sob controle exatamente *pelo fato de* ela entrar em colapso dessa maneira, e que de alguma estranha forma, conforme alguma economia doméstica oculta e admiravelmente complicada, ela chegava mesmo a provocar seu vergonhoso e constrangedor colapso em lugar deles, talvez até mesmo *por* eles — e Ilan a lembrou pela enésima vez que já na quinta-feira de manhã, mais ou menos às quatro e meia da madrugada, nove horas depois que o velho foi colocado na câmara — *foi colocado*, ele disse, e ela teve a sensação de que de repente os três começam a falar na voz passiva, foi colocado, foi deixado, foi esquecido —, Ofer perguntou ao seu comandante o que se passava com o sujeito na câmara lá embaixo, e lhe foi dito que certamente Hen, o comandante da guarnição, já havia mandado alguém tirá-lo de lá, e voltou a perguntar a Tom, o sargento encarregado da operação, às seis da tarde, e lhe disseram pelo rádio que não havia possibilidade de alguém não ter tirado o homem até aquela hora. Depois não perguntou mais, pensou Orah, e Ilan também se calou, e o próprio Ofer disse que acabara se esquecendo, tinha outras preocupações na cabeça, e Orah disse a si mesma que talvez tivesse chegado a hora de não ser mais possível fazer uma pergunta dessas, pois se começa a ter medo da resposta, e Avram a escuta, a cabeça se enterrando mais e mais fundo entre os ombros, e os olhos absolutamente impossíveis de se ver.

Ilan respirou fundo e disse, o que você quer?, até agora, em todas as investigações que houve, o exército eximiu até mesmo Hen e Tom, por causa de toda a bagunça por lá, e Orah disse, eu não quero nada, e tomara que realmente eximam a todos, mas mesmo assim, me explique como durante dois dias Ofer não pensou em descer e verificar ele mesmo —

Muitas vezes no último mês eles tinham tido essa discussão, repetindo incansavelmente suas falas, num tom cada vez mais desesperado, e agora Ilan berrou, já chega disso!, escute a si mesma, o que se passa com você? Você ficou totalmente maluca! E bateu o telefone na sua cara, e alguns momentos depois ligou de novo para se desculpar, nunca tinham batido o telefone um na cara do outro, ele nunca tinha explodido daquela maneira. Mas você realmente me dá nos nervos, disse com voz débil, e ela ouviu a vontade de reconciliação na sua voz, e sabia que ele tinha razão, que precisavam ficar unidos para passar juntos por essa fase. E se a questão não fosse tratada com calma e sensibilidade, o caso podia degenerar numa corte marcial, não só num inquérito e investigação internos, restritos ao batalhão e à unidade, e daí para os jornais seria apenas um passo, Ilan a fez recordar mais de uma vez, e aqueles desgraçados estão sempre atrás de um pretexto para tirar sangue. E é preciso lembrar também, Orah ressaltou para si mesma, que no final das contas ninguém morreu na câmara frigorífica, ninguém saiu dali ferido e nem mesmo faminto, pois havia ali penduradas carcaças de vacas, cabras e carneiros, e o velho palestino conseguiu de algum jeito tirar a mordaça que lhe tinham colocado para não gritar, e graças aos frequentes cortes de luz realizados pelo exército naquele território, ele nem sequer congelou, às vezes chegou a passar calor, quer dizer, às vezes o esquentavam, depois congelavam, conforme ela foi aos poucos compreendendo a partir do que contavam os soldados, colegas de unidade de Ofer, com quem tinha conseguido conversar sobre o assunto. Nu, fedido e coberto de sangue dos animais, ele rolou pelo chão quando finalmente lhe abriram a porta da câmara — àquela altura Ofer já estava em casa, naquela sexta-feira, às seis da tarde, o mandaram para casa, ela murmura para Avram, você está entendendo?

Ele nem mesmo estava lá — e depois que o soltaram, ele começou a se revirar e retorcer na calçada, como se estivesse dançando aos pés dos soldados uma esquisita dança deitada, e batia a cabeça no piso, e apontava para os soldados e apontava para si mesmo e soltava gargalhadas que pareciam cacarejos, como se durante aqueles dois dias em que esteve preso tivesse escutado ininterruptamente uma imensa e irresistível piada, a qual depois de se recompor ele poderia contar também a eles. Eles ordenaram que ele se levantasse, e ele recusou, ou talvez não conseguisse ficar de pé, e só desabava aos pés dos soldados e batia repetidamente a cabeça na calçada e soltava seus assustadores cacarejos, e Orah se conteve e não disse aos colegas de Ofer, nem a Ilan e Adam, e principalmente a Ofer, aquilo que tinha na ponta da língua, que talvez aquela manifestação de loucura fosse o único meio de um palestino poder evitar hoje as barreiras e permissões especiais e revistas pelo corpo, mas esse pensamento também lhe era estranho, e parecia ter sido criado pelo seu cérebro contra sua própria vontade, e por um momento se perguntou o que aconteceria se agora começassem a surgir mais e mais criações desse tipo, uma espécie de ataques de síndrome de Tourette esquerdista, e imediatamente voltou e se recompôs: no fundo, devia agradecer a Ilan pelo fato de se mobilizar totalmente em prol de Ofer — ele estudou o fato em todos seus detalhes, e repassou com Ofer aqueles dois dias minuto a minuto, e o preparou de forma excelente para a investigação e o interrogatório, e além disso conversou com duas ou três pessoas que conhecia, no exército e fora do exército, e mexeu com delicadeza alguns pauzinhos, para encerrar o assunto rapidamente com um simples inquérito interno, rápido e objetivo. Orah jurou a si mesma que de agora em diante tentaria controlar a sua grande boca, nem tudo está perdido, ela pensou, e agora, depois de expressar a sua opinião, pode enfim voltar ao seu lugar natural na família e ser novamente a grande ursa que protege o seu filhote. Afinal, estava tão claro para ela que não podia continuar alimentando o fogo dessa briga nem mais um dia. Fendas e rasgos subitamente surgiam e se alargavam por toda parte, nos tecidos mais finos, mais íntimos, e ao olhar para Ilan naqueles dias soube que ele também estava sentindo a mesma coisa, que estava assustado como ela e não menos paralisado do que ela diante do que sucedia com eles.

Ela fala, Avram a escuta e envolve a si mesmo em seus braços com toda a força. Sente um frio gélido descer sobre si e envolvê-lo em pleno azul ofuscante no rio Tzipori — o frio gélido de uma cela escura, de uma testa apertada contra uma pedra, e Orah, lábios drenados do sangue, prossegue contando como Ilan e ela costumavam acordar de noite naquele período, permanecendo deitados em silêncio lado a lado, sentindo que a família ia se esgarçando em volta deles com inacreditável rapidez, pisoteada com uma força que parecia ter estado sorrateiramente à espreita ao longo de todos esses anos, e que agora parecia explodir das entranhas com um fervor incompreensível, até mesmo com uma estranha alegria de vingança, ela diz, e Avram retorce a face com uma dor insuportável, baixa a cabeça, não, não.

Afinal, com um pouco de autocontrole e cabeça fria ela ainda pode impedir a deterioração, pensava enquanto ia guiando e escutando a fala macia e conciliatória de Ilan, agora só dependia dela, bastava uma boa palavra, renunciando àquele veneno tóxico que borbulhava dentro dela e também a destruía. De repente, bateu as duas mãos com força no volante e gritou para o telefone do fundo de seu coração: como ele pode não lembrar, diga. Um ser humano dentro de uma câmara frigorífica — e passou a marcar o ritmo de suas palavras com as duas mãos na direção, e Avram se encolheu como se ela estivesse batendo nele —, noite, dia, noite, dia, como é que ele não lembrou? Afinal, ele se lembra de tudo que precisa ser feito, não é? Cada torneira quebrada, cada maçaneta de porta, ele é o rapaz mais responsável do mundo, e mesmo assim esqueceu uma pessoa noite e dia e noite —

Mas o que você quer justo *dele*?, Ilan gemeu dolorosamente, e ela sentiu que com seu lamento conseguira enfim perfurar uma blindagem, e Ilan murmurou como que para si mesmo, foi ele que deu início a isso?, ele queria que uma coisa dessas acontecesse?, foi ele quem decidiu colocar o homem lá? Só então Orah percebeu duas viaturas de polícia com as luzes piscando atrás e à esquerda dela; os guardas lhe fazem um sinal para que encoste. Assustada, ela acelera de repente, só Deus sabe o que ela tinha feito agora, e fazia só dois meses que recebera de volta sua carteira de motorista, tinha ficado meio ano com a carteira suspensa, sem dirigir carro. E quero mais uma vez lembrar a você que se tratava de uma operação grande, dizia Ilan, havia homens procurados, e tiroteios, e Ofer ficou quarenta e oito horas sem dormir, e foi só por acaso que enviaram a turma dele para uma tarefa para a qual não estavam absolutamente treinados, afinal sobre o que é que nós estamos discutindo?

Mas ele estava ali no prédio, três andares acima, e comeu e bebeu ali, e subiu e desceu os andares, disse Orah, e desceu para o acostamento cheio de barro guiando depressa, na esperança de, de algum modo, escapar das viaturas, até que finalmente parou, quando já não lhe restava alternativa, eles fecharam seu caminho — e ele falou pelo rádio pelo menos vinte vezes com Hen e com Tom nesses dias, e teve vinte oportunidades de lhes perguntar se já tinham tirado o velho de lá, e o que foi que ele fez? Ilan silenciou. Diga-me, Ilan, o que foi que ele fez, o nosso filho, exclamou Orah quase sem voz. Ela ouviu Ilan se esforçando para conter a respiração e não estourar de novo. Três policiais saíram das duas viaturas e se aproximaram. Um deles falava num radiotransmissor. Ilan disse, você sabe que ele teve intenção de descer e olhar. Teve intenção, sim, é claro, ela deu um risinho irônico, um risinho odioso, totalmente estranho a ela, durante dois dias inteiros ele teve intenção de descer, e justamente quando a intenção era mais forte, vieram lhe dizer que havia uma carona para Jerusalém, certo? E aí saímos com eles para jantar fora, certo? E ele esqueceu, certo? Ela soltou uma risada de perplexidade e segurou a cabeça com as duas mãos, como se só agora, pela primeira vez, tomasse conhecimento da real história, de todos os detalhes: e toda aquela noite no restaurante, quase três horas, ele não se lembrou! Opa, sinto muito, nem me passou pela cabeça! Você não fica inchado de orgulho?, Orah rugiu, as veias de sua nuca inchando, diga para mim, Ilan: não dá para ficar inchado de orgulho por causa disso? Você está fora de si, disse Ilan, recolhendo-se para o seu tom de voz ponderado, que a observava com divertida admiração, como costumava fazer nas brigas de casal, quando a deixava chafurdar sozinha no seu azedume, na imundície que brotava dela. Por favor, só tome cuidado e preste atenção em como você vai tocar nesse assunto, acrescentou no seu tom de consultoria, e Orah trancou as portas do Punto por dentro e ignorou as caras dos guardas grudadas contra o vidro. Um deles ergueu um dedo de censura mostrando a metade do para-brisa dianteiro totalmente imunda de gotas de chuva e lama, e Orah pousou a cabeça sobre o volante e murmurou, mas é Ofer, você entende, Ilan? Aconteceu *conosco*, é o nosso Ofer, como o Ofer, como ele pôde?

Às cinco e meia da manhã, no ponto onde o monte Carmel começa a se erguer, Orah e Avram se desvencilham um do outro: ele dobra as barracas e os sacos de dormir e arruma as duas mochilas, enquanto ela vai comprar alguma comida no minimercado próximo.

Faz bastante tempo que não nos separamos, ela volta e se enrola nele.

Quer que eu vá com você?

Não, fique aqui com as mochilas. Vou levar só uns minutos.

Eu espero.

E eu volto, ela acrescenta, como se não tivesse certeza.

Estou com medo do quê, de repente? Não faço ideia, ela murmura dentro do abraço.

Talvez de que quando você vir como é a civilização queira ficar por lá.

Ela está inquieta. Um êmbolo obstinado, emperrado, se move dentro do seu corpo, como os restos de um sonho mal digerido. Ela estica os braços, afasta Avram e o observa, como que o gravando na sua memória: agora vejo que não cortei direito o seu cabelo, esse rabicho aqui vou cortar fora hoje.

Ele alisa a mecha saliente, rebelde.

E quem sabe você me deixa fazer a sua barba.

Hein?

Sei lá, me irrita ver você de barba.

Ah, então é isso.

Sim, é isso.

Tudo bem.

Quem sabe só as pontas. Vejamos. Só uma aparada.

Será que você já não me aparou o bastante?

Eles se entreolham. O faiscar de um sorriso na pupila.

E compre também sal e pimenta, e o azeite está quase acabando.

E pilhas para lanterna também, certo?

E traga um pouco de chocolate, estou com vontade de alguma coisa doce.

Mais alguma coisa, meu querido?

Uma mão suave passeia entre os corpos deles. Avram dá de ombros: me acostumei com você.

Cuidado, pode viciar.

O que vai ser, hein, Orah?

Ela coloca o dedo nos lábios dele: primeiro vamos terminar a caminhada, depois veremos o que é melhor para nós. Ela o beija, um beijo no olho direito e outro no esquerdo, e vira-se para ir. A cadela desvia os olhos dela para ele, incerta se deve acompanhar Orah ou ficar com Avram.

Um momento, Orah, espere.

Ela para.

É bom estar com você, ele diz num impulso, baixando os olhos para suas mãos, quero que você saiba.

Então diga. Eu preciso que me digam.

O jeito como você me deixou estar assim com você, e com Ofer, e com todos. Seus olhos ficam vermelhos: você nem imagina o que está me dando, Orah.

Bem, só estou lhe devolvendo o que lhe pertence.

E mais uma vez eles se agarram — como é mais alta que ele, precisa dobrar um pouco as pernas, sempre foi assim —, e algo a faz recordar como, toda vez que estava prestes a viajar para encontrá-lo em Tel Aviv, nos anos em que concordava em se encontrar com ela, Ofer imediatamente pressentia: ficava inquieto e melancólico, e às vezes tinha subitamente uma febre alta, como se quisesse evitar o encontro. E quando ela voltava de lá, ficava grudado nela durante horas, farejando-a feito um bicho, exigindo saber exatamente o que ela fizera, e verificava também, sempre, com astuta transparência, se Ilan sabia onde ela estivera.

Avram a retém contra seu corpo, segurando suas nádegas com as duas mãos, e murmura que não há nada como seus glúteos máximos e seus glúteos médios. E cuide-se lá na loja, ele diz dentro dos seus cabelos, e ambos ouvem o que ele não disse: não converse demais com as pessoas. Se houver um rádio ligado, peça imediatamente que desliguem. E não espie os jornais de jeito nenhum. E cuidado especial com as manchetes.

Ela se afasta dele, de vez em quando para e se vira, acena longamente com um gesto demorado, como uma atriz de cinema, e manda beijos. Ele sorri, mãos na cintura, o *sharwal* branco esvoaçando em torno do corpo, a cadela sentada ereta ao seu lado. Ele parece bem, pensa Orah, o novo corte de cabelo e as roupas de Ofer lhe fazem bem, e há alguma coisa revigorada na postura dele, está mais aberta, e no sorriso dele também. Ele está voltando à vida, ela diz a si mesma em voz alta, esta caminhada simplesmente o está trazendo de volta para a vida. E o que isso tem a ver comigo? E que lugar eu vou ter na vida dele quando a viagem terminar, se é que terei algum?

Um momento, ela de repente se aflige, que história é essa de a cadela não vir comigo? Mas antes mesmo de ela terminar o pensamento Avram se agacha e dá uma palmada no traseiro da cadela, atiçando-a para que siga em frente.

Uma hora depois, Orah descarrega silenciosamente as compras dos sacos plásticos da mercearia de Kfar Hassidim — todos os gêneros com rótulo de "estritamente *kosher*" — e reparte igualmente entre as duas mochilas biscoitos doces, *crackers*, latas de conservas, saquinhos de sopa em pó. Os gestos dela são rápidos e precisos.

Aconteceu alguma coisa, Oraleh?

Não, o que haveria de acontecer?

Sei lá. Você está assim...

Eu, tudo bem comigo.

Avram passa a língua pelo lábio superior. O.k., o.k.

E um minuto depois: diga —

O que é?

Você escutou o rádio? Viu algum jornal?

Ali não há rádio, e não olhei nenhum jornal. Vamos lá, é hora de ir. Cansei deste lugar.

Colocam as mochilas nos ombros, passam ao lado do parquinho infantil do kibutz Yagur, optam pela trilha sinalizada em vermelho, pouco depois a substituem pela trilha azul que leva ao rio Nahash — rio Cobra — recém-rebatizado de rio dos Ma'apilim, e começam a subir o morro. O dia ainda está imerso no nevoeiro matinal e se abre preguiçosamente sobre eles. Em pouco tempo a subida se torna mais íngreme, e os dois, bem como a cadela saltitando no meio, arfam pesadamente.

Espere um pouco, ele chama atrás dela, disseram alguma coisa para você?
Ninguém me disse nada.

Ela está praticamente correndo ladeira acima. Pedras saltam de suas passadas. Avram desiste e para, enxugando o suor. Exatamente no mesmo instante, sem olhar para trás, Orah também para no lugar, estática como um ponto de exclamação inclinado num degrau de rocha acima dele. Por entre os carvalhos e os leitosos vapores da manhã avista-se o vale de Zevulun, os subúrbios de Haifa e o entroncamento de Yagur, que começam a despertar. O par de chaminés da refinaria da baía emite uma fumaça branca que lentamente se enrola e se mistura com a neblina. Avram deseja lhe dar algo para apaziguar o súbito mau humor que a rodeia, mas para isso teria de saber o que dar. Nas estradas que fluem para o entroncamento os carros voam, reluzentes. Um trem distante serpenteia enviando centelhas rítmicas de metal e luz. Mas ali, no morro, há um silêncio quase absoluto, só quebrado esporadicamente pela buzina ocasional de um caminhão ou pela insistente sirene de uma ambulância.

Pronto, é assim que eu vivo, ele finalmente diz em voz baixa, talvez com sinceridade, talvez como um leve suborno para que ela lhe conte o que se passou.

Assim como?, a voz dela, sobre sua cabeça, está rascante, rouca.
Assim. Olhando.
Então talvez seja hora de você entrar, ela diz, e volta a andar.
O quê? Espere aí —
Escute, tudo bem com Ofer, ela o interrompe, e Avram, excitado, corre atrás dela: o quê?, como você sabe?
Telefonei para casa do mercadinho, peguei os recados na secretária.
É possível fazer isso?

Claro que é. São possíveis muitas outras coisas, ela murmura para si mesma. E? Ele deixou algum recado?

Doze.

E novamente ela é toda movimento, rasgando o ar feito uma lâmina. Os fios delicados de uma teia matutina riscam sua face e ela os sacode zangada. As notas de uma adolescente ranzinza faíscam em seus gestos.

Pelo menos até ontem à noite ele estava bem, ela informa, o último recado foi ontem às onze e quinze da noite. Ela dá uma olhada furtiva no relógio. Avram verifica a altura do sol no céu. Ambos sabem: onze e quinze, tudo bem, mas não quer dizer nada, como um jornal de ontem: logo depois que a mensagem foi deixada a ampulheta foi virada e a contagem voltou ao começo, do zero, e mais uma vez deixa de existir a vantagem da esperança sobre o medo.

Um momento, exclama Avram, por que você simplesmente não telefonou direto para ele, para o celular?

Para ele?, ela baixa a cabeça com força, não, não, e solta uma risada nervosa: não, a troco do quê?

Orah vira meia cabeça para ele, como uma gazela para o caçador, e pergunta sem dizer palavra, com o olhar desesperado, sério que você não entende?, até agora você não entendeu que eu não posso, que estou absolutamente proibida, até ele voltar?

O caminho se torna difícil e truncado, e Avram está ansioso: de súbito Ofer está tão próximo, sua voz ainda ressoa nos ouvidos de Orah, até mesmo suas roupas, que envolvem Avram, farfalham como se seu espírito tivesse passado por elas.

Mas o que ele disse?

Disse um monte de coisas, brincadeiras, o Ofer, é a cara dele.

Sim, Avram sorri para si mesmo.

O que você quer dizer com "sim"?, ela cospe, o que você sabe sobre ele?

O que você me conta, Avram se espanta.

Sim, histórias. Há muitas histórias.

Ele medita profundamente enquanto caminha. Algo aconteceu, é óbvio, aconteceu algo ruim.

Agora, até onde a vista alcança, hastes de sálvia se espalham em branco e roxo, pequenas flores silvestres cintilam em rosa, ranúnculos se revezam em vermelho com papoulas que envelheceram e secaram. Agulhas de pinheiro reluzem com gotas de orvalho. Em algum lugar ouve-se o toque de pequenas sinetas: um rebanho passando não longe dali, cordeiros novos tremendo sobre suas finas patas, e a barriga das ovelhas prenhes balançando, quase tocando o chão. Orah lança um olhar irritado para Avram, que observa as tetas e os ventres, e ele fica momentaneamente sem graça, como que surpreendido num ato ilícito.

E voltam a caminhar, ofegando e gemendo diante da trilha vertical. Avram continua inquieto, quase assustado. Tiveram uma noite de amor total na véspera, como se finalmente seus corpos tivessem restabelecido a confiança mútua, assegurando que não iriam se separar de novo um do outro por mais tantos anos. Ficaram a noite toda transando, dormindo, conversando, cochilando, transando, rindo e transando. Netah veio e se foi, curvou-se sobre ele e desapareceu, e ele, com seu corpo, contou a Orah sobre ela, e foi envolvido por uma rara e generosa tranquilidade e, quase num sonho, imaginou que elas o embalam entre ambas, devagarinho, uma para a outra, indo e voltando. Deitado mais tarde, sentiu a felicidade voltando a passos lentos, como sangue a um membro dormente.

Uma coisa eu sei, uma coisa que nunca imaginei, disse num daqueles momentos, com a cabeça dela deitada em seu peito.

Hmmm?

Que é possível viver uma vida inteira sem sentido de vida.

Então é isso?, ela se apoia no cotovelo e olha para ele: sem sentido algum?

Uma vez, quando eu ainda era eu, abençoada seja minha memória, se você me dissesse que era isso que me aguardava, uma vida inteira como essa, eu acabaria comigo na hora. Hoje eu sei que não é terrível. Que certamente é possível. É fato.

Mas o que quer dizer isso? Explique: o que quer dizer vida sem sentido de vida?

Ele refletiu: que nada realmente magoa você e nada realmente faz você feliz. Viver por viver. Porque você por acaso não está morto.

Ela conseguiu se conter e não perguntou o que ele sentiria se alguma coisa acontecesse com Ofer.

Tudo passa na sua frente, ele disse, já faz muito tempo que é assim.

Tudo?

Não existe desejo, ele disse.

E quando você está assim comigo?, ela perguntou, aproximando os lábios.

Bem, ele sorriu, há momentos.

Ela se virou e se jogou em cima dele. Mais uma vez moveram-se lentamente um contra o outro, ela se arqueou um pouco, abriu-se para ele e ele não entrou, estava gostoso assim, e queria falar.

Muitas vezes eu pensei —

Ela imediatamente interrompeu o movimento: algo na sua face, na sua voz.

Se você tem, digamos, um filho, murmurou apressado, isso é sentido de vida, não é? É uma coisa pela qual vale a pena se levantar de manhã, não é?

O quê? Sim, geralmente sim.

Geralmente? Não é sempre? Não é o tempo todo?

Orah repassou pela memória algumas manhãs específicas do último ano: nem sempre, ela disse, não o tempo todo.

É assim?, admirou-se Avram, eu pensava...

Silenciaram novamente, movendo-se com cuidado corpo sobre corpo, o pé dele deslizando por sua canela, a mão dele afagando sua nuca.

Posso lhe dizer uma coisa estranha?

Diga lá uma coisa estranha, ela murmurou estendendo todo o seu corpo contra o dele.

Quando voltei de lá, certo?, quando comecei a entender o que tinha acontecido comigo, sabe, tudo aquilo — ele faz um gesto de desprezo —, aí de repente compreendi que mesmo que eu tivesse, quer dizer, o desejo e um sentido de vida, de alguma forma, em algum canto, eu sabia que era só por empréstimo. Apenas por um tempo determinado. Ele deu um sorrisinho breve: apenas até surgir a verdade.

E qual é a verdade?, ela perguntou, e pensou: o corredor polonês, duas filas de porradas. A condenação predestinada.

Que na verdade isso não é meu, disse Avram com tenso esforço, e apoiou-se nos braços e olhou-a intensamente: ou que eu absolutamente não mereço ter isso, acrescentou, apressado, como alguém que, no fim de uma investigação pequena e trivial, resolve subitamente confessar um crime horrível que cometeu.

Uma reflexão voa pela cabeça dela: e se ele tiver um filho?

O que houve?, perguntou Avram.

Me abrace.

Se ele tiver um filho, ela pensou febrilmente, um filho dele, criado por ele. Como é que nunca pensei nisso?, nessa possibilidade de um dia ele ser pai —

Orah, o que houve?

Me abrace, não me solte, ela arfou no seu pescoço, você virá comigo até em casa, não é?

Mas é claro, Avram se admirou, estamos indo juntos, o que você —

E sempre, sempre ficaremos juntos? Ela lançou um fragmento de frase que de repente emergiu na sua memória, a promessa que ele lhe fizera por telegrama no vigésimo aniversário.

Até a morte nos unir, ele completou a frase sem vacilar.

Pronto, no mesmo instante Avram sente que Ofer está em perigo. Nunca antes havia conhecido uma sensação como esta: algo sombrio e gelado apertando seu coração. Uma dor insuportável. Ele segurou Orah com força contra si. Ambos congelaram.

Você sentiu?, ela sussurrou aterrorizada no seu ouvido, você sentiu, não é?

Avram respirou dentro do cabelo de Orah, emudecido. Seu corpo estava molhado de suor frio.

Pense nele, ela sussurrou, e grudou-se a ele com todo o seu corpo até colocá-lo dentro de si, pense nele quando estiver dentro de mim.

Eles se moveram lentamente, agarrados um ao outro como no meio de uma tempestade.

Pense nele!, pense nele!, ela gritou.

Escute, ela resmunga irritada algumas horas depois, na trilha entre Yagur e o Carmel: ele me deixou um recado ontem, o Ofer, "estou bem, os bandidos nem tanto".

E não perguntou onde você está, onde você se meteu, como você está?

Sim, é claro, várias vezes, ele se preocupa muito, é o mais preocupado entre nós, e além disso sempre precisa saber — ela não tem ânimo de contar nada agora, mas assim mesmo deixa que se revele, para que ele também saiba disso, para que se lembre —, Ofer tem essa necessidade, é algo realmente compulsivo, desde pequeno, de saber exatamente onde cada um de nós está, para que ninguém suma da vida dele por muito tempo, ele precisa nos manter todos juntos —

Ela silencia, lembrando-se de como o pequeno Ofer se assustava toda vez que estourava uma discussão, por menor que fosse, entre ela e Ilan, como ficava andando agitado em torno deles, empurrando-os com as mãos um para o outro, obrigando-os a se aproximarem. E no final das contas, ela pensa, como foi acontecer que tenha sido justamente ele a causa de nossa separação? Mais uma vez ela se inclina para a frente num ímpeto súbito, aparando o ar com a testa, e Avram pensa, talvez Ilan também tenha deixado algum recado. Talvez Adam tenha ligado e dito algo que a magoou.

A cadela se esfrega em Avram como se quisesse fortalecê-lo e buscar nele refúgio da visível irritação de Orah. A cauda está caída e o sorriso desapareceu.

Como foi que você disse? "Eu estou bem, os bandidos — "

Os bandidos nem tanto.

Avram repete as palavras com os lábios. Para provar o sabor da arrogância juvenil, pensa —

Mas Orah já está arremedando em voz alta o que ele pensa: Lá em Prushkov não se fala desse jeito.

Avram ergue as mãos, você é impossível, sabe de tudo. Sua tentativa de agradá-la cai no vazio, ela não se impressiona, simplesmente empina a cabeça e segue adiante. Nos diários de turno dos tradutores em Bavel ele tinha uma coluna fixa: "Nossa cidade de Prushkov", em que fazia os seus relatórios utilizando as vozes trêmulas, desconfiadas e lamurientas de moradores do *shtetl*: Tsheke, Homek e Fishl-Parech. Assim, um Mig-21 transferido da base aérea egípcia de Zak'azik para a base de Luxor, ou um Tupolev preso ao solo por problemas no leme, ou o envio de rações de batalha para combatentes de uma tropa de assalto, tudo isso era enfeitado com comentários broncos, derrotistas e azedos dos três velhos moradores de Prushkov, personagens que ele foi aprofundando e enriquecendo até que o comandante da base descobriu o que Avram havia chamado de "clandestinidade judaica" e o sentenciou a uma semana de guarda noturna ao lado da bandeira no pátio de ordem-unida, com o objetivo de fortalecer a sua consciência nacional.

Mas diga, Orah, ele murmura buscando explorar a doçura da lembrança que talvez tenha amolecido o seu coração.

O quê? Fale.

Com um grunhido abafado, quase um soluço. Sem nem sequer virar-se para ele. Estariam as mãos dela tremendo?, ou seria apenas a imaginação dele?

Havia outros recados?

Alguns, nada de importante.

Do Ilan também?

Sim, ele se dignou a ligar, o seu amigo. Finalmente ouviu de alguém o que está se passando aqui, e de repente ficou preocupado com a situação do país, e até mesmo com o meu desaparecimento, imagine só.

Mas como ele sabe que você —

Ofer contou para ele.

Avram fica esperando. Sabe que há mais.

E ele está voltando para cá com Adam. Mas vão levar alguns dias, ele não tem certeza de quando haverá voos. Eles agora estão na Bolívia, numa planície de sal. Ela torce o nariz, irritada: há sal suficiente para todas as minhas feridas.

E Adam?

O que há com Adam?

Ele também deixou algum recado?

Ela para, perplexa. Essa é a melhor de todas, ela pensa.

Orah?

Pois só agora, quando ele perguntou, ela se lembra de que Ilan dissera que Adam também mandava lembranças. Estava tão compenetrada em si mesma, no que fazia, que quase se esquecera disso. Ele dissera explicitamente, Adam manda lembranças. E isso ela tinha esquecido. Adam tem razão, tem realmente razão. Uma mãe não natural.

Orah, o que aconteceu?

Esqueça, não faz diferença. Ela está quase correndo, de novo. Não havia recados importantes para mim.

Para você? Deixe-me em paz, certo? O que é todo esse interrogatório? Deixe-me em paz!

Já deixei, ele murmura. Suas entranhas se contraem.

Uma nuvem de insetos os acompanha, obrigando-os a respirar pelo nariz e ficar calados por longos minutos. Avram percebe que as raízes das árvores estão expostas e que em torno delas há torrões de terra úmida: os porcos-do--mato estiveram aqui esta noite.

Depois, ao lado da trilha, uma rocha grande e escura, com letras profundamente entalhadas: *Nadav*. E numa pedra ao lado: "Bosque em memória do capitão Nadav Klein. Tombou na Guerra de Desgaste no vale do Jordão. 27 de sivan de 5729, 12 de julho de 1969". Em frente, entre agulhas e cones de pinheiros, um monumento com uma inscrição: "Em memória do sargento Menachem Hollander, filho de Hana e Moshe, Kfar Hassidim. Tombou na Guerra do Yom Kippur, na batalha de Taoz, em 13 de tishrei de 5734, aos 23 anos".

E pouco depois, uma enorme placa de concreto retratando toda a região do Canal em 1973, assinalando em destaque "Posições das nossas forças" — inclusive Magma, pronto, aí está ela, tão pequenina —, e através de um grupo de cactos de longas folhas serrilhadas revela-se ante seus olhos um par de esculturas, uma gazela e um leão dourados, e uma lápide contendo os nomes dos oito combatentes que caíram na batalha pela margem do Canal de Suez em 23 de maio de 1970, e Orah verifica com o canto do olho se Avram está conseguindo passar inteiro por essas memórias dolorosas assim expostas, mas parece que neste momento ele está preocupado única e exclusivamente com ela, e ela pensa, como vou lhe contar, por onde começar e como explicar.

Ela anda depressa demais, é impossível alcançá-la. A cadela para de vez em quando, as costelas se mexendo rapidamente, e lança a Avram um olhar indagador, ao qual ele dá de ombros: eu também não entendo. Da estrada principal de Ussafiah, diante da quitanda do Mercado Yussef, eles viram para seguir a sinalização de uma estrada que passa por um bosque de pinheiros esparsos. A terra está coberta de montículos de lixo e detritos, pneus, móveis, jornais velhos, aparelhos de tevê, dezenas de garrafas plásticas vazias.

Eles jogam aqui de propósito, ela comenta, estou lhe dizendo, esta é a mais profunda vingança deles contra nós.

Deles quem?

Deles, ela estende o braço por toda a volta, você sabe muito bem de quem.

Mas eles estão sujando o lugar deles mesmos, protesta Avram, afinal é a aldeia deles.

Não, não, a casa deles por dentro reluz, é um brinco, eu conheço bem, mas do lado de fora é como se já pertencesse ao Estado, aos judeus, e a ordem é sujar, é claro que isso também faz parte da Jihad deles, olhe aqui, veja isso! Ela chuta com força uma garrafa vazia, escorrega e quase cai sentada, e Avram lembra a ela, cuidadosamente, que Ussafiah é uma aldeia drusa, onde não são obrigados a seguir o mandamento da Jihad. E além disso, também na descida do monte Arbel, e também ao lado do Kineret, e no rio Amud, vimos pilhas de lixo como essa, totalmente judias. E Orah retruca, não, não, é o protesto deles, você não entende? Pois rebelar-se de verdade eles não se atrevem, eu os respeitaria muito mais se eles se levantassem abertamente contra nós.

Ela está mal, sente Avram, e está descarregando neles. Ele a observa e vê como seu rosto vai ficando feio.

E você não tem raiva deles?, ela deixa escapar. Você não tem a menor raiva ou ódio pelo que eles fizeram lá com você?

Avram reflete. O velho da câmara frigorífica surge defronte a seus olhos, deitado nu, batendo a cabeça na calçada, retorcendo-se na frente dos soldados.

Por que você tem que pensar tanto tempo nisso? Eu, se me tivessem feito um quarto do que fizeram com você, eu os perseguiria até o fim do mundo, contrataria assassinos de aluguel para me vingar, até mesmo hoje.

Não, ele diz, passando seus tormentos diante dos seus olhos, o interrogador-chefe, tenente-coronel doutor Ashraf, com seus olhos pequenos e astutos, e seu enjoativo hebraico floreado, e mãos que rasgaram Avram em pedaços, e os carcereiros em Abassyia, que batiam nele em toda e qualquer ocasião, mais inclinados à tortura do que qualquer um dos outros, como se algo nele os deixasse sempre enlouquecidos. E os dois que o enterraram vivo, e o outro de pé ao lado fotografando, e os dois que o trouxeram de fora — Ashraf contou que os haviam mandado especialmente para ele, dois condenados à morte, estupradores, de uma prisão civil de Alexandria —, nem mesmo a eles conseguia odiar, sentia apenas um desespero insípido quando pensava neles, e às vezes também tristeza, tristeza nua e crua, pela sua desventura de ter caído lá e ver o que tinha visto.

A trilha parece estar tentando ela própria se livrar da sujeira, uma curva fechada para a esquerda que os cospe no leito do rio Heik. Eles têm a impressão de que a trilha então desce de forma íngreme até o ventre da terra, e são obrigados a ter cautela em seus passos, pois as rochas estão lisas do orvalho matinal, e raízes de árvores cruzam tortuosamente o caminho, enquanto o sol os salpica com parcos raios de luz sob a folhagem.

E como foi acontecer de Adam me mandar lembranças?, ela se pergunta, o que aconteceu para ele fazer isso?, o que ele de repente está sentindo?

Carvalhos, pinheiros e terebintos, avôs e avós pela sua aparência, curvam-

-se em ambos os lados do leito, heras e trepadeiras pendendo de seus galhos, e aqui e ali um medronheiro, e aqui um gigantesco pinheiro caído, rachado, pinhas mortas e o tronco esbranquiçado ao longo da trilha. Avram e Orah, num mesmo movimento, desviam os olhos dele.

Ao lado de um reservatório seco, cheio de bambus gigantes tomados de praga, dois rapazes esguios, descabelados, vêm em direção a eles — um deles usa tranças rasta grossas e negras, o outro tem cachos dourados revoltos, e cada um deles porta um minúsculo quipá. Os dois têm um ar simpático, carregam grandes mochilas com sacos de dormir enrolados por cima. Orah e Avram já estão treinados nesses encontros, quase sempre soltam um rápido *shalom*, tratam de baixar os olhos e deixam os outros caminhantes passar; mas desta vez Orah cumprimenta os rapazes com um largo sorriso, e tira a mochila das costas. De onde são vocês, moçada?, ela indaga, e os dois, um tanto surpresos, trocam olhares, porém o sorriso dela é caloroso e convidativo.

Vocês estão a fim de fazer uma pequena pausa para café? Acabei de comprar biscoitos frescos. Kosher, ela acrescenta em respeito aos quipás que eles trajam. Ela papeia e ri, extravasando calor maternal, mas também certo charme sedutor. Eles aceitam, apesar de há pouco mais de uma hora, no monte Shokef, terem tomado café com um sujeito, um médico de Jerusalém que fez algumas perguntas engraçadas e anotou as respostas numa caderneta. Orah imediatamente fica tensa.

A pedido dela, após um momento de hesitação, eles lhe contam o que ouviram tomando café com o sujeito — ele faz um café incrível, ressalta o de cabelos negros. Ficaram sabendo que ele e a mulher tinham planejado anos atrás uma viagem de casal percorrendo toda a trilha, do norte até Tabah, quase mil quilômetros, mas a mulher dele ficou doente e morreu, isso foi há três anos — os jovens agora falam ao mesmo tempo, excitados com a história, e talvez com o olhar hipnotizado de Orah —, e a mulher, antes de morrer, fez com que ele prometesse que apesar de tudo faria a excursão, mesmo sozinho, e ficou procurando para ele alguma coisa mais para fazer durante o caminho, o de cachos dourados acha graça, e no final teve essa ideia, o de cabelos negros rouba a história da boca do amigo, que a toda pessoa que ele encontrasse faria duas perguntas, contam os dois rapazes em conjunto, e parece que só agora, quando eles próprios estão contando, permitem que o sentido da história penetre neles de fato. Orah lhes sorri, quase sem escutar, e no seu coração procura visualizar a mulher, que certamente era muito bonita, é assim que Orah a vê, uma beleza madura e radiante, ao mesmo tempo espiritual e terrena, com um cabelo rico, cor de mel —

Por um instante ela esquece suas atribulações e apega-se a essa mulher desconhecida — Tammy, Tamri, é assim que ele a chama, Tamiusha — que em seu leito de morte tentou achar para seu homem aquele "algo mais".

Ou "alguém mais", ela pensa, e ri com sutil afeto e admiração pela mulher que aparentemente conhecia tão bem seu marido — aquela camisa dele, francamente, parece uma toalha de mesa de uma *trattoria* italiana — e o equipou com aquelas duas perguntas, às quais nenhuma mulher poderia resistir.

Os dois rapazes já estão juntando galhos e gravetos secos. Acendem um fogo, colocam o bule entre as brasas e oferecem sua coleção de folhas de chá. Orah vai tirando mais e mais comida da mochila. É como uma cartola de mágico, ela acha graça, desfrutando o movimento de suas mãos em generosa distribuição. Ela está oferecendo tudo que comprou pela manhã no mercadinho, Avram observa preocupado, embalagens de homus e coalhada, azeitonas verdes temperadas, algumas rodelas de pão sírio ainda quentes e macias, e ela praticamente os força a provar de tudo um pouco, e eles provam com prazer, há tempos não tinham uma refeição como aquela, dizem de boca cheia, vangloriando-se de sua frugalidade durante a viagem, da rígida administração financeira de seu pequeno orçamento, e ela olha para eles afetivamente enquanto engolem a comida com entusiasmo. E só Avram fica um tanto deslocado entre eles, sem encontrar seu lugar.

A conversa se estende, e eles comparam o longo caminho percorrido, as trilhas que vêm do sul e as que vêm do norte, compartilhando regiamente sugestões úteis e informações importantes acerca das surpresas e dos obstáculos que podem aguardar a cada um na continuação da viagem, e Orah pondera que fizera bem em anotar seu número de telefone no bilhete de desculpas que havia deixado para ele. Se ele telefonar ela poderá lhe passar, da forma como ele preferir, as páginas que escreveu no caderno dela.

Finalmente Avram se envolve, afinal a trilha é como um lar para ele também, e, para seu espanto, existe nela uma espécie de camaradagem entre os caminhantes, que ele jamais havia experimentado. Talvez ele também, da mesma forma que Orah, esteja apreciando o apetite saudável dos dois rapazes, e também o fato de eles estarem comendo, pode-se dizer, à sua mesa, e isso lhes parecer absolutamente natural; tal é o modo de ser do mundo: jovens necessitados, frugais e ascéticos por necessidade, poderem desfrutar ocasionalmente da generosidade de adultos abastados que encontram pelo caminho, neste caso, de um casal simpático e amigável, de aparência decente — apesar do *sharwal* esvoaçante de Avram e do seu rabo de cavalo preso com elástico —, um homem e uma mulher que já não são mais jovens, mas ainda não são velhos, e certamente são pais de filhos já crescidos, talvez até mesmo avós de um ou dois netos, que resolveram tirar umas férias da sua vida cheia e sobrecarregada e saíram para uma leve aventura. E Avram vibra contando-lhes sobre a escalada íngreme para o pico do Tabor e sobre os degraus na rocha com estacas de ferro na subida do Arbel, e também tem alguns conselhos e advertências, só que cada vez que quer dizer alguma coisa Orah corre para se antecipar a ele, insistindo em contar a história ela mesma, até com alguns pequenos exageros, e ele de repente tem a impressão de que ela deseja lhe provar a qualquer preço como é capaz de entreter jovens e falar a sua língua, e ele então recua e passa apenas a observá-la, toda a sua afobada sociabilidade, desajeitada como um cotovelo nas costelas, todo o seu comportamento estranho e sem harmonia, até que lhe passa pela cabeça que ela parece estar fazendo isso contra ele, que ainda está zangada com ele, sabe-se lá por quê, e com uma espécie de estranho confronto ela o está empurrando, passo a passo, para fora do pequeno círculo que formou ao redor de si e dos dois rapazes.

E então ele se recolhe totalmente, apaga sua luz e fica sentado dentro de si mesmo no escuro.

E os dois jovens, moradores do assentamento de Tekoa, nem sequer desconfiam do silencioso confronto que está acontecendo tão perto deles, e relatam as maravilhas do caminho de Eilat — o rio Tzin ao pôr do sol, os narcisos nas cisternas do rio Ashquelon, os cabritos em Ein Ovdat —, e Orah explica aos dois que ela e Avram pretendem chegar apenas até Jerusalém, e que talvez um dia, no futuro, ela diz, com o olhar fixo num ponto distante, façamos também a parte sul da trilha, até Eilat e Tabah. E os rapazes reclamam das áreas de prática de tiro no Neguev, que fazem a trilha se distanciar das montanhas e vales, mantendo-se próxima às estradas comuns, e advertem Orah e Avram para que tomem cuidado com os ferozes cães dos beduínos — eles têm toneladas de cães, tomem muito cuidado com o cachorro de vocês —, e a conversa vai seguindo, dando voltas, e de repente Avram sente que algo paira sobre sua face, e ao erguer os olhos vê que é Orah, o olhar dela, um olhar desconexo, torturado, como se subitamente tivesse visto nele algo novo e muito doloroso. Ele ergue a mão e tenta tirar inconscientemente da face algum cisco ou migalha.

Enquanto falam, eles chegam à conclusão de que Jerusalém está a cerca de dez dias de caminhada — talvez vocês levem um pouquinho mais, admitem eles —, e imediatamente se propõem a calcular: mais ou menos uns dois dias daqui até o mar, em Jasser al-Zarka? E dois dias, no máximo três, seguindo pela praia até Tel Aviv, na foz do Yarkon? Nada de especial, o Yarkon, alguns trechos bonitos, o resto é só fedor. Então três dias, tranquilos, de Rosh Ha'ayin até Latrum e Sha'ar Hagay, e de lá até Jerusalém um dia. Vai acabar sendo rápido, o loiro de cachos ri, de Sha'ar Hagay vocês já vão sentir o magnetismo de casa. E Orah e Avram disparam entre si olhares assustados: só dez dias?, e então?, e depois, o quê?

Orah, espere, você está correndo.
É assim que eu ando.
Já faz algumas horas que a coisa está assim. Ela andou de um jeito feroz, com os dentes cerrados. Avram e a cadela atrás. Sem ousarem chegar perto. Ela parou somente quando não aguentava mais, quando as pernas literalmente desabaram.

Vale Alon, monte Shokef, cebolinhas, cíclames, as primeiras papoulas: depois, de súbito, o mar. Desde o início da viagem Orah esperava por esse momento. Agora, não parou, nem sequer apontou o mar, seu grande amor, e seguiu andando, dentes cerrados, gemendo de esforço, e Avram atrás. A caminhada pelo Carmel havia sido mais dura que as subidas aos montes da alta Galileia. Aqui os caminhos são mais rochosos, árvores quebradas e tombadas obstruindo a trilha, espinheiros espalhados ao longo de toda a sua extensão. Canários e gaios postados no alto, chamando-se uns aos outros com excitação, parecendo acompanhá-los por uma longa distância. Ao anoitecer, no pôr do sol, os dois pararam por um instante defronte a um grande pinheiro, gigantesco, aberto, estirado no meio do caminho, inundado pelos raios do sol da tarde, e um brilho púrpura estranho reluzia por entre suas delicadas folhas.

Pararam e olharam para a árvore. Uma brasa cintilante, radiante de luz.

Imediatamente voltaram a andar. Avram começou a sentir que também era tomado de inquietação toda vez que se detinham, ainda que por um breve momento. O medo também começou a se apossar dele, um medo novo. Pensou, quando chegarmos à estrada, quem sabe pegamos um ônibus. Talvez até mesmo um táxi.

As ruínas de Rakit, as cavernas de Yeshach, acima deles um penhasco espreitando sombriamente. Desceram entre grandes rochas, agarrando-se às raízes das árvores, em meio a grotas. Constantemente Avram tinha de subir de volta e pegar nos braços a cadela, que gania ante as canaletas rochosas. Seguiram andando mesmo após o escurecer, enquanto conseguiam enxergar o caminho e a sinalização. Depois dormiram, um sono breve e nervoso, e acordaram no meio da noite, exatamente como na primeira noite da viagem, pois a terra farfalhava e zumbia incessantemente sob o corpo deles. Ficaram sentados diante do fogo que Avram acendeu e beberam o chá que preparou. O silêncio era aterrador, bem como aquilo que o preenchia. Orah fechou os olhos e viu a pequena rua que conduzia à sua casa em Beit Zayit, viu o portão do quintal, os degraus que subiam até a porta. Ouviu novamente a voz de Ilan dizendo que Adam lhe mandava lembranças. Na voz de Ilan pôde discernir a preocupação de Adam. A sua compaixão. Por que de repente ele está preocupado com ela? Por que está com pena dela? Ela se pôs de pé e começou a juntar os utensílios, depois os meteu de qualquer maneira dentro da mochila.

Continuaram andando no escuro, à luz do luar, mais tarde sob um céu que clareava. Já fazia algumas horas que não trocavam uma única palavra. Avram sentia que estavam correndo para chegar até Ofer a tempo, como se corre para salvar alguém em meio a destroços de um desabamento, quando cada segundo é precioso. Não é bom que ela fique calada, ele pensou, e que não fale sobre Ofer, justo agora é necessário falar nele, ela precisa falar nele. Temos que falar nele.

Então ele próprio começou a falar para si mesmo, silenciosamente. Falou sobre Ofer, repetiu as coisas que ela havia contado, coisas corriqueiras, momentos, palavra por palavra.

Só me diga que ele está bem, ele geme mais tarde, quando o sol já lhe ofusca a vista. Com um ímpeto súbito ele a alcança, e bloqueia seu caminho: diga que não aconteceu nada, que você não está escondendo nada de mim. Olhe para mim!, ele grita. Ambos estão ofegantes.

Eu só sei até anteontem à noite. Até então ele estava bem. Sua face não está mais rija. Ele sente que algo ocorreu com ela na última hora, entre o momento em que tomaram chá e o nascer do sol. Ela parece perdida e arrasada, como que finalmente derrotada numa prolongada luta.

Então o que é que não está bem? Por que você está desse jeito desde ontem? O que foi que eu fiz para você?

A sua namorada, Orah diz pesadamente.

Netah? A sua face perde imediatamente a cor. O que aconteceu com ela?

Orah lhe dá um longo e infeliz olhar.

Ela está bem?, ele implora, o que aconteceu com ela?

Ela está bem, a sua namorada está bem demais.

Então o que foi?

A voz dela até que é simpática, engraçada.

Você falou com ela?

Não.

Então como?

Com passos pesados Orah sai da trilha e se vira para o emaranhado de espinhos que a cerca. Andando, ela se mete entre os arbustos e os espinhos, tropeçando e levantando, Avram atrás. Ela escala uma pequena parede de rochas altas e cinzentas, e ele atrás. De repente, estão dentro de uma pequena cratera, onde a luz está um pouco sombria e embaçada, como se o sol recolhesse seus raios para que não entrem ali.

Orah despenca numa rocha, senta-se numa plataforma com o rosto entre as mãos: escute, eu fiz uma coisa... Não foi uma coisa correta, eu sei, mas telefonei para a sua casa. Puxei os seus recados.

Na minha casa?, ele se apruma. O quê? Isso também é possível?

É.

Como?

Há uma senha geral da central para casos de telefone inativo. Não é complicado.

Mas por quê?

Não me pergunte.

Não estou entendendo. Um momento —

Avram, eu fiz isso, e pronto. Não consegui me controlar. Primeiro liguei para o meu número, e depois meus dedos se moveram sozinhos.

A cadela vem e se encaixa entre eles, oferecendo seu corpo quente a Orah, e Orah coloca gentilmente a mão sobre ela. Não sei o que deu em mim. Escute, eu realmente... Estou com tanta vergonha.

Mas o que aconteceu? O que foi que ela fez? Ela fez alguma coisa para você?

Eu só queria escutar a voz dela, escutar como ela é. Eu nem pensei que —

Orah — ele praticamente uiva o seu nome —, o que foi que ela disse?

Você tem algumas mensagens. Dez, e nove são dela. E uma do seu patrão do restaurante. Estão terminando a reforma daqui a uma semana, e ele quer que você volte a trabalhar. Ele gosta muito de você, Avram, dá para sentir na voz. E vai haver uma festa de inauguração que eles —

Mas e a Netah, o que houve com a Netah?

Sente, não aguento você aí de pé em cima de mim.

Avram parece não a ter ouvido. Observa as rochas cinzentas, salientes à sua volta. Algo neste lugar se fecha sobre ele.

Orah pousa a face sobre o dorso da cadela: escute, ela ligou faz mais ou menos uma semana, talvez mais, e pediu que você entrasse em contato com ela imediatamente. Depois, ligou mais algumas vezes e perguntou, não, só disse o seu nome, Avram, você está aí?, Avram, responda, coisas assim.

Avram se ajoelha diante dela. De repente, sua cabeça está pesada de carregar. A cadela, com Orah curvada sobre ela, vira a cara para Avram, olhos escuros e suaves.

Depois ela deixou um recado dizendo — Orah engole em seco, sua face assumindo subitamente uma expressão infantil, assustada — que ela tem uma coisa importante para lhe contar, e depois, vejamos, sim, o último recado é de anteontem à noite. Orah solta uma risada nervosa: veja só, a mesma hora em que Ofer deixou a última mensagem para mim.

Avram está curvado, enrolado em si mesmo, pronto para o golpe — não será pego de surpresa.

Avram, aqui é Netah, Orah diz com voz oca, olhos fixos em algum ponto além dele: estou em Nweibah e você não está em casa há muito tempo e não retorna as ligações dos que amam você —

Avram faz um meneio, reconhecendo Netah através da voz de Orah.

E já fazia algum tempo que eu achava que estava meio grávida — Orah prossegue quase sem mover os lábios, todo o seu ser parecendo manipulado por um ventríloquo invisível —, e não tinha coragem de lhe dizer, e desci até aqui para pensar no que faço, organizar minhas ideias, e no final é claro que não estou, como sempre, alarme falso, cartucho vazio, então você não tem por que se preocupar, meu amor.

E aí veio o bipe, diz Orah.

Ele olha para ela: o quê?, eu não entendo. O que foi que você disse?

O que há para não entender? Orah desperta do transe e volta a cutucá-lo: o que é que você exatamente não entendeu?, há alguma palavra que não seja em hebraico?, grávida você entende?, alarme falso você entende?, meu amor você entende?

A boca dele cai. Sua face se enrijece de admiração infinita.

Com um movimento ágil, Orah se afasta dele e da cachorra, dando as costas a ambos. Ela envolve seu corpo com os braços, balançando rapidamente. Pare com isso, ela ordena a si própria. Por que você o está agredindo? Que culpa ele tem? E embora não consiga parar, balançando para a frente e para trás, ela tem prazer de puxar esse fio solto de suas entranhas e desenrolar-se, desenrolar-se, desenrolar-se, até sumir totalmente, tomara assim fosse; e a coitada da Netah, *e no final é claro que não estou, como sempre, alarme falso*, e subitamente Orah sabe como soam Avram e Netah quando conversam entre si, sabe a melodia dos dois juntos, e o suave movimento lúdico deles frente a frente, exatamente como ela costumava esgrimir com Ilan, e como Ilan ainda faz até hoje com os filhos, com a mesma perícia, agilidade e rapidez de um raio, da qual Orah, ela mesma, não é mais capaz, e da qual na verdade nunca foi. *Alarme falso*, Netah disse brincando, *cartucho vazio*, mas será que ele entende o quanto ela o ama, e quanto ela sofre?

Ele choraminga: eu ainda não entendo por que você está zangada.

Zangada?, ela joga a cabeça para trás e libera um jato de spray antibiótico. Zangada a troco de quê? Por que eu haveria de estar zangada? Ao contrário, eu devo é ficar feliz, certo?

Com o quê?

Pela mera possibilidade, ela explica com expressão séria e uma espécie de indiferença forçada, de que talvez você um dia tenha um filho.

Mas eu não tenho filho, ele diz com gravidade, fora Ofer eu não tenho nenhum filho.

Mas talvez venha a ter, por que não? Homens, vocês sempre podem. Ela silencia, por um instante ela parece recuperar a razão, quase cai nos braços dele desculpando-se pela loucura de que foi acometida, pela sua estreiteza de visão, pequenez de espírito, seu tolo sentimento de mágoa. Mas acima de tudo ela quer dizer, como é bom que ele tenha um filho, e que pai maravilhoso ele será, um pai em tempo integral; mas então ela é percorrida por outra centelha, uma espada flamejante que inverte tudo dentro dela, e ela salta e sai de si, estarrecida: talvez tenha até mesmo uma filha, Avram, você vai ter uma menina.

Mas do que você está falando?, ele se levanta de uma só vez e fala na frente dela. Mas a Netah disse que não, que ela só pensou. Ele estende os braços para abraçá-la e Orah escapa das suas mãos e se mete num enorme buraco na rocha e se deita ali, enrolada em torno de si mesma. Suas mãos cobrem a boca, como se estivesse chupando o dedo, ou contendo um grito.

Venha, vamos seguir andando. Ele se agacha ao seu lado, a fala ritmada e firme: vamos até a sua casa, até onde você quiser que eu vá com você. Nada mudou, Orah, levante-se.

Para quê?, ela sussurra, desamparada.

Como para quê?

Ela o encara com olhar dilacerado: mas você vai ter uma filha.

Não há filha nenhuma, ele diz, irritado, o que há com você?

De repente eu entendi, de repente tudo ficou claro.

Eu só tenho o Ofer, Avram insiste em repetir, escute: você e eu, juntos, temos o Ofer.

Como é que você tem o Ofer, ela ri ironicamente dentro das palmas das mãos, os olhos vazios percorrendo o ar, você nem o conhece, você nem queria vê-lo, quem é Ofer para você? Para você Ofer são só palavras.

Não, não. Na sua aflição, ele a sacode com força, a cabeça dela jogada para a frente e para trás. Não. Você sabe que já não é mais assim.

Mas eu só lhe disse palavras.

Diga, você por acaso não tem aqui —

O quê?

Uma foto dele?

Ela o encara por um longo instante, como se não entendesse o sentido das palavras. Em seguida, volta-se para sua mochila, revira as coisas e acha uma pequena carteira marrom. Abre a carteira sem olhar e simplesmente a estende para Avram. Numa pequena janela plástica há o retrato de dois jovens abraçados. Ela tirou a foto na manhã em que Adam se alistou. Ambos estão de cabelo comprido, e Ofer, jovem e miúdo, agarra-se ao irmão mais velho, envolvendo-o com os braços e com o olhar. Avram se debruça. Orah tem a impressão de que todos os traços de sua face começam a se mover de forma incontrolável.

Avram, ela diz com voz calma. Coloca sua mão sobre a dele, que segura a foto, firmando-a.

Que garoto bonito, sussurra Avram.

Orah fecha os olhos. Vê pessoas paradas dos dois lados da rua que conduz à sua casa. Parte delas está no quintal, a outra parte já está nos degraus diante da porta. Todos a aguardam em silêncio, olhos baixos. Esperam que ela passe e entre em casa.

Para que assim possa começar, as palavras voam pela sua cabeça.

Fale comigo, ela murmura, fale comigo sobre ele.

Dizer o quê?

O que ele é para você?

Ela pega a carteira da sua mão e coloca de volta na mochila. Por algum motivo, não é capaz de suportar que o retrato fique assim exposto à luz. Ele não ousa contrariá-la, ainda que desejasse ficar sentado olhando mais e mais.

Orah —

Me diga o que ele é para você.

Avram sente uma intensa necessidade de se levantar e sair dali, das sombras dessa pequena e estranha cratera, da rocha íngreme e cinzenta. Bem à sua frente, entre dois rochedos inclinados, vislumbra-se uma faixa verde do morro banhada pelo sol, e eles dois ali, imersos nas sombras, sombras demais.

Não consigo te ouvir, ela sussura.

Antes de tudo, diz Avram, antes de tudo, ele é seu filho. É a primeira coisa que eu sei dele, é a primeira coisa que eu penso sobre ele.

Sim.

É sempre assim que eu penso nele: que ele é seu, com a sua luz e com o que você tem de bom, e com aquilo que sempre lhe deu, a vida toda, como você bem sabe dar. A sua abundância, o seu amor, a generosidade, sempre, e é isso que vai protegê-lo em toda parte, ali também.

Sim?

Sim, sim. Avram desvia o olhar dela, e aperta seu corpo mole contra si, sentindo que ela está fria, que quase não respira.

Diga mais, eu preciso que você me diga.

E você me deixa segurá-lo junto com você, ele diz, isso é o que é, é isso que eu vejo, sim.

Sua face se distancia e enfraquece, ela parece adormecida de olhos abertos, em seus braços, e ele quer despertá-la, soprar vida nela, mas subitamente algo nela, no seu olhar vazio, na sua boca escancarada... E é assim, Avram se esforça para dizer, que você tenta levá-lo consigo para algum lugar, sozinha, mas ele é pesado demais para você, não é? E também dorme o tempo todo, não é?

Orah faz que sim, entendendo sem entender, os dedos se movendo, frágeis e cegos sobre o braço dele, tateando distraidamente a borda da manga.

Ele está meio que adormecido, Avram murmura, não sei por quê, não entendo o fim, e aí você vem para mim, e pede que eu ajude você.

Sim, ela sussurra.

E nós dois temos que levá-lo a algum lugar, diz Avram, não sei para onde, não entendo por quê. E nós o seguramos juntos, entre nós, o tempo todo. Ele parece que precisa que nós dois o levemos até lá, a questão é essa.

Sim.

Só nós dois podemos levá-lo até lá.

Aonde?

Não sei.

O que é lá?

Não sei.

É bom?, Orah sussurra, desesperada. Lá é bom?

Eu não sei.

O que é isso, o que é que você está dizendo? É um sonho seu? Você sonhou com ele?

É o que eu vejo, diz Avram, impotente.

Mas o que é isso?

Nós dois o seguramos.

Sim?

Ele anda entre nós.

Sim, isso é bom.

Mas ele dorme, os olhos estão fechados, uma das mãos dele está em você e a outra em mim.

Eu não estou entendendo.

De súbito Avram volta a andar: venha, vamos sair daqui, Orah.

Isso não é bom, ela geme, ele precisa ficar acordado o tempo todo. Por que ele está dormindo?

Não, ele dorme. A cabeça dele está no seu ombro.

Mas por que ele dorme?, grita Orah, a voz quebrada.

Avram fecha os olhos, afastando deles aquela visão. Ao abri-los, Orah o observa horrorizada: talvez tenhamos errado, e os traços de sua face estão tensionados para trás, talvez não tenhamos entendido absolutamente nada, desde o começo. Todo esse caminho, toda essa caminhada que fizemos —

Não é verdade, Avram se assusta, não diga isso, nós vamos andar, e falar dele —

Talvez tudo seja o contrário do que pensei, ela diz a si mesma, intrigada.

O contrário, como?

As mãos dela aos poucos se abrem para fora. Eu achava que se nós dois falássemos dele, se ficássemos o tempo todo falando dele, nós o protegeríamos, juntos, certo?

Sim, sim, é isso, Orah, veja que —

Mas e se for totalmente o contrário?

O quê, ele sussurra, o que é o contrário?

O corpo dela se agita contra ele. Ela agarra seu braço com força: eu quero que você me prometa.

Sim, o que você quiser.

Que se lembrará de tudo.

Sim. Você sabe que sim.

Desde o começo, desde que nos conhecemos, desde que éramos crianças, e a guerra que houve naquela época, e como nos conhecemos no isolamento do hospital, e a segunda guerra, e o que aconteceu com você, e com Ilan, e comigo, e tudo que houve, sim?

Sim, sim.

E Adam e Ofer, me prometa, olhe nos meus olhos. Ela segura o rosto dele entre as mãos: você vai lembrar, não vai?

De tudo.

E se Ofer, Orah fala mais devagar e seu olhar se perde diante dele, e uma ruga nova, vertical, profunda e escura, surge de súbito entre seus olhos: se ele —

Avram segura os ombros dela e a sacode furiosamente: nem pense nisso!

Ela continua falando, mas ele não ouve. Puxa-a contra si e beija sua face, e ela não se rende a ele nem a seus beijos, só oferece a ele o invólucro de sua face.

Você vai lembrar, ela murmura enquanto ele a sacode, a vida dele, *toda* a vida dele, certo?

Durante longos minutos permanecem sentados, ocultos na pequena cratera. Abraçados um ao outro, como náufragos numa tempestade. Aos poucos os sons retornaram. O zumbido de uma abelha, o trinado fino de um pássaro, vozes de operários erguendo uma casa em algum lugar do vale.

Então Orah separa seu corpo do dele e deita-se de lado na plataforma da rocha. Puxa os joelhos para a barriga e pousa a face sobre a palma da mão. Seus olhos estão abertos e nada veem. Avram permanece sentado ao seu lado, os dedos percorrendo a face dela, tocando sem tocar. Uma leve brisa sopra, aromas de *za'atar*, seiva de espinhos e madressilva silvestre enchem o ar. Sob seu corpo está a pedra fria e a montanha inteira, enorme, densa e infinita. Ela pensa: quão fina é a crosta da terra.

Dezembro de 2007

Comecei a escrever este livro em maio de 2003, meio ano antes do término do serviço militar do meu filho mais velho, Yonatan, e meio ano antes do alistamento de seu irmão mais novo, Uri. Ambos serviram nos blindados.

Uri conhecia muito bem o enredo e os personagens do livro. Toda vez que conversávamos por telefone, e especialmente quando vinha para casa em sua folga, perguntava o que havia de novo no livro e na vida de seus protagonistas (O que você armou para eles esta semana?, era sua pergunta constante). A maior parte do seu tempo de serviço ele passou nos territórios ocupados, em patrulhas, vigília, emboscadas e barreiras, e ocasionalmente compartilhava comigo suas experiências.

Na época eu tinha a sensação — ou melhor, o desejo — de que o livro que eu escrevia o protegeria.

Em 12 de agosto de 2006, nas últimas horas da segunda guerra do Líbano, Uri foi morto no sul deste país. Seu tanque foi atingido por um míssil durante o processo de resgate de outro tanque atingido. Junto com Uri, morreram todos os membros da equipe de seu tanque, Bnayiah Rein, Adam Goren e Alex Bonimovitch.

Depois do período de shivah, *voltei ao livro. A maior parte dele já estava escrita. O que mudou, acima de tudo, foi o eco da realidade na qual foi escrito o último esboço.*

David Grossman

Glossário

ASQUENAZE: em local hebraico, *ashkenazim*, são como são conhecidos os judeus da Europa Central e Oriental. A origem da palavra é *Ashkenaz*, Alemanha, mas o termo se refere não só aos judeus alemães, mas também poloneses, russos, ucranianos etc. ou seus descendentes em qualquer parte do mundo.

BUKHAR: oriundo da região ou da cidade de Bukhara, no Uzbequistão.

CASBÁ: palavra de origem árabe, originalmente uma construção fortificada numa cidade, geralmente de muros altos e sem janelas, onde o líder podia se refugiar e defender em caso de ataque; conforme acepção contemporânea em Israel, ocupação urbana adensada. É o termo que atualmente se utiliza para redutos de resistência palestina à ocupação israelense.

CHUTZPAH: ousadia, atrevimento.

DAN ATÉ EILAT: Dan é um dos primeiros kibutzim, e se localiza no extremo norte de Israel. Eilat é o ponto mais meridional do país, cidade litorânea localizada às margens do Golfo de Akaba. O termo "de Dan até Eilat", portanto, expressa a ideia de algo que vai de norte a sul, mais ou menos como no Brasil se diria "do Oiapoque ao Chuí".

EGGED: nome da principal empresa de transportes israelense.

ETROG: fruta cítrica, bastante perfumada, semelhante à cidra amarela, sendo um dos quatro símbolos utilizados nos ritos religiosos da festa de Sucot (v. abaixo). Além do *etrog*, usam-se também o *lulav*, uma folha de palmeira, e as folhas de *hadass* (murta) e *arava* (salgueiro).

ETZEL: organização paramilitar sionista de extrema direita ativa na Palestina antes da fundação do Estado de Israel. Em letras hebraicas corresponde às iniciais de Irgun Tsevaí Leumí (Organização Militar Nacional), e é também conhecida como Irgun.

FINDJAN: bule de café que se usa nas fogueiras de acampamentos. O texto se refere a uma famosa canção que celebra o ato de companheirismo de passar o bule pela roda em torno da fogueira durante conversas e cantorias.

GADNAH: programa militar israelense, destinado a jovens das duas últimas séries colegiais, visando a prepará-los para o serviço militar obrigatório.

HAMAN [HAMÃ] (V. TB. "ORELHAS DE HAMAN"): ministro do rei persa Assuero, foi o responsável pela tentativa de extermínio dos judeus, episódio narrado no livro de Esther e que deu origem à festa de Purim (v. abaixo).

HANUKAH (OU CHANUKAH): literalmente "inauguração". É o nome da festa que celebra a retomada pelos Macabeus do Templo em Jerusalém, que fora invadido pelas tropas do monarca greco-sírio Antíoco Epiphanes. A festa tem esse nome pelo fato de o Templo ter sido reinaugurado. As festividades duram oito dias, sendo que a cada noite se acende mais uma vela: é a recordação de um milagre que teria feito o óleo da chama sagrada do Templo durar oito dias, quando a quantidade esperada era para apenas um.

HAVDALAH: literalmente "diferenciação", "separação". É o nome que se dá à cerimônia de encerramento do Shabat, ao anoitecer do sábado, para separá-lo dos dias úteis que se iniciam. Faz-se a bênção do vinho, e de especiarias (cravo, canela) para que o perfume do Shabat permaneça durante a semana. Costuma-se também estender os dedos em direção à chama de uma vela trançada, especial para a cerimônia, para que a luz do Shabat permaneça refletida nas unhas, e apaga-se a vela no vinho derramado sobre um prato.

INSTITUTO WINGATE: famoso instituto israelense de formação em Educação Física, localizado próximo à cidade de Netanyiah.

KIBUTZ, pl. KIBUTZIM: colônia agrícola de inspiração socialista. Foi o principal modo de colonização pioneira judaica na Palestina; caracteriza-se pela total abolição da propriedade privada e socialização dos bens e meios de produção.

KEFFYIAH COM AK'AL: *keffyiah* é o pano de cabeça típico usado pelos árabes; *ak'al* é a corda trançada colocada sobre a *kaffyieh* para mantê-la presa.

KOSHER: comida que segue os preceitos dietéticos e alimentares do judaísmo (entre os mais conhecidos, não comer carne de porco e não misturar alimentos de leite e de carne); vale também para todos os utensílios de mesa e de cozinha. Por extensão, o termo é utilizado para condutas, métodos, comportamentos que seguem as orientações religiosas.

KNESSET: o Parlamento israelense.

LAG BAOMER: o 33º dia do período de Omer. As consoantes L-G (de Lag) equivalem ao número 33, daí o nome. A festa é comemorada acendendo-se fogueiras, principalmente em peregrinações ao monte Meron (que aparece no texto). É hábito não se cortar cabelo durante o Omer, de modo que um dos festejos são os cortes de cabelo coletivos. Entre os religiosos é costume levar meninos de três anos, que nunca cortaram cabelo, para ter seu primeiro corte na festa. O monte Meron é o escolhido para as romarias porque ali se acha o túmulo do rabi Shimon Bar Yochai, discípulo do Ravi Akiva. Bar Yochai, a quem a tradição atribui a autoria do grande livro místico, o Zohar, faleceu no Lag Baomer, mas pediu que sua morte fosse comemorada com alegria.

MACHANOT OLIM: literalmente "Acampamentos de Imigrantes". Nome de um dos movimentos juvenis que existiram em Israel desde antes da criação do Estado.

MACHSOM WATCH: organização atual liderada por mulheres de esquerda em Israel, cujo objetivo é fiscalizar atividades de policiais e soldados nas barreiras que bloqueiam o livre trânsito da população árabe entre os territórios ocupados e Israel; sua principal meta é evitar e denunciar abusos contra os direitos humanos.

MASSADA: monte rochoso fortificado, localizado no deserto da Judeia. É um símbolo da resistência do antigo reino da Judeia, sendo o reduto dos últimos patriotas que preferiram o autossacrifício à dominação pelo exército romano em 73 a.C. É o local onde os recrutas prestam seu juramento de fidelidade ao Exército de Defesa de Israel.

MAZEL TOV: literalmente "Boa Sorte". Utilizado no sentido de parabéns, congratulações etc.

MOSHAV, pl. MOSHAVIM: outra forma de assentamento dos pioneiros judeus na Palestina. Diferencia-se do kibutz por manter parcialmente a propriedade privada, socializando porém os bens e os meios de produção.

MUKATAH: palavra árabe. Originalmente designa um grande complexo militar e político, um quartel-general administrativo. Atualmente refere-se também a redutos militares e administrativos de resistência palestina.

NAOMI SHEMER: cantora e compositora israelense que se tornou extremamente popular pelas suas composições celebrando a vitória de Israel na Guerra dos Seis Dias.

NEGUEV: região desértica no sul de Israel.

OMER, PERÍODO DE: período de sete semanas entre as festas de Pessach e Shavuot. Existe o hábito de fazer a contagem deste período, dia a dia. Numa época posterior da história judaica, sob o domínio romano, houve uma peste que dizimou grande número de discípulos do grande mestre Rabi Akiva, o que fez com que essas semanas se tornassem semanas de luto e tristeza.

ORELHAS DE HAMAN: doce folhado em forma triangular que tradicionalmente se come na festa de Purim.

PALMACH: tropas de elite, geralmente com missões de assalto, da Haganah, o exército de Israel, antes da criação do Estado.

PALMACHNIK: integrante do Palmach.

PESSACH: uma das mais importantes festas judaicas, comemora a libertação dos judeus da escravidão no Egito. Dura oito dias e celebra também o início da primavera e do ano agrícola.

PILLBOX: pequena fortificação de concreto, de forma retangular, construída pelos britânicos na época do mandato na Palestina; o exército israelense adotou a forma e o método de construção e a utiliza com frequência, especialmente nos territórios ocupados. Acredita-se que a origem do nome se deva à semelhança do bloco de concreto com uma caixinha de pílulas.

PURIM: festa que celebra a salvação dos judeus na época do rei persa Assuero, casado com a judia Esther. É uma festa de alegria, com fantasias, danças e doces feitos especialmente para a ocasião.

RASHI: acrônimo de Rabi Shlomo Itzhaki, grande mestre rabínico que viveu na França e foi autor de importantes comentários sobre textos bíblicos. A referência no texto à "escrita de Rashi" se refere ao fato de algumas letras do alfabeto hebraico terem sido escritas de forma diferente por Rashi, mas sua ortografia foi conservada.

SHAWARMAH: churrasco de tiras de carne temperadas e comprimidas, assadas no espeto. Em algumas cidades brasileiras é conhecido como "churrasco grego".

SEDER: literalmente "ordem". É o nome que se dá às duas primeiras noites festivas da festa de Pessach; recebem esse nome porque nessa data se reconta a história da libertação dos judeus num jantar festivo, cuja sequência é rigorosamente predeterminada.

SHABAT: o dia de descanso semanal no judaísmo.

SEFARDI: em hebraico *sefaradim*, como são conhecidos os judeus originários do Oriente Próximo e do Oriente Médio, do norte da África e da Europa Ocidental (Espanha, Portugal, Itália). Deriva de *Sefarad*, o nome hebraico original para Espanha.

SHAKSHUKAH: prato muito popular em Israel, de origem marroquina, à base de ovos e carne bovina desfiada.

SHARWAL: camisa árabe folgada e de mangas largas, esvoaçantes.

SHTETL: aldeia de população judaica na Europa Oriental.

SHIVAH: período de uma semana de luto, reservado para que os enlutados possam prantear o falecido.

SUCAH: cabana.

SUCOT: Festa das Cabanas ou Festa dos Tabernáculos. Inicia-se cinco dias após o Yom Kippur e tem a duração de oito dias. Recorda o período de quarenta anos em que os judeus vagaram pelo deserto após a saída do Egito, antes de chegar à Terra Prometida. É hábito construir-se cabanas cobertas de folhagens, com muitos enfeites, frutas etc. e ali fazer todas as refeições.

TECHNION: principal escola de engenharia de Israel, localizada em Haifa.

TORÁ: o Pentateuco, os cinco livros de Moisés, base da religião judaica. Por extensão, é também o nome que se dá ao grande pergaminho que contém o texto, cujos exemplares até hoje são escritos a mão por um especialista (o Sofer) e guardado na Arca Sagrada em qualquer sinagoga do mundo.

TSHUVAH: "retorno", "arrependimento". Ba'al Tsuhvah é o indivíduo que esteve afastado da religião e retorna ao judaísmo.

YODFAT: fortaleza judaica que após ferrenha resistência foi destruída pelo exército romano liderado por Vespasiano no ano 67 a.C. O sítio durou 47 dias e se encerrou com a morte de 40 mil hebreus.

YOM HAZICARON: Dia da Recordação. É celebrado na véspera do Yom Haatzmaut — o dia da Independência — e recorda todos os mortos judeus nas guerras e nas perseguições.

YOM KIPPUR: Dia do Perdão, celebrado dez dias após o Ano-Novo. É a data mais importante do calendário religioso judaico.

WADIH: "pequeno vale"; é palavra árabe incorporada ao vocabulário hebraico.

ESTA OBRA FOI COMPOSTA PELA SPRESS EM ELECTRA E IMPRESSA PELA
GRÁFICA BARTIRA EM OFSETE SOBRE PAPEL PÓLEN SOFT DA SUZANO PAPEL E CELULOSE
PARA A EDITORA SCHWARCZ EM SETEMBRO DE 2009